A ARMADURA DA LUZ

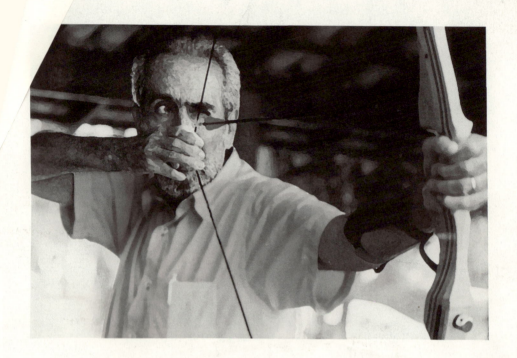

O Arqueiro

GERALDO JORDÃO PEREIRA (1938-2008) começou sua carreira aos 17 anos, quando foi trabalhar com seu pai, o célebre editor José Olympio, publicando obras marcantes como O menino do dedo verde, de Maurice Druon, e Minha vida, de Charles Chaplin.

Em 1976, fundou a Editora Salamandra com o propósito de formar uma nova geração de leitores e acabou criando um dos catálogos infantis mais premiados do Brasil. Em 1992, fugindo de sua linha editorial, lançou Muitas vidas, muitos mestres, de Brian Weiss, livro que deu origem à Editora Sextante.

Fã de histórias de suspense, Geraldo descobriu O Código Da Vinci antes mesmo de ele ser lançado nos Estados Unidos. A aposta em ficção, que não era o foco da Sextante, foi certeira: o título se transformou em um dos maiores fenômenos editoriais de todos os tempos.

Mas não foi só aos livros que se dedicou. Com seu desejo de ajudar o próximo, Geraldo desenvolveu diversos projetos sociais que se tornaram sua grande paixão.

Com a missão de publicar histórias empolgantes, tornar os livros cada vez mais acessíveis e despertar o amor pela leitura, a Editora Arqueiro é uma homenagem a esta figura extraordinária, capaz de enxergar mais além, mirar nas coisas verdadeiramente importantes e não perder o idealismo e a esperança diante dos desafios e contratempos da vida.

KEN FOLLETT

A ARMADURA DA LUZ

Título original: *The Armor of Light*

Copyright © 2023 por Ken Follett
Copyright da tradução © 2023 por Editora Arqueiro Ltda.

Todos os direitos reservados. Nenhuma parte deste livro pode ser utilizada ou reproduzida sob quaisquer meios existentes sem autorização por escrito dos editores.

tradução: Fernanda Abreu
preparo de originais: Melissa Lopes
revisão: Juliana Souza e Pedro Staite
diagramação e adaptação de capa: Ana Paula Daudt Brandão
capa: Daren Cook
imagens de capa: Adobe Stock Images
impressão e acabamento: Associação Religiosa Imprensa da Fé

CIP-BRASIL. CATALOGAÇÃO NA PUBLICAÇÃO
SINDICATO NACIONAL DOS EDITORES DE LIVROS, RJ

F724a

Follett, Ken, 1949-
A armadura da luz / Ken Follett ; [tradução Fernanda Abreu]. - 1. ed. - São Paulo : Arqueiro, 2023.
640 p. ; 23 cm. (Kingsbridge ; 5)

Tradução de: The armor of light
ISBN 978-65-5565-537-7

1. Ficção inglesa. 2. Ficção histórica inglesa. I. Abreu, Fernanda. II. Título. III. Série.

23-85037   CDD: 823
                               CDU: 82-3(410)

Gabriela Faray Ferreira Lopes - Bibliotecária - CRB-7/6643

Todos os direitos reservados, no Brasil, por
Editora Arqueiro Ltda.
Rua Funchal, 538 – conjuntos 52 e 54 – Vila Olímpia
04551-060 – São Paulo – SP
Tel.: (11) 3868-4492 – Fax: (11) 3862-5818
E-mail: atendimento@editoraarqueiro.com.br
www.editoraarqueiro.com.br

Este livro é dedicado aos historiadores. Existem milhares e milhares deles espalhados pelo mundo inteiro. Alguns se sentam em bibliotecas, curvados sobre manuscritos antigos, tentando decifrar línguas mortas escritas em hieróglifos misteriosos. Outros se ajoelham no chão, peneirando a terra em escavações de edificações em ruínas, à procura de fragmentos de civilizações perdidas. Outros, ainda, se dedicam à leitura de documentos oficiais intermináveis e enfadonhos, ocupando-se de crises políticas há muito esquecidas. Em sua busca pela verdade, eles são incansáveis.

Sem eles, não compreenderíamos de onde viemos. E ficaria ainda mais difícil entender para onde estamos indo.

"Deixemos de lado as obras das trevas
e vistamos a armadura da luz."

ROMANOS 13:12

PARTE I
A MÁQUINA DE FIAR

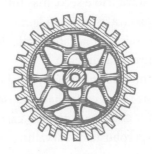

1792 a 1793

CAPÍTULO 1

Antes daquele dia, Sal Clitheroe nunca tinha ouvido seu marido gritar.

Depois daquele dia, não voltou a ouvir, a não ser em sonho.

Era meio-dia quando ela chegou ao Campo do Riacho. Sabia que horas eram pelo aspecto da luz fraca que descia por entre as nuvens cinza-perolado que cobriam o céu. O campo plano e enlameado tinha pouco mais de um hectare e meio, com um regato veloz correndo rente a um dos lados e um morro baixo na extremidade sul. O dia estava frio e seco, mas tinha chovido durante uma semana, e, enquanto ela atravessava as poças, a lama grudenta ameaçava arrancar seus sapatos de fabricação caseira. Uma caminhada difícil, mas Sal era uma mulher alta e forte, e não se cansava facilmente.

Quatro homens realizavam uma colheita invernal de nabos, abaixando-se, levantando-se e empilhando as raízes castanhas nodosas em cestos largos e rasos. Quando um dos cestos ficava cheio, o homem o carregava até o pé do morro e jogava os nabos numa carroça robusta de carvalho com quatro rodas. Sal viu que o serviço chegava ao fim, pois aquela parte do campo já não tinha mais nenhum nabo e os homens estavam trabalhando perto do morro.

Estavam todos vestidos da mesma forma: camisa sem gola, calça na altura dos joelhos tecida em casa pela esposa e colete comprado de segunda mão ou descartado por homens ricos. Coletes eram peças que nunca ficavam gastas. O pai de Sal tivera um elegante, de abotoamento duplo, listrado de vermelho e marrom e com acabamento em debrum trançado, que um dândi da cidade jogou fora. Ela nunca o vira usar outra coisa, e ele fora enterrado com esse colete.

Nos pés, os trabalhadores calçavam botas de segunda mão consertadas inúmeras vezes. Estavam todos de chapéu, cada qual de um estilo diferente: um gorro de pele de coelho, um chapelão de palha de aba larga, um chapéu de feltro de copa alta e um tricórnio que poderia ter pertencido a um oficial da Marinha.

Sal reconheceu o gorro de coelho: era de seu marido, Harry. Ela mesma o fabricara depois de capturar o coelho, matá-lo com uma pedrada, esfolá-lo e cozinhá-lo na panela com uma cebola. Mas teria reconhecido Harry até sem o chapéu, mesmo de longe, por causa da barba ruiva.

Harry era magro, porém musculoso, além de inesperadamente forte: enchia seu cesto com tantos nabos quanto os homens maiores. O simples fato de olhar para aquele corpo esguio e rijo do outro lado de um campo lamacento fez Sal sentir um ardor de desejo, metade prazer e metade expectativa, como sair do frio e ser recebida pelo aroma cálido de uma lareira acesa.

Conforme atravessava o campo, começou a ouvir as vozes dos homens. A cada poucos minutos, um chamava o outro e seguia-se um diálogo curto concluído por risadas. Não conseguia distinguir suas palavras, mas podia imaginar o tipo de coisa que estavam dizendo. Devia ser alguma daquelas provocações falsamente agressivas típicas dos trabalhadores braçais, com xingamentos bobos e vulgaridades bem-humoradas, amenidades para aliviar a monotonia de um trabalho árduo e repetitivo.

Um quinto homem os observava em pé junto à carroça, com um chicote de montaria na mão. Estava mais bem-vestido, de fraque azul e botas pretas engraxadas que subiam até os joelhos. Chamava-se Will Riddick, tinha 30 anos e era o filho mais velho do senhor de Badford. Aquele campo pertencia ao seu pai, assim como o cavalo e a carroça. Will tinha fartos cabelos pretos cortados na altura do queixo, e, no momento, sua expressão era de contrariedade. Sal podia imaginar o motivo. Supervisionar a colheita dos nabos não era tarefa sua, e ele a considerava abaixo de sua posição. Mas o capataz da propriedade estava doente, e ela supunha que Will tivesse sido incumbido de substituí-lo, a contragosto.

O filho de Sal cambaleava descalço pelo lamaçal no esforço de acompanhar o passo da mãe, até ela se virar, abaixar-se para pegá-lo no colo sem qualquer dificuldade e seguir em frente com o menino num dos braços, a cabeça dele apoiada no ombro dela. Segurava seu corpo magro e quentinho com um pouco mais de força que o necessário, apenas porque o amava demais.

Sal teria gostado de ter mais filhos, mas sofrera dois abortos espontâneos e dera à luz um natimorto. Já havia perdido as esperanças e começado a pensar que, pobres como eles eram, um filho só estava de bom tamanho. Era muito dedicada ao menino, provavelmente mais do que deveria, já que muitas crianças eram levadas pela doença ou por algum acidente, e ela sabia que perdê-lo lhe partiria o coração.

O nome de batismo do filho era Christopher, mas, quando ele estava aprendendo a falar, deformava o próprio nome para Kit, e assim era chamado agora. Tinha 6 anos e era miúdo para a idade. Sal torcia para ele ser como Harry quando crescesse: magro porém forte. Os cabelos ruivos, ele sem dúvida havia herdado.

Era hora do almoço, e Sal vinha trazendo uma cesta com queijo, pão e três maçãs enrugadas. Um pouco atrás dela vinha outra esposa do povoado, Annie

Mann, mulher vigorosa da mesma idade, e mais duas com o mesmo objetivo se aproximavam pela direção oposta, descendo o morro com cestas no braço e os filhos a reboque. Os homens interromperam o trabalho, agradecidos, limparam as mãos nas calças e se puseram a caminhar na direção do regato, onde poderiam se sentar em um trecho de grama.

Sal chegou à trilha e pousou Kit com delicadeza no chão.

Will Riddick tirou do bolso do colete um relógio preso a uma corrente e o consultou com a cara fechada.

– Ainda não deu meio-dia – observou ele em voz alta. Estava mentindo, Sal tinha certeza, mas ninguém mais tinha relógio. – Homens, continuem a trabalhar – ordenou.

Aquilo não era nenhuma surpresa para Sal. Will tinha uma índole cruel. Seu pai, o senhor do povoado, podia ser impiedoso, mas o filho era pior.

– Primeiro vocês terminam o trabalho, depois comem o almoço – disse ele.

Havia desdém em seu jeito de pronunciar *almoço*, como se a refeição dos trabalhadores fosse algo desprezível. O próprio Will voltaria à casa senhorial para almoçar rosbife com batatas, pensou ela, provavelmente acompanhados por um caneco de cerveja forte.

Três dos homens se abaixaram para retomar o trabalho, mas o quarto não. Era Ike Clitheroe, tio de Harry, homem de barba grisalha e mais ou menos 50 anos. Num tom de voz brando, ele falou:

– Melhor não sobrecarregar a carroça, Sr. Riddick.

– Pode deixar que isso quem julga sou eu.

– Com todo o respeito – insistiu Ike –, esse freio já está quase totalmente gasto.

– Não tem nada de errado com a porcaria da carroça – disse Will. – Vocês só querem parar de trabalhar antes da hora. Como sempre.

O marido de Sal tomou a palavra. Harry nunca hesitava em entrar numa discussão.

– Se eu fosse o senhor, escutava tio Ike – sugeriu ele, olhando para Will. – Ou pode perder a carroça, o cavalo e todos os seus malditos nabos também.

Os outros homens riram. Só que fazer piada às custas de um fidalgo nunca era uma escolha sensata. Will franziu a testa com raiva e retrucou:

– Cale essa sua boca insolente, Harry Clitheroe.

Sal sentiu a mãozinha de Kit se esgueirar para a sua. O pai dele estava entrando num conflito, e, por mais criança que fosse, Kit farejou o perigo.

A insolência era o ponto fraco de Harry. Apesar de ser um homem honesto e trabalhador, não acreditava que os fidalgos fossem superiores a ele. Sal admirava seu orgulho e pensamento independente, mas isso desagradava os patrões, e ele vivia encrencado por insubordinação. Agora, porém, já tinha dito o que queria e voltou ao trabalho sem falar mais nada.

As mulheres pousaram suas cestas às margens do regato. Sal e Annie foram ajudar os respectivos maridos na colheita dos nabos, enquanto as duas outras esposas, mais velhas, ficaram tomando conta da comida.

O trabalho foi concluído depressa.

Foi então que ficou evidente que Will havia cometido um erro ao parar a carroça no pé do morro. Deveria tê-la estacionado cinquenta metros adiante na trilha, assim a égua teria espaço para ganhar velocidade antes de iniciar a subida. Ele passou um instante pensando, então disse:

– Homens, empurrem a carroça por trás para que a égua ganhe impulso. – Então se aboletou no assento e brandiu o chicote. – Upa!

A égua cinza começou a puxar a carga.

Os quatro trabalhadores se puseram atrás da carroça e empurraram. Seus pés escorregavam no solo molhado. Os músculos dos ombros de Harry tremiam. Sal, que era tão forte quanto qualquer um deles, juntou-se à tarefa. O pequeno Kit também, o que fez os homens sorrirem.

As rodas se moveram, a égua abaixou a cabeça e esticou as correias, o chicote estalou e a carroça avançou. Os ajudantes caíram para trás e a observaram subir a encosta. Mas a égua diminuiu o passo e Will gritou:

– Continuem empurrando!

Todos correram para a frente, seguraram a traseira da carroça e recomeçaram a empurrar. Mais uma vez, a carroça ganhou velocidade. Por alguns metros, a égua correu bem, os ombros musculosos se retesando sob os arreios de couro, mas não foi capaz de manter a velocidade. Ela diminuiu o passo, então cambaleou na lama escorregadia. Pareceu recuperar o equilíbrio, mas agora tinha perdido o impulso, e a carroça parou com um tranco. Will açoitou o animal enquanto Sal e os homens empurraram com todas as forças, mas não conseguiram conter a carroça, e as rodas altas de madeira começaram a girar vagarosamente para trás.

Will puxou o freio de mão, e então todos escutaram um estalo bem alto. Sal viu as duas metades de um freio de madeira partido saírem voando da roda traseira esquerda e escutou Ike dizer:

– Eu *avisei* esse desgraçado, eu *avisei*.

Eles continuaram empurrando com o máximo de força que conseguiam, mas foram obrigados a recuar, e Sal teve uma sensação nauseante de perigo iminente. A carroça começou a ganhar velocidade em marcha a ré. Will gritou:

– Empurrem, seus cães preguiçosos!

Ike soltou a traseira e disse:

– Ela não vai aguentar!

A égua tornou a escorregar, e desta vez tombou. Partes do arreio de couro arrebentaram, e o animal caiu no chão e começou a ser arrastado.

Will pulou do assento. A carroça, agora desgovernada, começou a rolar mais depressa. Sem pensar, Sal catou Kit com um dos braços e pulou de lado, para fora do caminho das rodas. Ike gritou:

– Saiam todos da frente!

Os homens se espalharam bem na hora em que a carroça primeiro derrapou e em seguida tombou de lado. Sal viu Harry trombar com Ike e os dois caírem. Ike rolou até a beira da trilha, mas Harry foi parar no caminho da carroça, que desabou sobre ele com a quina da pesada caçamba de carvalho bem em cima de sua perna.

Foi nessa hora que ele gritou.

Sal ficou paralisada, e um frio gélido lhe apertou o coração. Harry estava ferido, gravemente ferido. Um segundo transcorreu enquanto todos encaravam a cena, horrorizados. Os nabos da carroça saíram rolando pelo chão, e alguns foram parar dentro do regato. Harry berrou com uma voz rouca:

– Sal! Sal!

Ela gritou:

– Tirem a carroça de cima dele, vamos!

Todos seguraram a estrutura. Conseguiram suspendê-la acima da perna de Harry, mas o trabalho era dificultado pelo tamanho das rodas, e ela percebeu que eles teriam que levantar a carroça sobre os aros das rodas antes de poderem colocá-la de pé.

– Vamos forçar com os ombros por baixo! – instruiu ela.

Todos viram que a ideia fazia sentido, mas a madeira era pesada e eles estavam fazendo esforço contra a encosta. Durante alguns terríveis segundos, ela pensou que estivessem correndo o risco de deixar a carroça cair e tornar a desabar, esmagando Harry pela segunda vez.

– Agora, força! – gritou. – Todos ao mesmo tempo!

Então todos entoaram "Foooorça!", e de repente a carroça virou e caiu em pé, com as rodas do outro lado fazendo um barulho alto ao aterrissarem no chão.

Foi então que Sal viu a perna de Harry e soltou um arquejo de horror. O membro estava esmagado da coxa até a canela. Fragmentos de osso perfuravam a pele, e a calça estava ensopada de sangue. Ele estava com os olhos fechados, e de seus lábios entreabertos saía um gemido horrível. Ela ouviu tio Ike dizer:

– Ah, Deus, tenha piedade dele.

Kit começou a chorar.

Sal também queria chorar, mas se controlou; precisava chamar ajuda. Quem conseguiria correr depressa? Olhou em volta e seu olhar recaiu sobre Annie.

– Annie, vá até o povoado o mais depressa que puder e chame Alec. – Alec Pollock era o barbeiro-cirurgião. – Peça a ele que nos encontre na minha casa. Alec saberá o que fazer.

– Fique de olho nos meus meninos – pediu Annie, e saiu correndo.

Sal se ajoelhou na lama ao lado de Harry. Ele abriu os olhos.

– Me ajude, Sal – falou. – Me ajude.

– Vou levar você para casa, meu amor. – Ela pôs as mãos por baixo dele, mas, quando tentou sustentar seu peso e erguer seu corpo, ele tornou a gritar. Sal retirou as mãos. – Jesus, me ajude – implorou ela.

Então ouviu Will dar a ordem:

– Homens, comecem a recolocar os nabos na carroça. Vamos, ânimo.

– Alguém cale a boca dele antes que eu mesma faça isso – disse ela baixinho.

– E a sua égua, Sr. Riddick? Ela consegue ficar de pé? – perguntou Ike.

Ele deu a volta na carroça para ir ver o animal, desviando a atenção de Will. *Obrigada, tio Ike, seu esperto*, pensou Sal.

Ela se virou para Jimmy Mann, marido de Annie e dono do tricórnio.

– Jimmy, vá até a madeireira. Peça a eles que improvisem uma maca com duas ou três tábuas largas para podermos carregar Harry.

– Já estou indo – respondeu Jimmy.

– Me ajudem aqui a fazer esta égua levantar! – chamou Will.

Mas Ike contestou:

– Ela nunca mais vai andar, Sr. Riddick.

Fez-se uma pausa, e Will então falou:

– Acho que talvez você tenha razão.

– Por que não vai buscar uma pistola? – sugeriu Ike. – Para acabar com o sofrimento do bicho.

– Sim – concordou Will, mas sua voz não soou decidida, e Sal percebeu que, por trás da bravata, ele estava em choque.

– Tome um gole de conhaque, se estiver com aquela garrafinha no bolso – sugeriu Ike.

– Boa ideia.

Enquanto Will bebia, Ike falou:

– O coitado que teve a perna esmagada bem que gostaria de um gole. Pode ajudar a aliviar a dor.

Will não respondeu, mas, instantes depois, Ike tornou a surgir de trás da carroça com um cantil de prata na mão. Ao mesmo tempo, Will se afastava a passos rápidos na direção oposta.

– Muito bom, Ike – murmurou Sal.

Ele lhe passou o cantil de Will, e ela o segurou junto aos lábios de Harry, deixando que um filete da bebida escorresse para dentro de sua boca. Ele tossiu, engoliu e abriu os olhos. Ela lhe deu mais e ele bebeu com gosto.

– Faça-o beber a maior quantidade possível – disse Ike. – Não sabemos o que Alec vai precisar fazer.

Por alguns instantes, Sal se perguntou a que Ike estaria se referindo, então entendeu que talvez fosse necessário amputar a perna de Harry.

– Ah, não! – exclamou ela. – Por favor, Deus.

– Só vá dando mais conhaque a ele.

O álcool devolveu um pouco de cor ao rosto de Harry. Num sussurro quase inaudível, ele falou:

– Está doendo, Sal, doendo muito.

– O cirurgião já vem – afirmou ela.

Foi a única coisa que lhe ocorreu. Estava ficando louca com a própria impotência.

Enquanto eles esperavam, as mulheres deram de comer às crianças. Sal entregou a Kit as maçãs da sua cesta. Os homens começaram a recolher e recolocar na carroça os nabos espalhados. Aquilo precisaria ser feito mais cedo ou mais tarde.

Jimmy Mann voltou com uma porta de madeira precariamente equilibrada no ombro. Com dificuldade, baixou-a até o chão, ofegante com o esforço de percorrer quase um quilômetro carregando aquele peso.

– É para aquela casa nova lá em cima, perto do moinho – explicou. – Disseram para não estragar.

Ele pôs a porta ao lado de Harry.

Harry agora precisava ser transferido para cima da maca improvisada, e aquilo doeria bastante. Sal se ajoelhou junto à cabeça do marido. Tio Ike se adiantou para ajudar, mas ela o dispensou com um aceno. Ninguém se esforçaria tanto para ser delicada quanto ela. Assim, segurou os braços de Harry perto dos ombros e bem devagar transferiu a metade superior do corpo dele para cima da maca. Ele não reagiu. Ela foi puxando, centímetro por centímetro, até que o tronco dele estivesse inteiro sobre a porta. Por fim, teria que mover suas pernas. Ela ficou em pé por cima dele, com uma perna de cada lado, então se abaixou, segurou-o pelo quadril e transferiu as pernas dele para a porta com um único movimento rápido.

Ele gritou pela terceira vez.

O grito foi diminuindo e se transformou em choramingo.

– Vamos suspendê-lo – disse ela. Ajoelhou-se junto a uma das quinas da porta e três dos outros homens assumiram as demais. – Bem devagar. Mantenham a porta reta. – Eles seguraram a madeira, foram erguendo-a aos poucos, encaixaram-se debaixo dela assim que possível, então a equilibraram nos ombros. – Prontos? – perguntou ela. – Tentem caminhar no mesmo passo. Um, dois, três, vamos lá.

Eles começaram a atravessar o campo. Sal olhou para trás e viu Kit atordoado e abalado, mas a criança seguia de perto e levava sua cesta. Os dois filhos pequenos de Annie acompanhavam o pai, Jimmy, responsável por carregar a quina esquerda traseira da maca.

Badford era um povoado grande, com uns mil moradores, e a casa de Sal ficava a um quilômetro e meio de distância. Seria uma longa e lenta caminhada, mas ela conhecia tão bem o caminho que sem dúvida poderia ter feito aquilo de olhos fechados. Havia morado ali a vida toda, e seus pais estavam enterrados no cemitério ao lado da igreja de São Mateus. O único outro lugar que conhecia era Kingsbridge, e já fazia dez anos que estivera lá. No entanto, ao longo da vida dela, Badford tinha mudado, e hoje já não era tão fácil ir de uma ponta a outra do povoado. Novas ideias haviam transformado a agricultura e a pecuária, e havia cercas e sebes no caminho. O grupo que carregava Harry teve que passar por porteiras e percorrer trilhas sinuosas entre territórios particulares.

Homens que trabalhavam em outros campos foram se juntando a eles; depois, mulheres que saíam de casa para ver o que estava acontecendo, crianças pequenas e cachorros, todos indo atrás, tagarelando entre si, fazendo comentários sobre o pobre Harry e seu terrível acidente.

Enquanto caminhava, com o ombro agora doendo por causa do peso de Harry e da porta, Sal se lembrou de como a menina de 5 anos que fora um dia – chamada de Sally na época – achava que as terras fora do povoado eram um perímetro vago porém estreito, bem parecido com o jardim ao redor da casa em que morava. Em sua imaginação, o mundo inteiro era só um pouquinho maior que Badford. Na primeira vez em que a tinham levado a Kingsbridge, achara a cidade atordoante: milhares de pessoas, ruas apinhadas, as barracas do mercado abarrotadas de comida, roupas e coisas das quais ela nunca ouvira falar – um papagaio, um globo terrestre, um livro em que se podia escrever, uma travessa de prata. E, além disso, a catedral, de uma altura impossível e estranhamente bela, fria e silenciosa por dentro, evidentemente a morada de Deus.

Kit agora era só um pouco mais velho que ela na época daquela primeira viagem impressionante. Tentou adivinhar o que o filho estaria pensando naquele exato momento. Imaginava que ele sempre tivesse considerado o pai invencível, como em geral acontecia com os meninos, e estivesse agora tentando se acostumar com a ideia de Harry ali deitado, ferido e impotente. Kit devia estar assustado e confuso, pensou. Precisaria acalmá-lo depois.

Finalmente avistaram a casa dela. Era uma das mais modestas do povoado, feita com turfa e paredes de pau a pique com galhos e gravetos entrelaçados. Havia janelas de madeira, mas sem vidraça. Sal disse:

– Kit, corra na frente para abrir a porta.

O menino obedeceu, e eles levaram Harry direto para dentro. A multidão se manteve do lado de fora, espiando o interior.

Era uma casa de apenas um cômodo. Havia duas camas, uma estreita e a outra larga, ambas simples plataformas de tábuas sem verniz pregadas umas nas outras por Harry. Cada uma continha um colchão de lona preenchido com palha.

– Vamos colocá-lo na cama grande – orientou Sal.

Eles baixaram Harry com cuidado sobre a cama, ainda estendido em cima da porta.

Os três homens e Sal se recompuseram, esfregando mãos machucadas e alongando costas doloridas. Sal baixou os olhos para Harry; pálido e imóvel, ele praticamente não respirava.

– Senhor, por favor, não o tire de mim – suplicou ela.

Kit parou na sua frente e lhe deu um abraço, enterrando o rosto em sua barriga, flácida desde o nascimento dele. Sal lhe fez carinho na cabeça. Quis lhe dizer palavras de conforto, mas nenhuma lhe ocorreu. Qualquer coisa verdadeira soaria assustadora.

Ela reparou que os homens estavam examinando sua casa. Era uma casa bem pobre, mas a deles não devia ser muito diferente, uma vez que eram todos lavradores. A roca de Sal ocupava o centro do recinto. Era uma bela ferramenta, talhada com precisão e bem encerada. Ela a herdara da mãe. Ao lado da roca, uma pilha de bobinas de lã fiada aguardava para ser coletada pelo fabricante de tecidos. A roca permitia alguns luxos: chá com açúcar, leite para Kit, carne duas vezes por semana.

– Uma Bíblia! – exclamou Jimmy Mann ao ver o único outro objeto caro da casa.

O grosso volume estava pousado no centro da mesa, com o fecho de latão esverdeado pelo tempo e a encadernação de couro manchada por muitas mãos sebentas.

– Era do meu pai – explicou Sal.

– Mas você sabe ler?

– Ele me ensinou.

A frase deixou os homens impressionados. Ela supunha que nenhum deles fosse capaz de ler mais que umas poucas palavras: os próprios nomes, sem dúvida, e talvez os preços escritos a giz em mercados e tabernas.

– Será que fazemos Harry escorregar de cima da porta para o colchão? – perguntou Jimmy.

– Ele ficaria mais confortável – disse Sal.

– E eu mais feliz por devolver esta porta sã e salva para a madeireira.

Sal foi até o outro lado da cama e se ajoelhou no chão de terra batida. Estendeu os braços para amparar Harry quando ele deslizasse de cima da porta. Os três homens seguraram o outro lado.

– Devagar, com cuidado – ordenou Sal. Eles levantaram um lado, a porta se inclinou e Harry escorregou alguns centímetros e gemeu. – Inclinem mais um pouco – disse ela. Dessa vez, ele deslizou até a borda da madeira. Ela pôs as mãos debaixo do corpo dele. – Mais. E puxem a porta para longe uns cinco centímetros.

Quando Harry escorregou, ela inseriu as mãos e depois os antebraços debaixo dele. Seu objetivo era mantê-lo o mais imóvel possível. Pareceu dar certo, pois ele não emitiu som algum. Passou-lhe pela cabeça a ideia de que aquele silêncio era um mau sinal.

No outro lado, eles puxaram a porta com um pouco mais de força do que seria necessário, e a perna esmagada de Harry bateu no colchão com um leve baque. Ele tornou a gritar. Dessa vez, Sal interpretou isso como um bem-vindo sinal de que o marido ainda estava vivo.

Annie Mann chegou com Alec, o cirurgião. A primeira coisa que ela fez foi verificar se os filhos estavam bem. Em seguida, olhou para Harry. Não falou nada, mas Sal viu que ela ficou abalada com a gravidade da situação.

Alec Pollock era um homem bem-apessoado e estava usando um fraque e uma calça bem conservados, apesar de antigos. Todo o seu conhecimento médico vinha do que aprendera com o pai, que o precedera na função e lhe deixara de herança as facas afiadas e outros instrumentos que constituíam toda a qualificação de que um cirurgião necessitava.

Ele entrou carregando um pequeno baú de madeira com alça, que pousou no chão perto da lareira. Em seguida, olhou para Harry.

Sal ficou estudando seu semblante à procura de algum sinal, mas sua expressão nada revelou.

– Harry, está me ouvindo? – perguntou ele. – Como se sente?

Harry não respondeu.

Alec observou a perna esmagada. O colchão sobre o qual ela repousava já estava empapado de sangue. Alec tocou os ossos que perfuravam a pele. Harry soltou uma exclamação de dor, mas não tão terrível quanto os gritos de antes. O cirurgião tateou o ferimento com um dos dedos, e Harry tornou a reclamar. Alec então segurou o tornozelo e levantou a perna, e Harry berrou.

– É grave, não é? – perguntou Sal.

Alec olhou para ela, hesitou e então se limitou a responder:

– É.

– O que o senhor pode fazer?

– Não consigo endireitar os ossos quebrados – respondeu ele. – Às vezes isso é possível. Se só um osso estiver quebrado e não estiver muito fora do lugar, eu consigo recolocá-lo na posição certa, prendê-lo com uma tala e lhe dar uma chance de se curar sozinho. Mas o joelho é bastante complexo, e o estrago nos ossos de Harry foi grave demais.

– E, nesse caso...?

– O pior perigo é que alguma ferida se contamine e o tecido comece a apodrecer. Isso pode ser fatal. A solução é amputar a perna.

– Não – disse ela, com a voz trêmula de tanto desespero. – Não, não pode cortar fora a perna dele. Ele já sofreu demais do jeito que está.

– Pode ser que isso salve a vida dele.

– Tem que haver algum outro jeito.

– Posso tentar fechar a ferida – disse ele num tom de dúvida. – Mas, se não der certo, o único jeito vai ser amputar.

– Por favor, tente.

– Está bem. – Alec se curvou e abriu o baú de madeira. – Sal, pode pôr um pouco de lenha no fogo? Preciso que esteja bem quente.

Ela foi depressa aumentar o fogo debaixo da cúpula de fumaça.

Alec pegou no baú uma tigela de cerâmica e uma jarra arrolhada.

– Suponho que você não tenha conhaque – disse ele para Sal.

– Não tenho – respondeu ela. Então se lembrou do cantil de Will: ela o havia escondido na saia. – Tenho, sim – corrigiu-se, e sacou a garrafinha.

Alec arqueou as sobrancelhas.

– É de Will Riddick – explicou ela. – O acidente foi culpa dele, aquele idiota. Queria que fosse o joelho dele que tivesse sido esmagado.

Alec fingiu não escutar a ofensa ao filho do senhor do povoado.

– Faça Harry beber o máximo possível. Se ele perder os sentidos, melhor.

Ela se sentou na cama ao lado do marido, levantou a cabeça dele e começou a despejar um filete de bebida na sua boca enquanto Alec aquecia óleo na tigela. Quando o cantil ficou vazio, o óleo já estava borbulhando, uma visão que deixou Sal enjoada.

Alec pôs uma travessa larga e rasa debaixo do joelho de Harry. Junto com Sal, uma plateia horrorizada assistia a tudo: os três lavradores, Annie e os dois filhos, além do pálido Kit.

Quando chegou a hora, Alec agiu de forma rápida e precisa. Com o auxílio de uma pinça, retirou a tigela do fogo e despejou o líquido fervente sobre o joelho de Harry.

Harry soltou o pior grito de todos, então perdeu os sentidos.

Todas as crianças começaram a chorar.

Um cheiro nauseante de carne humana queimada dominou o aposento.

O óleo se acumulou na travessa rasa sob a perna de Harry. Alec então balançou a travessa para garantir que o óleo quente atuasse também na parte inferior do joelho, tornando a selagem completa. Depois ele retirou a travessa, tornou a despejar o óleo na jarra e a arrolhou.

– Mandarei minha conta para o patrão – disse ele para Sal.

– Tomara que ele pague – retrucou ela. – Eu não tenho como.

– É o que ele deve fazer. Um senhor de terras tem uma responsabilidade para com seus trabalhadores, mas não existe nenhuma lei dizendo que ele é obrigado a assumi-la. Enfim, é um assunto entre mim e ele. Não se preocupe com isso. Harry não vai querer comer nada, mas tente fazê-lo beber, se conseguir. O melhor é chá. Pode ser cerveja também, ou então água fresca. E mantenha-o aquecido.

Ele começou a guardar suas coisas no baú.

– Mais alguma coisa que eu possa fazer? – indagou Sal.

Alec deu de ombros.

– Rezar por ele – falou.

CAPÍTULO 2

mos Barrowfield percebeu que algo estava errado assim que avistou Badford.

Havia homens trabalhando nos campos, mas não tantos quanto esperava. A estrada que levava ao povoado estava deserta, com apenas uma carroça vazia à vista. Ele não viu sequer um cachorro.

Amos era fabricante de tecidos. Para ser exato, o fabricante de tecidos era seu pai, mas Obadiah estava com 50 anos e com frequência sentia falta de ar, de modo que era Amos quem percorria a zona rural conduzindo uma manada de cavalos de carga para visitar as casas. Os cavalos levavam sacas de lã crua, os velos tosados das ovelhas.

O trabalho de transformar aqueles tosões em tecido era feito principalmente por aldeões que trabalhavam em casa. Primeiro o tosão precisava ser desembaraçado e limpo, e isso se chamava cardar ou pentear. A lã então era fiada em fios compridos e enrolada em bobinas. Por fim, os fios eram tecidos em teares e se transformavam em peças de fazenda com um metro de largura. A indústria têxtil era a maior do oeste da Inglaterra, e Kingsbridge era o seu centro.

Amos imaginava que, após comerem o fruto da árvore do conhecimento, Adão e Eva deviam ter realizado eles próprios esses três passos de modo a fabricar as roupas para cobrir sua nudez; mas a Bíblia nada dizia sobre cardar ou fiar, tampouco sobre como Adão poderia ter construído um tear.

Ao se aproximar das casas, Amos viu que nem todo mundo tinha desaparecido. Algo distraíra os lavradores, mas os fiandeiros estavam em casa. Eles eram pagos conforme a produção, e não era fácil distraí-los do trabalho.

Foi primeiro à casa de um cardador chamado Mick Seabrook. Na mão direita, Mick segurava uma grande escova com dentes de ferro; na esquerda, um bloco de madeira crua do mesmo tamanho; entre os dois objetos estava esticado um pedaço de lã crua, que ele escovava com movimentos firmes e incansáveis. Quando o emaranhado de cachos misturados com lama e vegetação se transformava num punhado de fibras limpas e retas, ele as enrolava na forma de um cordão frouxo chamado mecha.

As primeiras palavras que Mick disse para Amos foram:

– Já soube o que aconteceu com Harry Clitheroe?

– Não – respondeu Amos. – Acabei de chegar. Você é o primeiro que visito. O que houve com Harry?

– Teve a perna esmagada por uma carroça desgovernada. Dizem que nunca mais vai trabalhar.

– Que horror. Como foi que isso aconteceu?

– Cada um está contando uma história. Will Riddick diz que Harry estava se mostrando, tentando provar que conseguia empurrar sozinho uma carroça carregada. Mas Ike Clitheroe falou que a culpa foi de Will por ter sobrecarregado a carroça.

– Sal deve estar arrasada. – Amos conhecia a família Clitheroe. Na sua opinião, aquele tinha sido um casamento por amor. Apesar de ser um homem durão, Harry era capaz de tudo por Sal. Já ela vivia mandando nele, mas o adorava. – Vou visitá-los agora mesmo.

Ele pagou Mick, deixou-lhe uma nova carga de tosões e levou embora uma saca de mechas.

Logo descobriu onde os aldeões sumidos tinham ido parar. Havia uma pequena multidão reunida em volta da casa dos Clitheroes.

Sal era fiandeira. Ao contrário de Mick, não tinha como trabalhar doze horas por dia, já que precisava cumprir uma série de outras obrigações: fazer roupas para Harry e Kit, cultivar legumes e verduras em sua horta, comprar e preparar a comida, lavar a roupa, limpar a casa e todas as demais tarefas domésticas. Amos gostaria que ela tivesse mais tempo para fiar, porque os fios eram uma mercadoria escassa.

As pessoas abriram caminho para que ele passasse. Amos era conhecido por aquelas bandas e proporcionava a muitos aldeões uma alternativa ao mal remunerado ofício de lavrador. Vários homens o cumprimentaram efusivamente, e um deles falou:

– O cirurgião acabou de sair, Sr. Barrowfield.

Amos entrou. Harry estava deitado na cama, pálido e imóvel, com os olhos fechados e a respiração entrecortada. Em volta da cama havia várias pessoas. Quando seus olhos se acostumaram um pouco mais com a penumbra da casa, Amos reconheceu a maioria.

Dirigiu-se a Sal.

– O que aconteceu?

O rosto dela estava contorcido numa careta de amargura e perda.

– Will Riddick sobrecarregou uma carroça e ela desembestou. Os homens tentaram segurar, mas ela acabou esmagando a perna de Harry.

– O que Alec Pollock falou?

– Ele queria serrar a perna, mas eu o fiz tentar óleo fervente. – Ela olhou para o homem inconsciente na cama antes de completar com tristeza: – Na verdade, acho que nenhum dos dois tratamentos vai ajudar.

– Pobre Harry – comentou Amos.

– Acho que talvez ele esteja se preparando para cruzar o tal Jordão.

Nesse instante, a voz de Sal falhou, e ela começou a chorar.

Amos ouviu uma voz de criança e reconheceu Kit, que exclamou num tom de pânico:

– Não chore, mãe!

Os soluços de Sal cessaram, e ela levou a mão ao ombro do filho e o apertou.

– Está bem, Kit. Não vou chorar.

Amos não soube o que dizer. Sentia-se derrotado por aquela cena de tragédia doméstica indizível na triste casa de uma família pobre.

Em vez disso, decidiu dizer algo prático.

– Não vou incomodá-la para fiar essa semana.

– Ah, incomode sim, por favor – pediu ela. – Quero o trabalho agora mais do que nunca. Com Harry incapacitado, vou precisar demais do dinheiro da roca.

Um dos homens se pronunciou, e Amos reconheceu Ike Clitheroe.

– O patrão deveria sustentar vocês.

– Deveria mesmo – concordou Jimmy Mann. – Mas isso não quer dizer que vá.

Muitos proprietários de terra se sentiam responsáveis por viúvas e órfãos, mas não havia garantia alguma, e o Sr. Riddick era um homem mesquinho.

Sal apontou para a pilha de bobinas ao lado de sua roca.

– Quase terminei a lã da semana passada. Suponho que vá pernoitar hoje em Badford.

– Vou.

– Farei o resto durante a noite e lhe entregarei tudo antes de o senhor ir embora.

Amos sabia que ela passaria a noite trabalhando se preciso fosse.

– Se está certa disso...

– Certíssima.

– Combinado, então.

Amos foi até o lado de fora e desamarrou uma saca do lombo do cavalo da frente. Um fiandeiro teoricamente conseguia fiar meio quilo de lã por dia, mas poucos passavam o dia inteiro na roca: a maioria era como Sal e conciliava a atividade com outras obrigações.

Ele carregou a saca até dentro da casa e a pôs no chão junto à roca. Então deu mais uma olhada na direção de Harry. O homem ferido não se mexera. Estava com a cara da morte, mas, como nunca tinha visto homem nenhum morrer, Amos na verdade não saberia dizer. Ordenou-se a conter a própria imaginação. Então se despediu e se retirou.

Foi até uma construção não muito distante da casa de Sal, um estábulo que fora transformado em oficina por Roger Riddick, terceiro e mais novo dos filhos do senhor de Badford. Amos e Roger eram da mesma idade, 19 anos, e tinham estudado juntos na Escola Secundária de Kingsbridge. Roger era bom aluno, não se interessava por esportes nem por moças e havia sido importunado por outros alunos até Amos intervir para defendê-lo; depois disso, os dois tinham virado amigos.

Amos bateu na porta e entrou. Roger tinha melhorado o imóvel com janelões; uma bancada de trabalho ficava encostada abaixo de um deles para aproveitar a luz. Ferramentas pendiam de ganchos nas paredes, e havia caixas e potes com arame enrolado, pequenas barras de diferentes metais, pregos, parafusos e cola. Roger adorava fabricar brinquedos engenhosos: um camundongo que guinchava e mexia o rabo, um caixão cuja tampa se abria enquanto o cadáver se levantava. Também tinha inventado uma máquina que desentupia canos quando o entupimento estava a metros de distância e até mesmo em curvas.

Roger cumprimentou Amos com um largo sorriso e pousou o formão que estava usando.

– Bem na hora! – exclamou. – Estava indo para casa almoçar agora mesmo. Quer se juntar a nós?

– Estava torcendo para você dizer isso. Obrigado.

Roger tinha cabelos louros e a pele rosada, diferentemente do pai e dos irmãos de cabelos pretos. Amos supunha que o amigo havia puxado à mãe, falecida alguns anos antes.

Os dois saíram da oficina e Roger trancou a porta. Enquanto caminhavam até o casarão, com Amos conduzindo sua manada de cavalos, foram conversando sobre Harry Clitheroe.

– Foi a teimosia do meu irmão Will que causou o acidente – disse Roger com franqueza.

Roger agora estudava no Kingsbridge College, fundado na Universidade de Oxford durante a Idade Média pelos monges de Kingsbridge. Tinha começado poucas semanas antes, e aquela era a primeira vez que voltava para casa. Amos adoraria cursar uma universidade, mas seu pai insistira que ele assumisse o negócio da família. *Talvez as coisas mudem com o passar das gerações*, pensou ele; *talvez eu tenha um filho que vá estudar em Oxford.*

– Como é na universidade? – perguntou.

– Tem muita diversão – respondeu Roger. – Festas incríveis. Mas infelizmente perdi um dinheiro nas cartas.

Amos sorriu.

– Na verdade, eu estava me referindo aos estudos.

– Ah! Bem, é interessante. Nada difícil ainda. Não me interesso muito por teologia nem retórica. Gosto de matemática, mas os professores de matemática são obcecados por astronomia. Eu deveria ter ido estudar em Cambridge... parece que lá a matemática é melhor.

– Vou me lembrar disso quando chegar a vez do meu filho.

– Está pensando em se casar?

– Penso nisso o tempo todo, mas não há chance alguma de acontecer em breve. Não tenho um tostão furado, e meu pai não quer me dar nada antes que eu conclua meu período como aprendiz.

– Não faz mal, assim você tem tempo para ciscar por aí.

Ciscar por aí não era do feitio de Amos. Ele mudou de assunto.

– Posso incomodar vocês e pedir uma cama para dormir esta noite?

– Claro, não há problema nenhum. O pai vai ficar contente em vê-lo. Seus próprios filhos o entediam, e, apesar de considerar suas opiniões radicais, ele gosta de você. Gosta dos debates que vocês têm.

– Eu não sou radical.

– Não mesmo. O pai deveria ver alguns dos homens que conheci em Oxford. As opiniões deles o deixariam horrorizado.

Amos riu.

– Posso imaginar.

Ele sentia inveja ao pensar na vida de Roger, estudando livros e debatendo ideias com um grupo de jovens inteligentes.

A casa senhorial do povoado era uma bela construção avermelhada em estilo jacobino, com as janelas formadas por várias pequenas vidraças emolduradas em chumbo. Eles levaram os cavalos de Amos para beber água nas cocheiras; em seguida, entraram no saguão.

Só moravam homens na casa, e o lugar não era muito limpo. Um cheiro de fazenda pairava no ar, e Amos viu de relance o rabo de um rato se enfiando por baixo de uma porta. Eles foram os primeiros a entrar na sala de jantar. Acima da lareira pendia um retrato da finada esposa do dono da casa. O quadro estava escurecido pela idade e empoeirado, como se ninguém se desse muito ao trabalho de olhar para ele.

O senhor de Badford entrou. Era um homem grande, de rosto vermelho, corpulento, mas ainda vigoroso aos 50 e poucos anos.

– Tem uma luta marcada para o sábado em Kingsbridge – disse ele, animado. – A Besta de Bristol está aceitando qualquer desafio e oferecendo um guinéu para o adversário que conseguir ficar em pé por quinze minutos.

– O senhor vai se divertir bastante – comentou Roger. Sua família adorava esportes, em especial lutas e corridas de cavalo, sobretudo se fosse possível apostar no resultado. – Prefiro apostar nas cartas. Gosto de calcular as probabilidades.

George Riddick, o irmão do meio, entrou no recinto. Era mais alto que a média, tinha cabelos pretos e olhos escuros, e, à exceção dos cabelos repartidos ao meio, era parecido com o pai.

Por fim, entrou Will, seguido de perto por um mordomo trazendo um caldeirão fumegante de sopa. O cheiro deixou Amos com água na boca.

Em cima do aparador havia presunto, queijo e um pão inteiro. Eles se serviram, e o mordomo despejou vinho em seus cálices.

Amos sempre cumprimentava os criados e, nessa hora, disse ao mordomo:

– Olá, Platts. Como vai?

– Vou bem, obrigado, Sr. Barrowfield – respondeu Platts, rabugento.

Nem todos os criados retribuíam a simpatia de Amos.

Will pegou uma fatia grossa de presunto e falou:

– O representante do rei no condado convocou a milícia de Shiring.

A milícia era a força de defesa doméstica. Os alistados eram escolhidos na sorte, e até ali Amos escapara de ser recrutado. Até onde sua memória alcançava, a milícia não havia operado a não ser durante um treinamento anual de seis semanas, que envolvia acampar nas colinas ao norte de Kingsbridge, marchar e formar quadrados de infantaria, e aprender a carregar e disparar um mosquete. Agora, pelo visto, isso mudaria.

– Ouvi dizer a mesma coisa – disse o senhor de Badford. – Mas não foi só em Shiring. Dez condados foram mobilizados.

Era uma notícia alarmante. Que tipo de crise o governo estaria esperando?

– Como eu sou tenente, vou ajudar a organizar a mobilização – informou Will. – Provavelmente terei que passar um tempo morando em Kingsbridge.

Embora Amos até ali tivesse evitado o alistamento, poderia ser convocado se houvesse um novo recrutamento. Não sabia como se sentia em relação a isso. Não tinha vontade nenhuma de ser soldado, mas talvez fosse melhor que ser escravo do pai.

– Quem é o oficial responsável pela milícia? – perguntou o dono da casa.

– O coronel Henry Northwood – respondeu Will.

Henry, o visconde Northwood, era filho do conde de Shiring. Comandar a milícia era um dever tradicional do herdeiro do título.

– O primeiro-ministro Pitt obviamente acha que a situação é séria – comentou o senhor de Badford.

Eles passaram um tempo comendo e bebendo em silêncio, até Roger empurrar o prato para longe e declarar, em tom pensativo:

– A milícia tem duas tarefas: defender o país de uma invasão e reprimir rebeliões. Talvez nós entremos em guerra com a França, o que não me espantaria, mas, mesmo que seja o caso, os franceses levariam meses para preparar uma invasão, o que nos daria tempo de sobra para convocar a milícia. Então não acho que seja por isso. Portanto, o governo deve estar imaginando que vai haver rebeliões. Por que será?

– Você sabe por quê – rebateu Will. – Não faz nem uma década que os americanos derrubaram o rei para fundar uma nova república, e há três anos a turba de Paris invadiu a Bastilha. E aquele francês maldito, Brissot, disse que "não podemos nos acalmar até que a Europa inteira esteja em chamas". A revolução está se espalhando como se fosse varíola.

– Não acho que seja motivo para entrar em pânico – disse Roger. – O que os revolucionários fizeram de concreto, afinal? Deram igualdade aos protestantes, por exemplo. Você, George, como clérigo protestante, certamente dá o devido crédito a eles por isso.

George era pároco de Badford.

– Vamos ver quanto tempo dura – comentou ele, carrancudo.

– Eles aboliram o feudalismo – prosseguiu Roger. – Retiraram o direito do rei de jogar as pessoas na Bastilha sem julgamento e instituíram uma monarquia constitucional… que é o que a Grã-Bretanha tem.

Tudo que Roger estava dizendo era verdade, mas mesmo assim Amos achava que eles tinham agido errado. Na sua visão, não existia liberdade verdadeira na França revolucionária: não havia liberdade de expressão, nem liberdade religiosa. Na realidade, a Inglaterra era mais aberta.

Will se manifestou num tom raivoso, cutucando o ar com o indicador:

– E os massacres de setembro na França? Os revolucionários mataram milhares de pessoas. Sem provas, sem julgamento. "Acho que você é contrarrevolucionário. Você também." Pá, pá, ambos mortos. Algumas das vítimas eram crianças!

– Uma tragédia, reconheço – admitiu Roger. – Sem contar a mácula na reputação da França. Mas achamos de fato que a mesma coisa vai acontecer aqui? Nossos revolucionários não invadem prisões: eles escrevem panfletos e cartas para os jornais.

– É assim que começa! – esbravejou Will, e tomou um gole de vinho.

– Para mim a culpa é dos metodistas – declarou George.

Roger riu e perguntou:

– Onde é que eles estão escondendo a guilhotina?

George ignorou o comentário.

– As escolas dominicais deles ensinam as crianças pobres a ler, depois elas crescem, leem os livros de Thomas Paine e ficam indignadas, então entram para alguma associação de descontentes. Pela lógica, a rebelião é o próximo passo.

O senhor de Badford se virou para Amos.

– Você está calado hoje. Em geral, defende as novas ideias.

– Não estou certo quanto às novas ideias – disse Amos. – Constatei que vale a pena ouvir as pessoas, mesmo as que não têm instrução e as de mente fechada. É possível conseguir um trabalho melhor das suas mãos se elas acharem que você se importa com o que pensam. Sendo assim, se os ingleses acreditam que o Parlamento precisa mudar, acho que devemos escutar o que eles têm a dizer.

– Muito bem colocado – declarou Roger.

– Mas tenho trabalho a fazer. – Amos se levantou. – Mais uma vez, obrigado pela gentil hospitalidade, Sr. Riddick. Agora preciso retomar minhas visitas, porém, se me permitir, voltarei esta noite.

– Claro, claro – disse o senhor de Badford.

Amos se retirou.

Passou o resto do dia visitando seus artesãos nas casas do povoado, recolhendo o serviço concluído, realizando pagamentos e lhes entregando mais material para fiar. Então, quando o sol já estava baixando, voltou à casa dos Clitheroes.

Ouviu a música de longe, quarenta ou cinquenta pessoas cantando a plenos pulmões. Os Clitheroes eram metodistas, assim como Amos, e os metodistas não usavam instrumentos musicais em seus cultos; sendo assim, para compensar, eles se esforçavam mais para manter o compasso, e muitas vezes cantavam em harmonias a quatro vozes. O hino de agora era "Ó Senhor, que a tudo excedes", apreciada composição de Charles Wesley, irmão do fundador do metodismo. Amos apressou o passo. Adorava o som do canto à capela e estava ansioso para juntar-se ao coro.

Badford tinha um grupo metodista muito ativo, assim como Kingsbridge. Até então, o metodismo era um movimento reformista dentro da Igreja Anglicana, liderado sobretudo por membros do clero anglicano. Havia boatos de uma cisão, mas a maior parte dos metodistas ainda comungava na Igreja Anglicana.

Ao chegar mais perto, viu um grupo de pessoas em volta da casa de Sal e Harry. Várias seguravam tochas acesas para iluminar o lugar, e as chamas faziam sombras tremeluzentes dançarem feito espíritos malignos. O líder informal dos metodistas era Brian Pikestaff, agricultor independente e dono de doze hectares de terra. Como ele era proprietário de suas terras, o senhor de Badford não podia impedi-lo de organizar reuniões metodistas em seu celeiro. Se fosse arrendatário, provavelmente já teria sido expulso.

O hino chegou ao fim, e Pikestaff falou sobre o amor que unia Harry, Sal e Kit. Disse que era um amor verdadeiro, tão próximo quanto o amor humano podia chegar do amor divino sobre o qual o coro acabara de cantar. Algumas pessoas começaram a chorar.

Quando Brian terminou de falar, Jimmy Mann tirou seu tricórnio da cabeça e deu início a uma prece improvisada, segurando o chapéu na mão. Era assim que se fazia entre os metodistas. As pessoas rezavam, ou então propunham um hino, sempre que o espírito assim lhes sugeria. Em teoria, eram todos iguais perante Deus, embora na prática fosse raro uma mulher tomar a palavra.

Jimmy pediu ao Senhor que fizesse Harry ficar bom para poder continuar cuidando da sua família, mas a prece foi rudemente interrompida. George Riddick apareceu, de lampião na mão e crucifixo no peito. Estava usando suas vestes completas de pároco: batina, túnica de mangas bufantes e um chapéu de Cantuária, quadrado e com os cantos pontudos.

– Mas que acinte! – bradou ele.

Jimmy se deteve, abriu os olhos, tornou a fechá-los e retomou:

– Ó Deus, nosso pai, escutai nossa prece de hoje, em que vos pedimos…

– Chega disso! – urrou George, e Jimmy foi forçado a se calar.

Brian Pikestaff falou num tom amigável:

– Boa noite, Reverência. Quer se juntar à nossa prece? Estamos pedindo a Deus que cure nosso irmão Harry Clitheroe.

– É o clero quem convoca os fiéis a rezar, não o contrário! – retrucou George, com raiva.

– Mas Vossa Reverência não fez isso, fez? – disse Brian.

Por alguns segundos, George pareceu desconcertado.

Brian continuou:

– Vossa Reverência não nos convocou para rezar por Harry, que, neste exato momento em que conversamos, está postado na margem do grande rio escuro, esperando para saber se é a vontade de Deus que ele o atravesse hoje à noite para comparecer diante da divina presença. Se tivesse nos convocado, teríamos de bom grado ido rezar com Vossa Reverência na igreja de São Mateus. Mas como não o fez, aqui estamos.

– Vocês são uns aldeões ignorantes! – vociferou George. – Por isso Deus pôs um membro do clero para comandá-los.

– Ignorantes? – Era uma voz de mulher, e Amos identificou Annie Mann, uma de suas fiandeiras. – Não tão ignorantes a ponto de sobrecarregar uma carroça de nabos – argumentou ela.

Ouviram-se gritos de apoio e até mesmo alguns risos esparsos.

– Deus os subordinou àqueles que sabem mais, e é seu dever obedecer à autoridade, não desafiá-la – disse George.

Fez-se um silêncio breve, então todos escutaram um gemido alto de dor vindo de dentro da casa.

Amos foi até a porta e entrou.

Sal e Kit estavam ajoelhados do outro lado da cama, as mãos unidas numa prece. O cirurgião Alec Pollock, em pé à cabeceira, segurava o pulso de Harry.

Harry tornou a gemer, e Alec disse:

– Ele está indo, Sal. Está nos deixando.

– Ó Deus – gemeu Sal, e Kit começou a chorar.

Amos permaneceu parado junto à porta em silêncio, observando.

Um minuto depois, Alec voltou a falar.

– Ele se foi, Sal.

Sal abraçou Kit, e os dois choraram juntos.

– O sofrimento dele acabou – declarou Alec. – Ele agora está com Nosso Senhor Jesus.

E Amos respondeu:

– Amém.

CAPÍTULO 3

No terreno do palácio episcopal, onde, segundo rezava a lenda de Kings-bridge, os monges antigamente cultivavam leguminosas e repolhos, Arabella Latimer havia plantado um roseiral.

Sua família ficara surpresa. Ela nunca havia demonstrado interesse por cultivar coisa alguma. Seus deveres eram todos direcionados para o marido bispo: administrar a casa, organizar jantares para os membros mais importantes do clero e outros figurões do condado, e acompanhá-lo trajando roupas caras porém respeitáveis. Então, um belo dia, ela anunciou que plantaria rosas.

Era uma ideia nova que vinha conquistando o imaginário de umas poucas damas elegantes. Não chegava a ser uma febre, mas tinha se tornado um modismo, e Arabella lera a respeito na revista *The Lady's Magazine*, interessando-se pelo assunto.

Elsie, sua única filha, não havia imaginado que o entusiasmo da mãe fosse durar. Previra que Arabella logo fosse se cansar de ficar abaixada revirando a terra, de regar e adubar, e do modo como a terra entrava debaixo de suas unhas e nunca saía por completo.

Stephen Latimer, o bispo, resmungara:

– Vai ser um fogo de palha, escreva o que estou dizendo.

E voltara à leitura do jornal *The Critical Review*.

Os dois se enganaram.

Quando Elsie saiu à procura da mãe, às oito e meia daquela manhã, encontrou-a no roseiral com um jardineiro ao seu lado, empilhando esterco da cocheira ao redor da base das plantas enquanto uma chuva fina e gelada lhes molhava a cabeça. Ao ver a filha, Arabella falou por cima do ombro:

– É para protegê-las da geada.

E continuou o que estava fazendo.

Elsie achou graça. Ficou se perguntando se alguma vez a mãe teria segurado uma pá antes desse dia.

Olhou em volta. Como era inverno, as roseiras estavam todas peladas, mas o formato do roseiral era visível. Entrava-se nele por um arco de vime que no verão sustentava uma profusão de arbustos de rosas trepadeiras. O arco dava em um quadrilátero de roseiras baixas que explodiria em cores flamejantes. Depois dele, uma treliça presa a um trecho de muro em ruínas, construído talvez pelos tais monges para abrigar a horta, servia de suporte para trepadeiras que no tempo quente cresciam como ervas daninhas e floresciam em cores vivas, como se os anjos lá do céu tivessem derramado suas tintas de maneira displicente.

Elsie sentia havia tempos que a mãe levava uma vida triste e vazia, mas teria lhe desejado uma ocupação com mais propósito que a jardinagem. No entanto, ela era uma idealista e uma intelectual, ao passo que Arabella não era nada disso. Para tudo há uma ocasião, diria seu pai, citando Eclesiastes, e um tempo para cada propósito debaixo do céu. As rosas enchiam de alegria a vida da mãe.

Fazia frio, e Elsie tinha algo importante a dizer.

– A senhora vai demorar muito? – perguntou.

– Estou quase acabando.

Bem mais jovem que o marido, Arabella tinha 38 anos e ainda conservava o seu encanto. Era alta e bem proporcionada, e tinha fartos cabelos castanho-claros com um toque acobreado. O nariz era coberto de sardas, algo que, apesar de ser considerado um defeito por muitos, por algum motivo nela ficava charmoso. Elsie era diferente da mãe tanto na aparência quanto no temperamento – tinha cabelos escuros e olhos castanho-esverdeados –, mas as pessoas diziam que seu sorriso era lindo.

Arabella passou a pá para o jardineiro, e as duas correram para dentro de casa. Arabella descalçou as botas e tirou a capa enquanto Elsie secava os cabelos úmidos com uma toalha.

– Hoje de manhã vou perguntar ao pai sobre a escola dominical – anunciou Elsie.

Esse era seu grande projeto. Ela ficava horrorizada com o modo como as crianças eram tratadas em sua cidade natal. Muitas vezes elas viravam mão de obra aos 7 anos e trabalhavam catorze horas por dia de segunda a sexta, mais doze horas aos sábados. A maioria nunca aprendia a ler e escrever mais que algumas poucas palavras. Elas precisavam de uma escola dominical.

Seu pai sabia disso tudo e não parecia se importar. Mas Elsie tinha um plano para convencê-lo.

– Tomara que ele esteja de bom humor – comentou sua mãe.

– A senhora vai me apoiar, não vai?

– Lógico. Acho seu plano incrível.

Elsie queria mais que uma expressão vaga de boa vontade.

– Sei que a senhora tem reservas, mas... por favor, não se ofenda com o que vou dizer: será que poderia guardá-las para si, só por hoje?

– É claro, querida. Você sabe que sou cuidadosa com o que falo.

Elsie discordava disso, mas preferiu não comentar.

– Ele vai levantar objeções, mas eu lidarei com elas. Só quero que a senhora murmure algum incentivo de vez em quando, dizendo "muito justo", "boa ideia", coisas assim.

Arabella pareceu achar graça e ficar apenas levemente irritada com a insistência da filha.

– Querida, já entendi o recado, não precisa se preocupar. É como uma atriz: você não quer críticas construtivas, quer uma plateia que aplauda.

Ela estava sendo irônica, mas Elsie fingiu não notar.

– Obrigada – falou para a mãe.

Elas entraram na sala de jantar. Os empregados estavam enfileirados junto a uma das paredes, por ordem de importância: primeiro os homens – mordomo, criado pessoal, lacaio e limpa-botas –, depois as mulheres – governanta, cozinheira, duas criadas de quarto e a ajudante de cozinha. A mesa estava posta com porcelana no estilo florido em voga conhecido como *chinoiserie*.

Ao lado do lugar do bispo havia uma edição do *The Times* da antevéspera. O jornal levava um dia para ir de Londres até Bristol pela estrada principal, depois mais um para chegar a Kingsbridge por estradas rurais que ficavam enlameadas quando chovia e esburacadas no tempo seco. Essa velocidade parecia um milagre para pessoas da idade do bispo, que se lembravam de quando tal viagem levava uma semana.

O bispo adentrou o recinto. Elsie e Arabella empurraram suas cadeiras para trás e se ajoelharam no tapete com os cotovelos nos assentos e as mãos unidas. A caldeira usada para a água do chá ficou chiando enquanto ele recitava as preces com reverência e também um pouco de pressa, impaciente para saborear seu toucinho. Depois do amém final, os empregados voltaram ao seu trabalho e a comida foi rapidamente trazida da cozinha.

Elsie comeu um pouco de pão com manteiga, bebericou seu chá e aguardou o momento certo. Estava tensa. Queria muito aquela escola dominical. Partia-lhe o coração o fato de tantas crianças de Kingsbridge serem totalmente ignorantes. Ficou estudando o pai de modo discreto enquanto ele comia, avaliando seu estado de espírito. Ele tinha 55 anos e cabelos grisalhos e ralos. Já havia sido uma figura imponente, alta e de ombros largos – Elsie ainda se lembrava –, mas gostava demais de comer e agora estava pesado, com o rosto redondo e uma cintura imensa, além de estar também com a postura encurvada.

Com o bispo agradavelmente farto de torradas e chá, e antes de ele abrir o *The Times*, a criada Mason entrou trazendo uma jarra de leite fresco, e Elsie aproveitou a deixa. Meneou a cabeça de leve para Mason. Era um sinal combinado previamente, e a criada sabia o que fazer.

– Eu queria consultá-lo sobre um assunto, pai – disse Elsie.

Era sempre melhor apresentar qualquer coisa que tivesse a dizer como um pedido de explicação – o bispo gostava de explicar, mas não gostava que lhe dissessem o que fazer.

Ele abriu um sorriso afável.

– Pode falar.

– Nossa cidade tem uma boa reputação na área da educação. A biblioteca da nossa catedral atrai estudiosos de toda a Europa Ocidental. A Escola Secundária de Kingsbridge tem renome nacional. E há, é claro, o Kingsbridge College, em Oxford, onde o senhor mesmo estudou.

– É verdade, querida. Mas disso tudo eu já sei.

– E apesar de tudo isso nós fracassamos.

– Certamente não.

Elsie hesitou, mas estava comprometida agora. Com o coração batendo forte, ela chamou:

– Mason, entre, por favor.

Mason entrou trazendo um menininho sujo com seus 10, 11 anos. Um cheiro desagradável o acompanhou sala adentro. Surpreendentemente, ele não pareceu intimidado pelo ambiente.

– Quero que o senhor conheça Jimmy Passfield – declarou Elsie.

O menino falou com a arrogância de um duque, embora sem a mesma precisão gramatical.

– Prometeram *pra eu* linguiça com mostarda, mas não vi nem o cheiro.

– O que é isso? – perguntou o bispo.

Elsie rezou para que o pai não explodisse.

– Por favor, pai, escute só por um ou dois minutos. – Sem esperar que ele assentisse, ela se virou para o menino com uma pergunta. – Jimmy, você sabe ler?

Elsie prendeu a respiração, insegura com a resposta que ele daria.

– Eu *num* preciso ler – respondeu o menino com insolência. – Já sei tudo. Posso dizer o horário da diligência todos os dias da semana sem nem olhar pro papel pregado na Hospedaria do Sino.

O bispo emitiu um som de desagrado, mas Elsie o ignorou e fez a pergunta mais importante:

– Você conhece Jesus Cristo, Jimmy?

– Conheço todo mundo, e não tem ninguém com esse nome em Kingsbridge. Isso eu *agaranto*.

Ele bateu uma única palma e cuspiu para dentro da lareira.

O choque silenciou o bispo, como Elsie esperava que acontecesse.

– Um balseiro de Combe chamado Jason Cryer sobe o rio *algumas vez* – acrescentou Jimmy. Ele balançou um dedo para Elsie num gesto de reprovação. – Aposto que a senhorita confundiu o nome dele.

Elsie insistiu.

– Você frequenta a igreja?

– Fui uma vez, mas, como não quiseram me dar vinho, dei no pé.

– Você não quer ter seus pecados perdoados?

Jimmy ficou indignado.

– Nunca cometi pecado nenhum, nunquinha, e aquele leitão que roubaram da Sra. Andrews na Rua do Poço não teve nada a ver *com eu*, eu não estava nem lá.

– Está bem, Elsie, está bem – disse o bispo. – Você provou o que queria. Mason, leve o menino daqui.

– E dê linguiça a ele – emendou Elsie.

– Com mostarda – disse Jimmy.

– Com mostarda – repetiu Elsie.

Mason e Jimmy se retiraram.

Arabella bateu palmas e riu.

– Que maravilha esse pequeno! Ele não tem medo de ninguém!

– Ele não é uma exceção, pai – prosseguiu Elsie, séria. – Metade das crianças de Kingsbridge é igualzinha. Elas nunca puseram os pés numa escola, e, se os pais não as obrigam a ir à igreja, não aprendem sobre a religião cristã.

O bispo estava nitidamente chocado.

– E você acha que eu posso fazer algo a respeito?

Era a esse ponto que ela estava querendo chegar.

– Alguns moradores da cidade estão falando em montar uma escola dominical.

Não era exatamente verdade. A escola dominical era ideia de Elsie, e, embora várias pessoas se mostrassem favoráveis, provavelmente não aconteceria sem ela. Mas não queria que o pai soubesse quão fácil seria para ele impedir sua criação.

– Mas já temos escolas para criancinhas na cidade – argumentou ele. – Creio que a Sra. Baines, da Rua do Peixe, ensina princípios cristãos sólidos, embora eu tenha dúvidas em relação àquele lugar no Campo dos Amantes para o qual os metodistas mandam os filhos.

– Essas escolas cobram taxas, naturalmente.

– E de que outra forma elas funcionariam?

– Estou falando de uma escola gratuita para crianças pobres nas tardes de domingo.

– Entendo. – Ela podia ver que ele estava tentando pensar em objeções. – E onde funcionaria?

– No Mercado de Lã, por exemplo. Ele nunca é usado aos domingos.

– Acha que o prefeito permitiria que o salão do Mercado de Lã fosse usado pelos filhos dos pobres? Metade deles não sabe nem fazer as necessidades no lugar certo. Ora, até na catedral eu já vi... Mas deixe estar.

– Tenho certeza de que as crianças podem ser mantidas sob controle. Mas, se não pudermos usar o Mercado de Lã, existem outras possibilidades.

– E quem lecionaria?

– Várias pessoas se ofereceram como voluntárias, entre elas Amos Barrowfield, que frequentou o secundário.

– Bem que achei que Amos acabaria entrando nessa história de algum jeito – murmurou Arabella.

Elsie enrubesceu e fingiu não ter escutado.

O bispo ignorou a intervenção de Arabella e não reparou que Elsie ficou encabulada.

– O jovem Barrowfield é metodista, creio eu – declarou ele.

– O cônego Midwinter seria o patrocinador.

– Outro metodista, apesar de ser cônego da catedral.

– Fui convidada para dirigir a escola, e não sou metodista.

– Dirigir a escola! Você é nova demais para isso.

– Tenho 20 anos e sou instruída o suficiente para ensinar crianças a ler.

– Essa ideia não me agrada – disse o bispo num tom decidido.

Elsie não ficou surpresa, embora o tom irredutível do pai a tenha desanimado. Já esperava que ele desaprovasse e tinha um plano para fazê-lo mudar de ideia. Mas então falou:

– Por que raios a ideia não lhe agrada?

– Veja bem, querida, não é bom para as classes trabalhadoras aprender a ler e escrever – retrucou ele, adotando o tom paternalista de homem mais velho que distribui ensinamentos para a juventude utópica. – Livros e jornais enchem suas cabeças de ideias compreendidas só pela metade. Isso as deixa descontentes com a situação de vida que Deus lhes impôs. Elas começam a alimentar ideias tolas sobre igualdade e democracia.

– Mas elas precisam ler a Bíblia.

– Pior ainda! Elas entendem mal as escrituras e acusam a Igreja estabelecida de falsa doutrina. Acabam virando dissidentes e não conformistas, e depois começam a querer fundar as próprias igrejas, como os presbiterianos e os congregacionalistas. E os metodistas.

– Os metodistas não têm igrejas próprias.

– É uma questão de tempo.

Seu pai era bom em argumentação; tinha aprendido isso em Oxford. Elsie em geral gostava do desafio que isso representava, mas aquele projeto era importante demais para ser derrotado por uma disputa num debate. De qualquer maneira, ela havia providenciado um segundo visitante que talvez conseguisse convencer seu pai e precisava manter a discussão acesa até ele aparecer.

– O senhor não acha que ler a Bíblia ajudaria os trabalhadores a resistir aos falsos profetas?

– Muito melhor se eles escutassem os membros do clero.

– Mas eles não escutam, então este não é um conselho realista.

Arabella riu.

– Ora, vocês dois – disse ela. – Isso parece um debate no Parlamento. Não estamos falando da Revolução Francesa! É só uma escola dominical, com crianças sentadas no chão rabiscando os próprios nomes em lousas e cantando "Marchando para Sião".

A criada apareceu à porta e anunciou:

– Excelência, o Sr. Shoveller chegou.

– Shoveller?

– O tecelão – explicou Elsie. – As pessoas o chamam de Spade. Ele trouxe uma peça de fazenda para a mãe e eu examinarmos. – Ela se virou para a criada. – Pode mandá-lo entrar, Mason, e sirva-lhe uma xícara de chá.

Um tecelão estava situado vários degraus abaixo da família do bispo na escala social, mas Spade era simpático e educado; tinha aprendido sozinho a etiqueta dos salões de modo a poder vender para a nata da sociedade. Entrou carregando uma peça de tecido. Atraente de um jeito rústico, com cabelos despenteados e um sorriso bonito, estava sempre bem-vestido com as roupas feitas a partir dos próprios tecidos.

Ele se curvou numa reverência e disse:

– Não era minha intenção interromper a refeição de Vossa Excelência.

O pai não estava muito satisfeito, e Elsie podia notar, mas ele fingiu não se importar.

– Queira entrar, Sr. Shoveller.

– Vossa Excelência é muito gentil. – Spade ficou parado num lugar em que todos poderiam vê-lo e desenrolou uma peça de tecido. – É este que a Srta. Latimer queria tanto ver.

Elsie não tinha muito interesse por roupas – assim como as rosas da mãe, era algo frívolo demais para prender sua atenção –, mas até ela ficou impressionada com as lindas cores da fazenda, um vermelho terroso e um amarelo mostarda numa delicada estampa xadrez. Spade deu a volta na mesa e segurou o tecido na frente de Arabella, tomando cuidado para não tocá-la.

– Nem todo mundo pode usar estas cores, mas elas são perfeitas para a senhora – declarou.

Arabella se levantou e se olhou no espelho acima da lareira.

– Ah, sim – falou ela. – Elas parecem cair bem em mim.

– O tecido é uma mescla de seda e lã de merino – explicou Spade. – Muito macio... sinta só. – Arabella obedientemente alisou o tecido. – Quente, porém leve – acrescentou. – Perfeito para um casaco ou uma capa de primavera.

E devia ser caro também, pensou Elsie; mas o bispo era rico e nunca parecia se importar que Arabella gastasse o seu dinheiro.

Spade se posicionou atrás de Arabella e lhe envolveu os ombros com o tecido. Ela juntou a fazenda no pescoço e fez um giro parcial para a direita, em seguida para a esquerda, a fim de se ver a partir de ângulos diferentes.

Mason entregou a Spade uma xícara de chá. O tecelão pôs a peça de fazenda sobre uma cadeira de modo que Arabella pudesse seguir posando com ela, então se sentou à mesa para tomar seu chá. Elsie comentou:

– Estávamos debatendo a ideia de uma escola dominical para os filhos dos pobres.

– Sinto muito ter interrompido.

– De modo algum. Me interessaria escutar sua opinião.

– Acho a iniciativa esplêndida.

– Meu pai teme que isso doutrine as crianças no metodismo. O cônego Charles será o patrocinador da escola, e Amos Barrowfield vai ajudar com as aulas.

– Vossa Excelência é muito sábio – disse Spade.

Ele deveria ter apoiado Elsie, não o bispo.

– Eu mesmo sou metodista – prosseguiu –, mas acredito que se devam ensinar às crianças as verdades básicas, sem incomodá-las com sutilezas de doutrina.

Era um argumento bom e simples, mas Elsie pôde ver que o pai não se deixou impressionar. Spade continuou:

– Mas Elsie, se todo mundo que participar da sua escola for metodista, a Igreja Anglicana vai ter que criar a própria escola dominical, para oferecer uma alternativa.

O bispo deu um grunhido de surpresa. Por essa ele não esperava.

– E tenho certeza de que muitos moradores da cidade adorariam ter seus filhos aprendendo histórias da Bíblia com o bispo em pessoa.

Elsie quase riu. A expressão de seu pai era um retrato de horror. Ele detestou a ideia de contar histórias da Bíblia para os filhos imundos dos pobres de Kingsbridge.

– Mas, Spade, como serei eu a responsável pela escola, posso garantir que se ensinem às crianças apenas os elementos da nossa fé que sejam comuns à Igreja Anglicana e aos metodistas.

– Ah! Nesse caso retiro tudo que disse. E, aliás, acho que a senhorita seria uma excelente professora.

O bispo pareceu aliviado.

– Bem, pode abrir sua escola dominical, se fizer questão – disse ele. – Preciso cuidar das minhas obrigações. Tenha um bom dia, Sr. Shoveller.

Com isso, o bispo se retirou.

– Elsie, você planejou isso? – perguntou Arabella.

– Com toda a certeza. E obrigada, Spade. Você foi brilhante.

– Foi um prazer. – Ele se virou para Arabella. – Sra. Latimer, se quiser uma roupa feita deste belo tecido, minha irmã ficará encantada em providenciá-la.

Kate Shoveller, irmã de Spade, era exímia costureira e tinha uma loja na Rua Alta que administrava com outra mulher, Rebecca Liddle. Suas roupas eram elegantes, e a loja ia de vento em popa.

Querendo recompensar Spade pela ajuda, Elsie disse para a mãe:

– A senhora deveria encomendar um casaco. Vai ficar maravilhoso.

– Acho que vou mesmo – concordou Arabella. – Por favor, avise à Srta. Shoveller que passarei na loja.

Spade se curvou.

– Claro, com prazer – falou ele.

CAPÍTULO 4

al passou a noite que precedeu o enterro acordada, chorando a morte de Harry e preocupada com o próprio sustento sem o salário dele.

O corpo de seu marido estava deitado na igreja fria, envolto numa mortalha, e ela tinha a cama só para si. Parecia vazia, e ela não parava de tremer de frio. A última vez que dormira sozinha fora na véspera do casamento com Harry, oito anos antes.

Kit estava na cama menor, e ela podia saber pelo som da sua respiração que o menino dormia profundamente. Pelo menos ele conseguia esquecer a tristeza no sono.

Visitada por lembranças boas permeadas de tristeza e ansiedade, ela ficou cochilando e acordando até ver a luz entrar pelas frestas das janelas, então se levantou e acendeu o fogo. Sentou-se diante da roca e ficou fiando até Kit acordar, então preparou um desjejum de pão com banha e chá para ambos. Em breve ficaria pobre demais para comprar chá.

O enterro estava marcado para a tarde. A camisa de Kit estava toda puída e tinha rasgos impossíveis de remendar. Ela não queria que ele parecesse malvestido nesse dia. Tinha uma camisa velha de Harry que podia ser ajustada para caber no menino, então se sentou para cortar e costurar.

Quando já estava terminando, ouviu tiros. Devia ser Will Riddick caçando perdizes no Campo do Moinho. O homem era o responsável pela sua súbita pobreza. Ele deveria fazer algo a respeito. A raiva subiu pela garganta de Sal, e ela decidiu confrontá-lo.

– Fique aqui – falou para Kit. – Varra o chão.

Então saiu para a manhã fria.

Will estava no descampado com seu cachorro preto e branco da raça setter. Quando ela se aproximava dele por trás, uma revoada de perdizes emergiu da mata contígua, e Will acompanhou as aves com a espingarda e disparou duas vezes. Tinha boa pontaria, e desabaram no chão duas aves cinzentas com as asas listradas e mais ou menos do tamanho de pombos. Um homem saiu do meio das árvores, e Sal reconheceu os cabelos sebentos e o corpo ossudo de

Platts, mordomo da casa senhorial. Obviamente era ele quem estava assustando as aves para Will.

O cachorro correu até onde as perdizes tinham caído. Trouxe uma de volta, depois a segunda.

– Outra vez! – gritou Will para Platt.

A essa altura, Sal já tinha chegado ao lugar em que Will estava.

Lembrou a si mesma que não havia nada a ganhar agredindo os que detinham o poder. Eles às vezes podiam ser convencidos, persuadidos ou mesmo impelidos pela vergonha a fazer a coisa certa, mas não admitiam ser intimidados. Qualquer tentativa de forçar a questão só faria aumentar a obstinação deles.

– O que a senhora quer? – perguntou Will com grosseria.

– Preciso saber o que vai fazer por mim… senhor.

Ela acrescentou a última palavra um pouco tarde demais.

Ele recarregou a arma.

– Por que eu deveria fazer algo pela senhora?

– Porque Harry estava trabalhando sob as suas ordens. Porque o senhor sobrecarregou a carroça. Porque não escutou o aviso de tio Ike. Porque o senhor matou meu marido.

Will enrubesceu.

– A culpa foi toda dele.

Sal se esforçou para adotar um tom de voz brando e moderado.

– Tem gente que vai acreditar no seu relato, mas o senhor conhece a verdade. O senhor estava lá. E eu também.

Ele se manteve parado numa postura despreocupada, segurando a arma na mão frouxa, mas deixando-a apontada para Sal. Ela não teve dúvida de que a ameaça era intencional, mas não achava que ele fosse puxar o gatilho. Seria difícil fingir que fora um acidente apenas dois dias depois de ele ter matado o seu marido.

– A senhora quer uma esmola, suponho – disse ele.

– Eu quero o que senhor tirou de mim: o salário do meu marido, oito xelins por semana.

Ele fingiu achar graça.

– Não pode me obrigar a lhe pagar oito xelins por semana. Por que não arruma outro marido? – Ele a fitou de cima a baixo, olhando com desdém para o vestido simples e os sapatos de fabricação caseira. – Deve ter alguém disposto a aceitá-la.

Ela não se ofendeu. Sabia que era atraente para os homens. O próprio Will já a tinha olhado com lascívia mais de uma vez. Mas não conseguia se imaginar casando-se outra vez.

Só que esse não era o argumento a ser usado agora. Em vez disso, falou:

– Se isso acontecer, o senhor poderá parar de me pagar.

– Eu não vou nem começar.

Ouviu-se um bater de asas quando as aves tornaram a levantar voo, e ele girou o corpo e atirou. Outras duas perdizes caíram no chão. O cachorro trouxe uma e foi buscar a outra.

Will pegou a ave que estava junto ao seu pé.

– Tome aqui – disse ele a Sal. – Fique com uma perdiz.

Havia sangue no peito cinza-claro da ave, mas o bicho ainda estava vivo. Sal ficou tentada a aceitar. Uma perdiz daria um belo jantar para ela e Kit.

– Como compensação pelo seu marido, é mais ou menos o valor justo – disse Will.

Ela arquejou como se ele tivesse lhe dado um soco. Não conseguiu recuperar o fôlego para falar. Como ele se atrevia a dizer que o seu marido valia uma perdiz? Engasgada de tanto ódio, deu meia-volta e se afastou a passos largos, deixando-o com a ave na mão.

Estava espumando de raiva e, se tivesse ficado mais tempo, teria dito alguma tolice.

Atravessou o campo pisando firme, a caminho de casa, mas então mudou de ideia e decidiu ir falar com o senhor de Badford. Ele estava longe de ser um encanto de pessoa, mas não era tão ruim quanto Will. E algo tinha que ser feito por ela.

O acesso pela porta principal da casa senhorial era proibido aos aldeões. Ela se sentiu tentada a desrespeitar essa regra, mas hesitou. Não queria usar a porta dos fundos e cruzar com os empregados, pois eles insistiriam em fazê-la aguardar enquanto perguntavam ao patrão se ele a receberia, e a resposta poderia ser não. Mas havia uma porta lateral usada pelos aldeões que vinham pagar seus aluguéis. Ela sabia que a porta dava em um corredor curto que ia até o saguão principal e o escritório do patrão.

Contornou a lateral da casa e tentou essa porta. Estava destrancada.

Ela entrou.

A porta do escritório estava aberta, e um cheiro de fumaça de tabaco pairava no ar. Ela olhou para dentro e viu o senhor de Badford sentado diante da escrivaninha, fumando cachimbo e fazendo anotações num livro-caixa. Bateu na porta e disse:

– Com licença, Vossa Senhoria.

Ele ergueu o rosto e tirou o cachimbo da boca.

– O que está fazendo aqui? – indagou, irritado. – Não é dia de aluguel.

– A entrada lateral estava destrancada e eu precisava lhe falar com urgência.

Ela entrou e fechou a porta do escritório atrás de si.

– Deveria ter usado a entrada dos empregados. Quem a senhora pensa que é?

– Preciso saber o que Vossa Senhoria vai fazer por mim agora que perdi meu marido. Tenho um filho para alimentar e vestir.

Ele hesitou. Sal achava que o Sr. Riddick talvez se esquivasse da própria responsabilidade se pudesse, mas imaginou que ele estivesse com a consciência pesada. Em público decerto negaria que Will fosse o culpado pela morte de Harry. Mas ele não era tão mau quanto o filho. Ela percebeu a indecisão e a vergonha atravessarem seu rosto vermelho. Ele então pareceu endurecer o próprio coração e declarou:

– É para isso que temos o Auxílio aos Pobres.

Os proprietários de casas do povoado pagavam anualmente determinada quantia para ajudar os pobres da paróquia. O fundo era administrado pela Igreja.

– Fale com o pároco – disse o patrão. – É ele o supervisor dos pobres.

– O pároco odeia metodistas, senhor.

Com um ar de quem lança mão de um trunfo, o Sr. Riddick retrucou:

– Nesse caso, a senhora não deveria ser metodista, não é mesmo?

– O Auxílio aos Pobres não deve ser só para aqueles que concordam com o pároco.

– Quem dá esse dinheiro é a Igreja Anglicana.

– Mas o dinheiro não é da Igreja, certo? Ele vem dos proprietários das casas. Eles estão enganados em confiar na justiça da Igreja?

O Sr. Riddick começou a se irritar.

– A senhora é uma dessas que se acham no dever de corrigir seus superiores, não é?

Toda a esperança de Sal se esvaiu. Uma discussão com alguém da classe governante sempre acabava assim. Os fidalgos tinham razão por serem fidalgos, independentemente de leis, promessas ou lógica. Apenas os pobres precisavam obedecer às leis.

Não lhe restava mais nenhuma energia. Ela teria que implorar ao pároco Riddick, e ele faria o possível para evitar ajudá-la.

Ela se retirou sem tornar a falar. Saiu pela porta lateral e foi andando até em casa. Sentia-se impotente, deprimida.

Terminou a camisa de Kit e os dois jantaram pão com queijo. Quando o sino começou a tocar, eles se dirigiram para a igreja de São Mateus. Já havia muita gente lá, e a nave estava abarrotada. A igreja era uma construção medieval pequena que deveria ter sido ampliada para acomodar o crescimento do povoado, mas os Riddicks não quiseram gastar dinheiro com isso.

Alguns dos presentes não conheciam Harry muito bem, e Sal se perguntou por que teriam aberto mão do próprio tempo para estarem ali; então entendeu que a morte de Harry era especial. Ela não fora causada por doença, nem pela idade avançada ou por um acidente inevitável; nenhuma das causas normais se aplicava. Harry tinha morrido por causa da insensatez e da truculência de Will Riddick. Ao comparecerem ao enterro, os aldeões estavam deixando bem claro que a vida de Harry tinha importância e que a sua morte não podia ser descartada como algo insignificante.

O pároco Riddick pareceu compreender isso. Entrou trajando suas vestes clericais, encarou surpreso a grande multidão reunida e fez uma cara zangada. Avançou depressa até o altar e deu início à missa. Sal tinha quase certeza de que ele teria preferido não conduzir aquele serviço fúnebre, mas era o único membro do clero no povoado. E as tarifas de todos os batismos, casamentos e funerais de um povoado grande representavam um bônus importante a ser somado ao seu salário.

Ele percorreu a liturgia tão depressa que os fiéis começaram a resmungar, insatisfeitos. O pároco os ignorou e chegou depressa ao fim. Sal pouco se importava. Ela só pensava que nunca mais tornaria a ver Harry e tudo que conseguia fazer era chorar.

Tio Ike havia organizado quem carregaria o caixão, e os fiéis os seguiram até o cemitério. Brian Pikestaff parou ao lado de Sal e passou um braço reconfortante em volta de seus ombros trêmulos.

O pároco rezou a última prece enquanto o caixão era baixado na cova.

Terminada a missa, ele foi falar com Sal. Ela se perguntou se diria palavras de consolo fingido, mas o que ele disse foi:

– Meu pai me falou sobre a sua visita. Tratarei com a senhora hoje mais tarde.

Ele então se afastou depressa.

Depois de o pároco se retirar, Brian Pikestaff fez uma curta elegia. Falou de Harry com afeto e respeito, e suas palavras foram recebidas com meneios de cabeça e murmúrios de "amém" ao redor da cova. Ele rezou uma prece e em seguida todos cantaram "Cristo Já Ressuscitou".

Sal apertou a mão de alguns amigos mais chegados para lhes agradecer pela presença, então pegou a de Kit e se afastou, apressada.

Pouco depois de ela chegar em casa, Brian apareceu, trazendo uma pena de escrever e um pequeno tinteiro.

– Pensei que você fosse querer escrever o nome de Harry na sua Bíblia – disse ele. – Não vou ficar… pode me devolver a pena e o tinteiro quando for mais conveniente.

Ela sabia ler melhor que escrever, mas era capaz de anotar datas e podia copiar o que quer que fosse. O nome de Harry estava escrito no livro junto com a data do casamento dos dois, e, ao se sentar à mesa com o volume aberto diante de si e a pena na mão, ela recordou esse dia, oito anos antes. Lembrou-se de como estava feliz por se casar com ele. Havia usado um vestido novo, o mesmo que estava usando agora. Tinha dito as palavras "até que a morte nos separe", mas nunca poderia imaginar que seria tão cedo. Por um instante, permitiu-se sentir todo o peso da sua dor.

Então secou as lágrimas e escreveu, devagar e com cuidado:

Harold Clitheroe, morto em 4 de dezembro de 1792.

Teria gostado de acrescentar algo sobre como ele tinha morrido, mas não sabia escrever palavras como "atropelado por uma carroça por causa da tolice do filho do patrão", e, de toda forma, provavelmente seria mais sensato não registrar essas coisas por escrito.

A vida precisava voltar ao normal, e ela se sentou diante da roca e se pôs a fiar à luz que entrava pela porta aberta. Kit sentou-se ao seu lado, como muitas vezes fazia, e foi passando as cordas frouxas de lã ainda não fiada das próprias mãos para as da mãe conforme ela as inseria no orifício ao mesmo tempo que girava a roda que alimentava o fuso e torcia a lã para formar um fio teso. O menino estava com um ar pensativo e, depois de um tempo, lhe perguntou:

– Por que temos que morrer para ir para o céu?

Ela mesma já havia feito perguntas como essa, embora achasse que tivesse sido com mais idade, mais para 12 anos do que para 6. Logo percebera que raramente existia uma explicação útil para os aspectos intrigantes da religião e parara de perguntar. Tinha a sensação de que Kit seria mais persistente.

– Não sei por quê, me desculpe – respondeu. – Ninguém sabe. É um mistério.

– Alguém alguma vez vai para o céu sem morrer?

Ela estava prestes a dizer que não quando algo lhe atiçou a memória, e, após pensar alguns segundos, lembrou-se.

– Houve um homem que foi. O nome dele era Elias.

– Então ele não foi enterrado num cemitério ao lado de uma igreja?

– Não.

Sal tinha quase certeza de que na época dos profetas do Antigo Testamento não existiam igrejas, mas decidiu não corrigir o erro do filho.

– Como ele foi para o céu?

– Foi levado num redemoinho. – Para evitar a inevitável pergunta, ela emendou: – Não sei por quê.

Kit se calou, e ela supôs que estivesse pensando no pai lá em cima no céu, junto com Deus e os anjos.

Ele tinha outra pergunta.

– Por que precisa dessa roda tão grande?

Essa ela sabia responder.

– A roda é bem maior que o fuso que faz girar… Consegue ver, não consegue?

– Consigo.

– Então, enquanto a roda gira uma vez, o fuso gira cinco vezes. Isso significa que ele gira bem mais depressa.

– Mas em vez disso você poderia simplesmente girar o fuso.

– E era isso que se fazia antes de inventarem a roda grande. Só que é difícil girar o fuso depressa. A pessoa fica logo cansada. Ao passo que a roda você pode passar o dia inteiro girando devagar.

Ele ficou observando a roca funcionar, profundamente entretido em pensamentos. Era um menino especial. Sal sabia que todas as mães achavam isso, sobretudo as que só tinham um filho, mas mesmo assim achava Kit diferente dos outros. Quando ele crescesse, seria capaz de mais coisas que um simples trabalho manual, e ela não queria que vivesse como ela, numa casa de pau a pique sem chaminé.

Ela mesma um dia tivera aspirações. Venerava sua tia Sarah, a irmã mais velha da mãe, como se fosse uma heroína. Sarah fora embora do povoado, mudara-se para Kingsbridge e começara a vender baladas na rua, cantando-as como ajudante de vendas. Casara-se com um homem que imprimia as baladas e aprendera aritmética para poder se tornar sua guarda-livros. Durante algum tempo, ela havia visitado o povoado uma ou duas vezes por ano, bem-vestida, altiva, segura, trazendo presentes generosos: seda para um vestido, uma galinha viva, uma tigela de vidro. Falava sobre coisas que tinha lido nos jornais: a Revolução Americana, o capitão Cook na Austrália, a nomeação de William Pitt como primeiro-ministro aos 24 anos. Sal queria ser igualzinha a tia Sarah. Então se apaixonara por Harry, e sua vida havia tomado um outro rumo.

Não podia imaginar exatamente o rumo que a vida de Kit tomaria, mas sabia qual era o ponto de partida: instruir-se. Tinha lhe ensinado as letras e os números, e ele já conseguia rabiscar na terra com um graveto as letras do próprio nome. Mas ela mesma não tinha tido muita instrução, e em breve já teria lhe ensinado tudo que sabia.

Havia uma escola no povoado, administrada pelo pároco; a família Riddick controlava praticamente tudo ali. A escola cobrava um *penny* por dia. Sal mandava Kit sempre que lhe sobrava algum *penny*, mas isso não era frequente, e, agora que Harry tinha morrido, talvez nunca mais voltasse a acontecer. Estava mais decidida que nunca a garantir a prosperidade de Kit, mas não sabia como fazer isso.

– Vamos ler? – perguntou Kit.

– Boa ideia. Pegue o livro.

Ele atravessou o recinto e apanhou a Bíblia. Colocou-a no chão para os dois poderem vê-la enquanto trabalhavam.

– O que vamos ler?

– Vamos ler a história do menino que matou o gigante – respondeu ela.

Então pegou o pesado volume e encontrou o capítulo dezessete do Primeiro Livro de Samuel.

Eles retomaram o trabalho enquanto Kit tentava ler. Ela teve que ajudá-lo com todos os nomes próprios e muitas das outras palavras. Quando criança, tinha pedido que lhe explicassem "seis côvados e um palmo", e agora podia dizer a Kit que Golias media quase três metros de altura.

Enquanto ambos lutavam com a palavra *semblante*, o pároco entrou na casa sem bater.

Kit interrompeu a leitura, e Sal se levantou.

– Mas o que é isso? – indagou o pároco. – Vocês estão lendo?

– A história de Davi e Golias, Reverência – disse Sal.

– Hum. Vocês, metodistas, sempre querem ler a Bíblia por conta própria. Seria melhor escutarem seu pároco.

Aquele não era um bom momento para entrar em discussões.

– É o único livro da casa, Reverência, e não achei que algum mal pudesse acontecer ao menino por ler a santa palavra do Senhor. Sinto muito se me enganei.

– Bom, não foi por isso que vim aqui. – Ele olhou em volta à procura de algum lugar para se sentar. Como a casa não tinha cadeiras, puxou um banquinho de três pernas. – A senhora quer que a Igreja lhe pague o Auxílio aos Pobres.

Sal não comentou que o dinheiro não era da Igreja. Precisava demonstrar humildade, caso contrário ele poderia lhe dizer um categórico não. Na verdade, nada limitava os poderes do supervisor dos pobres, não havia ninguém acima dele a quem Sal pudesse recorrer. De modo que ela baixou os olhos e disse:

– Sim, Reverência, por favor.

– Quanto custa o aluguel desta casa?

– Seis *pence* por semana, Reverência.

– A paróquia vai pagar.

Quer dizer que a sua primeira preocupação é garantir que o senhorio não perca renda, pensou Sal. Mas mesmo assim foi um alívio saber que ela e Kit continuariam a ter um teto sobre a cabeça.

– Mas a senhora ganha um bom dinheiro fiando.

– Amos Barrowfield paga um xelim a cada meio quilo de lã fiada, e eu consigo fiar um quilo e meio por semana se passar a maior parte da noite acordada.

– São três xelins então, quase metade do salário de um lavrador.

– Três oitavos, Reverência – corrigiu ela.

Era perigoso arredondar quando cada *penny* contava.

– E já está na hora de Kit começar a trabalhar.

Ela levou um susto.

– Ele tem 6 anos!

– Sim, e logo vai completar 7. É a idade habitual em que uma criança começa a trabalhar.

– Ele só vai fazer 7 em março.

– Dia 25 de março. Consultei a data nos registros da paróquia. Não falta muito.

Faltavam mais de três meses, o que era muito tempo para uma criança de 6 anos. Mas Sal fez uma outra objeção.

– Que trabalho ele poderia fazer? É inverno… Ninguém precisa contratar ajudantes no inverno.

– Precisamos de um limpa-botas na casa senhorial.

Então era esse o plano.

– E qual seria o serviço de Kit?

– Ele vai aprender a engraxar botas até deixá-las brilhando, lógico. E outras tarefas do mesmo tipo: afiar facas, catar lenha, limpar os penicos, esse tipo de coisa.

Sal olhou para Kit, que escutava sentado com os olhos arregalados. Ele era tão pequeno e vulnerável que ela sentiu vontade de chorar. Mas o pároco tinha razão: estava quase na hora de o menino começar a trabalhar.

– Vai ser bom para ele aprender a se comportar na casa senhorial – acrescentou o pároco. – Assim, quando crescer, pode ser que se torne um homem menos insolente que o pai.

Sal tentou ignorar a ofensa a Harry.

– E qual seria o salário?

– Um xelim por semana, muito justo para uma criança.

Isso Sal sabia que era verdade.

– Ele vai ganhar comida e roupas também, obviamente. – O pároco olhou para as meias remendadas e para o casaco grande demais de Kit. – Não pode andar vestido assim.

A menção de roupas novas fez Kit se animar.

– E vai dormir na casa senhorial, naturalmente – disse o pároco.

Essa perspectiva deixou Sal consternada, mas não era nenhuma surpresa; a maioria dos empregados morava no serviço. Ela ficaria sozinha. Que vida solitária seria.

Kit também tinha ficado abalado, e lágrimas transbordaram dos seus olhos.

– Sem choramingo, rapaz, e seja grato por ter uma casa quentinha e comida de sobra – argumentou o pároco. – Meninos da sua idade trabalham nas minas.

Sal sabia que de fato era assim.

– Eu quero a minha mãe – protestou Kit, aos soluços.

– E eu a minha, mas ela morreu – rebateu o pároco. – Você ainda vai ter a sua, e meio dia de folga todo domingo à tarde, quando poderá vê-la.

Isso fez Kit chorar mais ainda.

Sal baixou a voz.

– Ele acabou de perder o pai e agora sente que está perdendo a mãe também.

– Bom, mas não está, e vai descobrir isso domingo que vem, quando vier visitá-la.

A frase deixou Sal chocada.

– Vossa Reverência quer levá-lo hoje?

– Não há motivo para esperar. Quanto antes ele começar, mais cedo vai se acostumar. Mas, se a sua necessidade não for tão urgente quanto a senhora está fingindo que é...

– Está bem.

– Então vou levá-lo agora.

Kit se manifestou com uma voz desafiadora e estridente.

– Eu vou fugir!

O pároco deu de ombros.

– Então vai ser perseguido, trazido de volta e açoitado.

– Eu vou fugir de novo!

– Se fizer isso, será trazido de volta outra vez; mas acho que a primeira surra vai bastar.

– Vamos, Kit, sem choro – disse Sal num tom firme, mas ela própria estava à beira das lágrimas. – Seu pai morreu e você precisa virar homem antes do previsto. Caso se comporte bem, vai poder almoçar, jantar e ter boas roupas.

– O senhor de Badford deduzirá três *pence* por semana do salário dele para a comida e a bebida, mais seis *pence* por semana pelas roupas nas primeiras quarenta semanas.

– Mas assim ele vai ganhar só três *pence* por semana!

– E é só isso que vai valer, no começo.

– E quanto Vossa Reverência vai me dar do Auxílio aos Pobres?

O pároco fingiu indignação.

– Nada, é óbvio.

– Mas como eu vou viver?

– A senhora pode fiar o dia inteiro, agora que não tem mais marido nem filho para cuidar. Acho que pode dobrar sua remuneração. Vai ter seis xelins por semana a serem gastos só com a senhora.

Sal sabia que, para ganhar essa quantia, precisaria passar doze horas fiando, seis dias por semana. Sua horta ficaria cheia de ervas daninhas; suas roupas, puídas; e ela viveria à base de pão e queijo, mas sobreviveria. E Kit também.

O pároco se levantou.

– Venha comigo, rapaz.

Sal disse:

– Nos vemos no domingo, Kit, e você vai poder me contar tudo. Me dê um beijo de despedida.

Ele não parou de chorar, mas lhe deu um abraço, e ela o beijou, desvencilhou-se do abraço e declarou:

– Faça suas orações, e Jesus cuidará de você.

O pároco segurou com firmeza a mão do menino, e os dois saíram da casa.

– Comporte-se, hein, Kit! – gritou ela.

Então se sentou e chorou.

O pároco Riddick foi segurando a mão de Kit enquanto eles atravessavam o povoado. Não era um aperto amigo, tranquilizador, e sim bem mais forte que isso, o bastante para impedir Kit de fugir. Mas ele não tinha intenção alguma de fugir. A história da surra contada pelo pároco o deixara com medo demais para tentar.

Sentia medo de tudo agora: medo por não ter pai, por ter deixado a mãe, medo do pároco, do malvado Will e do todo-poderoso senhor de Badford.

Enquanto seguia apressado ao lado do pároco, dando corridinhas de vez em quando para acompanhar seu passo, os aldeões o observavam curiosos, em especial seus amigos e os pais deles, mas ninguém disse nada nem ousou questionar o pároco.

Sentiu medo outra vez quando eles se aproximaram da casa senhorial. Aquela era a maior construção do povoado, maior até do que a igreja, e feita com a mesma pedra amarelada. Ele a conhecia bem por fora, mas agora a olhava com novos olhos. A fachada tinha no centro uma porta acessada por degraus e por uma varanda, e ele contou onze janelas: duas de cada lado da porta, cinco no andar de cima e mais duas no telhado. Ao chegar mais perto, viu que havia também um porão.

Não tinha a menor ideia do que poderia existir dentro de uma estrutura tão grande. Lembrava-se de Margaret Pikestaff lhe dizer que tudo lá dentro era de ouro, até as cadeiras, mas desconfiava que ela estivesse confundindo com o céu.

A igreja era grande porque todo mundo no povoado precisava caber lá dentro para assistir à missa, mas aquele casarão era só para quatro pessoas – o Sr. Riddick e os três filhos –, mais um punhado de empregados. O que eles faziam com aquele espaço todo? A casinha de Kit tinha um cômodo só para três pessoas. A casa senhorial era um mistério, o que a tornava sinistra.

O pároco o fez subir os degraus e entrar pela grande porta enquanto dizia:

– Nunca entre por aqui, a não ser que esteja com o patrão ou um de nós três, os filhos. Existe uma porta dos fundos para você e os outros empregados.

Então eu sou um dos empregados, pensou Kit. *Sou aquele que engraxa as botas.* Queria saber engraxar botas. O que será que os outros empregados fazem? Será que eles fogem, são trazidos de volta e apanham?

A porta da frente se fechou atrás deles, e o pároco soltou a mão de Kit.

Eles estavam num salão maior que todo o interior da casa de Kit. Havia madeira escura nas paredes, quatro portas e uma larga escadaria que conduzia ao segundo andar. Uma cabeça de cervo acima da lareira encarava Kit com hostilidade, mas parecia incapaz de se mover, e ele teve quase certeza de que não estava viva. O salão era bastante escuro, e pairava no ar um leve cheiro desagradável que Kit não conseguiu identificar.

Uma das quatro portas se abriu, e Will Riddick entrou no recinto.

Kit tentou se esconder atrás do pároco, mas Will o viu e franziu o cenho.

– George, esse daí não é o pirralho de Clitheroe, é?

– É – respondeu o pároco.

– Por que diabos o trouxe aqui?

– Calma, Will. Nós precisamos de um limpa-botas.

– Mas por que ele?

– Porque ele está disponível e a mãe precisa do dinheiro.

– Não quero esse fedelho desgraçado na minha casa.

A mãe de Kit nunca dizia palavras como "desgraçado" e "diabos", e fazia cara feia nas raras ocasiões em que o pai as pronunciava. Kit nunca as havia dito na vida.

– Deixe de ser idiota. Não tem nada de errado com o menino – rebateu o pároco.

O rosto de Will ficou mais vermelho ainda.

– Sei que você acha que a morte de Clitheroe foi culpa minha.

– Eu nunca disse isso.

– Você trouxe esse menino para cá como uma reprimenda permanente a mim.

Kit não conhecia a palavra "reprimenda", mas supôs que Will não quisesse ser lembrado daquilo que tinha feito. E o acidente tinha sido *mesmo* culpa dele, até uma criança podia ver isso.

Kit sempre quisera ter um irmão com quem brincar, mas nunca imaginara dois irmãos batendo boca daquele jeito.

– De toda forma, contratar o garoto foi ideia do pai – revelou o pároco.

– Certo. Vou falar com ele. Ele vai mandar o menino de volta para a mãe.

O pároco deu de ombros.

– Pode tentar. Por mim, tanto faz.

Kit desejou com todas as forças ser mandado de volta para a mãe.

Will atravessou o salão e saiu por outra porta, e Kit se perguntou como algum dia conseguiria se orientar dentro de uma casa tão complicada.

No entanto, tinha outra coisa mais importante em mente.

– Eu vou ser mandado para casa? – perguntou, ansioso.

– Não – respondeu o pároco. – Meu pai raramente muda de ideia e não vai fazer isso só porque Will se sente ofendido.

Kit afundou no desespero outra vez.

– Você precisa saber os nomes de cada cômodo – instruiu o pároco. Ele abriu uma porta. – Sala de estar. Dê uma olhada rápida.

Nervoso, Kit entrou no recinto e olhou em volta. Parecia haver mais móveis naquela sala do que no restante do povoado inteiro. Eram tapetes, cadeiras, várias mesinhas, cortinas e almofadas, quadros e enfeites. Havia um piano muito maior que o único outro que ele já vira, que ficava na casa dos Pikestaffs. Mas em lugar algum daquela sala havia espaço para simplesmente estar.

Ainda estava tentando absorver tudo quando o pároco o puxou para trás e fechou a porta.

Eles passaram para a porta seguinte.

– Sala de jantar.

Era um cômodo mais simples, com uma mesa no centro e cadeiras ao redor, além de vários aparadores. Nas paredes estavam pendurados retratos de homens e mulheres. Kit ficou intrigado com um objeto semelhante a uma teia de aranha que pendia do teto com dúzias de velas encaixadas. Talvez fosse um lugar prático para guardar as velas, de modo que quando escurecesse eles poderiam simplesmente pegar uma e acender.

Eles atravessaram o salão.

– Sala de bilhar.

Ali havia um tipo diferente de mesa, com os cantos mais altos e bolas coloridas sobre uma superfície verde. Kit nunca tinha ouvido a palavra "bilhar" na vida e não entendeu qual poderia ser a finalidade daquele cômodo.

Na quarta porta, o pároco disse:

– Escritório. – Era a porta pela qual Will tinha entrado, e o pároco não a abriu. Kit ouviu vozes exaltadas lá dentro. – Eles estão discutindo por sua causa – anunciou o pároco.

Kit não conseguiu ouvir o que era dito.

Na parte dos fundos do salão havia uma porta verde na qual ele ainda não tinha reparado. O pároco o conduziu por ela até uma parte da casa cuja atmosfera era distinta: nenhum quadro na parede, piso desprovido de tapetes, madeira precisando de pintura. Eles desceram uma escada até o porão e adentraram um recinto no qual dois homens e duas mulheres estavam fazendo uma ceia antecipada sentados em volta de uma mesa. Todos os quatro se levantaram quando o pároco entrou.

– Este é nosso novo limpa-botas – disse o pároco. – Kit Clitheroe.

Os quatro o encararam com um ar interessado. O mais velho dos dois homens engoliu um bocado de comida e disse:

– O filho daquele que…?

– Exatamente. – O pároco apontou para o homem que acabara de falar. – Kit, este é Platts, o mordomo. Você deve chamá-lo de Sr. Platts e fazer tudo que ele mandar.

Platts tinha um narigão coberto por finíssimas linhas vermelhas.

– Este ao lado dele é Cecil, o lacaio.

Cecil era bastante jovem e tinha um calombo no pescoço que Kit sabia se chamar carbúnculo.

O pároco apontou para uma mulher de meia-idade e cara redonda.

– A Sra. Jackson é a cozinheira, e aquela ali é Fanny, a criada.

Pelos cálculos de Kit, Fanny devia ter 12 ou 13 anos. Era uma menina magra, de rosto espinhento, e parecia quase tão assustada quanto ele.

– Imagino que vá ter que ensinar tudo a ele, Platts – declarou o pároco. – O pai era insolente e insubordinado, então, se o menino demonstrar igual temperamento, vai ser preciso lhe dar uma boa sova.

– Sim, Reverência, farei isso – disse Platts.

Kit tentou não chorar, mas lágrimas lhe encheram os olhos e escorreram por seu rosto.

– Ele vai precisar de roupas – informou a cozinheira. – Parece um espantalho.

– Tem um baú com roupas de criança em algum lugar… provavelmente usadas por Vossa Reverência e seus irmãos quando pequenos – contou Platts. – Com a permissão de Vossa Reverência, podemos ver se alguma delas serve em Kit.

– Certamente – disse o pároco. – Deixo isso ao seu encargo.

Com isso, retirou-se.

Kit olhou para os quatro empregados se perguntando o que deveria fazer ou dizer, mas, como não conseguiu pensar em nada, ficou parado calado.

Passados alguns segundos, Cecil falou:

– Não se preocupe, rapazinho. Nós não damos muitas sovas por aqui. É melhor cear alguma coisa. Vá se sentar ao lado de Fanny e coma um pedaço do empadão de carne de porco da Sra. Jackson.

Kit foi até o final da mesa e se sentou no banco ao lado da criada. Ela pegou um prato, um garfo e uma faca e cortou um pedaço do grande empadão que estava em cima da mesa.

– Obrigado, senhorita – disse Kit.

Sentia-se abalado demais para comer, mas, como eles esperavam que assim fizesse, separou uma garfada do empadão e se forçou a mastigar. Nunca tinha experimentado empadão de porco e ficou assombrado ao constatar como era delicioso.

A refeição voltou a ser interrompida, dessa vez por Roger, o caçula do patrão.

– Ele está aqui? – perguntou o rapaz ao entrar.

Todos se levantaram, e Kit os imitou.

– Boa tarde, Sr. Roger – disse Platts.

– Ah, aí está você, jovem Kit – falou Roger. – Vejo que recebeu um pedaço de empadão, então as coisas não estão tão ruins assim.

Como não soube muito bem o que responder, Kit disse:

– Obrigado, Sr. Roger.

– Agora escute aqui, Kit. Sei que é duro sair de casa, mas você precisa ser corajoso, sabe? Vai tentar ser corajoso?

– Sim, Sr. Roger.

Roger virou-se para Platts.

– Não seja duro com ele, Platts. Você sabe pelo que o menino passou.

– Sabemos, sim, senhor.

Ele olhou para os outros.

– Estou contando com todos vocês. Só tenham um pouco de compaixão com ele, principalmente no início.

Kit não conhecia a palavra "compaixão", mas supôs que significasse algo parecido com pena.

– Pode ficar despreocupado, Sr. Roger – garantiu Cecil.

– Muito bem. Obrigado.

Roger saiu, e todos tornaram a se sentar.

Roger era uma pessoa maravilhosa, concluiu Kit.

Quando eles terminaram de comer, a Sra. Jackson preparou um chá, e Kit recebeu uma xícara com bastante leite e um torrão de açúcar, o que também foi uma maravilha.

Por fim, Platts se levantou e disse:

– Obrigado, Sra. Jackson.

Os outros três fizeram eco às suas palavras.

– Obrigado, Sra. Jackson.

Kit supôs que devesse fazer o mesmo, então agradeceu também.

– Muito bem, rapaz – disse Cecil. – Agora é melhor eu lhe mostrar como engraxar um par de botas.

CAPÍTULO 5

Amos Barrowfield estava trabalhando num armazém frio nos fundos da casa onde sua família morava, perto da catedral de Kingsbridge. A tarde já ia avançada, e, para começar bem cedo na manhã seguinte, ele se adiantava preparando as cargas dos cavalos que estavam sendo alimentados no estábulo contíguo.

Estava com pressa, pois tinha esperança de encontrar uma moça mais tarde.

Amarrou as sacas em fardos que pudessem ser carregados rapidamente no lombo dos cavalos no amanhecer gelado do dia seguinte, então se deu conta de que não tinha fio suficiente. Que amolação. Seu pai deveria ter comprado um pouco de fio no Mercado de Lã de Kingsbridge, que ficava na Rua Alta.

Contrariado por ter que adiar seus planos para a noite, ele saiu do celeiro, atravessou o quintal farejando neve no ar e entrou na casa. Era uma residência antiga, imponente, porém em mau estado de conservação: faltavam telhas no telhado e, no patamar da escada do primeiro andar, era preciso um balde para recolher a água da goteira. Feita de tijolos, havia uma cozinha no porão, dois andares principais e um sótão. Apesar de os Barrowfields serem uma família de apenas três pessoas, praticamente todo o térreo era ocupado pelo espaço de trabalho, e vários empregados também dormiam ali.

Amos atravessou rapidamente o saguão com seu piso de mármore preto e branco e entrou no escritório da frente, onde havia uma porta que se abria para a rua. Uma grande mesa central estava coberta pelas peças de tecido que os Barrowfields vendiam: flanela macia, gabardina de trama fechada, sarja para casacos, *kersey* sarjado com nervuras para os marujos. Obadiah tinha um conhecimento impressionante dos tipos tradicionais de lã e estilos de trama, mas não queria se diversificar. Amos achava que havia muito dinheiro a ganhar em produções pequenas de tecidos de luxo, mesclas de angorá, merino e seda, mas o pai preferia se ater ao que já conhecia.

Obadiah estava sentado diante de uma escrivaninha lendo um pesado livro-caixa, com um lampião a vela ao seu lado. Amos e o pai eram opostos em matéria de aparência: seu pai era baixo e careca; ele era alto e dono de fartos cabelos ondulados. Obadiah tinha rosto redondo e nariz achatado; o rosto de Amos era comprido e o queixo, proeminente. Ambos trajavam tecidos caros para promover os artigos que vendiam, mas, ao passo que Amos estava bem-arrumado e com as roupas abotoadas, Obadiah tinha o lenço de pescoço solto, o colete aberto e as meias enrugadas.

– Acabou o fio – disse Amos sem preâmbulo. – Como o senhor deve saber.

Obadiah ergueu os olhos, aparentemente irritado com a interrupção. Amos se preparou para um bate-boca: o pai andava sem paciência no último ano ou coisa assim.

– Não posso fazer nada – retrucou Obadiah. – Não consegui comprar nenhum a um preço razoável. No último leilão, um fabricante de tecidos de Yorkshire levou tudo a um preço absurdamente alto.

– O que quer que eu diga aos tecelões?

Obadiah suspirou, incomodado, e disse:

– Diga a eles que tirem uma semana de folga.

– E que deixem os filhos passarem fome?

– Não trabalho para alimentar os filhos dos outros.

Era essa a maior diferença entre pai e filho. Amos acreditava ter uma responsabilidade em relação às pessoas que dependiam dele para o seu ganha-pão. Obadiah não. Mas Amos não queria entrar nessa discussão outra vez, então mudou de tática.

– Se eles conseguirem trabalho com outra pessoa, vão aceitar.

– Que aceitem.

Era mais que uma simples falta de paciência, refletiu Amos. Era quase como se o pai não se importasse mais com o negócio. O que haveria de errado com ele?

– Talvez eles não voltem para nós – insistiu Amos. – Vamos ficar sem material para vender.

Obadiah levantou a voz. Num tom de irritação enfurecida, perguntou:

– O que espera que eu faça?

– Não sei. O dono do negócio é o senhor, como vive me repetindo.

– Lide com a dificuldade e pronto, está bem?

– Não sou pago para administrar o negócio. Na verdade, não sou pago para nada.

– Você é um aprendiz! E vai continuar sendo até completar 21 anos. É assim que se faz.

– Não é, não – retrucou Amos, zangando-se. – A maioria dos aprendizes recebe um salário, mesmo que pequeno. Eu não recebo nada.

O simples esforço de discutir tinha deixado Obadiah ofegante.

– Você não precisa pagar por sua comida, suas roupas, moradia... Precisa de dinheiro para quê?

Amos queria dinheiro para poder convidar uma moça para passear com ele, mas não contou isso ao pai.

– Para não me sentir uma criança.

– Esse é o único motivo no qual consegue pensar?

– Eu tenho 19 anos e faço a maior parte do trabalho. Tenho direito a um salário.

– Você ainda não é um homem, então quem toma as decisões sou eu.

– Sim, é o senhor quem toma as decisões. E por isso estamos sem fio.

Amos saiu pisando firme.

Além de bravo, estava confuso. Seu pai não queria escutar a voz da razão. Estaria ele apenas se tornando ranzinza e sovina conforme envelhecia? Mas Obadiah tinha só 50 anos. Haveria alguma outra coisa acontecendo, algum outro motivo para aquele comportamento?

Amos se sentia uma criança por não ter o próprio dinheiro. Uma moça poderia sentir sede e lhe pedir uma caneca de cerveja numa taberna. Ele poderia querer lhe comprar uma laranja numa barraquinha de mercado. Sair para passear era o primeiro passo de qualquer corte para as moças direitas de Kingsbridge. Amos não tinha muito interesse no outro tipo de moça. Já tinha ouvido falar em Bella Amorosa, cujo nome verdadeiro era Betty Larchwood e que não era uma moça direita. Vários rapazes da sua idade diziam já ter estado com ela, e um ou dois talvez até estivessem falando a verdade. Mesmo que tivesse o dinheiro, Amos não teria se sentido tentado. Tinha pena de Bella, mas não sentia atração por ela.

E se ele se interessasse seriamente por uma moça e quisesse levá-la para assistir a uma peça no Teatro de Kingsbridge, ou para dançar no salão de baile? Como pagaria pelos ingressos?

Voltou para o armazém e terminou rapidamente de arrumar tudo. Incomodava-lhe o fato de o pai ter se descuidado a ponto de ficar sem fio. Será que o velho estava perdendo a mão?

Estava com fome, mas não tinha tempo de se sentar para comer com os pais. Foi até a cozinha. Lá encontrou a mãe, sentada junto do fogo, usando um vestido azul feito de uma lã de cordeiro macia fabricada por um dos tecelões de Badford. Ela conversava com a cozinheira, Ellen, que estava apoiada na mesa da cozinha. Sua mãe lhe afagou o ombro com um gesto afetuoso, e Ellen abriu um sorriso acolhedor para ele: ambas o haviam mimado praticamente a vida inteira.

Ele cortou algumas fatias de presunto e começou a comê-las em pé, junto com uma fatia de pão e uma caneca de cerveja rala do barril. Enquanto comia, perguntou à mãe:

– Antes de se casarem, a senhora saía para passear com o pai?

Ela sorriu com timidez, como faria uma menina, e por um instante seus cabelos grisalhos ficaram escuros e lustrosos, as rugas desapareceram e ela virou uma linda jovem.

– Claro – respondeu.

– Aonde iam? O que faziam?

– Não fazíamos grande coisa. Vestíamos nossas roupas de ir à igreja e ficávamos passeando pela cidade, olhando as lojas e conversando com amigos da nossa idade. Dito assim soa bem maçante, não é? Mas eu ficava animada porque gostava muito do seu pai.

– Ele lhe comprava coisas?

– Raramente. Um dia comprou uma fita azul para os meus cabelos no mercado de Kingsbridge. Eu a tenho até hoje, guardada na minha caixa de joias.

– Então ele tinha dinheiro.

– Com certeza. Tinha 28 anos e estava bem de vida.

– A senhora foi a primeira moça com quem ele saiu?

– Amos! – exclamou Ellen. – Isso lá é pergunta que se faça para a sua mãe?

– Desculpe – disse ele. – Não pensei direito. Me perdoe, mãe.

– Não faz mal.

– Preciso me apressar.

– Vai à reunião metodista?

– Vou.

Ela tirou um *penny* da bolsinha de moedas e lhe deu. Os metodistas deixavam as pessoas participarem sem contribuir se elas dissessem não ter condições de pagar, e durante algum tempo era isso que Amos havia feito. Quando sua mãe descobriu, insistira para lhe dar o dinheiro. Seu pai fora contra; achava os metodistas uns encrenqueiros. Mas uma vez na vida sua mãe tinha desafiado a autoridade do marido:

– Meu filho não vai aceitar caridade – dissera ela, indignada. – Que vergonha!

E seu pai recuara.

Amos agradeceu à mãe pela moeda e saiu para a luz dos lampiões. Tanto a rua principal quanto a Rua Alta de Kingsbridge tinham agora lampiões a óleo, pagos pelo conselho municipal sob a alegação de que a luz reduzia os crimes.

Ele caminhou depressa até o Salão Metodista, situado na Rua Alta. Era um prédio de tijolo simples, pintado de branco, com grandes janelas a fim de simbolizar a iluminação. As pessoas às vezes chamavam o lugar de capela, mas aquilo não era um templo consagrado, como os metodistas tinham deixado bem claro ao coletar dinheiro para construir o salão com os pequenos fabricantes de tecidos e os artesãos prósperos que representavam a maior parte de seus fiéis. Muitos metodistas acreditavam que deveriam romper com a Igreja Anglicana, mas outros queriam ficar e reformar a Igreja de dentro para fora.

Amos não ligava muito para nada disso. Para ele, religião era o modo como a pessoa vivia. Por isso se zangara quando o pai disse: "Não trabalho para alimentar os filhos dos outros." Seu pai o chamava de tolo idealista. *Talvez eu seja mesmo*, pensou ele. *Talvez Jesus também tenha sido.*

Os animados debates sobre a Bíblia no Salão Metodista lhe agradavam porque ele podia dar sua opinião e ser escutado com cortesia e respeito, em vez de lhe mandarem calar a boca e acreditar no que dizia o clero, ou os mais velhos, ou o seu pai. E ainda havia uma vantagem. Como muita gente da sua idade comparecia aos encontros, o Salão Metodista era, de modo não intencional, uma espécie de clube para a juventude respeitável. Muitas moças bonitas frequentavam as reuniões.

Nessa noite, ele estava com esperanças de encontrar uma moça em especial. Seu nome era Jane Midwinter, e, na opinião de Amos, ela era a mais bonita de todas. Pensava muito nela quando cavalgava pela zona rural sem nada para olhar exceto os campos. Jane parecia gostar dele, mas ele não tinha certeza.

Entrou no salão. O espaço não poderia ser mais diferente da catedral – o que devia ser proposital. Não havia estátuas nem quadros, nem vitrais coloridos, nem prataria incrustada de pedras preciosas. Os únicos móveis eram cadeiras e bancos. A luz entrava pelas janelas e se refletia nas paredes pintadas de cor clara. Na catedral, o silêncio sagrado era rompido pelo canto etéreo do coro ou pelas palavras de um padre, mas ali qualquer um podia falar, rezar ou sugerir um hino. As pessoas cantavam alto, sem acompanhamento musical, como os metodistas em geral faziam. Havia no seu culto uma exuberância que de modo algum era vista nas missas anglicanas.

Ele correu os olhos pelo recinto e, para seu deleite, viu que Jane já tinha chegado. Sua pele alva e as sobrancelhas escuras fizeram o coração de Amos bater mais depressa. Ela usava um vestido de casimira do mesmo tom cinzento e delicado dos seus olhos. Infelizmente, porém, os dois assentos ao seu lado já estavam ocupados por suas amigas.

Amos foi cumprimentado pelo pai dela, o cônego Charles Midwinter, elegante e carismático líder dos metodistas de Kingsbridge e dono de fartos cabelos grisalhos que usava compridos. Um cônego era um membro do clero ligado ao capítulo, o comitê que administrava a catedral. Embora com relutância, o bispo de Kingsbridge tolerava que o cônego Midwinter fosse metodista. Essa relutância era natural, pensava Amos: um bispo certamente se sentiria criticado por um movimento que dizia que a Igreja precisava de reforma.

O cônego Midwinter apertou a mão de Amos e perguntou:

– Como vai seu pai?

– Não melhorou, mas também não piorou – respondeu Amos. – Tem sentido falta de ar e precisa evitar levantar os fardos de tecido.

– Ele deveria se aposentar e passar tudo para você.

– Quem dera.

– Mas não é fácil para alguém que mandou em tudo por tanto tempo abrir mão do controle.

Amos estava tão concentrado na própria insatisfação que não havia considerado que a situação também pudesse ser difícil para o pai. Sentiu um pouco de vergonha. O cônego Midwinter tinha talento para fazer as pessoas se olharem no espelho. Isso era mais revelador que um sermão sobre o pecado.

Amos chegou mais perto de Jane e se sentou num banco ao lado de Rupe Underwood, um rapaz de 25 anos, alguns a mais que ele. Rupe fabricava fitas, um bom negócio quando as pessoas tinham dinheiro para gastar e nem tanto quando não tinham.

– Vai nevar – comentou Rupe.

– Tomara que não. Preciso cavalgar até Lordsborough amanhã.

– Use dois pares de meias.

Fosse qual fosse o tempo, Amos não podia tirar um dia de folga. O sistema inteiro dependia do trabalho dele de transportar o material de um lado para outro. Ele tinha que ir, e congelar se preciso fosse.

Antes de Amos poder chegar mais perto ainda de Jane, o cônego Midwinter abriu o debate lendo as bem-aventuranças do Evangelho de Mateus:

– "Abençoados os pobres em espírito, pois deles é o Reino dos céus."

Para Amos, essa afirmação de Jesus soava um pouco mística, e ele na verdade nunca a compreendera direito. Ficou ouvindo com atenção e apreciando as idas e vindas do debate, mas sua incompreensão era grande demais para que ele pudesse contribuir. *Isso vai me dar algo sobre o que refletir amanhã quando estiver na estrada*, pensou; *pelo menos para variar um pouco e não pensar só em Jane.*

Em seguida foi servido o chá, com leite e açúcar, em xícaras de cerâmica simples com pires. Os metodistas adoravam chá, bebida que nunca deixava ninguém violento, burro ou libidinoso, por mais xícaras que se tomasse.

Amos procurou Jane e viu que ela já tinha sido abordada por Rupe. Rupe tinha uma franja loura comprida e, de tanto em tanto tempo, jogava a cabeça para o lado de modo a tirar os cabelos da frente dos olhos, gesto que por algum motivo irritava Amos.

Ele reparou nos sapatos de Jane, de couro preto sóbrio mas com um grande laço de fita em vez de cadarços e um salto que a deixava de três a cinco centímetros mais alta. Viu-a rir de algo que Rupe disse e bateu no próprio peito numa reprimenda muda. Será que ela preferia Rupe a ele? Torceu para que não fosse o caso.

Enquanto esperava Jane estar disponível, conversou com David Shoveller, conhecido por todos como Spade. Aos 30 anos, Spade era um tecelão altamente qualificado de fazendas finas vendidas a preços altos. Empregava muitas pessoas, inclusive outros tecelões. Assim como Amos, trajava roupas que serviam para promover seus artigos, e nesse dia estava usando um casaco de tweed de trama cinza-azulada com toques de fios vermelhos e amarelos.

Amos gostava de pedir conselhos a Spade; ele era um homem inteligente sem ser prepotente. Contou-lhe sobre o problema do fio.

– Está faltando fio – disse Spade. – Não só em Kingsbridge, mas por toda parte.

Spade lia jornais e periódicos, e, portanto, era bem informado.

Amos ficou intrigado.

– Como uma coisa assim pode acontecer?

– Vou lhe explicar – respondeu Spade. Bebeu um gole do chá quente enquanto organizava os pensamentos. – Existe uma invenção chamada lançadeira volante. Puxa-se uma alavanca, e a lançadeira pula de uma ponta para a outra do tear. Isso permite ao tecelão trabalhar duas vezes mais rápido.

Amos já tinha ouvido falar naquilo.

– Pensei que não houvesse se popularizado.

– Aqui não. Eu uso, mas a maioria dos tecelões do oeste da Inglaterra nem quer saber disso. Eles acham que é o diabo que move a lançadeira. Mas em Yorkshire muita gente usa.

– Meu pai disse que um homem de Yorkshire comprou todo o fio no último leilão.

– Agora você sabe por quê. Duas vezes mais tecido exige duas vezes mais fio. Só que nós fabricamos o fio em rocas, do mesmo jeito que se faz desde sabe-se lá quando, provavelmente antes de Noé construir a arca.

– Então precisamos de mais fiandeiros. Você também está sem fio?

– Eu previ que esse problema aconteceria e estoquei. Espanta-me o seu pai não ter feito o mesmo. Obadiah sempre foi um homem previdente.

– Não mais – replicou Amos, então se virou para o outro lado, pois tinha visto que Jane não estava mais conversando com Rupe e queria falar com ela antes de algum outro rapaz se aproximar.

Atravessou o salão em poucos passos, levando sua xícara e seu pires, e disse:

– Boa noite, Jane.

– Olá, Amos. Debate interessante, não?

Mas ele não queria falar sobre as bem-aventuranças.

– Adorei seu vestido.

– Obrigada.

– É da mesma cor dos seus olhos.

Ela inclinou a cabeça para o lado e sorriu, uma pose típica dela que fez a boca de Amos ressecar de tanto desejo.

– O senhor reparou nos meus olhos, veja só.

– É algo incomum?

– Muitos homens não sabem a cor dos olhos da própria esposa.

Amos riu.

– Difícil de imaginar. Posso lhe perguntar uma coisa?

– Pode, mas talvez eu não responda.

– A senhorita quer passear comigo?

Ela tornou a sorrir, mas fez que não com a cabeça, e ele na mesma hora soube que seus sonhos estavam condenados.

– Eu gosto do senhor – disse ela. – O senhor é um doce de rapaz.

Ele não queria ser um doce de rapaz. Tinha a sensação de que as moças não se apaixonavam por rapazes doces.

– Mas não quero me afeiçoar a um rapaz que não tem nada a oferecer exceto esperanças – emendou ela.

Ele não soube o que dizer. Não se considerava alguém sem nada além de esperanças e ficou chocado por ela enxergá-lo assim.

– Nós somos metodistas – continuou ela. – Então precisamos dizer a verdade. Sinto muito.

Eles ainda passaram mais alguns segundos se olhando, até que ela tocou seu braço de leve, num gesto de consolo, deu-lhe as costas e se afastou.

Amos foi para casa.

CAPÍTULO 6

Kit foi acordado às cinco da manhã por Fanny, a criada de 13 anos. A menina magra e com o rosto cheio de espinhas, os cabelos castanhos finos e sem brilho sempre enfiados numa touca branca encardida, era boa com Kit e lhe mostrava como fazer as coisas. Ele a adorava e a chamava de Fan.

Nessa manhã, ela trouxe más notícias.

– O senhor Will voltou.

– Ah, não!

– Chegou ontem à noite.

Kit ficou consternado. Will Riddick o odiava e era cruel com ele em toda oportunidade que tinha. Quando fora embora para Kingsbridge, Kit dera graças a Deus. Will havia passado seis abençoadas semanas ausente, fazendo alguma coisa com a milícia. Agora a trégua tinha chegado ao fim.

Como Will não era de acordar cedo, Kit provavelmente estaria seguro por algumas horas.

Kit e Fan se vestiram depressa e atravessaram em silêncio a casa fria e escura, iluminando o caminho com uma vela de junco no castiçal carregado por Fan. Kit teria ficado com medo das sombras nos cômodos de pé-direito alto, mas com ela se sentia seguro.

A primeira tarefa dela era limpar as lareiras do andar de baixo, e a dele, limpar as botas, mas, como eles gostavam de trabalhar juntos, dividiram as duas. Retiraram as cinzas frias das lareiras, esfregaram grafite nas grades de ferro com trapos até deixá-las brilhantes, depois arrumaram gravetos e lenha de modo que o fogo ficasse pronto para ser aceso assim que a família acordasse.

Enquanto trabalhavam, conversavam em voz baixa. A família de Fan inteira havia contraído uma febre seis invernos antes, e ela fora a única sobrevivente. Dizia a Kit que ela tinha sorte de ter arrumado aquele emprego. Eles tinham comida, roupas e um lugar para dormir. Se não fosse isso, ela não sabia o que poderia ter lhe acontecido.

Depois de ouvir a história de Fan, Kit passou a não sentir tanta pena de si mesmo. Afinal, ainda tinha mãe.

Quando terminaram com as lareiras, eles percorreram o corredor dos quartos, recolheram todas as botas e desceram pela escada dos fundos até o quarto de engraxar. Tinham que limpar a lama, aplicar graxa misturada com fuligem e esfregar o couro até deixá-lo bem lustroso. Os braços de Kit logo começavam a doer de tanto esfregar, mas Fan tinha lhe ensinado o jeito fácil de fazer o couro brilhar: cuspindo nas botas. Mesmo assim, ele tinha os braços bem mais fracos que os dela, e Fan em geral terminava o trabalho para ele.

Quando a família aparecesse para fazer o desjejum, eles poderiam entrar nos quartos. Cada quarto tinha uma lareira e um penico tampado. Primeiro eles limpavam a grade da lareira e arrumavam a lenha, do mesmo modo que tinham feito nos cômodos do térreo. Kit então carregava os penicos até o andar de baixo, esvaziava tudo na pia da área de serviço que também atendia a cozinha, lavava os penicos e os levava de volta para os quartos, enquanto Fan ficava fazendo as camas e arrumando. Eles então passavam ao quarto seguinte.

Nesse dia, não conseguiram terminar o serviço.

O problema aconteceu no quarto de Will. Como ele foi o último a acordar, eles deixaram seu quarto por último. Trabalhavam depressa agora que Kit estava acostumado e em geral finalizavam bem antes de Will voltar a subir.

Mas não nesse dia.

Fan estava esfregando a grade da lareira e Kit acabara de apanhar o penico quando Will entrou. Estava vestido para montar, com o chicote na mão, e pelo visto esquecera o chapéu, pois o pegou em cima da cômoda.

Então reparou nas crianças e produziu um ruído de surpresa, como se tivesse se assustado.

Depois de um instante, recuperou-se e berrou:

– O que estão fazendo aqui dentro, vocês dois?

Sabia exatamente o que eles estavam fazendo, mas tinha ficado com raiva por ter levado um susto.

As duas crianças sentiram tanto medo que Fan deixou cair o frasco de grafite e manchou o tapete, e Kit deixou cair o penico, fazendo o conteúdo se espalhar. Ficou encarando horrorizado a sujeira que tinha feito: uma grande poça com três toletes marrons no meio.

– Seus idiotas! – rugiu Will.

Quando ele ficava bravo, seus olhos se esbugalhavam tanto que pareciam prestes a explodir. Ele agarrou Kit pelo braço e acertou seu traseiro com o chicote de montaria. Kit deu um grito de dor e tentou se desvencilhar, mas Will era forte demais.

Will lhe deu outra chicotada, e o menino soluçou de desespero.

– Deixe-o em paz! – guinchou Fan, e partiu para cima de Will.

Will empurrou Kit no chão e agarrou Fan.

– Ah, você quer um pouco também, é isso? – perguntou.

Kit ouviu o zunido do chicote e o estalo quando este acertou Fan. Levantou-se e viu Will suspender o vestido de Fan e começar a chicotear seu traseiro magro.

Kit quis defender Fan com a mesma coragem com a qual ela o defendera, mas estava com medo demais, e tudo que conseguia fazer era chorar.

Uma nova voz indagou:

– Que raio está acontecendo aqui? Will, o que pensa que está fazendo?

Era Roger, seu irmão. Will parou de bater em Fan e se virou para ele.

– Fique fora disso.

– Deixe as crianças em paz, seu estúpido – disse Roger.

– Se não tomar cuidado, vai apanhar também.

Roger não pareceu amedrontado, embora fosse pequeno e franzino, ao passo que Will era grande e forte.

– Quero ver você tentar – provocou ele com um sorriso. – Pelo menos seria uma luta mais justa do que essa daí. Gosta de chicotear o traseiro de menininhas?

– Deixe de ser idiota.

Embora eles estivessem discutindo, Kit percebeu que Will estava ficando mais calmo. Sentiu por Roger uma gratidão arrebatadora por tê-los salvado. Will teria sido capaz de matar ambos.

– Não entendo o que faz você bater nessas pobres crianças com toda a sua força – disse Roger ao irmão.

– Crianças têm que ser castigadas, é o que todo mundo diz. Isso as faz obedecer. As meninas são as que mais precisam… Assim viram esposas respeitáveis que veneram os maridos.

– Você não sabe nada sobre esposas, seu idiota. Venha fazer o desjejum. Pode ser que isso melhore o seu humor.

Will olhou para Kit e Fan, e o menino estremeceu de medo. Mas tudo que o homem disse foi:

– Se não limparem essa sujeirada, vou bater em vocês outra vez.

Com a voz aterrorizada, ambos responderam:

– Sim, Sr. Riddick.

Will saiu e Roger foi atrás.

Kit correu até Fan e enterrou o rosto no seu vestido, tremendo. Ela o enlaçou e lhe deu um abraço.

– Deixe isso para lá, deixe para lá – falou. – Num minuto vai parar de doer.

Ele tentou ser valente.

– Acho que já está melhorando.

Ela o soltou.

– Então vamos lá – disse ela. – Vamos limpar isso tudo.

No domingo à tarde, Kit viu a mãe.

Depois que a mesa do almoço dos Riddicks era tirada, os empregados ficavam livres até a hora de dormir. A mãe estava à sua espera na porta dos fundos do casarão, como de costume. Ele se atirou nos seus braços e a apertou com fervor, enterrando o rosto no seu peito macio. Então lhe deu a mão e os dois saíram andando pelo povoado.

Quando chegaram à casa, sentaram-se diante da roca como antigamente, só os dois. Ele ia lhe passando as mechas de lã cardada, e ela as inseria no mecanismo enquanto girava a roda. No chão havia fusos de fio já pronto, e Kit comentou:

– A senhora fez bastante. Amos vai ficar satisfeito.

– Conte-me o que tem feito – sugeriu ela.

Enquanto trabalhavam, ele lhe contou tudo que tinha acontecido durante a semana: que serviços havia feito, que comidas comera, as vezes em que ficara feliz e os momentos em que sentira medo. Ela se mostrou tão zangada com a história envolvendo Will Riddick que ele rapidamente começou a falar sobre Fan e como ela era bondosa. Ele a amava, falou, e, quando crescesse, se casaria com ela.

A mãe sorriu.

– Veremos – disse ela. – Antes você dizia que se casaria comigo.

– Que besteira. Não se pode casar com a própria mãe, todo mundo sabe disso.

– Você não sabia quando tinha 3 anos.

Conversar com ela aos domingos o fazia se sentir melhor para suportar o restante da semana. Ele detestava Will, mas a maioria das pessoas na casa não era nem bondosa nem cruel, e Roger e Fan estavam do seu lado. Ele idolatrava Roger.

Sentia-se já bem crescido enquanto contava para a mãe como limpava e lustrava, principalmente quando ela disse:

– Ora, você já é um trabalhadorzinho de verdade!

A tarde passou depressa demais. A mãe em geral tinha um pequeno agrado para ele: uma fatia de presunto, uma caneca de leite fresco, uma laranja. Nesse dia, ela lhe deu torrada com mel.

O sabor ainda estava na sua boca quando os dois fizeram o caminho de volta ao cair da noite. Quando se aproximavam do casarão e ele se deu conta de que só tornaria a ver a mãe dali a uma semana, começou a chorar.

– Vamos, deixe disso – disse Sal. – Você tem quase 7 anos. Precisa se comportar feito um homenzinho, porque é isso que você é.

Ele se esforçou ao máximo, mas as lágrimas continuaram a rolar.

Em frente à porta dos fundos, não quis largá-la. Ela o abraçou durante um bom tempo, então se desprendeu dos braços dele, empurrou-o para dentro e fechou a porta.

Nas segundas-feiras de manhã, o trabalho de Kit era limpar e encerar as selas e os arreios. Parte das peças se sujava durante o uso, e todas tinham que ser esfregadas com graxa para manter o couro maleável e impermeável. Kit fazia esse trabalho na área de serviço enquanto Fan varria os tapetes do primeiro andar. As selas eram pesadas, e Kit precisava carregá-las uma a uma pelo pátio do estábulo.

Ele não gostava de cavalos. Tinha medo. Nunca tinha visto nem o pai nem a mãe montados.

O senhor de Badford e os filhos tinham alguns animais no estábulo. O patrão locomovia-se de cabriolé, uma carroça de duas rodas com capota puxada por um cavalo robusto. Tanto o pároco George quanto o Sr. Roger tinham os próprios cavalos, uma égua grande no caso do pároco e um capão de pisada leve para Roger. Já Will preferia cavalos de caça grandes e velozes e era dono de dois, um deles uma aquisição recente, um garanhão baio escuro chamado Aço. Havia também quatro cavalos de puxar carroça.

Kit estava com um feixe de arreios de couro nas mãos quando saiu para o pátio e viu Aço parado junto ao bloco de montaria. Um velho cavalariço chamado Nobby segurava o bridão para manter o animal parado. Era uma tarefa difícil: o cavalo era arisco e dava trancos com a cabeça como se tentasse se livrar do bridão. Tinha os olhos arregalados, os dentes à mostra e as orelhas para trás. O rabo se movia depressa, e as patas dianteiras estavam abertas como se ele estivesse prestes a disparar.

Kit atravessou o pátio passando o mais longe possível do cavalo.

Will estava em cima do bloco, com um dos pés num estribo e as rédeas na mão, prestes a montar. Roger, que o observava, sugeriu:

– Eu o levaria para dar uma volta na campina a passo lento por alguns minutos, para acalmá-lo. Ele está de mau humor.

– Que bobagem – disse Will. – Ele é só voluntarioso. Precisa é ser montado com força por meia hora. Assim vai se acalmar. – Ele passou a perna por cima do lombo do cavalo. – Nobby, abra o portão.

Assim que Nobby soltou o bridão, Aço começou a dar passos nervosos de lado. Will puxou as rédeas e gritou:

– Quieto, seu demônio!

O garanhão ignorou a ordem e deu um passo para trás.

De repente, o animal estava perto de Kit.

– Kit, cuidado! – gritou Roger.

Aterrorizado, o menino não se mexeu.

Puxando as rédeas com força, Will olhou para trás por cima do ombro e gritou:

– Saia do caminho, seu menino burro!

Kit se virou, deu dois passos e escorregou numa pilha de esterco de cavalo, deixando cair os arreios. Então se estatelou no chão. Viu Roger correr em sua direção, mas as patas traseiras de Aço estavam mais perto. Will gritou coisas incoerentes e brandiu o chicote, e Nobby tentou segurar o bridão, mas o cavalo foi chegando cada vez mais perto.

Com Aço quase em cima dele, Kit conseguiu ficar de quatro no chão. Então viu a pata de Aço se projetar. A ferradura o acertou na cabeça.

Ele sentiu uma dor terrível, depois perdeu os sentidos.

A próxima coisa da qual Kit teve consciência foi uma dor de cabeça insuportável. Nunca sentira tanta dor em sua curta vida. Nesse momento, ouviu uma voz de homem.

– O menino tem sorte de estar vivo.

Começou a choramingar por causa da dor, e a voz disse:

– Ele está voltando a si.

Kit abriu os olhos e viu Alec Pollock, o cirurgião, vestido com seu fraque preto gasto.

– Minha cabeça está doendo – reclamou Kit, aos soluços.

– Sente-se e beba este cordial – prescreveu Alec. – Tem láudano na composição, para aliviar a dor.

Outro homem chegou perto da cama, e Kit reconheceu os cabelos louros e o rosto rosado de Roger, que pôs o braço debaixo dos seus ombros e com delicadeza o levantou até uma posição sentada. O movimento fez a dor de cabeça piorar.

Alec segurou uma caneca junto à boca de Kit enquanto dizia:

– Cuidado, não derrame... Láudano custa caro.

Kit bebeu. Não sabia o que era láudano, mas a bebida parecia leite morno. Talvez Alec tivesse posto alguma coisa ali, como o açúcar que se punha no chá.

– Agora deite-se e fique o mais parado possível.

Kit obedeceu. Sua cabeça ainda doía, mas ele estava mais calmo e parou de chorar.

– Você sabe o que lhe aconteceu? – perguntou Alec.

– Deixei cair os arreios! Não foi minha intenção. Sinto muito.

– E depois, o que houve?

– Acho que Aço me deu um coice.

– É bom sinal você se lembrar. Como está a cabeça agora?

Kit se espantou ao constatar que a dor tinha diminuído.

– Não tão ruim quanto antes.

– É o efeito da bebida que acabei de lhe dar.

– Estou encrencado por ter deixado cair os arreios?

– Não, Kit, você não está encrencado – declarou Roger. – Não foi culpa sua.

– Ah, que bom.

– Agora me escute enquanto explico uma coisa – disse Alec.

– Sim, senhor.

– O osso da sua cabeça se chama crânio. Acho que o coice de Aço deve ter provocado uma pequena rachadura nele. Se você passar as próximas seis semanas bem parado, o osso vai sarar.

Seis semanas era um tempo tão longo que Kit mal conseguia imaginar ficar deitado por tanto tempo.

– Fan vai lhe trazer comida, e, quando você precisar fazer cocô e xixi, vai trazer uma tigela especial que você pode usar sem sair da cama.

Kit olhou em volta pela primeira vez. Aquele não era o quartinho simples do sótão onde normalmente dividia uma cama com Platts e Cecil. Lá os lençóis eram cinza e as paredes, pintadas de verde. O quarto onde estava tinha um papel de parede com estampa florida, e os lençóis eram brancos.

– Onde eu estou? – perguntou ele.

– Este é o quarto de hóspedes – respondeu Roger.

– Da casa senhorial?

– Sim.

– Por que estou aqui?

– Porque você se machucou. Precisa ficar aqui até ficar bom outra vez.

Kit se sentiu pouco à vontade. Estava sendo tratado como um hóspede. Perguntou-se o que o patrão achava disso. Nervoso, falou:

– Mas preciso engraxar as botas!

Roger riu.

– Fanny fará isso.

– Fan não consegue, ela já tem trabalho demais.

– Não se preocupe, Kit – disse Roger. – Nós vamos dar um jeito, e Fanny vai ficar bem.

Como Roger parecia estar achando seu nervosismo um pouco engraçado, Kit não falou mais nada sobre o assunto. Pensou em outra coisa.

– Posso ir ver minha mãe?

Quem respondeu foi Alec.

– De jeito nenhum. Sem movimentos desnecessários.

– Mas sua mãe virá ver você – declarou Roger. – Eu vou providenciar isso.

– Sim, por favor – disse Kit. – Por favor, quero muito ver minha mãe.

CAPÍTULO 7

Amos sonhou que estava tendo uma conversa intensa e íntima com Jane Midwinter. Suas cabeças estavam próximas, eles falavam em voz baixa, e o assunto tratado era algo profundamente pessoal. Experimentou um sentimento afetuoso e feliz. Então Rupe Underwood apareceu por trás dele e tentou atrair sua atenção. Como não queria encerrar aquele momento especial com Jane, Amos no início o ignorou, mas Rupe chacoalhou seu ombro. Então ele soube que estava sonhando, mas quis tanto que o sonho continuasse que tentou ignorar o chacoalhar. Não funcionou, e ele abandonou o sonho com a tristeza de um anjo expulso que despenca na terra.

– Amos, acorde – disse a voz de sua mãe.

Ainda estava escuro. A mãe não costumava acordá-lo de manhã. Ele sempre se levantava com tempo de sobra para o que quer que tivesse a fazer e em geral saía de casa enquanto ela ainda estava na cama. E, de toda forma, era domingo, lembrou-se.

Abriu os olhos e se sentou. Sua mãe estava em pé ao lado da cama com uma vela, já vestida para o dia.

– Que horas são? – perguntou ele.

Ela começou a chorar.

– Amos, meu filho querido. Seu pai faleceu.

A primeira reação dele foi incredulidade.

– Mas ontem à noite no jantar ele estava bem!

– Eu sei.

Ela enxugou o nariz com a manga da roupa, algo que jamais faria em circunstâncias normais. Isso o convenceu.

– O que houve?

– Eu acordei, não sei por quê. Talvez ele tenha feito algum barulho... ou de alguma forma eu simplesmente soubesse. Falei com ele, mas ele não respondeu. Acendi a vela da cabeceira para poder vê-lo. Ele estava deitado com os olhos abertos, encarando o teto. Não estava respirando.

Amos pensou que acordar ao lado de um cadáver devia ser uma experiência medonha.

– Minha pobre mãe – disse ele, e segurou sua mão.

Ela quis lhe contar a história toda.

– Fui acordar Ellen e nós lavamos o corpo dele. – Elas devem ter agido em silêncio, concluiu Amos; mas em todo caso ele tinha o sono pesado. – Enrolamos seu pai numa mortalha e pusemos moedas de um *penny* sobre os olhos para fechá-los. Então me lavei e me vesti. E vim avisar você.

Amos afastou as cobertas e se levantou de camisolão.

– Eu quero vê-lo.

Ela aquiesceu, como se fosse isso que esperasse ouvir.

Os dois atravessaram o patamar da escada até o quarto do casal.

O pai estava deitado na cama de dossel com a cabeça pousada sobre um travesseiro imaculadamente branco, os cabelos penteados e o corpo envolto em um cobertor, mais arrumado na morte do que tinha sido em vida. Amos já ouvira pessoas descreverem cadáveres dizendo que a pessoa ficava com uma aparência tão boa que parecia ainda estar viva, mas não era o caso ali. Seu pai se fora, e Amos estava vendo uma casca, e por algum motivo isso estava horrivelmente óbvio. Não teria sido capaz de dizer por que motivo o rosto do pai lhe dava essa impressão, mas não havia espaço para dúvida. A morte era inconfundível.

Foi tomado por um sentimento de tristeza tão forte que começou a chorar. Soluçou bem alto e derramou uma cascata de lágrimas. Ao mesmo tempo, uma parte da sua mente se perguntou por que estava se sentindo assim. Seu pai o havia tratado sem gentileza e sem generosidade, como se ele fosse um cavalo de carroça, um animal de carga valorizado apenas pela sua utilidade. Apesar disso, estava arrasado, chorando sem conseguir se controlar. Enxugou o rosto várias vezes, mas as lágrimas não paravam de cair.

Quando o surto enfim abrandou, sua mãe disse:

– Vista-se e vá até a cozinha tomar uma xícara de chá. Há muito a fazer, e estarmos ocupados vai nos ajudar a suportar nossa perda.

Ele assentiu e se deixou conduzir para fora do quarto. Novamente no seu, foi se vestir. Sem pensar, começou a pôr as roupas do dia a dia, mas teve que tirá-las e começar outra vez. Escolheu um casaco cinza-escuro com colete e um lenço de pescoço preto. A rotina de amarrar e abotoar a roupa o tranquilizou, e, quando ele apareceu na cozinha, já tinha recuperado o autocontrole.

Sentou-se diante da mesa. Sua mãe lhe passou uma xícara de chá.

– Precisamos falar sobre o funeral. Eu gostaria que a missa fosse rezada na catedral. Seu pai merece, ele era um homem importante em Kingsbridge.

– Devo falar com o bispo?

– Se você puder.

– Certamente.

Ellen pôs um prato de torradas com manteiga na frente de Amos. Ele achava que não iria querer comer nada, mas o cheiro o deixou com água na boca. Ele pegou uma fatia, comeu depressa e em seguida perguntou:

– E o velório?

– Disso Ellen e eu conseguimos dar conta.

– Com alguma ajuda, talvez – disse Ellen.

– Mas vou precisar de um pouco de dinheiro do cofre – emendou sua mãe.

– Eu cuido disso – disse Amos. – Sei onde fica a chave.

Ele comeu mais um pouco de torrada.

A mãe abriu um sorriso choroso.

– Suponho que o dinheiro agora seja seu. E o negócio também.

– Como eu só tenho 19 anos, imagino que seja seu, pelo menos até eu completar 21.

Ela deu de ombros.

– O homem da casa é você.

E era mesmo, antes do que ele imaginava. Passara muito tempo ansioso e impaciente para assumir o comando, mas agora não sentia qualquer satisfação. Pelo contrário: a perspectiva de administrar o negócio sem contar com o conhecimento e a experiência do pai o intimidava.

Ele estendeu a mão para pegar outra fatia, mas a torrada tinha acabado.

O dia estava raiando lá fora. Sua mãe disse:

– Ellen, dê a volta na casa e se certifique de que todas as cortinas estejam fechadas. – Isso serviria como aviso aos passantes de que houvera uma morte na família. – Vou cobrir os espelhos.

Era outro costume, embora Amos desconhecesse o motivo.

– Precisamos começar a avisar às pessoas – falou Amos. Pensou no prefeito e no editor da *Gazeta de Kingsbridge*. – Eu provavelmente deveria ir tratar com o bispo agora, se não for muito cedo.

– Ele vai considerar uma cortesia ser o primeiro a saber – ponderou a mãe. – É meticuloso com esse tipo de coisa.

Amos vestiu um sobretudo e saiu para a fria manhã de domingo. A casa do pai – sua casa agora – ficava na Rua Alta. Ele caminhou até o cruzamento com a rua principal, o centro comercial da cidade, cujas quatro esquinas eram ocupadas pelo Mercado de Lã, pelo Salão da Guilda, pelos Salões de Bailes e Eventos e pelo Teatro de Kingsbridge. Dali pegou a rua principal e foi descendo o morro, passando pela catedral. O cemitério ficava do lado norte. Em breve o corpo de seu pai estaria lá, mas sua alma já se encontrava no paraíso.

O palácio do bispo, localizado em frente à Hospedaria do Sino, era um casarão de janelas altas com uma varanda rebuscada, todo feito em pedra da mesma pedreira que abastecera os construtores da catedral. Amos reconheceu Linda Mason, a criada de meia-idade que o fez entrar no saguão.

– Olá, Linda. Preciso falar com o bispo.

– Sua Excelência está descansando depois da primeira missa da manhã – disse ela. – Posso adiantar o assunto?

– Meu pai morreu durante a noite.

– Ah, Amos! Eu sinto muito.

– Obrigado.

– Vou avisar a Sua Excelência que você está aqui. Sente-se perto do fogo.

Ele puxou uma cadeira até a lareira a carvão e correu os olhos pelo saguão. A decoração era de bom gosto, em cores claras, com vários quadros de paisagens comuns. Não havia imagens religiosas, sem dúvida por denotarem um quê de catolicismo.

Dali a um minuto apareceu Elsie, a filha do bispo. Amos sorriu, satisfeito em vê-la. Elsie era uma moça inteligente e determinada, e os dois estavam planejando juntos a escola dominical. Ele gostava dela, embora lhe faltasse o poder de atração irresistível de Jane Midwinter. Elsie era meio sem graça e tinha uma boca larga e um nariz grande, mas, como ele foi lembrado naquele exato momento, tinha também um sorriso encantador.

– Bom dia, Sr. Barrowfield – disse ela. – O que faz aqui?

– Vim falar com Sua Excelência – respondeu ele. – Meu pai morreu.

Ela deu um leve aperto de solidariedade no seu braço.

– Que tristeza para o senhor. E para a sua mãe.

Ele assentiu.

– Eles foram casados por vinte anos.

– Quanto maior o tempo juntos, pior deve ser.

– Imagino que sim. Faz alguns dias que não a vejo. Alguma novidade sobre a escola dominical?

– As pessoas parecem pensar que serei só eu numa salinha ensinando uma dúzia de crianças a ler. Quero fazer mais que isso: quero ter mais alunos, uns cem, quem sabe, para lhes ensinar redação e aritmética também. E precisamos ter um incentivo para atraí-los… talvez um bolo no final.

– Concordo. Quando poderemos começar?

– Não sei ao certo, mas em breve. Aí vem meu pai.

O bispo desceu a larga escadaria vestido com seu traje dominical completo.

– Pai, Amos Barrowfield está aqui – anunciou Elsie. – Obadiah, o pai dele, morreu.

– Mason me contou. – O bispo apertou a mão de Amos. – Um dia triste, Sr. Barrowfield – disse ele numa voz ribombante, como se estivesse declamando um sermão. – Mas podemos nos reconfortar sabendo que seu pai está com Cristo, o que é muito melhor, como nos diz o apóstolo Paulo.

– Obrigado – declarou Amos. – Minha mãe queria que Vossa Excelência fosse a primeira pessoa a saber.

– Que gentileza a dela.

– E pediu que eu lhe perguntasse se o funeral pode acontecer na catedral.

– Acho que sim. Um conselheiro e frequentador assíduo da igreja tem esse direito. Preciso verificar com meus colegas do clero, mas não prevejo nenhum problema.

– Será um grande consolo para minha mãe.

– Que bom. Agora preciso conduzir as preces da casa. Venha, Elsie.

O bispo e a filha entraram na sala de jantar, e Amos saiu sozinho pela porta da frente.

Dois dias depois, Amos e cinco fabricantes de tecidos, todos de chapéu preto, carregaram o caixão: saindo da casa, percorreram a Rua Alta, em seguida desceram a rua principal e entraram na catedral, onde o puseram sobre cavaletes montados diante do altar.

Amos ficou surpreso com a quantidade de gente na nave. Mais de cem pessoas tinham comparecido, duzentas talvez. Agradou-lhe ver que Jane estava entre elas.

Tinha sentimentos contraditórios em relação à catedral. Metodistas não apreciavam a pompa das igrejas tradicionais, as vestes e os ornamentos cravejados de pedras preciosas; preferiam adorar a Deus num cômodo sem luxo com decoração simples. O foco devia ser o que estava acontecendo na mente do fiel. Apesar disso, Amos sempre se sentia arrebatado pelos imensos pilares e cúpulas altíssimas da catedral. A única coisa de que não gostava na Igreja Anglicana era sua mentalidade dogmática. O clero achava que ele deveria acreditar no que lhe dissessem para acreditar, ao passo que os metodistas respeitavam seu direito à própria opinião.

A Igreja tinha a mesma mentalidade de seu pai, agora deitado no caixão.

Ele estava finalmente livre da tirania do pai, refletiu enquanto a missa começava, mas essa liberdade vinha acompanhada de preocupação. Como precisava estar em Kingsbridge para encontrar clientes e comprar lã, necessitava de alguém que assumisse suas viagens. Tinha planos de estocar material de modo a não ser desestabilizado por alguma escassez repentina, mas essa não era uma tarefa simples, pois precisaria comprar quando os preços estivessem baixos. Desejava expandir o negócio, mas não sabia onde poderia encontrar mais artesãos, sobretudo fiandeiros. *Preciso de ajuda agora que o velho se foi*, pensou. *Por essa eu não esperava.*

Estava tão absorto nas próprias preocupações que o fim da missa o pegou de surpresa, e ele levou alguns segundos para se dar conta de que precisava erguer o caixão.

Eles carregaram Obadiah pela nave, saíram pela imensa porta oeste e deram a volta até o lado norte da igreja, onde ficava o cemitério. Seguiram em frente, passando pelo mausoléu do prior Philip, monge responsável pela construção da catedral mais de seiscentos anos antes. Pararam ao chegar à cova recém-cavada.

A visão do buraco fundo e do monte de terra ao redor causou um forte choque em Amos. Aquilo nada tinha de raro nem de inesperado; o que o perturbava era pensar que o corpo do pai ficaria deitado dentro daquela cova lamacenta até o dia do Juízo Final.

Rezou-se mais uma prece, e o caixão foi baixado na cova.

Amos pegou um punhado de terra do monte. Ficou parado por um instante na beira da cova, olhando para baixo, impressionado pela sombria irrevogabilidade do que estava prestes a fazer. Então deixou a terra escorrer da mão para o caixão. Quando a terra acabou, virou as costas.

Aos prantos, sua mãe fez o mesmo: pegou um punhado de terra e jogou dentro da cova, depois se afastou com o passo trôpego. Enquanto os outros presentes formavam uma fila para aguardar sua vez, ela segurou o braço de Amos e pediu:

– Leve-me para casa.

Ellen havia transformado a casa para receber muitas pessoas. No saguão havia um barril de cerveja e dezenas de canecas de cerâmica, e a mesa da sala de jantar estava coberta de bolos, tortas, doces e pão de melaço. No andar de cima, a sala de estar fora preparada para os convidados mais importantes, e havia xerez, vinho madeira e vinho tinto, além de petiscos mais refinados: pastéis de carne de cervo, peixe salgado, torta de coelho e camarão.

Ao ver tudo isso, a mãe de Amos se recompôs. Tirou o casaco, então começou a deixar tudo na mais perfeita ordem. Amos se preparou para receber os convidados, que demoraram só um ou dois minutos para começarem a chegar. Apertou mãos, agradeceu as condolências, incentivou os convidados comuns a se servirem de cerveja e direcionou para o andar de cima os especiais, entre os quais o cônego Midwinter e Jane. Estava se sentindo um tecelão, repetindo a mesma ação várias vezes até esta se tornar quase inconsciente.

Todo mundo estava falando sobre a França. Os revolucionários haviam decapitado o rei Luís XVI e, em seguida, declarado guerra à Inglaterra. Segundo Spade, a maior parte do Exército britânico estava ou na Índia ou no Caribe. A milícia de Shiring agora recrutava diariamente nos campos dos arredores de Kingsbridge.

Amos estava ansioso para conversar com Jane e, quando os convidados começaram a sair, foi procurá-la. Achava que ela poderia levá-lo mais a sério agora que era proprietário de um negócio. Ela era prática, uma boa qualidade numa esposa, pensou, ainda que não fosse algo muito romântico.

Foi até o andar de cima e a encontrou no patamar da escada. Seu vestido era feito de uma flanela preta lustrosa, que combinava com seus cabelos escuros e a deixava impressionantemente glamourosa.

– Sonhei com você – disse ele, falando baixo para que os outros não escutassem.

Ela o encarou com aqueles olhos cinzentos, e, como de costume, ele se sentiu impotente.

– Um sonho bom? – perguntou. – Ou um pesadelo?

– Foi muito bom. Eu não queria que terminasse.

Ela arregalou os olhos e fez uma expressão espantada.

– Espero que tenha se comportado com decência nesse sonho!

– Ah, sim. Nós apenas conversamos, como agora, mas foi... eu não sei. Foi perfeito.

– Conversamos sobre o quê?

– Não sei direito, mas parecia algo muito importante para nós dois.

– Não consigo imaginar o que pode ser... – Ela deu de ombros. – E como terminou, afinal?

– Eu acordei.

– É esse o problema dos sonhos.

Como sempre acontecia na companhia dela, Amos desejou não ter que puxar conversa, assim poderia se concentrar em admirá-la. Ela não precisava fazer nada: enfeitiçava-o sem sequer se esforçar.

– Meu mundo virou de cabeça para baixo desde a última vez que nos falamos – declarou ele.

– Sinto muitíssimo pelo seu pai.

– Ele e eu brigamos muito nos últimos tempos, então estou surpreso com a tristeza que sinto por perdê-lo.

– É assim que acontece com os pais. Mesmo quando os odiamos, nós os amamos.

Era um comentário sábio, pensou; parecia algo que o pai dela poderia ter dito.

Não sabia como lhe perguntar o que queria. Decidiu falar logo e acabar com aquilo:

– Aceita passear comigo?

– O senhor já me perguntou isso – disse ela. – E eu já respondi.

Era uma resposta desanimadora, mas, por outro lado, não chegava a ser uma rejeição direta.

– Pensei que pudesse ter mudado de ideia – argumentou ele.

– Por que eu teria mudado de ideia?

– Porque não sou mais um rapaz sem nada exceto esperanças para oferecer.

Ela franziu o cenho.

– Mas é, sim.

– Não. – Ele balançou a cabeça. – Sou dono de um negócio rentável. E tenho uma casa. Eu poderia me casar amanhã.

– Mas o seu negócio está afundado em dívidas.

Por essa Amos não esperava. Ele deu um passo para trás, como se tivesse sido ameaçado.

– Dívidas? Não está, não.

– Meu pai diz que está.

Amos ficou estarrecido. O cônego Midwinter não era de sair espalhando fofocas sem fundamento.

– Como assim? – indagou ele. – Quanto? Com quem?

– O senhor não sabia?

– Estou sabendo agora.

– Não sei dizer como, tampouco quanto dinheiro foi emprestado, mas sei quem é o credor: o conselheiro Hornbeam.

Amos continuou sem entender. É lógico que conhecia Hornbeam; todos conheciam. Ele havia comparecido ao velório, e Amos o vira conversando com seu amigo Humphrey Frogmore não fazia nem um minuto. Hornbeam chegara a Kingsbridge quinze anos antes. Havia comprado o negócio de tecidos do sogro do cônego Midwinter, o conselheiro Drinkwater, e o transformado no maior empreendimento da cidade. Mesmo sem gostar muito dele, Obadiah o respeitava por seu tino para os negócios.

– Por que meu pai teria pegado dinheiro emprestado com ele? Ou com qualquer pessoa?

– Não sei.

Amos olhou em volta à procura de uma figura alta e de expressão severa, vestida com roupas sóbrias porém caras e uma peruca castanho-clara que era sua única concessão à vaidade.

– Ele estava aqui, mas tenho quase certeza de que já partiu – informou Jane.

– Vou atrás dele.

– Amos, espere.

– Por quê?

– Porque ele não é um homem gentil. Quando for falar com ele sobre esse assunto, é melhor estar munido de todas as informações.

Amos se forçou a parar e ponderar.

– A senhorita está absolutamente certa – disse ele após alguns segundos. – Obrigado.

– Espere seus convidados irem embora. Ajude sua mãe a arrumar a casa. Descubra a verdade sobre as suas finanças. Depois, vá falar com Hornbeam.

– É exatamente isso que vou fazer.

Jane foi embora com o pai, mas alguns dos convidados se demoraram, impedindo Amos de fazer o que precisava. Um grupo no térreo parecia decidido a continuar ali até o barril ser esvaziado. Ellen e a mãe de Amos começaram a arrumar algumas coisas, recolhendo os utensílios usados e os restos de comida. Por fim, Amos educadamente pediu aos retardatários que fossem embora.

Então foi até o escritório.

Nos dois dias desde a morte do pai, ficara ocupado demais com a organização do enterro para examinar as contas. Agora desejava ter separado um tempo para tal tarefa.

Estava tão habituado ao escritório quanto estava com todas as outras partes da casa, mas nesse momento se deu conta de que não sabia onde encontrar tudo. Havia faturas e recibos em gavetas e em caixas espalhadas pelo chão. Um caderno com nomes e endereços, em Kingsbridge e outros lugares, sem indicação se as pessoas eram clientes, fornecedores ou alguma outra coisa. Um aparador sustentava cerca de uma dúzia de pesados livros-caixa, alguns em pé e outros deitados; nenhum tinha título. Toda vez que ele havia feito alguma pergunta sobre dinheiro, o pai lhe respondera que ele não precisava se preocupar com isso até completar 21 anos.

Começou com os livros-caixa e escolheu um aleatoriamente. Não foi difícil de entender. O livro registrava valores recebidos e valores pagos, dia após dia, e, ao final de cada mês, o total era somado. Na maioria dos meses, as receitas excediam as despesas, de modo que havia lucro. De vez em quando, havia prejuízo. Ele voltou à primeira página e viu que o livro era de sete anos antes.

Encontrou o livro-caixa mais recente. Ao verificar os totais mensais, viu que as receitas de modo geral totalizavam menos que as despesas. Franziu o cenho. Como era possível? Voltou aos dois anos anteriores e viu que os prejuízos vinham aumentando de forma gradual. Mas havia vários recibos de valor alto identificados misteriosamente como "Da conta H.". Eram quantias redondas – dez libras, quinze libras, vinte libras –, mas cada uma cobria grosso modo o déficit dos poucos meses anteriores. E havia pequenas quantias regulares identificadas como "Jur. 5%".

Um quadro estava se desenhando, e era muito preocupante de fato.

Seguindo um palpite, Amos olhou a última página do livro mais recente e encontrou uma coluna intitulada "Conta H.". Ela começava um ano e meio antes. Cada linha correspondia a um registro nos números mensais. A maioria dos números na última página era negativa.

Amos ficou estarrecido.

Seu pai vinha perdendo dinheiro havia dois anos. Pedira emprestado para compensar as perdas. Duas linhas positivas na última página mostravam que havia quitado parte do valor, mas que logo se vira forçado a pegar mais empréstimos.

"Jur." significava juros, e "H." só podia ser Hornbeam. Jane estava certa.

O total anotado no pé da última página era 104 libras, 13 xelins e 8 *pence*.

Amos pensara estar herdando um negócio viável, mas uma dívida imensa lhe caíra no colo. Cem libras era o valor de uma casa boa em Kingsbridge.

Precisava quitar a dívida. Para ele, dever dinheiro e não pagar era algo imoral e vergonhoso. Não ficaria em paz consigo mesmo caso se tornasse esse tipo de pessoa.

Se conseguisse transformar as perdas num lucro modesto de uma libra por mês, mesmo assim levaria quase nove anos para saldar a dívida – e isso sem comprar comida para si e para a mãe.

Aquilo explicava a avareza e introspecção do pai nos últimos anos. Obadiah havia escondido os prejuízos, talvez na esperança de conseguir reverter a situação, embora parecesse não ter feito muita coisa nesse sentido. Ou talvez a doença que havia se manifestado como falta de ar também tivesse afetado sua mente.

Amos descobriria mais falando com Hornbeam. Mas não poderia simplesmente lhe fazer perguntas. Precisava garantir ao conselheiro que a dívida seria paga quanto antes. Tinha que impressioná-lo com sua determinação.

E Hornbeam não era sua única preocupação. Outros negociantes de Kingsbridge estariam de olho nele. Por terem conhecido seu pai e visto Amos provar ser um assistente competente, seriam gentis com ele, pelo menos no começo. Mas, se ele já começasse indo à falência, essa amizade evaporaria. Era importante que todo mundo soubesse o esforço que estava fazendo para pagar as dívidas do pai.

Será que, apesar da aparência austera, Hornbeam se mostraria compreensivo? Ele havia tentado ajudar Obadiah a lidar com as dificuldades financeiras, o que era um bom sinal – embora tivesse cobrado juros, é lógico. Além disso, conhecia Amos desde criança, o que também contaria, certamente.

Encorajado por esse pensamento otimista, Amos saiu do escritório pela porta da rua e seguiu para a residência dos Hornbeams.

A casa ficava ao norte da Rua Alta, perto da igreja de São Marcos, num bairro antes malconservado onde velhas casas geminadas tinham sido derrubadas de modo a abrir espaço para a construção de casas espaçosas com estábulos. A de Hornbeam possuía janelas simétricas e um pórtico com colunas de mármore. Amos se lembrava de o pai dizer que Hornbeam havia contratado um arquiteto barato de Bristol, lhe entregado um livro com as plantas de Robert Adam e exigido uma versão de baixo custo de um palácio clássico. Num dos lados, e levemente recuado em relação à construção principal, havia um pátio de estábulos no qual uma carruagem estava sendo lavada por um cavalariço tremendo de frio.

Um lacaio de ar lúgubre veio abrir a porta da frente. Quando Amos pediu para falar com o conselheiro Hornbeam, o homem disse, com uma voz pesarosa:

– Vou ver para o senhor se ele está em casa.

Ao entrar, Amos sentiu na mesma hora a atmosfera da casa: escura, formal e rígida. Um relógio comprido batia alto no saguão, e uma dupla de cadeiras de espaldar reto feitas de carvalho polido oferecia pouco conforto. Não havia tapete. Acima de uma lareira fria, dentro de uma moldura dourada, pendia um retrato de Hornbeam com uma expressão severa.

Enquanto ele esperava, Howard, filho de Hornbeam, apareceu subindo uma escada que vinha do porão, como um segredo de família revelado. Era um rapaz alto, bastante simpático quando longe do pai. Amos e Howard haviam estudado juntos na Escola Secundária de Kingsbridge; Howard era uns dois anos mais novo e tinha o raciocínio um pouco lento. A inteligência e a personalidade forte do pai tinham sido herdadas pela filha mais nova, Deborah, que naturalmente não recebera permissão para frequentar a escola.

Howard cumprimentou Amos, e os dois apertaram as mãos. O lacaio tristonho reapareceu e disse que o Sr. Hornbeam receberia Amos.

– Eu levo Amos até lá, Simpson – disse Howard.

Ele conduziu Amos até uma porta nos fundos do saguão para fazê-lo entrar no escritório de Hornbeam; em seguida se retirou.

O cômodo parecia uma cela: nenhum tapete, nenhum quadro, nenhuma tapeçaria e, na pequena lareira, um fogo acanhado. Hornbeam, sentado atrás de uma escrivaninha, ainda vestia as roupas do funeral. Tinha quase 40 anos, rosto inchado e sobrancelhas grossas. Tirou rapidamente um par de óculos, como se estivesse envergonhado por ter que usá-los. Não convidou Amos a se sentar.

Amos não era totalmente novato em matéria de hostilidade e não se sentiu intimidado pela frieza do conselheiro. Já havia se deparado com tecelões e fiandeiros mal-humorados e com clientes insatisfeitos, e sabia que era possível amansá-los.

– Obrigado por ter ido ao funeral do meu pai.

Hornbeam não tinha traquejo social e respondeu dando de ombros, uma resposta inadequada.

– Éramos ambos conselheiros – disse ele. – E amigos – acrescentou, após alguns segundos.

Não ofereceu nem chá, nem vinho.

Em pé diante da mesa feito um colegial malcomportado, Amos falou:

– Vim vê-lo porque acabo de saber que o pai vinha pegando dinheiro emprestado com o senhor. Ele nunca me disse.

– Cento e quatro libras – completou Hornbeam, simplesmente.

Amos sorriu.

– E treze xelins e oito *pence*.

Hornbeam não sorriu de volta.

– Sim.

– Obrigado por tê-lo ajudado quando ele precisou.

Hornbeam não queria ser visto como um homem pródigo.

– Não sou filantropo. Eu cobrei juros.

– De cinco por cento.

Para um empréstimo pessoal arriscado, não era algo exorbitante.

Como nitidamente não soube como retrucar, Hornbeam só fez inclinar a cabeça para concordar.

Amos se deu conta de que seu charme não funcionava contra a indiferença pétrea de Hornbeam.

– Mas agora o dever de quitar o empréstimo é meu – declarou ele.

– Sim, de fato.

– Não fui eu quem criou o problema, mas tenho que resolvê-lo.

– Prossiga.

Amos organizou os pensamentos. Ele tinha um plano e o considerava bom. Talvez bom o suficiente para superar a irascibilidade de Hornbeam.

– Primeiro preciso tornar o negócio rentável, de modo que não sejam necessários novos empréstimos. Meu pai vinha acumulando estoques antigos que os clientes não apreciavam muito; eu baixarei o preço para me livrar dessas mercadorias. E quero me concentrar em tecidos de luxo, que possam ser vendidos a preços mais altos. Desse modo creio que consiga começar a ter lucro em um ano. Espero voltar a pagar a dívida no primeiro dia do ano de 1794.

– Espera mesmo?

Não foi uma resposta encorajadora. Hornbeam certamente teria ficado mais feliz em ouvir que recuperaria logo seu dinheiro. Mas ele sempre fora um homem taciturno.

Amos não esmoreceu.

– Depois disso, espero tornar o negócio mais rentável ainda, para poder acelerar o reembolso.

– E como faria isso?

– Expandindo, principalmente. Procurarei mais fiandeiros de modo a ter um fornecimento confiável de fio e, em seguida, mais tecelões.

Hornbeam aquiesceu quase como se estivesse aprovando, e Amos se sentiu um pouco melhor.

Na esperança de conseguir uma aceitação mais evidente, falou:

– Espero que considere meu plano factível.

Hornbeam não respondeu nada; em vez disso, fez uma pergunta:

– Quando espera saldar a dívida?

– Acredito que eu consiga fazer isso em quatro anos.

Fez-se uma longa pausa, então Hornbeam declarou:

– O senhor tem quatro dias.

Amos não entendeu.

– O que quer dizer?

– Isso mesmo que ouviu. Eu lhe dou quatro dias para me pagar.

– Mas... eu acabei de lhe explicar...

– E agora quem vai lhe explicar sou eu.

Amos teve um pressentimento muito ruim, mas mordeu a língua e disse apenas:

– Por favor, faça isso.

– Não emprestei dinheiro para o senhor, emprestei para o seu pai. Eu o conhecia e confiava nele. Mas agora ele morreu. Não conheço o senhor, não confio no senhor e não me importo com o senhor. Não vou lhe emprestar dinheiro e não vou permitir que o senhor assuma a dívida do seu pai.

– O que isso quer dizer?

– Quer dizer que o senhor precisa me reembolsar em quatro dias.

– Mas eu não tenho como.

– Eu sei. Então, daqui a quatro dias, vou tomar posse do seu negócio.

Amos gelou.

– O senhor não pode fazer isso!

– Posso, sim. Foi o que combinei com seu pai, e ele assinou um contrato nesses termos. O senhor deve encontrar uma cópia desse documento em algum lugar entre os papéis do seu pai, e eu tenho uma aqui.

– Então ele não me deixou nada!

– Todo o estoque é meu, e, na semana que vem, meus viajantes começarão a visitar os artesãos que vinham produzindo para vocês. O negócio vai continuar. Mas vai ser meu.

Amos encarou intensamente o rosto de Hornbeam. Sentiu-se tentado a perguntar: *Por que o senhor me odeia?* Mas não viu ódio ali, apenas uma satisfação dissimulada que transparecia num levíssimo esboço de sorriso triunfante, pouco mais que um leve espasmo num dos cantos da boca.

Hornbeam não era maldoso. Era ganancioso e implacável.

Amos se sentiu impotente, mas era orgulhoso demais para admitir isso. Foi até a porta.

– Vejo-o daqui a quatro dias, Sr. Hornbeam – disse ele.

E saiu.

CAPÍTULO 8

Spade estava em frente ao seu tear, passando o fio pelo liço vertical para formar a urdidura, ajustando os fios cuidadosamente até ficarem tesos. Alguém bateu na porta, ele ergueu os olhos e Amos entrou.

Spade se espantou ao vê-lo fora de casa tão pouco tempo depois do funeral. Mas Amos não parecia enlutado, e sim derrotado. Isso era pouco usual no seu caso: o rapaz ocasionalmente tinha um aspecto ansioso ou zangado, o que era mitigado por um otimismo jovial. Agora parecia ter perdido qualquer esperança. Spade sentiu uma pontada de compaixão.

– Olá, Amos – falou. – Quer uma xícara de chá?

– Sim, por favor – respondeu o rapaz. – Estou vindo da casa de Hornbeam, e ele não me ofereceu um mísero copo d'água.

Spade riu.

– Ele diria que não tem dinheiro para isso.

– Maldito.

– Entre e conte-me tudo.

Spade tinha um armazém e um ateliê contíguo aos aposentos pequenos de um homem solteiro. Ele próprio tecia bastante, mas também contava com outros tecelões, entre os quais um quase tão capacitado quanto ele, chamado Sime Jackson. Tecelagem pagava bem, mas Spade era ambicioso e queria mais.

Ele então conduziu Amos até seu cômodo particular, que continha uma cama estreita, uma mesa redonda e uma lareira. Era um lar espartano. Spade depositava toda a sua energia criativa na tecelagem; era isso que o empolgava.

– Sente-se – disse ele, apontando para uma cadeira de madeira.

Pôs uma chaleira de água no fogo e despejou chá num bule com uma colher, depois se acomodou num banquinho enquanto a água esquentava.

– O que aquele diabo velho aprontou dessa vez?

Amos estendeu as mãos para perto do calor do fogo. Estava com uma cara péssima, e Spade sentiu pena dele.

– Descobri que meu pai vinha perdendo dinheiro há dois anos – contou Amos.

– Hum. Ele parecia mesmo ter perdido a energia.

– Mas Hornbeam o vinha mantendo em atividade emprestando-lhe dinheiro.

Spade franziu a testa.

– Não é do feitio dele ajudar um camarada em apuros.

– Ele cobrou juros.

– Lógico. Quanto você deve a ele?

– Cento e quatro libras, treze xelins e oito *pence*.

Spade soltou um assobio.

– É muito dinheiro.

– Não consigo acreditar que vim parar nessa situação – desabafou Amos, e Spade se comoveu com essa perplexidade juvenil. – Sou um negociante honesto e trabalhador, mas estou falido. Sinto-me um tolo. Como isso pode estar acontecendo comigo?

O pobre rapaz estava muito aflito. Spade se levantou, pensativo, e despejou água fervente sobre as folhas de chá.

– Vai ter que pagá-lo, é o jeito. Talvez leve anos, mas a provação lhe valerá uma boa reputação.

– Anos, pois é. Só que Hornbeam me deu quatro dias.

– O quê? Isso é impossível. Onde ele está com a cabeça?

Spade mexeu o chá no bule e o serviu em duas xícaras.

– Eu disse a Hornbeam que não era viável.

– E ele respondeu o quê?

– Que vai tomar o meu negócio. Ele tem um contrato.

A constatação iluminou o rosto de Spade.

– Então é isso.

– O que quer dizer com "Então é isso"? – perguntou Amos.

– Eu estava me perguntando por que alguém tão pão-duro quanto Hornbeam emprestaria dinheiro para um negócio em dificuldades. Agora entendo. – Ele passou uma das xícaras para Amos. – Ele não estava sendo bondoso. Já imaginava que seu pai fosse falir, e desde o princípio sua intenção era tomar o negócio para si.

– Ele é mesmo tão dissimulado assim?

– Aquele homem é insaciável. Quer ser o dono do mundo.

– Talvez eu devesse simplesmente torcer o pescoço dele e ser enforcado por assassinato.

Spade sorriu.

– Não faça isso ainda. Eu não gostaria de vê-lo enforcado, e a maioria das pessoas de Kingsbridge também não.

– Não sei o que mais posso fazer.

– Quanto tempo disse que Hornbeam lhe deu?

– Quatro dias. Por quê?

– Estou só pensando.

A animação iluminou o rosto de Amos.

– Pensando o quê?

– Não fique esperançoso demais. Estou tentando bolar outra saída, mas pode ser que não dê certo.

– Me diga o que é.

– Não, deixe-me refletir mais um pouco.

Com um esforço visível, Amos controlou a impaciência.

– Está bem. Eu tento qualquer coisa.

– Hoje é terça. Seu prazo é sábado. Venha falar comigo na sexta à tarde.

Amos esvaziou sua xícara e se levantou para ir embora.

– Não pode me dar uma dica?

– Provavelmente não vai dar certo. Na sexta-feira eu lhe conto.

– Bem, obrigado até mesmo por pensar no assunto. Você é um amigo de verdade, Spade.

Depois que ele saiu, Spade passou algum tempo sentado, refletindo. Havia algo de errado com Hornbeam. O homem era rico; uma figura importante na cidade, conselheiro e juiz de paz; casado com uma mulher simpática e obediente que tinha lhe dado dois filhos. O que o movia? Ele tinha mais dinheiro do que era capaz de gastar, visto que não alimentava interesse algum em promover festas nababescas, ser dono de uma penca de cavalos de corrida ou frequentar os clubes de jogatina elegantes de Londres e perder centenas de libras nas cartas. Apesar disso, sua ganância era tamanha que ele era capaz de explorar o filho inexperiente de um defunto numa tentativa de tomar seu negócio.

Mas talvez ele pudesse ser impedido.

Uma ideia estava se formando na mente de Spade.

Ele vestiu seu sobretudo em estilo militar, saiu para o frio e foi a pé até a casa do cônego Midwinter.

As casas mais antigas e elegantes de Kingsbridge pertenciam à Igreja e eram reservadas para os membros mais importantes do clero. Midwinter tinha uma mansão jacobina situada de frente para a catedral, provavelmente a localização mais cobiçada da cidade. Spade foi conduzido até uma sala de estar confortável, decorada no estilo clássico, em voga desde que ele alcançara idade suficiente para reparar nessas coisas: um teto colorido, cadeiras de pernas finas e, sobre a cornija da lareira, uma dupla de urnas de cor creme decoradas com guirlandas e festões, provavelmente produzidas na célebre fábrica de Josiah Wedgwood. Supôs que o cômodo houvesse sido decorado pela falecida esposa de Midwinter.

O cônego estava tomando chá com a filha, Jane. Spade a achava lindíssima, com seus grandes olhos cinzentos. Todo mundo sabia que Amos era apaixonado por ela, e Spade podia ver por quê, embora a achasse um tanto fria e talvez um pouco interesseira. A principal fofoqueira da cidade, Belinda Goodnight, tinha dito a Spade que Jane jamais se casaria com Amos.

Midwinter tinha também dois filhos homens, rapazes inteligentes e mais velhos que Jane, ambos cursando a universidade em Edimburgo. Os metodistas preferiam mandar seus filhos estudarem em universidades escocesas, que lecionavam menos dogmas da Igreja Anglicana e mais cursos úteis, como medicina e engenharia.

Midwinter e Jane acolheram Spade efusivamente. Ele se sentou e aceitou uma xícara de chá. Após algumas amenidades, contou-lhes a história de Amos e Hornbeam.

Jane ficou indignada por Amos.

– Como Hornbeam pôde fazer isso… no dia do enterro do pai dele?!

– Hornbeam deve ter se certificado de que a documentação está em perfeita ordem e de que não se pode contestar juridicamente o contrato – comentou Midwinter.

– Sem dúvida – concordou Spade.

– Precisamos impedir que isso aconteça! – disse Jane.

– Existe uma solução possível – declarou Spade. – Por isso estou aqui.

– Prossiga – incentivou Midwinter.

Spade formulou a ideia sobre a qual vinha refletindo.

– Amos é um rapaz inteligente e trabalhador. Com o tempo, tenho certeza de que consegue saldar sua dívida.

– Mas tempo é justamente o que Hornbeam não quer lhe dar – contestou Midwinter.

– E se alguns de nós nos juntássemos para emprestar a Amos o dinheiro de que precisa para pagar Hornbeam até sábado?

– Que ideia maravilhosa! – exclamou Jane, empolgada.

Midwinter aquiesceu devagar.

– Existe um risco, mas, como o senhor falou, Amos muito provavelmente vai acabar pagando.

– Acho que conseguiríamos encontrar homens suficientes para apoiar outro metodista num momento difícil.

– Com certeza.

Spade ficou satisfeito ao ver que Midwinter tinha gostado da ideia, mas havia uma coisa que ele podia fazer e que praticamente garantiria o sucesso dela: contribuir ele próprio para o fundo destinado a pagar a dívida. Primeiro, Spade falou:

– Eu ficaria feliz em contribuir com dez libras.
– Muito bem.
– Se o senhor me apoiasse contribuindo também com dez libras, eu estaria numa posição sólida para convencer outros metodistas a contribuírem também.

Fez-se uma pausa, e Spade ficou aguardando ansioso a resposta de Midwinter. Por fim, o cônego disse:

– Sim, eu teria prazer em contribuir com dez libras.

Spade respirou aliviado e continuou:

– Teríamos que estabelecer um prazo de pagamento de, digamos, dez anos.
– Concordo.
– E precisaríamos cobrar juros de Amos.
– Naturalmente.
– Amos vai ter que poupar todo o seu dinheiro para quitar o empréstimo – comentou Jane num tom pensativo. – Vai ser pobre por dez anos.
– Verdade – disse Spade. – E, o mais importante de tudo, cônego Midwinter: eu gostaria que o senhor fosse o tesoureiro do fundo.

Midwinter deu de ombros.

– O senhor poderia ser o tesoureiro. As pessoas sabem que é honesto.

Spade sorriu.

– Mas o senhor é cônego da catedral. Faz parte da nata.
– Está bem, então.

Jane bateu palmas.

– Então Amos vai ser salvo... um dia.
– Ainda não consegui garantir isso – respondeu Spade. – Acabei de começar.

Spade gostava da loja da irmã. Kate e ele tinham em comum o amor pelos tecidos: suas cores, as diferentes tramas, a textura macia da lã de merino, o peso sólido do tweed. Como seu pai fora tecelão e a mãe, costureira, os dois tinham nascido para a indústria têxtil da mesma forma que príncipes e princesas nascem para o ócio e o luxo.

Ele examinou o casaco que a irmã acabara de fazer para Arabella Latimer, esposa do bispo. A peça tinha uma gola tripla tipo capa, mangas justas e uma cintura ajustada que descia plissada até os tornozelos, realçando as cores fortes e o discreto padrão xadrez do tecido.

– Vai ficar uma beleza nela – elogiou Spade. – Eu sabia que ficaria.
– É melhor que fique mesmo – disse Kate. – Ela está pagando muito por ele.

– Confie em mim. Eu sei o que agrada a uma mulher.

Kate emitiu um ruído de desdém, e Spade riu.

Ela mesma estava usando renda em profusão: um lenço rendado sobre os ombros, punhos de renda compridos nas mangas e uma sobressaia também de renda. Tinha um rosto bonito, e aquele tecido lhe caía bem, mas o verdadeiro motivo para isso era que ela investira num estoque grande e o estava exibindo para os clientes.

A loja ocupava o térreo de uma casa na Rua Alta onde Kate e Spade tinham passado a infância. Kate morava ali com a companheira, Rebecca. No piso superior havia quartos que podiam ser usados como provadores por clientes que estivessem experimentando roupas. Acima desse piso ficavam os quartos de Kate e Rebecca, e a cozinha era localizada no porão.

Enquanto Spade admirava o casaco da Sra. Latimer, seu cunhado desceu do andar de cima trajando um uniforme novinho em folha da milícia. Kate em geral não fabricava roupas masculinas, mas Freddie Caines era o irmão caçula da falecida esposa de Spade. O rapaz tinha 18 anos e acabara de ser recrutado, e Kate tinha feito aquele uniforme como um favor especial.

– Ora, você está esplêndido! – exclamou ela.

Estava mesmo, e o sorriso no rosto do rapaz dizia que ele sabia disso.

Spade declarou:

– Vai ser o único recruta da milícia inteira de Shiring a usar um uniforme feito sob medida.

Os oficiais mandavam fazer seus uniformes, mas os outros soldados usavam roupas baratas compradas prontas.

– Posso sair de uniforme? – perguntou Freddie. – Quero exibi-lo.

– Claro – respondeu Kate.

– Depois volto para pegar minhas roupas antigas, que deixei lá em cima.

Na mesma hora em que Freddie saiu, a Sra. Latimer entrou pela porta da rua; a ponta de seu nariz estava vermelha por causa do frio. Spade se curvou e Kate fez uma mesura: a esposa de um bispo merecia respeito.

Arabella Latimer, porém, sempre se mostrava informal e simpática. Viu na mesma hora o casaco novo em cima da mesa.

– É este? – perguntou. – Que beleza.

Ela alisou e apertou a fazenda com as duas mãos, obviamente apreciando a sensação. *Uma mulher sensual,* pensou Spade, *sendo desperdiçada com aquele bispo gordo.*

– Experimente – sugeriu Kate. – Tire a capa.

A Sra. Latimer ainda estava com as roupas que havia usado no enterro. Spade postou-se atrás dela e disse:

– Deixe-me ajudá-la.

Ele reparou que seus cabelos tinham um cheiro bom. Ela estava usando uma pomada perfumada nos cachos ruivos.

A Sra. Latimer se livrou da capa com um movimento dos ombros e Spade a pendurou num gancho. Por baixo da capa estava usando uma seda espantosamente elegante, da mesma cor marrom-escura da madeira queimada. Ela sabia o que lhe caía bem.

Kate apanhou o casaco novo e o segurou para ela vestir.

Spade observava a cena com muito interesse, concentrando-se mais nela que no casaco. Os cabelos de Arabella eram uma sinfonia de matizes: chá forte, folhas de outono, vermelho e louro-claro. O casaco realçava os tons com perfeição.

Ela abotoou a peça.

– Está um pouco apertado – afirmou.

Kate abriu a porta que dava para o ateliê.

– Becca, querida, por favor, venha dar uma olhada.

Sua companheira, Rebecca, veio da sala dos fundos segurando uma almofada de alfinetes e um dedal. Em contraste com Kate, era sem sal e estava vestida com simplicidade, com os cabelos presos bem apertados e as mangas arregaçadas. Fez uma mesura para a Sra. Latimer, em seguida caminhou ao redor da mulher enquanto examinava o casaco com um olhar crítico.

– Hum – falou. Então, como quem se lembra de uma obrigação, arrematou: – Ficou maravilhoso.

– Ficou mesmo – concordou Kate.

– Está apertado no corpete – disse Becca. Tirou um pedaço de giz da manga e fez uma marcação no casaco. – Dois centímetros e meio – acrescentou. Movendo-se até atrás da Sra. Latimer, desceu as mãos pelas laterais do casaco. – Na cintura também. – Ela fez outra marca com o giz. – Nos ombros está perfeito. – Deu um passo para trás. – A saia do casaco está com um ótimo caimento. Todo o resto está excelente.

A Sra. Latimer se olhou no espelho basculante de corpo inteiro.

– Nossa, como meu nariz está vermelho!

– É o gim – brincou Spade.

– David! – ralhou Kate.

Ela só usava o primeiro nome do irmão quando o estava reprendendo, exatamente como a mãe dos dois costumava fazer.

– É esse vento gelado – protestou a Sra. Latimer, mas riu, mostrando que não tinha achado ruim a brincadeira. Estudou o casaco no espelho. – Mal posso esperar para usá-lo.

– Posso deixá-lo pronto para a senhora amanhã – comentou Becca.

– Maravilha.

A Sra. Latimer desabotoou o casaco e Kate a ajudou a despi-lo. Spade então lhe estendeu sua capa. Enquanto amarrava a fita que a fechava no pescoço, ela se dirigiu a Becca.

– Darei uma passada aqui amanhã.

– Obrigada, Sra. Latimer – disse Becca.

A mulher do bispo saiu.

– Que mulher charmosa... – comentou Kate. – Linda e simpática, e com um belo corpo também.

– Se gosta tanto dela – disse Becca num tom incisivo –, fique à vontade para lhe passar uma cantada.

– Eu faria isso se não tivesse alguém melhor, minha querida.

Becca pareceu aliviada.

– Além do mais, ela não tem as mesmas inclinações que nós – acrescentou Kate.

– Como pode ter tanta certeza? – perguntou Becca.

– Porque ela gosta demais do meu irmão.

– Que besteira – disse Spade com uma risada.

Ele se retirou da casa pela porta dos fundos. Quando ele e Kate haviam herdado o imóvel, construíra seu armazém nos fundos do terreno, onde antes ficava um pomar, ao passo que a irmã ficara com a casa.

Kate e Becca eram como duas pessoas casadas sob todos os aspectos relevantes. Amavam-se e dividiam a mesma cama. Eram muito discretas, mas Spade era próximo da irmã e conhecia seu segredo havia muitos anos. Tinha quase certeza de que era o único.

Ele atravessou o pátio. Ao chegar ao armazém, viu a silhueta alta de Amos Barrowfield entrar pelo portão da ruela de trás.

Era sexta-feira, e Spade o esperava. Amos transparecia tensão e nervosismo: o semblante pálido, os olhos esbugalhados, modos agitados.

– Entre – disse Spade. Seguiu na frente até seus aposentos pessoais. Os dois se sentaram, e ele então tornou a falar: – Tenho notícias para você.

Amos fez uma cara assustada.

– Boas ou más? – indagou.

Spade enfiou a mão por baixo da camisa e pegou uma folha de papel.

– Leia isto.

Amos pegou o papel.

Era uma cédula manuscrita do Banco Thomson's, o mais antigo dos três bancos de Kingsbridge, com uma ordem de pagamento a Joseph Hornbeam de 104 libras, 13 xelins e 8 *pence*.

Amos parecia não encontrar as palavras. Quando olhou para Spade, seus olhos ficaram marejados.

– É um empréstimo, evidentemente – observou Spade.

– Mal consigo acreditar. Estou salvo.

Spade começou a falar sobre os detalhes de modo que Amos conseguisse se acalmar.

– O cônego Midwinter é o tesoureiro de um grupo de companheiros metodistas que se uniram para ajudar você.

– Não consigo acreditar na minha sorte.

– Mas recomendo guardar segredo em relação à origem do dinheiro. Não é da conta de mais ninguém.

– Sem dúvida.

– Você terá que pagar quatro por cento de juros e reembolsar o capital no prazo de dez anos.

Amos encarou Spade com algo semelhante a adoração no olhar.

– Foi você quem fez isso acontecer, não foi, Spade?

– O cônego Midwinter e eu.

– Como poderei lhe agradecer algum dia?

Spade balançou a cabeça.

– Apenas trabalhe duro, administre bem o negócio e pague todo mundo quando chegar a hora. É só isso que eu quero de você.

– Eu vou pagar, prometo. Mal consigo acreditar em tanta sorte. Obrigado, Deus, e obrigado a você.

Spade se levantou.

– Ainda não acabou. Precisamos garantir que Hornbeam não tente nenhum truque.

– Certo.

– Primeiro, você tem que assinar um acordo com relação ao empréstimo com o cônego Midwinter na frente de um juiz de paz. Depois, precisa entregar a cédula para Hornbeam, e sugiro fortemente que faça isso diante do mesmo juiz.

– Qual deles?

Havia vários juízes em Kingsbridge, e alguns eram cupinchas de Hornbeam, como Humphrey Frogmore.

Spade respondeu:

– Falei com o conselheiro Drinkwater, presidente dos juízes. Ele é sogro de Midwinter, como você talvez saiba.

– Boa escolha.

Drinkwater era conhecido pela honestidade.

– Vai ter que pagá-lo, é lógico: ele vai cobrar cinco xelins. Os juízes muitas vezes cobram por esses serviços.

Amos sorriu.

– Agora eu tenho como pagar.

Eles saíram do armazém de Spade. Primeiro, foram à casa de Amos pegar os cinco xelins no seu cofre. Depois, seguiram para a casa de Drinkwater na Travessa do Peixe. Era uma casa em enxaimel antiga e modesta.

Drinkwater os aguardava. Estava num cômodo que lhe servia de escritório, sentado atrás de uma mesa com todos os implementos necessários: penas para escrever, papel, tinta, areia e cera para lacrar. Apesar de ter a cabeça calva, nesse dia havia posto uma peruca para indicar que estava desempenhando um papel oficial.

Ele leu o acordo do empréstimo que Spade trouxera consigo.

– Perfeitamente normal – sentenciou, e empurrou-o pela mesa.

Amos pegou uma das penas, molhou-a no tinteiro e assinou seu nome, e Drinkwater então assinou como testemunha.

Spade pegou o documento, jogou areia em cima para secar a tinta, em seguida o enrolou cuidadosamente e o guardou dentro da camisa.

– Agora preciso me certificar de pagar o que devo – declarou Amos.

– E vai pagar – disse Drinkwater. – Todos nós temos fé em você.

Amos exibia um ar amedrontado porém determinado.

Drinkwater vestiu um sobretudo velho um tanto surrado, e os três saíram e foram a pé até a casa de Hornbeam.

Enquanto esperavam no saguão, olhando para o retrato do dono da casa, Amos comentou:

– Da última vez em que estive aqui, tive o pior choque da minha vida.

– Agora é a vez de Hornbeam ficar chocado – disse Spade.

Um lacaio os acompanhou até o escritório. Hornbeam se espantou ao vê-los.

– Mas o que é isso? – indagou, irritado. – Estava esperando o jovem Barrowfield, não uma delegação.

– É para tratar do empréstimo do jovem Barrowfield – explicou Spade.

– Se vieram implorar por clemência, estão perdendo seu tempo.

– Ah, não – retrucou Spade. – Não esperamos clemência do senhor.

A atitude arrogante de Hornbeam foi abalada por uma centelha de dúvida.

– Bom, não desperdicem meu tempo. O que os senhores querem?

– Nada – respondeu Spade. – Mas Barrowfield tem algo para o senhor.

Amos lhe entregou a cédula bancária.

Drinkwater então tomou a palavra.

– Hornbeam, antes de apresentar esta cédula ao banco, o senhor deve entregar todos os documentos relacionados às dívidas contraídas pelo falecido Obadiah Barrowfield. Imagino que seja esse maço em cima da mesa, mas, se não conseguir achá-los imediatamente, precisa devolver a cédula ao jovem Barrowfield.

O rosto inchado de Hornbeam primeiro ficou pálido, em seguida, rosado e, por fim, vermelho de raiva. Ele ignorou Drinkwater e olhou para Amos.

– Onde conseguiu o dinheiro? – berrou.

Apesar de parecer intimidado, Amos não fraquejou.

– Não acho que o senhor conselheiro precise saber.

Muito bem, Amos, pensou Spade.

– Você roubou! – gritou Hornbeam.

Drinkwater se intrometeu.

– Posso lhe garantir que o dinheiro foi obtido honestamente.

Hornbeam virou-se para Drinkwater e protestou:

– Por que está interferindo nisso? Esse assunto não tem nada a ver com o senhor!

Drinkwater respondeu num tom brando:

– Estou aqui como juiz de paz para testemunhar uma transação legal, o pagamento de uma dívida. Para evitar dúvidas, talvez o senhor possa redigir um apontamento simples dizendo que Barrowfield quitou integralmente a dívida que tinha com o senhor. Servirei de testemunha, e Barrowfield poderá guardá-lo.

– Houve algum negócio escuso aqui! – exclamou Hornbeam.

– Acalme-se antes de dizer algo do qual venha a se arrepender – alertou Drinkwater. – O senhor e eu somos juízes, e não é digno ficarmos gritando um com o outro feito feirantes.

Hornbeam pareceu prestes a gritar uma resposta, mas então se controlou. Sem dizer nada, pegou uma folha de papel, escreveu depressa e a entregou para Drinkwater.

Drinkwater examinou o papel.

– Hum – falou. – Está minimamente legível.

Ele pegou uma pena e assinou, em seguida entregou o documento para Amos.

Por entre dentes cerrados, Hornbeam falou:

– Se isso conclui nosso assunto, desejo a todos os senhores uma boa noite.

Os três se levantaram e saíram do escritório murmurando despedidas.

Lá fora, na rua, Spade se permitiu rir.

– Que cena! – falou. – O homem ficou apoplético!

– Lamento que ele tenha sido tão grosseiro com o senhor, conselheiro – disse Amos a Drinkwater.

Drinkwater assentiu.

– Eu hoje fiz dele um inimigo.

Spade pensou a respeito.

– Desconfio que nós três tenhamos transformado Hornbeam em inimigo.

– Sou muito grato a vocês dois – afirmou Amos, com pesar. – É um inimigo ruim de se ter.

– Eu sei – concordou Spade. – Mas às vezes um homem simplesmente precisa fazer o que é certo.

Na manhã do dia seguinte, Spade foi à loja com esperança de ver a Sra. Latimer quando ela fosse buscar seu casaco novo. Teve sorte. Ela entrou como se fosse uma brisa cálida, e ele pensou mais uma vez em como a mulher era atraente.

Enquanto ela experimentava o casaco, Spade ficou olhando seu corpo, fingindo estar avaliando o caimento. Ela era deliciosamente curvilínea, e ele não pôde deixar de imaginar seus seios por baixo das roupas.

Pensou que estivesse sendo discreto, mas, para seu profundo constrangimento, ela flagrou seu olhar. Ergueu infimamente as sobrancelhas e o encarou com uma expressão de sincero interesse, como se aquele olhar a tivesse surpreendido sem no fundo desagradá-la.

Envergonhado por ter sido flagrado olhando, ele desviou rapidamente os olhos ao mesmo tempo que sentia as faces enrubescerem.

– Ótimo caimento – murmurou.

– Sim – concordou Kate. – Acho que Becca acertou na mosca.

– Com licença, senhoras, preciso voltar ao trabalho – disse Spade.

E saiu pela porta dos fundos.

Estava zangado consigo mesmo por ter sido grosseiro. Mas estava também intrigado com a reação da Sra. Latimer. Ela não tinha se ofendido. Era quase como se estivesse satisfeita por ele ter reparado nos seus seios.

O que estou fazendo?, pensou ele.

Estava solteiro havia uma década, desde a morte da esposa, Betsy. Não lhe faltava desejo, muito pelo contrário. Já havia pensado em várias outras mulheres. Viúvos com frequência se casavam em segundas núpcias, em geral com mulheres mais novas, mas moças jovens não conseguiam cativar sua atenção. Ele achava que era preciso ser jovem para desposar alguém jovem. Então houvera Cissy Bagshaw, viúva de um fabricante de tecidos, mulher enérgica e prática da mesma idade que a sua. Ela tinha deixado bem claro que ficaria feliz em ir para a cama com ele no que descrevia como uma "experimentação", como se os dois pudessem provar um ao outro da mesma forma que fariam com roupas novas. Ele gostava dela, mas gostar só não bastava. Seu amor por Betsy tinha sido uma paixão arrebatadora, e nada menos que isso era digno de sua consideração.

Agora, no entanto, de modo um tanto repentino, ele sentia que talvez pudesse vir a sentir paixão por Arabella Latimer. Algo em sua alma era instigado quando estava na presença dela. Não apenas por causa da sua aparência, embora isso também lhe agradasse. Tinha a ver com o modo como ela parecia ver o mundo, como se este fosse interessante mas devesse ser ainda melhor. Ele pensava da mesma forma.

Quando se imaginava casado com ela, sentia que os dois nunca se cansariam de fazer amor e que sempre teriam algum assunto sobre o qual conversar.

E ela não tinha se importado quando ele reparara nos seus seios.

O problema era que ela já era casada.

Com o bispo.

Então é melhor esquecê-la, concluiu.

CAPÍTULO 9

Quando o frenesi por ter derrotado Hornbeam começou a diminuir, os pensamentos de Amos se voltaram para os anos que teria pela frente. Seria uma pedreira. Estava disposto a trabalhar duro – o que não era nenhuma novidade –, mas isso seria suficiente? Se conseguisse expandir o negócio, poderia quitar a dívida mais depressa e até começar a juntar algum dinheiro. Mas a escassez de fio o estava atrapalhando. O que poderia fazer para obter mais?

Passou-lhe pela cabeça que poderia pagar melhor suas fiandeiras. Como eram quase todas mulheres, elas eram mal remuneradas. Se os valores aumentassem, será que mais mulheres realizariam esse ofício? Não tinha certeza. Mulheres tinham outras responsabilidades, e para muitas simplesmente não sobrava tempo. Além do mais, a indústria era conservadora: se Amos aumentasse as tarifas, outros fabricantes de tecidos de Kingsbridge o acusariam de arruinar o negócio.

Entretanto, a ideia de talvez passar anos suando para fechar as contas era deprimente.

Numa noite, já um pouco tarde, esbarrou com Roger Riddick na Rua do Peixe.

– Ora, vejam só, Amos, velho parceiro – disse Roger, usando o modo de falar dos universitários. – Será que eu poderia passar a noite na sua casa?

– Claro, com prazer – respondeu Amos. – Já aproveitei muito a hospitalidade da casa senhorial de Badford. Fique um mês, se quiser.

– Não, não, amanhã voltarei para casa. Mas acabei de perder todo o meu dinheiro na casa de Culliver e não vou conseguir mais até o pai me dar minha próxima mesada.

Hugh Culliver, conhecido como Sport, tinha um imóvel na Rua do Peixe. No térreo funcionava uma taberna e um café; no primeiro andar jogava-se; e no último havia um bordel. Roger era frequentador assíduo do andar do meio.

– Tem jantar esperando na minha casa – disse Amos.

– Maravilha. – Os dois começaram a andar. – Mas, afinal, como andam as coisas para você? – perguntou Roger.

– Bem, a moça que eu amo prefere um fabricante de fitas de cabelos amarelos.

– Existe uma solução para esse problema no último andar da casa de Culliver, creio eu.

Amos ignorou a sugestão. Não se sentia sequer tentado por prostitutas.

– Tenho muito chão pela frente antes de conseguir começar a pagar a dívida do meu pai – falou.

– Essa guerra vai afetar você? Os franceses estão ganhando tudo... Saboia, Nice, a Renânia, a Bélgica.

– Muitos dos tecidos do oeste da Inglaterra são exportados para a Europa Continental, e a guerra vai bagunçar isso. Mas, em compensação, deve haver contratos com as Forças Armadas. O Exército vai precisar de muitos uniformes novos. Espero conseguir me beneficiar de parte desses pedidos... se conseguir comprar o fio.

Eles chegaram à casa de Amos. A mãe dele serviu um jantar de presunto com cebolas em conserva, pão e cerveja. Ela rapidamente pôs um lugar para Roger, em seguida foi se deitar, dizendo:

– Rapazes, vou deixar vocês conversando.

Roger tomou um gole grande de cerveja.

– Quer dizer que o fio está em falta? – indagou.

– Está. Spade acha que é por causa da lançadeira volante. Os tecelões estão trabalhando mais depressa, mas as fiandeiras não.

– Estive em Combe faz pouco tempo e visitei uma fábrica de algodão cujo dono é pai de um colega meu da universidade.

Amos assentiu. A maior parte da manufatura do algodão era feita no Norte da Inglaterra e na região de Midlands, mas havia umas poucas fábricas no Sul, principalmente em cidades portuárias como Combe e Bristol, onde o algodão cru era desembarcado.

– Você sabe que o pessoal do algodão inventou uma máquina de fiar – continuou Roger.

– Já ouvi falar. Não funciona com lã.

– Eles a chamam de *spinning jenny*... É uma invenção maravilhosa – disse Roger, entusiasmado. Ele adorava qualquer tipo de máquina; quanto mais complicada, melhor. – Uma pessoa consegue fiar oito bobinas por vez. E o negócio é tão fácil de usar que até uma mulher pode operar.

– Quem me dera ter uma máquina capaz de trabalhar oito vezes mais depressa que a roca tradicional – comentou Amos. – Mas fibras de algodão são mais resistentes que as de lã. A lã se parte com muita facilidade.

Roger adquiriu um ar pensativo.

– Isso é um problema – concordou. – Mas não vejo por que deveria ser intransponível. A tensão dos fios poderia ser reduzida e talvez você pudesse usá-la para uma lã mais grossa, mais rústica, e deixar a fiação manual para o material mais delicado... Preciso olhar a máquina outra vez.

Amos começou a vislumbrar um lampejo de esperança. Sabia quão engenhoso Roger era em sua oficina de Badford.

– Por que não vamos a Combe juntos? – sugeriu.

Roger deu de ombros.

– Por que não?

– Tem uma diligência para lá depois de amanhã. Poderíamos chegar no meio da tarde.

– Está bem – disse Roger. – Não tenho mais nada a fazer, agora que perdi todo o meu dinheiro.

Amos pôs um anúncio nos jornais *Gazeta de Kingsbridge* e *O Arauto de Combe*:

Aos estimados negociantes de tecidos:
O Sr. Amos Barrowfield deseja anunciar
que o tradicional negócio de seu pai, o falecido Sr. Obadiah Barrowfield,
<u>*continua funcionando sem interrupção.*</u>
Especializado em fazendas finas:
mohair, lã de merino, elegantes casimiras
puras e mescladas com seda, algodão e linho.
<u>**TODAS AS SOLICITAÇÕES SERÃO RESPONDIDAS PELO CORREIO.**</u>
Sr. Amos Barrowfield
Rua Alta
Kingsbridge

Ele mostrou o anúncio para Spade no Salão Metodista.

– Muito bem – disse Spade. – Sem criticar seu pai, você dá a entender que os problemas recentes cessaram e que a empresa está sob uma administração nova e mais dinâmica.

– Exato – concordou Amos, satisfeito.

– Acredito muito na propaganda. Ela sozinha não vende mercadorias, mas cria oportunidades.

Amos também pensava assim.

Era noite de estudos bíblicos, e o tema era a história de Caim e Abel. No entanto, assim que foi abordado o assunto assassinato, todos começaram a falar sobre a execução do rei da França. O bispo de Kingsbridge tinha feito um sermão dizendo que os revolucionários franceses haviam cometido assassinato.

Essa era a visão da nobreza, do clero e da maior parte da classe política britânica. O primeiro-ministro William Pitt era fortemente hostil aos revolucionários franceses. Mas os *whigs* da oposição estavam divididos: a maioria concordava com Pitt, mas uma minoria significativa conseguia ver boa parte do que a revolução tinha de positivo. O povo estava igualmente dividido: uma minoria defendia reformas democráticas na linha das francesas, mas a maioria cautelosa professava lealdade ao rei Jorge III e era contrária à revolução.

Rupe Underwood concordava com Pitt.

– Foi assassinato, puro e simples – disse ele, indignado. – Algo abominável.

A franja caiu na frente dos seus olhos, e ele a jogou para trás com um movimento da cabeça.

Então olhou para Jane.

Rupe estava se mostrando para Jane, percebeu Amos. Nessa noite, como de costume, ela era o retrato da elegância, de vestido azul-marinho e chapéu de coroa alta semelhante ao de um homem. Será que se sentiria atraída pelo posicionamento moralmente rígido de Rupe?

Como acontecia com grande frequência, Spade viu as coisas de outro modo.

– No mesmo dia em que o rei francês foi guilhotinado, nós aqui em Kingsbridge enforcamos Josiah Pond por ter roubado uma ovelha. Foi assassinato também?

Amos teria gostado de dizer algo inteligente para impressionar Jane e deixar Rupe com cara de bobo, mas não sabia bem de que lado estava nem o que pensava sobre a Revolução Francesa.

– Quem fez Luís rei foi Deus – afirmou Rupe, devoto.

– E foi Deus quem fez de Josiah um homem pobre – retrucou Spade.

Amos pensou: *Boa. Por que não consegui pensar nisso?*

– Josiah Pond era um ladrão, julgado e condenado por um tribunal – argumentou Rupe.

– E o rei Luís era um traidor, acusado de ter conspirado com os inimigos de seu país – rebateu Spade. – Ele foi julgado e condenado, igualzinho a Josiah. Só que alta traição é pior que roubar uma ovelha, na minha opinião.

Amos percebeu que não precisava fazer Rupe passar por bobo, porque Spade estava fazendo isso por ele.

Rupe adotou um tom pomposo.

– A mácula dessa execução vai permanecer em todos os franceses por centenas de anos.

Spade sorriu.

– E você carrega uma mácula parecida, Rupe?

Rupe franziu o cenho, sem entender.

– É óbvio que eu nunca matei um rei.

– Mas 140 anos atrás os seus antepassados e os meus executaram Carlos I, rei da Inglaterra. Pelo seu raciocínio, nós carregamos essa mácula.

Rupe estava esmorecendo.

– Nada de bom pode advir de matar um rei – disse ele, já sem argumentos.

– Discordo – respondeu Spade num tom brando. – Desde que nós, ingleses, matamos nosso rei, já gozamos de mais de um século de liberdade religiosa crescente, enquanto os franceses foram obrigados a continuar católicos… até agora.

Amos achou que Spade estava indo longe demais, e, nesse momento, enfim encontrou palavras para se manifestar.

– Muitos franceses e francesas foram mortos por terem as opiniões erradas – falou.

– Olhe aí, Spade – disse Rupe. – Qual é a sua resposta para Amos?

– A minha resposta é que Amos tem razão – retrucou Spade de modo surpreendente. – Só que eu me lembro do que disse Nosso Senhor: "Tire primeiro a viga do seu olho, e então você verá claramente para tirar o cisco do olho do seu irmão." Em vez de nos concentrarmos no que os franceses estão fazendo de errado, deveríamos estar perguntando o que precisa ser reformado aqui, no nosso próprio país.

O cônego Midwinter entrou na discussão.

– Amigos, acho que já levamos o debate suficientemente longe por uma noite – disse ele. – Quando formos embora daqui hoje, talvez possamos nos perguntar o que Nosso Senhor acharia, lembrando que ele próprio foi executado.

A frase deixou Amos espantado. Era fácil esquecer que a religião cristã tinha a ver com sangue, tortura e morte, especialmente ali, no interior frugal do Salão Metodista, olhando para as paredes caiadas e a mobília simples. Os católicos eram mais realistas, com suas estátuas da crucificação e seus quadros de mártires sendo torturados até a morte.

Midwinter continuou:

– Será que Nosso Senhor condenaria a morte do rei francês na guilhotina? Em caso afirmativo, será que aprovaria o enforcamento de Josiah Pond? Não lhes ofereço respostas para essas perguntas. Apenas acredito que refletir sobre elas à luz dos ensinamentos de Jesus pode elucidar nosso pensamento e nos mostrar que essas questões não são simples. E agora vamos encerrar em oração.

Todos abaixaram a cabeça.

A prece foi curta.

– Ó Senhor, dai-nos coragem para lutar pelo que é correto e humildade para saber quando estamos errados. Amém.

– Amém – repetiu Spade bem alto.

A parada da diligência de Bristol para Combe em Kingsbridge ficava em frente à Taberna do Sino, na Praça do Mercado. Amos e Roger compraram assentos externos. Amos não tinha como pagar por um assento interno, e Roger estava sem dinheiro.

– Depois eu lhe pago! – disse Roger, mas Amos recusou.

Gostava de Roger, mas era pouco sensato emprestar dinheiro para apostadores.

A diligência saiu da Praça do Mercado e desceu a rua principal, onde quase todas as casas agora eram lojas. Atravessou o rio pela ponte dupla chamada Ponte de Merthin, em homenagem ao seu construtor medieval. Ela ligava a margem norte à Ilha dos Leprosos, passava pelo Hospital de Caris e ia dar na margem sul. Depois disso, a estrada serpenteava pelo próspero subúrbio chamado Campo dos Amantes. Amos imaginava que muito tempo antes ali fosse um lugar frequentado por casais não casados para ficarem a sós. Não havia mais campo nenhum ali agora, embora alguns dos jardins tivessem pomares. A diligência então passou por uma longa sequência de casas mais pobres, antes de enfim sair para o terreno aberto.

Estava frio, mas ambos usavam sobretudos bem grossos, além de luvas e gorros de tricô. Roger fumava um cachimbo. Nas tabernas em que a diligência parou para trocar de cavalos, eles compraram algo para se aquecer: chá, sopa ou uísque com água quente.

Amos estava animado e otimista. Achava que ainda era cedo para comemorar, mas não conseguia deixar de pensar que o seu negócio tinha potencial para ser transformado pela ideia de Roger. Uma máquina capaz de fiar oito bobinas por vez!

Eles pernoitaram numa hospedaria e pela manhã foram até a casa de Percy Frankland, o amigo de Roger. O pai de Percy era abastado e os acolheu com um farto desjejum na companhia da esposa e de dois filhos adolescentes além de Percy. Amos não comeu muito. Estava um tanto tenso com aquela visita, pois tinha medo de ver suas esperanças frustradas.

Imediatamente após comerem, eles foram até o armazém, que ficava no mesmo terreno da residência dos Franklands. O andar de baixo era dedicado à armazenagem; a fiação era feita no de cima.

Ao finalmente entrar na sala de fiação, Amos levou vários segundos para entender o que estava vendo; então percebeu que não havia só uma, mas toda uma fileira de máquinas de fiar.

Cada uma parecia uma mesa pequena que batia no nível da cintura, com cerca de um metro de comprimento e metade disso de largura, apoiada sobre quatro sólidos pés. O aparelho era operado por duas pessoas, uma mulher e uma criança. A mulher ficava numa extremidade estreita, de onde os fios se esticavam até os fusos na outra ponta. Com a mão direita, ela girava uma grande roda numa das laterais. A roda movimentava os oito fusos, que iam torcendo o algodão até formar um fio esticado. Quando ela julgava que o fio estivesse suficientemente retesado, usava a mão esquerda para empurrar uma trave de madeira que trazia para a frente oito novos pedaços de mechas frouxas.

Havia oito máquinas no recinto.

Amos perguntou ao Sr. Frankland:

– O que a criança faz?

– O menino remenda, conserta os fios partidos para a mãe – respondeu o Sr. Frankland.

Eles observaram um garoto de cerca de 11 anos remendar um fio partido. Ele engatinhava até debaixo da máquina para fazê-lo, assim a mãe não precisava parar de trabalhar. Os operários da indústria têxtil eram pagos conforme a produção, nunca por hora. O menino pegou as extremidades dos dois fios e os pôs na palma da mão esquerda de modo que ficassem sobrepostos por cinco a oito centímetros. Então usou a palma da mão direita para esfregar as duas pontas de fio uma na outra com toques curtos enquanto apertava com força. Quando retirou a mão direita, os dois pedaços de fio tinham se entrelaçado para se tornar novamente um só. O processo havia levado uns poucos segundos.

Amos reparou que as palmas das mãos do rapazinho estavam calejadas de tanto se esfregarem. Segurou sua mão direita e tocou a parte endurecida.

Orgulhoso, o menino declarou:

– Minhas mãos são duras. Elas não sangram mais.

– Os fios devem se partir com frequência para ser preciso alguém para remendá-los o tempo todo – disse Amos para o Sr. Frankland.

– Infelizmente sim.

Era uma má notícia. Amos disse a Roger:

– Se o algodão se parte com frequência, a lã talvez se parta o tempo inteiro. Mesmo fiandeiras manuais como Sal Clitheroe às vezes partem o fio.

Roger indagou ao garoto:

– Existe algum momento do processo em que o fio tenha mais probabilidade de se partir? Entende o que estou perguntando?

– Sim, senhor – respondeu o menino. – É quando o fio frouxo é esticado. Principalmente se a velha mover a trave com força demais.

– Pode ser que eu consiga dar um jeito nisso – disse Roger a Amos.

Amos ficou em êxtase. Aquela máquina talvez pudesse lhe fornecer o fio de que precisava para expandir seu negócio. Mas ela faria ainda mais: eliminaria a necessidade de percorrer a zona rural visitando os artesãos dos povoados. Um recinto cheio de fiandeiras naquele armazém conseguia produzir mais fio que todas as mulheres dos povoados. E, se uma delas adoecesse e não conseguisse fazer o trabalho, ele não precisaria esperar uma semana para descobrir. A máquina lhe daria mais controle.

Contendo a própria empolgação, ele tentou ser pragmático. Dirigiu-se ao Sr. Frankland:

– Não sei se a *spinning jenny* poderia ser modificada para processar lã, mas, se eu decidir que sim, onde poderia adquirir uma?

– Existem vários lugares no Norte onde essas máquinas são fabricadas – informou o Sr. Frankland. Ele hesitou antes de prosseguir. – Ou eu poderia lhe vender uma das minhas. Estou prestes a começar a substituir as *jennys* por uma máquina maior ainda chamada "mula fiadora". Ela produz 48 fios ao mesmo tempo.

Amos ficou estarrecido.

– Quarenta e oito!

– Fusos brotando feito ruibarbos no mês de maio – comentou Roger.

Amos se concentrou no lado prático.

– Quando espera receber sua mula fiadora?

– Qualquer dia desses.

– E quanto cobraria por uma *jenny* de segunda mão?

– Elas me custaram seis libras. E não se desgastam. De modo que eu poderia lhe vender uma usada por quatro libras.

E eu a receberia em poucos dias, pensou Amos.

Teria como juntar quatro libras, embora fosse ficar sem um tostão para qualquer emergência.

Mas uma pergunta não saía de sua cabeça: será que aquilo funcionaria com lã?

E a resposta era sempre a mesma: o único jeito de descobrir era tentando.

Mesmo assim, continuava hesitante.

– Um fabricante de algodão vem olhar as máquinas amanhã – informou o Sr. Frankland.

– Eu lhe dou uma resposta até o início da noite de hoje – afirmou Amos. – E obrigado pela oportunidade. Sou-lhe muito grato.

O Sr. Frankland sorriu e assentiu.

– Enquanto isso, preciso ter uma conversa séria com meu engenheiro – disse Amos.

Todos apertaram as mãos, e Amos e Roger foram embora.

Caminharam até uma taberna e pediram um jantar leve. Roger estava muito empolgado, com o rosto corado de animação.

– Já sei como reduzir a incidência de fios partidos – afirmou ele. – Posso visualizar um jeito.

– Ótimo.

Amos sabia que estava numa encruzilhada. Se fizesse a aquisição e as coisas dessem errado, teria que se conformar em passar mais anos ainda poupando dinheiro para pagar sua dívida. Mas, se dessem certo, poderia começar a ganhar dinheiro de verdade.

– É um risco – disse ele.

– Eu gosto de riscos – respondeu Roger.

– Eu detesto – rebateu Amos.

Mas comprou a máquina.

Amos decidiu ser otimista e licitar um contrato com as Forças Armadas antes de sua máquina de fiar chegar.

O coronel da milícia de Kingsbridge era Henry, o visconde Northwood, filho e herdeiro do conde de Shiring. O cargo em geral era apenas simbólico, mas, pela tradição de Shiring, o filho do conde era um coronel da ativa. Northwood também era o representante de Kingsbridge no Parlamento; segundo Spade, a nobreza gostava de manter os cargos importantes na família.

Northwood morava com o pai em Earlscastle, mas, depois da convocação da milícia, tinha alugado a Mansão Willard, um imóvel grande na Praça do Mercado com espaço suficiente para o coronel e vários oficiais graduados sob seu comando. Segundo rezava a lenda de Kingsbridge, a casa antes pertencera a Ned Willard, que fora alguém muito importante na corte da rainha Elizabeth, embora ninguém soubesse exatamente por quê.

A chegada de Northwood havia causado um alvoroço social: solteiro e com 23 anos, era de longe o partido mais cobiçado de todo o condado.

Amos nunca o havia encontrado, e, como não conhecia ninguém que pudesse apresentá-lo, decidiu ir diretamente à Mansão Willard e tentar a sorte.

No espaçoso saguão, foi detido por um homem de 40 e poucos anos em uniforme de sargento: calça branca e perneiras, casaco vermelho curto e barretina de copa alta. O vermelho do casaco na verdade era um tom de rosa desbotado, o que indicava um tingimento malfeito.

– O que o jovem senhor deseja? – perguntou o sargento abruptamente.

– Vim falar com seu coronel, o visconde Northwood.

– Ele o está aguardando?

– Não. Queira avisar por gentileza que Amos Barrowfield gostaria de falar com o coronel sobre o seu uniforme, sargento.

– Meu uniforme? – perguntou o homem, indignado.

– Sim. Ele deveria ser vermelho, não rosa. – O sargento olhou para a própria manga e franziu o cenho. Amos não parou por aí. – Eu gostaria de ver a milícia de Shiring bem-vestida, e imagino que o visconde Northwood concorde comigo.

O sargento hesitou por um tempo, então disse:

– Espere aqui. Vou perguntar.

Em pé no saguão, Amos sentiu um clima de agitação no ar: homens andavam depressa de cômodo em cômodo e tinham conversas rápidas ao se cruzarem na escada. A impressão era de eficiência e atividade. Todos sabiam que muitos oficiais do Exércitos aristocratas eram ociosos e descansados, mas talvez Northwood fosse diferente.

O sargento voltou e anunciou:

– Me acompanhe, por favor.

Amos foi conduzido até um cômodo grande na frente da casa, cuja janela dava para a fachada oeste da catedral. Northwood estava sentado do outro lado de uma escrivaninha grande. Um fogo alto crepitava na lareira.

Sentado perto da escrivaninha, vestido com um uniforme de tenente e segurando uma resma de papéis, estava um homem que Amos conhecia: o metodista Archie Donaldson. Meneou a cabeça para ele e se curvou diante do visconde.

Northwood estava sem peruca; seus cabelos eram curtos e encaracolados. O nariz era avantajado e o rosto exibia um ar amigável, mas os olhos avaliaram Amos com uma inteligência arguta. *Tenho cerca de um minuto para impressionar esse homem*, pensou Amos, *e, se não conseguir, estarei fora daqui em dois tempos.*

– Amos Barrowfield, Sua Graça, negociante de tecidos de Kingsbridge.

– O que tem de errado com o uniforme do sargento Beach, Barrowfield?

– O tecido foi tingido com garança, um corante vegetal que é rosa, não vermelho, e desbota depressa. Para soldados comuns serve, mas o tecido dos uniformes dos sargentos e outros suboficiais deve ser tingido com laca, obtida a partir de um inseto escamoso e que produz um vermelho-escuro... embora não seja tão cara quanto o carmim, que produz o verdadeiro "vermelho britânico" e é usado para os uniformes dos oficiais superiores.

– Aprecio um homem que conhece o próprio ofício – comentou Northwood.

Amos ficou satisfeito.

– Suponho que o senhor queira fornecer o tecido para os uniformes da milícia – prosseguiu Northwood.

– Para os soldados rasos e sargentos, eu teria prazer em lhe propor uma sarja de lã de 450 gramas resistente e à prova d'água. Para os oficiais superiores, sugiro uma sarja mais leve e extrafina, igualmente prática porém de acabamento mais macio, feita com uma lã espanhola importada especialmente para isso. Minha especialidade são os tecidos de luxo, Sua Graça.

– Entendo.

Amos estava embalado.

– Quanto aos preços...

Northwood ergueu uma das mãos para pedir silêncio.

– Já ouvi o suficiente, obrigado.

Amos se calou. Imaginou que estivesse prestes a ser dispensado.

Northwood, porém, não o mandou embora. Virou-se para Donaldson e disse:

– Redija um recado, sim? – Donaldson pegou uma folha de papel e mergulhou uma pena no tinteiro. – Peça ao major que faça a gentileza de conversar com Barrowfield sobre o tecido para os uniformes. – Northwood virou-se para Amos. – Gostaria que o senhor conhecesse o major Will Riddick.

Amos reprimiu um grunhido de surpresa.

Donaldson jogou areia no papel e o entregou para Amos, sem se dar ao trabalho de lacrá-lo ou sequer dobrá-lo.

– Riddick é encarregado de todas as compras, com a ajuda do quarteleiro. Ele tem um escritório aqui nesta casa, é só subir a escada. Obrigado por ter vindo falar comigo.

Amos se curvou e saiu, disfarçando o próprio desalento. Pensava ter impressionado Northwood, mas isso provavelmente de nada havia adiantado.

Encontrou Riddick no andar de cima na parte dos fundos da casa, num cômodo pequeno tomado por fumaça de cachimbo. Will estava lá, de casaco vermelho e calça branca. Cumprimentou Amos com desconfiança.

Amos reuniu o máximo de cordialidade de que foi capaz.

– Que bom vê-lo, Will – disse, num tom jovial. – Acabei de conversar com o coronel Northwood. Ele lhe escreveu um recado.

Amos lhe passou o papel.

Will leu, e seus olhos se demoraram no papel por mais tempo do que parecia necessário para uma mensagem tão curta. Então tomou uma decisão.

– Vamos fazer assim: que tal conversar sobre isso tomando uma jarra de cerveja? – perguntou.

– Como preferir – disse Amos, embora não sentisse necessidade de beber pela manhã.

Eles saíram da casa. Amos imaginou que fossem ao Sino, que ficava a apenas uns poucos passos dali, mas Will o conduziu morro abaixo e entrou na Rua do Peixe. Para consternação de Amos, parou em frente ao estabelecimento de Sport Culliver.

– Importa-se se formos a outro lugar? – indagou Amos. – Este aqui tem má reputação.

– Que besteira. Vamos só beber alguma coisa. Não há motivo para ir lá em cima – disse Will, e entrou.

Amos o seguiu, torcendo para nenhum metodista por acaso estar por perto.

Nunca tinha entrado ali, mas logo ficou mais tranquilo, pois o térreo tinha o mesmo aspecto de qualquer outra taberna, com pouca indicação das pecaminosidades que aconteciam em outros pontos da casa. Tentou se reconfortar com isso, mas continuou se sentindo incomodado. Os dois foram se sentar num canto tranquilo, e Will pediu dois canecos de uma cerveja forte.

Amos decidiu ir direto ao assunto.

– Posso lhes oferecer uma sarja básica para os uniformes dos recrutas a um xelim por metro. Não vão conseguir preço melhor em lugar nenhum. O mesmo tecido tingido com laca para os sargentos e outros oficiais subalternos sai por três *pence* a mais. E um extrafino, para os oficiais superiores, tingido de vermelho-britânico, por apenas três xelins e seis *pence* o metro. Se conseguir uma oferta melhor com outro fabricante de tecidos de Kingsbridge, eu como meu chapéu.

– Onde conseguiria o fio? Soube que está em falta.

Amos se espantou por Will estar tão bem informado.

– Eu tenho uma fonte especial – respondeu.

Era quase verdade: a máquina de fiar seria entregue a qualquer momento.

– Que fonte é essa?

– Isso eu não posso revelar.

Um garçom trouxe a cerveja e ficou esperando. Will olhou para Amos, e este se deu conta de que deveria pagar. Tirou algumas moedas da bolsa e as entregou ao homem.

Will tomou um gole grande da cerveja escura, deu um suspiro de satisfação e disse:

– Vamos supor que a milícia precise de cem uniformes de sargento.

– Vocês precisariam de duzentos metros de sarja tingida com laca a um xelim e três *pence* o metro, então custaria no total doze libras e dez xelins. Se encomendarem comigo agora, eu posso fechar em doze libras redondas. É um baita desconto, mas sei que ficarão tão felizes com o tecido que vão encomendar mais.

Amos tomou um gole da cerveja para esconder a tensão.

– Parece bom – respondeu Will.

– Fico feliz. – Além de satisfeito, Amos também estava surpreso. Não esperava que fosse ser tão fácil vender para Will. E, embora a encomenda não fosse imensa, poderia ser apenas o começo. – Vou para casa confeccionar uma fatura agora mesmo e trago para o senhor assinar daqui a poucos minutos.

– Está certo.

– Obrigado.

Amos ergueu seu caneco e o segurou para brindar com Will, gesto que simbolizava um acordo. Os dois beberam.

– Mais uma coisa – disse Will. – Faça a fatura no valor de catorze libras.

Amos não entendeu.

– Mas o preço é doze.

– E doze é o que lhe pagarei.

– Então como posso emitir uma fatura de catorze?

– É assim que fazemos as coisas no Exército.

De repente, Amos entendeu.

– O senhor vai dizer para o Exército que o preço é catorze libras, vai me pagar doze e embolsar o resto.

Will não negou.

– Isso é peculato! – exclamou Amos, indignado.

– Fale baixo! – Will olhou em volta, mas não havia ninguém por perto. – Tenha discrição, seu tolo.

– Mas é desonesto!

– Qual é o seu problema? É assim que se faz negócio. Não é possível que seja tão ingênuo.

Por alguns segundos, Amos se perguntou se Will estaria dizendo a verdade e se todos os negócios desse tipo incluíam desvios de dinheiro. Talvez essa fosse uma das coisas que o seu pai não tinha lhe contado. Então se lembrou de quantos fabricantes de tecidos em Kingsbridge eram metodistas, e teve certeza de que eles não estariam praticando corrupção.

– Não vou emitir uma fatura falsa – declarou ele.

– Nesse caso, não vai obter o pedido.

– Acha que vai encontrar um negociante de tecidos disposto a isso?

– Eu sei que vou.

Amos balançou a cabeça.

– Bom, não é assim que os metodistas fazem negócio.

– Pior para vocês – disse Will, e esvaziou seu caneco.

CAPÍTULO 10

Will Riddick voltou para Badford um dia antes de as seis semanas de repouso de Kit terminarem.

Por um acaso infeliz, Roger, o protetor de Kit, viajara uma semana antes. Segundo os criados tinham ouvido dizer, ele estava hospedado na casa de Amos Barrowfield, em Kingsbridge, trabalhando num projeto misterioso que ninguém sabia qual era.

Kit não via a hora de sair da cama.

No início, quando sua cabeça doía e ele ainda estava em choque, nem sequer tinha vontade de se mexer. Sentira-se tão cansado que ficava aliviado só de permanecer na cama macia e quentinha. Três vezes ao dia, Fan o ajudava a se sentar e lhe dava na boca mingau de aveia, um caldo ou pão embebido em leite morno. O esforço de comer o deixava exaurido, e ele tornava a se deitar assim que acabava.

As coisas foram mudando aos poucos. Como às vezes ele conseguia ver os passarinhos pela janela do quarto, convenceu Fan a pôr migalhas de pão na soleira para atraí-los. Ela com frequência ficava sentada com ele depois do jantar dos empregados, e, quando os dois não tinham mais assunto, ele lhe contava as histórias da Bíblia que tinha ouvido da mãe: a da Arca de Noé, a de Jonas e a baleia, a de José e sua túnica de muitas cores. Fan não conhecia muitas histórias da Bíblia. Tinha ficado órfã aos 7 anos e ido trabalhar na casa senhorial, onde não ocorria a ninguém contar histórias para uma criança. Ela não sabia ler nem escrever o próprio nome. Kit se espantou ao descobrir que não recebia salário.

– É como se eu estivesse trabalhando para os meus pais – disse ela. – É o que o patrão diz.

Quando Kit contou isso para a mãe, Sal comentou:

– Pois eu chamo de escravidão.

Em seguida, arrependeu-se do que tinha dito e pediu que Kit jamais repetisse aquela palavra.

A mãe ia visitá-lo todo domingo à tarde. Entrava pela porta da cozinha e subia a escada dos fundos de modo a não cruzar com o dono da casa ou com seus filhos. Segundo Fan, os patrões nem sabiam que ela fazia aquelas visitas.

E Kit foi ficando impaciente para voltar à vida normal. Queria vestir roupas e comer com os outros empregados na cozinha. Estava ansioso até para limpar as lareiras e engraxar as botas com Fan.

Agora, porém, sua animação tinha desaparecido. Com Will em casa, ele estava mais seguro trancado no quarto.

No dia em que teria alta, precisou ficar na cama até o cirurgião aparecer para vê-lo. Pouco depois do desjejum, Alec entrou no quarto com seu fraque puído e perguntou:

– Como vai meu jovem paciente após as seis semanas?

Kit respondeu a verdade.

– Estou me sentindo bem, doutor, e tenho certeza de que posso voltar ao trabalho.

Não mencionou o medo de Will.

– Bem, você parece estar melhorando mesmo.

– Sou grato pela cama e pela comida – acrescentou Kit.

– Sim, sim. Agora me diga: qual é o seu nome completo?

– Christopher Clitheroe.

Kit se perguntou por que o cirurgião estaria fazendo aquela pergunta.

– E em que estação do ano estamos?

– No final do inverno, início da primavera.

– Lembra-se do nome da mãe de Jesus?

– Maria.

– Bem, pelo visto aquele cavalo amaldiçoado de Will não causou nenhum dano grave ao seu cérebro.

Kit entendeu por que o cirurgião tinha lhe feito perguntas com respostas óbvias: para se certificar de que a sua mente estivesse normal.

– Isso significa que eu posso trabalhar? – perguntou.

– Não, ainda não. Sua mãe pode levá-lo para casa, mas você não deve fazer nenhum esforço por mais três semanas.

Era um alívio. Assim ele conseguiria escapar de Will por um pouco mais de tempo. E, depois, talvez este precisasse ir a Kingsbridge outra vez. Kit ficou mais animado.

– Mantenha a atadura em volta da cabeça para os outros meninos entenderem que brincadeiras brutas estão proibidas – continuou Alec. – Nada de futebol, nada de corridas, nada de lutas e certamente nada de trabalho.

– Mas minha mãe precisa do dinheiro.

Alec não pareceu levar isso muito a sério.

– Você vai poder trabalhar quando estiver plenamente restabelecido.

– Eu não sou preguiçoso.

– Ninguém acha você preguiçoso, Kit. As pessoas acham que você levou um coice de um cavalo perigoso na cabeça, o que é verdade. Agora vou falar com sua mãe. Aproveite sua última manhã na cama.

Sal tinha sentido saudade de Kit. Ficara quase tão enlutada quanto quando Harry falecera. Não gostava de ficar sozinha em casa, sem ninguém com quem conversar. Não havia percebido como sua vida girava completamente em torno do filho. Sentia um impulso constante de querer saber dele: se estava com fome, se estava com frio, se estava por perto, se estava seguro. Mas, nas seis últimas semanas, pela primeira vez desde que Kit nascera, outras pessoas haviam cuidado dele.

Ficou satisfeita quando Alec Pollock entrou na sua casa. Sabia que fazia seis semanas exatas desde que o cavalo de Will dera um coice em Kit. Levantou-se da roca.

– Ele está bom o bastante para sair da cama?

– Está. Poderia ter sido muito pior, mas ele está se recuperando, creio eu.

– Que Deus o abençoe, Alec.

– Rapazinho inteligente, não? Ele tem 6 anos, a senhora disse?

– Quase 7 agora.

– É precoce para a idade.

– É o que eu acho, mas as mães sempre acham que os filhos são excepcionais, não é?

– Sim, independentemente da verdade. – Alec riu. – Já reparei nisso.

– Então ele está bem outra vez.

– Mas agora quero que o mantenha em casa por mais três semanas. Não o deixe brincar nem fazer nada que demande energia. Ele não pode cair e bater com a cabeça.

– Vou garantir que isso não aconteça.

– Então, depois de três semanas, deixe-o voltar à vida normal.

– Sou-lhe muito grata. O senhor sabe que não posso pagá-lo.

– Vou mandar minha conta para o patrão dele e torcer pelo melhor.

Alec se retirou. Sal calçou os sapatos, pôs o chapéu e enrolou um xale em volta dos ombros. Continuava fazendo frio, mas a temperatura não estava mais abaixo de zero.

Nos campos, os homens começavam a lavra da primavera. As pessoas a cumprimentavam conforme ela seguia seu caminho por entre as casas, e a todas ela dizia a mesma coisa:

– Finalmente estou indo buscar meu Kit na casa senhorial para trazê-lo comigo, louvado seja o Senhor.

Ela caminhava depressa. Não havia nenhum real motivo para se apressar, mas, agora que Kit estava prestes a ser liberado, ela mal podia esperar.

Entrou pela porta da cozinha, como de costume, e subiu a escada dos fundos. Ao ver o filho em pé no quarto, com as mesmas roupas esfarrapadas que estava usando ao se mudar para o casarão, ela começou a chorar.

Ainda aos prantos, ajoelhou-se no chão e o abraçou com toda a delicadeza.

– Não se preocupe. É choro de felicidade – declarou.

Estava feliz por ele não ter morrido, mas isso ela não disse.

Então se recompôs e se levantou. Reparou que Fanny estava no quarto, em pé ao lado da cama, e lhe deu um abraço também.

– Obrigada por ter sido gentil com meu menininho – falou.

– Nada mais natural. Ele é um amor – respondeu Fanny.

Kit abraçou Fanny, beijou seu rosto cheio de espinhas e disse:

– Volto em breve para ajudar você com as lareiras e as botas.

– Leve o tempo que for preciso para ficar bom – respondeu ela.

Sal o segurou pela mão e os dois saíram do quarto.

E bem ali, no patamar da escada, estava Will.

Sal deu um grito involuntário de susto, então ficou paralisada por alguns instantes que pareceram uma eternidade. Sentiu Kit apertar sua mão de tanto medo. Ela então fez uma mesura, baixando os olhos de modo a não encarar Will diretamente, e tentou passar por ele sem dizer nada.

Ele não saiu da sua frente.

Kit se encolheu e tentou se esconder atrás da saia de Sal.

– Não o traga de volta – disse Will. – Esse fedelho não serve para nada.

Sal reprimiu a própria raiva. Será que Will já não tinha feito o suficiente? Havia matado seu marido, machucado seu filho e ainda assim ainda queria provocá-la. Com uma voz que mal conseguiu controlar, retrucou:

– Vou fazer o que o patrão mandar.

– O patrão vai ficar feliz em se livrar desse inútil.

– Nesse caso, deixaremos a casa agora. Bom dia para o senhor.

Will não saiu do caminho.

Sal deu um passo mais para perto dele e o encarou. Era quase tão alta quanto ele e tinha os ombros igualmente largos. Sua voz mudou sem que essa fosse a sua intenção.

– Me deixe passar – disse ela em um timbre grave e contundente, sem conseguir esconder muito bem a raiva que sentia.

Viu um lampejo de medo nos olhos de Will, como se ele pudesse estar arrependido daquele confronto. Mas ele não recuaria. Parecia determinado a causar problemas.

– Está me ameaçando? – indagou.

Seu desdém não foi de todo convincente.

– Interprete como quiser.

Fanny interveio, com uma voz aguda e amedrontada:

– Sr. Will, o cirurgião disse que Kit precisa ir para casa.

– Não sei por que meu pai se deu ao trabalho de mandar chamar o cirurgião. Não teria sido nenhuma grande perda se o pirralho tivesse morrido.

Isso foi a gota d'água para Sal. Desejar a morte de alguém era uma maldição terrível, e Will já tinha quase matado Kit. Sem pensar, ela ergueu o braço direito e lhe acertou um soco na lateral da cabeça. As costas dela eram largas e os braços, vigorosos, e a pancada foi audível.

Will cambaleou, atordoado, e caiu no chão, gritando de dor.

Fanny soltou um arquejo chocado.

Sal olhou para Will. Saía sangue da orelha dele. Ela ficou horrorizada com o que tinha feito.

– Que Deus me perdoe – falou.

Will não fez esforço algum para se levantar, apenas ficou ali deitado, gemendo.

Kit começou a chorar.

Sal segurou sua mão e o fez contornar Will, que gemia de dor. Precisava sair daquela casa o mais rápido possível. Levou Kit até a escada e desceu depressa. Eles passaram pela cozinha sem falar com os outros empregados, que se limitaram a encará-los.

Saíram pela porta dos fundos e foram para casa.

Nessa mesma tarde, Sal foi convocada pelo Sr. Riddick.

Ela havia desrespeitado a lei, obviamente. Era culpada de um crime. Pior: era uma reles aldeã que tinha atacado um cavalheiro. Estava em graves apuros.

A lei e a ordem eram responsabilidade dos juízes de paz, também chamados de magistrados. Estes eram nomeados pelo *lord lieutenant*, o representante do rei no condado. Não eram advogados, mas proprietários de terras da região. Uma cidade como Kingsbridge tinha vários juízes, mas num povoado geralmente havia apenas um, e em Badford esse juiz era o próprio Sr. Riddick.

Crimes importantes eram julgados por dois ou mais juízes, e acusações que acarretavam a pena de morte tinham que ser ouvidas por um juiz no tribunal superior, mas ofensas menos graves como embriaguez, indigência ou violências de menor porte podiam ser resolvidas por um juiz apenas, em geral na própria casa.

O Sr. Riddick seria juiz e júri de Sal.

Ela seria considerada culpada, obviamente, mas como seria punida? Um juiz podia mandar um réu passar um dia preso no tronco, sentado no chão com as pernas imobilizadas, punição mais humilhante que qualquer outra coisa.

A sentença que Sal temia era o açoitamento, ordenado com frequência pelos juízes e acontecimento cotidiano no Exército e na Marinha. O castigo em geral era público. A pessoa condenada era amarrada num pelourinho, nua ou seminua; de toda forma, qualquer peça de roupa provavelmente seria destroçada durante o suplício. A chibata usada era em geral o temido gato de nove rabos, com nove correias de couro cravejadas de pedras e pregos para romper rapidamente a pele.

A embriaguez podia ser punida com seis chibatadas; as brigas, com doze. Por atacar um cavalheiro, ela poderia ser condenada a 24, um verdadeiro martírio. Nas Forças Armadas, os soldados recebiam com frequência centenas de chibatadas, e às vezes chegavam a morrer; os castigos civis não eram tão cruéis, mas eram ruins o bastante.

Sal partiu imediatamente rumo à casa senhorial, levando Kit consigo; não podia deixá-lo sozinho. Enquanto os dois caminhavam lado a lado, perguntou-se o que poderia dizer em defesa própria. Will era pelo menos em parte responsável pelo ocorrido, mas seria pouco sensato utilizar esse argumento – o mesmo que jogar lenha na fogueira. Os fidalgos podiam apresentar desculpas pelas próprias ofensas, mas das pessoas comuns o que se esperava era arrependimento; qualquer tentativa de se justificar sem dúvida acarretaria um castigo ainda maior.

No casarão, o mordomo Platts a levou até a biblioteca, onde o Sr. Riddick encontrava-se sentado atrás de uma escrivaninha. Ao seu lado estava Will, com uma atadura em volta da orelha. O pároco George estava sentado diante de uma mesa lateral com pena, tinteiro e um livro-caixa. Sal não foi convidada a se sentar.

– Agora é melhor você contar o que aconteceu, Will – ordenou o Sr. Riddick.

– Essa mulher me confrontou no patamar da escada do primeiro andar – disse Will.

Ele já estava mentindo, mas Sal não abriu a boca.

– Pedi que ela saísse da minha frente – continuou Will. – E ela me deu um soco na cabeça.

O Sr. Riddick olhou para Sal.

– E o que tem a dizer em sua defesa?

– Sinto muitíssimo pelo que aconteceu – começou Sal. – Só posso dizer que acho que fui levada à loucura pelas tragédias que minha família sofreu nos últimos meses.

– Mas isso não é motivo para atacar Will – contestou o Sr. Riddick.

– Comecei a pensar que o Sr. Will fosse em parte responsável pela morte do meu marido e pelo grave acidente com meu filho. Ele parece não ter piedade alguma em relação a mim e achar que meu filho não é importante.

– Oras, mas olhem só para esse pirralho! – arremedou Will. – Ele é um completo inútil. Por que eu derramaria uma lágrima por ele? É lógico que acho que ele não é importante. De todo modo, esses aldeões têm filhos demais. Um a menos não é motivo nenhum para choro.

Sal tentou falar com humildade:

– Para a mãe dele é importante, senhor.

O Sr. Riddick franziu o cenho para Will e aparentou estar pouco à vontade. Apesar de ser um homem duro, ele não era tão perverso quanto o filho mais velho. Sal podia ver que Will não se ajudava em nada com aquele tipo de discurso. Estava manifestando desprezo por um menininho. Nem mesmo a própria família o respeitaria por isso.

– Sinto muito, Sr. Riddick, mas Kit é meu único filho – declarou Sal.

– Ainda bem! – disse Will. – Se nem de um a senhora consegue cuidar… Ele precisa vir para cá para ter onde dormir e o que comer.

– Durante toda a minha vida, senhor, tanto antes quanto depois de me casar, eu nunca pedi o auxílio da paróquia, só depois que o meu marido morreu.

– Ah, quer dizer que é tudo culpa dos outros, então? – questionou Will.

Sal se limitou a olhar bem nos olhos dele sem dizer nada.

Seu silêncio foi eloquente o bastante para despertar o Sr. Riddick e fazê-lo tomar uma atitude.

– Certo, creio que a situação está clara – disse ele. – A menos que algum de vocês tenha algo que deseje acrescentar.

– Ela deve ser açoitada – sugeriu Will.

O Sr. Riddick assentiu.

– É um castigo adequado por ter cometido violência contra um cavalheiro.

– Por favor, não! – pediu Sal.

O Sr. Riddick continuou a falar:

– Mas essa mulher sofreu muito recentemente e não teve culpa nenhuma disso.

– Então, o que o senhor vai fazer? – perguntou Will, indignado.

O Sr. Riddick se virou para ele.

– Cale essa boca, garoto – falou, e Will se retraiu de modo visível. – Eu sou seu pai. Acha que sinto orgulho do que você fez a uma família humilde do povoado?

Will ficou chocado demais para responder.

O Sr. Riddick se voltou para Sal.

– Sal Clitheroe, eu tenho compaixão pela senhora, mas não posso ignorar o crime que cometeu. Se for continuar morando neste povoado, a senhora precisará ser açoitada. Mas, se for embora, a questão será esquecida.

– Ir embora?! – reagiu Sal.

– Não posso deixá-la morando aqui sem ser punida. A senhora sempre seria apontada como a mulher que agrediu o filho do senhor de terras e ficou impune.

– Mas para onde eu iria?

– Não sei e estou pouco ligando. Mas, se não tiver ido embora até o sol nascer amanhã, vai receber 36 chibatadas.

– Mas...

– Não diga mais nada. A senhora se safou com um castigo leve. Saia desta casa agora e vá embora de Badford assim que o dia raiar.

Ela se empertigou.

– E considere-se com sorte – completou Will.

Sal pegou Kit pela mão e os dois se retiraram.

Todos no povoado sabiam que Sal havia nocauteado Will Riddick. Muitos dos amigos de Sal estavam à sua espera quando ela saiu da casa senhorial. Annie Mann lhe perguntou o que tinha acontecido. Sal sentiu que seria doloroso narrar a história toda e só queria fazê-lo uma única vez. Pediu a Annie que dissesse às pessoas que fossem encontrá-la na casa de Brian Pikestaff.

Quando chegou lá, Brian estava limpando a lama do seu arado após um dia nos campos. Ela lhe perguntou se poderia reunir todo mundo no seu celeiro, e, como imaginava, ele concordou na hora.

Enquanto esperava os amigos aparecerem, Sal tentou organizar os pensamentos. Estava tendo dificuldade para imaginar como seria sua vida a partir do dia seguinte. Para onde ela iria? O que faria?

Depois de todo mundo chegar, ela lhes contou a história toda em detalhes. Eles murmuraram pragas ao ouvirem como Will desejara a morte de Kit; vibraram quando ela contou como o havia derrubado no chão; e arquejaram, chocados, quando ela lhes revelou sua sentença de exílio.

– Vou embora amanhã de manhã cedo – declarou ela. – Só queria que todos vocês rezassem por mim.

Brian se levantou e fez uma prece improvisada, pedindo a Deus que olhasse por Sal e Kit e cuidasse deles fossem quais fossem as circunstâncias. Então começaram as dúvidas. Eles perguntaram a Sal todas as coisas que ela mesma vinha se perguntando, e ela não teve respostas.

Brian foi prático.

– Você vai ter que ir embora levando só o que puder carregar. Guardaremos o resto das suas posses aqui neste celeiro. Assim que estiver instalada em algum lugar, poderá voltar com uma carroça para buscar tudo.

A preocupação e a gentileza dele deixaram Sal com vontade de chorar.

O cardador Mick Seabrook falou:

– Minha tia tem uma hospedaria em Combe... é barata e limpa.

– Isso pode ser útil – disse Sal, embora Combe ficasse a dois dias de viagem, distância intimidadora para alguém que poucas vezes saíra de Badford. – Mas eu preciso ganhar a vida. Não poderia pedir o Auxílio aos Pobres... As pessoas só podem receber essa ajuda na paróquia em que nasceram.

– E a pedreira de Outhenham? – perguntou Jimmy Mann. – Eles estão sempre precisando de mão de obra.

Sal pareceu hesitar.

– Eles contratam mulheres?

Ela nunca tinha ido a Outhenham, mas dos preconceitos dos homens ela entendia muito bem.

– Não sei, mas você é tão forte quanto a maioria dos homens – disse Jimmy.

– É isso que os incomoda – retrucou ela.

As pessoas queriam ajudar e fizeram todo tipo de sugestão, mas todas as ideias não passavam de especulação, e Sal e Kit poderiam morrer de fome buscando uma que desse certo. Depois de algum tempo, ela lhes agradeceu e se retirou, levando o filho pela mão.

Embora a noite houvesse caído enquanto estava no celeiro, não teve dificuldade para encontrar o caminho no escuro. Na noite do dia seguinte, estaria num lugar desconhecido.

Novamente em casa, esquentou um pouco de caldo para o jantar, em seguida pôs Kit na cama.

Passou algum tempo sentada junto ao fogo, pensativa, então ouviu uma batida na porta. Ike Clitheroe, tio de Harry, entrou acompanhado por Jimmy Mann. Jimmy estava segurando seu tricórnio.

– Os amigos fizeram uma vaquinha – contou tio Ike. – Não é muita coisa.

Jimmy mostrou a ela que seu chapéu continha uma pequena pilha de *pennies* e uns poucos xelins. Ike tinha razão: não era muito, mas aquilo poderia representar uma ajuda crucial no desespero dos próximos dias. Pessoas sem casa precisavam comprar comida em tabernas, onde pagavam mais caro.

Jimmy despejou as moedas sobre a mesa, uma pequena cascata marrom e prateada. Sal sabia como era difícil para gente pobre abrir mão do próprio dinheiro.

– Não sei nem dizer como… – Sua voz falhou, e ela tornou a tentar. – Não sei nem lhes dizer como me sinto grata por ter amigos tão bons.

E como me sinto arrasada por precisar abandonar todos eles, pensou.

– Que Deus lhe abençoe, Sal – disse Ike.

– Você também, e você, Jimmy.

Depois que eles saíram, ela foi se deitar, mas passou muito tempo sem pegar no sono. As pessoas diziam "Que Deus lhe abençoe", mas Deus às vezes não abençoava, e nos últimos tempos ela se sentia amaldiçoada, isso sim. Deus tinha lhe mandado bons amigos, mas também inimigos poderosos.

Pensou em sua tia Sarah, que saíra do povoado por vontade própria e fora para Kingsbridge vender baladas na rua. Sempre havia admirado Sarah. Quem sabe também conseguisse prosperar indo embora? A vida no povoado nunca fora o que ela queria, antes de conhecer Harry.

Tia Sarah tinha ido para Kingsbridge. Talvez lá também fosse o lugar certo para Sal.

Quanto mais pensava nisso, melhor lhe parecia. Poderiam chegar a Kingsbridge em meio dia, embora a caminhada fosse exigir muito das perninhas curtas de Kit. Ela até conhecia uma pessoa na cidade: Amos Barrowfield. Talvez pudesse continuar fiando para ele. Talvez ele até lhe ajudasse a encontrar um quarto onde ela e Kit pudessem morar.

Sentiu-se um pouco mais animada tendo vislumbrado algumas possibilidades. Estava exausta, sem energia nenhuma, e o sono acabou vencendo. Mas ela acordou antes de o dia raiar. Sem saber ao certo que horas eram, pôs-se a percorrer a casa à luz mortiça das brasas na lareira. Reuniu os poucos pertences que levaria consigo.

Tinha que levar a roca da mãe. Era um objeto pesado, que ela precisaria carregar por mais de quinze quilômetros, mas talvez fosse sua única forma de se sustentar.

Ela não tinha roupas sobressalentes. Iria usando seus únicos sapatos, vestido e chapéu. Desejou ter sapatos para Kit, mas ele nunca andara calçado antes de ir trabalhar na casa senhorial. O casaco dele era grande demais, o que era uma bênção, pois ainda levaria anos para perdê-lo.

Levaria também sua panela, sua faca de cozinha e o pouco de comida que houvesse na casa. Hesitou diante da Bíblia do pai, mas decidiu deixá-la. Não poderia alimentar Kit com um livro.

Pensou se algum dia teria dinheiro para alugar uma carroça e vir buscar sua mobília. Não era muita coisa: duas camas, uma mesa, dois banquinhos e um banco comprido, mas as peças tinham sido fabricadas por Harry e elas as adorava.

Quando o primeiro vislumbre de cinza surgiu no céu para além dos campos ao leste, ela acordou Kit e preparou um mingau. Então lavou a panela, as tigelas e as colheres, e usou um velho pedaço de barbante para amarrar tudo numa trouxa. Pôs a comida dentro de um saco e deu para Kit carregar. Eles então saíram, e Sal fechou a porta com a certeza de que nunca mais voltaria a abri-la.

Foram primeiro à igreja de São Mateus. Ali, no cemitério, havia uma cruz de madeira simples com o nome "Harry Clitheroe" escrito em tinta branca com letras caprichadas.

– Vamos nos ajoelhar aqui por um tempo – disse ela a Kit.

O menino pareceu intrigado, mas não a questionou, e ambos se ajoelharam diante do túmulo.

Sal pensou em Harry: em seu corpo magro e forte, seu temperamento contestador, seu amor por ela e seu cuidado com Kit. Tinha certeza de que ele agora estava no céu. Lembrou-se da época do namoro: primeiro o flerte, depois os beijos hesitantes e as mãos dadas, os encontros secretos na mata após a missa aos domingos, quando não conseguiam tirar as mãos um do outro, e, por fim, a constatação de que desejavam passar a vida juntos. Recordou também a agonia da sua morte e se perguntou como uma crueldade daquelas poderia ser a vontade de Deus.

Então rezou uma prece improvisada em voz alta, como os metodistas faziam em suas reuniões. Pediu a Harry que olhasse por ela e pelo filho, e implorou a Deus que a ajudasse a cuidar de Kit. Pediu perdão pelo pecado de ter dado um soco em Will. Não conseguiu rezar para que a orelha dele ficasse boa. Implorou para que as próprias provações não se prolongassem por muito mais tempo e então disse amém, seguida por Kit.

Os dois se levantaram e saíram do cemitério.

– Para onde nós vamos agora? – perguntou Kit.

– Para Kingsbridge – respondeu Sal.

Amos e Roger tinham passado os últimos dias adaptando a máquina de fiar.

Vinham trabalhando numa salinha nos fundos do armazém de Amos, a portas fechadas. Não queriam que a notícia da nova máquina se espalhasse antes de estarem prontos.

Estavam testando o mecanismo com lã inglesa, mais resistente que as lãs importadas da Espanha ou da Irlanda e cujas fibras compridas a tornavam menos propensa a se partir. Roger havia prendido uma mecha frouxa em cada um dos oito fusos, depois as feito passar cuidadosamente pela prensa que as mantinha retesadas durante a fiação. Com tudo preparado, Amos operara a máquina.

A fiação manual era uma arte que precisava ser aprendida, mas operar a máquina era simples. Com a mão direita, Amos havia girado lentamente a grande roda, fazendo os fusos girarem, torcendo os fios. Então imobilizara a roda e, com todo o cuidado, empurrara a trave de madeira para a frente, no sentido do comprimento da máquina, de modo que novos pedaços de mecha pudessem se enrolar nos fusos.

– Funciona! – havia exclamado, felicíssimo.

– Na oficina de Frankland, estavam girando a roda muito mais rápido – comentara Roger.

Amos aumentou a velocidade, e os fios começaram a se partir.

– Como temíamos – dissera Roger.

– Como podemos resolver isso?

– Tenho algumas ideias.

Ao longo de vários dias, Roger tentou diferentes soluções. A única que funcionou consistia em prender pesos nos fios para mantê-los retesados em todas as etapas do processo. Fora preciso um pouco mais de tentativa e erro para calibrar exatamente o peso.

Nesse dia, após uma frustrante manhã de tentativas, eles conseguiram; e a mãe de Amos então os chamou para almoçar.

Sal tinha uma lembrança vívida de Kingsbridge. Embora sua última visita houvesse ocorrido dez anos antes, fora uma experiência incrível, e ela se lembrava de cada detalhe. E, nesse dia, veria quanto a cidade havia mudado.

Ao se aproximar pelo alto, ao norte, conseguiu identificar os pontos de referência conhecidos: a catedral, a cúpula do Mercado de Lã e o rio com sua ponte dupla característica. A cidade parecia maior, principalmente a sudoeste, onde havia mais casas do que na sua lembrança. Mas ela também reparou em algo novo.

Na margem oposta do rio, um pouco depois da ponte no sentido contrário à correnteza, onde antes havia apenas lavouras, avistou meia dúzia de construções altas e compridas com grandes janelas enfileiradas, todas próximas da água. Recordava-se vagamente de ter ouvido as pessoas falarem em prédios como aqueles: eram os moinhos têxteis, onde se fabricavam tecidos. Eram estreitos e tinham janelas altas para que os operários pudessem enxergar bem o trabalho que faziam. A água era necessária para pisoar o tecido ou fazer a feltragem e também para o tingimento; e, nos pontos em que a correnteza era forte, o rio ainda podia impulsionar equipamentos. Parte daquilo já devia existir dez anos antes, raciocinou ela, pois Kingsbridge era uma cidade têxtil desde antes de ela nascer. As construções, que antes eram pequenas e esparsas, tinham crescido e se disseminado, e hoje havia um nítido bairro manufatureiro.

– Estamos quase lá, Kit – falou.

Exausto, o menino cambaleava. Ela o teria carregado no colo, mas estava levando a roca e a panela.

Eles entraram na cidade. Sal perguntou a uma mulher de ar amigável onde Amos Barrowfield morava e recebeu instruções para ir até uma casa perto da catedral.

A porta foi aberta por uma criada.

– Sou uma das fiandeiras de Amos Barrowfield – disse Sal. – Gostaria de falar com ele, se possível.

A criada se mostrou cautelosa.

– Como a senhora se chama, por favor?

– Sal Clitheroe.

– Ah! – exclamou a mulher. – Já ouvi falar da senhora. – Ela baixou os olhos para Kit. – Este é o menininho que levou o coice do cavalo?

– Sim, este aqui é Kit.

– Tenho certeza de que Amos vai querer recebê-la. Entrem. Aliás, meu nome é Ellen. – Ela os conduziu casa adentro. – Eles estão acabando de almoçar. Quer que eu lhes traga um pouco de chá?

– Seria muito bem-vindo – respondeu Sal.

Ellen os levou até a sala de jantar. Amos estava sentado à mesa com Roger Riddick. Ambos se espantaram ao ver Sal e Kit.

Sal fez uma mesura e, então, num tom abrupto, foi logo falando:

– Fui expulsa de Badford.

– Mas por quê? – quis saber Roger.

Sem vergonha nenhuma, Sal respondeu:

– Lamento dizer, Sr. Roger, mas dei um soco na cabeça do seu irmão Will e o derrubei no chão.

Fez-se um segundo de silêncio, e Roger então desatou a rir; segundos depois, Amos se juntou a ele.

– Meus parabéns! – disse Roger. – Já deveriam ter socado a cabeça dele há muito tempo.

Depois de os dois se acalmarem, ela continuou:

– Os senhores podem achar engraçado, mas agora não tenho mais casa. Se conseguir arrumar um lugar para morar aqui em Kingsbridge, Sr. Barrowfield, espero poder seguir fiando para o senhor, se ainda me quiser.

– Sem dúvida que eu quero! – respondeu Amos.

Um peso foi tirado das costas de Sal.

– Eu ficaria muito feliz em comprar seu fio – prosseguiu Amos. Hesitou por algum instante, então tornou a falar – Mas tenho uma ideia melhor. Talvez eu possa lhe oferecer um trabalho que pagaria um pouco mais que a fiação manual.

– E que trabalho seria esse?

Amos se levantou.

– Só lhe mostrando – respondeu ele. – Venha até o armazém. Roger e eu temos uma nova máquina.

PARTE II
A REVOLTA DAS DONAS DE CASA

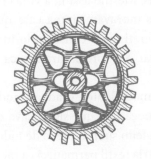

1795

CAPÍTULO 11

Já fazia mais de dois anos que Sal e Kit trabalhavam para Amos. Durante esse período, seu local de trabalho mudara. O negócio tinha ficado grande demais para o armazém atrás da casa de Amos: ele agora tinha seis máquinas de fiar e uma sala de pisoar. Havia alugado um pequeno moinho junto ao rio, no noroeste de Kingsbridge, onde a correnteza era rápida o bastante para acionar os martelos de pisoar que encolhiam e encorpavam o tecido.

Eles trabalhavam das cinco da manhã até as sete da noite, exceto aos sábados – abençoados sábados –, quando só trabalhavam até as cinco da tarde. Todas as crianças viviam cansadas. Mesmo assim, a vida era melhor que antes. A mãe de Kit tinha dinheiro, eles moravam numa casa quentinha com chaminé de verdade e o melhor de tudo: tinham conseguido fugir dos tiranos de Badford que haviam matado seu pai. Kit torcia para nunca mais precisar morar num povoado pequeno.

No entanto, a guerra, de modo lento e gradual, mudara as coisas para pior. Aos 9 anos, Kit já tinha plena noção do que significava dinheiro e entendia que os impostos de guerra haviam feito subir o preço de tudo, enquanto a remuneração dos trabalhadores da indústria têxtil permanecia a mesma. O pão não era taxado, mas tinha encarecido por causa de uma safra ruim. Durante algum tempo, depois de aprender a operar a máquina de fiar, Sal conseguira comprar carne bovina, chá com açúcar e bolo, mas eles agora comiam toucinho e bebiam cerveja aguada. Mesmo assim, era melhor que a vida no povoado.

A melhor amiga de Kit era uma menina chamada Sue que tinha mais ou menos a sua idade e, como ele, havia perdido o pai. Sue trabalhava na máquina de fiar ao lado da de Sal no Moinho Barrowfield com a mãe, Joanie.

Aquele era um dia especial. Todos os operários tinham percebido isso assim que entraram na fábrica e se depararam no térreo com um objeto envolto em panos, ao lado da máquina de pisoar, aproximadamente do tamanho de uma cama de dossel ou de uma diligência. Devia ter sido entregue na noite anterior, depois de todos irem para casa.

Os trabalhadores haviam passado todo o intervalo de almoço de meia hora falando sobre o assunto, e a mãe de Kit dissera que aquilo devia ser uma nova máquina, embora ninguém nunca tivesse visto uma tão grande assim.

Roger Riddick, amigo de Amos Barrowfield, apareceu por volta do meio da tarde. Kit jamais esqueceria como Roger tinha sido bom com ele em Badford. Recordava também que fora Roger quem havia adaptado a primeira máquina de fiar de Amos. Além das seis máquinas existentes, Amos vinha planejando comprar outras até a guerra começar a prejudicar os negócios.

Amos encerrou o trabalho meia hora mais cedo e pediu aos operários que se reunissem com ele e Roger no térreo, em volta do misterioso objeto. Mandou os homens pararem a máquina de pisoar, pois ninguém conseguia ser ouvido com todos aqueles estalos e pancadas. Então disse:

– Pouco tempo atrás, o Sr. Shiplap, de Combe, encomendou-me quinhentos metros de lã com linho.

Até Kit sabia que era uma encomenda grande, e todos comemoraram.

– Cobrei 55 libras pela encomenda e estava disposto a baixar até cinquenta – continuou. – Mas ele me ofereceu 35 e disse que conhecia outro fabricante de Kingsbridge que se dispunha a fechar negócio por esse preço. Eu sei que o único jeito de se chegar a esse valor é diminuindo o que paga para seus operários.

Ouviu-se um murmúrio descontente. Os homens e mulheres em volta de Kit adotaram um ar cauteloso e rebelde. Não gostavam daquela conversa de baixar a remuneração.

– Então recusei a encomenda – disse Amos.

Os operários ficaram aliviados ao escutarem isso.

– Não gosto de recusar uma encomenda, pois não estamos recebendo tantas quanto antes e, se as coisas continuarem como estão, talvez alguns de vocês tenham que ser mandados embora – explicou Amos.

Agora Kit estava preocupado. Sabia que nenhum fabricante de tecidos de Kingsbridge procurava operários novos no momento. Ouvira a mãe dizer que ninguém estava substituindo as pessoas que saíam, porque ninguém sabia ao certo o que o futuro reservava nem quanto tempo a guerra ainda duraria. O dilema de Amos não era exclusividade dele.

– Mas encontrei uma solução. Sei como fabricar a encomenda do Sr. Shiplap sem baixar a remuneração nem mandar gente embora.

Fez-se um silêncio. Kit sentiu que os operários estavam desconfiados, sem saber se acreditavam em Amos ou não.

Amos e Roger puxaram as lonas que cobriam o misterioso objeto e as jogaram no chão. Nem quando a coisa ficou completamente visível Kit conseguiu saber o que era. Nunca tinha visto nada parecido.

Nem mais ninguém, como pôde constatar. Estavam todos murmurando, sem entender.

Eram oito rolos de metal cilíndricos que formavam uma pirâmide preta. Aquilo fez Kit pensar numa pilha de canos de água que vira certa vez na Rua Alta. Os cilindros pareciam cravejados de pregos. A coisa toda estava apoiada numa sólida plataforma de carvalho com pernas curtas e grossas.

Estava nítido que era uma máquina, mas o que ela fazia?

Amos respondeu à pergunta que ninguém fez.

– Esta é a solução para o nosso problema. É uma máquina de cardar.

Kit sabia o que era cardar. Lembrou-se de Mick Seabrook, cardador de Badford. Mick usava escovas com cerdas de ferro, e Kit viu então que cada rolo estava envolto numa capa de couro cravejada de pregos iguaizinhos às cerdas das escovas de Mick.

Amos prosseguiu:

– Máquinas iguais a essa existem há muito tempo, mas foram aprimoradas nos últimos anos, e esta é a versão mais moderna. O tosão é passado entre o primeiro par de rolos, e os pregos desembaraçam a lã e endireitam as fibras.

– Mas o cardador precisa cardar várias vezes, o dia inteiro – comentou Kit.

Os operários riram do fato de um menino ter se pronunciado, mas em seguida Joanie falou:

– Ele tem razão.

– Sim – confirmou Amos. – E é por isso que são tantos rolos. Uma passada só nunca basta. Então o tosão passa entre um segundo par, com os dentes menos espaçados; depois por um terceiro e por um quarto, e cada qual vai cardando de modo mais preciso, retirando mais sujeira, tornando as fibras mais lisas.

Roger acrescentou:

– Esta máquina foi feita para processar algodão, e, como a lã é mais macia, eu modifiquei os dentes de ferro para torná-los menos afiados e aumentei os espaços entre os rolos superior e inferior de modo a tornar o processo menos bruto.

– Nós testamos, e ela funciona – disse Amos.

Sal se manifestou:

– E quem gira os rolos?

– Ninguém – respondeu Amos. – Como a máquina de pisoar, a máquina de cardar é movida pela grande potência do rio, que é canalizada para dentro do moinho e transmitida, por meio de engrenagens e correntes, para os rolos. É preciso uma única pessoa para vigiar o mecanismo e fazer pequenos ajustes conforme os rolos giram.

– E que trabalho vai sobrar para os cardadores manuais? – perguntou Joanie.

Boa pergunta, pensou Kit; Mick e outros cardadores poderiam não ser mais necessários se existissem máquinas de cardar movidas pela roda-d'água.

Amos parecia preparado para essa pergunta.

– Não vou mentir – disse ele. – Todos aqui me conhecem... Não quero que as pessoas percam seu sustento, mas nós temos que fazer uma escolha. Eu poderia mandar esta máquina de volta, esquecer a encomenda do Sr. Shiplap e dizer a metade de vocês que não precisa voltar amanhã porque não tenho trabalho para lhes passar. Ou poderia manter todos trabalhando mas baixar sua remuneração. A terceira opção é: podemos deixar a remuneração no mesmo nível, produzir a encomenda do Sr. Shiplap e manter todos vocês trabalhando... se usarmos a máquina de cardar.

– O senhor poderia usar seu próprio dinheiro para manter tudo funcionando – sugeriu Joanie num tom de desafio.

– Não tenho dinheiro suficiente – retrucou Amos. – Ainda estou pagando as dívidas que meu pai me deixou três anos atrás. E sabem como ele se endividou? – Seu tom de voz se mostrou emotivo. – Operando um negócio que dava prejuízo. Uma coisa posso garantir a vocês: isso eu não vou fazer. Nunca.

– Ouvi dizer que essas máquinas não fazem o trabalho direito – comentou uma mulher.

Um murmúrio de apoio percorreu o recinto.

– Isso daí me parece coisa do demo – disse outra. – Com esses pregos todos.

Kit já tinha ouvido pessoas falarem assim sobre máquinas. Como não sabiam de que modo funcionavam, elas alegavam que devia haver um espírito do mal preso lá dentro movimentando o mecanismo. Kit entendia as máquinas e sabia que não havia espírito do mal nenhum dentro delas.

Um silêncio descontente se fez, e a mãe de Kit então tomou a palavra.

– Eu não gosto dessa máquina – declarou ela. – Não quero ver os cardadores manuais perderem seu ganha-pão. – Olhou em volta para os outros operários, em sua maioria mulheres. – Mas eu confio no Sr. Barrowfield. Se ele está dizendo que não temos escolha, eu acredito nele. Sinto muito, Joanie. Nós temos que aceitar a máquina de cardar.

Amos não disse nada.

Os operários se entreolharam. Kit escutou um burburinho de comentários, a maioria sussurrada: eles estavam infelizes, mas não zangados. Soavam apenas resignados. Aos poucos foram se afastando, com um ar pensativo e dizendo boa-noite em voz baixa.

Sal, Kit, Joanie e Sue foram embora juntos. Seguiram para casa devagar sob o lusco-fusco. Tinha chovido durante o dia, enquanto eles estavam dentro da fábrica, e agora o sol poente reluzia nas poças. O grupo atravessou a Praça do Mercado enquanto um acendedor de lampiões a percorria com sua chama. No meio da praça, os implementos de castigo se deixavam entrever na escuridão parcial: o cadafalso, o tronco e o pelourinho – na realidade, dois postes e uma trave à qual um condenado podia ser amarrado com as mãos unidas acima da cabeça para ser açoitado. A madeira da estrutura estava toda manchada de marrom por causa do sangue. Kit tentou não olhar; aquilo lhe dava medo.

Quando passaram pela catedral, os sinos tocaram. Kit sabia que segunda-feira era a noite de treino dos sineiros. Eram sete no total: o mais agudo, número 1, chamava-se soprano, e o mais grave, número 7, era o tenor. Eles em geral começavam com uma sequência simples, tocando todos os sete sinos em ordem decrescente, do tom mais alto para o mais baixo, 1234567. Logo mudavam para uma sequência mais complexa. Kit achava interessante o modo como os sineiros alteravam a melodia variando a ordem dos sinos. Havia naquilo uma lógica que lhe dava satisfação.

Sal e Kit dividiam uma casa com Sue e sua família no bairro de aluguéis baratos no noroeste da cidade. Nos fundos do térreo ficava a cozinha, onde todos cozinhavam e comiam. A frente era ocupada pelo tio de Sue, Jarge, de 25 anos, cinco a menos que Joanie, que trabalhava como tecelão num dos moinhos têxteis de Hornbeam. Jarge era também um dos sineiros, e Kit havia aprendido um pouco com ele sobre os sinos.

No andar de cima havia duas camas. Joanie e Sue dormiam juntas no cômodo da frente, e Sal e Kit ocupavam o dos fundos. A maioria das pessoas pobres compartilhava camas para se aquecer, economizando assim o custo da lenha ou do carvão.

O sótão de pé-direito baixo era ocupado pela tia de Joanie, Dottie Castle. Idosa e com a saúde debilitada, ela ganhava a vida a duras penas cerzindo meias e remendando calças.

Assim que eles chegaram em casa, Kit foi se deitar na cama que dividia com a mãe, a grande que fora trazida de Badford. Sentiu Sal descalçar suas botas e cobri-lo com uma manta, então pegou no sono.

Ela o acordou pouco depois, e ele desceu a escada cambaleando. Eles jantaram toucinho com cebola e pão com banha. Estavam todos com fome e comeram depressa. Joanie raspou a frigideira com outra fatia de pão e a dividiu entre as duas crianças.

Assim que terminaram de comer, as duas foram direto para a cama. Kit pegou no sono em segundos.

Sal lavou o rosto, em seguida escovou os cabelos e os prendeu com uma velha fita vermelha. Subiu até o quartinho do sótão e pediu a tia Dottie que ficasse de olho nas crianças por uma ou duas horas.

– Se eles acordarem, dê-lhes um pouco de pão – falou. – Coma um pouco também, se estiver com fome.

– Não, obrigada, querida. Estou bem assim. Não preciso de muito, sentada aqui o dia inteiro. Vocês que trabalham na fábrica precisam de mais.

– A senhora é quem sabe…

Ela deu uma olhada em Kit, que dormia profundamente. Ao lado da cama havia uma pequena lousa e um prego. Toda noite, Sal passava algum tempo copiando trechos da Bíblia, o único livro que possuía, para treinar caligrafia. Estava melhorando. Aos domingos, ensinava Kit a escrever, mas nos outros dias ele estava cansado demais.

Beijou o filho na testa e foi até o outro quarto. Joanie estava pondo um chapéu com flores que ela mesma havia bordado. Deu um beijo em Sue, que também dormia. As duas mulheres então saíram.

Foram descendo a rua principal. O centro da cidade estava movimentado, com as pessoas saindo de casa no início da noite em busca de prazer, companhia e, quem sabe, amor. Sal havia desistido do amor. Tinha quase certeza de que Jarge, irmão de Joanie, gostaria de se casar com ela, mas o havia desencorajado. Tinha amado Harry e Harry estava morto, e não estava disposta a correr o risco de sentir aquele tipo de dor outra vez, nem disposta a pôr sua felicidade nas mãos de fidalgos que podiam cometer assassinato e sair impunes.

Elas cruzaram a praça. O Sino era um estabelecimento grande, com uma entrada para carruagens que ia dar num pátio com estábulos. Pendurado no alto do arco da entrada havia um sino, obviamente, tocado para alertar quando a diligência estava prestes a partir. Pouco tempo antes, era tocado também para convidar as pessoas a assistirem a peças, mas ultimamente as peças eram encenadas no teatro.

O Sino tinha um grande salão onde se servia cerveja na pressão, cujos barris alinhados lembravam uma barricada militar. O recinto estava barulhento de tantas conversas e risadas, e tomado pela fumaça dos cachimbos. Os sineiros já estavam lá, sentados em volta da sua mesa habitual próxima à lareira, com seus chapéus surrados na cabeça e os canecos de cerâmica à sua frente. Como recebiam um xelim por cada toque, tinham sempre dinheiro para comprar cerveja nas noites de segunda.

Sal e Joanie pediram ao garçom um caneco de cerveja cada uma e ficaram sabendo que o preço havia aumentado de três para quatro *pence*.

– Também aconteceu com o preço do pão – informou o garçom. – E pelo mesmo motivo: o trigo está caro demais.

Quando Sal e Joanie se sentaram, Jarge as encarou com um ar desanimado e disse:

– Estávamos conversando sobre a nova máquina de Barrowfield.

Sal tomou um grande gole de cerveja. Não gostava de ficar embriagada e, de toda forma, nunca tinha como comprar mais de um caneco, mas adorava o sabor maltado e o modo como a bebida a esquentava por dentro e a deixava animada.

– Uma máquina de cardar – disse ela para Jarge.

– Uma máquina para fazer os trabalhadores morrerem de fome, é assim que eu chamo – retrucou Jarge. – Nos últimos anos, sempre que os patrões tentaram introduzir essas engenhocas aqui no oeste da Inglaterra, houve protestos e eles desistiram. É o que deveria acontecer agora.

Sal balançou a cabeça.

– Pode dizer o que quiser, mas a máquina me salvou. Amos Barrowfield estava prestes a mandar metade de nós embora, já que o preço do tecido está muito baixo, mas, graças à nova máquina, ele pode fazer negócio pelo preço mais baixo, então continuo operando a máquina de fiar.

Jarge não gostava dessa linha de raciocínio, mas gostava de Sal e por isso controlou a raiva.

– Então, Sal, o que você diria aos fiandeiros manuais sobre a nova máquina?

– Não sei, Jarge. O que sei é que eu estava na miséria e sem ter onde morar até começar a operar a primeira *jenny* de Barrowfield e poderia ter perdido esse trabalho hoje se ele não tivesse comprado uma máquina de cardar.

Alf Nash entrou na conversa. Apesar de não ser sineiro, ele com frequência se juntava ao grupo, e Sal achava que arrastava a asa para Joanie. Estava sentado ao lado dela agora. Era leiteiro e, como sempre acontecia de derramar leite em suas roupas, sempre cheirava a queijo. Sal achava que Joanie não se apaixonaria por ele.

– O que Sal está dizendo faz sentido, Jarge.

Sime Jackson, um tecelão que trabalhava com Spade, era um dos integrantes mais ponderados do grupo.

– Não consigo chegar a uma conclusão, não consigo mesmo – disse ele. – As máquinas ajudam algumas pessoas e tiram trabalho de outras. Como saber o que é o melhor?

– É esse o nosso problema – afirmou Sal. – Nós conhecemos as perguntas, mas não temos as respostas. Precisamos nos instruir.

– Instrução não é para gente como nós – contestou Alf. – Nós não vamos estudar na Universidade de Oxford.

Spade se pronunciou pela primeira vez. Ele era o Mestre dos Sinos, ou seja, o maestro dos sineiros.

– Nisso você está errado, Alf – disse ele. – Por todo o país, os trabalhadores estão se instruindo. Inscrevem-se em bibliotecas e clubes de compartilhamento de livros, em sociedades musicais e coros. Frequentam grupos de estudos bíblicos e encontros para debater política. A Sociedade de Correspondência de Londres tem centenas de filiais.

Sal ficou empolgada.

– É isso que deveríamos estar fazendo: estudando e aprendendo. Que negócio é esse de Sociedade de Correspondência que você mencionou?

– Foi criada para discutir a reforma do Parlamento. O direito ao voto para trabalhadores, esse tipo de coisa. Está se espalhando por toda parte.

– Mas ainda não chegou a Kingsbridge – comentou Jarge.

– Não, mas deveria – declarou Sal. – É justamente disso que precisamos.

Jeremiah Hiscock, outro sineiro que era impressor e tinha uma oficina na rua principal, entrou na conversa.

– Eu conheço a Sociedade de Correspondência de Londres – revelou ele. – Meu irmão lá de Londres imprime parte do material deles. Ele gosta do que fazem. Diz que decidem tudo pelo voto da maioria. Não existe diferença entre patrão e empregado nas suas reuniões.

– Isso mostra que é possível! – exclamou Jarge.

– Não sei, não – retrucou Sime, aflito. – Vão nos chamar de revolucionários.

– A Sociedade de Correspondência de Londres não tem nada ver com revolução – refutou Spade. – Tem a ver com reforma.

– Só um instante – disse Alf. – Alguns dos integrantes da Sociedade de Correspondência de Londres não foram julgados por alta traição logo antes do último Natal?

– Trinta homens – respondeu Spade, um ávido leitor de jornais. – Foram acusados de conspirar contra o rei e contra o Parlamento. As provas foram o fato de terem feito campanha pela reforma parlamentar. Parece que agora é crime dizer que nosso governo não é perfeito.

– Não me lembro se eles foram enforcados – disse Alf.

– Eles tiveram a audácia de convocar o primeiro-ministro William Pitt a comparecer ao tribunal – informou Spade. – Ele precisou reconhecer que, treze anos antes, ele próprio tinha feito campanha pela reforma parlamentar. A argumentação desmoronou, todo mundo riu, e o júri retirou as acusações.

Mas Sime nem assim se tranquilizou.

– Mesmo assim, eu não gostaria de ser julgado por alta traição. Pode ser que um júri londrino faça uma coisa e um júri de Kingsbridge, o contrário.

– Não ligo a mínima para júris – rebateu Jarge. – Estou disposto a me arriscar.

– Você tem a coragem de um leão, Jarge, mas além de corajosos nós temos que ser inteligentes – disse Sal.

– Concordo com Sal – comentou Spade. – Criar uma sociedade, sim, mas não chamá-la de filial do grupo londrino... Isso seria pedir para ter problemas. Podemos chamá-la de... Sociedade Socrática, se vocês quiserem.

– Até parece que eu sei o que isso quer dizer – falou Jarge.

– Sócrates foi um filósofo grego que acreditava ser possível chegar à verdade por meio do debate e da argumentação. Foi o cônego Midwinter quem me contou. Segundo ele, eu sou socrático por gostar de debates.

– Já conheci um marinheiro grego. Ele bebia feito um peixe, mas não era nenhuma porcaria de filósofo.

Os outros riram.

– Podem chamar como quiserem, desde que não soe subversivo – disse Spade. – Comecem com uma reunião sobre algum outro assunto, como ciência, por exemplo... as teorias de Isaac Newton, digamos. Não façam segredo sobre a reunião: avisem à *Gazeta de Kingsbridge*. Montem um comitê de administração. Convidem o cônego Midwinter para ser presidente. Façam tudo parecer respeitável, pelo menos no início.

Sal ficou empolgada.

– Precisamos fazer isso!

– Mas quem vai vir falar sobre ciência para um punhado de trabalhadores de Kingsbridge? – quis saber Jeremiah.

Todos concordaram que era improvável. Mas Sal teve uma inspiração.

– Eu conheço uma pessoa que estudou em Oxford – acrescentou.

A mesa a encarou com ceticismo, à exceção de Joanie, que sorriu e disse:

– Está falando de Roger Riddick.

– Isso mesmo. Ele é amigo de Amos Barrowfield e volta e meia visita a nossa fábrica.

– Você poderia sondá-lo? – perguntou Spade.

– Com certeza. Fui a primeira a trabalhar na máquina de fiar dele e até hoje opero a mesma máquina. Ele sempre para e me pergunta como andam as coisas.

– Não vai achar você atrevida?

– Creio que não. Ele não é igual ao irmão Will.

– Então você faz o convite?

– Assim que o vir.

Pouco depois disso, o grupo se dispersou. Quando Sal e Joanie estavam voltando para casa, Joanie indagou:

– Está segura em relação a essa história?

– Que história?

– De se meter nessa sociedade.

– Estou. Mal posso esperar.

– Por quê?

– Porque eu trabalho, durmo e cuido do meu filho, e não quero que a minha vida inteira se resuma a isso.

Sal tornou a pensar em tia Sarah falando sobre o que lia nos jornais.

– Mas você vai se encrencar.

– Não por aprender sobre ciência.

– Mas não vai ser só sobre ciência. Todos vão querer falar de liberdade, democracia e direitos do homem. Você sabe que vão.

– Bom, os ingleses supostamente têm o direito de ter as opiniões que quiserem.

– Quando dizem isso, estão se referindo aos fidalgos. Ninguém acredita que pessoas como nós devam ter opiniões.

– Mas os tais homens de Londres não foram considerados culpados.

– Mesmo assim, Sime tem razão… Nada garante que um júri de Kingsbridge vá tomar a mesma decisão.

Sal começou a pensar que Joanie poderia estar certa.

– Se operários de fábrica começarem a discutir política – continuou Joanie –, os conselheiros e juízes vão todos ficar com medo… e o primeiro instinto deles vai ser punir algumas pessoas e assustar as demais. Para Jarge e Spade, tudo bem: eles não têm filhos. Se forem deportados para a Austrália, ou até enforcados, ninguém vai sofrer por eles. Mas você tem Kit, e eu tenho Sue… Quem vai cuidar deles se não estivermos aqui?

– Ai, Jesus, você tem razão. – Sal havia ficado tão encantada com a ideia da Sociedade Socrática que não previra os riscos. – Mas eu disse que ia falar com Roger Riddick. Não posso deixar os outros na mão agora.

– Então tome cuidado. Muito cuidado.

– Vou tomar – disse Sal. – Juro que vou.

CAPÍTULO 12

Numa capela lateral da catedral de Kingsbridge havia um mural representando Santa Mônica, a padroeira das mães. A pintura era da época medieval e fora coberta com cal durante a Reforma, mas a cal havia desbotado ao longo dos 250 anos desde então, e o rosto da santa agora estava visível. Ela tinha a pele clara, algo que Spade estranhou, visto que fora uma santa africana.

Spade acendeu uma vela ali no primeiro dia de agosto, doze anos exatos após a morte da esposa, Betsy. Lá fora as nuvens se movimentavam depressa pelo céu, e, ao surgir por entre elas, o sol iluminou os arcos da nave, transformando por um instante as pedras cinzentas em faixas brilhantes de prata.

Spade ficou parado observando a chama da vela e lembrando-se de Betsy. Pensou na empolgação de quando os dois, ambos com 19 anos, haviam ido morar juntos numa pequena cabana nos arredores de Kingsbridge. Tinham se sentido como crianças brincando de casinha. O seu tear e a roca de Betsy ocupavam um dos dois cômodos pequenos, e eles preparavam a comida e dormiam na cozinha. Enquanto trabalhava, ele sempre podia erguer os olhos e ver a cabeça de cabelos escuros da esposa curvada acima da roca, e jamais se sentia infeliz. Os dois tinham ficado mais animados ainda quando ela engravidara e conversavam sem parar sobre como o bebê seria: bonito, inteligente, alto, levado? Mas Betsy havia morrido no parto, e seu bebê nunca chegara a vir ao mundo.

O tempo passou sem que ele percebesse, perdido em meio às lembranças, até tomar consciência de alguém em pé ao seu lado. Virou-se e deu de cara com Arabella Latimer a observá-lo. Sem dizer nada, ela lhe estendeu uma rosa vermelha; devia ser do seu roseiral, supôs ele. Adivinhando sua intenção, ele pegou a rosa da sua mão e, com delicadeza, a colocou no centro do altar.

A flor reluziu sobre o mármore claro como se fosse uma mancha de sangue fresco.

Arabella se afastou sem dizer nada.

Spade ainda se demorou ali por mais algum tempo, refletindo. Uma rosa vermelha significava amor. A intenção de Arabella fora deixar a flor para Betsy. Mas ela a havia entregado para Spade.

Ele saiu da capela. Ela estava à sua espera na nave.

– A senhora entendeu – falou.

– Claro. O senhor vem à mesma capela todos os anos no primeiro dia de agosto.

– A senhora reparou.

– Já vem fazendo isso há muito tempo.

– Doze anos.

– Os metodistas em geral não rezam para santos.

– Eu sou um metodista estranho. Não sou bom em seguir regras. – Spade deu de ombros. – A melhor coisa em relação aos metodistas é eles acharem o coração mais importante que as regras.

– E o senhor, também acha isso?

– Acho.

– Eu também.

– A senhora deveria se juntar aos metodistas.

Ela sorriu.

– Que escândalo seria. A esposa do bispo! – Ela se virou para pegar uma pequena pilha de trajes recém-lavados do coral que havia pousado na pia batismal. – Preciso guardar isto aqui na sacristia.

Ele não queria que a conversa terminasse.

– Imagino que não seja a senhora quem lava a roupa, Sra. Latimer.

É óbvio que ela não lavava a roupa.

– Eu supervisiono – disse ela.

– Bom, pode me supervisionar carregando os trajes no seu lugar.

Ele se adiantou para pegar a pilha dos seus braços, e ela lhe passou de bom grado.

– Às vezes sinto que metade da minha vida é supervisionar – desabafou ela. – Se não fossem os livros, não sei o que faria para preencher o tempo.

Ele se interessou.

– O que gosta de ler?

– Tenho um livro sobre os direitos das mulheres, escrito por Mary Wollstonecraft. Mas preciso mantê-lo escondido.

Spade não precisou perguntar por quê. Tinha certeza de que o bispo reprovaria veementemente aquele tipo de leitura.

– E gosto também de romances – completou ela. – *A história de Tom Jones.* – Ela sorriu. – O senhor me lembra Tom Jones.

Os dois atravessaram a nave. Apesar de não estar acontecendo grande coisa, ele sentia uma tensão entre os dois semelhante a um segredo não dito.

Ele não havia esquecido aquela ocasião mais de dois anos antes, na loja da irmã, em que ela o flagrara admirando seu corpo e arqueara a sobrancelha como se estivesse intrigada, mais que ofendida. A expressão estava vívida na sua lembrança. Ele tinha dito a si mesmo para esquecê-la, mas não conseguira.

Entrou atrás dela por uma porta baixa no transepto sul. A sacristia era um cômodo pequeno e quase vazio contendo uma prateleira, um espelho e uma grande caixa de carvalho conhecida como baú de vestes. Ela ergueu a pesada tampa do baú, e Spade cuidadosamente depositou lá dentro os trajes do coral. Arabella espalhou por cima um pouco de lavanda seca para evitar as traças.

Então se virou para ele e disse:

– Doze anos.

Ele a encarou. Houve um instante de sol do lado de fora, e um raio entrou por uma pequena janela e atingiu os cabelos dela, destacando os fios ruivos que pareceram cintilar.

– Eu estava me lembrando de como tudo era divertido quando éramos dois jovens ingênuos – disse ele. – Do deleite inocente. Isso nunca mais vai se repetir.

– O senhor amava Betsy.

– O amor é a melhor coisa do mundo de se ter, e a pior de se perder.

Ele sentiu por um instante uma tristeza avassaladora e teve que se esforçar para segurar as lágrimas.

– Não. O senhor está enganado – disse ela. – Pior ainda é estar presa e saber que nunca vai tê-lo.

Spade levou um susto, não com o que ela acabara de dizer – algo que ele e outras pessoas poderiam ter adivinhado –, mas pelo fato de ela ter feito uma confissão tão íntima. Além de surpreso, porém, estava curioso, e indagou:

– Como isso aconteceu?

– O rapaz que eu queria se casou com outra. Achei que tivesse ficado com o coração partido, mas não. Na verdade, eu só estava com raiva. Então Stephen me pediu em casamento, e eu aceitei porque isso seria um tapa na cara do tal rapaz.

– Stephen era bem mais velho.

– O dobro da minha idade.

– Difícil imaginar a senhora sendo tão impulsiva.

– Eu era tola quando jovem. Não sou muito sensata hoje em dia, mas antes era pior. – Ela se virou e abaixou a tampa do baú. – O senhor perguntou.

– Desculpe a intromissão.

– Mas a maioria dos homens teria me dito o que eu deveria fazer.

– Eu não faço ideia do que a senhora deveria fazer.

– Algo que poucos homens se dispõem a admitir.

Era verdade, e Spade riu.

Arabella andou até a porta. Spade segurou a maçaneta, mas, antes de poder abrir a porta, ela o beijou.

Foi um beijo desajeitado. Ela se esticou toda e acabou errando o alvo e encostando os lábios no seu queixo.

Ele julgou que ela não tivesse muita prática naquilo.

Mas Arabella rapidamente se reposicionou e lhe deu um beijo na boca. Então deu um passo para trás, mas ele sentiu que ainda não tinham terminado, e, alguns segundos depois, ela o beijou novamente. Dessa vez, encostou os lábios nos dele e deixou que se demorassem ali. *Ela de fato quer isso*, pensou ele. Então levou as duas mãos aos seus ombros e retribuiu o beijo, movendo os lábios junto aos seus. Ela se agarrou a ele e pressionou o corpo no seu.

Alguém pode entrar, pensou Spade. Não sabia muito bem o que Kingsbridge faria com um homem que beijasse a mulher do bispo. Mas estava mergulhado demais no prazer para se conter. Ela retirou-lhe as mãos dos próprios ombros e as moveu para baixo, e ele pôde sentir os seios macios, que lhe enchiam as mãos. Quando ele os apertou com delicadeza, Arabella emitiu um ruído baixo que veio do fundo da garganta.

De repente, ela caiu em si. Afastou-se dele e encarou seus olhos com intensidade.

– Que Deus me salve – falou, baixinho.

Então virou as costas, abriu a porta e saiu apressada.

Spade ficou ali parado, pensando: *O que foi que acabou de acontecer?*

O conselheiro Joseph Hornbeam gostava de ver uma bela mesa posta para o café da manhã: com toucinho, rim e linguiça, ovos, torradas com manteiga, chá, café, leite e creme. Ele mesmo não comia muito – apenas um café com creme e um pouco de torrada –, mas agradava-lhe saber que poderia se banquetear como um rei se assim quisesse.

Sua filha, Deborah, era igual a ele, mas a esposa, Linnie, e o filho do casal, Howard, fartavam-se de comer e eram ambos gordos. O mesmo valia para os criados, que consumiam as sobras.

Hornbeam estava lendo o *The Times*.

– A Espanha selou a paz com a França – informou ele, e tomou um gole do café com creme.

– Mas a guerra não acabou, acabou? – perguntou Deborah.

Ela tinha o raciocínio rápido. Havia puxado isso dele.

– Para a Inglaterra, não – disse ele. – Ainda não selamos nenhuma paz com aqueles revolucionários franceses assassinos, e espero que isso nunca aconteça.

Ele encarou a filha com um ar de avaliação. A moça não tinha uma aparência muito atraente, na sua opinião, embora fosse difícil julgar os próprios filhos dessa forma. Tinha uma cabeleira ondulada farta e escura e belos olhos castanhos, mas o queixo era demasiado grande para que fosse considerada bonita. Com 18 anos, Deborah tinha idade suficiente para se casar. Talvez devesse ser orientada na direção de um marido que pudesse ser útil para o negócio familiar.

– Vi você conversando com Will Riddick no teatro – comentou ele.

Ela o encarou com um olhar firme. Não tinha medo dele. Seu irmão tinha, e sua mãe também. Deborah era respeitosa, mas não era submissa.

– Viu mesmo? – indagou ela num tom neutro.

Tentando soar casual, Hornbeam perguntou:

– Você gosta de Riddick?

Ela fez uma pausa para pensar.

– Gosto, sim. Ele é o tipo de homem que consegue o que quer. Mas por que a pergunta?

– Ele e eu fazemos bons negócios juntos.

– Contratos militares.

Ela não deixava escapar nada.

– Exatamente – disse seu pai. – Eu o convidei para vir jantar aqui hoje. Fico feliz que goste dele. Isso deve tornar a noite agradável.

O lacaio Simpson entrou na sala e anunciou:

– Conselheiro Hornbeam, o leiteiro gostaria de dar uma palavrinha com o senhor, se for conveniente.

– O leiteiro? – Hornbeam estranhou aquilo. – Que diabos ele quer?

Hornbeam raramente conversava com os comerciantes que abasteciam a casa. Então lembrou que havia emprestado dinheiro àquele homem; Alfred Nash era o nome dele. Levantou-se, largou o guardanapo na cadeira e saiu.

Nash estava em pé no saguão da entrada dos fundos, conhecido como saguão das botas. A chuva escorria de seu casaco e chapéu. Hornbeam sentiu um leve cheiro de leiteria.

– Por que veio aqui falar comigo, Nash? – perguntou, num tom abrupto.

Torceu para o homem não lhe pedir mais dinheiro.

– Vim lhe dar uma informação, conselheiro.

Aquilo era outra coisa.

– Pode falar.

– Por acaso ouvi algo que poderia interessá-lo e pensei em lhe informar, já que o senhor tão gentilmente me emprestou o dinheiro para ampliar minha leiteria.

– Pois bem. O que o senhor ouviu?

– David Shoveller, aquele que todos chamam de Spade, está criando um braço da Sociedade de Correspondência de Londres em Kingsbridge.

Era de fato uma informação interessante.

– Está mesmo? Aquele desgraçado!

Hornbeam odiava Spade. Fora ele quem havia frustrado seu plano tão longamente acalentado de tomar posse do negócio de Obadiah Barrowfield herdado por Amos. O empréstimo que Spade organizara para Amos o havia impedido, e seu esforço fora desperdiçado.

– E como o senhor é presidente da Sociedade Reeves… – prosseguiu Nash.

– Sim, claro. – As Sociedades Reeves tinham sido criadas pelo governo para fazerem oposição à Sociedade de Correspondência de Londres. A Sociedade Reeves de Kingsbridge havia promovido alguns encontros apáticos e depois perdido fôlego, mas Hornbeam ainda tinha uma lista útil de homens de bons princípios que se opunham ao radicalismo. – Quem mais está envolvido nesse grupo novo?

– Jarge Box, um tecelão. E também Sal Clitheroe, que opera uma máquina de fiar para Amos Barrowfield. Embora seja só uma mulher, os outros a escutam.

Pessoas assim deixavam Hornbeam enlouquecido.

– O que eles querem é arrastar todos nós para a sarjeta junto com eles – falou, amargurado. – Vamos esmagar esses encrenqueiros como os vermes que são. Spade vai ser enforcado por alta traição.

Nash pareceu se espantar com a veemência de Hornbeam.

– Mas eles dizem que os homens de Londres foram inocentados – acrescentou.

– Fraqueza, fraqueza. É isso que permite a esse tipo de coisa prosperar. Mas Londres é Londres. Aqui estamos em Kingsbridge.

– Sim, conselheiro.

– Fique de olho nisso por mim, Nash, sim?

– Eu poderia mesmo ficar, conselheiro. Eles pediram que eu fizesse parte do comitê.

– E você concordou?

– Disse que pensaria a respeito.

– Entre no comitê. Assim você vai saber de tudo.

– Está bem, conselheiro.

– E me relatar tudo.

– Será um prazer fazer o que o senhor está pedindo.

– Vamos lhes ensinar uma lição.

– Sim, conselheiro. Posso abordar outro assunto?

Hornbeam já tinha adivinhado que Nash iria querer alguma coisa. Sempre havia uma contrapartida.

– Pode falar.

– Os negócios não vão bem, com os impostos da guerra, o preço dos alimentos e tantos operários sem trabalho suficiente.

– Eu sei. Está ruim para mim também.

Não era verdade. Hornbeam estava lucrando com os contratos do Exército. Mas era sua estratégia jamais admitir que estava indo bem.

– Se eu pudesse pular meu próximo pagamento trimestral, ajudaria bastante.

– Um adiamento.

– Sim, conselheiro. Acabarei pagando tudo no final.

– Certamente que sim. Mas tem minha permissão para pular a próxima parcela.

– Obrigado, conselheiro.

Nash tocou a própria boina.

Hornbeam voltou ao seu desjejum.

Alguns dias mais tarde, Roger Riddick apareceu no Moinho Barrowfield.

Quanto mais Sal refletia sobre o assunto, mais parecia importante que Roger desse a primeira palestra na Sociedade Socrática. Ninguém poderia se opor a uma palestra sobre ciência. E Roger era filho do senhor de Badford, o que fazia dele um integrante da elite governante. Além do mais, ele não pediria para ser pago, o que era fundamental, uma vez que a Sociedade não teria meios para isso.

Ela conhecia Roger desde menina. Crianças não prestam muita atenção nas regras de classes sociais, e o filho de um senhor de terras podia brincar num regato com as crias dos lavradores. Tinha visto Roger crescer, e, já na adolescência, ele começara a mostrar que era diferente do restante da família.

No entanto, isso não significava que faria qualquer coisa que ela pedisse.

Ele havia perdido seu ar de menino, pensou Sal ao vê-lo entrar na sala da fiação. Tinha 20 e poucos anos agora. Ainda era um rapaz bonito, esbelto e de cabelos claros, mas não tinha um tipo que a atraísse: ela preferia um homem mais másculo. Mesmo assim, Roger tinha charme, principalmente quando exibia aquele seu sorriso travesso. Todas as mulheres gostavam dele, e ele chegava a permitir alguns leves gracejos.

– Bom dia, Sal – disse ele. – Como vai a velha máquina? Ainda funcionando bem?

– Sim, Sr. Riddick, e a *jenny* também vai bem.

Era uma brincadeira que os dois já tinham feito várias vezes, e ambos deram risada.

– Ela parece tão pequena agora... – comentou Roger. – Hoje em dia fabricam-se máquinas com 96 fusos.

– Já ouvi falar.

Roger reparou em Kit.

– Oi, rapaz – falou. – Como vai sua cabeça?

– Não me dá problema nenhum, senhor – respondeu Kit.

– Que bom.

As outras mulheres interromperam o trabalho para ouvir a conversa. Na máquina ao lado, Joanie perguntou:

– Por que não está em Oxford, Sr. Riddick?

– Porque não sou mais estudante. Já cursei meus três anos.

– E passou nas provas, assim espero.

– Sim. Terminei como primeiro da turma em dinheiro perdido no carteado.

– E agora sabe tudo.

– Ah, não. Só uma mulher consegue saber tudo.

As outras aplaudiram ao ouvir isso.

– Depois do Natal, vou entrar em outra universidade – contou ele. – A Academia Prussiana de Ciências, em Berlim.

– Na Prússia! – exclamou Sal. – Vai ter que aprender alemão.

– E francês. Por algum motivo, as aulas lá são em francês.

– Mais estudos! Isso nunca tem fim?

– Na verdade acho que não.

– Bom, o povo de Kingsbridge vai se educar, então fique atento: talvez nós alcancemos o senhor.

Ele franziu o cenho.

– Como assim?

– Estamos criando um grupo novo chamado Sociedade Socrática.

– Vocês estão criando uma Sociedade Socrática.

Ele estava tentando esconder a própria perplexidade, percebeu Sal.

– E me pediram que lhe perguntasse se o senhor poderia nos dar a palestra inaugural.

– É mesmo? – Ele continuava em desvantagem naquela conversa, e Sal achou graça nisso. – Uma palestra – falou, obviamente organizando os pensamentos. – Bem, sim.

– Pensamos que o senhor poderia falar sobre Isaac Newton.

– Pensaram, foi?
– Mas, na verdade, o senhor poderia escolher qualquer tema científico.
– Bom... em Oxford estudei o sistema solar.
Sal não fazia a menor ideia do que fosse o sistema solar.
Roger percebeu sua confusão e explicou:
– O Sol, a Lua e os planetas, sabe, e como eles estão sempre girando.
Não soava muito interessante. *Mas quem sou eu para julgar?*, pensou ela.
– Construí um pequeno modelo para demonstrar a forma como todos eles se movem em relação uns aos outros – acrescentou ele. – Fiz isso apenas por diversão, mas talvez ajude as pessoas a entenderem.
Aquilo soava promissor. E Roger estava se acostumando depressa com a ideia. Talvez ela tivesse êxito.
– Chama-se planetário – disse ele. – O modelo. Outras pessoas já construíram também.
– Acho que o senhor deveria mostrá-lo para todo mundo, Sr. Riddick. Parece uma maravilha.
– Talvez eu mostre mesmo.
Ela tentou não abrir um sorriso de triunfo.
Amos Barrowfield apareceu.
– Roger, você fez as mulheres pararem de trabalhar – disse ele.
– Elas estão criando uma Sociedade Socrática – relatou Roger.
– Não durante o expediente, espero. – Amos passou o braço pelos ombros de Roger. – Venha ver a máquina de cardar funcionando. É um assombro.
Os dois se afastaram.
Roger então se deteve no alto da escada.
– Avise-me sobre a data – disse ele bem alto para Sal. – Me mande um recado.
– Mandarei – respondeu ela.
Os dois homens se retiraram.
– Você não tem como mandar um recado para ele, Sal – comentou uma das mulheres. – Mal sabe escrever.
– Você é quem pensa – retrucou ela.

Arabella falava com Spade como se nada tivesse acontecido. Quando seus caminhos se cruzavam, fosse na Praça do Mercado, na loja da irmã dele ou na catedral, ela lhe sorria com frieza, dizia umas poucas palavras educadas, então seguia seu caminho; como se nunca houvesse lhe dado uma rosa vermelha, como se os dois não tivessem ficado a sós na sacristia e como se ela nunca o tivesse beijado com os lábios ávidos nem pressionado as mãos deles nos próprios seios.

O que ele deveria pensar? Precisava de um conselho, algo pouco frequente no seu caso, mas não podia falar sobre isso com ninguém. O pouco que os dois tinham feito – um único beijo, completamente vestidos, com duração de um minuto apenas – já era perigoso para Arabella e para ele próprio, mas sobretudo para ela, já que a mulher sempre levava a culpa.

Talvez aquilo jamais se repetisse. Talvez ela quisesse que o beijo nunca fosse mencionado, um segredo a ser enterrado com os dois e esquecido até o dia do Juízo Final. Nesse caso, ele ficaria decepcionado, mas acataria o desejo dela. Seu instinto, porém, lhe dizia que ela não se ateria a um plano desses. Aquele beijo não tinha sido algo casual, coquete, brincalhão ou inconsequente. Havia expressado uma emoção, algo sentido profundamente.

Tentou imaginar como seria a vida dela. O bispo não era só mais velho; isso poderia não ter sido um problema se ele fosse um velho cheio de vida e de energia, apaixonado pela mulher. Mas ele era um homem pesado, lento, cheio de si e sem um pingo de senso de humor. Talvez nada restasse do desejo que permitira a Arabella engravidar de Elsie. Spade nunca havia subido ao primeiro andar do palácio do bispo, mas tinha certeza de que os dois dormiam em quartos separados.

E provavelmente isso já vinha de muito tempo, tempo suficiente para uma mulher normal de meia-idade se sentir desiludida e aborrecida, e começar a ter fantasias com outros homens.

Por que Spade? Ele sabia, embora fosse hesitar em dizer isso a qualquer outra pessoa, que agradava com frequência às mulheres. Gostava de conversar com elas porque o que diziam fazia sentido. Se perguntasse algo sério para uma mulher, como, por exemplo: "O que a senhora espera da vida?", ela diria algo como: "Quero principalmente que meus filhos se tornem adultos com uma vida bem estabelecida e felizes, de preferência com os próprios filhos." Se fizesse a mesma pergunta a um homem, receberia uma resposta idiota do tipo: "Quero me casar com uma virgem peituda de 20 anos dona de uma taberna."

Se Spade estivesse certo e Arabella acabasse por ceder ao próprio desejo e tentasse iniciar um caso extraconjugal, como ele reagiria? Deu-se conta na hora de que a pergunta era desnecessária. Ele não tomaria uma decisão racional; não seria como comprar uma casa. O que sentia por ela era uma represa prestes a se romper. Ela era uma mulher inteligente e cheia de paixão que parecia estar apaixonada por ele, e ele nem sequer tentaria resistir.

As consequências, porém, poderiam ser trágicas. Recordou o caso de Lady Worsley, que fora dolorosamente humilhada. Spade tinha 18 anos na época e estava apai-

145

xonado por Betsy, mas já desenvolvera o hábito de ler jornais, em geral edições antigas que tivessem sido descartadas por gente mais abastada. Lady Worsley tivera um amante. Seu marido havia processado o amante, pedindo vinte mil libras, valor que atribuía à castidade da esposa. Era uma quantia imensa, suficiente para comprar uma das melhores casas de Londres. O amante, que não era nenhum cavalheiro, argumentara durante o julgamento que a castidade dela não valia nada porque ela já havia cometido adultério com vinte outros homens antes dele.

Todos os detalhes da vida romântica de Lady Worsley tinham sido revelados no tribunal, noticiados nos jornais e sido motivo de fofoca do público em muitos países. O tribunal decidira a favor do amante e concedera a Sir Richard a quantia de um xelim em danos, dando a entender que a castidade de Lady Worsley não valia mais que isso, veredito cruel de tão desdenhoso.

Era esse o tipo de pesadelo a que Spade estaria se arriscando se fizesse amor com a mulher de um bispo.

E quem mais sofreria seria Arabella.

Spade atravessou a entrada grandiosa e cheia de colunas dos Salões de Bailes e Eventos de Kingsbridge, onde o primeiro encontro da Sociedade Socrática começaria dali a pouco.

Estava nervoso, torcendo para que tudo corresse bem. Sal e os outros tinham investido grandes esperanças naquilo. Os trabalhadores de Kingsbridge estavam tentando melhorar a própria condição e mereciam ser bem-sucedidos. O próprio Spade considerava a iniciativa um grande passo para o progresso da cidade. Queria que Kingsbridge se tornasse um lugar onde os operários fossem vistos como pessoas, não apenas "mão de obra". Mas e se ninguém conseguisse entender a palestra? E se as pessoas entediadas começassem a fazer arruaça? Pior de tudo: e se ninguém comparecesse?

Entrou no edifício ao mesmo tempo que Arabella Latimer e a filha, Elsie. A elite da cidade estava demonstrando interesse. Sacudiu o chapéu para livrá-lo da chuva e se curvou diante das duas.

– Soube que esteve em Londres, Sr. Shoveller – disse Arabella, rígida. – Espero que a viagem tenha sido agradável.

Era uma conversa padrão para ocasiões sociais, e, apesar de decepcionado com a sua formalidade, ele entrou no jogo.

– Foi sim, Sra. Latimer, e fiz alguns bons negócios também. E como têm andado as coisas em Kingsbridge?

– Iguais – respondeu ela, sem encará-lo. Então arrematou em voz baixa. – Sempre iguais.

Spade se perguntou se Elsie estaria notando a tensão. As mulheres eram sensíveis àquele tipo de coisa. Mas Elsie não deu sinal algum disso.

– Eu queria ir a Londres – comentou ela. – Nunca estive lá. É tão empolgante quanto dizem?

– É empolgante, sim – disse Spade. – E movimentado. E superlotado, barulhento e imundo também.

Eles entraram no salão de carteado, onde aconteceria a palestra. O lugar estava quase cheio, o que aliviou uma das preocupações de Spade.

Em cima de uma mesa no centro do recinto havia uma caixa de madeira, e Spade imaginou que conteria o planetário de Roger Riddick. As cadeiras e os bancos compridos encontravam-se dispostos em círculos ao redor da mesa.

A plateia era variada: os abastados com suas melhores roupas e os operários das fábricas usando os casacos sem viço e os chapéus surrados de todo dia. Ele reparou que os trabalhadores estavam todos sentados em bancos nos fundos, ao passo que os bem-vestidos tinham cadeiras mais à frente. Sabia que aquilo não havia sido planejado; as pessoas deviam ter criado instintivamente uma divisão social. Não soube ao certo se isso era engraçado ou um pouco triste.

Havia somente um punhado de mulheres presentes. Spade não ficou surpreso: considerava-se que eventos daquele tipo fossem destinados aos homens, muito embora nada proibisse mulheres de comparecerem.

Arabella deu as costas a Spade, apontou para o outro lado do recinto onde duas ou três mulheres estavam sentadas juntas e disse à filha:

– Deveríamos nos sentar ali.

Assim, deixou bem claro que não queria se sentar com Spade. Ele entendeu, mas se sentiu rejeitado.

Elsie se virou na direção indicada. Por um segundo, Spade sentiu a mão de Arabella no braço. Ela apertou com força, então no mesmo instante retirou a mão e atravessou o salão. Apesar de muito breve, foi uma mensagem inconfundível de intimidade.

Spade se sentiu levemente zonzo. Uma moça inexperiente poderia dar sinais falsos, mas nenhuma mulher madura tocaria um homem assim a menos que tivesse alguma intenção. Ela estava lhe dizendo que os dois tinham um arranjo secreto e que ele não deveria se incomodar com sua frieza superficial.

Apesar de ter ficado empolgado, ele não tomaria nenhuma atitude. Como quem estava correndo o perigo maior era Arabella, era ela quem deveria estar no comando. Ele simplesmente seguiria a sua deixa.

Jarge Box se aproximou dele com o semblante zangado. Como não era preciso muito para Jarge se zangar, Spade não se preocupou.

– Algum problema? – perguntou, em tom ameno.

– Quantos patrões aqui! – comentou Jarge, indignado.

Era verdade. Spade podia ver Amos Barrowfield, o visconde Northwood, o conselheiro Drinkwater e Will Riddick.

– Isso é tão ruim assim? – indagou a Jarge.

– Nós não criamos a sociedade para eles!

Spade assentiu.

– Nisso você tem razão. Por outro lado, com eles aqui não temos como ser acusados de alta traição.

– Isso não me agrada.

– Falemos sobre isso depois. Temos uma reunião do comitê em seguida.

– Está bem – disse Jarge, apaziguado por ora.

Eles se sentaram. O cônego Midwinter se levantou e pediu silêncio, em seguida anunciou:

– Bem-vindos ao primeiro encontro da Sociedade Socrática de Kingsbridge.

Os que estavam sentados mais atrás aplaudiram.

Midwinter prosseguiu:

– Deus nos deu a capacidade de aprender, de compreender o mundo à nossa volta: a noite e o dia, os ventos e marés, o capim que cresce e as criaturas que dele se alimentam. E deu essa capacidade a todos nós, ricos ou pobres, mal e bem-nascidos. Há centenas de anos Kingsbridge tem sido um centro de aprendizado, e esta nova sociedade é a mais recente manifestação dessa consagrada tradição. Que Deus abençoe a Sociedade Socrática.

Várias pessoas entoaram:

– Amém.

Midwinter continuou:

– Nosso palestrante de hoje é o Sr. Roger Riddick, recém-graduado pela Universidade de Oxford. Ele vai falar sobre o sistema solar. A palavra é sua, Sr. Riddick.

Roger se levantou e ficou em pé diante da mesa. Spade achou que ele parecia tranquilo; talvez tivesse feito aquele tipo de coisa na universidade. Antes de falar, deu um giro completo no próprio eixo devagar, olhando para a plateia com um sorriso simpático.

– Se eu girar assim, só que mais depressa, vou ter a impressão de que todos vocês estão se deslocando ao meu redor – disse ele, sem parar de girar. – E, quando a Terra gira, criando a noite e o dia, nós temos a impressão de que o Sol está se movendo, nascendo de manhã e sumindo no final do dia. Mas as aparências enganam. Vocês não estão se mexendo, estão? Quem está se mexendo sou eu. E o Sol também não está se movendo... é a Terra que está. – Ele parou. – Estou ficando tonto – afirmou, e a plateia riu.

Ele continuou:

– A Terra gira, e voa também. Dá uma volta inteira no Sol uma vez por ano. Como uma bola de críquete, ela consegue girar enquanto percorre o ar voando. E a Terra é um de sete planetas que fazem todos a mesma coisa. Está ficando complicado, não?

Risinhos e murmúrios de concordância se fizeram ouvir. Spade pensou: *Roger é bom nisso; faz tudo soar como conhecimento do dia a dia, senso comum.*

– Então eu construí um modelo para mostrar como os planetas giram em volta do Sol.

Todos se inclinaram para a frente nos assentos enquanto ele abria a caixa sobre a mesa e retirava uma engenhoca que parecia um conjunto de pequenos discos metálicos. Do centro do conjunto saía uma haste com uma bola amarela na ponta.

– Isto aqui se chama planetário – disse Roger. – A bola amarela é o Sol.

Spade ficou satisfeito. Tudo corria bem. Viu Sal e constatou que ela estava radiante de felicidade.

Cada um dos discos do conjunto trazia acoplada uma haste em formato de L com uma bolinha presa na ponta.

– As bolas pequenas são os planetas – explicou Roger. – Só que tem uma coisa errada neste modelo. Alguém sabe o que é?

Fez-se silêncio por alguns segundos, então Elsie disse:

– Ele é pequeno demais.

Um murmúrio de reprovação pôde ser ouvido pelo fato de uma mulher ter se manifestado, mas Roger disse bem alto:

– Correto!

Elsie não havia estudado na escola secundária porque não eram admitidas meninas, mas Spade recordou que ela tivera um preceptor durante algum tempo.

– Se este modelo estivesse em escala, a Terra seria menor que uma lágrima e estaria situada a dez metros de distância nesta sala. Na verdade, o sol fica a 150 milhões de quilômetros de Kingsbridge.

Os presentes reagiram com ruídos de assombro a essa distância inconcebível de tão grande.

– E todos eles se movem, como estamos prestes a ver. – Ele correu os olhos pela plateia. – Quem é a pessoa mais jovem aqui hoje?

Na mesma hora, uma vozinha respondeu:

– Eu, eu.

Spade olhou em volta da sala e viu um menino de cabelos ruivos em pé: era Kit, filho de Sal. Calculou que ele devesse ter uns 9 anos. As pessoas riram da sua ansiedade, mas Kit não achou graça nenhuma. Era uma criança um tanto séria.

– Venha até aqui – disse Roger. Ele se virou para a plateia. – Este é Kit Clitheroe, natural de Badford, como eu.

Kit se aproximou da mesa e foi recebido com uma rodada de aplausos.

– Segure esta haste com delicadeza – instruiu Roger. – Isso. Agora, gire devagar.

Os planetas começaram a se mover em volta do Sol.

Kit observava fascinado o efeito do seu movimento.

– Os planetas estão todos se movendo em velocidades diferentes!

– Correto – disse Roger.

Kit olhou mais de perto.

– É porque o senhor colocou engrenagens. Parece o mecanismo de um relógio – comentou Kit, em um tom de admiração.

Spade já tinha percebido que o modelo de Roger usava engrenagens, mas ficou surpreso e impressionado que um menino de 9 anos entendesse isso. Todos os operários de fábrica trabalhavam com máquinas, obviamente, mas nem todos entendiam como elas funcionavam.

Roger conduziu Kit de volta ao seu lugar.

– Daqui a alguns minutos, todos que quiserem poderão experimentar e girar o mecanismo – declarou o palestrante.

Dando continuidade à sua apresentação, ele citou o nome dos planetas e mencionou suas distâncias em relação ao Sol. Apontou para a Lua, presa à Terra por uma pequena haste, então explicou que alguns dos outros planetas também tinham uma ou mais luas. Mostrou como a inclinação da Terra criava a diferença entre verão e inverno. A plateia ficou fascinada.

Ao final de sua fala, ele recebeu uma salva de palmas entusiasmada, e as pessoas se juntaram ao redor da mesa, ansiosas para tentar fazer os planetas girarem em volta do Sol.

Por fim, a plateia começou a se dispersar. Roger guardou seu planetário na caixa e foi embora acompanhado por Amos Barrowfield. Quando restavam apenas os membros do comitê, eles formaram um círculo com alguns dos bancos e se sentaram.

O clima era de triunfo.

– Parabéns a todos – disse o cônego Midwinter. – Foram vocês quem fizeram isso acontecer... nem precisavam de mim.

Jarge estava insatisfeito.

– Não era isso que eu queria! – declarou ele. – O sistema solar é muito interessante, mas precisamos saber mais sobre como podemos mudar as coisas para nossos filhos não passarem fome.

– Jarge tem razão – disse Sal. – Foi um bom começo e nos fez parecer respeitáveis, mas esse tipo de coisa não nos ajuda se o preço dos alimentos está lá em cima e o povo não consegue encontrar trabalho.

Spade concordava com ambos.

O impressor Jeremiah Hiscock opinou:

– Talvez devêssemos debater o livro de Thomas Paine, *Os direitos do homem*.

Midwinter se pronunciou, num tom ameno:

– Creio que este livro diz que uma revolução se justifica quando o governo não consegue proteger os direitos do povo e que, portanto, a Revolução Francesa foi uma coisa boa.

– Isso nos traria problemas – observou Sime Jackson.

Spade já tinha lido *Os direitos do homem* e era um defensor apaixonado das ideias de Tom Paine, mas via sentido nas reservas manifestadas por Midwinter e Jackson.

– Tenho uma ideia melhor – falou. – Escolham um livro que critique Paine.

– Por quê? – protestou Jarge.

– Escolham, por exemplo, *Motivos para contentamento dirigidos à parcela trabalhadora do povo britânico*, do arcediago Paley.

Jarge ficou indignado.

– Não queremos promover esse tipo de coisa! Onde você está com a cabeça?

– Acalme-se, Jarge, que eu vou lhe dizer onde estou com a cabeça. Quer escolhamos Paine ou Paley, o assunto é o mesmo: a reforma do governo britânico, de modo que teríamos o mesmo debate. Só que, para as pessoas de fora, pareceria outra coisa. E como elas podem se opor a debatermos um livro dirigido a nós e que nos diz para nos contentarmos com nossa sina?

Jarge fez uma cara zangada, em seguida atônita, depois pensativa e, por fim, abriu um sorriso.

– Ora, Spade, como você é astuto.

– Vou interpretar isso como um elogio – disse Spade, e os outros riram baixinho.

– Ótimo plano – concordou Midwinter. – Pode ser que o grupo considere os argumentos do arcediago Paley decepcionantemente fracos, é lógico, mas isso não poderia de forma alguma ser interpretado como alta traição.

– Existe um panfleto chamado *Uma resposta ao arcediago Paley*, publicado pela Sociedade de Correspondência de Londres – informou Jeremiah. – Eu sei porque foi meu irmão quem imprimiu para eles. Tenho inclusive um exemplar em casa. Poderia imprimir uns tantos.

– Seria muito útil – disse Sal –, mas lembrem-se de que isto aqui é para pessoas que talvez não saibam ler. Acho que precisamos de um orador para apresentar o tema.

– Eu conheço alguém – afirmou Midwinter. – Um clérigo que dá aulas em Oxford chamado Bartholomew Small, uma espécie de dissidente entre os professores da universidade. Apesar de não ser nenhum revolucionário, ele é solidário às ideias de Paine.

– Perfeito – declarou Spade. – Convide-o, cônego, por favor. – Ele se virou para o grupo como um todo. – Precisamos manter isso entre nós pelo máximo de tempo possível e anunciar no último segundo. Acreditem: existem muitos homens nesta cidade que querem manter os trabalhadores na ignorância. Se deixarmos a notícia se espalhar cedo demais, daremos aos nossos inimigos tempo para se organizarem. Discrição é a palavra-chave.

Todos concordaram.

CAPÍTULO 13

Hornbeam cresceu em Londres e, quando menino, morria de medo dos juízes e dos castigos que eles podiam impor. Agora ele próprio era juiz e não tinha nada a temer. Mesmo assim, ainda mantinha bem no fundo de sua mente um débil tremor, o vestígio de uma lembrança, que o fez sentir um frio momentâneo quando o escrevente anunciou a abertura das sessões trimestrais do final de setembro e o início dos julgamentos, e teve que tocar a peruca para lembrar a si mesmo que era um dos que mandavam agora.

A câmara do conselho no Salão da Guilda era usada também como tribunal para as sessões trimestrais e para as sessões do tribunal superior. A grandiosidade daquele velho recinto agradava Hornbeam. Os painéis de madeira lustrados das paredes e as vigas antigas confirmavam seu status elevado. Quando o espaço estava ocupado pelos criminosos de Kingsbridge e suas famílias chorosas, porém, ele ansiava por uma ventilação melhor. Odiava o cheiro dos pobres.

Com a ajuda de um escrevente com formação jurídica, os juízes deliberavam sobre casos de roubo, agressão e estupro diante de um júri formado por proprietários de imóveis da cidade. Julgavam todos os crimes com exceção daqueles que acarretavam a pena de morte, para os quais tinham que reunir um grande júri e decidir se o caso deveria ir para o tribunal superior.

Nesse dia, eles lidaram com muitos roubos. Era setembro e a safra não tinha sido boa, pelo segundo ano consecutivo. Um pão de dois quilos agora custava um xelim, quase o dobro do preço habitual. As pessoas roubavam comida, ou então algo que pudessem vender rapidamente para comprar alimentos. Estavam desesperadas. Mas isso na opinião de Hornbeam não era desculpa, e ele defendia sentenças rigorosas. Ladrões tinham que ser punidos, caso contrário o sistema inteiro entraria em colapso e todos acabariam na sarjeta.

No final da tarde, os juízes se reuniram numa sala menor para tomar vinho madeira e comer bolo. As decisões mais importantes na vida da cidade eram com frequência tomadas em momentos informais como aquele. Hornbeam aproveitou a oportunidade para mencionar o tema da Sociedade Socrática de Spade com o conselheiro Drinkwater, presidente dos juízes.

– Acho isso perigoso – disse Hornbeam. – Ele vai chamar palestrantes que vão criar problemas dizendo aos operários que eles são mal pagos e explorados, e que deveriam se rebelar e derrubar seus governantes como fizeram os franceses.

– Concordo – comentou Will Riddick, que havia se tornado o senhor de Badford e juiz de paz do povoado quando seu pai morrera. – Sal Clitheroe, aquela mulher violenta, faz parte da sociedade. Ela foi expulsa de Badford por tentar me atacar.

Hornbeam escutara outra versão daquela história, na qual Sal chegara de fato a nocautear Riddick, mas era compreensível que o outro homem deixasse de fora esse detalhe humilhante.

Tinha esperança de que outros juízes entendessem o perigo, mas ficou decepcionado. O conselheiro Drinkwater enfiou um dedo debaixo da peruca para tentar coçar a cabeça calva e disse, afável:

– Eu estive no encontro. Foi sobre o sistema solar. Não há mal nenhum nisso.

Hornbeam deu um suspiro. Drinkwater sempre tivera uma vida de conforto. Havia herdado o negócio do pai, vendido para Hornbeam, comprado uma dezena de casas grandes, posto todas para alugar e, desde então, vivia ocioso. O homem não sabia que a prosperidade podia ser uma coisa frágil; não tinha aprendido nada com a Revolução Francesa. Sua oposição não era nenhuma surpresa, mas mesmo assim Hornbeam teve que resistir à sensação de pânico que surgia dentro dele toda vez que pessoas de pensamento liberal fingiam não ver a ameaça de insurreição dos mais humildes. Ele tomou um gole do vinho doce a fim de se acalmar, fazendo esforço para parecer relaxado.

– Muito ardiloso da parte deles – comentou. – Mas por acaso fiquei sabendo que o segundo encontro vai defender a reforma do Parlamento.

Drinkwater balançou a cabeça.

– O senhor entendeu errado, Hornbeam, se me permite dizer. Segundo meu genro, o cônego Midwinter, eles estão estudando o livro do arcediago Paley, cujo argumento é que as pessoas trabalhadoras devem se mostrar satisfeitas e não se agitar com reformas ou revoluções.

Riddick apontou um dedo incisivo para Drinkwater.

– O seu genro não vai ser cônego por muito mais tempo. Ele rompeu com a Igreja Anglicana e será pastor metodista. Já estão juntando dinheiro para lhe pagar um salário.

– Mas Paley continua sendo arcediago – contrapôs Drinkwater. – E o livro dele foi *concebido* para ser estudado pela gente trabalhadora. Realmente não consigo ver como alguém pode se opor a isso.

Hornbeam correu os olhos pelo pequeno grupo e, como viu que não havia conseguido convencer os outros, apressou-se em deixar o assunto de lado.

– Está bem – falou, a contragosto.

De toda forma, tinha um plano de contingência.

Os juízes se dispersaram, e Hornbeam se afastou do Salão da Guilda acompanhado por Riddick. Chovia forte, como tinha acontecido durante todo o verão, e eles levantaram a gola do casaco e afundaram mais o chapéu na cabeça. O segundo ano seguido de mau tempo estava fazendo o preço do trigo disparar; Hornbeam havia comprado três toneladas do cereal e guardado num armazém. Esperava lucrar duas vezes o dinheiro gasto quando vendesse.

Enquanto eles caminhavam, Riddick falou num tom hesitante, o que não era algo habitual para ele.

– Preciso dizer... que admiro sua filha, Deborah... admiro muito – disse ele. – Ela é... muito bonita, e também muito, hã... muito, hã... inteligente.

Estava parcialmente certo. Deborah era inteligente e tinha uma aparência bastante agradável, com o corpo esguio que as moças de 19 anos têm, mas bonita ela na verdade não era. Mesmo assim Riddick tinha se apaixonado por ela, ou pelo menos decidido que ela daria uma boa esposa. Hornbeam estava contente: seu plano estava avançando. Mas tentou não demonstrar satisfação.

– Obrigado – respondeu, impassível.

– Pensei que deveria lhe dizer isso.

– Eu lhe agradeço.

– O senhor conhece minha situação e meus recursos – continuou Riddick. Sentia orgulho de ser o senhor de Badford, embora pertencesse apenas à fidalguia menor, já que era governante de cerca de mil aldeões. – Suponho não precisar lhe provar que tenho meios para manter o mesmo padrão de vida ao qual ela está acostumada.

– De fato não precisa.

Hornbeam estava mais interessado na posição de Riddick na milícia de Shiring. Estava lhe pagando gordas propinas e recebendo um bom retorno pelo seu investimento. Outros fornecedores faziam fila para pagar subornos a Riddick e vender para as Forças Armadas a preços inflacionados. Todos saíam ganhando.

– Não sei se Deborah corresponde ao meu sentimento, mas gostaria de tentar descobrir... com a sua permissão – disse Riddick.

Hornbeam reprimiu o entusiasmo, pois não queria incentivar Riddick a querer um acordo nupcial generoso.

– O senhor tem minha permissão e também meus melhores votos.

Deborah era sensata o suficiente para entender que deveria buscar um matrimônio que fosse bom para os negócios e parecia gostar de Riddick. Mas o rapaz tinha a reputação de tratar com dureza seus aldeões, e isso talvez a fizesse reconsiderar. Nesse caso, Hornbeam teria um problema.

Eles chegaram à casa de Hornbeam.

– Entre um instante – disse ele para Riddick. – Tem mais uma coisa que eu gostaria de discutir com o senhor.

Eles tiraram o casaco molhado e cada um pendurou o seu; as roupas ficaram pingando sobre o piso de lajotas. Hornbeam viu o filho, Howard, atravessando o saguão e disse:

– Howard, mande alguém vir passar um pano aqui.

– Certo – respondeu Howard, obediente, e desceu a escada que conduzia ao porão.

Isso fez Hornbeam lembrar que também tinha que resolver o problema de arrumar uma noiva para o filho. Howard nem sequer tentaria escolher uma esposa sozinho: se contentaria com quem quer que o pai escolhesse. Mas que mulher iria querer desposá-lo? Uma que desejasse comodidade e abundância e que não fosse capaz de conseguir uma vida assim com a própria aparência. Ou, para ser bem direto, uma moça que fosse ambiciosa porém feia. Hornbeam teria que manter os olhos abertos.

Fez Riddick entrar no seu escritório, onde a lareira estava acesa. Reparou no convidado espiando com um olhar cobiçoso um decanter de xerez em cima do aparador, mas eles tinham acabado de beber madeira no Salão da Guilda, e Hornbeam não achava necessário um homem beber toda vez que se sentava.

– Lamento que o senhor não tenha conseguido convencer os outros juízes – disse Riddick. – Fiz o melhor que pude, mas eles não me acompanharam.

– Não se preocupe. Existe mais de uma estrada para Londres, como se diz.

– O senhor tem um plano de contingência. – Riddick sorriu e assentiu com um ar de compreensão. – Eu deveria ter imaginado.

– Não contei a Drinkwater tudo que sei.

– O senhor guardou uma carta na manga.

– Exato. Jeremiah Hiscock está imprimindo exemplares de um panfleto da Sociedade de Correspondência de Londres chamado *Uma resposta ao arcediago Paley*. Pelo que entendo, o panfleto contradiz tudo que Paley diz. O plano deles é distribuir os exemplares na reunião.

– Quem lhe contou isso?

Tinha sido Nash, o leiteiro, mas isso Hornbeam não revelou. Colocou o dedo indicador em frente aos lábios, o gesto habitual para denotar segredo.

– Isso eu vou guardar para mim, se o senhor me permitir.

– Como desejar. De que modo podemos usar essa informação?

– Acho que de modo bem direto. Desconfio que o panfleto seja subversivo a ponto de ser criminoso. Nesse caso, Hiscock será acusado.

Riddick aquiesceu.

– Como vamos manejar isso?

– Iremos à casa dele com o xerife e revistaremos a casa. Se ele for culpado, exerceremos nosso direito como juízes para realizar um julgamento sumário.

Riddick sorriu.

– Ótimo.

– Agora vá falar com Phil Doye. Peça a ele que nos encontre aqui amanhã assim que o dia raiar. E é melhor que ele traga um agente da ordem.

– Tudo bem.

Riddick se levantou.

– Não diga ao xerife Doye do que se trata… Não queremos que a notícia vaze e dê a Hiscock uma chance de queimar as provas antes de chegarmos. E, de toda forma, Doye não precisa de motivo. Dois juízes lhe dizerem que a revista é necessária já basta.

– Com certeza basta.

– Vejo o senhor ao amanhecer.

– Pode contar com isso.

Riddick se retirou.

Hornbeam ficou sentado olhando para o fogo. Pessoas como Spade e o cônego Midwinter se achavam inteligentes, mas não eram páreo para ele. Ele colocaria um ponto-final em suas atividades subversivas.

Ocorreu-lhe que estava correndo um risco. A informação de Alf Nash poderia estar errada. Ou então Hiscock poderia ter imprimido os panfletos e os escondido, ou então os entregado para alguém guardar. Eram possibilidades inconvenientes. Se Hornbeam revistasse a casa de Hiscock no raiar do dia, acompanhado por um xerife e um agente da ordem, e nada encontrasse de incriminador, faria papel de bobo. E humilhação era a única coisa que não conseguia suportar. Ele era um homem importante e merecia deferência. Infelizmente, às vezes era preciso correr riscos. Em seus 40 e poucos anos, ele já tinha feito algumas apostas perigosas, refletiu, mas sempre saíra vitorioso – e, em geral, mais rico que antes.

Sua esposa, Linnie, abriu a porta e olhou para dentro. Ele a havia desposado 22 anos antes, e ela não era mais adequada para ser sua mulher. Se pudesse voltar no tempo, ele faria uma escolha melhor. Linnie não era bonita e falava como a londrina sem berço que de fato era. Agarrava-se com teimosia a hábitos como, por exemplo, pôr um pão grande inteiro em cima da mesa e cortar as fatias conforme a necessidade usando uma faca grande. Mas livrar-se dela daria trabalho demais. O divórcio era um processo difícil, que exigia uma lei do Parlamento específica a cada caso, além de ser ruim para a reputação do homem. De toda forma, ela administrava a casa de forma eficiente, e, nas raras ocasiões em que ele queria fazer sexo, mostrava-se sempre disposta. Além disso, os empregados gostavam dela, o que azeitava as engrenagens domésticas.

De Hornbeam os empregados não gostavam. Eles o temiam, e ele preferia assim.

– O jantar está pronto – avisou ela.

– Já estou indo – respondeu ele.

Simpson, o lacaio lúgubre, acordou seu patrão cedo, dizendo:

– A manhã está chuvosa, senhor. Eu sinto muito.

Eu não, pensou Hornbeam, recordando o trigo estocado em seu armazém, que lhe rendia mais dinheiro a cada dia de chuva.

– O Sr. Riddick já chegou, com o xerife e o agente Davidson – falou Simpson como quem anuncia uma morte trágica.

Seu tom de voz era sempre o mesmo. Ele soava decepcionado até ao avisar que o almoço estava na mesa.

Hornbeam bebeu o chá que Simpson trouxera e se vestiu depressa. Riddick o aguardava no saguão, entretido numa conversa em voz baixa com o xerife Doye, homenzinho pomposo de peruca vagabunda. Doye estava segurando um bastão pesado que, com seu castão grande feito de granito polido, poderia se passar por bengala mas também servir como uma arma poderosa.

Perto da porta estava o agente da ordem Reg Davidson, homem de ombros largos que ostentava as cicatrizes de várias brigas: nariz quebrado, um olho parcialmente fechado e a marca deixada por uma facada na parte de trás do pescoço. Na opinião de Hornbeam, se Davidson não fosse policial, provavelmente teria ganhado a vida como salteador, atacando e roubando homens incautos que estivessem na rua portando dinheiro após o anoitecer.

A chuva escorria do casaco de todos os três.

Hornbeam lhes deu as coordenadas.

– Vamos à casa de Jeremiah Hiscock, na rua principal.

– A oficina de impressão – disse Doye.

– Exato. Acredito que Doye seja responsável por imprimir um panfleto subversivo e com teor de alta traição. Se eu estiver correto, ele será enforcado. Vamos prendê-lo e confiscar o material impresso. Imagino que ele vá protestar ruidosamente em relação à liberdade de opinião mas não vá apresentar nenhuma resistência de fato.

– Os funcionários dele ainda não terão chegado – informou Davidson. – Não vai haver ninguém lá para brigar conosco.

Sua voz soou decepcionada.

Hornbeam saiu da casa à frente do grupo. Os quatro homens percorreram a Rua Alta e desceram a ladeira da rua principal num passo acelerado. As gárgulas da catedral jorravam água copiosamente. A oficina ficava na parte final mais baixa da rua, de onde já se podia ver o rio, agora cheio e com uma correnteza veloz.

Como todos os comerciantes de Kingsbridge, exceto os mais prósperos, Hiscock morava no próprio local de trabalho. Não havia porão, e, como a fachada da casa não fora alterada, Hornbeam supôs que a oficina ficasse nos fundos.

– Doye, bata na porta – ordenou ele.

O xerife bateu quatro vezes com o castão da bengala. A família que morava ali saberia que aquela não era uma visita educada de algum vizinho prestativo.

A porta foi aberta pelo próprio Hiscock, homem alto e magro, com cerca de 30 anos, que vestira um casaco às pressas por cima do camisolão de dormir. Ele soube na hora que estava encrencado, e o medo repentino que surgiu em seu olhar fez Hornbeam sentir um arrepio de satisfação.

Doye falou num tom cheio de presunção:

– Os juízes foram informados de que este local está sendo usado para a impressão de material subversivo.

Hiscock encontrou alguma medida de coragem.

– Este é um país livre – retrucou ele. – Os ingleses têm o direito de ter a própria opinião. Não somos servos russos.

Hornbeam se meteu.

– Sua liberdade não inclui o direito de subverter o governo... como qualquer tolo sabe.

Ele fez um gesto para Doye avançar.

– Saia da frente – disse Doye a Hiscock, e foi entrando na casa.

Hiscock recuou para deixá-los entrar, e Hornbeam seguiu Doye com os outros dois em seu encalço.

Depois do gesto autoritário, Doye se pegou sem saber ao certo para onde ir. Após hesitar alguns instantes, falou:

– Hã, Hiscock, ordeno que acompanhe os juízes até sua oficina de impressão.

Hiscock os conduziu pela casa. Na cozinha, eles foram alvo dos olhares da esposa assustada, de uma criada atarantada e de uma menininha que chupava o dedo. Hiscock pegou um lampião a óleo ao passar pelo recinto. A porta dos fundos da casa dava diretamente numa oficina onde se podia sentir cheiro de metal lubrificado, papel novo e tinta.

Hornbeam olhou em volta e experimentou alguns segundos de incerteza ao encarar as máquinas desconhecidas, mas logo entendeu o que era o quê. Identificou bandejas contendo letras de metal cuidadosamente dispostas em colunas, a chapa na qual os tipos eram montados para formar palavras e frases e também um aparato pesado com cabo comprido que só podia ser a prensa. Por toda parte estavam amontoados fardos e caixas de papel – alguns em branco, outros já impressos.

Ele examinou as letras da chapa: aquele devia ser o trabalho em curso que Hiscock estava imprimindo. Talvez fosse o panfleto incriminatório, pensou, e sentiu o coração bater um pouco mais depressa. Mas não conseguiu ler o que estava escrito.

– Mais luz! – falou, e Hiscock obedientemente acendeu vários lampiões. Nem assim Hornbeam conseguiu ler o que havia na chapa: as palavras pareciam estar de trás para a frente. – Isto aqui está em código? – perguntou, em tom de acusação.

Hiscock o fitou com ar de desprezo.

– O que o senhor está vendo é a imagem espelhada do que vai ser impresso na folha de papel – explicou ele. – Como qualquer tolo sabe – arrematou então, num tom desdenhoso.

Assim que isso foi explicado, Hornbeam se deu conta de que evidentemente as letras de metal deviam ser uma imagem invertida do texto impresso e se sentiu bobo.

– Certamente – falou num tom abrupto, ofendido com a provocação de Hiscock.

Ao examinar os tipos com isso em mente, viu que se tratava de um calendário do ano seguinte, 1796.

– Calendários são a minha especialidade – declarou Hiscock. – Este inclui todos os festivais religiosos do ano. O clero aprecia muito.

Impaciente, Hornbeam virou as costas para a chapa.

– Não é isso que estamos procurando. Abram todas as caixas e desatem os fardos. Tem propaganda revolucionária aqui em algum lugar.

Hiscock indagou:

– Depois que os senhores constatarem que não existe nenhum material desse tipo aqui, vão me ajudar a encher de novo as caixas e amarrar os fardos?

Tal pergunta idiota não merecia resposta, e Hornbeam a ignorou.

Doye e Davidson deram início à busca, e Hornbeam e Riddick ficaram assistindo. A esposa de Hiscock entrou, mulher esbelta e bonita, de traços bem marcados. Exibia um ar de confronto pouco convincente.

– O que está acontecendo?

– Não se preocupe, querida – disse Hiscock. – O xerife está procurando algo que não está aqui.

Seu tom seguro deixou Hornbeam um pouco preocupado.

A Sra. Hiscock olhou para o xerife Doye e reclamou:

– Estão fazendo uma bagunça enorme.

Doye abriu a boca, mas, como pelo visto não conseguiu pensar em nada para dizer, simplesmente tornou a fechá-la.

– Volte para a cozinha – disse Hiscock para a mulher. – Vá servir o desjejum de Emmy.

A Sra. Hiscock hesitou, evidentemente sem apreciar ser dispensada, mas alguns segundos depois se retirou.

Hornbeam olhou em volta. A mulher tinha razão: a oficina estava começando a ficar bagunçada. Mais importante que isso, porém, era que eles não tinham encontrado nada subversivo.

– Só calendários, basicamente – disse Doye. – Uma caixa de panfletos do teatro, todos sobre futuros espetáculos, e um anúncio de uma nova loja que vende louças e talheres chiques.

– Satisfeito agora, Hornbeam? – indagou Hiscock.

– É *conselheiro* Hornbeam para o senhor. – Estava com medo de aquilo se tornar uma humilhação. – Está aqui em algum lugar – falou, com teimosia. – Revistem a parte residencial.

Eles reviraram o térreo da casa sem encontrar nada. Era uma casa confortavelmente mobiliada, ainda que com peças baratas. Hiscock e a mulher ficaram observando com atenção a revista. No andar de cima havia três quartos, mais um quartinho no sótão que devia ser destinado à criada. Eles primeiro foram ao que obviamente era o quarto do casal, cuja cama grande ainda estava desfeita, com vários cobertores coloridos e travesseiros amarfanhados espalhados pelo colchão. Quando Doye revistou a cômoda da Sra. Hiscock, ela perguntou com sarcasmo:

– Algo interessante no meio das minhas roupas íntimas, xerife?

– Deixe isso para lá, querida – disse Hiscock. – Alguém os mandou aqui numa busca inútil.

Mas houve um tremor de medo na sua voz, e Hornbeam pensou que eles talvez estivessem próximos de uma descoberta.

Não encontraram nada no guarda-roupa nem no baú de cobertores. Ao lado da cama havia uma Bíblia grande encadernada em couro marrom, não antiga, mas bastante manuseada. Hornbeam a pegou e abriu. Era a tradução King James padrão. Folheou as páginas, e algo caiu lá de dentro. Ele se abaixou até o chão para pegar.

Era um panfleto de dezesseis páginas, e o título na capa era: *Uma resposta ao arcediago Paley.*

– Ora, ora – disse Hornbeam com um suspiro satisfeito.

– Não há nada de subversivo nisso – contestou Hiscock, mas agora estava pálido. Ainda arrematou, num tom de desespero: – É um auxílio ao estudo da Bíblia.

Hornbeam abriu o panfleto aleatoriamente.

– Página três – falou. – Vantagens da Revolução Francesa. – Ergueu os olhos, e seus lábios se moveram num sorriso de escárnio. – Por gentileza, pode me dizer em que parte da Bíblia encontramos alguma referência à Revolução Francesa?

– Em Provérbios, capítulo 28 – respondeu Hiscock sem pestanejar. Então citou o trecho. – "Como um leão que ruge ou um urso feroz é o ímpio que governa um povo necessitado."

Sem lhe dar atenção, Hornbeam continuou a examinar o panfleto.

– Página cinco – disse ele. – Algumas vantagens da forma de governo republicana.

– O autor tem direito à própria opinião – argumentou Hiscock. – Eu não concordo necessariamente com tudo que ele diz.

– Última página: "A França não é nossa inimiga." – Hornbeam ergueu os olhos. – Se isso não é sabotar nossas forças militares, eu não sei o que é. – Ele se virou para Riddick. – Acho que ele é culpado por ter em casa material com teor subversivo e de alta traição. O que o senhor acha?

– Eu concordo.

Hornbeam tornou a se virar para Hiscock.

– Dois juízes o consideraram culpado. Alta traição é uma ofensa passível de enforcamento.

Hiscock começou a tremer.

– Vamos até lá fora debater a punição – sugeriu Hornbeam.

Ele abriu a porta e a segurou para Riddick passar. Os dois saíram para o patamar da escada e Hornbeam fechou a porta, deixando o xerife e o agente com os Hiscocks.

– Não podemos enforcá-lo por decisão própria, e não acredito que o tribunal superior vá considerá-lo culpado – declarou Riddick.

– Concordo – disse Hornbeam. – Infelizmente não há indícios de que ele tenha imprimido ou disseminado de outra forma qualquer esse veneno. É possível que os panfletos já tenham sido impressos e guardados em algum lugar secreto, mas isso não passa de suposição.

– Um açoitamento, então?

– É o melhor que podemos fazer.

– Doze chibatadas, talvez.

– Mais – retrucou Hornbeam, recordando o tom de desdém com o qual Hiscock dissera "como qualquer tolo sabe".

– O que o senhor preferir.

Eles tornaram a entrar no quarto.

– Para uma ofensa como a que fez, sua punição até que será leve – disse ele a Hiscock. – O senhor será açoitado na praça da cidade.

– Não! – berrou a Sra. Hiscock.

Com satisfação, Hornbeam emendou:

– Vai levar cinquenta chibatadas.

Hiscock cambaleou e quase caiu.

A Sra. Hiscock ficou histérica e começou a chorar aos gritos.

– Xerife, leve-o para a cadeia de Kingsbridge – ordenou Hornbeam.

Spade estava no tear quando Susan Hiscock irrompeu oficina adentro sem chapéu, com os cabelos escuros encharcados de chuva e os grandes olhos vermelhos de tanto chorar.

– Eles o levaram! – exclamou ela.

– Quem?

– O conselheiro Hornbeam, o Sr. Riddick e o xerife Doye.

– Levaram quem?

– O meu Jerry... e ele vai ser açoitado!

– Acalme-se. Venha comigo até o meu quarto. – Ele a conduziu pela porta. – Sente-se. Vou lhe preparar um chá. Respire fundo e me conte tudo.

Ela lhe contou a história enquanto ele punha uma chaleira no fogo e juntava as folhas de chá, um bule, leite e açúcar. Preparou um chá bem doce, para lhe restaurar as forças. O que ela disse o deixou perturbado. Apesar das precauções tomadas por ele, Hornbeam estava atacando a Sociedade Socrática.

Quando ela terminou seu relato, ele se manifestou.

– Cinquenta chibatadas! Que absurdo! Não estamos na Marinha.

Cinquenta chibatadas não eram punição, e sim tortura. Hornbeam queria aterrorizar as pessoas. Estava fanaticamente decidido a impedir os trabalhadores de Kingsbridge de receberem qualquer educação.

– O que eu vou fazer?

– A senhora precisa ir visitar Jerry na cadeia.

– Eles vão deixar?

– Vou falar com o carcereiro George Gilmore, que todos chamam de Gil. Ele a deixará entrar. Basta lhe dar um xelim.

– Ah, graças a Deus. Assim poderei pelo menos ver Jerry.

– Leve-lhe uma comida quente e uma jarra de cerveja. Isso vai ajudá-lo a manter o ânimo.

– Está certo.

Susan exibia agora uma expressão um pouco mais esperançosa. Poder fazer alguma coisa por Jeremiah a fortalecia.

Agora Spade precisava aumentar sua infelicidade.

– Vamos precisar também de uma calça velha e de um cinto de couro largo.

Ela franziu a testa.

– Por quê?

Era preciso dizer, não tinha jeito.

– A calça vai se estraçalhar durante o açoitamento. O cinto serve para proteger os rins dele.

Alguns homens passavam semanas urinando sangue. Outros nunca chegavam a se recuperar.

– Ah, meu Deus.

Susan tornou a chorar, dessa vez mais baixo, mais de tristeza do que de pânico.

Spade fez a pergunta que lhe pesava na mente:

– Eles disseram quem delatou seu marido?

– Não.

– Alguma pista?

– Não.

Ele aquiesceu. Só podia ser alguém do comitê. Havia duas ou três possibilidades, mas para ele a mais provável era Alf Nash. Havia algo de suspeito naquele leiteiro.

Vou descobrir, pensou ele, sombrio.

Susan pouco se importava com quem era o traidor. Estava pensando no próprio marido.

– Vou levar para ele um ensopado de toucinho com feijão – disse ela. – A mãe costumava preparar isso para ele. – Ela se levantou. – Obrigada, Spade.

– Transmita a ele meus mais sinceros... – Spade não soube como terminar a frase. Votos? Considerações? Bênçãos? – O meu sincero carinho – falou.

– Farei isso.

Ela se retirou, ainda entristecida, porém agora mais calma e decidida. Spade voltou para seu tear e ficou refletindo sobre as notícias enquanto operava a máquina. Se a Sociedade Socrática precisasse de algum material impresso no futuro, teria que usar um impressor que estivesse fora do alcance dos juízes de Kingsbridge, provavelmente em Combe.

Não conseguiu avançar muito no trabalho antes de voltar a ser interrompido, dessa vez pela irmã, Kate, que usava um avental de lona cheio de alfinetes espetados.

– Pode vir até em casa? – pediu ela. – Tem alguém querendo falar com você.

– Quem?

Ela baixou a voz, embora não houvesse ninguém por perto para escutá-la.

– A mulher do bispo.

Spade sentiu uma mistura de ansiedade e expectativa. O simples fato de ver Arabella já era uma emoção, e agora ela estava pedindo para falar com ele. Mas aquela atração mútua era perigosa. Mesmo assim, ele não recusaria a convocação.

– Agora mesmo – falou, e atravessou apressado com Kate o pátio fustigado pela chuva.

Na casa, Kate disse:

– Ela está lá em cima, na porta à direita. Não tem mais ninguém lá.

– Obrigado.

Spade subiu a escada. Os três cômodos daquele piso eram dormitórios, mas eram usados sobretudo como provadores para os clientes. Arabella estava no maior deles, em pé junto à cama, usando o casaco quadriculado que Kate tinha fabricado três anos antes com o tecido de Spade. Com formalidade, Spade falou:

– Sra. Latimer! Mas que honra.

Ele viu que ela estava agitada.

– Feche a porta – disse ela em voz baixa.

Ele entrou e fechou a porta atrás de si.

– O que houve?

– Jeremiah Hiscock vai ser açoitado por posse de um panfleto subversivo.

– Eu sei. A mulher dele acabou de me contar. As notícias correm depressa. Por que está tão preocupada?

Ela baixou a voz para um sussurro apavorado.

– Porque o próximo pode ser o senhor!

O fato de ela se importar tanto assim com Spade tocou-lhe o coração. Mas será que a preocupação tinha fundamento? Estaria ele desrespeitando a lei? Não tinha nenhum material subversivo em seu poder, mas com certeza estava envolvido na organização de um encontro que talvez fosse criticar o governo, questionar o bom senso da guerra contra a França e defender o regime republicano. Não estava claro se essas coisas configuram crime, mas os juízes tinham amplos poderes para interpretar as leis como lhes aprouvesse.

O açoitamento era uma punição dolorosa e humilhante. Mas ele não desistiria da Sociedade Socrática agora. Hornbeam e Riddick eram dois homens tiranos e desonestos, e não se podia permitir que governassem Kingsbridge como se fossem membros da realeza.

– Não acho que eu esteja correndo perigo – falou para Arabella, e conseguiu soar mais confiante do que se sentia.

– Essa possibilidade é insuportável para mim! – disse ela, atirando-se nos seus braços. – Venho pensando no seu corpo com tanta frequência e por tanto tempo que agora não consigo parar de imaginar sua pele rasgada, dilacerada e sangrando.

Ele a abraçou.

– Então se importa mesmo – falou, desnorteado com a força da paixão de Arabella.

Ela deu um passo para trás e enxugou os olhos.

– Precisa desistir da Sociedade Socrática. Isso vai causar problemas. O bispo disse que os juízes não vão permiti-la.

– Não posso desistir.

– Isso é o seu orgulho falando, nada mais!

– Pode ser.

– Pense bem: quem se beneficia com toda essa conversa sobre revolução? Isso só deixa as pessoas insatisfeitas com a própria vida.

– O bispo também diz isso?

– Bom, diz… Mas ele não tem razão?

– Ele não entende. Pessoas como nós valorizam muito o direito de ter e expressar as próprias opiniões. A senhora não imagina como isso é importante.

– *Pessoas como nós*, o senhor diz. Acha que eu sou diferente?

– Bem, acho. A senhora é casada com o bispo. Pode fazer o que quiser.

– Sabe que não é verdade. Se eu pudesse fazer o que quisesse, estaria na cama com o senhor. – Ela o encarou, e ele observou maravilhado o lindo tom castanho--alaranjado de seus olhos. – Nua – concluiu ela.

Que coisa extraordinária. Ele nunca tinha ouvido nenhuma mulher falar assim, muito menos a esposa de um bispo. Sentiu uma empolgação desmedida.

– Por isso valeria a pena ser açoitado – declarou ele.

Ela chegou mais perto e desabotoou o casaco. Era um convite, e ele se pôs a acariciar seu corpo e explorar cada curva, sentindo a quentura da carne através da roupa. Ela ficou encarando seus olhos enquanto ele a tocava. Ele teve certeza de que os dois fariam amor naquele instante, ali mesmo, em cima da cama.

Então ouviu a voz de Kate do lado de fora, dizendo:

– Pode provar aqui em cima, Sra. Tolliver.

Spade e Arabella gelaram.

Passos soaram na escada, e uma segunda voz foi ouvida:

– Ah, obrigada.

Spade se virou para a porta. Apesar de fechada, não havia chave na fechadura. Viu que Arabella tinha empalidecido. Escorou a porta com o bico da bota para evitar que alguém a abrisse.

Então escutou o ruído de outra maçaneta sendo girada e de outra porta se abrindo. A Sra. Tolliver tinha entrado no quarto do lado oposto do patamar. A porta se fechou, em seguida ouviu-se uma batidinha leve e Kate disse em voz baixa:

– O caminho está livre.

Spade abriu a porta para Arabella.

– Saia na frente – disse ele.

Ela se retirou sem dizer nada.

Kate baixou os olhos para a fechadura e disse:

– É melhor eu arrumar uma chave para esta porta.

Spade sabia que a irmã guardaria o seu segredo. Ele vinha guardando o dela havia muitos anos. Lembrava-se de ter entrado no quarto dela quando os dois eram adolescentes e a flagrado beijando os seios da namorada. Tinha saído depressa, mas depois os dois conversaram e ela lhe dissera que gostava de mulheres, não de homens, mas que ninguém podia saber. Ele havia prometido não contar nada e cumprido a promessa.

Ela então o encarou com um olhar intenso e disse:

– Pelo amor de Deus, tome cuidado.

Ele sorriu.

– Já pedi isso a você muitas vezes. Mas nós corremos riscos por amor.

– Não é a mesma coisa. De duas mulheres ninguém desconfia. Acham que não existe sexo sem o membro masculino. Mas você é um homem solteiro e ela é a mulher do bispo. Se alguém descobrir, vão crucificá-lo.

Ele não seria literalmente crucificado, é lógico, mas poderiam impossibilitá-lo de fazer qualquer negócio em Kingsbridge.

– Nós nunca fizemos nada! – alegou. – Bom, demos um beijo.

– Mas vão fazer mais, não vão?

– Bem…

Kate balançou a cabeça, desolada.

– Nós dois somos farinha do mesmo saco.

Eles desceram a escada juntos. Spade saiu pela porta de trás e atravessou o pátio para a sua parte da casa.

Precisava conversar com Alf Nash. Seria bom conferir se as reações do leiteiro revelariam algum sinal de culpa. Àquela hora do dia, Alf devia estar na leiteria. Spade pôs chapéu e casaco, pegou sua jarra de leite e tornou a sair.

Alf estava sozinho na loja, contando o dinheiro das vendas da manhã. Tinha o rosto gordo e um aspecto saudável, algo natural quando se comia tanta manteiga e tanto queijo. Spade pôs a jarra em cima da bancada.

Alf mergulhou uma jarra medidora num balde de leite. Spade esperou ele estar concentrado em despejar o líquido da jarra medidora dentro da sua, então perguntou:

– Ficou sabendo que Jeremiah foi preso?

Ele observou Alf com atenção enquanto aguardava a resposta.

Alf respondeu com uma voz firme, sem hesitação.

– Ouvi isso uma dezena de vezes na minha ronda da manhã. Está todo mundo falando no assunto. – Ele acabou de despejar. – Um *penny*, por favor, Spade.

Sua expressão era impassível, mas ele olhou Spade nos olhos.

Spade lhe passou uma moeda.

Estava achando que Alf era culpado, mas queria ter mais certeza, e de repente lhe ocorreu como faria isso. Debruçou-se sobre a bancada e disse, num tom de quem faz uma confidência:

– Só encontraram um panfleto, o original de Londres.

– Foi o que ouvi dizer.

– Felizmente Jeremiah acabou de imprimir os exemplares ontem e os guardou no meu armazém.

Era mentira.

Alf o encarou pela primeira vez.

– No seu armazém? Que esperteza.

Alf tinha acreditado na mentira, concluiu Spade com satisfação.

– Passamos a perna em Hornbeam, aquele porco – comentou. Então rebuscou a mentira. – Já temos todos os exemplares necessários para nossa reunião.

– Excelente notícia – declarou Alf, mas seu tom foi desprovido de emoção, e Spade teve certeza de que ele estava fingindo.

Pegou sua jarra e foi até a porta. Tinha mais uma coisa a dizer. Tornou a se virar.

– Não conte para ninguém o que acabei de dizer, sim?

– É claro que não – respondeu Alf.

– Nem comente nada com os outros membros do comitê. Sabemos que as paredes têm ouvidos.

– Desta boca não sai nada.

Faltando uma hora para o meio-dia, uma multidão começou a se formar na Praça do Mercado para o açoitamento, apesar da chuva. Mercadorias estavam dispostas em banquinhas e a Taberna do Sino estava aberta, mas ninguém tinha muito dinheiro para gastar. Mesmo assim, a praça ficou abarrotada, exceto por um espaço em volta do pelourinho, que todos evitavam como se pudesse estar contaminado e eles temessem se infectar.

Postado ao lado do pelourinho, com o açoite na mão, estava o carrasco de Kingsbridge. Seu nome era Morgan Ivinson, e os açoitamentos faziam parte das suas atribuições. Ivinson era um homem pouco benquisto que não se importava em ser impopular, e era melhor assim, porque ninguém queria ter amizade com um carrasco. Recebia uma libra por semana, mais uma libra por execução; uma remuneração muito boa por pouco trabalho.

Por um açoitamento, ele ganhava dois xelins e seis *pence*.

Jeremiah foi trazido da cadeia de Kingsbridge, localizada ao lado do Salão da Guilda. Nu da cintura para cima, com as mãos amarradas na frente do corpo, desceu a rua principal escoltado por dois agentes da ordem. Quando as pessoas na praça o avistaram, ouviu-se um murmúrio de solidariedade.

Se o condenado fosse um ladrão ou salteador, a multidão o vaiaria, gritaria xingamentos ou até jogaria lixo no indivíduo: todos detestavam quem roubava. Mas aquilo era outra coisa. Todo mundo conhecia Jeremiah, e ele não tinha lhes feito mal nenhum. Havia lido um panfleto que defendia uma reforma, e a maioria ali acreditava que essa reforma já deveria ter sido feita há tempos. Sendo assim, não houve muita zombaria, e, quando alguns garotos perto do pelourinho começaram a assobiar, outros na praça os mandaram calar a boca.

Em pé na escada da catedral, Spade observava a cena. Ao seu lado, Joanie segurava o que parecia ser um grande lençol de cama limpo.

– Isto daí é para quê? – perguntou ele.

– Você vai ver – respondeu Joanie.

Sal também estava ali.

– Diga-me, Spade: quem nos traiu? – indagou ela. – Alguém disse a Hornbeam que Jeremiah imprimiria esse panfleto. Quem foi?

– Eu não sei – respondeu Spade. – Mas vou descobrir.

– Quando descobrir, me avise – pediu Jarge.

– O que você vai fazer?

– Explicar para esse homem como ele está errado.

Spade aquiesceu. Sabia em que consistiria a explicação de Jarge, e não seria em palavras calmas e sensatas.

Com muita pompa, o xerife Doye abriu caminho pela multidão. Os agentes da ordem conduziram Jeremiah até o pelourinho, estrutura grosseira composta por três traves de madeira no formato de uma moldura de porta. Hornbeam e Riddick chegaram por último, na condição dos dois juízes que haviam submetido a sentença.

Jeremiah foi posicionado no meio do retângulo de madeira como um personagem dentro da moldura de um quadro. Suas mãos foram amarradas à trave horizontal acima da sua cabeça, de modo a expor as costas por inteiro.

O chicote era do tipo tradicional, conhecido como gato de nove rabos, e o poder de destruição de suas nove correias era aumentado por pedras e pregos presos no couro. Ivinson o sacudiu, como que para testar seu peso, e esticou com cuidado as correias.

Toda cidade pequena e todo povoado tinham um apetrecho como aquele. Todo navio da Marinha real e toda unidade do Exército também. Era considerado essencial para a manutenção da lei e da ordem e da disciplina militar. Diziam que impedia crimes e maus comportamentos. Spade duvidava que fosse assim.

Um membro do clero emergiu da catedral. Spade, Jarge, Sal e Joanie saíram da frente para que ele passasse. Spade não o conhecia, mas era um homem razoavelmente jovem e devia ser um sacerdote pouco graduado. O bispo não se rebaixaria a ponto de assistir àquele castigo rotineiro, mas a Igreja precisava demonstrar que aprovava o que estava acontecendo. A multidão viu as vestes eclesiásticas e silenciou um pouco, e o sacerdote recitou em voz bem alta uma prece e pediu a Deus que perdoasse o crime do culpado. Não se ouviram muitos améns.

Hornbeam meneou a cabeça para Ivinson, que se posicionou atrás e à esquerda de Jeremiah, de modo que seu braço direito pudesse fazer um movimento amplo para trás.

A multidão se calou.

Ivinson brandiu o chicote.

O barulho do couro acertando a pele foi alto. Jeremiah não emitiu som algum. Lanhos vermelhos surgiram em suas costas, mas não saiu sangue.

Ivinson recuou o braço e tornou a bater. Desta vez, apareceram gotinhas minúsculas de sangue.

Ivinson agia com parcimônia; o castigo não deveria ser rápido. Se ele se cansasse, a tortura simplesmente demoraria mais tempo. Ele recuou o braço uma terceira vez e deu outra chibatada, e Jeremiah então começou a sangrar em vários lugares. Ele soltou um gemido.

O castigo prosseguiu. Mais lanhos se abriram nas costas de Jeremiah. Para variar um pouco, Ivinson açoitou suas pernas, estraçalhando a calça e deixando as nádegas à mostra.

– Dez – disse em voz alta o xerife Doye.

Era tarefa sua contar os golpes.

As costas de Jeremiah em pouco tempo ficaram totalmente ensanguentadas. O chicote começou a acertar não a pele, e sim a carne mais abaixo, e ele começou a gritar de dor.

– Vinte – contou o xerife.

A provação começou a ficar maçante de assistir, e alguns espectadores se afastaram com repulsa e tédio, mas a maioria permaneceu ali para ver até o fim. Jeremiah começou a berrar a cada vez que o chicote o acertava, e entre um golpe e outro emitia um barulho terrível, meio soluço, meio gemido.

– Trinta.

Ivinson estava começando a se cansar e demorava mais tempo entre um golpe e outro, mas sua força parecia não diminuir. Quando ele erguia o chicote, este fazia voar pedaços de pele e carne, e os espectadores se encolhiam, enojados por aqueles vestígios humanos caindo em cima deles como uma chuva viva.

Jeremiah agora estava nu a não ser pelas botas e pelo cinto de couro. Não era mais capaz de gritar e, em vez disso, chorava feito uma criança.

– Quarenta – disse Doye, e Spade agradeceu por aquilo estar terminando.

Na quadragésima quinta chibatada, Jarge disse para Joanie:

– Agora.

Spade ficou olhando os dois irmãos abrirem caminho pela multidão em direção ao pelourinho onde ocorria o açoitamento.

Apesar de estar de olhos fechados, Jeremiah ainda chorava.

A última chicotada foi dada, e Doye disse:

– Cinquenta.

Jarge se posicionou na frente de Jeremiah. Os agentes da ordem desamarraram suas mãos e ele desabou, mas Jarge o amparou em pé. Joanie desdobrou o lençol e com ele envolveu a ruína que eram as costas de Jeremiah. Jarge o virou, e Joanie então enrolou o lençol pela frente do seu corpo para ocultar-lhe a nudez. Jarge tornou a virá-lo, abaixou-se, deixou o homem semi-inconsciente desabar sobre o seu ombro e ficou de pé.

Então carregou Jeremiah de volta para casa e para a esposa.

Dois dias mais tarde, Spade foi despertado no raiar do dia por batidas fortes na porta do seu armazém.

Sabia quem era. Menos de 48 horas antes, tinha dito a Alf Nash que havia panfletos subversivos escondidos ali no armazém. Alf havia acreditado na mentira e, como era a intenção de Spade, passado a informação falsa para Hornbeam, que, por sua vez, a transmitira ao xerife Doye. A batida peremptória que acabara de soar em sua porta era a do xerife.

O traidor era Alf, e ele tinha caído na armadilha.

– Já vai! – gritou Spade.

Mas ele se demorou vestindo a calça, calçando as botas e pondo a camisa e o colete. Não confrontaria uma autoridade seminu. Era importante exibir uma aparência respeitável.

As batidas se repetiram, mais altas e mais insistentes.

– Tenham paciência! – gritou ele. – Já vai!

Então abriu a porta.

Como esperado, deparou-se com Hornbeam, Riddick, Doye e Davidson. Doye disse:

– Os juízes receberam a informação de que há material impresso com teor subversivo e de alta traição armazenado neste local.

Spade se virou para Hornbeam, que o encarava com um semblante raivoso que o remeteu à expressão "fulminar com os olhos".

– Seja muito bem-vindo, conselheiro.

Hornbeam pareceu não entender.

– Bem-vindo?

– Mas é claro. – Spade sorriu. – Pode revistar o local de cabo a rabo e, assim, limpar meu nome desse boato sórdido. Ficarei imensamente agradecido. – Ele viu inquietação nos traços de Hornbeam. – Por favor, queiram entrar.

Segurou a porta e recuou para eles poderem passar.

Os homens começaram a busca.

– Vão precisar de um pouco de luz – disse Spade, e começou a acender lampiões que entregou a cada um dos quatro homens.

Todos pareceram incomodados. Estavam acostumados a enfrentar ressentimento e obstrução das pessoas cujas casas estivessem sendo revistadas e não conseguiam entender a reação amigável de Spade.

Examinaram as peças de tecido no armazém, retiraram as cobertas da cama de Spade e inspecionaram seu tear e os teares de seus outros tecelões, como se centenas de panfletos pudessem estar escondidos entre a trama e a urdidura.

Por fim, desistiram. Hornbeam parecia prestes a explodir de tão irado e frustrado.

Spade acompanhou o grupo até a porta. Já era dia claro e havia gente na Rua Alta, indo trabalhar e abrindo comércios. Spade fez questão de apertar a mão do enfurecido Hornbeam e lhe agradeceu a cortesia com uma voz bem alta de modo a atrair a atenção dos passantes. Em pouco tempo, todo mundo na cidade ficaria sabendo que Hornbeam tinha revistado o armazém de Spade e saído de mãos vazias.

Spade voltou para seu quarto e preparou o desjejum. Quando estava lavando seu prato, Jarge entrou.

– Já fiquei sabendo – disse ele. – Por que o xerife Doye achou que você tinha panfletos subversivos?

– Porque Alf Nash lhe contou.

Jarge teve dificuldade para entender.

– Mas você não tinha.

– É óbvio que não.

– Então por que Alf achou que tivesse?

– Porque alguém disse para ele.

– Quem?

– Eu.

– Mas… – Jarge pareceu não compreender. – Espere um instante…

Spade sorriu enquanto o via ligar os pontos. Depois de algum tempo, Jarge entendeu.

– Que sujeito mais astuto você é, Spade.

Ele assentiu.

– Isso prova que Alf Nash é um traidor – afirmou Jarge. – Portanto, deve ter sido ele quem delatou Jeremiah.

– É o que eu acho.

Jarge fechou a cara.

– Acho que sei o que precisa ser feito agora.

– Tenho certeza de que sabe – disse Spade.

CAPÍTULO 14

À mesa do desjejum, Hornbeam espiava Isobel Marsh com um ar especulativo.

Apesar de não ser bela, era muito jovial, e a família de Hornbeam gostava da jovem. Bel havia pernoitado com eles na noite anterior. Enquanto comiam, Deborah e ela examinavam ilustrações numa revista chamada *Galeria da Moda* e riam do que consideravam chapéus ridículos, de aba larga e enfeitados com fitas, penas e broches.

Howard estava rindo com elas, e era isso que havia chamado a atenção de Hornbeam. Então estudou Bel com mais atenção. A moça tinha olhos azuis e uma boca vermelha de lábios grossos que não se fechavam completamente por cima dos dentes acavalados. Poderia se sair muito bem como noiva para Howard.

Isaac Marsh, pai de Bel, era dono da tinturaria mais bem administrada da cidade. Empregava mais ou menos uma dúzia de trabalhadores e ganhava bastante dinheiro. Alguns anos antes, Hornbeam investigara discretamente se Marsh poderia querer vender o negócio. Teria sido um acréscimo esplêndido ao império de Hornbeam, mas a resposta tinha sido negativa.

No entanto, Bel era filha única. Se ela desposasse Howard, os dois herdariam a tinturaria. E ela se tornaria, para todos os efeitos, propriedade de Hornbeam.

Enquanto ele observava os jovens à mesa, Howard comentou:

– Parece que uma família de pombos fez ninho nesse chapéu!

As moças riram, e Bel deu um tapinha brincalhão no braço de Howard. Ele fingiu que tinha doído e que seu braço estava quebrado, e Bel tornou a rir. Parecia gostar de Howard.

Era a primeira vez que Hornbeam via o filho flertando. O garoto tinha talento, ao seu modo. Não era do pai que o havia herdado. *Bem*, pensou Hornbeam, *talvez eu acabe conseguindo a tinturaria no final das contas.*

Sua esposa, Linnie, pediu mais leite ao lacaio. Com a expressão trágica de sempre, Simpson respondeu:

– Sinto muito, senhora, mas no momento estamos sem leite.

Hornbeam se irritou. Como era possível que todos aqueles empregados não conseguissem se organizar de modo a prover leite suficiente para o desjejum da família?

– Como podemos ter ficado sem leite? – perguntou, contrariado.

– Nash não veio entregar hoje, senhor, então tive que mandar a criada à leiteria. Ela deve estar voltando a qualquer momento.

– Não faz mal, Simpson. Podemos esperar alguns minutos – disse Linnie.

– Obrigado, senhora.

Hornbeam não gostava da tendência que Linnie tinha de desculpar os empregados, mas não comentou nada porque estava pensando em algo mais importante. O anúncio de Simpson fizera soar um alarme. Alf Nash não fora entregar o leite naquela manhã. Por quê?

Hornbeam tinha ficado nervoso com o resultado negativo da revista ao armazém de Spade. Desconfiava que ele, astuto como era, houvesse mudado os recriminadores panfletos de lugar, decerto após algum alerta. Mas quem o poderia ter alertado? Isso Hornbeam ainda não havia descoberto. No meio-tempo, o sumiço de Nash era um acontecimento novo. O que o impedira de fazer sua ronda naquela manhã?

Hornbeam estava preocupado. Levantou-se da mesa. Linnie arqueou uma sobrancelha; ele não tinha terminado de tomar seu café.

– Preciso cuidar de um assunto – resmungou como explicação, e retirou-se da sala.

Vestiu o casaco, pôs o chapéu e calçou um par de botas de montaria para manter as pernas secas, então saiu. Atravessou a rua debaixo de chuva, apressado e nervoso, foi até a leiteria e entrou, agradecido pelo abrigo. Lá dentro havia uma pequena turba de pessoas, a maioria criados dos casarões ao norte da Rua Alta, todos carregando jarras de tamanhos variados. Sua própria criada, Jean, era uma delas, mas ele não tomou conhecimento da sua presença.

Atrás do balcão, Pauline, irmã de Nash, servia com agilidade a quantidade anormal de clientes.

– Bom dia, Srta. Nash.

Ela o encarou com um olhar frio.

– Bom dia, conselheiro. Sinto muito o senhor não ter recebido sua entrega…

– Deixe isso para lá – interrompeu ele com impaciência. – Vim aqui falar com Nash.

– Infelizmente ele está de cama adoentado. Gostaria de um pouco de leite? Posso lhe emprestar uma jarra…

Hornbeam não estava com disposição para aceitar insolência de uma mulher. Levantou a voz:

– Apenas me leve até ele, sim?

Pauline hesitou, com um ar de insubordinação, mas não teve coragem para desafiá-lo.

– Se o senhor insiste – falou, emburrada.

Ele deu a volta no balcão. Pauline abandonou os clientes e o levou até a parte residencial da casa. Ele a seguiu escada acima. A mulher abriu uma porta e espiou lá dentro.

– Alfie, o conselheiro Hornbeam está aqui – anunciou ela. – Sente-se disposto para falar com ele?

Hornbeam a empurrou para passar. Dava para reconhecer instantaneamente que era o quarto de Nash pelo cheiro de leite talhado. Decorado com simplicidade, não tinha nenhum toque feminino, como almofadas, enfeites ou tecidos bordados. Embora tivesse mais de 30 anos, Nash ainda era solteiro.

Ele estava deitado por cima da roupa de cama, e Hornbeam ficou chocado ao ver que estava praticamente vestido de ataduras. Uma das pernas e um dos braços estavam presos em talas, e um curativo lhe envolvia a cabeça. O sangue atravessava o pano em alguns pontos. Seu aspecto era péssimo.

Ele falou com uma voz arrastada, como se a boca estivesse doendo.

– Entre, Sr. Hornbeam.

Parada junto à porta com as mãos nos quadris, Pauline disse a Hornbeam:

– A culpa disso é do senhor.

Hornbeam ficou uma fera. Controlando a raiva, respondeu friamente:

– Pode ir, Srta. Nash.

Ela o ignorou.

– Espero que tenha vindo se redimir pelo que fez.

– Eu não fiz nada.

– Volte para a loja, Pauline – disse Nash. – Está perdendo dinheiro, parada aqui.

Com uma cara zangada, a irmã se retirou sem fazer qualquer mesura.

– Que diabos aconteceu com o senhor? – perguntou Hornbeam.

Nash não se virou para encará-lo; talvez doesse mexer a cabeça. Com o olhar fixo no teto, respondeu:

– Hoje de manhã, antes de o dia raiar, quando saí para o estábulo para começar a trabalhar, fui atacado por três homens mascarados e armados com porretes.

Era o que Hornbeam temia. E tinha certeza de que Spade estava por trás daquilo.

– Já consultou o cirurgião, pelo visto.

– Ele disse que estou com um braço quebrado e uma fratura na canela.

– Parece muito calmo.

– Eu estava o oposto de calmo até ele me dar láudano.

Láudano era ópio dissolvido em álcool.

Hornbeam puxou uma cadeira e se sentou perto de Nash. Reprimindo a raiva, falou com uma voz controlada:

– Agora pense com cuidado. Embora estivessem mascarados, algum dos homens lhe pareceu familiar?

Não imaginava que Spade tivesse sido um dos agressores; ele era astuto demais para isso. Mas talvez fossem homens que pudessem ser vinculados a Spade.

– Estava escuro – disse Nash num tom de impotência. – Quase não vi nada. Num segundo estava no chão. Só conseguia pensar em escapar daqueles porretes.

– O que você escutou?

– Só grunhidos. Nenhum deles disse nada.

– Você não gritou?

– Gritei, até a hora que eles acertaram minha boca.

– Então não consegue identificá-los.

Nash ficou indignado.

– Consigo, sim. Foram as pessoas que criaram a Sociedade Socrática.

– É claro que foram.

– Eles estão furiosos por causa do açoitamento de Hiscock e de alguma forma sabem que fui eu o responsável. Mesmo assim, talvez tivessem aceitado doze chibatadas. Mas o senhor foi longe demais.

Hornbeam ignorou a crítica.

– Não podemos estabelecer a culpa se o senhor não reconheceu ninguém. Não pode alegar no tribunal que eles bateram no senhor porque os estava espionando para mim.

– Então não devo fazer nada? O que digo ao xerife Doye? Ele certamente vai vir aqui perguntar.

– Não se preocupe com Doye. Diga-lhe apenas que foi atacado por homens mascarados. Eles roubaram alguma coisa?

– Levaram minha bolsinha de troco, só com *pennies* e meios *pennies*. Ao todo não tinha nem cinco xelins lá dentro.

– Homens já foram mortos por menos de cinco xelins. Essa história vai servir para a *Gazeta de Kingsbridge*. Mas na verdade os seus agressores não queriam dinheiro. Levaram as moedas só para fazerem o ataque parecer um roubo e desviarem a suspeita da Sociedade Socrática.

– Ninguém vai se deixar enganar.

– Não, mas isso torna o nosso argumento difícil de provar. O que significa que precisamos lidar com a questão de outra forma.

Fez-se silêncio durante um minuto ou dois enquanto Hornbeam pensava, e ele então falou:

– Foi aquele demônio do Spade quem fez isso, o senhor sabe. Deve ter sido ele quem descobriu que o senhor é o espião.

– O que o faz pensar assim?

Hornbeam começou a juntar as peças.

– Ele lhe disse que os panfletos estavam no próprio armazém. Não falou para mais ninguém. Quando apareci lá à procura dos papéis, isso provou que o senhor tinha me contado, então o espião devia ser o senhor.

– E os panfletos nunca estiveram lá.

– Pode ser que nunca tenham sequer sido impressos.

– Foi uma armadilha.

– E nós caímos nela.

Spade era esperto feito o diabo, concluiu Hornbeam com raiva. Precisava ser esmagado. *Sim*, pensou, *como um besouro sob a sola da minha bota.*

– Meus dias de espião acabaram – afirmou Nash.

– Com certeza. O senhor não me serve mais de nada.

– Não posso dizer que lamento. Mas vai ter que ajudar com o dinheiro. O cirurgião disse que vou demorar meses até voltar a fazer minhas rondas.

– Arrume outra pessoa para entregar o leite.

– Vou arrumar. Mas terei que pagar essa pessoa, provavelmente doze xelins por semana.

– Eu pago enquanto o senhor estiver impossibilitado.

– E tem a conta do cirurgião.

Hornbeam não via uma forma de conseguir se esquivar dessas despesas. Se recusasse, Nash reclamaria pela cidade inteira e a história toda viria à tona: como Hornbeam havia colocado um espião para trair a Sociedade Socrática. Pegaria muito mal.

– Está bem.

Mas o dinheiro não era a principal preocupação de Hornbeam. Spade tinha passado a perna nele, o que o deixava louco de raiva. Ele precisava fazer alguma coisa.

Levantou-se da cadeira.

– Avise-me quando tiver encontrado alguém para fazer a ronda do leite, e eu mandarei o dinheiro.

Ele foi até a porta, ansioso para se retirar antes que Nash conseguisse pensar em mais alguma demanda. Olhou para trás: o leiteiro estava deitado sem se mexer, encarando o teto, branco feito um cadáver. Hornbeam saiu do quarto.

Ficou matutando enquanto caminhava na chuva. Tinha a sensação de estar perdendo o controle dos acontecimentos, e isso o incomodava. Por duas vezes havia tentado e fracassado em dar um fim à Sociedade Socrática: primeiro o conselheiro Drinkwater se recusara a proibir o grupo e agora a punição a Hiscock saíra pela culatra.

O verdadeiro problema era uma lei demasiado vaga e fraca, refletiu ele, frustrado. O país necessitava banir com mais rigor a sedição. Falava-se nos jornais sobre leis mais fortes contra a alta traição. Integrantes do Parlamento deveriam parar de conversar, levantar o traseiro das cadeiras e fazer alguma coisa. Para que servia o Parlamento senão para manter a paz e subjugar arruaceiros?

O representante de Kingsbridge no Parlamento era o visconde Northwood.

Northwood nunca tinha levado seus deveres parlamentares muito a sério e agora, com o país em guerra e a milícia em atividade, tinha uma boa desculpa para isso. Mas ele ainda ia a Westminster de vez em quando, então talvez pudesse ser convencido a apoiar novas leis contra grupos como a Sociedade Socrática.

Hornbeam foi até a Praça do Mercado e entrou na Mansão Willard.

Enquanto batia com as botas no chão do saguão para se livrar da água da chuva, dirigiu-se a um sargento de cabelos grisalhos:

– Conselheiro Hornbeam, para falar com o coronel Northwood imediatamente.

O sargento respondeu com altivez:

– Vou verificar se o coronel está disponível.

Típico de um malnascido que agora se acha importante, pensou Hornbeam. Aquele homem deve ter sido mordomo antes de entrar para a milícia.

– Como o senhor se chama? – perguntou Hornbeam.

O sargento obviamente não gostou de ser questionado, mas não teve coragem suficiente para confrontar um conselheiro.

– Sargento Beach.

– Pode ir, Beach.

Northwood era um *whig*, e os *whigs* eram mais liberais que os conservadores, refletiu Hornbeam enquanto aguardava. Mas Northwood tinha uma reputação de eficiência militar, o que em geral vinha acompanhado por uma atitude severa em relação à insubordinação. Considerando todos os fatores, havia uma boa chance de Northwood ser contra a Sociedade Socrática.

Decidiu não mencionar o ocorrido com Alf Nash. Não deveria dar a entender que estava engajado numa vingança pessoal. O melhor seria se apresentar como um cidadão cioso do bem-estar coletivo.

O sargento Beach voltou sem demora; Northwood pelo visto tinha noção do status de Hornbeam, ainda que o seu sargento não tivesse. Alguns segundos depois, Hornbeam foi conduzido até um cômodo espaçoso na parte da frente da casa, com uma lareira em fogo alto e vista para a fachada oeste da catedral.

Northwood estava sentado diante de uma grande escrivaninha. Ao seu lado estava em pé um rapaz com uniforme de tenente, obviamente um ajudante de ordens. Para surpresa de Hornbeam, também estava ali, vestida com um casaco vermelho igual ao de um soldado, Jane Midwinter, a bela filha do cônego dissidente. Estava sentada na beirada da mesa de Northwood como se esta lhe pertencesse.

Ao ver Hornbeam, ela se levantou para fazer uma mesura, e ele se curvou com educação. Lembrou-se de ter ouvido Deborah e Bel conversando sobre Jane e dizendo que ela havia escolhido Northwood como alvo, então provavelmente houvera algum progresso em seu plano para conquistar o coração do visconde. O meio da manhã não era o horário habitual para visitas sociais, mas talvez Jane Midwinter fosse uma daquelas mulheres lindas que se achavam no direito de fazer o que quisessem.

As meninas achavam que, por ser filha de um metodista, Jane não tinha a menor chance de fisgar Northwood. Ao observar a expressão pateta no rosto do coronel naquele momento, Hornbeam teve o pressentimento de que elas talvez estivessem enganadas.

Torceu para ela não permanecer no recinto. Para seu alívio, ela foi até a porta, soprou um beijo para Northwood e saiu.

O coronel enrubesceu e pareceu pouco à vontade, então falou:

– Sente-se, conselheiro, por favor.

– Obrigado, milorde.

Hornbeam se acomodou. A vulnerabilidade de Northwood em relação a Jane sugeria que ele tinha um lado um tanto molenga. Não era uma boa notícia. Os tempos atuais exigiam homens duros.

Qualquer tempo exigia homens duros.

– Posso lhe oferecer algo para beber? – perguntou Northwood com educação. – Está um dia feio lá fora.

Sobre a mesa do coronel havia uma bandeja com um bule de café e uma jarrinha de creme. Hornbeam lembrou que não tinha acabado seu desjejum.

– Uma xícara de café seria muito bem-vinda, principalmente com um pingo de creme.

– Mas é claro. Sargento, uma xícara limpa, depressa.

– Agora mesmo, coronel – respondeu Beach, e se retirou.

Apesar de cortês, Northwood foi direto ao assunto.

– Imagino que a sua visita tenha um motivo, conselheiro.

– Acredito que os tecidos que venho fornecendo para os uniformes da milícia estejam se mostrando perfeitamente satisfatórios, certo?

– Creio que sim. Não houve nenhuma reclamação.

– Ótimo. Sei que o senhor delega a responsabilidade das compras, mas, se por qualquer motivo quisesse falar comigo sobre os tecidos, eu naturalmente teria prazer em fazer o que pudesse pelo senhor.

– Obrigado – disse Northwood com um traço de impaciência.

Hornbeam logo passou ao seu verdadeiro propósito.

– Mas vim aqui falar com nosso representante no Parlamento, não com o oficial no comando da milícia. Espero que não haja problema.

– Nenhum.

– Estou preocupado com a Sociedade Socrática criada por Spade... digo, David Shoveller, e alguns dos elementos mais rasteiros da cidade. Acredito que o verdadeiro objetivo desse grupo seja a subversão.

– Ah, é? Eu compareci ao primeiro encontro deles.

Isso era um revés.

– Foi bastante bom – prosseguiu Northwood. – E totalmente inócuo.

– Isso mostra como Spade é astuto, milorde. Eles criaram uma falsa sensação de segurança em alguns de nós.

Northwood não apreciou a sugestão de que houvesse se deixado enganar.

– Não vejo indicação alguma de que eles possam ser violentos.

– Eu por acaso sei que o segundo encontro deles vai ter como tema a reforma do Parlamento.

Northwood não ficou muito impressionado.

– Isso já são outros quinhentos, obviamente – disse ele, mas não soou muito preocupado.

O sargento chegou com uma xícara e um pires de porcelana, serviu o café e o creme, e entregou a bebida para Hornbeam enquanto Northwood prosseguia:

– Tudo depende do que for dito. Mas certamente não podemos proibir o encontro de antemão. O simples fato de planejar uma reunião para debater o Parlamento não contraria nenhuma lei.

– O problema é justamente esse – declarou Hornbeam. – *Deveria* contrariar. E, pelo que eu soube, lá em Westminster anda-se falando bastante em apertar as leis contra sedição.

– Hum. Nisso o senhor tem razão. O primeiro-ministro Pitt quer endurecer as regras. Mas os ingleses têm o direito às próprias opiniões, sabe. Somos um país livre, dentro dos limites do bom senso.

– De fato somos. E eu sou um ferrenho defensor da liberdade de expressão. –

Apesar de ser o oposto da verdade, era algo bom de se dizer. – Mas estamos em guerra, e o país precisa estar unido contra os malditos franceses.

Northwood balançou a cabeça.

– Existe o risco de haver um exagero na repressão, entende?

Isso nunca fora motivo de preocupação para Hornbeam.

– Não entendo exatamente a que o senhor está se referindo.

– Bem, estou certo de que soube o que aconteceu com o leiteiro Alf Nash.

Hornbeam levou um susto. Como Northwood já podia estar sabendo?

– O que isso tem a ver com o assunto?

– Estão dizendo que Nash dedurou o impressor que foi açoitado e que levou uma surra por vingança.

– Que absurdo! – protestou Hornbeam, sabendo muito bem que era verdade. Imaginou que Spade e seus amigos já tivessem espalhado a história pela cidade.

– Eu mando açoitar meus homens às vezes – disse Northwood. – É uma punição adequada para roubo ou estupro. Mas uma dúzia de chibatadas já é demais. O homem fica ferido e humilhado diante dos amigos, e jura nunca mais correr o mesmo risco. No entanto, sentenças de cinquenta ou mais chibatadas são vistas como uma crueldade excessiva e acabam despertando solidariedade em relação ao criminoso. O homem vira um herói. Exibe suas cicatrizes como medalhas de guerra. O castigo sai pela culatra.

Hornbeam viu que não estava chegando a lugar algum.

– Bom, tudo que posso dizer é que os comerciantes de Kingsbridge como um todo gostariam que os encontros subversivos fossem proibidos.

– Não me surpreende. Mas nós também temos obrigações para com nossos inferiores, não? Um cavalo que nunca sai da cocheira não tarda a perder a força.

Hornbeam estava desperdiçando seu tempo. Levantou-se com um movimento abrupto.

– Obrigado por me receber, milorde.

Northwood não se levantou.

– É sempre um prazer conversar com um dos membros mais importantes da minha circunscrição.

Hornbeam saiu da Mansão Willard com um mau pressentimento que beirava o pânico. Havia sofrido três derrotas. As forças da desordem tinham aliados em lugares inesperados.

Ele precisava pensar e não queria ir para casa, onde poderia ser interrompido por problemas do dia a dia. Atravessou a Praça do Mercado e entrou na catedral. O ambiente silencioso e as frias pedras cinzentas o ajudavam a se concentrar.

O cerne do problema era a complacência. As pessoas não viam perigo num clube para trabalhadores que buscassem se instruir. Hornbeam, por sua vez, não se deixava enganar. Mas precisava despertar os outros do torpor. Qualquer grupo que incentivasse operários a se expressarem livremente estava abrindo uma porta. A insurreição nunca estava muito abaixo da superfície.

Se o encontro seguinte da sociedade descambasse para a violência, isso provaria que ele estava certo.

Talvez fosse algo possível de organizar.

Sim, pensou, *isso pode ser a solução.*

Uma irrupção violenta no encontro faria a cidade se virar contra a Sociedade. Talvez houvesse dúvida quanto a quem haveria começado a violência, mas poucas pessoas ligariam para isso. Seu apego à liberdade de expressão não sobreviveria a algumas janelas quebradas.

Mas como organizar isso?

Na mesma hora pensou em Will Riddick. Embora os Riddicks pertencessem à fidalguia, Will convivia com a ralé de Kingsbridge. Passava muito tempo na casa de má reputação de Sport Culliver. Devia conhecer alguns arruaceiros.

Hornbeam saiu para a chuva outra vez e foi caminhando até a casa de Riddick.

O mordomo dos Riddicks pegou seu casaco molhado e o pendurou junto à lareira do saguão.

– O Sr. Riddick está fazendo o desjejum, conselheiro – informou ele.

Hornbeam consultou seu relógio de bolso. Era quase meio-dia. Era um desjejum tardio.

O mordomo abriu uma porta e perguntou:

– Pode receber o conselheiro Hornbeam, senhor?

A voz de Riddick se fez ouvir:

– Mande-o entrar.

Hornbeam entrou na sala de jantar e viu que Riddick não estava sozinho. Sentada ao seu lado estava uma jovem de camisola e penhoar, com os longos cabelos negros despenteados. Diante deles havia uma travessa de ossos com tutano partidos e assados, e os dois estavam retirando o tutano com uma colher e o ingerindo com deleite.

– Entre, Hornbeam – disse Riddick. – Ah, a propósito, esta é…

Pareceu incapaz de recordar o nome da jovem.

– Mariana – completou ela. Encarou Hornbeam com um olhar atrevido. – Sou espanhola, entende?

Espanhola é a minha bunda, pensou Hornbeam.

– Sirva-se de um osso – ofereceu Riddick, hospitaleiro. – Estão uma delícia.

Ele sorveu um grande gole de um caneco de cerveja. Estava com os olhos avermelhados.

– Não, obrigado – disse Hornbeam. Virou-se para o mordomo, que estava prestes a se retirar. – Mas eu apreciaria uma xícara de café forte com creme.

– Agora mesmo, conselheiro.

Hornbeam se sentou. Sentia-se incomodado por estar sentado à mesma mesa que Mariana. Achava a prostituição uma coisa desprezível. Mas precisava da ajuda de Will.

– Tentei providenciar a proibição dessa tal de Sociedade Socrática que Spade criou.

– Ele e Sal Clitheroe, aquela vaca louca.

– Sim. Alf Nash foi espancado, e o visconde Northwood, nosso representante no Parlamento, se nega a ajudar.

– Mas o senhor tem um plano, não tem? – indagou Riddick em tom cúmplice.

– Ah, veja só – disse Mariana. – Derramei um pouco de tutano aqui no peito. Pode me ajudar a limpar, Willy?

Riddick pegou um guardanapo e enxugou a parte superior visível dos seios da moça.

– Por que não usa a língua? – sugeriu Mariana.

Aquilo era demais para Hornbeam.

– Escute aqui, Will, podemos conversar a sós?

– Certamente – respondeu Riddick. – Vá indo, meu bem.

Mariana se levantou fazendo biquinho.

– Mais tarde eu uso minha língua em você, querida – afirmou Riddick.

– Vou ficar esperando.

Quando a porta se fechou, Hornbeam declarou:

– Já está na hora de você parar com esse tipo de coisa. Em breve vai se casar… com a minha filha.

Riddick fez uma cara constrangida.

– Claro, claro – falou. – Na verdade, eu estava justamente me despedindo de Mariana.

– Que bom.

Hornbeam não acreditou nisso nem por um segundo. Não insistiria no assunto, porém. Não estava disposto a pôr em risco os polpudos lucros que vinha tendo com a ajuda de Riddick.

– Vou ser um marido modelo – prometeu Riddick. – A vida de solteiro acabou para mim.

– Fico muito contente em ouvir isso. Uma prostituta na sua mesa do café da manhã realmente ultrapassa os limites do comportamento respeitável.

O mordomo entrou com o café de Hornbeam.

– Fale-me sobre o seu plano – pediu Riddick.

– As pessoas que provavelmente irão às reuniões de Spade já são simpáticas à causa. Pode ser que não haja ninguém para apresentar um ponto de vista diferente. O que eles precisam é de uma oposição vigorosa.

– Vigorosa?

Riddick entendia depressa, refletiu Hornbeam.

– Não tenho dúvidas de que existam na cidade muitos rapazes fortemente patriotas que se sentiriam indignados com o tipo de baboseira despejado por Spade e Sal.

Riddick assentiu bem devagar.

– Imagino que você talvez conheça alguns desses rapazes – disse Hornbeam.

– Com certeza sei onde encontrá-los – confirmou Riddick. – O melhor lugar para começar seria a Hospedaria do Matadouro, na beira do rio.

Aquilo parecia promissor.

– Acha que poderia conseguir que alguns deles comparecessem ao próximo encontro?

– Ah, sim – disse Riddick, sorrindo. – Eles vão se mostrar muito dispostos.

CAPÍTULO 15

Amos esbarrou com Rupe Underwood na Rua Alta e se deu conta de que os dois não se encontravam fazia algum tempo. Os metodistas enfim haviam rompido com a Igreja Anglicana, e Rupe provavelmente era um daqueles que tinham decidido continuar com a Igreja estabelecida. Amos lhe perguntou sem rodeios:

– Desistiu dos metodistas?

– Desisti de Jane – respondeu Rupe, num tom azedo. Jogou a cabeça para o lado de modo a tirar os cabelos dos olhos. – Ou melhor, ela desistiu de mim.

Era uma notícia importante para Amos.

– O que houve?

O belo rosto de Rupe se contorceu numa careta decepcionada e ressentida.

– Ela me rejeitou, foi isso que houve. Então pode ficar com ela. Não vou nem sentir ciúme. Por mim ela é toda sua.

– Ela cancelou o noivado?

– Nós nunca noivamos oficialmente. Tínhamos um "entendimento". Agora não temos mais. "Adeus", disse ela, "e que Deus o abençoe".

Amos sentiu pena de Rupe, mas, ao mesmo tempo, não pôde evitar se encher de esperança. *Se Jane não quer mais Rupe, será que existe alguma chance de ela me querer?* Mal se atreveu a pensar nisso.

– Ela disse por que estava rompendo?

– Não a verdade. Disse que percebeu que não me ama. Não tenho certeza se algum dia amou. A verdade é que eu não sou rico o suficiente.

Amos continuou sem entender.

– Mas alguma coisa deve ter acontecido para mudar o que ela sentia.

– Sim. O pai dela renunciou ao clero anglicano. Ele não é mais cônego da catedral.

– Eu sei, mas… – Então ele compreendeu. – Ele agora está pobre.

– Vai ter que viver com o que quer que os fiéis metodistas consigam arrecadar para dar a ele. É o fim das roupas elegantes para Jane, das criadas para vesti-la e arrumar seu cabelo, das roupas de baixo bordadas.

A menção das roupas de baixo deixou Amos chocado. Rupe não tinha como saber nada sobre as roupas de baixo de Jane, tinha? Mas por muito tempo os dois haviam formado uma espécie de casal. Talvez ela tivesse permitido liberdades.
Certamente não.
Amos decidiu não pensar no assunto.
– Ela se apaixonou por outra pessoa? – indagou.
– Não que eu saiba. Ela flerta com todo mundo. Howard Hornbeam deve ser o solteiro mais rico de Kingsbridge... De repente ela vai mirar nele.
Era possível, pensou Amos. Howard não era muito inteligente e com certeza não era bonito, mas era cortês, ao contrário do pai.
– Howard é um ou dois anos mais novo que Jane, eu acho – comentou Amos.
– Isso não vai detê-la – retrucou Rupe.

Aos domingos, depois da missa matinal nas igrejas e capelas da cidade, alguns moradores de Kingsbridge tinham o costume de visitar um cemitério. Amos às vezes sentia vontade de passar alguns minutos relembrando o pai e, ao sair do Salão Metodista, seguiu na direção do cemitério da catedral.

Sempre parava no túmulo do prior Philip. Era o maior mausoléu do cemitério. Monge do século XII, Philip era um personagem lendário, embora não se soubesse muita coisa a seu respeito. Segundo o Livro de Timóteo, uma história da catedral iniciada na Idade Média com acréscimos posteriores, Philip coordenara a reconstrução da catedral após esta ser destruída por um incêndio.

Amos tirou os olhos do mausoléu e viu Jane Midwinter diante de outro túmulo a alguns metros de distância, trajando um cinza austero. Desde a conversa com Rupe, vinha torcendo para ter uma oportunidade de falar com ela. Apesar de ser um momento inadequado, não conseguiu resistir à tentação. Então se postou ao lado dela e leu a lápide:

Janet Emily Midwinter
4 de abril de 1750
12 de agosto de 1783
Amada esposa de Charles
e mãe de Julian, Lionel e Jane
"Com Cristo, o que é muito melhor"

Tentou imaginar a mãe de Jane, mas foi difícil.

– Quase não me lembro dela – falou ele. – Eu devia ter 10 anos quando ela morreu.

– Ela adorava roupas bonitas, festas e fofocas. Gostava de homens e mulheres da nobreza. Teria adorado conhecer o rei – disse Jane.

Ela estava com os olhos marejados. Ele sentiu um aperto no coração. Mas estaria ela fingindo? Com frequência era o caso.

Ele afirmou o óbvio:

– E você é igual à sua mãe.

– Mas meus irmãos não. – Julian e Lionel estudavam em universidades na Escócia. – Eles dois são iguais ao meu pai, só trabalho e nenhuma diversão. Amo meu pai, mas não consigo levar esse tipo de vida.

Ela se encontrava em um estado de espírito atípico, pensou Amos; nunca a vira ser tão sincera em relação a si mesma.

– E o problema de Rupe é que ele também é igual ao meu pai – disse ela.

A maioria dos fabricantes de tecido de Kingsbridge era assim. Trabalhavam muito e tinham pouco tempo para o lazer.

Amos teve um estalo.

– Suponho que eu também seja assim.

– Você também é, querido Amos, mas não tenho nenhum direito de criticá-lo. Onde fica o túmulo do seu pai?

Ele lhe ofereceu o braço, e ela pousou uma das mãos de leve na sua manga enquanto os dois atravessavam o cemitério, um gesto amigável mas sem intimidade.

Jane nunca tinha lhe falado com tanto afeto; no entanto, estava lhe explicando por que jamais seria sua namorada. *Eu não entendo as mulheres*, pensou Amos.

Os dois chegaram ao túmulo do pai dele. Ele se ajoelhou junto à lápide e removeu do chão alguns detritos: folhas mortas, um trapo de tecido, uma pena de pombo, uma casca de castanha.

– Acho que também sou igual ao meu pai – declarou, e levantou-se.

– Nesse aspecto, talvez. Mas você tem ideias muito elevadas. Isso o torna formidável.

Ele riu.

– Eu não sou formidável, mas bem que gostaria de ser.

Ela balançou a cabeça.

– Vamos dizer assim: eu não gostaria de ser sua inimiga.

Ele encarou seus grandes olhos cinzentos.

– Nem minha esposa – falou, com tristeza.

– Nem sua esposa. Lamento muito, Amos.

O maior desejo dele era lhe dar um beijo.
– Sim – disse ele. – Eu também.

O Teatro de Kingsbridge parecia uma grande casa urbana, em estilo clássico, com fileiras de janelas idênticas. A parte interna consistia num grande salão com bancos num piso plano e um palco elevado num dos extremos. Encostadas nas paredes havia galerias sustentadas por estacas de madeira. Os assentos mais caros ficavam no próprio palco, e, para Amos, era como se as pessoas ricas e bem-vestidas da plateia sentadas ali fizessem parte do espetáculo.

A primeira peça da noite, segundo o título exposto, era *O mercador de Veneza*, e um pano de fundo pintado exibia uma cidade à beira-mar com navios e embarcações menores. Elsie chegou e veio se sentar ao lado de Amos. Já fazia mais de dois anos que os dois administravam juntos a escola dominical, e eram agora bons amigos.

Amos nunca tinha assistido a uma peça de Shakespeare. Tinha visto balés, óperas e pantomimas no teatro, mas aquele era seu primeiro drama, e ele estava muito ansioso por isso. Elsie já havia assistido a Shakespeare e lido aquela obra específica.

– Na verdade, a peça se chama *O judeu de Veneza* – explicou ela.

– Imagino que eles vendam mais ingressos colocando "judeu" no título em vez de "mercador".

– Suponho que sim.

Havia judeus em Combe e Bristol, a maioria no ramo do comércio de exportação, comprando tabaco da Virgínia e vendendo-o no continente europeu. Muita gente os odiava, mas Amos não entendia por quê. Eles acreditavam no mesmo Deus dos anglicanos e dos metodistas, não?

– Dizem que Shakespeare é difícil de entender – comentou ele.

– Às vezes. A linguagem é antiquada, mas, se você escutar com atenção, vai tocar seu coração do mesmo jeito.

– Spade diz que as peças podem ser violentas.

– Sim, são um pouco sangrentas de vez em quando. Tem uma cena em *Rei Lear*...

Amos viu Jane Midwinter entrar.

Elsie abandonou o tópico Shakespeare.

– Soube que Jane rompeu com o pobre Rupe Underwood? – indagou ela.

– Sim. Ele está muito amargurado com isso.

– O que ela acha que está fazendo? Deixou o pobre homem esperando por dois anos e agora o dispensou como se ele fosse um criado ruim.

– Rupe não é muito rico, e ela quer levar uma vida confortável. Muita gente deseja isso.

– Eu sabia que você a defenderia – disse Elsie. – Aquela garota não conhece o significado do amor.

Amos deu de ombros.

– Também não sei se conheço.

– Infeliz o homem que se apaixonar por Jane.

A crítica de Elsie a Jane o estava deixando pouco à vontade.

– Jane é uma daquelas mulheres de quem os homens gostam mas as mulheres não... Não entendo por quê – disse ele.

– Eu sim.

A plateia silenciou, e Amos apontou para o palco, aliviado por escapar daquela conversa. Três atores tinham aparecido em cena, e um deles então disse:

– Na verdade não sei por que estou tão triste.

– Eu sei por que *eu* estou triste – comentou Elsie.

Amos se perguntou o que ela queria dizer, mas acabou ficando envolvido na peça. Quando Antônio explicou que toda a sua fortuna estava investida em navios atualmente no mar, Amos murmurou para ela:

– Entendo como é isso: ter mercadorias valiosas em trânsito e ficar preocupadíssimo pensando se elas estão seguras.

Sentiu-se incomodado na segunda cena, quando Portia reclamou de não poder escolher ela mesma um marido, mas ter que se casar com o vencedor de uma competição que consistia em escolher a caixa certa de três: uma de ouro, uma de prata e outra de chumbo.

– Por que o pai dela faria uma coisa dessas? – questionou. – Não faz sentido.

– É um conto de fadas – disse Elsie.

– Sou velho demais para contos de fadas.

A coisa toda ganhou vida com a aparição de Shylock, na cena três. Ele irrompeu no palco usando um nariz falso e uma peruca que parecia um arbusto vermelho-vivo e, quando a plateia vaiou, ele correu até a frente e rosnou para o público. No início, as pessoas riram. Então chegou o momento em que ele concordou em fazer um empréstimo de três mil ducados para Antônio, sob a condição de que, se ele não saldasse a dúvida no prazo, teria que pagar uma prenda.

– Que a prenda seja estabelecida como meio quilo da sua alva carne, a ser cortado de qualquer parte do seu corpo que me aprouver – declarou Shylock com astuta maldade.

– Ele nunca vai concordar – afirmou Amos, então deu um arquejo quando Antônio falou:

– Aceito de boa-fé selar tal acordo.

Durante o intervalo foi exibido um balé, mas grande parte da plateia ignorou a dança e preferiu esticar as pernas, comprar comida e bebida, e conversar com os amigos. Elsie desapareceu. O ruído das conversas entre tantas pessoas aumentou até virar um rugido. Amos reparou que Jane foi direto para onde o visconde Northwood estava. Ela era uma alpinista social desavergonhada, mas Henry Northwood não parecia se importar com isso. Amos chegou mais perto para ouvir o que Jane estava falando.

– Segundo meu pai, não devemos odiar os judeus – disse ela. – O que acha, lorde Northwood?

– Não posso afirmar que aprecie estrangeiros de qualquer tipo – respondeu ele.

– Concordo com o senhor.

Jane concordaria com qualquer coisa que Northwood dissesse, pensou Amos, amargurado. Na verdade, ela não detestava judeus, apenas adorava nobres.

– Os ingleses são os melhores – declarou Northwood.

– Ah, são. Mas, mesmo assim, eu gostaria de viajar. O senhor já esteve no estrangeiro?

– Passei um ano na Europa continental. Aprendi algumas palavras de francês e alemão, e comprei alguns quadros na Itália.

– Que sorte a sua! É um apreciador de pintura?

– Ao meu modo simples de militar, se a senhorita me entende. Qualquer coisa que tenha cavalos ou cães.

– Eu adoraria ver seus quadros um dia.

– Ah, bem, claro, mas eles estão em Earlscastle, e eu tenho muito a fazer aqui em Kingsbridge. Embora não sirva no estrangeiro, a milícia assumiu a defesa do nosso país de modo a liberar o Exército para combater fora, sabe. – De repente, Henry tinha se tornado loquaz, observou Amos, agora que o assunto era militar. – Mas isso depende de a milícia estar pronta para o combate, entende?

Jane não queria falar sobre a milícia.

– Nunca fui a Earlscastle – disse ela.

Amos não ficou para ouvir a resposta de Henry àquela indireta nada sutil, pois a peça estava sendo retomada. Voltou depressa para o seu lugar. Quando se sentou, Elsie pediu:

– Pode me acompanhar até em casa depois?

– Certamente – respondeu ele.

Ela pareceu satisfeita, mas ele não conseguiu imaginar por quê.

Ficou fascinado por Shylock e irritado com os amantes de Belmont, mas nunca tinha visto nada igual àquilo, e, no fim, estava com vontade de assistir a mais peças de Shakespeare.

– Talvez eu precise que você me explique as coisas – falou para Elsie, e mais uma vez ela pereceu satisfeita.

Quando os dois estavam indo embora, ele perguntou:

– Jane poderia se casar com Northwood? Ela não está situada muito abaixo na escala social? Ele vai ser conde de Shiring quando o pai morrer, ao passo que ela é filha de um simples clérigo, e ainda por cima metodista. A condessa de Shiring precisa encontrar o rei de vez em quando, não? Você sabe mais sobre esse tipo de coisa que eu.

Era verdade. Como filha do bispo, Elsie era mais próxima da nobreza que os fabricantes de tecido. Provavelmente poderia ter desposado Northwood ela própria, mas Amos estava certo de que não tinha o menor desejo de fazê-lo. E ela escutava todas as fofocas dos visitantes que iam ao palácio do bispo.

– Seria difícil, mas não impossível – respondeu ela. – Os nobres às vezes desposam moças inadequadas. Mas já está combinado há muitos anos que Henry vai se casar com a prima em primeiro grau, Miranda, filha única do senhor de Combe, e assim fundir os dois patrimônios.

– Mas uma combinação pode ser desfeita – sugeriu Amos. – O amor tudo vence.

– Não vence, não – disse Elsie.

Três crianças da mesma família foram enterradas juntas no cemitério de São Lucas numa fria e chuvosa manhã de setembro. Eram alunos regulares da escola dominical de Elsie, e ela vira os três irem ficando cada vez mais pálidos e mais magros com o passar das semanas. Uma grossa fatia de bolo não fora suficiente para salvá-los.

O pai operava uma máquina de pisoar em Kingsbridge, até que um dia uma peça frouxa havia se soltado, sido ejetada da haste e o acertado na cabeça, matando-o. Depois disso, sua esposa e filhos tinham se mudado para um cômodo barato no porão de uma casa caindo aos pedaços, e a mãe tentara ganhar a vida como costureira, deixando os filhos sozinhos em casa enquanto saía à procura de pessoas que precisassem de algum serviço rápido e barato. As crianças foram acometidas pelo tipo de moléstia com tosses e chiados que aflige as pessoas em porões úmidos e, como estavam muito fracas, tinham sucumbido num único dia.

Agora sua mãe soluçava junto ao túmulo, com a cabeça coberta por um trapo de algodão porque não tinha chapéu. O hino que estava sendo entoado era "O Senhor é meu pastor", e Elsie teve o pecaminoso pensamento de que o pastor não havia cuidado direito daqueles três cordeiros.

São Lucas era uma pequena igreja de tijolos situada num bairro pobre, e o vigário tinha as pernas magrelas cobertas por meias pretas cerzidas de modo grosseiro. Um número surpreendente de pessoas rodeava a cova, a maioria usando roupas miseráveis. Todas cantavam sem energia, talvez pensando que o pastor tampouco houvesse feito grande coisa por elas.

Elsie se perguntou se a tristeza delas algum dia se transformaria em raiva. E, em caso afirmativo, dali a quanto tempo?

Ela própria se sentia angustiada e, ao mesmo tempo, impotente. Pensou que poderia ter levado aquelas três crianças para casa e lhes dado de comer todos os dias na cozinha do palácio e, no instante seguinte, percebeu que isso era uma fantasia impossível. Mas alguma coisa ela precisava fazer.

Quando os caixões lamentavelmente pequeninos estavam sendo baixados para dentro da terra, Amos Barrowfield chegou e foi se postar ao seu lado. Estava usando um casaco preto comprido e cantou o hino com uma voz forte de barítono. Tinha o rosto molhado: de lágrimas, de chuva, ou das duas coisas.

Sua presença acalmou e consolou Elsie. Ela esqueceu que estava com frio, molhada e triste. Amos não fazia os problemas desaparecerem, apenas os tornava menores e mais administráveis. Ela lhe deu o braço, e ele pressionou sua mão junto ao próprio peito num gesto de solidariedade.

Terminado o enterro, os dois se afastaram juntos da cova, ainda de braços dados.

– Vai acontecer de novo – disse ela em voz baixa. – Mais crianças nossas vão morrer.

– Eu sei – concordou ele. – Apenas bolo não basta.

– Com certeza poderíamos lhes servir mais alguma coisa… – Ela estava pensando em voz alta. – Um caldo, por exemplo. Por que não?

– Vamos pensar em como tornar isso possível.

Ela adorava isso em Amos. Ele agia como se qualquer coisa fosse possível. Talvez isso resultasse do fato de ter superado tantas dificuldades depois da morte do pai. A experiência o havia deixado com uma atitude positiva que combinava com a dela.

– Em vez de fazer bolos, nossos apoiadores poderiam preparar uma sopa com ervilha e nabo – sugeriu ela.

– Sim, e cortes baratos de carne, como pescoço de carneiro.

Amos puxou a ponta do próprio nariz, um sinal de que estava pensando.

– Será que eles fariam isso? – indagou.

– Depende de quem pedir. Acha que o pastor Charles falaria com os metodistas?

– Vou perguntar a ele.

– E eu falo com os anglicanos.

– Poderíamos percorrer as padarias no domingo de manhã e pedir o pão dormido que não tiverem vendido no sábado.

– Elas vendem o excedente no final do experiente de sábado por um preço mais baixo… mas provavelmente ainda vai ter sobrado algum.

– De toda forma, podemos pedir.

Eles agora estavam em frente ao palácio do bispo e pararam de andar.

– Vamos tentar? – perguntou Elsie, animada.

Amos aquiesceu solenemente.

– Acho que precisamos fazer isso.

Ela queria beijá-lo, mas, em vez disso, soltou seu braço.

– Domingo que vem?

– Claro. Quanto antes, melhor.

Eles se separaram.

Como ela não quis entrar no palácio imediatamente, foi para a catedral, sempre um bom lugar para pensar. Não havia nenhuma missa em andamento. Precisava planejar os detalhes do novo programa de alimentação, mas tudo em que conseguia pensar era Amos. Ele não fazia ideia de como ela o amava; pensava que os dois fossem apenas amigos. E mantinha uma obsessão idiota por Jane Midwinter, uma moça que não correspondia ao seu amor e que, de toda forma, era muito menos do que ele merecia. Elsie quis rezar pedindo a Deus que fizesse Amos amá-la e esquecer Jane, mas isso parecia egoísta demais para uma prece; não era o tipo de coisa em que se deveria pedir a intervenção de Deus.

No corredor sul, passou por dois homens entretidos numa discussão. Reconheceu Stan Gittings, um jogador inveterado, e Sport Culliver, proprietário da maior casa de apostas da cidade. Como nenhum dos dois era frequentador regular da igreja, deviam ter entrado só para se abrigar da chuva. Não era de espantar. As pessoas muitas vezes entravam ali para debater um problema, um acordo ou mesmo um caso de amor. Naquele caso, a questão parecia ser dinheiro, mas ela não prestou muita atenção.

Reparou em alguém que não reconheceu ajoelhado diante do altar-mor. Um homem, aparentemente jovem. Estava envolto num sobretudo grande que escondia as roupas que usava por baixo, então Elsie não soube dizer se era um membro do clero. Apesar de o rosto estar erguido, ele estava de olhos fechados, e seus lábios se moviam numa prece fervorosa. Ela se perguntou quem seria.

Estava a caminho de ir se sentar em silêncio no transepto sul, mas o bate-boca no corredor ficou mais acalorado. Os homens elevaram a voz e haviam adotado posturas agressivas. Ela cogitou intervir e sugerir que eles fossem lá para fora, mas, pensando melhor, concluiu que era menos provável chegarem às vias de fato se continuassem dentro da igreja, então desistiu do plano de ter alguns instantes tranquilos e se retirou, passando por eles sem dizer nada.

Atrás dela, Culliver gritou:

– Se você aposta com dinheiro que não tem, precisa arcar com as consequências!

Segundos depois, outra voz indignada se fez ouvir:

– Ordeno aos senhores que se retirem imediatamente deste lugar sagrado!

Ela se virou e viu o jovem que estava rezando diante do altar-mor. Ele caminhava a passos largos na direção dos dois brigões, e sua indignação era tanta que o rosto – bem bonito, ela notou – estava cor-de-rosa.

– Retirem-se! – disse ele para Gittings e Culliver. – Retirem-se agora!

Gittings, um homem esquálido vestido com roupas surradas, adotou um ar envergonhado e estava prestes a ir embora depressa, mas Culliver não se deixaria intimidar tão facilmente. Além de ser alto e corpulento, ele era também uma das pessoas mais ricas da cidade. Não era o tipo que baixava a cabeça.

– Quem diabos é o senhor? – perguntou ele.

– Meu nome é Kenelm Mackintosh – respondeu o rapaz com certo orgulho.

Ele estava sendo aguardado, Elsie sabia. A renúncia do cônego Midwinter havia desencadeado uma série de promoções no clero da catedral que deixara uma vaga a ser preenchida entre os assessores pessoais do bispo, e o pai de Elsie havia nomeado um parente distante, um jovem sacerdote recém-formado pela Universidade de Oxford. Então aquele dali era ele. Devia ter acabado de saltar da diligência.

O rapaz desabotoou rapidamente o casaco para revelar as vestes eclesiásticas por baixo.

– Sou o assessor do bispo Latimer. Esta aqui é a casa de Deus. Ordeno aos senhores que vão bater boca em outro lugar.

Culliver reparou pela primeira vez em Elsie e se dirigiu a ela.

– Quem ele pensa que é? Que homenzinho mais presunçoso.

– Vá para casa, Sport – disse Elsie baixinho. – E, se deixa Gittings apostar fiado, precisa arcar com as consequências.

Sport ficou visivelmente enfurecido com esse comentário desdenhoso feito por uma jovem mulher e pareceu prestes a começar uma discussão; então reconsiderou e, após uma pausa, os dois se afastaram na direção da saída do pórtico sul.

Elsie fitou o recém-chegado com interesse. Tinha mais ou menos a sua idade,

22 anos, e traços lindíssimos: fartos cabelos claros e olhos verdes interessantes. Além disso, tinha coragem a ponto de enfrentar um valentão corpulento como Culliver. Seu semblante, porém, exibia uma expressão contrariada: ele obviamente não estava satisfeito com o desfecho do conflito.

– Eles não pretendem fazer mal algum – disse Elsie.

– Eu poderia ter lidado com eles sozinho – afirmou Mackintosh, com altivez. – Mas, mesmo assim, obrigado.

Melindroso, pensou ela. *Deixe estar.*

– Eles parecem considerá-la uma pessoa de certa autoridade – continuou ele, nitidamente surpreso com o fato de uma simples moça ter conseguido aplacar dois homens zangados.

– Autoridade? Na verdade, não. Sou Elsie Latimer, filha do bispo.

Ele ficou desconcertado.

– Queira me desculpar, Srta. Latimer. Eu não fazia ideia.

– Não há por que se desculpar. E agora nós fomos apresentados. Já se encontrou com o bispo?

– Não. Despachei meu baú para o palácio e vim direto para cá agradecer a Deus por uma viagem sem incidentes.

Muito devoto, pensou ela; *mas será de verdade, ou só pelas aparências?*

– Bem, deixe-me levá-lo até ele.

– Fico agradecido.

Os dois saíram da catedral e atravessaram a praça.

– Soube que o senhor é escocês – disse ela.

– Sou – respondeu ele, tenso. – Isso tem alguma importância?

– Para mim, não. Só estou surpresa por não ter sotaque.

– Livrei-me dele em Oxford.

– De propósito?

– Não lamentei perdê-lo. Na universidade existe um pouco de preconceito.

As palavras foram brandas, mas por baixo delas havia amargura.

– Lamento saber disso.

Eles entraram no palácio, e Elsie o conduziu até o escritório do pai, um cômodo confortável dotado de uma grande lareira e sem escrivaninha.

– O Sr. Mackintosh está aqui, pai – anunciou ela.

– A bagagem dele já chegou! – O bispo se levantou de uma cadeira estofada e apertou com entusiasmo a mão do visitante. – Bem-vindo, meu caro rapaz.

– Sinto-me honrado por estar aqui, excelência, e lhe agradeço humildemente o privilégio.

O bispo olhou para Elsie.

– Obrigado, querida – falou, dispensando-a.

Ela não se retirou.

– Estou vindo do enterro de três crianças da escola dominical, todas da mesma família. O pai morreu e a mãe teve dificuldade para alimentar os filhos, eles pegaram um resfriado no quarto úmido em que moravam e os três morreram em um dia.

O bispo aquiesceu.

– Estão com seu pai do céu agora – declarou.

A complacência do pai deixou Elsie com raiva. Com a voz exaltada, ela prosseguiu:

– Talvez seu pai do céu pergunte por que os vizinhos das crianças não fizeram nada para ajudá-las. Jesus disse: "Deem de comer a meus cordeiros", como estou certa de que o senhor recorda.

– Acho melhor deixar a teologia a cargo do clero, Elsie – retrucou ele, e deu uma piscadela cúmplice para Mackintosh, que reagiu com um sorriso bajulador.

– Vou deixar – disse ela. – E vou alimentar os cordeiros do Senhor com um caldo nutritivo – arrematou então, num tom desafiador.

– Vai mesmo? – indagou o pai, cético.

– Ou pelo menos os que frequentarem a minha escola dominical.

– E como vai fazer isso?

– Nossa cozinha é grande o suficiente para tal, e o senhor não vai nem notar o aumento no orçamento do mercado.

O bispo se espantou.

– Nossa cozinha? Está sugerindo seriamente alimentar as crianças pobres da cidade a partir da nossa cozinha?

– Da nossa só, não. Os patrocinadores da escola dominical farão o mesmo.

– Mas que absurdo. A escassez de comida é nacional. Não podemos alimentar todo mundo.

– Não todo mundo, só os alunos da minha escola dominical. Como posso dizer a eles que sejam bondosos e gentis como Jesus e depois mandá-los para casa com fome?

O bispo se virou para o recém-chegado.

– O que acha disso, Sr. Mackintosh?

O jovem pároco pareceu pouco à vontade: não gostou de estar sendo solicitado a arbitrar entre Elsie e o pai. Depois de hesitar um pouco, ele disse:

– Minha única certeza é de que meu dever é ser guiado por meu bispo, e imagino que o mesmo valha para a Srta. Latimer.

Ele não era tão corajoso quanto Elsie havia pensado.

– Os metodistas estão especialmente empenhados na ideia – afirmou ela.

Isso era mais uma esperança que um fato, mas ela disse a si mesma que era uma mentira inofensiva.

Seu pai reconsiderou. Não desejaria parecer pouco generoso em comparação com os metodistas.

– Quantas crianças frequentam a escola dominical?

– Nunca menos de cem. Às vezes duzentas.

Mackintosh ficou espantado.

– Ora veja! Em geral são doze crianças numa salinha.

O bispo se dirigiu a Elsie.

– E você e seus amigos metodistas querem alimentar todas elas?

– Sem dúvida. Mas há muitos anglicanos entre nossos patrocinadores.

– Bem, é melhor ir falar com sua mãe e descobrir o que ela acha que a nossa cozinha pode suportar.

Elsie manteve o rosto impassível para evitar abrir um sorriso de vitória.

– Sim, pai.

CAPÍTULO 16

Quando sugeriu a ideia da Sociedade Socrática, Sal não imaginou que aquilo fosse virar uma coisa tão grande. Lembrou-se do tom casual com que dissera: "É isso que deveríamos estar fazendo: estudando e aprendendo. Que negócio é esse de Sociedade de Correspondência que você mencionou?" Imaginara cerca de uma dúzia de pessoas numa sala acima de uma taberna. O sucesso da palestra de Roger Riddick a fizera mudar de opinião. Mais de cem pessoas haviam comparecido, e o evento fora noticiado na *Gazeta de Kingsbridge*. E esse triunfo era seu. Jarge e Spade a haviam incentivado e ajudado, mas ela havia sido a força motriz. Estava orgulhosa do que conseguira fazer.

Agora, no entanto, sentia que a Sociedade era apenas um primeiro passo. Fazia parte de um movimento que estava ocorrendo no país inteiro, de trabalhadores se instruindo, lendo livros e assistindo a palestras. E por trás desse movimento havia um objetivo. Eles queriam ter voz no modo como seu país era governado. Quando havia guerra eram obrigados a lutar, e quando o preço do pão disparava passavam fome. Nós sofremos, então também deveríamos participar das decisões, raciocinava ela.

Que longo caminho percorri desde Badford, pensou.

Um mês depois, o segundo encontro da Sociedade parecia ainda mais importante. Os trabalhadores de Kingsbridge estavam zangados com a alta dos preços, em especial dos alimentos. Em algumas cidades houvera revoltas por causa do pão, muitas vezes lideradas por mulheres desesperadas para alimentar suas famílias.

O encontro estava marcado para um sábado, quando as pessoas saíam do trabalho algumas horas mais cedo. Poucos minutos antes do início, Sal e Jarge foram até a casa do pastor Charles Midwinter conhecer o palestrante convidado, reverendo Bartholomew Small.

O pastor Midwinter havia se mudado da residência do cônego, mansão que era quase um palácio. Sua nova morada, convenientemente situada perto do Salão Metodista, não era muito maior que uma casa de operário. A família devia ter sentido a mudança como um rebaixamento, pensou Sal, em especial Jane, que ansiava por gozar das coisas boas da vida.

Na sala de estar, Midwinter lhes ofereceu xerez. Sal não estava à vontade, e Jarge se sentia ainda pior. Os dois tinham se vestido da melhor maneira possível, mas seus sapatos eram remendados e suas roupas estavam desbotadas. O pastor, contudo, deu uma boa inflada no ego dos dois.

– Reverendo Small, estas duas pessoas são os líderes intelectuais do povo trabalhador de Kingsbridge.

– É uma honra conhecê-los – disse o reverendo.

Ele era um homem esbelto de voz macia e tinha exatamente a aparência que Sal sempre imaginara num professor universitário: grisalho, de óculos e corcunda por ter passado anos curvado sobre os livros.

– Verdade seja dita, reverendo, nossa intelectual é Sal – afirmou Jarge.

O elogio a deixou constrangida. *Não sou nenhuma intelectual*, pensou. *Mas tudo bem, estou aprendendo.*

– Digam-me: quantas pessoas vocês imaginam que comparecerão hoje à noite? – perguntou Small.

– Umas duzentas, mais ou menos – respondeu Sal.

– Tantas assim?! Estou acostumado com uma dúzia de alunos, por aí.

Ele estava um pouco nervoso, o que ao mesmo tempo surpreendeu e deixou Sal mais confiante.

O pastor Midwinter esvaziou a própria taça de xerez e se levantou.

– Não devemos nos atrasar – falou.

Eles subiram a rua principal, onde os lampiões de rua faziam a chuva que caía cintilar. Ao se aproximarem dos Salões de Bailes e Eventos, Sal se surpreendeu ao ver em frente ao prédio cerca de uma dúzia de soldados da milícia de Shiring, molhados porém elegantes em seus uniformes e armados com mosquetes. O cunhado de Spade, Freddie Caines, estava entre deles. O que estariam fazendo ali?

Ficou horrorizada ao ver com eles Will Riddick, portando uma espada e obviamente no comando.

Parou na frente dele com as mãos nos quadris.

– O que é isto? – perguntou. – Não precisamos do senhor nem dos seus soldados.

Ele a encarou de volta. Na sua expressão mesclavam-se desprezo e uma pitada de medo.

– Como juiz de paz, eu trouxe a milícia para lidar com qualquer problema que venha a surgir – disse ele com arrogância.

– Problema? – repetiu ela. – Isto aqui é um grupo de debates. Não vai haver nenhum problema.

– É o que veremos.

Uma pergunta lhe ocorreu, e ela franziu a testa antes de enunciá-la.

– Por que o visconde Northwood não veio?

– O coronel Northwood está fora da cidade hoje.

Era uma pena. Northwood nunca teria feito nada tão provocador quanto aquilo. Além de burro, Will era maldoso. E nutria ódio por Sal.

Mas não havia nada que ela pudesse fazer.

Ao entrar no prédio, viu o xerife Doye e o agente da ordem Davidson em pé do lado de dentro da entrada, tentando fingir não saber quanto ambos eram impopulares.

Os assentos estavam dispostos em fileiras de frente para um púlpito. Sal viu que o público era grande, maior que no primeiro encontro. Muitos artesãos – tecelões e tintureiros, luveiros e sapateiros – misturavam-se aos operários das fábricas. Spade estava sentado nos fundos com os sineiros.

O impressor Jeremiah Hiscock tinha vindo, mas obviamente não havia se recuperado de todo do açoitamento: estava pálido e parecia nervoso, e o aspecto volumoso do casaco sugeria que ainda usava grossas ataduras nas costas. Ao seu lado estava sentada a esposa, Susan, que exibia uma expressão confrontadora, como se estivesse desafiando qualquer um a chamar o marido de criminoso.

Susan e Sal faziam parte do punhado de mulheres presentes no recinto. Dizia-se com frequência que era preciso deixar a política a cargo dos homens, e algumas mulheres acreditavam nisso, ou fingiam acreditar.

A plateia incluía um grupo de jovens que Sal já vira espreitando ao redor da Hospedaria do Matadouro, perto do rio.

– Não estou gostando da cara daqueles rapazes – murmurou ela para Jarge.

– Eu os conheço – disse Jarge. – Chamam-se Mungo Landsman, Rob Appleyard e Nat Hammond. É bom ficarmos de olho neles.

Sal e Jarge estavam sentados na primeira fila com Midwinter e o reverendo Small. Dali a um minuto, Spade se levantou e foi até o púlpito. Houve um murmúrio de surpresa: todos sabiam que ele era inteligente e lia os jornais, mas, mesmo assim, não passava de um tecelão.

Ele ergueu um exemplar de *Motivos para contentamento dirigidos à parcela trabalhadora do povo britânico*.

– Devemos prestar muita atenção no que o senhor Paley diz – começou ele.
– O reverendo é muito sensato em relação a como devemos administrar nossos assuntos aqui no oeste da Inglaterra, pois é arcediago… de Carlisle.

Ouviu-se uma onda de risos. Carlisle ficava na fronteira com a Escócia, a quase quinhentos quilômetros de Kingsbridge.

Ele prosseguiu na mesma linha. Sal tinha passado os olhos pelo panfleto de Paley e sabia que o texto fazia comentários pomposos e condescendentes sobre os trabalhadores. Spade leu os piores deles com uma voz neutra, e a cada trecho as risadas ficavam mais altas. Ele começou a reagir à plateia, fingindo estar intrigado e ofendido com a sua reação, o que fez as pessoas rirem mais ainda. Até os conservadores tóris acharam graça, e não houve nenhuma hostilidade ou provocação.

– Está tudo correndo bem – sussurrou Midwinter para Sal.

Spade se sentou ao som de vivas e aplausos, e Midwinter apresentou o reverendo Small.

Small, assim como Paley, era filósofo, de modo que a sua abordagem foi acadêmica. Ele não mencionou a Revolução Francesa nem o Parlamento britânico. Seus argumentos tiveram a ver com o direito de governar. Reis eram escolhidos por Deus, admitiu, mas duques, banqueiros e lojistas também, e nenhum deles era perfeito, então ninguém governava por direito divino. Os espectadores começaram a se inquietar, remexendo-se e fazendo comentários entre si. Sal ficou decepcionada, mas pelo menos Small não tinha dito nada tão inflamado.

De repente, alguém se levantou de um pulo e gritou:

– Deus salve o rei!

Sal viu que era Mungo Landsman.

– Ah, mas que inferno – comentou.

Vários homens da plateia fizeram o mesmo, levantando-se para gritar "Deus salve o rei!" e se sentando em seguida.

Sal reparou que era o grupo da Hospedaria do Matadouro, só que parecia haver mais membros do que os três mencionados por Jarge. Foi tomada pela consternação. O que estaria acontecendo? Small não tinha dito nada específico sobre o rei Jorge, então não havia como terem se inflamado por causa do seu discurso. Teriam planejado aquilo independentemente do que fosse dito? Por que comparecer só para causar tumulto na reunião?

Small continuou com sua fala, mas em pouco tempo tornou a ser interrompido.

– Traidor! – gritou alguém.

Então outros gritaram:

– Republicano!

E também:

– Radical!

Sal se virou na cadeira.

– Vocês não têm como saber o que ele é se não o escutarem – disse ela bem alto, com raiva.

– Prostituta! – gritaram eles.

Então continuaram:

– Papista!

– Francesa!

Jarge se levantou e andou devagar até os fundos da sala, perto dos que gritavam. Seu amigo Jack Camp, ainda mais forte que ele, foi se postar ao seu lado. Os dois não falaram com os arruaceiros, mas ficaram parados de braços cruzados, olhando para a frente da sala.

Midwinter murmurou:

– Isso não está cheirando bem, Sal. Talvez devêssemos encerrar o encontro agora.

Sal ficou arrasada.

– Não – disse ela, embora estivesse preocupada. – Isso significaria ceder a eles.

– Pode ser que aconteça um desfecho pior.

Sal sentia que ele talvez tivesse razão, mas seria insuportável admitir uma derrota.

Small seguiu falando, mas não por muito tempo. Os gritos recomeçaram, e Sal comentou:

– É como se eles quisessem justamente armar uma briga!

– Tenho certeza de que foi tudo combinado – afirmou Midwinter. – Alguém está decidido a desacreditar a Sociedade.

Sal teve uma sensação nauseante de que ele estava certo. Os rapazes do Matadouro não estavam reagindo ao que estava sendo dito: estavam seguindo um plano previamente armado.

E Riddick estava ciente, ela se deu conta; por isso tinha ido até lá com a milícia. Aquilo era um complô.

Mas quem teria bolado o plano? Os homens que governavam a cidade reprovavam a Sociedade, mas será que tentariam mesmo organizar um motim?

– Mas quem teria feito isso? – indagou.

– Um homem amedrontado – respondeu Midwinter.

Sal não entendeu o que ele estava querendo dizer.

As pessoas sentadas perto dos que estavam gritando começaram a se levantar e se afastar, sem dúvida nervosas com o que poderia acontecer a seguir.

O reverendo Small desistiu da palestra e se sentou.

Midwinter se levantou e disse bem alto:

– Vamos agora fazer um breve intervalo, seguido por um debate daqui a quinze minutos.

Sal torceu para isso acalmar os ânimos, mas constatou desesperada que não fez diferença. As pessoas começaram a correr na direção das portas. Ela seguiu observando a turma do Matadouro. Os rapazes continuaram onde estavam, parecendo satisfeitos ao ver o pânico que tinham causado.

Sal viu uma mulher que estava fugindo trombar com Mungo Landsman. Ele cambaleou, então deu um soco na cara dela. O sangue esguichou do seu nariz. Jarge bateu em Mungo. Em segundos, meia dúzia de pessoas estavam engalfinhadas.

Sal teria adorado derrubar alguns daqueles arruaceiros, mas resistiu à tentação. Onde estava o xerife Doye? Segundos após a pergunta lhe ocorrer, viu Doye entrar pela porta mais afastada. Por que o xerife tinha saído? A resposta veio um instante depois: ele foi seguido porta adentro por Will Riddick e pelos soldados da milícia. Os soldados e o agente Davidson começaram a apartar as brigas e a prender alguns homens, amarrando-os e obrigando-os a se deitarem no chão. Ao ver isso, a maioria dos brigões esqueceu suas motivações e fugiu.

– Vou me certificar de que prendam esses arruaceiros do Matadouro – declarou Sal.

Ela se encaminhou decidida até os soldados.

Will Riddick não a deixou passar.

– Fique fora disso, Sal Clitheroe – disse ele. – Não quero que a senhora se machuque – arrematou então, com um sorriso cruel.

– Como o senhor estava do lado de fora do prédio, não tem como saber quem começou a briga, mas eu posso lhe informar – falou Sal.

– Guarde a informação para os juízes – retrucou Riddick.

– Mas o senhor é juiz. Não quer saber quem foi?

– Estou ocupado. Saia da minha frente.

Sal começou a anotar mentalmente o nome de todos os que foram detidos. Alguns eram da turma do Matadouro, mas outros tinham sido suas vítimas. Entre eles estava Jarge.

Riddick fez todos os detidos ficarem de pé. Eles foram amarrados uns nos outros e escoltados para fora. Sal e Midwinter saíram atrás. O grupo caminhou até a cadeia de Kingsbridge, situada do outro lado da rua, em frente aos Salões de Bailes e Eventos. Os prisioneiros foram recebidos pelo carcereiro Gil Gilmore. Enquanto eles desapareciam na escuridão da cadeia, Sal disse a Riddick:

– É bom assegurar que todos que vocês prenderam sejam ouvidos pelos juízes. Certifique-se de que ninguém seja solto por favoritismo.

Pela expressão de Riddick, pôde ver que o plano dele era exatamente esse.

– Não se preocupe – respondeu ele, casualmente.

– Qualquer indício de parcialidade sua prejudicaria o indiciamento de todos, não? – disse Midwinter.

– Deixe que da lei me encarrego eu, pastor. O senhor pode se concentrar na teologia.

Os juízes se reuniram na manhã de segunda-feira na antessala contígua à câmara do conselho. Hornbeam ficou satisfeito com o fato de o segundo encontro da Sociedade Socrática ter se transformado numa baderna, justamente como tinha planejado, mas nem por isso havia se permitido descansar. Passara o domingo se preparando para o julgamento, estabelecendo as bases para duras condenações e sentenças.

Todos os membros do júri eram homens com idades entre 21 e 70 anos, donos de propriedades em Kingsbridge no valor de pelo menos quarenta xelins anuais em aluguéis. Eles também tinham direito ao voto, e esse tipo de governo era chamado de Direito dos Quarenta Xelins. Tais homens formavam a elite governante da cidade, e em geral não lhes custava muito considerar trabalhadores culpados.

Cabia ao xerife formar o júri, e ele supostamente deveria escolher os jurados de modo aleatório. No entanto, como na opinião de Hornbeam alguns dos que tinham direito a votar não eram confiáveis, ele tinha dado uma palavrinha com Doye e lhe sugerido que excluísse todos os metodistas e outros não conformistas que pudessem se solidarizar com o fato de o povo tentar organizar um grupo de debates. Doye havia concordado na hora.

Hornbeam só estava decepcionado com o fato de Spade não ter sido preso.

O conselheiro Drinkwater era o chefe dos juízes, e era ele quem presidiria o julgamento. Hornbeam temia que Drinkwater se mostrasse leniente, mas torcia para Will Riddick compensar sua indulgência.

Enquanto os juízes aguardavam os acusados serem trazidos da cadeia, Hornbeam ficou lendo o *The Times*, fingindo tranquilidade.

– Os monarquistas foram derrotados na França... outra vez – comentou. – Não sei nada sobre esse novo general chamado Napoleão Bonaparte. Alguém já ouviu falar nele?

– Eu não – respondeu Drinkwater enquanto ajustava a peruca diante de um espelho.

– Nem eu – disse Riddick, que não lia muito os jornais.

– Parece o demo encarnado – continuou Hornbeam. – Aqui diz que ele pôs quarenta canhões nas ruas de Paris e dizimou os monarquistas com estilhaços. E continuou lutando mesmo depois de o seu cavalo ser atingido por tiros.

– Não gosto de ouvir falar em homens sendo alvejados por canhões – comentou Drinkwater. – A mim isso parece pouco digno de cavalheiros. Uma batalha deveria ser homem contra homem, pistola contra pistola, espada contra espada.

– Talvez – falou Hornbeam. – Mesmo assim, eu preferiria que o general Bonaparte estivesse do nosso lado.

O escrevente olhou para dentro da sala e disse que o tribunal estava pronto.

– Está bem. Peça que façam silêncio – ordenou Drinkwater.

Os três juízes adentraram o tribunal e tomaram seus lugares.

O recinto estava lotado. Havia uma dúzia de réus, várias testemunhas, todos os seus amigos e parentes, além de outros espectadores que haviam comparecido pelo simples fato de aquele ser um grande acontecimento na cidade. O júri estava sentado sobre bancos compridos num dos lados da sala. Todas as outras pessoas estavam em pé.

Não havia nenhum advogado no tribunal com exceção do escrevente dos juízes, Luke McCullough. Era raro advogados comparecerem diante de juízes, a não ser talvez em Londres. Na maioria dos casos, a vítima do crime também apresentava a acusação. Nesse dia, como a briga tinha sido um acontecimento coletivo, o xerife Doye era quem apresentaria a acusação.

Doye anunciou o nome dos acusados de lesão corporal leve, entre os quais Jarge Box, Jack Camp e Susan Hiscock. A lista não incluía os rapazes do Matadouro: Mungo Landsman, Rob Appleyard e Nat Hammond. Hornbeam tinha dito ao xerife que os liberasse sem qualquer acusação. Entretanto, eles estavam presentes no tribunal como testemunhas.

Riddick murmurou para Hornbeam:

– Uma pena aquela vadia da Sal Clitheroe não ter sido presa.

Drinkwater tomou a palavra:

– Um dos réus, Jarge Box, foi também um dos organizadores do evento, então vamos ouvir o caso dele primeiro.

Hornbeam se deu conta de que não era o único a ter feito planos para aquele julgamento. Ficou surpreso com o fato de Drinkwater demonstrar tanto planejamento. Mas talvez ele já tivesse debatido o caso com seu genro mais inteligente que ele, o pastor Midwinter, que deveria ter sugerido a melhor forma de conduzir o julgamento. E Jarge Box também parecia ter recebido instruções, pois não pareceu surpreso ao ser chamado primeiro.

Box foi acusado de agredir Mungo Landsman e alegou inocência. Landsman jurou dizer a verdade e contou que Box o havia derrubado no chão e depois chutado. Box foi indagado a se pronunciar, caso tivesse algo a dizer.

– Com a licença de suas excelências, eu gostaria de contar o que aconteceu – disse ele.

Hornbeam teve certeza de que aquela frase havia sido ensaiada. Além do mais, Box estava usando um casaco respeitável e sapatos decentes, com certeza emprestados para a ocasião.

– Sim, está certo. Pode falar – disse Drinkwater.

O ambiente formal do tribunal estava deixando Box nervoso, mas ele superou a ansiedade e começou a falar com segurança.

– O encontro transcorreu pacífico e tranquilo por quase uma hora antes de o problema começar – relatou ele. – O reverendo Small, de Oxford...

Hornbeam o interrompeu:

– Small não foi o único a falar, foi?

A pergunta fez Box perder o fio da meada. Ele se demorou alguns segundos organizando os pensamentos, então disse:

– Spade também falou. Quer dizer, David Shoveller.

– Sobre que tema? – perguntou Hornbeam.

– Hã, sobre o livro do arcediago Paley dirigido ao povo trabalhador.

– Não é verdade que ele fez a plateia rir?

– Tudo que ele fez foi ler trechos do livro.

– Com uma voz engraçada?

– Com a sua voz normal.

– Bem, se as pessoas riem quando o livro é lido em voz alta, a culpa talvez seja do autor, não de quem está lendo – afirmou Drinkwater. – Ouviram-se algumas risadinhas entre os presentes. – Prossiga, Box.

Box se sentiu encorajado.

– O reverendo Small estava falando sobre monarcas de forma geral, nada sobre o rei Jorge especificamente, quando Mungo Landsman se levantou e gritou: "Deus salve o rei." Alguns outros então se levantaram e gritaram a mesma coisa. Ficamos sem entender o que os tinha deixado ofendidos. Parecia que eles haviam ido ao encontro com a intenção de causar problemas. Nós nos perguntamos se alguém os teria pagado para fazer isso.

Um grito se fez ouvir no meio dos espectadores:

– É isso aí!

Era uma voz feminina, e Riddick murmurou:

– É aquela Clitheroe.

Box retomou seu depoimento.

– O Sr. Small continuou com a palestra, mas eles tornaram a interrompê-lo chamando-o de traidor, republicano e radical. A Sra. Sarah Clitheroe disse que eles não podiam saber o que ele era a não ser que o escutassem, mas eles gritaram chamando-a de prostituta, o que é uma mentira maldosa.

Hornbeam tornou a interromper:

– Está se referindo a Sal Clitheroe? Já foi dito que é ela a verdadeira organizadora da sociedade.

– Sim – respondeu Box.

Hornbeam olhou diretamente para Sal ao dizer:

– A mulher que foi expulsa do povoado de Badford por ter atacado o filho do senhor de terras?

Isso pôs Box na defensiva, e houve uma pausa antes de ele responder.

– Riddick matou o marido dela.

Will Riddick se manifestou do banco:

– Com toda a certeza eu não fiz isso.

– Não estamos aqui para julgar esse caso – interveio Drinkwater com impaciência. – Pode prosseguir com seu depoimento, Box.

– Sim, excelência. Eu e Jack Camp fomos para perto dos arruaceiros, mas de nada adiantou. O barulho era tanto que o orador não conseguiu continuar, e o pastor Midwinter convocou um intervalo na esperança de que Mungo e seus amigos calassem a boca ou fossem embora, para podermos ter um debate tranquilo e aprender alguma coisa. Mas várias pessoas começaram a se encaminhar rapidamente para as portas. Acho que a gritaria as assustou, e elas decidiram ir para casa.

Hornbeam interrompeu pela terceira vez.

– Vá direto ao assunto, homem. O senhor agrediu Mungo Landsman?

Jarge não se deixou desviar tão facilmente assim do seu relato. Ele continuou:

– Lydia Mallet estava tentando sair quando esbarrou em Mungo, então ele lhe deu um soco na cara.

– Lydia Mallet está aqui presente? – perguntou Drinkwater.

Uma jovem se adiantou até a frente do grupo. Era bonita, mas estava com o nariz e a boca vermelhos e inchados.

– Foi Mungo Landsman quem a deixou assim? – indagou Drinkwater.

Ela assentiu.

– Por favor, diga sim, se for essa a sua resposta – pediu ele.

– *Chim* – disse Lydia, e todos riram. – *Chinto* muito, não *conchigo* falar direito – explicou ela, e ninguém mais riu.

– Acho que podemos tomar isso como uma resposta afirmativa – declarou Drinkwater. Ele olhou para o xerife. – Se esse relato está correto, é surpreendente Landsman não estar entre os acusados.

– Falta de provas, excelência – disse o xerife Doye.

Drinkwater ficou obviamente insatisfeito, mas decidiu não insistir.

– O que aconteceu depois, Box?

– Eu derrubei Mungo no chão.

– Por quê?

– Ele socou uma mulher! – respondeu Jarge, indignado.

– E por que o senhor o chutou? – perguntou Hornbeam.

– Para mantê-lo no chão.

– Não deveria ter feito isso – disse Drinkwater. – Isso significa fazer justiça com as próprias mãos. Deveria ter denunciado Landsman para o xerife.

– Phil Doye tinha saído para chamar a milícia!

– O senhor poderia ter denunciado depois. Já chega, Box. Acho que temos todas as informações de que necessitamos.

Hornbeam se irritou com a forma como o julgamento transcorria. Não teria deixado Box contar uma longa história sobre como a violência havia sido provocada. Isso poderia tornar o júri complacente. E Drinkwater estava obviamente irritado com o fato de os rapazes do Matadouro terem sido deixados de fora.

Como de costume, o tribunal ouviria todos os casos antes de pedir ao júri os veredito. Não era uma boa prática: ao final do dia, os jurados já teriam esquecido boa parte do que haviam escutado. Por outro lado, em caso de dúvida eles geralmente tendiam a dar um veredito de culpa, o que Hornbeam considerava uma boa coisa, já que na sua opinião praticamente todo mundo que tinha problemas com a lei merecia ser punido.

Os demais casos foram uma repetição um do outro. A tinha dado um soco em B porque B tinha empurrado C. Todos os acusados alegaram ter sido provocados. Nenhum dos ferimentos era muito grave: hematomas, costelas quebradas, um dente arrancado, uma torção no pulso. A cada caso, Drinkwater fazia questão de assinalar que provocações não justificavam violência. E, no final, o júri considerou todos culpados.

Estava na hora de os juízes decidirem a punição. Eles conversaram em voz baixa entre si.

– Um caso claro de açoitamento, eu diria – opinou Hornbeam.

– Não, não – disse Drinkwater. – Acho que deveríamos condená-los todos a passar um dia presos no tronco.

Hornbeam murmurou:

– Com a opção de, em vez disso, pagar uma multa de dez xelins, eu sugiro.

Ele queria poder salvar alguns homens da sua escolha.

– Não – discordou Drinkwater com firmeza. – Todos devem ter a mesma sentença. Não quero metade presa no tronco e a outra metade andando pela cidade só porque alguém pagou sua multa.

Era exatamente o que Hornbeam planejava fazer, mas sabia quando era derrotado. Então se limitou a responder:

– Está bem.

Como sempre, ele tinha um plano de contingência.

Hornbeam desprezava a classe trabalhadora, especialmente quando reunida, e a pior reunião de todas era a turba de Londres. Mesmo assim, ficou chocado com as notícias no jornal da manhã seguinte. A caminho do Parlamento em sua carruagem, o rei tinha sido atacado por vândalos aos gritos de "Pão e paz!". A janela da carruagem havia sido quebrada a pedradas.

Eles tinham apedrejado o rei! Hornbeam nunca ouvira falar em tamanho insulto ao monarca. Aquilo era alta traição. No entanto, mesmo enquanto soltava fogo pelas ventas de tanta indignação, ele percebeu que aquela notícia nesse dia exato poderia ajudá-lo quando ele fosse encontrar o representante do rei, o conde de Shiring. Dobrou o jornal com cuidado e o guardou dentro do casaco. Então saiu.

Tinha orgulho da carruagem que o aguardava diante da porta. Fora produzida especialmente para ele pelo fabricante de carruagens do rei, John Hatchett, em sua oficina na rua Long Acre, em Londres. Quando menino, ele tinha visto veículos como aquele e ansiado por ser dono de um. O seu era um modelo chamado berlina, rápido porém estável, com menor probabilidade de tombar em alta velocidade. A carroceria era azul com linhas douradas nas laterais, e o verniz da pintura reluzia.

Riddick já estava lá dentro. Os dois iriam juntos a Earlscastle. Certamente seria difícil para o representante do rei ignorar uma queixa de dois juízes.

A carruagem passou pela Praça do Mercado, já movimentada apesar de ser cedo. Hornbeam a fez parar para que pudessem dar uma olhada nas pessoas que estavam sendo punidas.

O implemento conhecido como tronco imobilizava as pernas, forçando o condenado a ficar o dia inteiro sentado numa posição desconfortável. Era mais humilhante que doloroso. Nessa manhã, todas as doze pessoas consideradas culpadas pelos juízes estavam ali em exibição, debaixo de chuva.

Com frequência, os condenados eram alvos de zombaria e maus-tratos, sem terem como se defender. Dejetos das pilhas de esterco podiam ser atirados neles. Violências propriamente ditas eram proibidas, mas a linha era tênue. Nesse dia, porém, as pessoas na praça não mostravam qualquer hostilidade. Era um sinal de solidariedade aos condenados.

Para Hornbeam isso pouco importava. Ele não tinha o menor desejo de ser popular. Ser popular não rendia dinheiro.

Olhou para Jarge Box, o líder do grupo de dissidentes, e para sua irmã, Joanie; os dois estavam lado a lado. Não pareciam estar sofrendo muito. Joanie conversava com uma mulher que carregava um cesto de compras. Jarge bebia cerveja de um caneco, provavelmente trazido por algum simpatizante.

Hornbeam então avistou Sal Clitheroe, a organizadora, que não fora sequer acusada. Em pé ao lado de Box, ela levava no ombro uma pesada pá de madeira. Estava ali para defendê-lo se preciso fosse. Hornbeam duvidava que alguém se atrevesse a desafiá-la.

Aquilo tudo era decepcionante demais.

– Os verdadeiros culpados são os organizadores, e eles não estão ali – comentou Riddick.

Hornbeam concordou com um meneio de cabeça.

– Hoje à tarde, quando voltarmos de Earlscastle, é possível que tenhamos um controle mais firme dos tribunais da cidade.

Ele disse ao condutor que tocasse a carruagem.

A viagem seria longa. Riddick sugeriu algumas rodadas de faraó, mas Hornbeam declinou. Não gostava de jogos, muito menos do tipo em que se pudesse perder dinheiro.

Riddick lhe perguntou se ele conhecia bem o conde.

– Não muito – respondeu Hornbeam. Lembrou-se de uma versão mais velha do visconde Northwood, com o mesmo nariz grande e os olhos argutos, mas uma cabeça calva no lugar dos cachos castanhos. – Encontrei-o em ocasiões cerimoniais, e ele me entrevistou antes de me nomear juiz. É mais ou menos isso.

– Comigo é a mesma coisa.

– Ele não entende de negócios, é óbvio, mas poucos desses nobres entendem. Eles acham que a riqueza vem da terra. Continuam vivendo na Idade Média.

Riddick aquiesceu.

– O filho tem uma essência fraca. Tende a falar sobre a Inglaterra ser um país livre. Não sei se o velho pensa igual.

– Vamos descobrir.

Havia muita coisa em jogo. Se o encontro corresse bem, Hornbeam voltaria para Kingsbridge consideravelmente mais poderoso.

Várias horas mais tarde, eles avistaram Earlscastle. A estrutura já não era mais a de um castelo, embora ainda restasse um trecho curto da muralha defensiva, com suas ameias e seteiras. A parte moderna era feita de tijolo vermelho e tinha janelas compridas com moldura de chumbo, além de muitas chaminés altas que cuspiam fumaça em direção às nuvens de chuva. Corvos empoleirados nos olmos altos grasnaram com desdém quando Hornbeam e Riddick saltaram da carruagem e entraram depressa.

– Espero que o conde nos convide para almoçar – declarou Riddick quando estavam tirando os casacos no saguão. – Estou faminto.

– Não conte com isso – disse Hornbeam.

O conde os recebeu na biblioteca, e não na sala de estar, sinal de que eles eram seus inferiores do ponto de vista social e de que ele considerava aquilo uma reunião profissional. Estava usando um casaco cor de ameixa e uma peruca cinza-prateada.

Hornbeam ficou surpreso ao ver o visconde Northwood também presente, sem uniforme e em trajes de montaria. Devia ser lá que ele estivera na noite do encontro da Sociedade Socrática. Sua presença era uma surpresa desagradável. Era pouco provável que aprovasse o esquema que Hornbeam proporia.

Um fogo alto ardia na enorme lareira. Hornbeam sentiu-se grato, pois a viagem de carruagem tinha sido fria.

Um lacaio lhes ofereceu xerez e biscoitos. Hornbeam recusou; sentia que precisava estar com o raciocínio afiado.

Compartilhou sua narrativa sobre o encontro da Sociedade Socrática: um palestrante revolucionário, um protesto de cidadãos leais ao rei, intimidação de arruaceiros republicanos e uma rebelião.

O conde escutou com atenção, mas seu rosto denotava ceticismo.

– Alguém morreu?

– Não. Mas várias pessoas ficaram feridas.

– Com gravidade?

Hornbeam estava prestes a responder que sim, uma mentira, mas então lhe ocorreu que Northwood poderia ter recebido um relatório do tenente Donaldson, seu ajudante de ordens. Teve que reconhecer a verdade.

– Não muito – falou.

– Mais arruaça que rebelião, portanto – resumiu Northwood, ecoando o que Drinkwater tinha dito no tribunal.

Sim, o visconde com certeza fora informado por alguém.

– Doze pessoas foram conduzidas diante dos juízes – contou Hornbeam. – O conselheiro Drinkwater presidiu o julgamento, e foi então que as coisas começaram a sair errado. Primeiro ele rebaixou as acusações de rebelião para agressão. O júri teve bom senso e considerou culpados todos os doze. Mas Drinkwater insistiu em sentenças leves. Foram todos condenados a passar um dia no tronco. Estão lá agora, jogando conversa fora com os transeuntes e recebendo canecos de cerveja para beber.

– Isso é zombar da justiça – emendou Riddick.

– E os senhores julgam isso grave – disse o conde.

– Julgamos – respondeu Hornbeam.

– O que acham que deve ser feito?

Hornbeam inspirou fundo. Aquele era o momento crucial.

– O conselheiro Drinkwater está com 70 anos – falou. – Idade não é tudo, é lógico – acrescentou depressa, lembrando que o conde tinha quase 60. – Mas Drinkwater adentrou aquela fase bonachona da maturidade em que alguns homens começam a perdoar tudo... um comportamento talvez apropriado para um avô, mas não para um presidente dos juízes.

– Está me pedindo que dispense Drinkwater?

– Como juiz, sim. É claro que ele seguirá conselheiro.

– E suponho que o senhor deseje ser presidente no lugar de Drinkwater, não é mesmo, conselheiro Hornbeam? – interveio Northwood.

– Eu aceitaria humildemente o cargo, se me fosse oferecido.

Riddick se manifestou:

– O conselheiro Hornbeam é a escolha óbvia, milorde. Ele é o fabricante de tecidos mais importante da cidade e certamente mais cedo ou mais tarde será prefeito.

É isso, pensou Hornbeam; *é esse o nosso caso. Agora vejamos como ele será recebido.*

O conde ostentava um ar de dúvida.

– Não estou certo se o que os senhores me contaram justifique uma dispensa. É um passo um tanto drástico.

Era isso que Hornbeam temia.

– Não vamos fazer tempestade em copo d'água – ponderou Northwood. – Um inglês tem direito a ter as próprias opiniões, e a Sociedade Socrática de Kingsbridge é um grupo de debates. Uns poucos narizes sangrando não caracterizam uma revolução. Não creio que a Sociedade represente perigo algum para sua majestade, o rei Jorge, nem para a constituição da Grã-Bretanha.

Doce ilusão, pensou Hornbeam, mas não se atreveu a dizê-lo.

Fez-se silêncio. O conde parecia irredutível, e seu filho mostrava satisfação com o desenrolar da conversa. Riddick aparentava estar sem ação. Não era nenhum gênio, e não tinha a menor ideia do que fazer agora.

No entanto, Hornbeam tinha uma carta na manga, ou melhor, no bolso.

– Não sei se o senhor leu algum jornal hoje, milorde. – Ele pegou o *The Times*. – Estão noticiando que o rei foi apedrejado pela turba de Londres.

– Santo Deus! – exclamou o conde.

– Eu não sabia disso – falou Riddick.

– É verdade? – indagou Northwood.

– Segundo este relato, eles estavam entoando "Pão e paz" – revelou Hornbeam, então desdobrou o jornal e o entregou para o conde.

Este leu algumas linhas e disse:

– Quebraram as janelas da carruagem dele!

– Talvez eu esteja tendo uma reação exagerada – disse Hornbeam, dissimulado. – Mas creio que nós, que temos autoridade na região, devamos tomar atitudes mais firmes contra agitadores e revolucionários.

– Estou começando a pensar que o senhor tem razão – admitiu o conde.

Northwood não disse nada.

– Essas pessoas são fanáticas – afirmou Riddick.

– É assim que uma revolução começa, não? – emendou Hornbeam. – Ideias subversivas conduzem a violência, e a violência se intensifica.

– Talvez o senhor esteja certo – disse o conde.

Hornbeam julgou que ele estava cedendo, mas o filho era um obstáculo.

Uma jovem entrou na biblioteca, usando um traje de montaria caro e um belo chapeuzinho na cabeça. Ela fez uma mesura para o conde e disse:

– Desculpe interrompê-lo, tio, mas o grupo de montaria está esperando meu primo Henry.

Northwood se levantou.

– Queira me perdoar, Srta. Miranda. Uma conversa importante... – explicou ele, obviamente relutando em sair.

Mas o conde declarou:

– Pode ir, Henry. Obrigado pela ajuda.

Hornbeam se deu conta de que a moça era Miranda Littlehampton, prima de Henry Northwood. Dizia-se que os dois tinham um noivado não oficial. Hornbeam não era nenhum especialista em romance, mas, em sua opinião, Miranda estava mais interessada que Henry.

No entanto, Henry se retirou, o que foi um golpe de sorte para Hornbeam.

– Bela moça – comentou Riddick com um tom de admiração.

Cale-se, seu tolo, pensou Hornbeam. *O conde não está interessado em saber se você aprova sua futura nora.* Então se apressou em falar:

– Agradeço a Vossa Senhoria por receber a mim e ao senhor de Badford aqui hoje. Ambos somos gratos pelo privilégio e sabemos que essa conversa foi da mais alta importância para o seu condado, e em especial para a cidade de Kingsbridge.

Sua fala era pura enrolação, mas conseguiu desviar a atenção do conde do comentário cafajeste de Riddick sobre Miranda.

– Sim – disse o conde. – Agradeço aos senhores por terem trazido essa questão ao meu conhecimento. Acho que preciso fazer como sugerem e dizer a Drinkwater que está na hora de ele se aposentar.

Ah, sucesso, pensou Hornbeam com profunda satisfação enquanto mantinha o rosto inexpressivo feito uma tábua.

– Vou escrever para Drinkwater – continuou o conde.

– Se quiser que eu entregue a carta… – sugeriu Hornbeam, ansioso.

– Acho que não – respondeu o conde com severidade. – Drinkwater pode considerar isso uma descortesia. Vou dar a carta para Northwood.

Hornbeam se deu conta de que tinha ido com muita sede ao pote.

– Sim, milorde, é claro, que tolice a minha.

– Imagino que os senhores estejam com pressa para pegar a estrada novamente. O caminho até Kingsbridge é longo.

O tom do conde não deixava margem para discussão. E, não, ele não convidaria seus visitantes para ficar e almoçar. Hornbeam se levantou.

– Com a sua permissão, milorde, nós vamos indo.

O conde estendeu a mão para a alça de uma sineta, e um minuto depois um lacaio apareceu. Hornbeam e Riddick se curvaram e saíram para o saguão. O conde não os acompanhou.

Eles vestiram os casacos e saíram. A carruagem de Hornbeam estava à espera, reluzente por causa da chuva. Eles entraram, e os cavalos começaram a avançar.

Riddick comentou:

– Preciso admitir que o senhor é um patife muito do esperto.

– Sim – disse Hornbeam. – Eu sei.

CAPÍTULO 17

Os operários recebiam seu ordenado às cinco da tarde de sábado, quando se encerrava o expediente nas fábricas. Embora todos trabalhassem um número fixo de horas, a quantia que recebiam dependia de quanto fio tivessem produzido. Sal e Kit em geral produziam o suficiente para ganhar cerca de doze xelins. Três anos antes, isso a teria feito se sentir rica, mas, desde então, as safras ruins tinham aumentado o preço dos alimentos, e os impostos de guerra, encarecido outros artigos de primeira necessidade. Agora, com doze xelins mal dava para passar a semana.

Sal e Joanie foram imediatamente pagar seu aluguel, arrastando os pés sob uma chuva fina, seguidas de perto por Kit e Sue. Uma casa com lareira era ainda mais importante que comida. Morria-se de frio mais depressa que de fome. Atrasar o aluguel era o primeiro passo ladeira abaixo em direção à extrema pobreza.

A casa em que eles moravam era propriedade da catedral, mas o escritório onde se pagava o aluguel ficava no mesmo bairro pobre. O custo era um xelim por semana, e Sal pagava cinco dos doze *pence*, uma vez que ocupava um pouco menos da metade do prédio. Elas entregaram o dinheiro, em seguida se dirigiram ao mercado. Apesar de já ter escurecido, as barracas estavam iluminadas por lampiões.

Sal pediu a um padeiro um pão normal de dois quilos, e ele disse:

– Um xelim e dois *pence*.

Sal se indignou.

– Ontem mesmo era um xelim e um *penny*... e apenas um ano atrás um pão custava sete *pence*!

O padeiro exibia um ar cansado, como se houvesse passado o dia inteiro escutando o mesmo lamento.

– Eu sei – falou. – E a farinha antes custava treze xelins a saca, mas hoje custa 26. O que eu posso fazer? Se vender abaixo do custo, em uma semana estarei falido.

Sal tinha certeza de que ele estava exagerando, mas mesmo assim entendia o seu lado. Comprou um pão, e Joanie, outro, mas o que elas fariam se o preço continuasse a aumentar?

Aquele problema não se limitava a Kingsbridge. Segundo Spade, estava acontecendo por todo o país. Em algumas localidades, as mulheres tinham se amotinado, e a confusão com frequência começava na porta de algum estabelecimento comercial.

No mercado coberto do lado sul da catedral havia um açougueiro com uma vitrine de dar água na boca – cortes de boi, porco e carneiro –, mas era tudo caro demais. Sal procurou algum faisão ou perdiz, aves de caça magricelas com uma carne dura que teria que ser guisada. Elas costumavam estar disponíveis naquela época do ano, mas nesse dia não havia nenhuma.

– É o clima – disse o açougueiro. – Nesses dias escuros e chuvosos, os caçadores não conseguem nem enxergar as aves, quanto mais atirar nas desgraçadas.

Sal e Joanie olharam as carnes curadas e defumadas, o toucinho e a carne de boi salgada, mas até essas estavam caras. No final das contas, compraram bacalhau salgado.

– Não gosto de bacalhau – choramingou Sue, e Joanie lhe respondeu num tom brusco:

– Agradeça. Tem crianças que não comem nada além de mingau.

No caminho para casa, eles passaram pelos Salões de Bailes e Eventos, onde uma festa estava prestes a começar. Carruagens paravam em frente, e as senhoras tentavam proteger da chuva seus espetaculares vestidos ao entrarem apressadas. Nos fundos, a cozinha recebia entregas de última hora: imensos sacos de pão, presuntos inteiros, barris de vinho do Porto. Tinha gente que ainda podia pagar por essas coisas.

Joanie se dirigiu a um carregador que levava um cesto de laranjas da Espanha.

– Que festa é essa?

– É do conselheiro Hornbeam – respondeu o homem. – Um casamento duplo.

Sal tinha ouvido falar nisso. Howard Hornbeam tinha se casado com Bel Marsh, e Deborah Hornbeam, com Will Riddick. Ela sentiria pena de qualquer moça que desposasse Will Riddick.

– Vai ser uma festa imensa – disse o carregador. – Estamos esperando umas duzentas pessoas.

Esse número incluiria mais da metade dos eleitores da cidade. Hornbeam era agora presidente dos juízes e certamente se candidataria a prefeito algum dia. Em algumas cidades, os conselheiros se revezavam anualmente no cargo de prefeito, mas, em Kingsbridge, o prefeito era eleito e seguia no cargo até se aposentar ou ser deposto pelos conselheiros. No presente momento, o prefeito Fishwick gozava de boa saúde e tinha popularidade. Mas Hornbeam seria paciente.

Eles tomaram o caminho de casa. Sal deixou o pão e o peixe salgado na cozinha. Mais tarde, as duas mulheres deixariam o fogo morrer e iriam até o Sino com as crianças. Ao pouparem o dinheiro da lenha, poderiam comprar um caneco de cerveja. Pensar nisso a alegrou. E o dia seguinte seria de descanso.

Joanie gritou para o sótão e chamou tia Dottie. Jarge entrou na cozinha, e eles se sentaram em volta da mesa enquanto ele fatiava o bacalhau. Como Dottie não apareceu, Joanie disse a Sue:

– Corra lá em cima e chame sua tia. Ela deve estar dormindo.

Sue enfiou um pedaço de pão na boca e subiu.

Um minuto depois, a menina tornou a descer e disse:

– Ela não está respondendo.

Fez-se um instante de silêncio, e Joanie então falou:

– Ah, meu Deus.

Ela subiu depressa a escada seguida pelos outros, e todos entraram e lotaram o quartinho de tia Dottie no sótão. A velha senhora estava deitada de barriga para cima na cama. Tinha os olhos bem abertos, mas não via nada, e a boca também estava aberta, embora ela não respirasse. Sal já havia visto a morte e sabia a aparência que tinha, portanto não teve a menor dúvida de que Dottie estava morta. Joanie não disse nada, mas lágrimas escorreram por seu rosto. Sal tentou sentir o coração de Dottie, em seguida o pulso, mas estava fazendo isso apenas porque fazia parte do protocolo. Ao manusear o corpo, reparou que Dottie havia emagrecido muito. Não tinha percebido isso e se sentiu culpada.

Sabia que era isso que acontecia quando havia pouca comida: quem morria eram os muito jovens e os muito velhos.

As crianças estavam com os olhos esbugalhados, em choque. Sal pensou em fazê-las sair do quarto, depois decidiu que elas deveriam ficar. Veriam muitas pessoas mortas ao longo da vida, então era bom já ir se acostumando desde cedo.

Dottie era irmã da mãe de Joanie e a havia criado depois que ela perdeu a mãe. Agora Joanie estava desconsolada. Conseguiria se recuperar, mas, durante algum tempo, Sal teria que assumir o comando. Dottie era tia de Jarge também, mas os dois nunca tinham sido próximos. De toda forma, muito do que precisava ser feito era um trabalho para mulheres.

Sal e Joanie teriam que lavar o corpo e enrolá-lo numa mortalha, uma despesa pesada que viria se somar a toda a carestia. Sal então procuraria o vigário de São Marcos para falar sobre o funeral. Se pudesse acontecer no dia seguinte, domingo, todos trabalhariam normalmente na segunda e evitariam perder parte do ordenado.

– Jarge – disse Sal. – Você poderia dar o jantar das crianças enquanto Joanie e eu cuidamos do corpo da pobre Dottie?

– Ah! – exclamou ele. – Ah, sim. Desçam comigo, vocês dois.

Os três saíram.
Sal arregaçou as mangas.

Elsie e a mãe, Arabella, estavam sentadas na lateral do salão de baile observando os dançarinos se movimentarem para lá e para cá nos passos de uma gavota. As mulheres usavam vestidos com saias amplas, mangas esvoaçantes e babados armados, tudo em cores bem vivas, além de altas torres de cabelos enfeitadas com fitas, enquanto os homens vestiam coletes justos e casacas de ombros rígidos.

– Parece estranho estar dançando – comentou Elsie. – Estamos perdendo a guerra, as pessoas mal têm dinheiro para comprar pão e o rei foi apedrejado na própria carruagem. Como podemos ser tão frívolos?

– É nessas horas que as pessoas mais precisam de frivolidade – disse sua mãe. – Não podemos pensar em infelicidade o tempo todo.

– Pode ser. Ou então a maioria das pessoas aqui não liga para a guerra, o rei ou os operários das fábricas passando fome...

– Talvez esse seja um bom jeito de viver, se a pessoa conseguir. Uma apatia feliz.

Não para mim, pensou Elsie, mas decidiu não dizer nada. Apesar de amar a mãe, as duas não tinham muito em comum. Tampouco Elsie tinha grande coisa em comum com o pai. Às vezes se perguntava de onde havia saído.

Pensou em que tipo de criança poderia ser gerado pelos dois pares de recém-casados dançando no salão nesse momento. Os rebentos de Howard Hornbeam provavelmente puxariam ao pai e seriam roliços e preguiçosos.

– Howard parece atarantado mas feliz – opinou.

– Foi um noivado breve, e ouvi dizer que ele não teve muita voz na escolha da noiva – contou Arabella. – O rapaz tem o direito de parecer atarantado.

– Mas parece contente com a noiva, de toda forma.

– Apesar de ela ser dentuça.

– Deve estar pensando que poderia ter sido pior. O conselheiro Hornbeam poderia ter escolhido uma moça horrorosa para ele.

– E Bel Marsh talvez se sinta grata pelo mesmo motivo. Howard é um bom rapaz e não se parece nem um pouco com o pai.

Elsie concordou com a cabeça e disse:

– Pelo visto, Bel está bastante satisfeita consigo mesma.

Ela voltou sua atenção para o outro casal, que parecia mais solene. Não tinha dúvidas de que o senhor de Badford, Will Riddick, negligenciaria os filhos, para a sorte deles.

– Tenho certeza – continuou Elsie – de que Riddick só quer alguém para administrar a casa para ele, de modo a poder gastar todo o seu tempo bebendo, jogando e se relacionando com prostitutas.

– Talvez ele descubra que Deborah tem opinião própria em relação a isso. Olhe só o queixo dela. É um sinal de determinação.

– Tomara que sim. Adoraria ver Riddick penando para lidar com uma mulher forte.

Kenelm Mackintosh apareceu e sentou-se ao lado de Elsie.

– Que ocasião mais agradável – comentou ele. – Dois casais encontrando a felicidade no sagrado laço do matrimônio.

O tempo se encarregará de dizer se eles encontrarão a felicidade, pensou Elsie. Mas o que disse foi:

– O matrimônio é sagrado quando o casamento foi arranjado pelos pais?

Ele hesitou antes de responder.

– O importante é a escolha de Deus.

Foi uma resposta evasiva, mas Elsie deixou para lá.

A gavota se encerrou e foi anunciado um minueto. Era uma dança em pares. Então o tingidor Isaac Marsh, pai de Bel, apareceu e tirou Arabella para dançar.

– Eu ficaria encantada – disse ela, levantando-se.

Isso acontecia com frequência. Arabella era provavelmente a mulher de meia-idade mais atraente de Kingsbridge, e muitos homens aproveitavam a oportunidade de dançar com ela. Como apreciava a atenção e a admiração, ela costumava aceitar.

– O que o senhor esperaria de um casamento? – indagou Elsie a Mackintosh.

– Alguém para apoiar minha sagrada vocação – respondeu ele, sem hesitar.

– Muito sensato – comentou ela. – Pessoas casadas devem se apoiar mutuamente – acrescentou, tornando a questão uma via de mão dupla.

– Exato. – Ele não reparou que ela havia modificado o seu conceito. – E a senhorita? O que desejaria de um casamento?

– Filhos – respondeu ela. – Imagino uma casa grande cheia de crianças... quatro, cinco quem sabe, todas saudáveis e felizes, com brinquedos, livros e animais de estimação.

– Bem, essa sem dúvida é a vontade de Deus. Certamente a senhorita não continuaria a administrar a escola dominical depois de casada.

– Mas é claro que continuaria.

Ele arqueou as sobrancelhas.

– Não se dedicaria ao seu marido?

– Acho que poderia dar conta de ambos. Afinal, a escola dominical é uma obra de Deus.

Ele aquiesceu com relutância.

– De fato é.

A conversa havia descambado para o âmbito pessoal, refletiu Elsie. Tudo que ela queria era contrariar a pressuposição simplista dele de que casamento significava felicidade, mas ele tinha desviado a conversa para saber se ela continuaria ou não com seu trabalho depois de se casar e se iria se dedicar ao marido. Era quase como se a estivesse considerando uma esposa em potencial.

Antes de conseguir reagir a isso, viu o homem que desposaria num piscar de olhos. Amos ostentava uma casaca vermelho-escura nova e um colete rosa-claro. Como se deu conta de que ele nunca havia encontrado Mackintosh, Elsie os apresentou.

– Ouvi falar muito no senhor, é claro – disse Mackintosh. – A Srta. Latimer passa grande parte do tempo na sua companhia.

Seu tom denotava uma leve reprovação.

– Nós administramos juntos a escola dominical – declarou Amos. – A propósito, acho que o senhor talvez conheça meu amigo Roger Riddick. Ele acabou de se formar em Oxford, como creio que o senhor também.

Mackintosh adquiriu um ar desconfiado.

– Esbarrei com Riddick uma ou duas vezes, sim.

– Ele vai para Berlim em janeiro.

– Nós frequentávamos círculos distintos, creio eu.

– Tenho certeza. – Amos riu. – Roger é um jogador inveterado… Um passatempo nada bom para um estudante de teologia. Mas ele é um engenheiro brilhante.

– Uma dúvida: que formação o senhor teve para lecionar na escola dominical? – quis saber Mackintosh.

Amos não tinha formação nenhuma, é claro, e Elsie sentiu que houve falta de tato por parte de Mackintosh.

Amos hesitou antes de responder.

– Quando penso na minha própria educação, acho que os melhores professores eram aqueles capazes de falar com clareza – disse ele. – Mentes confusas produzem frases confusas. Então me esforço ao máximo para tornar tudo fácil de entender.

– Amos é muito bom nisso – acrescentou Elsie.

– Mas o senhor não realizou um exame sistemático sobre as Escrituras, realizou? – insistiu Mackintosh, com teimosia.

Elsie se deu conta de que Mackintosh estava tentando se mostrar superior. Havia comentado que Elsie passava parte grande do tempo na companhia de Amos. Talvez considerasse Amos um rival em relação ao seu afeto.

Se pensava assim, tinha acertado em cheio.

– Mas eu conheço bem as Escrituras – afirmou Amos, com animação. – Frequento um grupo de estudos bíblicos metodista uma vez por semana, e faço isso há muitos anos.

– Ah, sim – replicou Mackintosh com um sorriso condescendente. – Estudos bíblicos metodistas.

Estava sublinhando o fato de ele ter estudado numa universidade e Amos não. Elsie sabia que os rapazes agiam assim. Sua mãe, que às vezes podia ser vulgar, tinha lhe dito que esse tipo de discussão entre dois seres do sexo masculino era conhecido como "concurso de quem mija mais longe".

O pai dela apareceu, caminhando vagarosamente, como se estivesse cansado, e Elsie se perguntou aflita se ele estaria mal de saúde.

Mackintosh se levantou, ansioso.

– Excelência – falou.

– Faça-me o favor de encontrar o arcediago para mim, sim? – pediu o bispo. Sua respiração soou ofegante. – Preciso dar uma palavrinha com ele sobre as missas de amanhã.

– Agora mesmo, excelência.

Mackintosh se afastou às pressas, e o bispo seguiu seu caminho.

Amos se dirigiu a Elsie.

– Roger me contou que Mackintosh não era muito estimado em Oxford.

– Ele falou por quê?

– O homem é um bajulador, sempre tentando conquistar as graças de gente importante.

– Acho que ele tem ambição.

– Você parece gostar dele.

Elsie fez que não com a cabeça.

– Não gosto nem desgosto.

– Não tem nada em comum com ele.

O rumo da conversa desagradou Elsie. Ela franziu o cenho.

– Por que o está criticando para mim?

– Porque sei o que esse cão astuto está tentando fazer.

– Ah, sabe?

– Ele quer desposá-la porque isso vai ajudá-lo a ganhar status.

Ouvir isso deixou Elsie uma fera.

– É esse o motivo? Ora, vejam só.

Amos não notou sua irritação.

– É óbvio que é. É quase impossível que um genro de um bispo não seja promovido na Igreja.

Elsie se irritou mais ainda.

– Você tem certeza disso.

– Tenho.

– Não acha possível o reverendo Mackintosh simplesmente ter se apaixonado por mim.

– Não, é claro que não.

– O que o faz achar tão improvável um rapaz se apaixonar por mim?

Amos pareceu se dar conta das implicações do que estava dizendo. Então ficou indignado.

– Não foi isso que eu quis dizer.

– Foi o que pareceu estar pensando.

– Você não sabe o que eu penso.

– É lógico que eu sei. As mulheres sempre sabem o que os homens estão pensando.

Jane Midwinter apareceu, toda vestida de seda preta.

– Não tenho ninguém com quem dançar – disse ela.

Amos se levantou num pulo.

– Agora tem – falou, e a levou para longe.

Elsie sentiu vontade de chorar.

Sua mãe voltou a se sentar. Elsie lhe perguntou:

– O pai está bem? Ele me pareceu um pouco fraco. Fiquei me perguntando se estaria doente.

– Não sei – respondeu Arabella. – Ele diz que está bem, mas está muito acima do peso, e qualquer esforço parece cansá-lo.

– Ah, minha nossa.

– Tem outra coisa incomodando você – comentou Arabella, perspicaz.

Elsie não conseguia esconder nada da mãe.

– Amos me deixou chateada.

Arabella ficou espantada.

– Que incomum. Você gosta dele, não gosta?

– Gosto, mas ele quer se casar com Jane Midwinter.

– E ela está decidida a conquistar o visconde Northwood.

Elsie resolveu contar à mãe sobre Mackintosh.

– Acho que o Sr. Mackintosh quer se casar comigo.

– Sem dúvida quer. Já vi como olha para você.

– É mesmo? – Elsie não havia notado. – Bem, eu jamais conseguiria amá-lo.

Arabella deu de ombros.

– Seu pai e eu nunca sentimos uma grande paixão. Ele é muito pomposo, mas me deu conforto e estabilidade, e por isso eu o estimo. Já ele me considera algo especial, bendito seja. Mas de parte a parte o nosso amor não é daquele tipo que clama urgentemente por ser consumado... se é que você me entende.

Elsie entendia. A conversa tinha ficado íntima. Ela estava constrangida e fascinada ao mesmo tempo.

– E hoje? A senhora se sente satisfeita por ter se casado com ele?

Arabella sorriu.

– Mas é claro! – Ela estendeu a mão e segurou a da filha. – Caso contrário, eu não teria você.

Ninguém trabalhava em dia santo. Os festivais religiosos importantes eram dias de descanso para os trabalhadores de Kingsbridge. Eles tinham a sexta-feira da Paixão, a segunda-feira de Pentecostes, o dia de Todos os Santos e o dia de Natal, além de um que era celebrado apenas ali: o dia de Santo Adolfo, quase no final do ano. Adolfo era o padroeiro da catedral de Kingsbridge, e no seu dia acontecia uma feira especial.

Caía uma chuva leve, não tão ruim quanto os temporais recentes. Por volta dessa época do ano, os criadores de gado precisavam decidir quantas reses poderiam manter durante o inverno, em seguida abater o resto; assim sendo, o preço da carne em geral caía. Além do mais, a maioria dos agricultores havia guardado parte da sua safra de grãos para vender mais tarde, uma vez passada a fartura do verão.

Sal, Joanie e Jarge foram à Praça do Mercado na esperança de encontrar pechinchas, talvez alguma carne barata de boi ou porco, e as crianças os acompanharam pela diversão do passeio.

No entanto, eles se decepcionaram. Não havia muita comida à venda, e nada estava barato. As mulheres se irritavam ao ver os preços. Quase não conseguiam suportar o medo de talvez não terem como alimentar a própria família. Mulheres que nem sequer sabiam o nome do primeiro-ministro diziam que ele deveria ser deposto. Elas queriam que a guerra terminasse. Algumas diziam que o país precisava de uma revolução, como as que tinham ocorrido nos Estados Unidos e na França.

Sal comprou um pouco de tripa, intestinos de ovelha, que precisavam ser fervidos durante horas até ficarem macios o suficiente para mastigar e não tinham sabor algum exceto quando preparados com cebola. Desejou poder comprar pelo menos um pouquinho de carne para Kit, que era um menino tão pequeno e trabalhava tanto.

Do lado norte da praça, perto do cemitério, estava em curso um leilão de grãos. Atrás do leiloeiro havia uma pilha alta de sacas, cada uma pertencente a um vendedor distinto. Sal ouviu padeiros resmungando furiosos sobre os preços que as mercadorias estavam alcançando. Um deles falou:

– Se eu pagasse tanto assim pelo grão, meu pão ficaria mais caro que a carne!

– Agora o maior lote do dia, três toneladas de trigo – anunciou o leiloeiro. – Qual é o lance inicial?

– Olhe ali – disse Joanie. – Atrás da mulher de chapéu vermelho. – Sal correu os olhos pela multidão. – Aquele é quem eu penso que é?

– Está se referindo ao conselheiro Hornbeam?

– Pensei mesmo que fosse. O que está fazendo num leilão de grãos? Ele é fabricante de tecidos.

– Talvez esteja só curioso... como nós.

– Curioso feito uma cobra.

Conforme o preço do lote subia, um murmúrio de descontentamento se espalhava pela multidão. Ninguém conseguiria comprar um pão feito com aquele trigo.

– O agricultor que está vendendo esse lote vai ganhar muito dinheiro – declarou Joanie.

Houve um estalo no cérebro de Sal, e ela falou:

– Talvez não seja um agricultor.

– Quem mais teria trigo para vender?

– Alguém que o comprou de um agricultor na época da colheita e estocou até o preço ficar nas alturas. – Ela recordou a palavra lida num jornal. – Um especulador.

– Hein? – disse Jarge, espantado com aquele conceito. – Isso não é contra a lei?

– Acho que não – respondeu Sal.

– Então deveria ser, porcaria.

Sal concordava.

O trigo foi vendido a um preço além do que ela conseguia imaginar. E também mais caro que qualquer padeiro de Kingsbridge podia pagar.

Vários homens começaram a recolher as sacas e carregá-las num carrinho de mão. Como cada saca pesava cerca de trinta quilos, os homens trabalhavam em duplas, cada qual segurando uma ponta da saca, em seguida suspendendo-a juntos para cima do carrinho. Sal não reconheceu nenhum deles. Deviam ser forasteiros.

– Quem será que comprou esse grão? – perguntou ela em voz alta.

Uma mulher na sua frente se virou. Sal a conhecia vagamente; chamava-se Sra. Dodds.

– Disso eu não sei – disse ela –, mas aquele homem de colete amarelo conversando com o leiloeiro é Silas Child, o comerciante de grãos de Combe.

– A senhora acha que o comprador é ele? – indagou Joanie.

– Parece provável, não? E aqueles homens que estão recolhendo as sacas devem ser os barqueiros dele.

– Mas isso significa que esse trigo vai sair de Kingsbridge.

– Sim.

– Ora, isso não está certo – protestou Joanie, zangada. – O trigo de Kingsbridge não deveria ir para Combe.

– Pode ser que esteja indo para mais longe ainda – sugeriu a Sra. Dodds. – Ouvi dizer que os nossos grãos estão sendo vendidos para a França, pois os franceses estão mais ricos que nós.

– Como alguém pode vender grão para o inimigo?

– Existem homens capazes de tudo por dinheiro.

– Verdade – concordou Jarge. – O diabo que os carregue.

O carrinho de mão logo ficou cheio, e dois homens o levaram embora, cada um segurando um dos puxadores. O veículo dobrou na rua principal, com os homens inclinados para trás e segurando os puxadores com toda a força para evitar que desembestasse morro abaixo.

– Kit e Sue, sigam aquele carrinho e vejam para onde ele está indo – ordenou Sal. – Depois voltem para cá o mais depressa possível e me contem.

As duas crianças saíram correndo.

Sime Jackson apareceu e disse a Sal:

– Estão dizendo que aquele carregamento de três toneladas vai para a França.

A teoria já tinha se espalhado pela multidão.

Algumas das mulheres se aglomeraram em volta do segundo carrinho e começaram a abordar os condutores. De longe, Sal ouviu as palavras "França" e "Silas Child", e então alguém gritou:

– Pão e paz!

Era a mesma palavra de ordem que fora gritada para o rei em Londres.

Com seu colete amarelo, Silas Child exibia um ar preocupado.

Hornbeam havia desaparecido.

Kit e Sue voltaram, ofegantes por terem subido a rua principal correndo.

– O carrinho foi até a beira do rio – informou Kit.

– Estão carregando as sacas numa barcaça – emendou Sue.

– Perguntei de quem era a barcaça, e um homem falou que era de Silas Child – contou Kit.

– Então está confirmado – concluiu Sal.

A Sra. Dodds havia escutado o que Kit dissera. Então se virou para uma vizinha e perguntou:

– Ouviu isso? – perguntou. – Nosso trigo está sendo carregado numa barcaça com destino a Combe.

A vizinha se virou para outra mulher e repetiu a notícia.

– Vou até a beira do rio ver isso com meus próprios olhos – anunciou Joanie. Sal quis lhe recomendar cautela, mas Joanie era tão cabeça-dura quanto o irmão, Jarge. Pôs-se a atravessar a praça sem esperar nenhuma opinião. Sal, Jarge e as crianças foram atrás. A Sra. Dodds os seguiu, e outros que estavam na praça tiveram a mesma ideia. Todos começaram a entoar "Pão e paz!".

Sal viu Will Riddick, obviamente apressado, entrar na Mansão Willard, o quartel da milícia. Ao passar pela janela da frente, viu Hornbeam em pé lá dentro, olhando para a rua com a testa enrugada de preocupação.

No gabinete de Northwood, Hornbeam disse a Riddick:

– O senhor precisa acabar com isso agora mesmo.

– Não sei ao certo como...

– Não importa. Use os membros da sua milícia.

– O coronel Northwood deu o dia de Santo Adolfo de folga para os soldados.

– Onde diabos ele está?

– Em Earlscastle.

– Ainda?

– Sim. Muitos dos soldados estão bem aí na praça com as namoradas.

Era verdade. Hornbeam olhou para fora, fervilhando de tanta frustração. Apesar de vestirem o uniforme, pois não eram ricos o suficiente para ter dois conjuntos de roupas, os homens da milícia estavam aproveitando o feriado como todo mundo.

– Existem cidades que são protegidas por milícias de outro condado – comentou. – É um sistema melhor. Desencoraja esse tipo de confraternização. Os homens se mostram mais dispostos a serem duros com encrenqueiros que não conhecem.

– Concordo, mas Northwood não aceita a ideia – contou Riddick. – Diz que vai contra a tradição.

– Northwood é um grande idiota.

– E o duque de Richmond também é contra. Ele é o responsável pela artilharia das Forças Armadas. Alega que dificulta o recrutamento, pois os homens não querem ficar afastados de casa.

Hornbeam sabia que não podia lutar contra duques e viscondes – pelo menos não antes de entrar para o Parlamento.

– Apenas vá lá fora e diga a eles que entrem em formação – ordenou a Riddick.

Riddick hesitou.

– Eles não vão gostar.

– Não vão ter outra escolha a não ser fazer o que você mandar. E isso está com cara de que vai virar uma rebelião.

Riddick não teve como discordar.

– Está bem – falou.

Ele saiu para o saguão, seguido por Hornbeam. O sargento Beach estava lá.

– Sim, major?

– Percorra a praça e fale com todos os homens de uniforme. Mande-os vir para cá. Equipe-os com mosquetes e munição. Depois, disponha-os em formação na margem do rio.

O sargento mostrou-se incomodado e pareceu prestes a protestar, mas então viu Hornbeam encarando-o e mudou de ideia.

– Agora mesmo, major – garantiu ele.

E saiu para a rua.

O jovem tenente Donaldson veio descendo a escada.

– Distribua mosquetes e munição – ordenou Riddick.

– Sim, major.

Dois soldados com ar contrariado entraram vindos da praça.

– Abotoem os casacos, vocês dois – disse Riddick. – Tentem parecer soldados. Onde estão seus chapéus?

– Não estou de chapéu, major – respondeu um deles. – Hoje é feriado – arrematou, num tom ressentido.

– Era. Agora não é mais. Aprumem-se. O sargento Beach vai lhes dar uma arma.

O segundo homem era Freddie Caines, que Riddick recordou ser parente de Spade, aquele arruaceiro.

– Em quem vamos atirar, major? – perguntou Caines.

– Em quem eu mandar.

Caines obviamente não gostou da ideia.

Donaldson voltou com mosquetes e munição. Apesar de não ser um homem militar, Hornbeam sabia que os mosquetes tradicionais de pederneira eram de alma lisa e não muito precisos. Em alguns regimentos, os atiradores recebiam fuzis de alma raiada, com sulcos em espiral na parte interna do cano para fazerem a bala girar e seguir uma trajetória reta; no entanto, como a maioria dos soldados em geral atirava contra uma grande massa de tropas inimigas, a precisão não era uma prioridade.

Nesse dia o inimigo seria uma multidão de civis – mulheres em sua maioria –, e, mais uma vez, a precisão não seria necessária.

Donaldson equipou cada soldado com um mosquete e um punhado de cartuchos de papel. Eles guardaram a munição nos estojos de couro à prova d'água que usavam no cinto.

Dois outros homens entraram, vindos da praça, e Riddick repetiu as instruções. Outros vieram em seguida, e então o sargento Beach retornou.

– São só esses, major – informou.

– O quê? – Apenas uns quinze ou vinte homens tinham entrado no saguão. – Havia pelo menos cem lá na praça!

– Para ser bem franco, major, quando viram o que estava acontecendo, muitos deles meio que sumiram.

– Faça uma lista com os nomes deles. Serão todos açoitados.

– Farei o melhor que puder, major, mas não poderia mencionar os homens com quem não falei, se é que o senhor...

– Ah, cale a porcaria da boca. Convoque todos os que estiverem no prédio, oficiais e soldados. Vamos apanhar outros no caminho até o rio.

– Isso não está nada disciplinado! – reclamou Hornbeam, frustrado.

– Não entendo – disse Riddick. – Faço questão de ordenar no mínimo um açoitamento por semana, a fim de manter os homens na linha. Nunca tive muitos problemas com os aldeões de Badford. Qual é o problema com esses soldados da milícia?

Donaldson perguntou:

– Major, será que alguém deveria ler a Lei da Rebelião?

– Sim – respondeu Riddick. – Mande um soldado ir chamar o prefeito.

A multidão foi descendo a rua principal devagar. Todos em volta a observavam passar, e alguns se juntaram a ela. Sal se espantou ao ver a rapidez com que a turba cresceu. Antes de chegarem à metade do caminho até o rio, já eram no mínimo cem, a maioria formada por mulheres. Sal ouviu um dos homens que observavam gritar: "Chamem a milícia!" Começou a pensar que o que estava fazendo talvez não fosse sensato. É lógico que eles tinham o direito de saber para onde o grão estava indo, mas aquela multidão estava com disposição para fazer mais do que perguntas educadas.

Estava preocupada com Jarge. Ele tinha bom coração, mas pavio curto.

– Não faça nada imprudente, por favor – pediu ela.

Ele a encarou com um olhar irritado.

– Não cabe a uma mulher dar conselhos a um homem.

– Desculpe, mas não quero ver você açoitado como Jeremiah Hiscock.

– Sei cuidar de mim mesmo.

Ela se perguntou por que estava tão preocupada. Ele era irmão da sua melhor amiga, mas isso não a tornava responsável por ele.

Joanie tinha se adiantado e tomado a dianteira do grupo. Sal olhou em volta e se certificou de que as crianças estavam perto.

Chegaram ao rio e seguiram pela margem na direção oeste até chegarem ao carrinho, estacionado em frente à Taberna do Matadouro. Já estava parcialmente descarregado. Um dos barqueiros suspendeu uma saca sobre os ombros, depois percorreu uma passarela curta e estreita até o convés. Um segundo homem fez a viagem de volta. Era um trabalho pesado, e os dois indivíduos pareciam bem fortes.

Joanie se posicionou em frente ao carrinho, com as mãos nos quadris e o queixo incisivamente projetado para a frente. O barqueiro perguntou:

– Qual é o seu problema?

– Vocês precisam parar o trabalho – disse ela.

O homem pareceu não entender, mas deu uma risada zombeteira.

– Eu trabalho para o Sr. Child, não para a senhora.

– Este trigo é de Kingsbridge e não pode ir para Combe, nem para a França.

– Isso não é da sua conta.

– É da minha conta, sim, e vocês não podem carregar essa barcaça.

– E quem vai me impedir... a senhora?

– Sim. Eu e todas essas outras.

– Um bando de mulheres?

– Exatamente. Um bando de mulheres que não quer mandar os filhos para cama com fome. Elas não vão deixar vocês levarem esse trigo embora.

– Bom, eu não vou parar de trabalhar.

Ele se abaixou para pegar outra saca.

Joanie apoiou o pé em cima dela.

O homem recuou o punho para trás e lhe deu um soco na lateral da cabeça. Ela se afastou, cambaleando. Sal deu um grito, enfurecida.

Ele tornou a se curvar para pegar a saca, mas, antes de conseguir fazê-lo, foi atacado por meia dúzia de mulheres. Era um homem forte e lutou com energia, desferindo socos potentes que derrubaram duas ou três, imediatamente substituídas por outras. Sal estava a ponto de entrar na briga, mas não foi necessário: as mulheres o seguraram pelos braços e pernas e o derrubaram no chão.

Ao sair da barcaça para pegar outra saca, seu colega barqueiro viu o que estava acontecendo e se meteu na confusão, batendo nas mulheres e tentando tirá-las de cima do companheiro. Dois outros barqueiros saltaram para a terra firme e entraram na briga.

Sal se virou e viu Kit e Sue atrás dela. Com um movimento rápido, pegou as duas crianças no colo e abriu caminho pela multidão com uma debaixo de cada braço. Segundos depois, avistou uma vizinha gentil chamada Jenny Jenkins, viúva sem filhos que gostava de Kit e Sue.

– Jenny, pode levá-los para casa, onde ficarão seguros?

– Claro – respondeu Jenny.

Então deu as mãos a cada uma das crianças e se afastou.

Sal se virou e viu que Jarge estava logo atrás.

– Muito bem – elogiou ele. – Bem pensado.

Sal olhou para além dele. Trinta ou quarenta soldados da milícia vinham chegando, liderados por Will Riddick. Freddie Caines, cunhado de Spade, estava entre eles. Os soldados riam da cena na beira do rio e incentivavam com gritos as mulheres de Kingsbridge que batiam nos barqueiros de Combe. Ela ouviu Riddick rugir:

– Que diabos vocês estão fazendo? Em formação!

O sargento repetiu a ordem, mas os homens o ignoraram.

Ao mesmo tempo, os barqueiros que estavam na praça carregando carrinhos desceram correndo a rua principal empurrando brutalmente a multidão, sem dúvida indo socorrer os colegas na beira do rio. Alguns carregavam armas improvisadas, como pedaços de madeira, martelos e coisas assim, que usavam impiedosamente para tirar as pessoas do caminho.

Em frente ao Matadouro, o prefeito Fishwick lia a Lei da Rebelião. Ninguém lhe dava ouvidos.

Sal ouviu Riddick gritar:

– Preparar armas!

Já tinha escutado essa instrução antes. Os homens da milícia passavam dias treinando num campo do outro lado do rio, não muito longe do Moinho Barrowfield. Havia cerca de vinte movimentos distintos no ato de disparar. Depois de "preparar armas" vinha "ordenar armas", em seguida "suspender armas" e "afixar baionetas", e depois disso ela não sabia mais. Os homens tinham feito aquilo tantas vezes que seus movimentos haviam se tornado automáticos, como os de Sal ao operar a máquina de fiar. A teoria por trás disso, explicara-lhe Spade, era de que, no calor da batalha, eles conseguissem executar a sequência independentemente do caos à sua volta. Sal se perguntou se isso de fato funcionava.

Podia ver que nesse dia os homens relutavam e tinham os movimentos lentos e descoordenados; mas não desobedeciam às ordens.

Cada soldado arrancou com os dentes a ponta de um cartucho de papel e despejou um pouco de pólvora dentro da espoleta. Em seguida, inseriram a parte principal do cartucho no cano e socaram com força usando a vareta pendurada sob o cano. Kit, que se interessava por todo tipo de máquina, tinha dito a Sal que o mecanismo de disparo produzia uma faísca que acendia a pólvora da espoleta, cuja chama então passava pelo orifício chamado ouvido para inflamar a carga de pólvora maior que fazia a bala disparar pelos ares.

Com certeza rapazes de Kingsbridge como Freddie Caines não vão atirar nas próprias mulheres, ou vão?, perguntou-se Sal.

Ela manteve os olhos cravados em Will Riddick, mas disse em voz baixa para Jarge:

– Consegue me arrumar uma pedra?

– Fácil.

A rua era calçada com pedras, e as rodas de ferro das carroças que desciam até a beira do rio viviam danificando a superfície e soltando a argamassa. Os reparos eram constantes, mas sempre havia pedras soltas. Jarge lhe passou uma. A superfície lisa e redonda se encaixou confortavelmente na mão direita de Sal.

Ela ouviu Riddick gritar:

– Preparar!

Era o penúltimo movimento, e os homens se posicionaram com as costas bem eretas e os fuzis apontados para o céu.

Então se ouviu:

– Fogo!

Os homens miraram seus mosquetes na multidão, mas ninguém atirou.

– Fogo! – repetiu Riddick.

Sal viu Freddie começar a mexer na arma, abrir o mecanismo de disparo, examinar a espoleta; outros logo seguiram o seu exemplo. Sabia que havia muitos motivos pelos quais uma arma poderia deixar de disparar: a pederneira não produzir faísca, pólvora úmida, a espoleta se acender mas a chama não chegar a passar pelo ouvido.

Entretanto, era praticamente impossível acidentes acontecerem com 25 armas ao mesmo tempo.

Aquilo não podia estar acontecendo.

Ela ouviu Freddie dizer:

– Está tudo molhado, sargento. Foi a chuva. Pólvora molhada não serve para nada.

Riddick estava com o rosto todo vermelho.

– O que está havendo? – berrou ele.

– Eles não querem atirar nas amigas e vizinhas, entende, major? – disse-lhe o sargento.

Riddick estava incandescente de raiva.

– Então atiro eu!

Ele arrancou um mosquete da mão de um dos homens. Assim que o apontou, Sal atirou a pedra, que o acertou bem atrás da cabeça. Ele deixou cair o mosquete e desabou no chão.

Sal deu um suspiro satisfeito.

Foi então que Jarge gritou:

– Sal, cuidado!

Algo a atingiu na cabeça, e ela perdeu os sentidos.

Quando voltou a si, Sal estava deitada sobre uma superfície dura. Sua cabeça doía. Ela abriu os olhos e viu a parte interna de um telhado de sapê. Estava dentro de um recinto grande. Um cheiro de cerveja rançosa, comida e tabaco pairava no ar. Ela estava numa taberna, deitada em cima de uma mesa. Virou a cabeça para olhar em volta, mas o movimento doeu demais.

Então ouviu Jarge perguntar:

– Tudo bem com você, Sal?

Por algum motivo, a voz dele estava embargada de emoção.

Ela tentou virar a cabeça de novo, e dessa vez a sensação desagradável foi menos intensa. Viu o rosto de Jarge mais acima e um pouco para o lado.

– Estou com uma dor de cabeça terrível – falou.

– Ah, Sal – disse ele. – Achei que você tivesse morrido.

E, para o seu espanto, Jarge começou a chorar.

Ele se abaixou para ficar na altura dela e pousou a cabeça ao lado da sua. Lenta e deliberadamente, ela passou os braços em volta de seus grandes ombros e o puxou para junto do peito. Estava surpresa com a própria reação. Três anos antes, achara que ele talvez quisesse desposá-la, mas o havia desencorajado e imaginava que a paixão tivesse se extinguido.

Pelo visto não.

Ele ficou chorando baixinho, e as lágrimas molharam o pescoço dela.

– Um barqueiro acertou você com um pedaço de tábua – explicou ele. – Eu a segurei antes de você cair no chão. – Sua voz se transformou num sussurro. – Fiquei com medo de ter perdido você.

– Vão ter que bater mais forte que isso para me matar – afirmou ela.

Uma mulher falou:

– Beba um pouco disto aqui.

Sal virou a cabeça com cuidado e viu a esposa do dono da taberna segurando um copo. O dono do Matadouro era um criminoso, mas sua esposa era uma boa mulher.

– Ajude-me a me sentar – pediu Sal, e Jarge passou um dos braços fortes por baixo das suas axilas e a suspendeu até uma posição sentada.

Ela ficou tonta por alguns segundos, mas logo melhorou e pegou o copo. A bebida tinha cheiro de conhaque. Ela tomou um golinho, sentiu-se melhor, então esvaziou o copo.

– Exatamente do que eu precisava – comentou.

– Essa é a nossa Sal – disse Jarge.

Ele ria e chorava ao mesmo tempo. Entregou uma moeda à dona da taberna, e a mulher levou o copo embora.

– Dei um jeito em Will Riddick, não dei? – perguntou Sal.

Jarge riu.

– Deu, sim.

– Alguém viu?

– Estavam todos ocupados demais tentando sair da frente dos barqueiros.

– Ótimo. O que está acontecendo agora?

– Pelo barulho, as coisas estão se acalmando.

Sal apurou os ouvidos. Ouviu mulheres e homens gritando, às vezes com raiva, mas os gritos não pareciam ser os de uma rebelião: não havia berros, nem barulho de vidro quebrado, nem qualquer som de destruição.

Ela passou as pernas pela borda da mesa e pousou os pés no chão. Ficou tonta novamente, e mais uma vez passou depressa.

– Espero que esteja tudo bem com Joanie.

– Na última vez em que a vi, era ela quem estava acalmando todo mundo.

Sal apoiou o peso do corpo nos pés e sentiu-se bem.

– Me faça sair pelos fundos, Jarge, para eu poder ganhar mais firmeza nas pernas.

Ele passou um braço em volta dos seus ombros, sustentou seu peso, e ela o enlaçou pela cintura. Os dois saíram lentamente pela porta dos fundos para o pátio. Passaram em frente à porta aberta do celeiro.

Sal foi tomada por um forte impulso. Virou o corpo de frente para o de Jarge e passou os dois braços em volta dele.

– Me beije, Jarge – disse ela.

Ele abaixou a cabeça até perto da sua e a beijou com uma delicadeza surpreendente.

Fazia mais de três anos que ela não beijava um homem assim, e percebeu que tinha esquecido como era bom.

Interrompeu o beijo e comentou:

– Eu tomei conhaque... Pode se embriagar só com o meu hálito.

– Posso me embriagar só de olhar para você – replicou ele.

Ela examinou o rosto dele. Havia ternura em seu olhar.

– Subestimei você, Jarge – falou, então tornou a beijá-lo.

Dessa vez foi um beijo mais urgente, sensual. Ele a tocou no pescoço, depois nos seios, então enfiou a mão entre suas pernas. Ela sentiu uma onda de desejo e se deu conta de que nos próximos segundos ele desejaria estar dentro dela, e que ela também desejaria a mesma coisa.

Empurrou-o para longe, olhou para o pátio em volta e disse:

– No celeiro.

Eles entraram e Jarge fechou a porta. Na penumbra, Sal distinguiu barris de cerveja e sacos de batatas, além de um cavalo entediado numa baia. Então apoiou as costas na parede, e Jarge começou a levantar-lhe o vestido. Ao lado havia um caixote de madeira com garrafas vazias, e ela ergueu uma das pernas e apoiou o pé ali. Estava molhada por dentro, encharcada, e ele a penetrou sem o menor esforço. Ela então se lembrou de como era gostoso se sentir preenchida daquele jeito. "Aah", fez ele, numa voz trêmula. Eles começaram a se mexer no mesmo ritmo, primeiro devagar, depois mais depressa.

O fim não demorou a chegar, e ela mordeu o ombro dele para não gritar. Os dois então ficaram presos um ao outro, abraçando-se com força. Depois de alguns segundos, ela começou a se mexer outra vez, e em poucos segundos sentiu os espasmos de prazer ressurgirem, dessa vez mais intensos.

Ainda aconteceu uma terceira vez, e ela então se sentiu exausta demais para ficar em pé, soltou o abraço e se deixou afundar até o chão, onde se sentou com as costas apoiadas na parede do celeiro. Jarge se deixou cair ao seu lado. Quando recuperou o fôlego, ela notou que ele estava esfregando o ombro e se lembrou de tê-lo mordido:

– Ah, não, machuquei você? – perguntou. – Me desculpe.

– Você não tem motivo nenhum para se desculpar, acredite em mim – disse ele, e ela deu uma risadinha.

Notou que o cavalo a encarava com curiosidade.

Em algum lugar ali perto, o grito coletivo de uma multidão se fez ouvir, e Sal foi trazida de volta ao presente.

– Espero que esteja tudo bem com Joanie – repetiu.

– É melhor irmos verificar.

Eles se levantaram.

Sal voltou a se sentir tonta, mas dessa vez foi por causa do sexo, e logo se recuperou. Mesmo assim, segurou-se no braço de Jarge enquanto eles davam a volta pela lateral da taberna para chegar à margem do rio.

Viram-se atrás de uma multidão virada para o rio. De um dos lados, havia um pequeno grupo de soldados da milícia de Shiring, todos uniformizados e portando mosquetes, mas com uma cara contrariada e emburrada. Will Riddick estava sentado no degrau em frente a uma porta e alguém examinava a parte de trás de sua cabeça. Seus homens pelo visto continuaram se recusando a atacar. Ela ouvira dizer que em algumas cidades a milícia chegara a ficar do lado das donas de casa revoltadas e a ajudá-las a roubar comida.

Não havia nenhum barqueiro à vista.

Lá na frente estava Joanie, trepada em cima de alguma coisa, gritando:

– Nós não somos ladrões! Não vamos roubar o trigo!

A multidão deu um resmungo descontente, mas continuou a escutar, esperando para ver o que ela diria a seguir.

Jarge e Sal abriram caminho até a frente. O trigo tinha sido desembarcado, e Joanie estava em pé sobre uma pilha de sacas.

– Eu lhes digo o seguinte: os padeiros de Kingsbridge podem comprar este trigo… pelo preço que ele valia antes da guerra! – gritou Joanie.

– De que adianta isso? – indagou Jarge baixinho.

Mas Sal tinha uma ideia de aonde Joanie estava querendo chegar.

– Com uma condição – acrescentou Joanie. – Que eles prometam vender um pão de dois quilos ao preço antigo de sete *pence*!

Isso a multidão aprovou.

– Qualquer padeiro que violar essa regra vai receber uma visita… de algumas mulheres de Kingsbridge… que vão lhe explicar… o que ele tem que fazer.

Ouviram-se vivas.

– Alguém encontre o Sr. Child. Ele não deve estar longe. Está usando um colete amarelo. Digam-lhe que venha aqui receber seu dinheiro. Não vai ser tanto quanto ele pagou, mas é melhor que nada. E, padeiros, façam fila aqui, por favor, com seu dinheiro na mão.

Jarge balançava a cabeça de tanto assombro.

– Minha irmã – falou. – Só ela mesmo.

Sal estava preocupada.

– Tomara que ela não se encrenque por causa disso.

– Ela impediu a multidão de roubar o trigo. Os juízes deveriam é recompensá-la!

Sal deu de ombros.

– E desde quando os juízes são justos?

Vários padeiros de Kingsbridge se adiantaram até a frente da multidão. O colete amarelo de Silas Child apareceu. Houve um debate, e Sal supôs que estivessem discutindo o preço exato da saca de trigo três anos antes. Mas a questão pareceu se resolver. O dinheiro mudou de mãos, e os aprendizes de padeiro começaram a se afastar com sacas de trigo em cima dos ombros.

– Bem, o caso parece encerrado – disse Jarge.
– Não tenha tanta certeza – declarou Sal.

No dia seguinte, numa sessão ordinária diante dos juízes, Joanie foi acusada de rebelião, crime passível de pena capital.

Ninguém esperava por isso. Fora ela quem tinha dito que a turba não podia roubar o trigo, mas mesmo assim se confrontava com a pena de morte.

A audiência desse dia não podia considerá-la culpada. Os juízes não tinham competência para decidir um caso capital. Tudo que podiam fazer era convocar um júri para condenar Joanie a ser julgada pelo tribunal superior, ou então retirar as acusações.

– Eles não podem condenar você – disse Jarge à irmã, que ostentava um grande hematoma do lado esquerdo do rosto.

Já Sal, que estava com um galo na cabeça, não estava tão segura disso.

O pobre Freddie Caines fora açoitado ao amanhecer por ter liderado o motim dos soldados da milícia. Spade tinha dito a Sal que Freddie então se alistara voluntariamente no exército regular, de modo que assim estaria apontando a arma para os inimigos da Inglaterra, não para os próprios vizinhos. Ele integraria o 107º Regimento de Infantaria de Kingsbridge.

Quem conduzia a sessão era Hornbeam, como presidente dos juízes. Will Riddick estava sentado ao seu lado. Não havia dúvida alguma quanto ao lado em que os dois ficariam, mas não eram eles que tinham a palavra final: a decisão seria tomada pelo júri.

Sal tinha quase certeza de que Hornbeam não se dera conta de que Jarge era um de seus tecelões. Ele empregava centenas de operários e não conhecia a maioria deles. Se descobrisse, poderia demitir Jarge. Ou decidir que era melhor mantê-lo na fábrica tecendo do que do lado de fora causando problemas.

O xerife Doye tinha escolhido os jurados, e Sal os observou enquanto eles prestavam juramento. Eram todos negociantes prósperos da cidade, orgulhosos e conservadores. Muitos cidadãos que se qualificavam para serem jurados tinham um pensamento mais progressista; alguns eram inclusive metodistas: Spade, Jeremiah Hiscock, o tenente Donaldson e outros. Mas nenhum homem desses prestou juramento ali. Hornbeam obviamente tinha feito Doye manipular o júri.

Joanie alegou inocência.

A primeira testemunha foi Joby Darke, um barqueiro, que alegou que Joanie o havia atacado. Ele, por sua vez, só havia se defendido.

– Nós já tínhamos embarcado mais ou menos metade das sacas quando ela apareceu com a turba e tentou me impedir de fazer meu trabalho – contou ele. – Então eu a tirei do caminho com um empurrão.

Joanie o interrompeu.

– Como eu fiz isso, segundo o senhor? – perguntou ela. – Como o impedi?

– Ficando na minha frente.

– Eu pus o pé em cima de uma saca de trigo, não foi?

– Sim.

– Isso machucou o senhor?

As pessoas presentes no tribunal riram.

Darke ficou encabulado.

– É claro que não.

Sal começou a se sentir mais otimista.

Joanie tocou seu hematoma.

– Então por que o senhor deu um soco na minha cara?

– Eu não fiz isso.

Várias pessoas no tribunal começaram a gritar:

– Fez, sim! Fez, sim!

– Silêncio! – ordenou Hornbeam.

Spade deu um passo à frente.

– Eu vi tudo – disse ele. – E juro que Joby Darke deu um soco em Joanie.

Muito bem, Spade, pensou Sal. Apesar de ser um dos fabricantes de tecidos, ele defendia os operários.

Hornbeam se irritou.

– Quando eu quiser que se manifeste eu aviso, Sr. Shoveller. Continue, Drake. O que aconteceu em seguida?

– Bom, ela caiu no chão.

– E depois?

– Depois eu fui atacado por meia dúzia de mulheres.

Alguém gritou:

– Que sorte a sua!

Todos riram.

– Quem era a líder dessas mulheres? – perguntou Hornbeam.

– Era ela, Joanie, a que está sendo acusada.

– Ela conduziu a turba da Praça do Mercado até a beira do rio?

– Sim, foi ela.

Isso era verdade, refletiu Sal.

– Então foi ela a instigadora da rebelião.

Apesar de isso ser um exagero, Darke respondeu que sim.

– Quantas vezes eu o soquei, Joby? – questionou Joanie.

Ele sorriu.

– Se a senhora me socou, eu nem senti – respondeu ele, gabando-se.

– Mas mesmo assim está dizendo que eu comecei uma rebelião?

– Você trouxe todas aquelas outras mulheres.

– E elas o agrediram?

– Não exatamente, mas eu não conseguia tirá-las de cima de mim!

– Então elas não o agrediram.

– Elas me impediram de fazer meu trabalho.

– É o que você fica repetindo.

– E a senhora as liderou.

– O que eu disse para fazê-las descer até a beira do rio?

– Disse "Venham comigo", e coisas desse tipo.

– Quando eu falei isso?

– Eu ouvi quando estava saindo da Praça do Mercado.

– E está dizendo que eu fiz as mulheres o seguirem.

– Sim.

– E que depois eu o impedi de trabalhar.

– Sim.

– Mas o senhor disse que já tinha descarregado metade das sacas antes de eu chegar com as mulheres.

– Isso.

– Então deve ter saído da praça bem antes delas.

– Sim.

– Então como conseguiu me ouvir dizer para elas me seguirem, se já estava na beira do rio descarregando as sacas?

– Arrá! – disse Jarge bem alto.

Hornbeam franziu a testa na direção dele.

– Vai ver a senhora levou muito tempo para convencê-las – declarou Darke.

– A verdade é que o senhor nunca me escutou dizendo para elas me seguirem, porque eu nunca disse isso. O senhor está inventando.

– Não estou, não.

– O senhor é um mentiroso, Joby Darke.

Joanie virou-lhe as costas.

Sal achou que ela havia se saído bem, mas teria conseguido convencer o júri?

Os outros barqueiros contaram histórias parecidas, mas tudo que conseguiam dizer era que as mulheres os haviam atacado, e eles, revidado; e Sal achou que o depoimento confuso de Darke tinha feito todos eles parecerem pouco dignos de confiança.

Joanie então contou a própria história, enfatizando que seu principal papel fora impedir a multidão de saquear o estoque de trigo.

Hornbeam a interrompeu.

– Mas a senhora vendeu o trigo!

Isso não havia como negar.

– A um preço justo – replicou Joanie.

– O preço do trigo é definido pelo mercado. Não cabe à senhora decidir.

– Mas ontem eu decidi, não foi?

Os espectadores riram.

– E entreguei o dinheiro para o Sr. Child.

– Mas foi bem menos do que ele pagou.

– E quem vendeu trigo a um preço tão alto? Foi o senhor, por acaso, conselheiro Hornbeam? E quanto o senhor lucrou? – Hornbeam tentou interrompê-la, mas ela levantou a voz acima da dele. – Talvez devesse devolver esse dinheiro para o Sr. Child. Isso sim seria justiça, não é?

Hornbeam ficou vermelho de raiva.

– Cuidado com o que diz.

– Queira me perdoar, excelência.

– Não há muita diferença entre o que a senhora fez e roubar.

– Há, sim. Eu não lucrei nada. Mas isso não tem importância, não é?

– Por que cargas d'água não tem importância?

– Porque não estou sendo acusada de roubo. Estou sendo acusada de rebelião.

Um comentário inteligente, pensou Sal. Mas adiantaria alguma coisa? Patrões não gostavam que os empregados se mostrassem demasiado inteligentes. "Eu não lhes pago para pensar", eles gostavam de dizer. "Eu lhes pago para fazer o que lhe mandam."

– Imagino que Luke McCullough vá confirmar o que estou dizendo – disse Joanie.

– Eu não respondo a perguntas dos réus – retrucou o escrevente McCullough, mal-humorado.

Mesmo assim, Hornbeam estava incomodado. Tinha direcionado mal o depoimento dela.

– A senhora iniciou uma rebelião, roubou o trigo do Sr. Child e depois vendeu – afirmou ele.

– E entreguei o dinheiro para o próprio Sr. Child.

– Quer chamar alguma testemunha?

– Com certeza.

Sal depôs, em seguida Jarge, a Sra. Dodds e vários outros. Todos afirmaram que Joanie não havia mandado ninguém a seguir, não havia atacado ninguém e havia impedido o trigo de ser roubado.

O júri se recolheu para uma sala anexa.

Sal, Jarge e Spade foram se juntar a Joanie. Ela tinha a mesma preocupação que Sal.

– Acham que eu me mostrei inteligente demais?

– Não sei – respondeu Spade. – Não é bom se mostrar dócil e moderada… isso só os faz pensar que a pessoa é culpada e está arrependida. É preciso demonstrar alguma energia.

– O júri é todo formado por homens de Kingsbridge – afirmou Jarge. – Eles devem saber que foi errado vender o trigo para fora da nossa cidade quando temos gente sem conseguir se alimentar.

– Se tem uma coisa com que todos eles concordam é com o próprio direito de lucrar, independentemente de quem sofra – opinou Spade.

– Isso é bem verdade, maldição – comentou Jarge.

O júri voltou.

– Não vá se fazer açoitar agora, Jarge – disse Sal em voz baixa.

– Como assim?

– Se a decisão for desfavorável a Joanie, não grite nada nem ameace o júri ou os juízes. Isso apenas o fará ser punido. Riddick adoraria ver você apanhar, aquele porco. Aconteça o que acontecer, fique de boca fechada. Consegue fazer isso?

– É claro que sim.

O júri se apresentou diante dos juízes.

– Qual é a sua decisão? – perguntou Hornbeam.

– Ela está condenada a ser julgada pelo tribunal superior – respondeu um dos jurados.

Gritos de protesto se fizeram ouvir na plateia.

Sal olhou para Jarge.

– Fique quieto e calmo.

Jarge se limitou a dizer baixinho:

– Malditos sejam.

CAPÍTULO 18

Ela estava deitada na cama, com os braços de Jarge à sua volta e a cabeça apoiada no ombro dele. Tinha os seios imprensados contra o peito dele, que subia e descia com a respiração ofegante. Além da respiração de ambos, não se ouvia ruído algum na casa; Kit e Sue dormiam profundamente no andar de cima. Lá fora na rua, a certa distância, dois bêbados batiam boca, mas exceto por isso a cidade estava silenciosa. O pescoço de Sal estava úmido de suor, e ela podia sentir nas pernas nuas a aspereza dos lençóis.

Estava feliz. Sentira falta daquilo, quase sem notar: do reconforto que a intimidade com um homem trazia, do prazer absoluto de fazer amor. Tinha perdido o interesse pelo romance depois da morte de Harry. Com o tempo, no entanto, e de modo imperceptível, fora se afeiçoando cada vez mais ao grande, forte e impetuoso Jarge, e agora se sentia satisfeita por estar nos seus braços. Desde o dia da rebelião e do inesperado desvario cometido no celeiro atrás do Matadouro, havia passado todas as noites com ele. Seu único arrependimento era não ter feito aquilo antes.

Conforme a própria respiração foi se acalmando e a euforia, diminuindo, começou a pensar na coitada da Joanie, presa na cadeia de Kingsbridge. Joanie tinha um cobertor e Sal lhe levava comida diariamente, mas o prédio da cadeia era frio e as camas, duras. Isso a deixava com raiva. Quem deveria ser condenado a um julgamento pelo tribunal superior eram os homens que lucravam com os preços altos.

Não havia como prever o que poderia acontecer num julgamento, mas a audiência no tribunal ordinário não tinha corrido bem, e isso era um péssimo sinal. Não a enforcariam, certo? Mas poderiam. O clima estava diferente desde o apedrejamento da carruagem do rei e das rebeliões por causa de comida; a elite governante da Grã-Bretanha não estava com disposição para perdoar. Em Kingsbridge, os comerciantes se recusavam a vender a crédito, senhorios despejavam inquilinos que atrasassem o aluguel e juízes davam duras sentenças. Hornbeam e Riddick já eram homens cruéis de toda forma, mas no presente momento gozavam do apoio de muitos de seus colegas donos de negócios. Como Spade não parava de dizer, os patrões estavam com medo.

Sal estava preocupada também com dinheiro. Joanie não estava ganhando nada, nem Sue, mas as duas continuavam tendo que comer. Sal havia alugado o sótão para uma viúva, mas, como lá em cima havia um único cômodo sem lareira, ela pagava apenas quatro *pence* por semana.

Sal suspirou, e Jarge ouviu.

– Me diga em que está pensando – pediu ele.

De vez em quando ele conseguia se mostrar sensível.

– Estou pensando que nós não temos dinheiro suficiente.

Sentiu quando ele deu de ombros.

– Então não é nenhuma novidade – comentou ele.

Ela lhe fez a mesma pergunta.

– E você, em que está pensando?

– Que deveríamos nos casar.

Isso deixou Sal surpresa, mas, pensando bem, não deveria ter deixado. Os dois estavam vivendo juntos como marido e mulher, e cuidando da sobrinha dele do mesmo jeito que do filho dela, como se fossem uma família.

– Nós, trabalhadores, não somos muito rígidos em relação a isso – prosseguiu Jarge. – Mas logo, logo nossos amigos e vizinhos vão esperar que você e eu formalizemos as coisas.

Era verdade. A notícia se espalharia, e em determinado momento o vigário apareceria na sua porta para assinalar que eles precisavam da bênção de Deus para sua união. Mas era isso mesmo que ela queria? Estava feliz, por enquanto, mas será que se sentia segura para dizer ao mundo que pertencia a Jarge?

– E, além do mais… – continuou ele.

Então hesitou, mudou de posição como se estivesse incomodado e coçou a coxa, sinais que ela sabia indicarem que um homem estava tentando expressar alguma emoção incomum.

Sal o incentivou.

– Além do mais o quê?

– Eu gostaria de me casar porque amo você. Pronto, é isso, falei – arrematou, envergonhado.

A frase não a espantou, mas a deixou comovida. No entanto, ela nunca tinha pensado muito no próprio futuro com Jarge. Ele era gentil e leal aos amigos e parentes, mas tinha uma tendência violenta que não lhe passava segurança. Já tinha observado que a violência era algo frequente em homens fortes pisoteados por um mundo cuja injustiça não compreendiam. E a lei protegia pouco as mulheres.

– Eu também amo você, Jarge – disse ela.

– Bom, então está decidido!

– Ainda não.

– Como assim?

– Jarge, o meu Harry nunca me machucou.

– E daí?

– Alguns homens... muitos homens sentem que o casamento significa que eles podem castigar a mulher... com os punhos.

– Eu sei.

– Você sabe, mas o que acha disso?

– Nunca machuquei nem nunca vou machucar nenhuma mulher.

– Jure que nunca vai machucar nem a mim, nem Kit.

– Você não confia em mim?

A voz dele soou magoada.

Ela insistiu.

– Só me caso com você se fizer uma promessa solene. Mas prometa apenas se estiver realmente falando sério.

– Nunca vou machucar nem você, nem Kit, e estou falando sério, e eu juro, juro por Deus.

– Então eu aceito me casar com você de bom grado.

– Ótimo. – Ele se virou de lado para enlaçá-la com os dois braços. – Vou falar com o vigário para mandar publicar os proclamas.

Ele estava feliz.

Ela beijou sua boca e tocou seu pênis flácido. Pretendia que aquilo fosse um afago afetuoso, mas o membro logo intumesceu na sua mão.

– De novo? – indagou ela. – Mas já?

– Se você quiser.

– Ah, sim – disse ela. – Eu quero, sim.

Depois da comunhão no Salão Metodista, o pastor Charles Midwinter fez um anúncio.

– Nos últimos dias, o primeiro-ministro Pitt criou duas novas leis sobre as quais precisamos nos informar – disse ele. – Spade vai explicá-las.

Spade se levantou.

– O Parlamento aprovou a Lei da Alta Traição e a Lei das Reuniões Subversivas. Agora é crime criticar o governo ou o rei, ou convocar qualquer encontro com o propósito de criticar o governo ou o rei.

Amos já sabia sobre as novas leis e era contra. Seu vínculo com uma religião não conformista o havia tornado um ferrenho defensor da liberdade de opinião. Acreditava que ninguém tinha o direito de impedir outro homem de falar.

Outros na congregação não tinham pensado sobre as novas leis, e o resumo direto de Spade causou um burburinho de indignação.

Quando o barulho arrefeceu, Spade falou:

– Não sabemos como eles vão aplicar essas leis, mas, pelo menos em princípio, a discussão do livro do arcediago Paley pela Sociedade Socrática seria ilegal. O tribunal não precisaria provar que houve rebelião, só que houve crítica.

– Mas nós não somos servos! – protestou o tenente Donaldson. – Eles estão tentando voltar à Idade Média.

Rupe Underwood opinou:

– É mais parecido com o período do Terror em Paris, quando executavam qualquer suspeito de não ser a favor da revolução.

– Isso mesmo – concordou Spade. – Alguns jornais estão chamando as novas leis de o Terror de Pitt.

– E como essas leis estão sendo justificadas?

– Pitt fez um discurso dizendo que as pessoas deveriam procurar o Parlamento, e apenas o Parlamento, para reparar qualquer queixa que possam ter, com a certeza de que serão atendidas.

– Mas o Parlamento não representa o povo. Ele representa a aristocracia e a fidalguia latifundiária.

– De fato. Eu mesmo achei o discurso de Pitt risível.

Susan Hiscock, esposa do impressor que foi açoitado, perguntou:

– O simples fato de termos esta conversa nos torna criminosos?

– Para resumir, sim – respondeu Spade.

– Mas por que eles fizeram isso?

– Estão com medo – afirmou ele. – Não conseguem ganhar a guerra nem alimentar o povo. Kingsbridge não foi a única cidade que teve rebelião por causa de comida. Eles ficam apavorados quando uma multidão entoa "Pão e paz" e apedreja o rei. Acham que vão ser todos guilhotinados.

O pastor Midwinter tornou a se levantar.

– Nós somos metodistas – disse ele. – Isso significa que acreditamos que todo mundo tem o direito às próprias crenças em relação a Deus. Isso não é contra a lei, ainda. Mas precisamos tomar cuidado. Sejam quais forem nossas opiniões a respeito do primeiro-ministro Pitt, do seu governo e da guerra, devemos guardá-las para nós, pelo menos até sabermos como as novas leis vão operar.

– Concordo – declarou Spade.

Spade e Midwinter eram os mais respeitados integrantes dos círculos progressistas de Kingsbridge, e a congregação aceitou o que eles tinham dito.

A reunião se dispersou, e Amos foi abordar Jane Midwinter. Agora que seu pai era um simples pastor e não mais cônego da catedral, ela não tinha mais roupas novas a cada poucos meses, mas ainda assim conseguia ficar irresistível usando um casaco vermelho-britânico e um chapéu de aspecto militar.

Dessa vez, não tinha ido embora depressa logo depois do culto. Em geral dava um jeito de atravessar a praça exatamente na hora em que a congregação anglicana estava saindo da catedral, para assim poder flertar com o visconde Northwood. Só que nesse dia ele estava em Earlscastle.

– Seu amigo Northwood perdeu a rebelião – comentou Amos.

– Tenho certeza de que não teria havido rebelião se o visconde estivesse no comando da milícia – retrucou ela. – Em vez daquele tolo do Riddick.

Riddick era mesmo um tolo, Amos concordava, mas não tinha certeza se Henry ou qualquer outra pessoa teria conseguido evitar a rebelião.

– Mas o que ele foi fazer em Earlscastle?

– Imagino que tenha ido avisar ao pai que não deseja se casar com Miranda, aquela prima dele com cara de cavalo.

– Foi isso que ele lhe disse?

– Não explicitamente.

– Acha que ele quer se casar com a senhorita?

– Tenho certeza – respondeu ela num tom jovial, mas ele não acreditou.

Amos focalizou a bruma prateada de seus olhos e perguntou:

– A senhorita o ama?

Teria sido razoável ela dizer que aquilo não era da conta dele, mas ela respondeu à pergunta.

– Vou ser muito feliz casada com lorde Northwood – disse ela. O tom de desafio fez Amos perceber que ela estava afirmando algo de que não tinha certeza. – Serei condessa, e todos os meus amigos farão parte da nobreza. Terei lindas roupas que usarei em festas suntuosas. Serei apresentada ao rei. Ele provavelmente pedirá que eu seja sua amante, e eu direi "Mas majestade, isso com certeza seria um pecado, não?" e fingirei lamentar.

Como Jane nunca havia abraçado as virtudes metodistas da modéstia e do comedimento, aquele tipo de discurso não deixou Amos chocado. Ela seguia a religião do pai sem nenhum comprometimento sério. Caso viesse a desposar Northwood, voltaria para a Igreja Anglicana num piscar de olhos.

– Mas a senhorita não ama Northwood.

– O senhor parece meu pai falando.

– Seu pai é o melhor homem de Kingsbridge, e essa comparação me concede uma honra indevida. Mas sigo afirmando que a senhorita não ama Northwood.

– Amos, você é um homem gentil e tem o meu afeto, mas isso não lhe dá o direito de me importunar.

– Eu a amo. E você sabe disso.

– Seríamos muito infelizes juntos: uma abelha operária casada com uma borboleta.

– Você poderia ser a abelha-rainha.

– Amos, você não tem como me transformar em rainha.

– Você já é a rainha do meu coração.

– Que poético!

Estou fazendo papel de bobo, pensou ele. *Mas a verdade é que Northwood ainda não a pediu em casamento. Nem sequer a convidou para conhecer seu pai.*

Talvez aquilo nunca viesse a acontecer.

Sal e Jarge se casaram na igreja de São Lucas num final de tarde de sábado, depois do trabalho. Como não tinham dinheiro para uma comemoração, levaram apenas Kit e Sue à igreja. No entanto, sem que Sal esperasse, Amos Barrowfield e Elsie Latimer apareceram para assinar como testemunhas. Amos então lhe surpreendeu dizendo que quatro litros de cerveja e um pequeno barril de ostras os aguardavam do lado de fora.

– Tem problema se dividirmos com Joanie? – perguntou Sal.

– Problema nenhum – respondeu Amos. – Vou dar um xelim a Gil Gilbert e lhe oferecer uma caneca de cerveja, e ele terá prazer em nos deixar entrar.

O grupo saiu da igreja e foi andando até a cadeia. Eram dois velhos casarões transformados num só, com barras nas janelas e trancas em todas as portas. Gil os conduziu alegremente até o quartinho de Joanie. As tábuas do piso eram irregulares, havia mofo nas paredes e a lareira estava fria e vazia, mas ninguém ligou. Eram quatro adultos e duas crianças que, em pouco tempo, aqueceram o recinto. Amos serviu cerveja para todos, e Jarge abriu as ostras com seu canivete de bolso. Gil lhes ofereceu um pão inteiro para acompanhar o banquete e cobrou o preço exorbitante de dois xelins, mas Amos pagou mesmo assim.

– Vamos deixá-lo ganhar um dinheirinho extra – falou ele.

– Meu irmão – disse Joanie ao erguer seu caneco para um brinde. – Pensei que ele nunca fosse encontrar uma boa mulher, mas acabou escolhendo a melhor de todas. Que Deus o abençoe.

– Escolhi mesmo, não foi? Quem vai dizer agora que eu não sou inteligente? – perguntou Jarge.

– Um enlace perfeito: duas pessoas de braços fortes e bom coração – declarou Amos. – E Kit é a criança mais inteligente da escola dominical.

– E Sue, a mais querida – emendou Elsie depressa.

Sal estava eufórica. Imaginava que eles fossem passar uma noite tranquila em casa, jantando apenas um pescoço de carneiro ensopado, mas, em vez disso, estava diante de um banquete.

– Aposto que os casamentos dos nobres não são tão divertidos – comentou ela. – Com todos aqueles bons modos e roupas engomadas.

– Pois fique sabendo, minha boa senhora, que eu sou lady Johanna, duquesa de Shiring – afirmou Joanie.

Kit e Sue guincharam de tanto rir.

Sal entrou na brincadeira. Fez uma mesura, então falou:

– Muito me honra sua generosidade, duquesa Johanna, mas devo lhe assinalar que sou a condessa de Kingsbridge e sou quase tão boa quanto a senhora.

Joanie se virou para Jarge e pediu:

– Ei, você, abra outra ostra para mim.

– Minha cara duquesa, a senhora me confundiu com um mordomo, mas eu na verdade sou o bispo de Box e não posso abrir ostras com minhas alvas mãos.

Ele exibiu as palmas marrons, marcadas de cicatrizes e um pouco sujas.

Aos risos, Sal disse:

– Caro bispo, eu o acho muito atraente, venha cá me dar um beijo.

Jarge a beijou, e todos aplaudiram.

Sal correu os olhos pelo recinto e percebeu que todas as pessoas importantes da sua vida estavam ali: seu filho, seu marido, sua melhor amiga, a filha dela, a professora de Kit e Amos, o patrão que sempre tinha lhe trazido sorte. Havia pessoas cruéis e más em Kingsbridge e no mundo, mas todas ali reunidas eram boas.

– Deve ser assim o Paraíso – disse ela. Então engoliu mais uma ostra, tomou um grande gole de cerveja e arrematou: – E duvido que exista no Paraíso coisa melhor que ostras com cerveja.

Kingsbridge se orgulhava de ser o palco das sessões do tribunal superior. Tal fato era um sinal de importância e o reconhecimento de que a cidade era o lugar mais importante do condado de Shiring. A visita bienal de um juiz de Londres era um grande acontecimento no calendário social, e ele sempre recebia mais convites do que conseguia aceitar.

O conselho municipal o acolheu com um magnífico Baile do Tribunal. Os conselheiros, porém, não eram esbanjadores: os ingressos custavam caro, e o baile renderia lucro.

A casa de Hornbeam ficava a apenas meio quilômetro dos Salões de Bailes e Eventos, e, como a noite estava amena, ele e sua família foram para o baile a pé. A chuva incessante do verão e do outono tinha enfim parado, felizmente, embora agora fosse tarde demais para salvar a colheita.

O grupo de Hornbeam era formado por três casais: ele próprio e Linnie, Howard e Bel, e Deborah e Will Riddick. Os rapazes usavam luvas brancas e calçavam botas lustrosas, e seus lenços de pescoço estavam amarrados com imensos laços que Hornbeam achava bobos. O decote das moças era generoso demais para o seu gosto, mas agora não dava mais tempo de lhes pedir que se trocassem.

Diante do pórtico da entrada estava reunida uma multidão de moradores da cidade, sobretudo mulheres; com os ombros frios cobertos por xales, elas assistiam à chegada dos ricos. Davam suspiros de admiração diante das joias usadas pelas senhoras e aplaudiam qualquer traje particularmente extravagante: uma capa amarelo-ovo, um casaco de pele branco, um chapéu alto com plumas e fitas. Hornbeam ignorou a ralé e fixou o olhar bem à sua frente, mas seus familiares acenaram e menearam a cabeça para conhecidos ao passar pela aglomeração de admiradores.

Então eles entraram. Uma pequena fortuna tinha sido gasta com velas, e o espaço inteiro estava bastante iluminado, revelando uma profusão de mulheres vestidas de maneira magnífica e homens elegantes. Até mesmo Hornbeam ficou impressionado. Os fabricantes de tecidos de Kingsbridge e suas famílias costumavam usar seus melhores trajes para comparecer àquele tipo de evento. Os homens usavam casacas de cor roxa, azul vivo, verde-limão e castanho-avermelhado. As mulheres exibiam vistosos xadrezes e listras coloridas, plissados, franzidos, faixas na cintura e metros e mais metros de renda. O baile era uma gigantesca vitrine do talento coletivo da cidade.

As pessoas estavam se posicionando para a contradança, na qual o casal que conduzia era trocado o tempo todo. Hornbeam reparou que o visconde Northwood estava dançando. Surpreendentemente, o coronel parecia já ter bebido bastante champanhe.

– Espero que essa banda saiba tocar valsa – comentou Deborah.

– Isso está fora de cogitação – retrucou Hornbeam na mesma hora. Nunca tinha visto uma valsa, mas já ouvira falar na dança que era a mais nova sensação.

– Isto aqui é o Baile do Tribunal, um evento respeitável organizado pelo conselho municipal. Não vamos tolerar danças obscenas.

Deborah em geral cedia, mas nesse momento reagiu ao comentário do pai.

– A dança não tem nada de obscena! Em Londres as pessoas vivem valsando.

– Aqui não é Londres, e aqui não permitimos danças em que as pessoas se abraçam... e de frente. É abominável. Pode ser que nem casadas elas sejam!

– Sabe, pai, não há como engravidar valsando – disse Howard com um sorriso.

Os outros riram alto.

Hornbeam se irritou.

– Esse comentário não foi muito útil, em especial na frente das senhoras.

– Ah. Me desculpe.

– Pai, você está falando como um velho fabricante de tecidos que não quer usar as máquinas novas – comentou Deborah. – Precisa acompanhar os tempos!

Hornbeam se ofendeu. Não se considerava um homem antiquado.

– Que comparação mais ridícula – falou, contrariado.

Deborah era a única na família capaz de fazer frente a ele numa discussão.

– Quem sabe só uma ou duas valsas?

– Não vai haver valsa nenhuma.

Os jovens desistiram e entraram na contradança. Com uma careta de desagrado, Hornbeam viu que Amos Barrowfield também estava dançando.

Sempre aparecia alguma coisa para estragar seu humor.

Depois da festa de casamento, Sal se sentou à mesa da cozinha com uma pena de escrever e um pouco de tinta emprestados e abriu a Bíblia do pai. Escreveu a data, em seguida a palavra "casamento" e então perguntou:

– Como se escreve Jarge?

– O que está fazendo? – quis saber ele.

– Registrando nosso casamento na Bíblia da família.

Ele olhou por cima do ombro dela.

– Belo livro – comentou.

A Bíblia era antiga, refletiu Sal, mas tinha um bom fecho de latão e era impressa em caracteres nítidos e fáceis de ler.

– Deve ter custado um dinheirinho – continuou Jarge.

– É provável – respondeu ela. – Quem a comprou foi meu avô. Como se escreve o seu nome?

– Não sei se algum dia vi meu nome escrito.

– Então, se eu escrever errado, você nem vai saber.
Ele riu.
– Nem saber, nem me importar.
Sal escreveu:

Jarj Boks e Sarah Clitheroe

– Ficou muito bom – elogiou Jarge.
Sal não concordou, mas agora estava feito. Soprou a tinta para fazê-la secar. Quando a tinta parou de cintilar e adquiriu uma cor preta opaca, ela fechou o livro.
– Agora vamos lá ver os convidados chegando ao baile – falou.

Elsie não era lá muito boa dançarina, mas gostava de dançar com Amos, que tinha movimentos graciosos e precisos. A contradança exigia muita energia, e no final eles saíram do salão ofegantes de tanto esforço.

Os Salões de Bailes e Eventos estavam bem diferentes nessa noite em comparação com as ocasiões em que Elsie os usava para sua escola dominical. Aquele lugar fora concebido para ser assim: cheio de música e conversas, com rolhas estourando e cálices sendo enchidos, esvaziados e rapidamente enchidos outra vez. Mas ela preferia quando os únicos ocupantes daquele recinto eram crianças pobres empenhadas em aprender.

– Bom, agora eu já estive na cadeia – disse ela para Amos. – Tem uma primeira vez para tudo.
Ele riu.
– Eu conheço Sal faz tempo. Ela realmente amava Harry, o primeiro marido, e fico satisfeito em vê-la feliz outra vez.
– Você é um homem bom, Amos.
– De vez em quando.
Como sabia que elogios deixavam Amos constrangido, ela rapidamente mudou de assunto.
– Sinto muito que a Sociedade Socrática tenha acabado.
– Spade e o pastor Midwinter acharam melhor assim.
– É uma pena mesmo.
– Sobrou algum dinheiro, e vão usá-lo para criar um clube de troca de livros.
– Bem, já é alguma coisa, mas não vai adiantar nada para os que não sabem ler.

– Pelo contrário: as pessoas se inscrevem justamente para aprender a ler.

Ele olhou por cima do ombro dela, e sua expressão mudou.

Elsie se virou para ver o que havia chamado a atenção de Amos. Jane Midwinter estava conversando com Northwood. *Já devia ter adivinhado*, pensou. Ouviu Jane dizer:

– Venha comigo até o bufê pegar algo para você comer antes de beber mais champanhe. Não quero que dê vexame.

Era o tipo de coisa que uma esposa diria, ou uma noiva.

Elsie se virou para Amos e perguntou:

– O que vai fazer se Jane se casar com Northwood?

– Isso não vai acontecer. O conde não vai permitir.

Ela insistiu.

– Mas o que faria se acontecesse?

– Não sei. – Amos pareceu incomodado com a pergunta. – Nada, imagino eu. – Ele se alegrou. – Nós estamos em guerra, e, mais cedo ou mais tarde, Northwood vai ter que lutar. Se ele morrer em combate, Jane ficará solteira outra vez.

Foi um comentário cruel, bem pouco típico dele.

– Então você vai simplesmente esperar e torcer.

– Algo assim. Com licença.

Ele a deixou sozinha e foi atrás de Jane e Northwood.

O desalento tomou conta de Elsie. Não havia esperança para ela. Amos continuaria fiel a Jane mesmo que ela se casasse com outra pessoa.

Estava na hora de Elsie encarar a realidade.

Tenho 22 anos e estou solteira, pensou ela. *Tudo que eu quero é uma casa cheia de crianças. Bel Marsh agora virou Bel Hornbeam, e Deborah Hornbeam virou Deborah Riddick, e ambas provavelmente vão ter filhos em breve, enquanto continuo apegada a um homem que ama outra mulher.*

Não quero ser uma velha solteirona. Preciso esquecer Amos.

Ela pegou um cálice de champanhe para se animar.

Arabella Latimer estava lindíssima com um vestido vermelho-ferrugem feito com uma das casimiras de Spade. O corpete franzido e a cintura alta realçavam seu busto farto. Spade quase não conseguia desgrudar os olhos dela.

– Se eu conseguir fazer a banda tocar uma valsa, aceita dançar comigo? – perguntou ele.

– Eu adoraria – respondeu ela. – Só que não sei dançar valsa.

– Eu lhe ensino. Aprendi em Londres. É fácil. Vai ter muita gente aprendendo… Ninguém nunca dançou valsa em Kingsbridge.

– Está bem. Tomara que o clero não se escandalize.

– O clero gosta de se escandalizar. Eles acham isso emocionante.

Spade foi até o tablado sobre o qual a banda estava e, quando a dança em curso terminou, mostrou ao líder dos músicos uma coroa de prata, moeda equivalente a cinco xelins, e perguntou:

– Vocês sabem tocar valsa?

– Lógico – respondeu o líder. – Mas acho que o conselheiro Hornbeam não vai gostar.

A resposta irritou Spade, mas ele forçou um sorriso.

– O Sr. Hornbeam nem sempre consegue o que quer – disse ele, reprimindo a contrariedade. Ergueu a moeda. – A decisão é sua.

O líder da banda aceitou o dinheiro.

Spade voltou até onde Arabella estava.

– É assim: UM dois três, UM dois três. Pisa-se para trás com o pé esquerdo, depois de lado e para trás com o direito, então juntam-se os dois pés, como aqueles estrangeiros que fazem os saltos estalarem enquanto se curvam.

Ele ficou parado na frente dela, sem tocá-la, enquanto eles ensaiavam juntos os passos.

Arabella pegou o jeito rápido.

– Não é difícil mesmo – falou.

Ela estava com os olhos brilhantes e parecia animada, e Spade começou a pensar que talvez ela estivesse tão apaixonada por ele quanto ele estava por ela.

Ninguém prestou muita atenção neles. Em bailes como aquele, as pessoas com frequência eram vistas ensinando umas às outras os passos complicados de danças coreografadas, como o cotilhão, por exemplo, no qual quatro pares formavam um quadrado e se tocavam apenas nas mãos.

Uma alemanda chegou ao fim, e houve uma pausa na música. Normalmente o líder da banda anunciaria a dança seguinte para as pessoas poderem se preparar, mas dessa vez não o fez, talvez por medo de a valsa ser interrompida antes mesmo de começar e de ser obrigado a devolver seus cinco xelins. A música começou sem qualquer aviso, mas o ritmo cadenciado era inconfundível. As pessoas no salão pareceram intrigadas com aquele som desconhecido.

– Lá vamos nós – disse Spade. – Ponha a mão direita no meu ombro esquerdo.

Ele a segurou pela cintura, que era suavemente arredondada e estava morna. Tomou sua outra mão na altura do ombro. Seus corpos se tocaram.

– Que dança mais íntima – comentou ela.

Não foi uma reclamação.

Spade deu o primeiro passo, e ela acompanhou o ritmo sem qualquer dificuldade. Em pouco tempo, os dois estavam valsando como se já tivessem feito aquilo muitas vezes.

– Somos os únicos dançando – observou Arabella.

Spade reparou que o burburinho de conversas e risadas havia diminuído um pouco, e muitas pessoas o observavam dançar com a esposa do bispo. Perguntou-se se aquilo teria sido um erro. Não queria que Arabella tivesse problemas com o marido.

Reparou que Hornbeam o encarava com uma expressão enfurecida.

– Ah, céus, todo mundo está olhando para nós – comentou Arabella.

Spade estava com a mulher que amava nos braços e não queria parar de dançar.

– Eles que vão todos para o inferno – declarou.

Ela riu.

– Seu bobo, eu adoro você.

Deborah Hornbeam então arrastou Will Riddick para o meio do salão, e seu irmão, Howard, a imitou, acompanhado pela nova esposa, Bel; e os dois casais também se puseram a valsar.

– Graças a Deus – disse Arabella.

Spade olhou para os jovens Hornbeams e comentou:

– Eles têm praticado em casa. Aposto que disso Hornbeam não sabia.

Mais casais entraram na dança, e em pouco tempo havia umas cem pessoas valsando, ou tentando valsar. Sentindo-se mais confiante, Spade puxou o corpo de Arabella para mais perto, e ela correspondeu encostando-se nele enquanto os dois rodopiavam pelo salão.

– Ah, nossa, é como trepar – sussurrou ela no seu ouvido.

Spade abriu um sorriso de felicidade.

– Se você acha que trepar é assim, não tem feito a coisa direito – murmurou.

A valsa terminou, e o líder da banda anunciou um cotilhão. Kenelm convidou Elsie para ser seu par, e ela aceitou. O rapaz a conduziu com destreza, e ela pensou que estava disfarçando bem a própria falta de jeito. Terminada a dança, ele sugeriu:

– Vamos pegar um champanhe.

Era o terceiro cálice de Elsie, e ela estava se sentindo bastante relaxada.

– O senhor dançava muito lá em Oxford? – perguntou.

Kenelm fez que não com a cabeça.

– Lá não havia mulheres... Pelo menos nenhuma com quem um aspirante a religioso dançaria – arrematou ele.

– Pare de fazer isso – disse ela.

– De fazer o quê?

– Julgar os outros. É muito desagradável. Por ser um religioso, todo mundo já pressupõe que o senhor não tenha interesse por mulheres inadequadas. Não há por que sublinhar esse fato.

Ele franziu a testa, ofendido, e pareceu prestes a contra-argumentar, mas então hesitou e adotou um ar pensativo.

Amos gostava de dançar e sabia valsar, mas mesmo assim não entrou na dança. Estava seguindo Jane e Northwood. Sabia estar se comportando mal, mas os dois nem sequer notaram, de tão entretidos que estavam um com o outro. E ninguém mais tinha reparado, pelo menos não ainda.

Eles foram até o bufê, depois dançaram um pouco, então foram para a varanda. Por fim, saíram pelas portas e entraram no jardim iluminado por lampiões.

O ar da noite estava frio e havia pouca gente no jardim. Amos sentiu a friagem.

Jane tinha vestido uma capa para se proteger do vento. Os dois ficaram passeando pelo jardim. Northwood tinha o passo um pouco instável; já Jane parecia estar cem por cento no controle de si. Por causa da luz fraca, era difícil distinguir o rosto deles, mas as cabeças se inclinaram para junto uma da outra, e seu diálogo estava visivelmente íntimo.

Amos se apoiou na parede externa do prédio, como se tivesse saído em busca de ar fresco. Algo importante estava acontecendo entre Jane e Northwood, algo além de um simples flerte.

Então os dois sumiram.

Amos percebeu que tinham se esgueirado para trás de um emaranhado de arbustos altos. Agora ninguém mais conseguia vê-los. O que estariam fazendo? Ele precisava saber. Atravessou o gramado. Foi incapaz de se conter.

Ao chegar mais perto, percebeu que podia entrevê-los através dos arbustos. Eles estavam abraçados, se beijando, e ele ouviu Northwood soltar um gemido de paixão. Sentiu-se furioso e, ao mesmo tempo, envergonhado por se comportar como um voyeur. Northwood estava fazendo coisas que Amos sempre sonhara em fazer. Ficou dividido entre o impulso de atacá-lo e a ânsia de ir embora sem ser notado.

Ele viu a mão de Northwood se fechar em volta do seio de Jane.

Chegou mais perto.

– Não – disse Jane baixinho, e retirou a mão de Northwood.

Amos se imobilizou.

Segurando as duas mãos de Northwood, Jane falou:

– O homem com quem eu me casar poderá acariciar meus seios sempre que quiser… e ficarei feliz em deixá-lo fazer isso.

Amos ouviu Northwood dar um arquejo.

O visconde então falou:

– Case-se comigo, Jane.

– Ah, Henry! – exclamou ela. – Sim!

Eles tornaram a se beijar, mas Jane interrompeu o abraço. Segurou Northwood pela mão e o guiou até os dois saírem de trás dos arbustos. Amos rapidamente virou as costas e fingiu estar passeando sem rumo certo.

Jane não se deixou enganar.

– Amos! – exclamou ela. – Nós estamos noivos!

Ela não parou, conduzindo Northwood até o salão; Amos foi atrás deles.

Segurando Northwood com firmeza pelo braço, Jane se aproximou do pai, o pastor Midwinter, que conversava com o conselheiro Drinkwater e as duas moças da família Hornbeam, Deborah e Bel.

– Pai – disse Jane. – Henry tem uma coisa para lhe dizer.

Aquilo só podia significar uma coisa, sobretudo visto que Jane acabara de usar o primeiro nome de Northwood. Tanto Deborah quanto Bel guincharam de alegria.

Apesar de estar meio embriagado, Northwood foi salvo pelos próprios bons modos e disse:

– O senhor me concederia permissão para pedir a mão da sua filha em casamento?

O pastor hesitou. A última esperança de Amos era Midwinter inventar alguma desculpa e dizer a Northwood que fosse procurá-lo em casa no dia seguinte para os dois poderem conversar devidamente sobre aquele pedido.

Drinkwater, porém, que era avô de Jane, foi incapaz de conter a própria alegria.

– Que esplêndido! – exclamou ele.

Bel Hornbeam disse bem alto:

– Jane vai se casar com o visconde Northwood! Viva!

Midwinter ficou visivelmente insatisfeito com a forma como aquilo estava sendo feito. Se recusasse a mão da filha, porém, ela iria passar vergonha. Após uma longa pausa, dirigiu-se a Northwood.

– Sim, milorde. Tem permissão para pedir a mão dela.

– Obrigado – respondeu Northwood.

Num tom de admiração, Deborah Riddick murmurou:
– Meus parabéns, Srta. Midwinter.
Ela obviamente havia percebido que a coisa toda fora orquestrada com esperteza por Jane.
Jane deu a mão a Northwood, ficou de frente para ele e declarou:
– Fazer meu maravilhoso marido feliz será minha missão de vida.
Amos virou as costas, saiu do prédio e tomou o caminho de casa.

Elsie viu Amos ir embora e, pelo seu aspecto, soube que algo ruim tinha acontecido. Não demorou muito para descobrir o quê. Em poucos minutos, o salão foi tomado por um clima de empolgação, com pessoas conversando animadas, algumas parecendo surpresas e até levemente escandalizadas. Kenelm Mackintosh então se aproximou dela.
– Northwood pediu Jane Midwinter em casamento, e ela aceitou.
– Ora, ora – respondeu Elsie. – Então Jane conseguiu o homem que queria.
E eu não.
– Não está surpresa?
– Não muito. Fazia meses que ela vinha se esforçando muito para isso.
– Mas o pai dela é metodista... e Northwood um dia vai ser o conde de Shiring!
– E Jane será condessa.
– Tenho medo de que o metodismo passe a ser visto como uma parte normal do cristianismo inglês.
– E por que não? O protestantismo se tornou uma parte normal do cristianismo europeu.
A réplica o deixou atordoado por um instante. Elsie apreciou vê-lo se esforçar para encontrar o que dizer. E ele era extremamente bonito de se ver.
Por fim, ele falou:
– Às vezes a senhorita pode ser terrivelmente insolente.
– Ora, Sr. Mackintosh, é quase como se o senhor estivesse se acostumando comigo.
Ele a encarou por alguns instantes.
– A senhorita é muito inteligente.
– Minha nossa... que elogio... especialmente vindo de um homem!
– Insolente outra vez.
– Eu sei.
– Apesar disso, eu a admiro.

A frase era um código para "Estou me apaixonando por você". Ela reprimiu o impulso de zombar dele. Já sentira que ele estava desenvolvendo afeto por ela, e um sentimento genuíno não deveria ser ridicularizado. Por outro lado, ele nunca a havia olhado com a expressão de puro desejo com a qual já vira Amos olhar para Jane. Não pôde evitar recordar o que Amos tinha dito: *"Ele quer desposá-la porque isso vai ajudá-lo a ganhar status. É quase impossível que um genro de um bispo não seja promovido na Igreja."*

– O senhor tem ambição? – indagou.

– Ambição de realizar o trabalho de Deus, sim. E minha esposa terá a alegria de me ajudar a servi-Lo.

As palavras que ele dizia eram clichês, mas ele parecia sincero.

– Realizar o trabalho de Deus, sim, mas em que condição? – questionou ela.

– Se for a vontade Dele, creio que eu poderia trabalhar como bispo. Tive a formação necessária e sou dedicado e trabalhador.

– O senhor diria que é um homem orgulhoso?

O interrogatório o deixou desconfortável, mas ele o suportou.

– Sim, já houve ocasiões em que tive que confessar o pecado do orgulho.

Foi uma resposta sincera.

– Eu adoro crianças – disse ela. – E o senhor?

– Nunca tive muito contato com elas. Não tenho irmãs, e apenas um irmão doze anos mais velho que eu. Minha primeira lembrança dele é de quando saiu de casa... e da Escócia. Aceitou um emprego em Manchester, assim como eu fui embora estudar em Oxford. Não existe muita coisa na Escócia para jovens rapazes com aspirações.

– Para algumas pessoas, o trabalho de Deus pode ser lecionar.

– Concordo. "Deixem vir a mim as crianças e não as impeçam; pois o Reino dos Céus pertence aos que são semelhantes a elas." Assim falou Jesus.

– O senhor tenta ajudar na escola dominical, mas nunca fica à vontade com os pequenos.

– Talvez a senhorita pudesse me ensinar.

Era a primeira vez que ela o via demonstrar humildade. Em algum lugar ali dentro existia um homem decente.

– Eu falei com seu pai – revelou Mackintosh.

Elsie entrou em pânico. Ele ia pedi-la em casamento nesse instante, e ela não sabia o que responder. Olhou em volta pelo salão e disse:

– Não estou vendo meu pai.

– Ele já foi embora. Não estava se sentindo bem. Estou um pouco preocupado com a saúde dele.

Tentando ganhar tempo, ela perguntou:

– E minha mãe?

– Disse que iria encontrar alguém para acompanhá-la até em casa, e que ele não precisava se preocupar.

– Ah, que bom.

– Contei ao seu pai que havia passado a amá-la...

– Sinto-me honrada.

Era uma frase formal, que não a comprometia nem com um sim nem com um não.

– ... e confessei acalentar uma tênue esperança de que a senhorita pudesse vir a se afeiçoar a mim.

Não sei, pensou ela. *Realmente não sei.*

– Srta. Latimer... ou minha querida Elsie, permita-me dizer... aceita se casar comigo?

Pronto, era isso, e agora ela precisava tomar uma decisão para a vida toda.

Conhecendo o coração de Amos tanto quanto era possível, sabia que ele jamais se casaria com ela. E, nos últimos poucos minutos, tinha visto um lado de Mackintosh que nunca lhe mostrara. Talvez ele pudesse se transformar num bom pai, no fim das contas.

Jamais viria a amá-lo com paixão. Mas o casamento de seus pais também fora assim. E, quando havia perguntado à mãe se ela estava feliz por ter desposado seu pai, sua mãe respondera: *"Mas é claro! Caso contrário, eu não teria você."* *É assim que eu me sentiria*, pensou Elsie: *satisfeita com o casamento por causa dos filhos.*

Se eu tivesse 18 anos, diria não. Mas estou com quase 23. E não tenho o mesmo jeito de Jane com os homens. Não consigo inclinar a cabeça de lado, abrir um sorriso tímido e falar com uma voz baixa para eles terem que chegar mais perto se quiserem escutar. Já tentei, e isso apenas fez eu me sentir desonesta e tola. Mas quero alguém para me beijar à noite e anseio por gerar filhos, amá-los e criá-los para serem bons, inteligentes e gentis. Não quero envelhecer sozinha.

Não quero ser uma velha sem filhos.

– Obrigada por me conceder essa honra, Kenelm – falou. – Sim, aceito me casar com você.

– Graças a Deus – disse Kenelm.

Spade usou sua chave pessoal para destrancar a porta do pórtico norte da catedral. Entrou, e Arabella o seguiu. Estava mais frio lá dentro que do lado de fora.

Depois de fechar a porta, ele não conseguiu ver nada. Tateando, encontrou o buraco da fechadura e a trancou.

– Segure as abas da minha casaca e me siga – disse ele a Arabella. – Acho que consigo encontrar o caminho no escuro.

Com os braços estendidos à sua frente como um cego para não dar de cara com uma coluna, ele seguiu na direção oeste, tentando caminhar em linha reta. Alguns segundos depois, percebeu que já conseguia distinguir um pouco as janelas, formas cinza-escuro pontiagudas destacando-se contra o breu da alvenaria. Ao chegar à altura da última janela, soube que estava a apenas dois ou três passos da parede dos fundos. Suas mãos tocaram a pedra fria e ele se virou. Foi tateando pela quina da parede até chegar ao nártex, um saguão abaixo da torre do campanário. Encontrou uma porta e a destrancou. Após entrarem, tornou a trancá-la.

Eles subiram a escada caracol até a sala das cordas.

– Não consigo enxergar nada! – disse Arabella.

Ele a tomou nos braços e a beijou. Ela retribuiu o beijo entusiasmada, segurando a cabeça dele com as duas mãos e enroscando os dedos em seus cabelos. Ele tocou os seios dela através da roupa, deliciando-se com seu peso, sua maciez e seu calor.

– Mas você eu quero ver – protestou ela.

– Deixei uma bolsa aqui depois do ensaio de segunda passada – explicou Spade, ofegante. – Fique parada enquanto a encontro.

Ele atravessou o recinto, pisando nas esteiras e sentindo as cordas penduradas roçarem na sua casaca. Ajoelhou-se no chão e tateou em volta até tocar a bolsa de couro que havia guardado ali. Pegou dentro dela uma vela e uma caixinha com pederneira, acendedor de metal e pavio, então acendeu a vela. Como não havia janelas na sala das cordas, a luz não poderia ser vista de fora.

Ele se virou e olhou para Arabella. À luz da vela, os dois trocaram sorrisos.

– Você planejou isso – observou Arabella. – Que esperto.

– Era mais um sonho que um plano.

Quando o pavio da vela queimou mais um pouco, ele pingou cera nas tábuas do piso, então colou a base da vela na cerra derretida e a manteve parada até a cera endurecer o suficiente para fixá-la no lugar.

– Vamos nos deitar no chão – disse ela. – Não me importo se for desconfortável.

– Tenho uma ideia melhor.

Espalhadas pelo chão estavam as esteiras usadas pelos sineiros, cujo objetivo era reduzir o desgaste das cordas quando elas roçassem no chão. Ele juntou várias esteiras e as empilhou para formar uma cama improvisada.

– Você pensou em tudo!

– Há meses venho visualizando este momento.

Ela deu uma risadinha.

– Eu também.

Ele se deitou e ergueu os olhos para ela.

Para sua surpresa, ela ficou em pé acima dele e ergueu a saia do vestido até em volta da cintura. Tinha as pernas brancas e bonitas. Ele havia se perguntado se ela estaria usando calções femininos, uma moda nova e ousada, mas não estava, e os pelos do seu sexo tinham um tom escuro entre o castanho e o ruivo. Sentiu vontade de beijá-la ali.

Sua ereção formava um calombo na frente da calça, e ele ficou encabulado.

Já Arabella estava bem à vontade. Ajoelhou-se com as pernas em volta das dele e desabotoou-lhe a braguilha para libertar seu pênis.

– Ah, que beleza! – falou, e o segurou.

– Estou quase explodindo – disse Spade.

– Não, espere por mim! – Ela se sentou em cima dele e fez com que ele a penetrasse. – Não faça força ainda.

Depois de estarem completamente encaixados, ela se inclinou para a frente, segurou-o pela parte superior dos braços e lhe deu um beijo. Então levantou a cabeça, encarou-o nos olhos e começou a se mexer bem devagar. Ele a segurou pelos quadris e começou a se mover no mesmo ritmo.

– Fique de olhos abertos – disse ela. – Quero que você olhe para mim.

Era uma tarefa fácil olhar para aqueles cabelos avermelhados revoltos e os olhos castanho-alaranjados bem arregalados, a boca entreaberta e o busto sensacional subindo e descendo enquanto ela ofegava. *O que foi que eu fiz para merecer essa mulher maravilhosa?*, se perguntou Spade.

Quis que aquilo durasse para sempre, mas não sabia se conseguiria se segurar por mais um minuto que fosse. No entanto, quem perdeu o controle foi ela. Apertou-lhe os braços com tanta força que chegou a machucar, mas, como também estava arrebatado pela paixão, ele nem se importou, e o fim chegou para ambos.

– Que delícia – disse ela, desabando por cima do seu peito. – Que delícia.

Ele a enlaçou com os braços e acariciou seus cabelos.

Um minuto depois, ela falou:

– Que bom que você tem a chave.

A frase lhe pareceu engraçada, e ele riu baixinho. Ela também riu.

Então ela deu um arquejo.

– As coisas que eu disse! As coisas que eu fiz! Em geral eu não... quer dizer, nunca na vida eu... Ah, maldição, vou calar a boca.

Dali a mais um minuto, ela tornou a falar:

– Queria que tivesse durado mais tempo, mas não consegui esperar.

– Não se preocupe – disse ele. – Sempre temos o dia de amanhã.

No tribunal superior, as provas da acusação contra Joanie foram as mesmas, mas Sal achou a defesa melhor. Amos Barrowfield jurou que Joanie trabalhava para ele havia muitos anos, que sempre tinha sido honesta e respeitável, sem nunca agir com violência, e que não teria incitado as pessoas a se rebelarem. Depoimentos semelhantes foram dados por outras figuras importantes de Kingsbridge: o pastor Midwinter, Spade e até o vigário de São Lucas. E Silas Child reconheceu que Joanie tinha lhe entregado todo o dinheiro.

O júri ficou reunido por muito tempo. Não chegou a ser uma surpresa. O júri das sessões ordinárias tinha decidido apenas se mandaria o caso dela para a instância superior. Aquele dali estava tomando uma decisão de vida ou morte.

– O que acha que vai acontecer? – perguntou Sal a Spade.

– O fato de ela ter entregado o dinheiro para Child é um ponto importante a seu favor. O que está contra ela é a turba que apedrejou a carruagem do rei.

– Mas isso não foi culpa de Joanie! – exclamou Jarge, em pé ao lado de Sal.

– Não estou dizendo que seja justo, mas o ataque ao rei deixou todos eles inclinados a serem duros na decisão.

Sal sabia que ele estava se referindo à pena de morte.

– Queira Deus que você esteja errado – rogou ela com fervor.

– Amém – replicou Spade.

Para os espectadores presentes no tribunal, o julgamento não era o único tema de conversa. Muitos estavam comentando sobre os dois noivados selados no baile. Northwood e Jane representavam a notícia mais importante. No dia anterior, Jane Midwinter fora comungar na catedral, não no Salão Metodista, e sentara-se ao lado de Northwood como se os dois já estivessem casados. O pastor Midwinter havia convidado Northwood para o almoço de domingo em sua modesta casa, e Northwood aceitara o convite. O que todos estavam esperando, porém, era a reação do pai de Northwood, o conde de Shiring. Ele provavelmente seria contra o enlace, ainda que no final das contas não pudesse impedir o filho de 27 anos de se casar com a noiva que lhe aprouvesse.

Elsie Latimer e Kenelm Mackintosh não atraíam tanto interesse, embora algumas pessoas estivessem surpresas com o fato de Elsie ter dito sim.

Ambos os casamentos certamente seriam celebrados na catedral. Sal olhou para Jarge e abriu um sorriso de ironia ao pensar em como essas duas cerimônias seriam diferentes da sua. Mas, mesmo se pudesse, ela não mudaria nada no próprio casamento.

Se eu dissesse isso em voz alta, ninguém acreditaria em mim, refletiu.

Os jurados retornaram, e o escrevente perguntou ao presidente do júri se eles consideravam Joanie culpada ou inocente.

– Culpada – respondeu o presidente.

Joanie cambaleou e pareceu prestes a cair no chão, mas Jarge a amparou.

Um ruído de indignação se fez ouvir na plateia.

Sal viu Will Riddick sorrir. *Quem dera eu o tivesse matado com aquela pedra*, pensou.

– Prisioneira no banco dos réus – disse o juiz. – A senhora foi considerada culpada de um crime passível de pena de morte.

Joanie estava lívida de medo.

– No entanto – prosseguiu o juiz –, seus conterrâneos apresentaram fortes argumentos a favor da leniência, e o comerciante Silas Child testemunhou que a senhora lhe entregou todo o dinheiro que recebeu vendendo o trigo roubado.

Sal concluiu que isso significava que ela não seria enforcada. Mas qual seria o seu castigo? Um açoitamento? Trabalhos forçados? O tronco?

– Por esse motivo, não vou condená-la à pena de morte.

– Ah, graças a Deus – disse Jarge.

– Em vez disso, a senhora será transferida para a colônia penal de Nova Gales do Sul, na Austrália, onde ficará por catorze anos.

– Não! – gritou Jarge.

Ele não foi o único. A multidão ficou indignada, e houve novos gritos de protesto.

O juiz levantou a voz.

– Liberem o tribunal!

O xerife e os agentes da ordem começaram a empurrar as pessoas para que saíssem. O juiz da instância superior desapareceu pela porta que ia dar na antessala. Sal segurou Jarge pelo braço e falou com ele para distraí-lo de qualquer ideia de violência.

– Catorze anos, Jarge… Ela vai ter só 44 anos.

– Quase ninguém volta mesmo quando a sentença acaba, e você sabe disso. Quando era na América poucos retornavam, e a Austrália fica mais longe ainda.

Sal sabia que ele estava certo. Quando a sentença acabava, os prisioneiros precisavam pagar a própria passagem de volta, e era quase impossível ganhar dinheiro suficiente para isso por lá. Em quase todos os casos, a transferência equivalia a um exílio perpétuo.

263

– Podemos ter esperança, Jarge – disse Sal.

A raiva dele estava se transformando em tristeza. Quase aos prantos, ele perguntou:

– E a pequena Sue?

– Ela vai ficar. Ninguém desejaria levar uma criança para uma colônia penal, e de toda forma isso não é permitido.

– Ela vai ficar sem mãe e sem pai!

– Sue vai ter você e eu, Jarge – murmurou Sal em tom solene. – Ela é nossa filha agora.

Kit sabia que algo terrível tinha acontecido, mas durante vários dias não conseguiu fazer nenhum adulto lhe revelar os detalhes. Então, um dia, durante o desjejum, sua mãe falou:

– Kit e Sue, vou tentar explicar para vocês o que vai acontecer hoje.

Até que enfim, pensou Kit. Interessado, endireitou as costas.

– Sue, sua mãe vai ter que ir embora hoje.

– Por quê? – perguntou a menina.

Kit também queria saber o motivo.

– O juiz achou que ela fez uma coisa errada quando impediu os homens de carregarem a barcaça do Sr. Child com as sacas de trigo – disse Sal.

Disso Kit já sabia.

– Esse trigo era de Kingsbridge – disse ele, convicto. – Não deveria ter sido mandado para fora.

– Era o que todos pensávamos, mas o juiz não concordou com isso, e quem tem o poder é ele – explicou Jarge.

– Para onde a mamãe vai? – perguntou Sue.

– Para Nova Gales do Sul, na Austrália – respondeu Sal.

– Fica longe?

Para aquela pergunta Kit sabia a resposta. Ele colecionava fatos como aquele.

– São dezesseis mil quilômetros – afirmou, orgulhoso do próprio conhecimento. Mas Sue exibia uma expressão intrigada, como se não conseguisse entender o que representavam dezesseis mil quilômetros. – Leva seis meses para o navio chegar lá.

– Seis meses! – Sue começou a chorar. – Mas quando ela vai voltar?

– Vai demorar muito – respondeu Sal. – Catorze anos.

– Você e eu já seremos adultos – disse Kit para Sue.

– Kit, por favor, deixe que eu respondo às perguntas – pediu Sal.

– Desculpe.

– Daqui a pouco, vamos descer até a beira do rio para nos despedir. Ela vai de barcaça até Combe e lá vai embarcar num navio bem grande para fazer a longa travessia. O xerife disse que não podemos abraçá-la nem beijá-la; na verdade, não devemos nem tentar tocar nela.

– Não é justo! – protestou Sue, aos prantos.

– Com certeza não é. Mas, se tentarmos violar as regras, nós vamos nos encrencar muito. Vocês entendem isso?

– Sim – respondeu Sue.

– Kit?

– Entendi.

– Então podemos ir.

Todos vestiram os casacos.

Kit sabia o que estava acontecendo, mas não entendia de verdade. Ninguém que ele conhecia considerava Joanie uma criminosa. Como o juiz poderia ter feito uma coisa tão cruel?

Na beira do rio, havia uma multidão reunida. Moradores de Kingsbridge já tinham sido degredados antes, mas tratava-se de ladrões e assassinos. Joanie era mulher e mãe. Ele pôde sentir a raiva das pessoas que o cercavam, vestidas com seus casacos puídos e com seus chapéus velhos na cabeça, amontoadas debaixo da chuva fina, indignadas porém impotentes.

Joanie apareceu, escoltada pelo xerife Doye, e das pessoas que aguardavam ergueu-se um burburinho abafado e hostil. Kit viu que Joanie tinha os tornozelos presos um ao outro por uma corrente, o que a fazia caminhar com passos mais curtos que o normal. Sue viu a mesma coisa e indagou:

– Por que os pés dela estão acorrentados?

– Para que ela não consiga fugir – respondeu Kit.

Sue desatou a chorar.

– Kit, já disse para me deixar responder às perguntas – repreendeu Sal, zangada. – Você a deixou abalada.

– Desculpe.

Eu estava só dizendo a verdade, pensou ele, mas sua mãe não estava com humor para tolerar discussão.

Alguém começou a aplaudir, e outros logo fizeram o mesmo. Joanie de repente pareceu reparar na multidão, e sua postura então se modificou. Ela não podia mudar aquele passo esquisito, mas se empertigou e manteve a cabeça bem erguida, e, olhando de um lado para outro, pôs-se a meneá-la para seus conhecidos.

Kit chegou a pensar que aquilo era melhor para Sue. A pior coisa devia ser ver a mãe desmoralizada.

Os aplausos foram aumentando conforme Joanie se aproximou da barcaça.

Kit deu a mão a Sue para reconfortá-la. Sal segurou a menina pela outra mão, decerto para contê-la caso ela tentasse correr até Joanie.

Joanie atravessou a prancha e pisou no convés da barcaça.

Sue deu um grito, e Sal rapidamente a pegou no colo. A menina se debateu, agitando pernas e braços, mas a mulher a segurou firme.

Um barqueiro desamarrou as cordas e empurrou a embarcação para longe do cais. A correnteza foi levando suavemente a barcaça rio abaixo, com força porém sem pressa.

No convés, Joanie se virou de frente para a margem e a multidão que assistia. Kit se perguntou como ela conseguia ficar tão imóvel e calada, apenas olhando. Estava deixando para trás a família e o lugar em que havia passado a vida inteira, e indo para o outro lado do mundo; esse pensamento era tão aterrorizante que Kit tentou expulsá-lo da mente.

A correnteza levou depressa a barcaça rio abaixo. Os gritos de Sue diminuíram. As pessoas pararam de aplaudir.

A barcaça fez a primeira curva do rio e sumiu de vista.

PARTE III
A LEI DA ASSOCIAÇÃO

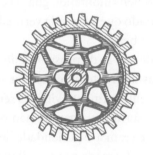

1799

CAPÍTULO 19

Amos Barrowfield acordou às quatro da manhã. Estava sozinho em casa; fazia dois anos que sua mãe morrera. Vestiu-se depressa e poucos minutos depois saiu, carregando um lampião. Era uma manhã de primavera fria e seca. Apesar do horário, ele não era o único acordado. Havia luz em todas as moradias mais pobres, e centenas de operários caminhavam pelas ruas escuras num passo arrastado, seguindo em direção às fábricas.

Amos reparou em dois homens montando guarda em frente ao quartel-general da milícia e pensou amargurado que a fazenda vermelha dos casacos do uniforme deles fora fabricada por Hornbeam.

Kingsbridge havia perdido seu ar de prosperidade. As pessoas não tinham dinheiro para pintar as portas da frente ou consertar vidraças quebradas. Alguns comércios haviam fechado, outros tinham vitrines sem graça e estoque vazio. Os clientes compravam o que estava mais barato, não o melhor. A demanda pelas roupas de alta qualidade, que eram a especialidade de Amos, andava fraca.

Era a guerra. Uma coalizão formada por Grã-Bretanha, Rússia, Império Otomano e o reino de Nápoles estava atacando o império francês em boa parte da Europa e do Oriente Médio, e sendo derrotada. Apesar de sofrerem revezes ocasionais, os franceses sempre se recuperavam. *Por causa dessa guerra sem sentido*, pensou Amos, *estamos tendo que lutar para sobreviver. E os operários estão ficando cada vez mais revoltados.*

O luar se refletia na água levemente encrespada do rio. Ele atravessou a ponte até a Ilha dos Leprosos. Viu que havia luzes acesas no Hospital de Caris. A segunda parte da ponte o levou até o subúrbio conhecido como Campo dos Amantes. Ao chegar lá, dobrou à esquerda.

Daquele lado do rio, Hornbeam havia construído longas fileiras de casas, todas geminadas nas laterais e nos fundos, com uma bomba d'água e uma latrina no meio de cada rua. As casas eram alugadas pelos operários que trabalhavam nas fábricas próximas.

Na região de colinas a norte e leste da cidade, o rio e seus afluentes tinham uma correnteza forte o suficiente para girar moinhos e, ao mesmo tempo, fornecer uma quantidade ilimitada de água para pisoar e tingir os tecidos. Ali não havia qualquer planejamento urbano: os edifícios, as barragens e os canais dos moinhos eram instalados onde a água passava.

Ele foi subindo o rio até sua fábrica. Com um meneio de cabeça para o vigia sonolento, destrancou a porta e entrou. Estava acendendo os lampiões quando Hamish Law chegou, calçando botas de montaria e vestindo uma capa azul comprida.

Hamish agora fazia o trabalho que era de Amos antes de o seu pai morrer: percorrer os povoados para visitar os trabalhadores em domicílio. Hamish estava sempre bem-vestido e dava o melhor de si para ser simpático com as pessoas. Mas, embora afável, ele também se mostrava durão o bastante para enfrentar os malfeitores na estrada. Em suma, era uma versão mais jovem de Amos.

Juntos os dois carregaram os cavalos e comentaram sobre os lugares que Hamish visitaria nesse dia e sobre os artesãos com os quais teria que lidar. Como a maior parte da fiação era agora feita por máquinas na fábrica, havia menos fiandeiros para visitar; mas a tecelagem continuava sendo um ofício manual, e os tecelões trabalhavam em casa ou então em moinhos.

– É melhor avisá-los que talvez não haja trabalho semana que vem – sugeriu Amos. – Não tenho mais encomendas e não posso me dar ao luxo de estocar tecido.

– Pode ser que surja algo nos próximos dias – disse Hamish, num tom otimista.

– Vamos torcer.

Os operários começaram a chegar, comendo pão e bebendo cerveja rala em canecas de barro, tagarelando feito pardais. Eles sempre tinham muito assunto. Trabalhavam tanto e por tantas horas que Amos achava um milagre ainda terem energia para conversar.

Às cinco horas, o trabalho começou. Os martelos de pisoar começaram a bater, as máquinas de fiar, a dar pancadas e zumbir, e os teares, a estalar conforme os tecelões atiravam as lançadeiras da direita para a esquerda e novamente para a direita. Aos ouvidos de Amos, os baques e tinidos eram como uma melodia. O tecido estava sendo fabricado para deixar as pessoas aquecidas, ordenados estavam sendo ganhos para alimentar famílias, lucros estavam sendo acumulados para manter a operação toda funcionando. Mas suas preocupações não demoraram a retornar.

Ele olhou em volta à procura de Sal Box, a representante informal da força de trabalho. Apesar dos tempos difíceis, ela parecia bem. Estar casada lhe convinha, embora Amos achasse seu marido, Jarge, um tanto abrutalhado.

Como as máquinas de fiar eram agora movidas a água, as fiandeiras não precisavam operar manualmente as rodas. Sendo assim, uma fiandeira experiente como Sal podia supervisionar três máquinas ao mesmo tempo.

Eles tiveram que levantar a voz para falar em meio ao barulho.

– Não tenho trabalho nenhum para a semana que vem – informou ele. – A menos que faça uma venda de última hora.

– O senhor deveria pegar encomendas militares – sugeriu Sal. – É onde está todo o dinheiro.

Muitos tecelões se ofenderiam ao receber conselhos de seus operários, mas Amos não. Ele gostava de saber o que seus trabalhadores pensavam. Acabara de obter uma informação importante: eles achavam que ele não havia tentado obter contratos com a milícia de Shiring. Agora tinha a oportunidade de corrigir essa percepção.

– Não pense que não tentei – falou. – Mas Will Riddick passa todas as encomendas para o sogro.

Sal se mostrou sombria.

– Esse Will Riddick deveria ser enforcado.

– É impossível entrar no negócio.

– Isso não está certo.

– Eu que o diga.

– E tem várias coisas que não estão certas neste país.

– Mas qualquer um que disser isso pode ser acusado de alta traição – emendou Amos depressa.

Sal pressionou os lábios um contra o outro até formar uma linha de reprovação.

Amos reparou que Kit não estava com ela.

– Onde está seu menino?

– Foi ajudar Jenny Jenkins.

Amos correu os olhos pelo recinto. Uma das máquinas de fiar se encontrava parada, e Kit estava curvado junto a ela, com os cabelos ruivos próximos ao mecanismo. Amos atravessou a fábrica e foi se inteirar do que estava acontecendo.

Apesar de estar com 14 anos, Kit ainda era bastante infantil, com a voz aguda e sem qualquer sinal de barba no rosto.

– O que está fazendo? – perguntou Amos.

Kit pareceu nervoso, com medo de estar prestes a ser repreendido.

– Apertando um fuso, Sr. Barrowfield, com a unha do polegar. Mas vai soltar outra vez. Espero não ter feito nada de errado.

– Não, rapaz, não se preocupe. Mas isso na verdade não é trabalho seu, certo?

– Não, senhor, mas as mulheres me pedem ajuda.

– É verdade, Sr. Barrowfield – confirmou Jenny. – Kit é tão esperto com as máquinas que todas nós recorremos a ele quando alguma coisa dá errado, e ele costuma consertar num minuto.

Amos se virou para Kit.

– Como ficou tão bom nisso?

– Eu trabalho aqui desde que tinha apenas 6 anos, Sr. Barrowfield, então acho que conheço as máquinas.

Amos recordou que o menino sempre fora fascinado pelos equipamentos.

– Mas poderia me virar bem melhor se tivesse uma chave de fenda em vez de usar a unha – acrescentou Kit.

– Tenho certeza disso.

Amos se pôs a refletir. Os operários em geral consertavam eles próprios as máquinas, muitas vezes demorando bastante tempo para resolver um problema simples. Um especialista para realizar esse trabalho pouparia tempo e aumentaria a produtividade.

Estudou aquele pequeno engenheiro e pesou os prós e contras de tornar aquilo um cargo efetivo. Gostava de recompensar quem fazia mais que o estritamente necessário: isso incentivava os demais. Iria dar a Kit um cargo e um ordenado semanal, decidiu. No momento, não estava podendo se dar ao luxo de ser generoso, mas uns poucos xelins não fariam muita diferença.

Era melhor combinar tudo com Sal antes. Não achava que ela fosse se opor, mas, em se tratando dela, era sempre bom ter certeza. Voltou até sua estação de trabalho.

– Kit é mesmo muito inteligente – falou.

Sal ficou radiante de orgulho.

– Para dizer a verdade, Sr. Barrowfield, sempre acreditei que ele estivesse destinado a realizações grandiosas.

– Bom, o que tenho em mente não é muito grandioso, mas estou pensando em transformá-lo em maquinista... um responsável pela manutenção das máquinas em tempo integral.

Ela abriu um sorriso.

– É muita gentileza sua, Sr. Barrowfield.

– Só estaria reconhecendo algo que já acontece.

– Verdade.

– Pagarei a ele cinco xelins por semana.

Isso deixou Sal espantada.

– É muita bondade sua, Sr. Barrowfield.

– Gosto de pagar às pessoas o que elas merecem... quando posso.

Ele estudou sua expressão e viu alívio em seu rosto. Alguns xelins a mais iriam fazer uma baita diferença no orçamento semanal.

– Se eu precisar fechar a fábrica na semana que vem, ele pode vir dar uma olhada em todas as máquinas enquanto estiverem ociosas – disse Amos. – É sempre melhor prevenir do que consertar. Tudo bem?

– Sim, Sr. Barrowfield. Eu aviso a Kit.

– Ótimo – disse Amos. – Vou comprar uma chave de fenda para ele.

Hornbeam levou o filho Howard para visitar sua nova fábrica.

Desde que se casara, três anos antes, Howard havia gerado um único filho. Sua esposa, Bel, dera à luz um menino, e eles o haviam batizado de Joseph em homenagem ao avô, o que deixara Hornbeam mais contente do que ele imaginava que fosse ficar.

– Contanto que vocês nunca o chamem de Joey – dissera ele. – Odeio esse apelido. Se quiserem abreviar, chamem o menino de Joe.

Ele não gostava que lhe lembrassem a época em que era um menino magricela revirando as pilhas de lixo de Londres e todos o chamavam de Joey. Mas não precisava explicar o que estava sentindo. Sua família faria o que ele dissesse sem perguntar o motivo.

Joe tinha agora quase 2 anos e era grande para a idade; seria um homem alto, como o próprio Hornbeam. E ninguém iria chamá-lo de Joey.

E a grande fortuna de Hornbeam seria transmitida para uma terceira geração, o que era uma espécie de imortalidade.

Deborah e Will Riddick até agora não tinham tido filhos, mas era cedo demais para perder a esperança de netos gerados por eles também.

A fábrica nova estava na etapa final de construção, num local onde antes ficava uma criação de porcos. Hornbeam e Howard percorreram um campo de lama revirada por rodas de carroças. Construtores vindos de Combe haviam montado barracas, feito fogueiras e cavado latrinas por toda parte. A fábrica iria substituir as três já existentes de Hornbeam.

– Esta vai ser totalmente dedicada à produção de tecidos para uniformes – disse Hornbeam. – Não só para a milícia de Shiring e o 107º Regimento de Infantaria de Kingsbridge, mas para uma dúzia de outros clientes importantes.

A fábrica não ficava na beira do rio, mas sim ao lado de um pequeno córrego, pois as máquinas não seriam movidas pela energia da água. Hornbeam vinha mantendo tudo em segredo, sem contar sequer para a própria família, mas estava se tornando impossível disfarçar o trabalho em curso, e decidira revelar a notícia. Howard seria informado antes de todo mundo.

– Esta vai ser a primeira fábrica movida a vapor de Kingsbridge – declarou, orgulhoso.

– A vapor! – exclamou Howard.

O vapor era uma fonte de energia mais constante que o rio, cuja força variava de um dia para o outro, e mais potente que um cavalo ou um boi. E era agora usado em centenas de fábricas, sobretudo no norte da Inglaterra. Kingsbridge tinha demorado a aderir à nova onda. Não mais.

Eles entraram. O lugar era um assombro: a única construção maior que aquela na cidade era a catedral.

Trabalhadores estavam ocupados caiando paredes e instalando vidraças nas grandes janelas; fábricas precisavam de claridade. As conversas eram gritadas pelos espaços amplos, e alguns homens cantavam enquanto trabalhavam. Os homens de Combe não sabiam quem era Hornbeam. Se soubessem, teriam feito silêncio ao vê-lo passar. Nesse dia ele não se importou com esse lapso. Estava satisfeito demais com a sua fábrica.

Mostrou a Howard a fornalha onde o carvão era queimado, que tinha o mesmo tamanho de uma casa pequena. Acima dela ficava uma caldeira construída na mesma escala. Ao seu lado ficava um cilindro, da mesma altura do próprio Hornbeam, que movia uma roda ligada a um coletor.

– Esse coletor leva a energia para todas as partes da fábrica – disse Hornbeam. – Agora venha comigo até o primeiro andar.

Ele subiu na frente.

– Aqui é a sala de tecelagem. – O recinto abrigava dezenas de teares em quatro fileiras paralelas. – Está vendo aquelas hastes de um lado a outro no teto? Elas estão conectadas aos teares por correias. Quando a haste gira, as correias fazem os teares realizarem as três ações requeridas para tecer: primeiro, um a cada dois fios da urdidura é levantado para abrir a cala, como se fosse a boca de um crocodilo; depois, a lançadeira é passada pela cala, como se fosse entre os dentes do crocodilo; e, por fim, o fio é empurrado com firmeza em direção à base da cala, no movimento conhecido como bater. A máquina então repete o processo no sentido contrário, completando assim a trama.

– Fantástico – comentou Howard.

– Mas não se pode alimentar essa máquina com energia hidráulica. Um tear mecânico demanda uma força precisa e constante de 120 rotações por minuto, com uma folga de cinco para mais ou para menos. Caso contrário, a lançadeira pode se mover depressa demais ou não se mover. O rio não consegue fornecer uma energia tão exata e tão constante, mas o vapor sim.

– Vamos precisar de *algum* operário?

– Sim. Mas um só pode operar três ou quatro teares mecânicos por vez, segundo me disseram… Às vezes mais, dependendo da pessoa. Vamos precisar de no máximo um quarto da nossa força de trabalho atual.

– Posso imaginar – disse Howard. – Todos esses teares funcionando sozinhos, fazendo dinheiro o dia inteiro, com apenas um punhado de homens vigiando…

Hornbeam estava animado, mas também ansioso. Quando ficasse pronta, a fábrica teria consumido todo o dinheiro que ele conseguira economizar nos vinte anos anteriores, mais um empréstimo importante do Banco Thomson's de Kingsbridge. Ele estava seguro de que ela daria lucro; seu tino para os negócios já havia se provado repetidas vezes. E ele tinha os contratos de tecido costurados com os militares. Mesmo assim, não existia negócio sem risco.

Howard estava pensando a mesma coisa.

– E se a paz for selada? – perguntou ele.

– Pouco provável – respondeu Hornbeam. – Essa guerra já dura seis anos, e não há sinal algum de que vá acabar.

No caminho de volta, os dois passaram pelo bairro de casas que haviam construído para os operários. Imensas pilhas de lixo e dejetos se espalhavam pelas ruas ocupadas.

– Que gente imunda – comentou Hornbeam.

– Na verdade a culpa é nossa – contestou Howard.

– Como pode ser culpa nossa as pessoas viverem na imundície? – retrucou Hornbeam, indignado.

Apesar de trêmulo, Howard dessa vez manteve sua posição.

– Essas casas têm os fundos colados umas nas outras. Nenhuma tem quintal.

– Ah, sim… tinha me esquecido desse detalhe. Isso nos poupa muito dinheiro.

– Mas não há onde pôr o lixo a não ser na rua.

– Hum.

Os construtores estavam terminando uma nova rua.

– Três pessoas já me procuraram querendo abrir comércios aqui – contou Howard.

– Mas nós temos as nossas próprias lojas, e elas dão um bom lucro.

– Segundo os operários, nossas lojas cobram preços mais altos. Alguns preferem andar até o centro da cidade a pagar mais.

– Por que deveríamos aceitar concorrentes e reduzir nossos lucros?

Howard deu de ombros.

– Não tem por quê, na verdade.

– Pois é – disse Hornbeam. – Eles que paguem, ou então que andem.

A Feira de Maio acontecia numa campina que margeava uma floresta nos arredores da cidade. Amos estava assistindo a uma exibição na qual jovens mulheres usando roupas justas se equilibravam numa corda bamba a três metros do chão, quando foi distraído por Jane, agora viscondessa Northwood. Ela era uma visão mais fascinante que as equilibristas. Estava usando um chapéu de palha amarrado debaixo do queixo e enfeitado com fitas e flores, e carregava uma pequena sombrinha, acessório que era a última moda. Estava extraordinariamente bonita.

Amos se perguntou se havia algo de errado com ele. Tinha quase certeza de que não era normal um rapaz passar sete anos obcecado por uma mulher que obviamente não correspondia ao seu amor.

Ela lhe deu o braço, e os dois saíram caminhando juntos, aproveitando o sol primaveril, olhando as barracas de comida e os balcões de cerveja, e fingindo não ver as prostitutas.

Pararam para observar uma trupe de acrobatas, e ele lhe perguntou como ela estava. A pergunta convencional produziu uma resposta inesperadamente sincera.

– Quase nunca vejo Henry! – disse ela. – Ele passa o tempo inteiro com a milícia, treinando, fazendo simulações e não sei mais o quê. Eles nunca combatem de verdade. Não vejo sentido nisso.

– A tarefa da milícia é defender o território e, assim, liberar as unidades do Exército regular para lutar no estrangeiro.

Ela não queria ouvir explicações.

– Ele insiste para que eu more em Earlscastle, onde nunca acontece nada. Vejo mais meu sogro que meu marido! Vai ser bem-feito para ele se eu tiver um caso.

Amos olhou em volta, com medo de alguém ter entreouvido aquele comentário nem um pouco digno de uma dama, mas felizmente não havia ninguém por perto.

Eles seguiram até um ringue de boxe, onde um lutador chamado Perna de Pau Fatal oferecia uma libra a quem conseguisse derrubá-lo. Apesar da deficiência – ele de fato tinha uma perna de pau –, o homem tinha uma aparência aterrorizante, com ombros imensos, um nariz quebrado e cicatrizes nos braços.

– Eu não o enfrentaria nem por cinquenta libras – declarou Amos.

– Me alegro em saber – disse Jane.

Mungo Landsman, um dos arruaceiros que viviam à espreita perto do Matadouro, pagou seu xelim. Rapaz grande e de semblante cruel, ele entrou no ringue ávido por uma briga. Antes de conseguir erguer os punhos, Perna de Pau chegou perto e cobriu sua cabeça e seu corpo de socos com tanta rapidez que foi difícil acompanhar os golpes. Quando Landsman caiu, Perna de Pau lhe acertou um chute com a perna de madeira, e a multidão vibrou. Perna de Pau abriu um grande sorriso, revelando já ter perdido a maioria dos dentes.

Amos e Jane se afastaram. Amos se perguntou o que uma mulher como ela deveria fazer para se ocupar depois de se casar com um homem rico porém atarefado.

– Imagino que você queira ter filhos – falou.

– É meu dever gerar um herdeiro – disse ela. – Mas a questão é puramente científica. Com o pouco tempo que Henry e eu passamos juntos, não há muita chance de termos filhos.

Amos ficou matutando sobre isso. Jane tinha conseguido o que queria: casar-se com Henry. As pessoas diziam que ele jamais se casaria com alguém de status social tão inferior. Um enlace mais adequado já tinha sido organizado, e ele deve ter enfrentado uma forte oposição do pai ao decidir rejeitar esse plano. Jane conseguira superar todos os obstáculos. Mas nem assim estava feliz.

Eles chegaram a uma barraca onde Sport Culliver, de cartola vermelha, vendia doses de vinho madeira. Estavam passando sem se deter, mas Culliver chamou Jane.

– Senhora viscondessa, não beba o madeira ordinário… esse é para as pessoas comuns. Tenho uma marca especial para a senhora. – Ele se abaixou e pegou uma garrafa debaixo da mesa. – Este aqui é o melhor vinho madeira já fabricado.

– Eu bem que gostaria de um cálice – disse Jane a Amos.

– Dois, Sport, por favor – pediu Amos.

Culliver serviu dois cálices grandes e os entregou. Depois de Jane tomar um golinho do seu, ele falou:

– São dois xelins então, Sr. Barrowfield, por favor.

– O que tem aqui dentro, ouro em pó? – reclamou Amos.

– Eu disse que era o melhor que existe.

Amos pagou, em seguida provou a bebida. O vinho estava bom, mas não era o melhor. Ele sorriu para Sport.

– Se algum dia quiser um emprego como vendedor de tecidos, me procure – falou.

– É muita gentileza sua, Sr. Barrowfield, mas vou me ater àquilo que conheço.

Amos assentiu. O comércio de tecidos não era para Culliver. Havia muito mais dinheiro na bebida, no jogo e na prostituição.

Eles esvaziaram seus cálices, afastaram-se da barraca e seguiram um caminho na direção da floresta. Jane se virou e falou com uma moça atrás deles, e Amos se deu conta de que a moça os estava seguindo, sem dúvida uma acompanhante.

– Sukey, estou com um pouco de frio – disse Jane. – Poderia buscar meu xale na carruagem?

– Sim, milady – respondeu Sukey.

Jane e Amos ficaram sem acompanhante.

– Bom, pelo menos agora você pode comprar todas as roupas que quiser – comentou ele. – Está maravilhosa hoje.

– Tenho quartos cheios de roupas, mas onde poderia usá-las? Este evento sem graça, a Feira de Maio de Kingsbridge, é o acontecimento social mais empolgante ao qual compareci nos últimos três meses. Imaginei que Henry fosse me levar a festas em Londres. Até parece! Não fomos a Londres sequer uma vez. Ele vive ocupado demais… com a milícia, é claro.

Northwood certamente achava Jane demasiado malnascida para se misturar a seus amigos da aristocracia, concluiu Amos, mas não foi o que disse.

– Alguma vida social vocês dois devem ter.

– Festas com oficiais… e esposas de oficiais – retrucou ela com desdém. – Ele nunca me apresentou a ninguém nem de longe relacionado com a realeza.

Isso tendia a confirmar a desconfiança de Amos.

Jane não fora criada para valorizar a ascensão social. Seu pai havia aberto mão de um cargo no clero para se tornar pastor metodista. Mas ela tinha abandonado os valores ensinados por Charles Midwinter.

– Você anseia por todas as coisas erradas – afirmou Amos.

Jane não aceitava críticas sem reagir.

– E você? – disparou, arrebatada. – O que está fazendo da vida? Dedica-se inteiramente ao seu negócio. Mora sozinho. Ganha dinheiro, mas não muito. De que adianta isso?

Ele refletiu a respeito. Ela estava certa. No início, ele quisera assumir o negócio do pai, depois ficara desesperado para pagar sua dívida, mas, agora que havia alcançado ambos os objetivos, continuava trabalhando sem parar. Só que o trabalho não lhe pesava; na verdade, trazia-lhe satisfação.

– Não sei, parece a coisa natural a fazer – respondeu.

– A noção de que um homem precisa trabalhar duro foi inculcada em você, o que não faz dela uma verdade.

– É mais que isso. – Nunca havia refletido muito sobre seu propósito, mas, agora que Jane tinha feito a pergunta, começou a identificar a resposta. – Quero provar que podemos ter uma indústria sem exploração. E negócios que não sejam corruptos.

– Então tem tudo a ver com o metodismo.

– Será? Não estou certo de que os metodistas detenham o monopólio da benevolência e da honestidade.

– Você acha que sou infeliz porque me casei com o homem errado.

Foi uma mudança radical de assunto.

– Não foi minha intenção criticá-la...

– Mas é isso, não é?

Com toda a delicadeza, Amos disse:

– Sem dúvida acho que você seria mais feliz se tivesse se casado por amor.

– Eu seria mais feliz se tivesse me casado com você.

Ela tinha talento para surpreendê-lo com declarações inesperadas.

– Não foi o que eu quis dizer – retrucou ele, na defensiva.

– Mas é verdade. Eu enfeiticei Henry, mas o feitiço passou. Você me amava de verdade. Provavelmente ama até hoje.

Amos olhou em volta, torcendo para ninguém estar no raio de alcance de suas vozes. Deu-se conta de que os dois haviam entrado na floresta e estavam a sós.

Jane interpretou seu silêncio como um sim.

– Foi o que pensei – falou.

Então ficou na ponta dos pés e lhe deu um beijo na boca.

Ele ficou espantado demais para ter qualquer reação. Permaneceu parado, petrificado, encarando-a perplexo.

Ela o enlaçou com os dois braços e encostou o corpo no seu. Ele pôde sentir seus seios, sua barriga e seu quadril.

– Estamos sozinhos – disse Jane. – Me beije direito, Amos.

Ele era incapaz de contar quantas vezes havia sonhado acordado com aquele instante.

Mas ouviu-se declarar:

– Não é certo.

– É tão certo quanto qualquer outra coisa neste mundo. Querido Amos, eu sei que você me ama. Só um beijo, unzinho só.

– Mas você é casada com Henry.

– Henry que vá para o inferno.

Ele a segurou pelos pulsos e retirou as mãos delas da própria cintura.

– Eu me sentiria terrivelmente envergonhado.

– Ah, quer dizer que agora sou algo digno de vergonha.

– Só quando trai seu marido dessa forma.

Ela se afastou dele, virou-lhe as costas e saiu andando.

Mesmo nesse instante, pisando firme de raiva, ela parecia irresistivelmente atraente.

Amos a observou se afastar e pensou: *Que grande idiota eu sou.*

Certa noite, às oito horas, quando Sal e Jarge se preparavam para dormir, Jarge falou:

– Está correndo um boato de que a fábrica nova de Hornbeam vai ter um gigantesco motor a vapor capaz de operar dezenas de teares. E a maioria de nós tecelões não vai mais ser necessária, porque na nova fábrica um homem sozinho vai poder supervisionar quatro teares a vapor.

– Será possível? – indagou Sal. – Será que um motor a vapor é capaz de tecer?

– Não vejo como.

Ela franziu o cenho.

– Ouvi dizer que nas fábricas de algodão lá do norte eles usam teares a vapor.

– Acho difícil acreditar – declarou Jarge.

– Digamos que seja verdade. Quais serão as consequências?

– Três em cada quatro tecelões de Hornbeam vão ter que procurar trabalho. E, do jeito que as coisas estão, talvez não encontrem. Mas o que podemos fazer em relação a isso?

Sal não sabia se tinha uma resposta. Ao que parecia, ela havia se tornado uma espécie de líder dos operários de Kingsbridge, mas não sabia como isso acontecera nem se sentia qualificada para o papel.

Num tom beligerante, Jarge afirmou:

– Operários já se rebelaram contra máquinas novas.

– E foram punidos por isso – rebateu Sal.

– O que não significa que devamos deixar os patrões fazerem o que quiserem conosco.

– Não vamos nos exaltar – disse Sal, tranquilizadora. – Antes de fazermos o que quer que seja, precisamos descobrir se os boatos são verdadeiros.

– Como?

– Podemos dar uma olhada. Os trabalhadores estão acampados na obra, mas não vão ligar se alguém for lá olhar, contanto que a pessoa não estrague nada.

– Está bem – concordou Jarge.

– Iremos no domingo à tarde.

Kit nunca tinha visto um motor a vapor, mas já tinha ouvido falar e ficou fascinado. Como era possível o vapor impulsionar uma máquina? Entendia como a água corrente era capaz de girar a roda de um moinho, mas vapor não passava de ar... ou não?

No domingo depois do almoço, quando ele e Sue estavam prestes a ir para a escola dominical de Elsie Mackintosh, sua mãe e Jarge se aprontaram para sair.

– Aonde vocês vão? – perguntou Kit a Sal.
– Dar uma olhada naquela nova fábrica grande de Hornbeam.
– Também vou.
– Não vai, não.
– Quero ver o motor a vapor.
– Não dá para ver nada, está tudo fechado.
– Então por que vocês estão indo?

Sal suspirou, como sempre fazia quando Kit estava certo e ela, errada.

– Faça o que estou dizendo e vá para a escola dominical.

Ele e Sue saíram, mas, assim que não foi mais possível vê-los da casa, Kit disse:

– Vamos atrás deles.

Sue não era tão ousada quanto ele.

– Vamos ter problemas.
– Não estou nem aí.
– Bom, eu vou para a escola dominical.
– Então tchau.

Ele ficou observando a casa da esquina, escondeu-se quando os adultos saíram, em seguida foi caminhando bem atrás deles, já que sabia mais ou menos qual era o destino. Como muitas famílias iam passear pelos campos em busca de ar puro no domingo à tarde, ninguém reparou nele. Fazia frio, mas de vez em quando o sol surgia radiante por entre as nuvens, um lembrete de que o verão estava a caminho.

As fábricas estavam silenciosas, e, na tranquilidade do domingo, Kit conseguia escutar o canto dos pássaros, o vento nas árvores e até mesmo a correnteza do rio.

No local em que antes ficava a criação de porcos, alguns construtores jogavam uma partida de futebol com balizas improvisadas, enquanto outros assistiam. Kit viu Sal se dirigir a um deles, que tinha um rosto simpático. Imaginou que ela estivesse lhe dizendo que ela e Jarge queriam só dar uma olhada. O homem deu de ombros, como se aquilo não lhe importasse.

A fábrica nova era comprida e estreita, feita da mesma pedra da catedral. Kit ficou olhando de longe os adultos darem a volta inteira ao redor da construção, olhando para dentro pelas janelas.

Imaginou que eles quisessem entrar. Ele também queria. Mas as portas pareciam estar trancadas, e as janelas do térreo estavam fechadas. Todos ergueram os olhos: no andar de cima havia algumas janelas abertas. Kit ouviu Jarge dizer:

– Acho que vi uma escada lá atrás.

Eles deram a volta até o lado oposto ao da partida de futebol. Jogada no chão havia uma escada, com os degraus de madeira sujos de cal. Jarge a pegou e apoiou na parede. A escada alcançava as janelas do andar de cima. Ele subiu, e Sal ficou em pé no primeiro degrau de baixo para firmar a escada.

Jarge passou alguns segundos espiando pela janela, então falou:

– Ora, raios me partam.

– O que está vendo? – indagou Sal, impaciente.

– Teares. Tantos que nem consigo contar.

– Tem como entrar?

– A abertura da janela é pequena demais... não consigo passar.

Kit saiu de trás de uma pilha de madeira.

– Eu consigo me espremer para passar – falou.

– Seu menino levado! – exclamou Sal. – Deveria estar na escola dominical!

– Mas ele de fato consegue entrar – argumentou Jarge. – E então poderia nos abrir uma porta.

– Eu deveria era lhe dar umas palmadas – repreendeu ela.

Jarge desceu a escada.

– Vá lá então, Kit – disse ele. – Eu seguro a escada.

Kit subiu e se espremeu para passar pela janela. Lá dentro, ficou em pé e olhou em volta com assombro. Nunca tinha visto tantos teares num mesmo lugar. Queria entender como eles funcionavam, mas sabia que primeiro deveria fazer os adultos entrarem. Desceu correndo a escada interna e encontrou uma porta fechada por dentro com uma trava, mas não trancada a chave. Abriu-a, afastou-se de lado para Jarge e Sal poderem passar, então fechou a porta depressa assim que eles entraram.

O motor a vapor estava ali, no térreo.

Kit o estudou, embasbacado com seu tamanho e sua óbvia potência. Identificou a imensa fornalha e a caldeira na qual a água deveria ser transformada em vapor. Um cano conduzia o vapor quente para dentro de um cilindro. Algo dentro do cilindro obviamente subia e descia, pois a parte superior estava ligada a um dos extremos de uma barra que parecia uma gigantesca balança de pesagem. Conforme essa ponta da barra subia e descia, a outra fazia o movimento contrário, e com isso girava uma roda gigantesca.

Daí em diante a máquina funcionava como uma roda d'água, presumiu ele.

A parte mais incrível era o vapor ter força suficiente para acionar o pesado mecanismo de metal e madeira.

Sal e Jarge subiram a escada, e Kit foi atrás. No segundo andar havia quatro fileiras de teares, todos tinindo de novos, sem nenhum fio ainda. O motor a vapor devia fazer girar a grande haste no teto, pensou Kit; e correias conectavam a haste a cada um dos teares.

Jarge estava perplexo.

– Não estou conseguindo entender – disse ele, coçando a cabeça por cima do chapéu.

– Puxe esta correia e veja o que acontece – sugeriu Kit.

Com algum ceticismo, Jarge respondeu:

– Está bem.

No início, nada aconteceu.

O tear então soltou um estalo bem alto, e um dos liços se levantou. Se o fio tivesse sido inserido no lugar, o liço teria levantado fio sim, fio não da urdidura, formando assim uma brecha, ou cala.

Ouviu-se então uma pancada quando a lançadeira disparou de um extremo ao outro do tear.

Kit pôde ver o mecanismo na parte de trás, um sistema de engrenagens e varas que direcionavam o movimento para a tarefa seguinte.

Jarge estava assombrado.

– Está tudo acontecendo... só que sem tecelão!

Outra pancada soou, e o batedor foi empurrado de encontro à cala, num movimento que faria o fio penetrar mais fundo na brecha em formato de V.

Com mais um estalo alto, um dos liços baixou enquanto o outro se levantava de modo a erguer os fios alternados. A lançadeira voou de volta até a posição inicial, e o batedor tornou a empurrar.

O processo então recomeçou.

– Bom, como a máquina sabe o que fazer a seguir? – perguntou Jarge. – Deve ter um demônio trabalhando aí dentro – acrescentou, com um traço de medo e superstição na voz.

– É um mecanismo – respondeu Kit. – Igual ao de um relógio.

– Igual ao de um relógio – murmurou Jarge. – Eu na verdade nunca entendi os relógios.

Mas Kit estava espantado por outro motivo.

– Todos esses teares vão funcionar juntos... movidos por aquele motor a vapor!

– Tem mais coisa aqui além de vapor – sugeriu Jarge, parecendo temeroso.

– Aposto que o tecido não vai sair bem lisinho – falou Sal.

Kit havia reparado que os operários sempre diziam que Satanás vivia dentro das máquinas e que elas nunca fariam um trabalho tão bom quanto o de um artesão. Na sua opinião, eles estavam errados.

– Hornbeam pode ser um demônio ardiloso, mas dinheiro ele não desperdiça – comentou Sal, pensativa. – Se essas máquinas funcionarem...

– Se essas máquinas funcionarem, qual será a serventia de um tecelão? – questionou Jarge.

– Isso não pode ser permitido – disse Sal, quase resmungando consigo mesma. – Mas o que podemos fazer?

– Destruir as máquinas – respondeu Jarge. – Há tecelões suficientes trabalhando para Hornbeam, cerca de uma centena. Se todos vierem aqui com martelos, quem vai impedi-los?

E depois eles serão degredados para a Austrália, como Joanie, pensou Kit.

– Sabem de uma coisa? – disse Sal. – Eu gostaria de conversar com Spade sobre isso e ver o que ele tem a dizer.

E Spade vai ter uma ideia melhor que destruir tudo, refletiu Kit.

Sal mandou Kit para a escola dominical.

– Você vai chegar a tempo da sopa – falou.

O tema de sua conversa com Spade seria como tomar uma atitude contra os patrões, e ela não queria que uma criança escutasse isso. Apesar de ser um menino inteligente, Kit era jovem demais para conseguir guardar segredos.

Spade estava terminando de almoçar, e sobre a mesa havia pão e queijo. Ele disse às visitas que se servissem, e Jarge não se fez de rogado. Sal resumiu o que eles haviam visto na fábrica nova.

– Eu tinha ouvido rumores – afirmou Spade quando ela terminou de falar. – Agora sei que são verdadeiros.

– A pergunta é: o que vamos fazer em relação a isso? – questionou Sal.

Com a boca cheia de pão com queijo, Jarge tornou a sugerir:

– Destruir as máquinas.

Spade aquiesceu.

– Mas isso seria o último recurso.

– Bom, o que mais há para fazer?

– Vocês poderiam criar um sindicato... uma associação de trabalhadores.

Sal assentiu. Já vinha mesmo cogitando algo nessa linha, mas era uma ideia vaga, pois não tinha certeza do que era um sindicato nem do que ele fazia.

Quem fez a pergunta foi Jarge:

– Em que isso iria ajudar?

– Em primeiro lugar, um sindicato possibilita que todos os operários atuem juntos, o que os torna mais fortes do que são individualmente.

Sal não tinha pensado nisso antes, mas era uma afirmação óbvia.

– E depois?

– Vejam se o patrão conversa com vocês. Avaliem se ele está mesmo decidido.

– E se ele insistir no projeto?

– O que Hornbeam faria se um belo dia nenhum de seus tecelões aparecesse para trabalhar?

– Uma greve! – exclamou Jarge. – Gostei dessa ideia.

– Tem acontecido muito em outras partes do país – falou Spade.

Sal aquiesceu devagar.

– Como os grevistas fazem para viver, sem salários?

– É preciso arrecadar dinheiro com outros trabalhadores para ajudá-los. Coletar moedas na Praça do Mercado. Mas não é fácil. Os tecelões iam ter que apertar os cintos.

– E Hornbeam ficaria sem lucrar nada.

– Ele perderia dinheiro diariamente. Ouvi dizer que pegou um empréstimo grande com o Banco Thomson's para construir a fábrica nova... Lembrem-se: ele precisa pagar juros em cima desse montante.

– Mesmo assim, os tecelões vão passar fome antes de Hornbeam – argumentou Sal.

– *Aí* nós destruímos as máquinas – falou Jarge.

– É como numa guerra – disse Spade. – No início, os dois lados esperam vencer. Um deles está errado.

– Se formos fazer isso, qual seria o primeiro passo? – indagou Sal.

– Conversar com os outros tecelões – respondeu Spade. – Descobrir se eles estão dispostos a encarar uma briga. Se vocês acharem que dispõem de apoio suficiente, reservem um local e convoquem uma reunião. Isso você sabe organizar, Sal.

Acho que sei mesmo, pensou ela. *Não que eu tenha muito tempo sobrando depois de trabalhar catorze horas por dia e cuidar de duas crianças.* Mas ela sabia que não podia recusar aquele desafio. Havia passado tempo demais indignada com a forma como pessoas como ela eram tratadas no próprio país. Agora tinha a oportunidade de fazer algo a respeito. Não poderia recusá-la.

Quem dizia que as coisas nunca mudariam estava errado. A Inglaterra já tinha mudado, lembrava-se de ouvir o pai dizer – de católica para protestante, de monarquia absolutista para parlamentarista –, e tornaria a mudar caso pessoas como ela insistissem.

– Sim – afirmou. – Isso eu sei organizar.

Spade gostava da irmã, mas não o suficiente para morar com ela. Kate dividia a casa com Becca, e Spade tinha o próprio quarto no ateliê. Os dois levavam vidas separadas, mas mesmo assim tinham um relacionamento bem próximo. Conheciam o segredo um do outro.

Na terça-feira de manhã, às onze horas, ele entrou na casa pela porta dos fundos. Passou alguns segundos parado junto à porta da loja, só escutando. Podia ouvir vozes. Kate e Becca batiam boca com frequência, mas naquele momento sua conversa soava tranquila. Ele não conseguiu ouvir uma terceira voz, o que significava que não havia nenhum cliente com elas. Bateu na porta e entrou.

– Caminho livre? – perguntou.

– Caminho livre – respondeu Kate com um sorriso.

Ele fechou a porta e subiu a escada. No andar de cima, entrou num dos quartos que serviam de provador.

Arabella estava deitada na cama.

Completamente nua.

Que sorte a minha, pensou ele.

Fechou a porta e passou a chave, então tornou a se virar e sorriu para ela.

– Queria ter um quadro seu exatamente assim – falou.

– Deus me livre.

Ele se sentou numa cadeira e descalçou as botas.

– Eu mesmo poderia pintar. Eu desenhava quando criança.

– E se alguém visse o quadro? A notícia correria a cidade num instante.

– Eu o esconderia num lugar secreto, pegaria à noite e ficaria olhando à luz de uma vela. – Ele tirou o casaco, o colete e a calça. – E você, não gostaria de um quadro meu?

– Não, obrigada. Prefiro a coisa de verdade.

– Eu nunca fui um menino bonito.

– Eu gosto é de sentir você.

– Então quer uma escultura?

– Uma estátua em tamanho real, quem sabe, completa, com todos os detalhes.

– Como aquela italiana famosa?

– O Davi de Michelangelo, você quer dizer?

– Deve ser.

– De jeito nenhum. Essa estátua tem um pinto minúsculo, todo encolhido.

– Vai ver o modelo estava com frio.

– A minha estátua teria esse seu pau bonito e grosso.

– E onde você esconderia essa obra de arte?

– Debaixo da minha cama, é lógico. Depois tiraria para olhar, como você com o quadro.

– E o que faria enquanto estivesse olhando para ela?

Ela levou a mão até entre as pernas e se acariciou, deixando os pelos ruivo--escuros aparecerem por entre os dedos.

– Isto.

Ele se deitou ao seu lado.

– Ainda bem que hoje nós temos a coisa de verdade.

– Ah, sim – disse ela, e rolou para cima dele.

Os dois eram amantes desde a noite do Baile do Tribunal, três anos antes. A loja de Kate era seu local de encontro habitual. Apesar de estarem apaixonados, eles não podiam se casar, então aproveitavam cada momento de felicidade que conseguissem ter. Spade sentia pouca culpa. Não conseguia acreditar que Deus fosse dar a seus filhos desejos sexuais avassaladores para depois torturá-los com frustração. Arabella, por sua vez, nem parecia pensar em pecado.

Eles eram discretos. Tinham passado aquele tempo todo sem serem descobertos, e Spade achava bem provável que pudessem seguir assim indefinidamente.

Depois de tudo, quando os dois já estavam deitados de barriga para cima um do lado do outro, ofegantes, ela comentou:

– Eu nunca fui assim, sabe? O jeito como falo com você… As coisas que eu faço…

– Você surpreendeu a si mesma.

Ela o havia surpreendido também. Ele era mais novo, de classe mais baixa, e ela era casada.

– Como aprendeu as palavras? – perguntou ele.

– Com as outras meninas, quando éramos jovens. Mas antes de você nunca as tinha dito para um homem. Sinto que passei a vida inteira na prisão, aí você me libertou.

– Fico feliz por ter feito isso.

Ela ficou mais séria.

– Tenho uma coisa para lhe contar.

– Notícia boa ou ruim?

– Ruim, eu acho, embora eu não consiga me obrigar a lamentá-la.

– Que intrigante!

– Estou grávida.

– Meu Deus do céu!

– Você achava que eu fosse velha demais. Tudo bem, pode dizer. Eu também achava. Tenho 45 anos.

Ela estava certa: ele havia imaginado que ela já não pudesse mais conceber; mas nem todas as mulheres eram iguais.

– Está bravo? – perguntou Arabella.

– É claro que não.

– Então o que é?

– Não se ofenda.

– Vou tentar.

– Eu estou feliz... mais feliz do que consigo expressar. Estou extasiado.

Ela se espantou.

– É mesmo? Por quê?

– Passei dezesseis anos devastado por meu único filho ter morrido antes mesmo de nascer. Agora Deus está me dando outra chance de ser pai. Estou emocionado.

Ela o envolveu com os braços e o abraçou.

– Fico muito contente.

Spade saboreou o máximo que pôde aquele clima de felicidade, mas eles precisavam encarar as dificuldades que haveria pela frente.

– Não quero que você tenha problemas – declarou ele.

– Não acho que isso vá acontecer. As pessoas estarão ocupadas demais comentando sobre a minha idade para se perguntarem quem é o pai.

Sua expressão revelava que ela estava tentando disfarçar a preocupação.

– O que vai dizer ao bispo? – perguntou ele. – Você e ele não...

– Faz pelo menos dez anos que não.

– Suponho que consiga dar um jeito de fazer isso acontecer...

Ela fez uma cara de nojo.

– Nem tenho certeza se ele ainda consegue.

– Nesse caso...

– Não sei.

Ele viu que ela estava com medo.

– Alguma coisa você vai ter que dizer para ele.

– Sim – concordou ela com um ar sombrio. – Suponho que sim.

Uma semana depois disso, no Sino, Sal e Jarge se sentaram com Spade.

– Hornbeam quer encontrar vocês... os dois – disse Spade.

– Por que eu? – estranhou Sal. – Não estou ameaçando fazer greve.

– Hornbeam sempre tem espiões, então sabe que você está ajudando Jarge. E o genro dele, Will Riddick, o convenceu de que você é o diabo em forma de mulher.

– Me espanta ele estar se dignando a falar comigo.

– Ele preferiria não ter que fazer isso, mas eu o convenci.

– Como conseguiu?

– Falei que nove em cada dez funcionários dele tinham entrado para o seu sindicato.

Não era verdade. O número real estava mais para cinco em cada dez, mas isso havia sido alcançado em apenas uma semana e o total continuava a subir.

Apesar de empolgada com o sucesso, Sal estava receosa com a perspectiva de confrontar Hornbeam pessoalmente. Ele era um homem seguro de si, acostumado a discutir e mestre em intimidação. Como ela poderia lhe fazer frente? Escondeu a apreensão com uma observação sarcástica.

– Quanta gentileza dele se rebaixar até o meu nível.

Spade sorriu.

– Ele não é tão esperto quanto pensa. Se fosse esperto mesmo, tentaria virar seu amigo.

Ela gostava do modo como Spade pensava. Ele sempre queria impedir que uma discussão virasse um embate.

– Eu deveria me tornar amiga de Hornbeam? – perguntou.

– Ele nunca vai se permitir ter uma relação amigável com uma operária de fábrica... mas talvez seja possível desarmá-lo. Você pode dizer que os dois têm um problema em comum.

Sal achou que seria uma boa abordagem; melhor que um ataque frontal.

O garçom apareceu e perguntou:

– O que lhes sirvo, Spade?

– Nada, obrigado – respondeu. – Temos que partir.

– Ele quer nos encontrar agora mesmo? – indagou Sal.

– Sim. Está no Salão da Guilda e vai recebê-los antes de ir para casa jantar.

Sal ficou nervosa.

– Mas eu não vim com o meu melhor chapéu!

Spade riu.

– Nem ele, estou certo.

– Está bem, então – disse Sal enquanto se levantava.

Spade e Jarge fizeram o mesmo.

– Posso ir com vocês, se quiserem – sugeriu Spade. – Hornbeam provavelmente vai ter alguém com ele.

– Sim, por favor.

– Mas vocês mesmos precisam falar. Se eu falar por vocês, ele vai ficar com a impressão de que os operários são fracos.

Ela identificou a lógica nessa suposição.

Os três subiram a rua principal do Sino até o Salão da Guilda. Hornbeam estava à sua espera com a filha, Deborah, no salão nobre que servia como local de reunião para o conselho municipal, além de tribunal. Will Riddick também estava presente. Sal ficou nervosa por estar ali na presença de dois juízes. Nada os impediria de sentenciá-la ali mesmo. Sentiu a garganta apertada e teve medo de na hora não conseguir se expressar. Imaginou que a intenção de Hornbeam fosse justamente algo desse tipo. Ele queria fazê-la se sentir vulnerável e fraca. Sal percebeu que Jarge estava mais nervoso ainda. Mas precisava reagir contra a intimidação. Precisava ser forte.

Hornbeam estava em pé na ponta da mesa comprida em volta da qual os conselheiros se sentavam durante as reuniões do conselho – mais um símbolo do seu poder em relação a pessoas como Sal. O que ela poderia fazer para sentir que era sua igual?

Assim que se fez essa pergunta, a resposta lhe veio. Antes de Hornbeam poder dizer o que quer que fosse, ela falou:

– Vamos nos sentar, que tal?

E puxou uma cadeira.

Hornbeam ficou sem ação. Como era possível uma operária de fábrica convidar um fabricante de tecidos a se sentar? Mas Deborah puxou uma cadeira para si, e Sal pensou tê-la visto disfarçar um sorriso.

Hornbeam se sentou.

Sal decidiu continuar tomando a iniciativa. Recordando a sugestão de Spade, declarou:

– O senhor e eu temos um problema.

Ele adotou um ar de superioridade.

– Que problema eu poderia ter em comum com a senhora?

– Sua fábrica nova tem teares movidos a vapor.

– Como vocês sabem? Por acaso invadiram minha propriedade?

– Lei nenhuma proíbe olhar pelas janelas – respondeu Sal com firmeza. – É para isso que serve o vidro.

Ela ouviu Spade dar uma risadinha.

Estou me saindo bem, pensou.

Hornbeam estava desconcertado. Não esperava que ela se mostrasse articulada, muito menos espirituosa.

Will Riddick então atacou.

– Ficamos sabendo que vocês criaram um sindicato.

– Também não existe nenhuma lei proibindo isso.

– Pois deveria.

Sal tornou a se dirigir a Hornbeam.

– Dos tecelões que o senhor tem agora, quantos serão avisados de que não haverá mais trabalho para eles depois da mudança para o Moinho do Chiqueiro?

– O nome da fábrica é Moinho Hornbeam.

Podia até ser, mas todo mundo a estava chamando de Moinho do Chiqueiro. Esse detalhe pareceu provocar uma raiva excessiva em Hornbeam.

Sal repetiu sua pergunta.

– Quantos?

– Isso é assunto meu.

– E se os tecelões entrarem em greve isso também vai ser assunto seu.

– Eu farei o que julgar adequado com a minha propriedade.

Deborah interrompeu a discussão. Olhou para Jarge.

– O senhor trabalha no Moinho Hornbeam de Cima, não é, Sr. Box?

Então eles tinham percebido, pensou Sal.

– Podem me demitir, se quiserem – falou Jarge. – Eu sou um bom tecelão, arrumo trabalho em outro lugar.

– Mas gostaria de saber exatamente o que o senhor espera desta reunião. Com certeza não imagina que meu pai vá desistir da fábrica nova e do motor a vapor.

Interessante, pensou Sal: *a filha é mais sensata que o pai.*

– Imagino, sim – respondeu Jarge em tom de confronto.

Sal interveio:

– Nossa principal preocupação é que os tecelões não fiquem sem trabalho por causa do seu motor a vapor.

– Que ideia mais tola – declarou Hornbeam. – A finalidade do motor a vapor é justamente substituir os trabalhadores.

– Nesse caso haverá problemas.

– A senhora está me ameaçando?

– Estou tentando informá-lo dos fatos, mas o senhor não quer escutar – respondeu Sal, e o desprezo na própria voz a espantou. Ela se levantou, tornando a surpreender Hornbeam: em geral caberia a ele encerrar o encontro. – Tenha uma boa noite.

Ela se retirou, e Jarge e Spade foram atrás.

Já na rua, Spade comentou:

– Você foi absolutamente incrível lá dentro!

Sal não estava mais preocupada com o próprio desempenho.

– Hornbeam está totalmente decidido, não é?

– Infelizmente, sim.

– Então vai ser preciso haver uma greve.

– Que seja, então – disse Spade.

CAPÍTULO 20

N o roseiral de Arabella, o arbusto espinhoso da espécie *Rosa spinosissima* – sempre o primeiro a florir – havia produzido uma nevasca de frágeis flores brancas de miolo amarelo. Elsie estava sentada num banco de madeira, respirando o ar fresco do início da manhã, com o filho de 2 anos, Stevie, no colo. O menino tinha cabelos ruivos que devia ter puxado da avó, pulando a geração dos cabelos escuros de Elsie. Juntos, Elsie e o filho observavam Arabella, de avental, ajoelhada no chão, enquanto ela retirava ervas daninhas e as jogava dentro de um cesto. Arabella amava aquele seu roseiral. Desde que o tinha plantado, alguns anos antes, parecia mais feliz: com mais energia e, ao mesmo tempo, mais calma.

Stevie fora batizado de Stephen em homenagem ao bispo, seu avô. Elsie havia acalentado um desejo secreto de batizá-lo de Amos, mas não conseguira pensar num pretexto plausível. Nesse momento, o menino se remexeu no colo da mãe, querendo ir ajudar a avó. Elsie o pôs no chão, e ele caminhou com as perninhas bambas até Arabella.

– Não toque nos arbustos, eles têm espinhos – alertou Elsie. O menino na mesma hora agarrou um galho, machucou a mão, começou a chorar e voltou correndo para ela. – Você precisa ouvir o que a mamãe diz!

– Coisa que a mamãe nunca fez – disse Arabella baixinho.

Elsie riu. Era verdade.

– Como andam as coisas na sua escola? – perguntou Arabella.

– Estamos numa fase muito empolgante – respondeu Elsie.

A escola não funcionava mais somente aos domingos. Como todas as crianças que trabalhavam nas fábricas de Hornbeam estavam em greve, Elsie dava aulas todos os dias. Os pais mandavam os filhos para a escola por causa do almoço gratuito.

– Uma grande oportunidade para nós – falou Elsie, entusiasmada. – É a única vez em que essas crianças vão ter uma educação em tempo integral, então precisamos aproveitar ao máximo. Tive medo de que meus apoiadores dissessem que era trabalho demais, mas todos se mobilizaram, que Deus os abençoe. O pastor Midwinter está lecionando diariamente.

Houve uma pausa na conversa, então Elsie disse:

– Mãe, tenho quase certeza de que estou esperando outro filho.

– Que maravilha! – Arabella pousou no chão sua pá, levantou-se e foi abraçar a filha. – Quem sabe não é uma menina desta vez. Não seria ótimo?

– Sim, embora no fundo eu não ligue.

– De que nome iria batizar uma menina?

– De Arabella, é lógico.

– Seu pai talvez queira Martha. Era o nome da mãe dele.

– Não vou contrariá-lo. – Depois de alguns segundos, Elsie completou: – Pelo menos não em relação a isso.

Arabella tornou a se ajoelhar e voltou a tirar as ervas daninhas. Estava pensativa.

– Pelo visto estamos tendo uma primavera fértil – comentou.

Elsie não entendeu direito o que a mãe quis dizer.

– Uma única gravidez não torna uma primavera fértil.

– Ah! – fez sua mãe, ligeiramente encabulada. – Eu... eu estava pensando no roseiral.

– O arbusto de rosas brancas está dando um belo espetáculo este ano.

– Foi o que eu quis dizer.

Elsie teve a sensação de que a mãe estava escondendo alguma coisa. Então, pensando bem, deu-se conta de que vinha tendo essa sensação com mais frequência ultimamente. Houvera um tempo em que as duas contavam tudo uma à outra. Arabella sabia do amor impossível de Elsie por Amos. Ela mesma, porém, vinha se mostrando menos propensa a confidências. Elsie se perguntou por que isso estava acontecendo.

Antes que conseguisse explorar mais a fundo a questão, seu marido, Kenelm, apareceu no jardim, de banho tomado, com a barba feita e tomado por uma eficiência agitada.

Elsie e Kenelm continuavam morando no palácio. Havia espaço de sobra e mais conforto do que em qualquer outra casa que Kenelm pudesse pagar com seu salário de assessor do bispo.

Em três anos de casamento, Elsie havia aprendido que o ponto forte de Kenelm era a assiduidade. Ele fazia tudo de forma meticulosa. O trabalho que realizava para seu pai era executado com presteza e cuidado, e o bispo não lhe poupava elogios. Kenelm também era atencioso com o filho. Toda noite, ajoelhava-se com Stevie junto à cama do menino e rezava, embora tirando isso nunca falasse com ele. Elsie já tinha visto outros pais jogarem os filhos para cima e pegá-los, fazendo-os gritar de alegria, mas esse tipo de coisa era indigno demais para Kenelm. O sexo era outro dever que ele cumpria de forma conscienciosa:

uma vez por semana, no sábado à noite. Ambos sentiam prazer, embora fosse sempre a mesma coisa.

No entanto, o principal motivo de seus sentimentos afetuosos em relação a Kenelm era o menininho sentado no seu colo. Kenelm tinha lhe dado Stevie, e também o bebê que agora crescia no seu ventre. Enquanto isso, Amos continuava obcecado por Jane. Elsie tinha visto os dois juntos na Feira de Maio, profundamente entretidos numa conversa: Jane toda elegante e carregando uma sombrinha sem qualquer serventia, e Amos bebendo cada uma de suas palavras como se ela fosse um profeta derramando pela boca pérolas de sabedoria. Se Elsie tivesse depositado as esperanças em Amos, estaria esperando sentada até hoje. Beijou o topo da cabeça ruiva de Stevie, sentindo-se imensamente grata por tê-lo.

Mesmo assim, todo sábado à noite, ainda pensava em Amos.

Kenelm se curvou diante de Arabella e falou:

– O bispo lhe diz bom-dia, Sra. Latimer, e avisa que o desjejum está servido.

– Obrigada – disse Arabella, e se levantou.

Todos entraram na casa. Elsie levou Stevie para o quarto das crianças e o deixou com a ama-seca. Como tinha feito um desjejum mais cedo na cozinha, pôs o chapéu, saiu e se encaminhou animada para a escola.

Não podia usar os Salões de Bailes e Eventos para lecionar nos dias de semana, mas conseguira alugar a um valor baixo um imóvel antigo no subúrbio a sudoeste da cidade chamado Lagoas dos Peixes. Em geral compareciam cerca de cinquenta crianças. As que nunca tinham frequentado a escola dominical não sabiam quase nada, e os professores precisavam começar do zero: alfabeto, noções básicas de aritmética, o pai-nosso e como comer usando garfo e faca.

Em pé ao lado do pastor Midwinter, Elsie ficou observando encantada as crianças chegarem, conversando bem alto, magricelas e esfarrapadas, muitas descalças, todas com a cabeça tão ávida por conhecimento como o deserto por chuva. Sentiu-se triste pelas pessoas que passavam a vida fabricando tecidos de lã: elas jamais conheceriam aquela emoção.

Nesse dia estava encarregada de lecionar para as crianças mais velhas, em geral as mais difíceis de manejar. Primeiro desafiou o cérebro delas com aritmética: se um pão doce custava um *penny*, quantos se poderiam comprar com seis *pence*? Então lhes ensinou a escrever o próprio nome e o nome dos colegas. Depois do intervalo do meio da manhã, fez com que decorassem um salmo e lhes contou a história de quando Jesus tinha caminhado sobre as águas. Na última hora, conforme o prédio era tomado pelo cheiro de sopa de queijo, elas foram ficando inquietas.

Amos chegou na hora do almoço, impecável como sempre, nesse dia usando o fraque vermelho-escuro que era o preferido de Elsie. Ele ajudou a servir a refeição, então Elsie e ele pegaram cada qual uma tigela e se sentaram afastados para conversar. Ela resistiu ao impulso de acariciar seus cabelos ondulados e tomou cuidado para não encarar seus olhos castanho-escuros. Ansiava por adormecer ao seu lado à noite e acordar com ele de manhã, mas isso nunca iria acontecer. Pelo menos tinha aquela amizade sincera, e por isso sentia-se grata.

Perguntou-lhe sobre a greve.

– Hornbeam não quer negociar – disse ele. – Ele se recusa a pensar em mudar seus planos.

– Mas ele não tem como operar a fábrica sem nenhum trabalhador.

– É claro que não. Mas ele acha que consegue vencer os grevistas pelo cansaço. Alega que eles vão vir rastejando até ele, implorando para aceitá-los de volta.

– Acha que ele tem razão?

– Talvez. Ele possui mais reservas que os trabalhadores. Mas os trabalhadores contam com outros tipos de recursos. Nesta época do ano, as florestas estão repletas de coelhos jovens e aves, para quem souber montar armadilhas. E há os vegetais silvestres: morrião, brotos de pilriteiro, folhas de limoeiro, caules de malva, azedinha.

– É pouco.

– Há modos menos honestos de sobreviver. Não é um bom momento para andar à noite com dinheiro na bolsa.

– Ah, minha nossa.

– Não há por que se preocupar. Deve ser a única pessoa de recursos na cidade que eles não roubariam. Você dá de comer aos filhos deles. Essas pessoas a consideram uma santa.

Uma santa, porém, seria apaixonada pelo próprio marido, pensou Elsie. *Pelo próprio marido e por mais ninguém.*

– Na verdade ninguém sabe como isso vai terminar – continuou Amos. – Em outras greves país afora, os patrões ganharam em alguns lugares e os operários, em outros.

O turno da tarde foi mais curto, e Elsie chegou em casa a tempo de dar a Stevie seu lanche de torradas com manteiga. Então foi se juntar à mãe, que estava tomando chá na sala de estar.

Seu pai entrou poucos minutos depois. Estava preocupado com alguma coisa: Elsie logo percebeu isso, pois ele não parava quieto.

– Andou fazendo compras, querida? – perguntou ele a Arabella quando ela lhe estendeu uma xícara.

– Sim.

– Creio que você gosta muito da loja de Kate Shoveller.

– Ela é a melhor modista de Kingsbridge… talvez até de Shiring.

– Tenho certeza disso. – Ele pôs um torrão de açúcar no chá e passou mais tempo que o necessário mexendo com a colher. – Ela ainda não se casou? – perguntou, por fim.

– Pelo que sei, não – respondeu Arabella. – Por que a pergunta?

Elsie também estava curiosa para ver aonde o bispo queria chegar.

– Tem algo estranho quando uma mulher rica continua solteira na casa dos 30 anos, não acha? – questionou o bispo.

– É?

– Sempre ficamos nos perguntando o motivo.

– Casamento não é para todo mundo – disse Elsie. – Existem mulheres que não veem sentido em virarem escravas de um homem pelo resto da vida.

O bispo ficou chocado.

– Escravas? Minha filha! O matrimônio é um sacramento.

– Mas não é obrigatório, ou é? O apóstolo Paulo disse que é melhor se casar que ser queimado, o que é uma defesa um tanto morna.

– Assim você soa insatisfeita!

– Minha mãe e eu tivemos uma sorte extraordinária com nossos maridos, obviamente.

O bispo não soube ao certo se estava sendo alvo de zombaria.

– É muita bondade sua dizer isso – falou, sem certeza. – Em todo caso, o irmão da Srta. Shoveller está por trás dessa greve. Fiquei me perguntando se você sabia.

– Pensei que a organizadora fosse Sal Box – declarou Elsie.

– Ela é mulher. O cérebro por trás de tudo é Spade.

Elsie achou melhor não contradizer a pressuposição do pai de que nenhuma mulher possuiria um cérebro capaz de organizar alguma coisa. Em vez disso, afirmou:

– Por que Spade iria querer uma greve? Ele próprio é fabricante de tecidos, ainda que de vez em quando opere um tear.

– Boa pergunta. Na verdade, tem havido conversas sobre torná-lo conselheiro. O comportamento dele é incompreensível. De toda maneira, Arabella, por favor, não se torne mais que uma cliente para a Srta. Shoveller. Eu não iria querer minha esposa ligada a pessoas desse tipo de qualquer outro modo que não fosse estritamente comercial.

Elsie esperava que a mãe fosse resistir a essa ordem, mas Arabella aceitou docilmente.

– Não farei nada desse tipo, querido – disse ela ao bispo. – Nem precisava ter mencionado a questão.

– Fico feliz em ouvir isso. Perdoe-me por mencionar.

– Não faz mal.

Elsie teve certeza de que havia algo oculto por trás desse diálogo rígido e formal. Seu palpite era que tivesse algo a ver com a sócia de Kate, Becca. Já escutara moças falarem sobre mulheres que amavam outras mulheres em vez de homens, embora não conseguisse imaginar exatamente o que isso poderia significar – havia uma questão de anatomia, afinal. E mulheres que iam experimentar roupas novas de fato se despiam nos quartos acima da loja de Kate. Teria seu pai escutado algum boato absurdo sobre Arabella estar envolvida em atividades do tipo?

Quando o bispo terminou de tomar o chá e voltou para seu escritório, ela perguntou à mãe:

– Que história toda foi essa?

Arabella emitiu um ruído de desdém.

– Seu pai está encucado com alguma coisa, mas não faço ideia do que seja.

Elsie não sabia se acreditava na resposta, mas não insistiu. Subiu até o andar de cima para ajudar a ama-seca a aprontar Stevie para dormir. Mais tarde, Kenelm apareceu para rezar com o filho. Enquanto ele estava no quarto, a criada Mason olhou para dentro e anunciou:

– Sra. Mackintosh, o bispo gostaria de lhe falar no escritório dele.

– Já estou indo – respondeu Elsie.

– O que seu pai quer? – indagou Kenelm.

– Não sei.

– O conselheiro Hornbeam e o Sr. Riddick estão com o bispo – informou Mason.

Kenelm franziu o cenho.

– Mas o bispo não mandou me chamar?

– Não, senhor.

Ele ficou contrariado. Detestava ser excluído do que quer que fosse. Era excessivamente sensível à rejeição. Sentia-se logo desrespeitado, esnobado, subvalorizado. Mais de uma vez, Elsie tinha lhe dito que as pessoas às vezes simplesmente se distraíam e o excluíam por acidente, mas ele nunca acreditava.

Ela desceu até o escritório. Hornbeam e Riddick estavam de peruca, o que indicava que se tratava de uma visita oficial. Riddick parecia levemente embriagado, algo nada incomum para ele àquela hora da noite. Hornbeam ostentava seu ar habitual, determinado e severo. Ambos se levantaram e se curvaram quando ela entrou, e ela esboçou uma mesura e se sentou.

– Querida, o conselheiro e o senhor de Badford gostariam de discutir algo com você – explicou seu pai.

– É mesmo?

– É sobre a sua escola – disse Hornbeam.

Elsie franziu o cenho. A escola só era controversa por conta do fato de ser patrocinada tanto por anglicanos quanto por metodistas, e às vezes uma das facções tentava excluir a outra. No entanto, até onde ela sabia, nem Hornbeam nem Riddick se importavam com diferenças religiosas.

– O que tem a minha escola? – perguntou, ouvindo a hostilidade na própria voz.

– Acredito que a senhora esteja servindo almoços gratuitos para os filhos dos grevistas – afirmou Hornbeam.

Então era isso. Ela lembrou que a melhor forma de defesa era o ataque.

– A cidade recebeu uma esplêndida oportunidade – começou ela. – Por um período limitado, temos a chance de incutir um pouco de conhecimento em crianças que de outra forma passam o dia inteiro, seis dias por semana, mexendo em máquinas. Precisamos aproveitá-la ao máximo, os senhores não acham?

Hornbeam não a deixou conduzir a conversa.

– Infelizmente, a senhora está apoiando a greve. Tenho certeza de que não é sua intenção, mas é esse o efeito prático do que está fazendo.

– Que raios quer dizer com isso? – perguntou Elsie, embora pudesse prever o rumo daquela conversa, e teve um mau pressentimento.

– Esperamos que a fome faça os grevistas caírem em si. E, embora possam estar dispostos a sofrer eles próprios, a maioria dos pais não consegue suportar ver os filhos passarem fome.

– Está dizendo que... – Elsie fez uma pausa para respirar. Quase não conseguia acreditar no que estava escutando. – Está dizendo que eu deveria parar de alimentar essas crianças famintas? Como forma de pressionar os operários e fazê-los voltar ao trabalho?

Hornbeam não se deixou comover pela sua incredulidade.

– Seria melhor para todos os envolvidos. Ao prolongar a greve, a senhora prolonga o sofrimento.

– O conselheiro Hornbeam tem razão, sabe, querida – disse seu pai.

Indignada, Elsie falou:

– Jesus disse a Pedro: "Deem de comer aos meus cordeiros." Não estamos nos esquecendo disso?

Riddick se pronunciou pela primeira vez:

– Dizem que o demônio pode citar as Escrituras para servir aos próprios propósitos.

– Calado, Will. Você não sabe do que está falando – rebateu Elsie.

Riddick enrubesceu de raiva. Tinha sido ofendido, mas foi incapaz de pensar numa resposta.

– Realmente precisamos lhe pedir que encerre essa interferência nos nossos negócios – insistiu Hornbeam.

– Não estou interferindo – disse ela. – Estou dando de comer a crianças com fome, como é o dever de todo cristão, e não vou parar de fazer isso em prol do lucro dos fabricantes de roupas.

– Quem fornece a comida?

Essa pergunta Elsie não queria responder, pois seu pai não sabia quanto da sopa das crianças vinha da cozinha do palácio.

– Ela é doada por moradores generosos da cidade, tanto anglicanos quanto metodistas.

– Pessoas como quem, por exemplo?

Ela sabia o que Hornbeam estava querendo.

– O senhor deseja uma lista de nomes, a fim de poder reunir todos eles e intimidá-los para que parem de nos apoiar.

Hornbeam corou, confirmando assim a veracidade da acusação. Com raiva, ele falou:

– Eu gostaria de saber quem está subvertendo o progresso comercial desta cidade!

Ouviu-se uma leve batida na porta, e Kenelm pôs a cara para dentro do escritório:

– Posso ajudá-lo em algo, excelência? – perguntou, ávido.

Queria estar a par do que quer que estivesse acontecendo.

O bispo fez cara de irritação.

– Agora, não, Mackintosh – respondeu, sucinto.

Kenelm pareceu ter levado um tapa. Após alguma hesitação, tornou a fechar a porta. Elsie sabia que o marido passaria a noite inteira zangado por causa daquilo.

A interrupção tinha lhe dado alguns instantes para pensar, e então ela disse:

– Conselheiro Hornbeam, se o senhor está tão preocupado com o futuro comercial desta cidade, por que não negocia com seus operários? Talvez descubra que vocês podem chegar a um acordo.

Hornbeam se empertigou.

– Não permitirei que operários determinem como devo administrar meus negócios!

– Então isso na verdade não tem a ver com o comércio da cidade – declarou Elsie. – Tem a ver com o seu orgulho.

– Certamente não!

– O senhor pede que eu pare de alimentar cinquenta crianças famintas, mas não quer se rebaixar a conversar com seus tecelões. Seu caso carece de bons argumentos, conselheiro.

Fez-se silêncio. Tanto Riddick quanto o bispo olharam para Hornbeam à espera de uma resposta, e Elsie se deu conta de que ambos também consideravam a obstinação ferrenha de Hornbeam parte do problema.

– Enfim – prosseguiu ela –, eu não poderia acabar com os almoços gratuitos nem se quisesse. O pastor Midwinter tomaria a frente e continuaria o trabalho. A única diferença seria que a escola viraria uma escola metodista.

Não era bem verdade. Ela era a força motriz por trás de toda aquela empreitada. Era bem pouco provável que a escola fosse sobreviver sem ela.

Mas seu pai acreditou.

– Ah, não – disse ele. – Não queremos uma escola metodista.

Hornbeam estava uma fera.

– Vejo que estou perdendo meu tempo aqui – falou.

Levantou-se, e Riddick fez o mesmo.

O bispo não queria que o encontro terminasse naquele clima hostil, por isso interveio:

– Ah, não vá ainda. Tome um cálice de madeira.

Hornbeam não se deixou amolecer.

– Infelizmente tenho assuntos urgentes – alegou. – Tenha um bom dia, excelência. – Ele se curvou. – Sra. Mackintosh.

Os dois visitantes se retiraram.

– Que constrangimento terrível – ralhou o bispo, zangado.

Elsie franziu o cenho.

– Hornbeam não se mostrou tão derrotado quanto deveria.

Embora irritado, seu pai ficou intrigado com o comentário.

– Como assim?

– Ele não conseguiu o que queria, que era me intimidar. Foi embora com as mãos abanando. Mas não pareceu vencido, pareceu?

– Não, acho que não.

– Vou lhe dizer o que acho: acho que ele tem um plano de contingência.

Nessa noite, Kenelm foi ao quarto de Elsie quando ela havia acabado de vestir a camisola. Seus dois quartos tinham uma porta de comunicação, mas o marido em geral só a usava aos sábados. Ela sabia que não era o amor que ocupava a mente dele no momento.

– Seu pai me contou o que aconteceu entre você e o conselheiro Hornbeam – comentou ele.

– Ele tentou me fazer parar de alimentar as crianças… e não conseguiu. Isso resume tudo.

– Não exatamente.

Elsie subiu na cama.

– Pode deitar comigo se quiser – sugeriu ela. – Seria mais amigável.

– Não seja ridícula. Estou inteiramente vestido.

– Então tire só os sapatos.

– Deixe de frivolidades. Estou falando sério.

– E quando é que não está?

Ele ignorou o comentário.

– Como pôde desafiar o homem mais importante de Kingsbridge?

– Foi fácil – respondeu Elsie. – Ele não liga para crianças famintas. Qualquer bom cristão o desafiaria. Ele é um homem mau, e é nosso dever fazer oposição a ele.

– Você não entende nada! – Kenelm estava quase explodindo de tanta indignação. – Homens poderosos precisam ser apaziguados, não provocados. Caso contrário, eles nos farão sofrer.

– Deixe de ser bobo. O que Hornbeam pode fazer contra nós?

– Vá saber? Não se deve transformar homens assim em inimigos. Um dia, o arcebispo de Canterbury talvez diga: "Estou pensando em promover Kenelm Mackintosh a bispo", e alguém talvez lhe responda: "Ah, mas a mulher dele é uma encrenqueira, o senhor sabe." Homens falam coisas do tipo o tempo todo.

Elsie estava chocada.

– Como pode mencionar uma coisa dessas quando estamos falando sobre crianças famintas?

– Estou pensando no resto da minha vida. Será que meus esforços para realizar a obra de Deus serão prejudicados por uma esposa inadequada?

– Seus esforços para realizar a obra de Deus? A sua carreira na Igreja, você quer dizer.

– É a mesma coisa.

– E isso é mais importante que servir sopa e pão para as criancinhas do Senhor?

– Você tem sempre que simplificar tudo.

– A fome é uma coisa simples. Quando você vê alguém com fome, você lhe dá de comer. Se isso não é a vontade de Deus, nada mais é.

– Você acha que sabe tudo sobre a vontade de Deus.

– E você acha que sabe mais.

– Eu sei mais. Estudei esse assunto com os homens mais eruditos do país. Seu pai também. Você é uma mulher ignorante e sem instrução.

Era um argumento estúpido demais até para ser contestado.

– De todo modo, não posso fechar a escola… não tenho poder para tanto. Foi o que eu disse a Hornbeam.

– Para mim a escola não importa. Nem a greve. O que importa é o meu futuro, e eu quero uma esposa que me obedeça e fique longe de problemas.

– Ah, Kenelm – disse ela. – Acho que você se casou com a mulher errada.

CAPÍTULO 21

No sábado à tarde, depois do fechamento das fábricas às cinco, Kit e seus amigos foram jogar futebol num terreno baldio perto das casas novas, do outro lado do rio. Kit era mais baixo que a média; corria bem e sabia driblar, mas não conseguia chutar muito longe e era facilmente derrubado. Mesmo assim gostava de participar e jogava com entusiasmo.

Acabada a partida, eles se separaram. Kit saiu andando sem destino certo e acabou indo parar numa rua de casas novas vazias cujas portas davam diretamente para a rua. Movido pela curiosidade, olhou por uma das janelas e viu um pequeno cômodo vazio, com piso de tábuas e paredes de gesso, e uma escada que conduzia a um segundo andar. Havia uma lareira, uma mesa pequena e dois bancos.

Sem nenhum motivo especial, tentou abrir a porta da frente e constatou que estava destrancada. Na soleira, hesitou. Olhou para os dois lados da rua e não viu ninguém exceto alguns de seus amigos do futebol. Lembrou-se de algo que Jarge costumava dizer: "A curiosidade matou o gato."

Esgueirou-se para dentro da casa e fechou a porta atrás de si sem fazer barulho. O lugar cheirava a gesso novo e tinta fresca. Ele apurou os ouvidos por um instante, mas nenhum som veio do andar de cima: estava sozinho. Sobre a mesa havia quatro tigelas, quatro canecas e quatro colheres, todas novas e feitas de madeira. Aquilo o fez pensar numa das histórias que a mãe contava, a de Cachinhos Dourados e os três ursos. Só que naquelas tigelas não havia mingau. A lareira estava limpa e fria. Ninguém morava naquela casa ainda.

Ele subiu a escada, pisando de mansinho, só para o caso de haver alguém no andar de cima, talvez dormindo sem fazer barulho.

Eram dois quartos, cada qual com uma única janela que dava para a rua em frente. Ele percebeu que não havia janelas nos fundos e lembrou-se de ter escutado a expressão "casas geminadas". Fazia sentido: cada casa tinha uma parede em comum com a de trás, economizando tijolos, portanto.

Não havia camas, nem ninguém dormindo sem fazer barulho. Num dos quartos ele viu uma pilha de quatro colchões de lona, provavelmente enchidos com palha, e uma pequena pilha de cobertas. A casa estava pronta para ser ocupada, ainda que oferecendo o mínimo para isso.

Mas ocupada por quem?, perguntou-se ele.

Havia esgotado seu interesse por uma casa vazia. Desceu a escada e saiu para a rua. Ficou chocado ao ver um homem grandalhão e de rosto vermelho parado a alguns metros de distância. O sujeito ficou igualmente chocado. Eles passaram alguns segundos se encarando, e o homem então deu um rosnado zangado e um passo na direção de Kit.

Kit saiu correndo.

– Ladrãozinho! – berrou o homem, embora Kit estivesse com as mãos vazias.

Kit correu para longe em disparada, com o coração batendo forte de tanto medo. Aquele sujeito era provavelmente alguma espécie de vigia. Devia estar dormindo em serviço quando Kit chegou, mas agora estava bem acordado. Quando estão em boa forma física, homens correm mais depressa que meninos, mas, pela conferida rápida que Kit tinha dado, aquele dali parecia estar fora de forma. Mesmo assim, ao olhar para trás por cima do ombro, ele viu que o vigia o estava alcançando. *Vou levar uma surra*, pensou, e tentou acelerar. Notou seus amigos se espalharem, em pânico.

Na sua frente, vindo pela rua no sentido contrário, ele viu algo estranho: uma grande carroça coberta puxada por quatro cavalos e completamente abarrotada de homens, mulheres e crianças. Passou por ela, então tornou a olhar para trás na direção de seu perseguidor. Viu o homem parar com a respiração ofegante e se apoiar na lateral da carroça para falar com o condutor.

Kit se perguntou se agora estaria a salvo.

Diminuiu o passo, mas continuou a correr até chegar a uma distância segura. Então parou e se virou para trás, arfando.

As pessoas a bordo da carroça eram todas desconhecidas e olhavam em volta com ansiedade e interesse. Kit as ouviu falar, mas não compreendeu o que diziam. Algumas das palavras, apesar de reconhecíveis, eram pronunciadas com um sotaque estranho.

Os recém-chegados começaram a descer da carroça carregando trouxas e sacolas. Pareciam estar divididos em famílias: marido, esposa e filhos, mais um punhado de rapazes jovens; umas trinta pessoas no total. Enquanto Kit olhava, uma segunda carroça apareceu, igualmente lotada.

Sessenta pessoas, pensou Kit, fazendo a estimativa rapidamente como de costume; quinze ou vinte famílias.

Então uma terceira carroça chegou, e uma quarta.

O homem de rosto vermelho a essa altura o havia esquecido e estava ocupado direcionando as pessoas para dentro das casas. Elas nem sempre entendiam o que ele dizia, e ele reagia aos gritos. Um dos recém-chegados parecia ser o líder, um homem alto, com cabelos pretos volumosos e bagunçados. Ele se dirigiu ao grupo, aparentemente traduzindo o que o homem de rosto vermelho tinha dito.

As famílias começaram a se dispersar, e o líder veio andando na direção de Kit acompanhado por uma mulher e duas crianças. Kit decidiu ir conversar com eles.

– Olá – falou.

O homem disse algo que Kit não entendeu.

– Quem é o senhor? – perguntou Kit.

A resposta soou parecida com *"Sô teceram"*.

Kit matutou por um instante.

– O senhor é tecelão?

– Foi o que eu disse. Somos todos tecelões.

– E vieram de onde?

O homem respondeu algo que soou como *"Do blém"*.

– Isso fica longe?

O homem respondeu, e dessa vez, começando a se acostumar com o sotaque, Kit entendeu.

– Três dias de navio até Bristol, depois um dia e meio naquela carroça.

– Por que vieram para Kingsbridge?

– É assim que se chama este lugar?

– Sim.

– O moinho do nosso povoado fechou, e ficamos sem trabalho. Aí apareceu um homem e disse que poderíamos trabalhar num moinho na Inglaterra. Quem é você, homenzinho?

– Meu nome é Christopher Clitheroe, e todos me chamam de Kit. Sou mecânico no Moinho Barrowfield – arrematou ele, com orgulho.

– Bem, Kit Mecânico, eu sou Colin Hennessy, e é um prazer conhecê-lo.

A família entrou na casa. Todas as portas da frente tinham sido destrancadas à espera deles, percebeu Kit, e por isso ele conseguira entrar. Ao olhar pela porta aberta, viu as crianças correndo animadas de um lado para outro. A esposa pareceu satisfeita.

Ele sentiu que aquele era um acontecimento importante, embora não conseguisse entender exatamente por quê. Seguiu na direção de casa, animado por ser o portador de uma notícia.

Sua mãe estava preparando o jantar: uma papa feita com cebola. Jarge estava sentado diante de uma jarra de cerveja. Ele estava em greve, e Kit já tinha ouvido Sal dizer: "Ficar sem fazer nada é ruim para Jarge... Ele bebe demais."

– Eu vi uma coisa estranha – contou Kit.

Jarge nem lhe deu atenção, mas Sal perguntou:

– Que coisa?

– Sabe as casas novas?

– Sei – disse Sal. – Lá perto do Moinho do Chiqueiro.

– Ficaram prontas. Dei uma olhada dentro de uma. Estava prontinha para pessoas morarem, com colchões, uma mesa e canecas.

Sua mãe franziu a testa.

– Hornbeam não é do tipo que dá presentes de graça para seus inquilinos.

Kit decidiu pular o episódio do vigia.

– Aí apareceu uma carroça coberta cheia de gente que falava engraçado.

Sal pousou a colher que estava usando para mexer a papa, então se virou para encarar o filho.

– É mesmo? – indagou. A atitude da mãe o fez entender que ele estava certo ao julgar aquela notícia importante. – Quantas pessoas?

– Umas trinta. Daí apareceram mais três carroças.

Jarge pousou sua caneca na mesa.

– Ora, isso dá mais de cem pessoas.

– Cento e vinte – afirmou Kit.

– Você falou com elas? – indagou Sal.

– Eu cumprimentei um homem alto de cabelo preto. Ele contou que eles tinham passado três dias num navio.

– Estrangeiros – concluiu Jarge.

– Perguntou de onde eles vieram? – quis saber Sal.

– Ele respondeu algo parecido com *"Do blém"*.

– Dublin – corrigiu Sal. – São irlandeses.

– Ele disse que era tecelão, mas que o moinho da cidade dele tinha fechado.

– Nem sabia que existiam moinhos têxteis na Irlanda – comentou Sal.

– Existem, sim – disse Jarge. – As ovelhas irlandesas têm tosões compridos e macios, que produzem um tweed bem quentinho chamado *donegal*.

– Todos são tecelões – acrescentou Kit.

– Mas que diabos! – exclamou Jarge. – Hornbeam mandou buscar furões.

– Furões? – repetiu Kit, sem entender.

Para ele, furões eram animais parecidos com doninhas.

– Fura-greves – explicou Sal. – Hornbeam vai colocá-los para trabalhar nas suas fábricas.

– É – confirmou Jarge com um ar sombrio. – Se eles sobreviverem para isso.

Aos domingos, Jane ia comungar na catedral. Como Amos queria conversar com ela, ele pulou o culto no Salão Metodista e ficou esperando em frente à catedral até os fiéis anglicanos saírem.

Jane estava usando um casaco azul-marinho bem escuro e um chapéu sem ornamentos, adequado para a missa. Apesar do visual um tanto solene, ela se iluminou ao ver Amos. O visconde Northwood vinha não muito atrás dela, mas estava profundamente entretido numa conversa com o conselheiro Drinkwater.

Amos disse a Jane:

– Li no *The Times* faz poucos dias que o duque de York está com planos de fazer reformas radicais no Exército britânico.

– Ora, ora – respondeu ela. – Você é mesmo bom de lábia com as garotas, hein?

Amos riu de si mesmo.

– Sinto muito – desculpou-se. – Como vai? Adorei o chapéu. Esse azul-marinho cai muito bem em você. Então… já ouviu falar nas tais reformas do Exército?

– Certo. Sei ver quando está com essa disposição de cachorro que não quer largar o osso. Sim, estou sabendo sobre as reformas no Exército… Henry praticamente não fala de outro assunto no momento. O duque quer que todos os homens que se alistarem tenham um sobretudo. A mim me parece muito sensato. Como eles vão poder lutar se estiverem congelando de frio?

– O duque também acha que o Exército está pagando caro demais pelos suprimentos. Ele acha que alguém está roubando a milícia, e tem razão. Esses sobretudos vão custar três ou quatro vezes o que deveriam.

– Tomara que você não se torne tão maçante quanto o meu marido.

– Esse assunto não é maçante. Quem é responsável pelas compras em nome da milícia de Shiring?

– O major Will Riddick. Ah, acho que já sei aonde está querendo chegar.

– De quem Riddick compra todo o tecido para os uniformes?

– Do sogro dele, o conselheiro Hornbeam.

– Seis anos atrás, antes de Riddick se unir por casamento à família Hornbeam, tentei obter um contrato militar. Will combinou o preço, depois me pediu uma propina de dez por cento.

Jane ficou perplexa.

– Você o denunciou?

– Não. – Amos deu de ombros. – Ele teria negado e eu não tinha como provar, então não fiz nada.

– Nesse caso, por que está me contando?

– Na esperança de que você talvez conte para o seu marido.

– Mas você continua sem conseguir provar nada.

– É verdade. Mas você conhece os meus valores. Eu não iria mentir.

– Sem dúvida. Mas o que quer que Henry faça? Se você não consegue provar a corrupção, ele tampouco vai conseguir.

– Ele não precisa provar nada. É o oficial mais graduado. Pode simplesmente atribuir outra função ao major Riddick... responsável pelos armamentos, por exemplo... e escolher outra pessoa para supervisionar as compras.

– E se o novo escolhido for tão corrupto quanto Riddick?

– Diga a Henry que nomeie um metodista.

Jane aquiesceu, pensativa.

– Talvez ele faça isso. Diz que os metodistas dão bons oficiais.

Henry Northwood se separou do conselheiro Drinkwater e veio até o lado da esposa. Amos se curvou diante dele. O visconde perguntou:

– O que acha dessa greve, Barrowfield?

– Os fabricantes de tecido precisam lucrar, e os operários precisam de um salário que lhes permita viver... Na verdade não é tão difícil assim de entender, milorde. Mas a ganância e o orgulho atrapalham.

– Acha que os patrões deveriam ceder?

– Acho que os dois lados deveriam chegar a um meio-termo.

– Muito sensato – comentou Northwood; então deu o braço a Jane num gesto possessivo e a conduziu para longe.

Os irlandeses começaram a trabalhar nas fábricas de Hornbeam na segunda-feira. Nessa noite, depois do ensaio dos sineiros, houve uma reunião na sala dos fundos do Sino. Apesar de grande, o recinto estava apinhado: a maioria dos tecelões grevistas estava presente, assim como Sal, Jarge e Spade.

Ninguém bebia muito. A atmosfera era de expectativa e tensão. Algo precisava acontecer, embora ninguém soubesse ao certo o quê. Alguns dos tecelões carregavam grossos porretes, pás de madeira e martelos.

Sal queria evitar violência.

Jarge, por sua vez, era favorável a um confronto.

– Cem de nós, em frente ao Moinho do Chiqueiro, amanhã às quatro e meia da manhã, armados com porretes. Qualquer um que tentar entrar na fábrica apanha. Simples assim.

– O caminho é esse – concordou Jack Camp, amigo de Jarge e também tecelão no Moinho Hornbeam de Cima.

Um murmúrio de raiva indicou um forte apoio a essa abordagem.

– E depois, o que vai acontecer? – perguntou Sal.

– Hornbeam vai ser obrigado a ceder – disse Jarge.

Spade indagou:

– Acha que ele é o tipo de homem que cede, Jarge? Será que não vai chamar a milícia?

Jarge riu.

– Não vai adiantar muito para ele. Os soldados da milícia são nossos amigos e vizinhos.

– É verdade que eles se recusaram a atirar nas mulheres na revolta do pão – reconheceu Spade. – Mas podemos ter certeza de que vai acontecer a mesma coisa dessa vez? E se, em vez de atirar, eles começarem a prender pessoas?

Jarge desdenhou dessa possibilidade.

– A mim vão ter trabalho para prender.

– Eu sei – disse Spade. – Nesse caso haveria uma briga, três ou quatro soldados contra você.

– Contra mim e meus amigos.

– E aí mais soldados entrariam na briga, e mais amigos seus.

– Muito provavelmente.

– E a coisa viraria uma rebelião.

– Bem…

Spade insistiu na argumentação.

– E, Jarge, desculpe dizer isso, mas sua irmã foi condenada por rebelião, escapou por pouco de ser enforcada, foi degredada para a Austrália e pode ser que nunca mais volte.

– Eu sei – admitiu Jarge, irritado por estar perdendo a discussão.

Spade se mostrou implacável.

– Então, se os operários seguirem seu plano, quantos mais você acha que vão acabar degredados ou enforcados?

Jarge se indignou.

– O que está querendo dizer, Spade? Que devemos simplesmente ficar parados aqui, sem fazer nada?

– Esperem uma semana – sugeriu Spade.

– Para quê?

– Para ver o que acontece.

Um rumor de insatisfação se espalhou pela sala, e Sal pediu:

– Ouçam o que ele diz. Spade sempre tem bom senso.

– Nada vai acontecer se ficarmos simplesmente esperando – retrucou Jarge com preocupação.

– Não tenham tanta certeza. – Como sempre, o tom de Spade era brando e ponderado. – Escutem aqui: o que temos a perder? Esperem uma semana. Muita coisa pode acontecer em uma semana. Vamos todos nos encontrar aqui de novo no sábado à noite, depois do jantar. Se eu estiver errado e nada tiver mudado, será o momento de planejar algo mais drástico.

Sal aquiesceu em sinal de aprovação.

– Sem riscos desnecessários – disse ela.

– Enquanto isso, fiquem longe de problemas – continuou Spade. – Se virem algum irlandês, afastem-se. Vocês são operários de fábrica. Pelas leis implícitas da Inglaterra, são culpados até que se prove o contrário.

Jarge aceitou a decisão do grupo, o que não quer dizer que a aprovou. Sal notou com apreensão que ele foi ficando mais furioso e bebendo cada vez mais. Na terça-feira à noite, ao sair do trabalho, viu-o em frente à fábrica nova de Hornbeam observando a saída dos irlandeses. Mas ele não abordou ninguém e voltou caminhando para casa com ela.

– Por que estamos em guerra contra Bonaparte e os franceses? – perguntou ele. – Deveríamos é estar combatendo Hornbeam e os irlandeses.

Sal concordava com ele.

– Você tem toda a razão – falou. – Mas precisamos de inteligência nessa luta. Hornbeam é um homem astuto, e todos da sua laia são como ele. Não podemos deixar esses desgraçados serem mais espertos que nós.

Com uma expressão de revolta, Jarge não respondeu nada.

O fato de ele não estar trabalhando piorava ainda mais o seu humor. Sem nada para fazer, ele passava o dia inteiro na taberna. Quando Sal voltou para casa na quinta à noite, viu que a Bíblia do pai tinha sumido. *Ele a penhorou*, pensou. *E está gastando o dinheiro com bebida.* Sentou-se na cama e passou algum tempo chorando.

No entanto, tinha filhos para cuidar.

Quando estava lhes servindo o jantar – pão dormido com banha de porco –, Jarge entrou na casa cambaleando, fedendo a cerveja e mal-humorado por não ter dinheiro para comprar mais.

– Cadê meu jantar? – perguntou.

– Cadê a Bíblia do meu pai? – rebateu Sal.

Ele se sentou diante da mesa.

– Eu pego de volta quando a greve terminar, não se preocupe.

Jarge falou como se a Bíblia não fosse importante, o que a deixou com mais raiva ainda.

Ela cortou um pedaço grosso de pão, passou um pouco de banha e o pôs na sua frente.

– Coma isto para cortar o efeito dessa cerveja toda.

Ele deu uma mordida, mastigou e fez uma careta.

– Pão com banha! – reclamou. – Por que não tem manteiga?

– Você sabe por quê – resmungou Sal.

Kit se intrometeu:

– Porque tem uma greve acontecendo, você não sabia?

O comentário irritou Jarge.

– Não seja desaforado comigo, seu bostinha – disse ele, com a fala arrastada. – Quem manda nesta casa sou eu, não se esqueça.

E, ao dizer isso, deu um sopapo com tanta força na lateral da cabeça de Kit que o menino caiu no chão.

Isso acabou com o autocontrole de Sal. Uma lembrança lhe voltou à mente, tão vívida que parecia tê-la vivido no dia anterior – Kit aos 6 anos, deitado numa cama na casa senhorial de Badford, com uma atadura em volta da cabeça depois de o cavalo de Will Riddick ter rachado seu crânio –, e uma raiva então brotou de dentro dela feito um vulcão. Louca de tanta fúria, ela deu um passo na direção de Jarge. Ele viu sua expressão e se levantou na hora, com choque e medo estampado no rosto; ela então o alcançou. Deu-lhe um chute no saco e ouviu Sue gritar, mas não lhe deu atenção. Quando Jarge levou a mão à virilha, ela desferiu dois socos na sua cara, então mais um e mais outro. Tinha mãos grandes e braços fortes. Ele recuou, aos berros.

– Saia de perto de mim, sua vaca louca!

Ela ouviu Kit gritar:

– Parem, parem com isso!

Deu outro soco em Jarge, dessa vez na maçã do rosto. Ele a segurou pelos braços, mas, como estava bêbado e ela era forte, não conseguiu detê-la. Ela lhe deu um soco na barriga, e ele se dobrou de tanta dor. Por fim, ela lhe deu uma rasteira, e ele foi ao chão feito uma árvore derrubada.

Ela pegou a faca de pão na mesa e se ajoelhou por cima do peito dele. Segurando a lâmina bem junto ao seu rosto, falou:

– Se você algum dia tocar no meu menino outra vez, eu corto sua garganta no meio da noite, juro por Deus.

Ela ouviu Kit dizer:

– Mãe, saia de cima dele.

Sal se levantou, ofegante, e guardou a faca numa gaveta. As crianças tinham subido até o meio da escada e a encaravam boquiabertas de assombro e pavor. Ela reparou no rosto de Kit. O lado esquerdo estava vermelho e já começando a inchar.

– Sua cabeça está doendo? – perguntou.

– Não, só a bochecha – respondeu ele.

As duas crianças desceram cautelosamente a escada.

Sal deu um abraço em Kit, sentindo-se aliviada; vivia com medo de ele machucar a cabeça.

Estava com os nós dos dedos feridos, e seu anular esquerdo parecia lesionado. Esfregou as mãos uma na outra para aliviar a dor.

Jarge se levantou devagar, com dificuldade. Sal o fulminou com os olhos, desafiando-o a atacá-la. Apesar de estar com o rosto todo cortado e contundido, ele não deu nenhum sinal de que fosse brigar. Tinha o corpo flácido e a cabeça, baixa. Sentou-se, cruzou os braços em cima da mesa e deitou o rosto neles. Seu corpo tremia, e Sal se deu conta de que estava chorando. Depois de algum tempo, ele ergueu um pouco a cabeça e disse:

– Eu sinto muito, Sal. Não sei o que deu em mim. Nunca foi minha intenção machucar o coitado do menino. Eu não mereço você, Sal. Não sou bom o bastante. Você é uma mulher boa, e eu sei disso.

Ela se manteve parada com os braços cruzados, fitando-o.

– Não me peça para perdoar você.

– Não vou pedir.

Ela não conseguiu evitar sentir uma fisgada de pena. O estado dele era deplorável, e não tinha chegado a machucar Kit com gravidade. Mas ela sentira necessidade de estabelecer um limite. Caso contrário, talvez Jarge pensasse que poderia bater em Kit de novo e simplesmente pedir desculpas mais uma vez.

– Preciso saber que isso nunca mais vai acontecer – disse ela.

– Não vai, eu juro. – Ele enxugou o rosto na manga e olhou para ela. – Não me deixe, Sal.

Ela o encarou por um bom tempo, então se decidiu.

– É melhor você deitar um pouco até se livrar dessa cerveja. – Segurou-o pela parte superior do braço e o ajudou a ficar em pé. – Vamos lá para cima.

Ela o levou até o quarto que os dois dividiam e o fez se sentar na beirada da cama. Ajoelhou-se e tirou suas botas.

Ele jogou as pernas para cima da cama e se deitou virado para cima.

– Fique comigo um minuto, Sal.

Ela hesitou, então se deitou ao seu lado. Fez o braço escorregar para baixo da sua cabeça e o deixou recostá-la no peito dela. Jarge adormeceu em segundos, e seu corpo inteiro ficou inerte.

Ela beijou seu rosto machucado.

– Eu amo você – falou. – Mas não vou perdoá-lo uma segunda vez.

Sábado fez um dia bonito, e o sol ainda brilhava às cinco e meia da tarde quando Hornbeam foi tomar um pouco de ar no jardim de casa. Tinha tido uma boa semana. Todas as suas fábricas estavam em operação com mão de obra irlandesa, e alguns dos recém-chegados estavam aprendendo a usar os teares mecânicos a vapor. Ele havia jantado bem, e nesse momento fumava um cachimbo.

Sua tranquilidade, porém, foi perturbada por um recado de Will Riddick, seu genro. O mensageiro era um jovem soldado da milícia uniformizado, suado e ofegante. Em posição de sentido, ele falou:

– Com sua licença, conselheiro Hornbeam, o major Riddick lhe apresenta seus cumprimentos e pede que o encontre em frente à Hospedaria do Matadouro quanto antes.

– Aconteceu alguma coisa? – perguntou Hornbeam.

– Não sei, conselheiro, só me pediram que lhe desse esse recado.

– Certo. Venha comigo.

– Está bem, conselheiro.

Hornbeam entrou em casa e se dirigiu ao lacaio, Simpson.

– Avise à Sra. Hornbeam que precisei me ausentar para cuidar de um assunto.

Ele então pôs a peruca, olhou-se no espelho do saguão para ajeitá-la e saiu.

Foi preciso somente uns poucos minutos para ele e o mensageiro descerem rapidamente a rua principal até a Cidade Baixa. Antes de alcançarem o Matadouro, Hornbeam viu por que Riddick o havia convocado.

Os irlandeses estavam chegando à cidade.

Hornbeam os encarou enquanto eles atravessavam a ponte, acompanhados pelos filhos. Cada um possuía um único conjunto de roupas, mas, assim como os operários de Kingsbridge, enfeitavam-se com cachecóis em cores vivas, fitas nos cabelos, uma faixa ou um chapéu vistoso. Hornbeam havia trazido 120 pessoas da Irlanda, e pelo visto todas elas tinham resolvido sair para passear no sábado à noite.

Ele se perguntou como a população local iria reagir.

O mensageiro o conduziu até o Matadouro, a maior das tabernas na beira do rio. Do lado de fora, uma multidão de clientes bebia e aproveitava o sol. O estabelecimento estava movimentado, e muitos dos irlandeses já tinham chegado e estavam bebendo seus canecos. Podia-se distingui-los pelas roupas sutilmente diferentes, feitas de um tweed cuja trama tinha cores aleatórias, em vez das listras e dos xadrezes regulares da fazenda fabricada no oeste da Inglaterra.

O mensageiro conduziu Hornbeam para dentro da taberna, onde ele logo viu Riddick com um caneco na mão.

– Eu deveria ter previsto que isso iria acontecer – declarou Hornbeam.

– Eu também – respondeu Riddick. – Eles acabaram de receber e querem se divertir.

– Mas não parece haver nenhuma hostilidade entre os moradores e os recém--chegados.

– Por enquanto.

Hornbeam aquiesceu e sugeriu:

– Mesmo assim, deveríamos reunir um esquadrão de soldados da milícia, só por precaução.

Riddick dirigiu-se ao mensageiro:

– Mande meus cumprimentos ao tenente Donaldson e peça a ele que reúna as companhias um, dois e sete agora mesmo, mas que as mantenha no quartel até segunda ordem.

O rapaz repetiu o recado com exatidão, e Riddick o despachou.

Hornbeam estava preocupado. Se houvesse tumulto, a culpa seria atribuída aos irlandeses, e poderia até haver pressão para ele se livrar dos estrangeiros. Isso o deixaria à mercê do maldito sindicato.

Ele precisava ver o que estava acontecendo pela cidade.

– Vamos dar uma volta – falou.

Riddick esvaziou seu caneco, e os dois saíram.

A alguns passos do Matadouro havia outro bar menor, cujo letreiro era o desenho de um cisne.

– O Cisne Branco – disse Riddick. – Com o bem-humorado apelido Pato na Lama.

Eles olharam lá dentro. Havia estrangeiros sentados e em pé junto com os moradores da cidade, e ninguém estava causando problemas.

Vendedores de rua ofereciam comidas quentes e frias: maçãs assadas, nozes, empadões quentes e bolos de especiarias. No cais, uma barcaça descarregava barris de burriés, minúsculos caramujos marinhos comestíveis que precisavam ser retirados de suas conchas com um alfinete. Hornbeam não quis nenhum, mas Riddick comprou um cone de papel cheio de moluscos salpicados com vinagre e foi comendo enquanto eles andavam, descartando as conchas no chão.

Ele e Hornbeam percorreram o bairro. Olharam dentro das tabernas, dos antros de jogatina e dos bordéis. Os bares eram todos bem básicos, com móveis grosseiros de fabricação caseira. Vendiam principalmente cerveja e gim barato. Os irlandeses não estariam nas mesas de apostas: não tinham dinheiro para tanto, supôs Hornbeam. Bella Amorosa, que estava ficando mais velha, era agora a cafetina do próprio estabelecimento, e quatro ou cinco irlandeses jovens estavam lá, esperando pacientes sua vez com uma das garotas. Não havia nenhum irlandês na casa de Culliver, sem dúvida porque lá se cobrava caro demais para operários de fábrica.

Quando eles voltaram para o Matadouro, o sol estava começando a desaparecer rio abaixo e os beberrões estavam ficando mais ruidosos. O mensageiro que os aguardava avisou que o tenente Donaldson havia reunido as três companhias.

– Fique perto de mim agora. Pode ser que eu precise mandar outro recado.

Apesar do clima exaltado, não havia sinal de tensão na taberna. Riddick pediu outro caneco e Hornbeam, um cálice de madeira, e eles levaram as bebidas para o lado de fora, onde o ar, apesar de ainda morno, estava mais fresco. Hornbeam começou a pensar que tudo iria ficar bem.

Uma ou duas pessoas estavam começando a se irritar com as crianças. Estas pareciam especialmente agitadas e corriam de um lado para outro numa brincadeira de pique. De vez em quando, uma delas trombava com algum adulto e se esquivava sem pedir desculpas.

– Estou pensando – disse Hornbeam, irritado – se não deveríamos sugerir às pessoas que mantenham os filhos sob controle, ou melhor, que os levem para dormir em casa.

Um homem de cabelos ruivos apareceu vendendo grossas fatias de bolo para os que bebiam em frente ao Matadouro. Hornbeam viu um menino de cerca de 8 anos arrancar uma fatia da mão de uma moça e enfiá-la direto na boca. Só que ele não foi rápido o bastante, e o homem que acompanhava a mulher o segurou pelo braço.

– Seu ladrãozinho! – gritou ele.

O menino tentou se desvencilhar, mas não conseguiu se soltar da mão do homem e começou a dar gritos estridentes. As pessoas se viraram para olhar.

Hornbeam reconheceu o homem que segurava o menino: era Nat Hammond, um dos arruaceiros frequentadores do Matadouro. Hammond já havia comparecido diante dos juízes umas duas ou três vezes sob acusação de agressão.

Segundos depois, um irlandês se aproximou de Hammond e disse:

– Deixe o pequeno Mickey em paz.

Hornbeam ouviu Riddick murmurar:

– Ah, maldição.

Hammond sacudiu o menino e perguntou, num tom agressivo:

– Isto aqui é seu?

O irlandês respondeu:

– Se não soltar o meu menino, você sofrerá as consequências.

Riddick se dirigiu ao mensageiro.

– Vá correndo até o quartel e diga a Donaldson que traga a milícia depressa.

O menino chamado Mickey sentiu-se mais valente com a chegada do pai e desferiu um chute vigoroso no homem que o segurava. Hammond deu um grito de surpresa e de dor, e acertou o rosto de Mickey com um sopapo ao mesmo tempo em que soltava seu braço. O menino caiu no chão, com o pequeno nariz arrebitado sangrando.

O pai partiu para cima de Hammond e lhe acertou um soco na barriga. Quando Hammond dobrou o corpo, o irlandês disse:

– Agora vamos ver se você acerta o meu nariz, em vez do de um menininho.

Riddick segurou Hornbeam pelo braço.

– Vamos nos afastar – disse ele.

Hornbeam acatou com agilidade a sugestão.

Enquanto eles recuavam, dois homens – um de Kingsbridge, o outro irlandês – separaram os dois brigões, mas na mesma hora começaram a trocar socos. Outros mais se meteram. Todos começavam tentando apartar alguma briga e rapidamente iniciavam uma rixa própria. Algumas mulheres saíram em defesa dos homens e entraram na confusão. Os gritos se transformaram numa algazarra e atraíram curiosos de dentro do Matadouro e do Pato na Lama. O sujeito que vendia burriés tentou manter as pessoas afastadas do seu barril, mas, como a técnica que usava era socá-las, logo se envolveu na briga também, e seu barril foi virado e saiu rolando, espalhando caramujos e água salgada pelas pedras do calçamento.

Para a consternação de Hornbeam, em pouco tempo eram pelo menos cinquenta pessoas se agredindo. Ele examinou a rua mais adiante, mas não viu nem sinal da milícia. Olhou em volta desesperado tentando ver se encontrava um jeito de acabar com aquilo, mas tudo que ele ou Riddick fizessem só teria como resultado envolvê-los na pancadaria.

Aquilo iria prejudicar a reputação dos fura-greves irlandeses e do próprio Hornbeam. Era um desastre, e ele então notou que a confusão estava se espalhando pelas ruas do entorno, atraindo gente de outras tabernas. Talvez se visse até forçado a mandar os irlandeses para casa.

Quem vai gostar disso são os operários grevistas, pensou, com raiva.

Por fim, Donaldson chegou com a milícia. Alguns soldados vieram portando mosquetes, outros estavam desarmados. Donaldson ordenou aos homens armados que ficassem bem distantes da multidão, com as armas a postos, e disse aos outros que prendessem qualquer um que estivesse brigando.

Hornbeam teria gostado de ver a milícia abrir fogo, mas se deu conta de que isso só iria prejudicá-lo ainda mais.

A milícia começou a tirar as pessoas da briga e amarrá-las. Hornbeam viu que isso surtiu efeito: alguns dos desordeiros largavam os adversários e se afastavam depressa antes de serem detidos também.

– Precisamos pôr a culpa disso no sindicato novo – disse ele para Riddick. – Certifique-se de prender qualquer grevista que vir.

– Eu não saberia identificá-los.

– Procure os líderes: Jarge Box, Jack Camp, Sal Box, ou então aquele sujeito Spade.

Hornbeam sabia que conseguiria encontrar homens dispostos a jurar que os líderes dos grevistas tinham provocado o tumulto de propósito.

– É um bom plano – concordou Riddick, e deu ordens a um cabo da milícia.

Com sorte, pensou Hornbeam, *conseguiriam pelo menos prender alguns dos grevistas.*

Logo pôde ver que a luta estava chegando ao fim. Havia mais pessoas fugindo que brigando. Muitos dos que ainda podiam ser vistos estavam agora no chão, feridos. Calculou que os irlandeses que tinham conseguido fugir haviam tornado a atravessar a ponte.

Ele agora precisava encontrar um jeito de limitar o estrago.

– Quantos você prendeu? – perguntou para Riddick.

– Uns vinte ou trinta. Por enquanto estão detidos no celeiro do Matadouro.

– Leve-os para a cadeia de Kingsbridge. Anote todos os nomes e outras informações pessoais e vá até a minha casa. Vamos liberar os irlandeses. Farei uma sessão ordinária do tribunal amanhã, apesar de ser domingo. Darei sentenças duras para os grevistas e seus líderes e pouparei o restante. Quero que as pessoas de Kingsbridge entendam que isso foi causado pelo sindicato, não pelos irlandeses.

– Ótimo.

Hornbeam se retirou e foi para casa aguardar a próxima etapa.

Um menino pequeno entrou apressado no Sino, correu até Spade e disse:

– Os homens estão brigando com os fura-greves em frente ao Matadouro! A milícia está prendendo gente!

– Certo! – disse Jarge, pondo-se de pé. – É melhor irmos para lá depressa.

– Sente-se, Jarge – retrucou Spade com firmeza.

– Como assim? Vamos ficar aqui bebendo enquanto nossos vizinhos brigam com os fura-greves? Eu não!

– Pense um pouco, Jarge. Se formos para lá, alguns de nós serão presos.

– Bom, ser preso não é o fim do mundo.

– E depois serão levados aos juízes. E os juízes vão dizer que a rebelião não foi culpa dos irlandeses, porque quem começou foram os grevistas.

– Eles provavelmente vão dizer isso de toda forma, não?

– Não vão ter como, porque nós estamos todos aqui. Praticamente todos os tecelões de Hornbeam passaram a noite inteira conosco, tomando cerveja. E aqui tem umas cem pessoas capazes de jurar que isso é verdade, entre elas o dono da taberna, cujo tio é conselheiro.

– Mas... mas... – Jarge levou um minuto para entender. – Mas nesse caso eles vão ter que pôr a culpa nos fura-greves.

– Justamente.

Jarge pensou um pouco mais.

– Spade, você sabia que isso iria acontecer?

– Eu achava provável.

– Por isso não quis que fôssemos ao Moinho do Chiqueiro na segunda-feira passada.

– Exato.

– Por isso fez todos nós nos reunirmos aqui hoje.

– Isso.

– Minha nossa. – Jarge riu. – Não é a primeira vez que eu digo isso, Spade: você é danado de astuto.

No domingo de manhã, depois da igreja, o prefeito Frank Fishwick organizou uma reunião de emergência no Salão da Guilda. Todos os principais fabricantes de tecido foram convidados, anglicanos e metodistas. Tanto Hornbeam quanto Spade compareceram.

Spade sabia ter sido convidado não por ser um dos mais ricos, mas por ser próximo dos operários. Ele poderia dizer aos outros o que seus trabalhadores estavam dizendo e fazendo.

O prefeito Fishwick era um homem parrudo, de barba grisalha, na casa dos 50 anos. Irradiava uma autoridade tranquila. Acreditava ser seu dever garantir que os fabricantes de tecido de Kingsbridge pudessem conduzir seus negócios sem entraves e não perdia tempo com ideias tolas relacionadas aos direitos do homem, mas não era tão belicoso quanto Hornbeam. Spade não sabia como Fishwick iria se comportar nesse dia.

O prefeito abriu a reunião dizendo:

– Creio que todos concordamos com o seguinte: não podemos ter batalhas campais acontecendo pelas ruas de Kingsbridge. Precisamos pôr um fim nisso imediatamente.

Hornbeam partiu na mesma hora para o ataque.

– Meus operários irlandeses estavam gastando pacificamente seus merecidos ordenados no sábado à noite quando foram atacados por arruaceiros. Eu vi. Eu estava presente.

As pessoas olharam para Spade, esperando que fosse contradizer Hornbeam, mas ele permaneceu calado.

Como esperava, outra pessoa contradisse Hornbeam. E essa pessoa foi Amos Barrowfield, um sujeito calado que de vez em quando surpreendia a todos ao expressar opiniões fortes.

– Não ligo muito para quem começou a briga – disse ele, seco. – Esse distúrbio começou porque mais de cem estrangeiros foram trazidos para Kingsbridge com a finalidade de furar a greve.

– Eu agi totalmente dentro dos meus direitos! – rebateu Hornbeam, irritado.

– Não tenho como negar, mas isso não nos leva a lugar nenhum, não é? – retrucou Amos. – O que vai acontecer no sábado que vem, Hornbeam? Pode sugerir como podemos evitar uma reincidência?

– Certamente. A briga de ontem à noite foi provocada de maneira deliberada pelo sindicato formado por tecelões insatisfeitos. Eles precisam ser reprimidos.

– Que interessante – respondeu Amos. – Se for assim, então naturalmente os transgressores devem ser levados à justiça. Mas creio que o senhor fez uma sessão ordinária do tribunal hoje de manhã para lidar com os que foram detidos ontem à noite e...

– Sim, mas...

– Permita-me concluir o que estou dizendo – disse Amos com uma voz mais alta. – Eu insisto em ser ouvido.

– Deixe o Sr. Barrowfield dizer o que pensa, Hornbeam – ordenou Fishwick com firmeza. – Somos todos iguais aqui.

Spade ficou satisfeito. A intervenção do prefeito era um sinal de que Hornbeam não iria conseguir que tudo saísse do seu jeito.

– Obrigado, senhor prefeito – declarou Amos. – Conselheiro Hornbeam, seus colegas juízes não foram informados sobre a sessão de hoje de manhã e, sendo assim, não puderam comparecer, mas, pelo que entendo, não havia entre os acusados nenhum dos seus tecelões, nem nenhum dos supostos organizadores do sindicato.

– Eles foram muito astutos! – declarou Hornbeam.

– Tão astutos, talvez, que espertamente não provocaram tumulto e, portanto, são inocentes.

Hornbeam ficou vermelho de raiva e por um instante não soube o que responder.

Spade julgou o momento adequado para sua intervenção.

– Eu posso confirmar isso, senhor prefeito. Se me permite.

– Pode falar, Sr. Shoveller.

– Os grevistas e alguns de seus apoiadores se reuniram ontem à noite para discutir algumas questões. Eu por acaso estava no Sino e posso confirmar que eles passaram a noite inteira no salão dessa taberna. Foram informados sobre a briga e concordaram em não agir. Permaneceram na hospedaria até bem depois de a confusão terminar. O dono da hospedaria, seus empregados e pelo menos cinquenta fregueses podem confirmar isso. De modo que podemos ficar bastante seguros de que os grevistas e seus apoiadores não tiveram nada a ver com o ocorrido.

– Mesmo assim eles podem ter organizado – rebateu Hornbeam.

– Talvez – disse Amos. – Mas não existe nenhum indício que aponte para isso. E não podemos agir com base em meras suposições.

– Nesse caso – interveio Fishwick, assumindo de novo as rédeas do debate –, talvez possamos conversar sobre o que seria possível fazer para acabar com a greve e impedir novos conflitos desse tipo em nossa cidade. Obviamente não podemos pedir a nosso amigo Hornbeam que não use seus novos teares mecânicos... Não há como deter o progresso.

– Obrigado por isso, pelo menos – disse Hornbeam.

– Mas pode ser que haja alguma concessão menos importante capaz de convencer os operários – continuou Fishwick. – Sr. Shoveller, o senhor talvez esteja em contato mais estreito com os trabalhadores que eu. O que acha que poderia convencê-los a voltar ao trabalho?

– Não posso falar em nome deles – declarou Spade, sentindo a decepção que tomou conta do grupo. – Mas talvez possa sugerir um caminho.

– Queira prosseguir – disse Fishwick.

– Um pequeno grupo de fabricantes de tecidos, digamos três ou quatro pessoas, poderia ser nomeado para se reunir com os representantes dos operários. Explicaríamos a eles quais demandas são impossíveis e quais talvez sejam possíveis. Uma vez de posse dessas informações, nosso grupo faria um relatório para o conselheiro Hornbeam, e o dos grevistas falaria com seus operários. Talvez assim conseguíssemos chegar a um acordo.

Pela sua profissão, todos os fabricantes de tecidos estavam acostumados a negociar e compreendiam a linguagem das barganhas e dos meios-termos. Em volta da mesa puderam-se ouvir murmúrios e ver cabeças assentindo.

Encorajado, Spade acrescentou:

– Evidentemente, o grupo não teria o poder de tomar decisões em nome do Sr. Hornbeam e tampouco em nome dos operários. Mesmo assim, ele precisa ter alguma autoridade, e, com essa finalidade, sugiro que o senhor prefeito seja seu principal integrante.

Essa sugestão também foi recebida com aprovação.

– Estou ao seu dispor, é claro. E o senhor naturalmente poderia ser de grande ajuda para o grupo, Sr. Shoveller.

– Obrigado. Fico feliz em fazer o que puder.

– E a Sra. Bagshaw – propôs alguém.

Spade aprovou. Cissy Bagshaw era a única mulher fabricante de tecidos da cidade e administrava o negócio herdado depois da morte do marido. Ela era inteligente e tinha a mente aberta.

– E o Sr. Barrowfield, quem sabe? – sugeriu Fishwick.

Novamente os presentes concordaram.

– Muito bem – disse Fishwick. – E, se os senhores e a senhora concordarem, eu gostaria que começássemos a trabalhar hoje mesmo.

E, com isso, pensou Spade com satisfação, *o sindicato acaba de conquistar um reconhecimento oficial.*

O que será que Hornbeam vai fazer agora?

– Outros homens fazem isso? – perguntou Arabella para Spade.

– Não sei – respondeu ele.

Ele estava penteando os pelos pubianos dela.

– Nenhum homem nunca me olhou aí – comentou ela.

– Ah, é? Mas você conseguiu conceber Elsie...

– No escuro.

– Os bispos precisam fazer o ato no escuro?

Ela deu uma risadinha.

– Deve ser uma regra.

– Então eu sou o primeiro a ver este glorioso ruivo dourado.

– Sim. Ai! Sem puxar.

– Desculpe. Vou dar um beijo que passa. Pronto. Mas preciso tirar os nós.

– Precisar não precisa, mas você gosta.

– Quer que eu faça um repartido?

– Seria muito vulgar.

– Você é quem sabe. Pronto, assim está bem mais arrumado. – Ele se sentou na cama ao seu lado. – Vou guardar este pente para sempre.

– Você não me acha feia aí embaixo?

– Muito pelo contrário.

– Que bom. – Ela fez uma pausa, e ele então percebeu que ela estava querendo dizer alguma coisa. – Hã… preciso lhe contar que… – Ela hesitou. – Eu dormi com ele duas noites atrás.

Spade arqueou as sobrancelhas.

– Ele tomou bastante vinho do Porto nessa noite e por último também um conhaque. Tive que ajudá-lo a se despir. Ele então praticamente caiu na cama e começou a roncar. Foi quando vi minha chance.

– Você subiu na cama com ele.

– Sim.

– E…

– E ele não fez nada a noite inteira a não ser peidar.

– Que nojo.

– Ficou espantado quando acordou e deu comigo na cama ao seu lado. Fazia muitos anos que não dormíamos juntos.

Spade estava fascinado, mas também apreensivo. O que Arabella havia feito? Teve medo de algum drama entre ela e o bispo estragar tudo.

– O que ele disse?

– Perguntou: "O que você está fazendo aqui?"

Spade riu.

– Que pergunta para um homem fazer à própria esposa na cama! E como você respondeu?

– Eu disse: "Você foi muito insistente ontem à noite." Tentei fazer uma cara… você sabe… uma cara envergonhada.

– Deve ter sido algo bonito de se ver. Não consigo nem imaginar.

Arabella fez uma encenação muito boa de vergonha e disse:

– Ah, Sr. Shoveller, assim eu fico vermelha.

Spade deu uma risadinha.

– Aí ele quis saber o que tinha acontecido – continuou ela. – Perguntou: "Eu realmente...?" E eu respondi: "Sim." Foi mentira. Então, para tornar a coisa toda mais plausível, falei: "Não por muito tempo, mas por tempo suficiente."

– E ele acreditou?

– Acho que sim. Fez uma cara de espanto e disse que estava com dor de cabeça. Falei que isso não me surpreendia, depois do conhaque por cima do Porto.

– E o que você fez?

– Fui para o meu quarto, chamei a criada e disse a ela que mandasse o lacaio ao quarto do bispo com um grande bule de chá.

– Então, agora, quando você disser a ele que está grávida...

– Vou fazê-lo se lembrar dessa noite.

– Foi só uma vez.

– Toda gravidez é o resultado de uma única relação.

– Será que ele vai se deixar enganar?

– Acho que sim – repetiu ela.

Os fabricantes de tecido tornaram a se encontrar uma semana depois, no mesmo lugar e no mesmo horário.

Spade sentia que o fato de haver um acordo seria mais importante que os termos do acordo em si. Iria estabelecer o sindicato como uma organização útil tanto para os patrões quanto para os operários.

O prefeito Fishwick fez um relatório sobre as discussões.

– Em primeiro lugar, os operários têm duas reivindicações com as quais, como tivemos que lhes dizer, os patrões jamais concordariam – relatou ele.

Essa forma de apresentar as informações fora ideia de Spade.

– Eles pediram que os irlandeses fossem mandados embora.

– Isso está fora de cogitação – afirmou Hornbeam.

Fishwick ignorou a interrupção.

– Explicamos que essa decisão cabe ao conselheiro Hornbeam. Embora alguns fabricantes de tecido possam concordar que os irlandeses devem voltar para casa, nós não temos o poder de dar ordens ao conselheiro Hornbeam.

– É verdade – murmurou alguém.

– Em segundo lugar, eles exigiram que os operários que ficarem sem trabalho recebam o auxílio da paróquia sem ter que ir para o asilo de Kingsbridge.

Os operários de fábrica detestavam o asilo, onde eram obrigados a trabalhar de graça. Lá era frio e desconfortável, e, acima de tudo, seus residentes se sentiam humilhados. Não era muito diferente de uma prisão.

– Mais uma vez, tivemos que explicar que não temos autoridade para decidir sobre o auxílio da paróquia, que é controlado pela Igreja – declarou Fishwick.

Spade tinha sugerido essa abordagem porque sabia que os fabricantes de tecido ficariam mais tranquilos ao saber que o grupo havia resistido com firmeza a algumas das exigências dos operários. Isso os tornaria mais flexíveis quando escutassem as demais.

– Chegamos agora a uma terceira demanda, que recomendo aceitarmos – prosseguiu Fishwick. – Eles querem que os operários que forem substituídos por máquinas tenham prioridade em relação a trabalhos alternativos. Se concordarmos com isso, o conselho, do qual a maioria de nós aqui é membro, poderia aprovar uma resolução tornando esse procedimento obrigatório em Kingsbridge. Assim, a crise atual seria aliviada, e ficaria mais fácil para todos nós introduzirmos novas máquinas futuramente.

Spade estava observando o rosto de todos e viu que a maioria dos presentes concordava com a proposta.

– Para esse sistema funcionar adequadamente, duas outras sugestões foram feitas. A primeira é que, antes de as máquinas serem instaladas, o patrão explique aos operários e converse sobre quantas pessoas vão operar a máquina e quantas serão substituídas por ela.

Hornbeam se mostrou previsivelmente desdenhoso.

– Quer dizer que eu preciso consultar os operários antes de comprar uma máquina nova? Que absurdo!

– Alguns de nós já fazem isso. Ajuda a azeitar as engrenagens – afirmou Amos.

Hornbeam fez um muxoxo de repulsa.

– E a segunda – continuou Fishwick – é que representantes de patrões e operários monitorem daqui em diante o respeito ao acordo por ambos os lados, de modo que qualquer problema seja solucionado antes de virar uma disputa.

Essa era uma ideia nova, um tanto contrária ao modo como a maioria deles estava acostumada a se relacionar com seus operários. Apesar disso, Hornbeam foi o único a se opor.

– Assim os operários vão virar os patrões – comentou ele num tom de desdém. – E os patrões, operários.

Fishwick pareceu exasperado.

– As pessoas em volta desta mesa não são tolas, Hornbeam – retrucou ele com irritação. – Somos capazes de ter um relacionamento de cooperação sem virarmos escravos.

Ouviu-se um murmúrio de aprovação.

Hornbeam ergueu as mãos para o alto, num gesto de quem assume a derrota.

– Vão em frente – disse ele. – Quem sou eu para impedi-los?

Spade estava satisfeito. Aquele era o desfecho que Sal e Jarge esperavam e iria pôr fim à greve. O sindicato havia se tornado uma parte consolidada da indústria de tecidos de Kingsbridge. Mas ele tinha mais uma coisa a dizer.

– Os operários estão felizes por terem chegado a um acordo, mas deixaram claro que não deve haver qualquer tentativa de punir os líderes grevistas. Infelizmente isso invalidaria por completo o acordo.

Fez-se um silêncio enquanto todos digeriam o que fora dito.

O prefeito Fishwick então falou:

– Isso conclui nosso assunto por hoje, senhores, senhora, e desejo a todos um belo almoço de domingo.

Quando eles estavam prestes a sair, Hornbeam fez uma última declaração.

– Vocês todos se renderam a esse sindicato. Mas isso é só temporário. Em breve eles vão ser declarados completamente ilegais.

Um silêncio estupefato dominou o recinto.

– Tenham todos um bom dia – disse ele, e se retirou.

CAPÍTULO 22

A maioria dos fabricantes de tecidos achou que Hornbeam estivesse falando besteira por pura bravata. Spade discordou. Hornbeam não iria contar uma mentira que pudesse ser facilmente desmascarada, pois isso significaria fazer papel de bobo. Devia haver um fundo de verdade no que ele estava dizendo. Qualquer ameaça feita por ele era preocupante. Sendo assim, Spade foi falar com Charles Midwinter.

Como o pastor achava que os metodistas deveriam se manter bem informados sobre as questões do país, ainda que não tivessem recursos para comprar jornais e periódicos, ele assinava várias publicações e as mantinha por um ano na sala de leitura do Salão Metodista. Spade foi até lá consultar números antigos. Repetiu para Midwinter o que Hornbeam tinha dito, e o pastor o ajudou a pesquisar qualquer menção a uma lei contra os sindicatos. Numa salinha com uma janela grande, os dois se sentaram em lados opostos de uma mesa simples e se puseram a folhear jornais, começando pelos mais recentes.

A pesquisa não levou muito tempo.

Ficaram sabendo que no dia 17 de junho – a segunda-feira anterior – o primeiro-ministro William Pitt havia anunciado um projeto, a Lei da Associação de Trabalhadores, que tornaria crime qualquer encontro entre trabalhadores – qualquer "associação" – para pedir aumento de salário ou interferir fosse como fosse na liberdade dos patrões de fazer o que quisessem. O projeto de lei era uma reação à atual praga de greves. Segundo Spade, "praga" era um exagero, mas houvera de fato muitas perturbações nas indústrias prejudicadas pelos impostos da guerra e por restrições ao comércio.

As matérias eram curtas e pouco detalhadas, provável motivo pelo qual Spade não havia identificado o perigo em suas leituras diárias, mas uma observação cuidadosa mostrava nitidamente que os sindicatos se tornariam ilegais.

E isso mudaria tudo. Os operários seriam um exército sem armas.

O projeto de lei fora apresentado ao Parlamento no dia seguinte e tivera sua "segunda leitura" na Câmara dos Comuns um dia depois, o que significava que fora aprovado.

– Mas que rapidez – comentou Midwinter.

– Os desgraçados estão apressando o processo – disse Spade.

Em conformidade com o procedimento parlamentar, o projeto de lei fora então enviado para um comitê encarregado de examiná-lo em detalhes e de apresentar um relatório.

– O senhor sabe quanto tempo isso leva? – perguntou Spade.

Midwinter não tinha certeza.

– Acho que varia.

– O prazo é importante. Pode ser que não tenhamos muito tempo. Vamos consultar nosso representante no Parlamento.

– Eu não voto – declarou Midwinter, que, por não possuir imóveis, era excluído do Direito dos Quarenta Xelins.

– Mas eu, sim – afirmou Spade. – E o senhor pode vir comigo.

Eles saíram do Salão Metodista. O sol de junho esquentou o rosto deles enquanto caminhavam a passo acelerado até a Praça do Mercado e entravam na Mansão Willard.

O visconde Northwood estava acabando naquele exato instante de almoçar e lhes ofereceu um cálice de vinho do Porto. Havia nozes e queijo na mesa. Midwinter recusou o Porto, mas Spade aceitou. Era um vinho muito bom, suave e doce, com um estimulante sabor de conhaque no final.

Spade contou a Northwood sobre o comentário zombeteiro de Hornbeam e as subsequentes descobertas deles nos jornais da semana anterior. Northwood ficou surpreso ao ouvir falar no projeto Lei da Associação, mas ele nunca tinha sido muito cioso de seus deveres como parlamentar.

– Isso não está me cheirando nada bem – falou. – Posso entender por que estão preocupados. É lógico que é preciso evitar perturbar os negócios, disso todos nós sabemos, mas proibir terminantemente os operários de se unirem é uma intimidação. E eu detesto gente que intimida.

– Além do mais, aqui em Kingsbridge o sindicato na verdade ajudou a encerrar uma greve – comentou Spade.

– Disso eu não sabia – disse Northwood.

– Acabou de acontecer. Mas acredite: sem um sindicato vai haver mais conflitos na indústria, não menos.

– Bem, preciso descobrir mais sobre esse tal projeto Lei da Associação.

Era falta de educação pedir a um nobre que se apressasse, mas mesmo assim Spade indagou:

– Quando tempo isso pode levar, milorde?

Northwood arqueou uma das sobrancelhas, mas decidiu não se ofender.

– Vou escrever hoje mesmo – respondeu. – Meu encarregado em Londres me encaminhará os detalhes.

Spade insistiu.

– Fico me perguntando quanto tempo o comitê vai levar para apresentar o relatório.

– Considerando a pressa evidente do governo, provavelmente não mais que uns poucos dias.

– Existe alguma coisa que possamos fazer para convencer o Parlamento a reconsiderar?

– Como os trabalhadores não têm direito a voto, a maneira habitual de tentarem influenciar o Parlamento é apresentando um abaixo-assinado.

– Vou começar a providenciar isso hoje mesmo.

No dia seguinte, sexta-feira, Northwood recebeu uma resposta à sua carta. Ela chegou na forma de um homem baixo, gordo e careca chamado Clement Keithley. Sentado no gabinete de Northwood de frente para a catedral, o homem explicou a Spade que era advogado e trabalhava como assessor do parlamentar Benjamin Hobhouse. Esse parlamentar conhecia Kingsbridge, pois seu pai fora comerciante em Bristol.

Keithley, que tinha sido colega de Hobhouse na Escola Secundária de Bristol, disse com grande orgulho que o parlamentar havia se manifestado veementemente contra o projeto Lei da Associação, mas que sua oposição não fora suficiente para anulá-lo, e agora ele seria avaliado pela câmara alta do Parlamento, a Câmara dos Lordes.

– O governo do Sr. Pitt está sofrendo muita pressão em relação a isso, não está? – perguntou Northwood.

– Está, sim, milorde, e não houve nem tempo para seus opositores organizarem abaixo-assinados.

– Nós já temos um abaixo-assinado com várias centenas de assinaturas – informou Spade.

– Então precisamos conseguir outras e apresentar o documento à Câmara dos Lordes. – Keithley se virou para Northwood. – Milorde, o senhor poderia fazer a gentileza de convocar uma reunião pública, de modo que essa questão seja explicada aos moradores da sua circunscrição?

– Excelente ideia. Para quando?

– Hoje ou amanhã. Não podemos nos demorar.

– Bem, tenho certeza de que pode ser organizada para amanhã.

– Então permitam que eu vá agora mesmo me certificar de que os Salões de Bailes e Eventos estejam disponíveis – falou Spade.

– Se o senhor puder – respondeu Northwood.

– E talvez o Sr. Keithley queira me acompanhar para ver o local onde vai falar.

– Sim, eu gostaria – concordou ele.

Os dois saíram. Do lado de fora, Keithley se deteve para admirar a catedral. Spade achava que ela sempre ficava mais bonita sob a luz do sol.

– Eu me lembrava dela – comentou Keithley. – Devo ter vindo aqui quando era criança. Magnífica. E toda feita sem máquinas.

– Não tenho nada contra as máquinas em si – declarou Spade. – De toda forma, é impossível detê-las. Mas podemos aliviar seu impacto.

– Exatamente.

Eles subiram a rua principal até os Salões de Bailes e Eventos, no cruzamento. A porta estava aberta. Lá dentro, algumas pessoas cuidavam da limpeza e da manutenção. Spade conduziu Keithley até a sala da administração. Sim, o salão principal estava livre no sábado à noite, e é claro que o administrador teria prazer em receber o visconde Northwood para uma reunião política.

Eles fizeram uma parada no salão de baile. A luz que entrava pelas janelas coloria de dourado a poeira espalhada no ar pela faxina.

– Bastante espaço, como o senhor pode ver – disse Spade. – Há cerca de duzentos eleitores em Kingsbridge, mas imagino que também vamos autorizar o comparecimento dos operários.

– Ah, com certeza. Seu representante no Parlamento precisa testemunhar a força dos sentimentos das pessoas trabalhadoras quando ficarem sabendo o que está sendo tramado contra elas. Quantos operários existem aqui em Kingsbridge?

– Nos moinhos têxteis, cerca de mil.

– Incentive-os a comparecer.

– Vou espalhar a notícia.

– Esplêndido. Sugiro recolher assinaturas para o abaixo-assinado logo depois da reunião, e eu levarei tudo para Londres no domingo.

– Na sua opinião sincera, que chance temos de barrar o projeto? – perguntou Spade.

– Não há como impedir essa lei – respondeu Keithley. – Assim como as máquinas. Podemos torcer apenas para conseguir modificá-la. Aliviar o impacto, como o senhor diz.

Aquilo era decepcionante. Spade sentiu raiva. *Eu gostaria de estar no Parlamento*, pensou. *Iria escandalizar aqueles sacanas.*

Sal achou o emissário de Londres bem pouco impressionante. Bons oradores muitas vezes eram atraentes, como Charles Midwinter, mas Keithley era justamente o contrário. Torceu para ele não ser como o reverendo Small, que tinha deixado todo mundo entediado. Queria que os operários se inflamassem.

Mesmo assim, a reunião atraiu uma bela multidão. Sal viu a maioria dos fabricantes de tecido mais importantes e várias centenas de operários das fábricas. Os assentos estavam todos ocupados, e havia gente em pé nos fundos do salão. Na frente fora posicionada uma plataforma com uma mesa em cima. Sentado atrás da mesa, bem no centro, estava o visconde Northwood, obviamente no comando. Num lado estava o prefeito Fishwick e, no outro, Keithley, com Spade na ponta da mesa. Sal estava sentada na plateia: apesar do seu papel na greve, ninguém esperaria que uma mulher subisse à plataforma.

Num dos lados do recinto, Elsie Mackintosh estava sentada diante de uma mesa com papel, penas e tinta, pronta para recolher mais tarde as assinaturas para o abaixo-assinado.

Northwood abriu a reunião. Sua intenção era boa, mas ele acabou passando a impressão de que estava fazendo um discurso para animar suas tropas antes de uma batalha.

– Agora prestem atenção, todos vocês. Estamos aqui para nos informar sobre um projeto de lei importante que o Parlamento está analisando atualmente, então todos devem escutar com atenção o que disser o Sr. Keithley, que veio lá de Londres para falar conosco.

Keithley se expressou de modo mais relaxado.

– Se o projeto de lei for aprovado tal como está hoje, vai mudar a vida de todo trabalhador, homem, mulher ou criança, do nosso país – explicou ele. – Portanto, se alguma coisa não estiver clara, queiram por favor se levantar e dizer, ou então fazer uma pergunta para entender melhor. Não me importo de ser interrompido.

Sal sabia que aquele estilo de discurso era melhor para os operários: eles reagiam bem à informalidade.

Keithley começou destacando como o projeto de lei havia transitado depressa pelo Parlamento.

– Foi anunciado pelo primeiro-ministro na segunda-feira retrasada, com a primeira leitura no dia seguinte e a segunda leitura um dia depois. O comitê entregou seu relatório no curto prazo de sete dias, que foi quarta-feira passada. E o projeto vai ser apresentado na Câmara dos Lordes depois de amanhã. Apesar disso, eles não estão com pressa para escutar os trabalhadores e trabalhadoras do país que governam. O Parlamento ainda não arrumou tempo para avaliar um abaixo-assinado contrário ao projeto apresentado pelos estampadores de algodão de Londres.

– Que vergonha – atalhou alguém, indignado.

– E o que diz esse projeto de lei? – Keithley baixou a voz, dramático. – Meus amigos, escutem com atenção. – Ele então foi aumentando o volume da voz. – O projeto diz que qualquer trabalhador que se unir a outro… mesmo que seja um só… para pedir um aumento de salário terá cometido um crime *e pode ser punido com dois meses de trabalhos forçados!*

Um grito de protesto se fez ouvir na plateia.

Sal concluiu, agradecida, que Keithley era mais impressionante do que sua aparência levava a crer. Ela o havia subestimado.

Uma voz áspera e penetrante se manifestou:

– Esperem um minuto.

Sal olhou em volta para saber de onde vinha e viu que Hornbeam tinha se levantado.

Reparou em Spade cochichando com Keithley e imaginou que ele estivesse explicando quem era o autor da interrupção.

– Permita-me assinalar que a lei também proíbe combinações de patrões – afirmou Hornbeam.

– Obrigado pela interrupção – disse Keithley. – Pelo que soube, tenho a honra de falar com o conselheiro Hornbeam, é isso?

– Sim – respondeu Hornbeam.

– E o senhor é fabricante de tecidos.

– Sou.

– E juiz de paz.

– Sim.

– E o senhor usou a palavra "também", mas vamos examinar mais de perto a questão. – Keithley desviou o olhar de Hornbeam para se dirigir à multidão. – Essa lei, amigos, vai permitir ao Sr. Hornbeam acusar quaisquer dois operários seus de associação. Ele então poderá julgar o caso sozinho *sem um segundo juiz e sem júri.* Se considerar os trabalhadores culpados, poderá sentenciá-los a trabalhos forçados… tudo isso sem consultar nenhuma outra pessoa no mundo.

Um rumor de indignação percorreu a plateia.

– Reparem no seguinte contraste – prosseguiu Keithley. – Patrões acusados segundo essa lei terão que ser julgados por no mínimo dois juízes e um júri.

– Isso não é justiça! – protestou Sal bem alto.

Outros à sua volta manifestaram apoio.

– E essa não é a única desigualdade – informou Keithley. – Os trabalhadores poderão ser interrogados sobre as conversas que tiverem com os colegas, e recusar-se a responder será crime. *Vocês vão ser obrigados a testemunhar contra si mesmos e contra seus colegas... ou irão presos caso se recusem.*

Hornbeam tornou a se levantar.

– Creio que o senhor seja advogado, Sr. Keithley, e sendo assim deve saber que a associação, ou conspiração, é reconhecidamente difícil de provar. Essa cláusula é fundamental para o funcionamento da lei. Os próprios acusados precisam fornecer as provas... caso contrário nenhuma acusação teria sucesso.

– Obrigado por assinalar isso, Sr. Hornbeam. Vou repetir seus argumentos, pois eles são muito importantes. Amigos, o Sr. Hornbeam tem razão ao afirmar que é difícil provar conspiração a menos que o acusado seja obrigado a testemunhar contra si mesmo. E é por esse motivo que essa cláusula é fundamental. Mas, amigos, talvez seja por isso também que ela se aplica *somente aos trabalhadores, e não aos patrões!*

O salão rugiu de indignação.

Sal percebeu que Hornbeam nunca havia enfrentado alguém do calibre de Keithley. Ali estava um homem dotado de um formidável talento para o debate, melhor até que Spade, que era o mais talentoso de Kingsbridge. Hornbeam em geral conseguia o que queria não por meio de argumentos, mas de intimidação. Nesse dia ele estava sendo massacrado.

Desesperado, ainda argumentou:

– Recursos estão previstos.

– Obrigado, Sr. Hornbeam. O senhor está fazendo meu discurso no meu lugar. O Sr. Hornbeam está me lembrando que um trabalhador condenado por essa lei pode recorrer da condenação. É justo, não? Tudo que ele precisa fazer é *pagar vinte libras.*

A multidão se pôs a gargalhar. Nenhum trabalhador da indústria têxtil jamais tinha tido tanto dinheiro assim nas mãos.

– Se, por algum infortúnio, esse trabalhador por acaso não tiver vinte libras guardadas... – As risadas agora tinham adquirido um tom de zombaria, e Hornbeam enrubesceu. Estava sendo humilhado em público. – ... talvez esse trabalhador consiga reunir um grupo de apoiadores para tentar juntar as vinte libras. É muito dinheiro, mas pode ser que eles consigam... Só que fazendo isso *estariam participando de uma associação e, portanto, agindo contra a lei!*

– Então eles nos deixaram sem saída! – gritou alguém.

– Mais uma coisa – disse Keithley. – Alguns de vocês talvez tenham contribuído com dinheiro para um fundo administrado pelo sindicato ou algum grupo semelhante.

Sal assentiu. O sindicato havia arrecadado dinheiro para apoiar os grevistas. Como a greve tinha terminado depressa, ainda sobrava algum.

– E o que acham que o projeto de lei diz? – Keithley fez uma pausa dramática. – O governo vai tomar esse dinheiro!

– Ladrões malditos! – berrou alguém.

Hornbeam se levantou, saiu do seu lugar e foi andando na direção da saída. Keithley apontou para ele e afirmou:

– É esse o conceito de justiça do Sr. Hornbeam.

O semblante do conselheiro estava agora vermelho-vivo.

Enquanto Hornbeam desaparecia porta afora, Keithley falou:

– E também parece ser o conceito de justiça do primeiro-ministro. Mas não é o meu conceito de justiça, e desconfio que tampouco seja o de vocês.

A plateia concordou aos gritos.

– Se esse não for o seu conceito de justiça, assinem o abaixo-assinado. – Keithley apontou para Elsie num dos lados do salão. – A Sra. Mackintosh está com papel e tinta. Por favor, escrevam seus nomes, ou então façam uma cruz e deixem que a Sra. Mackintosh escreva. – As pessoas começaram a se levantar e a se encaminhar para a mesa de Elsie. Keithley falou mais alto: – Amanhã levarei seu abaixo-assinado para Londres e farei o possível para convencer o Parlamento a dar atenção a ele.

A fila que se formou em frente à mesa de Elsie já incluía mais da metade da plateia.

Sal estava profundamente satisfeita. O projeto de lei fora explicado de modo muito vívido. Ninguém mais tinha a menor dúvida quanto à sua intenção maléfica.

Frank Fishwick se levantou para falar.

– Como prefeito de Kingsbridge, eu gostaria de agradecer ao Sr. Keithley – começou ele.

Mas ninguém estava escutando, e o prefeito desistiu de falar.

Spade estava contente. O governo havia tentado aprovar a nova lei sem o povo notar, mas não tivera sucesso. Keithley tinha deixado o perigo muito evidente, e a lei não seria aprovada sem tumulto.

Enquanto centenas de operários aguardavam pacientemente sua vez de assinar, Keithley lhe perguntou:

– O senhor poderia ir a Londres comigo amanhã?

O convite o surpreendeu, mas, após pensar por um instante, ele respondeu:

– Sim. Só não conseguiria ficar lá por muito tempo, mas posso ir.
– Talvez seja útil ter um homem de Kingsbridge por perto caso algum comitê parlamentar deseje obter as provas diretamente da fonte, digamos assim.
– Está bem.
Charles Midwinter se aproximou, e Spade o apresentou.
– O pastor Midwinter é o tesoureiro do sindicato formado pelos tecelões de Hornbeam – explicou ele.
Os dois se cumprimentaram com um aperto de mão, e Charles falou:
– Uma pergunta, Sr. Keithley, se me permite.
– Sem dúvida.
– Estão sob a minha posse dez libras que pertencem ao sindicato e foram doadas por moradores de Kingsbridge que o apoiam. Há algo que eu possa fazer para impedir que o dinheiro caia nas mãos do governo?
– Sim – respondeu Keithley. – Forme uma sociedade de amigos.
As sociedades de amigos eram populares. Um grupo de pessoas fazia cada qual uma pequena contribuição semanal e, quando uma delas adoecia ou ficava desempregada, o grupo lhe pagava um pequeno auxílio para subsistência. Havia centenas de sociedades assim na Inglaterra, talvez milhares. As autoridades as incentivavam, pois elas sustentavam pessoas que de outro modo poderiam solicitar o auxílio da paróquia.
Keithley sugeriu:
– Torne todos os membros do sindicato membros também da sociedade de amigos, depois transfira o dinheiro do sindicato para a sociedade. Assim, o sindicato não terá dinheiro para o governo tomar.
Midwinter sorriu.
– Muito astuto.
– Além do mais, uma sociedade de amigos pode desempenhar discretamente muitas das mesmas funções de um sindicato – acrescentou Keithley. – Por exemplo, organizar debates com os patrões sobre novas máquinas alegando que isso afeta as despesas da sociedade.
A ideia agradou a Spade, mas ele viu um porém.
– E se tivermos sucesso e a Lei da Associação fracassar?
– Nesse caso, basta rasgar o documento que transfere o dinheiro.
– Obrigado, Sr. Keithley – disse Midwinter.
– É muito útil ter um advogado à nossa disposição – comentou Spade.

Spade era amigo de um de seus melhores clientes de Londres, um jovem comerciante de tecidos chamado Edward Barney. Havia levado consigo um baú cheio de amostras, de modo a justificar a despesa da viagem fazendo algumas vendas. Foi visitar o armazém de Edward em Spitalfields, onde tecidos caros e especializados como moiré, veludo, casimiras e mesclas raras ficavam expostos na parte da frente, perto da porta, ao passo que as peças comuns de sarja e lã mesclada com linho ficavam empilhadas em suportes nos fundos.

Edward o convidou para ficar hospedado no apartamento que havia no armazém. Spade aceitou de bom grado: não gostava de se hospedar em tabernas, que nunca eram muito confortáveis nem muito limpas.

O projeto Lei da Associação de Trabalhadores passou uma semana sem avançar no Parlamento. Enquanto esperava, Spade foi visitar todos os seus clientes londrinos regulares. Os negócios indicavam melhoras: as exportações para os Estados Unidos compensavam a queda no comércio europeu.

Quando ficou sem clientes para visitar, foi papear com o pai de Edward, chamado Sid. Embora tivesse apenas 45 anos, Sid já era aposentado por causa de uma artrite e passava o dia inteiro sentado em meio a almofadas empilhadas sob os membros deformados. Ele gostava de conversar com alguém que o distraísse do desconforto que sentia.

Spade lhe contou tudo sobre a Lei da Associação e sobre a reação de Kingsbridge à iniciativa.

– Conheci um rapaz chamado Hornbeam – contou Sid. – Joey Hornbeam. Ele era órfão. Éramos todos muito pobres, mas eu consegui melhorar de vida. Joey também.

Spade ficou curioso para saber mais sobre o passado do negociante mais rico de Kingsbridge.

– Como ele conseguiu?

– Do mesmo jeito que eu, embora em outra empresa: começou varrendo chão, tornou-se mensageiro, ficou de olhos abertos e foi esperto, aprendeu tudo sobre o negócio dos tecidos e esperou uma oportunidade. Foi aí que nossos caminhos se separaram. Eu me casei com a filha do meu patrão. Minha querida Eth me deu Edward e quatro filhas antes de morrer, que Deus a tenha.

– E Hornbeam?

– Ele fundou a própria empresa.

– Onde conseguiu o dinheiro?

– Ninguém soube ao certo. Depois de algum tempo, ele a vendeu e se mudou de Londres. Agora sei para onde foi: Kingsbridge.

– Ele era algum tipo de trapaceiro?

– Provavelmente. Eu não o culparia. Vinha de St. Giles, um bairro onde não existe lei, nem certo ou errado.

Spade aquiesceu.

– Como ele era na época?

– Duro – respondeu Sid. – Duro feito pedra.

– Continua assim até hoje – disse Spade.

A Câmara dos Lordes se reunia no medieval Salão da Rainha, dentro do Palácio de Westminster, e era assim desde antes de Guy Fawkes tentar explodir o palácio com pólvora, como Keithley informou a Spade. Visitantes podiam entrar, mas tinham que ficar atrás de um guarda-corpo chamado *bar*. Spade apoiou os cotovelos ali enquanto os lordes debatiam o projeto Lei da Associação. Nunca na vida tinha visto mais de um ou dois aristocratas reunidos no mesmo recinto; ali havia dezenas, e também bispos. Naturalmente se interessou pelas roupas que vestiam, todas feitas com tecidos de qualidade e bem cortadas. Já os discursos não o impressionaram tanto assim. As frases dos lordes eram desnecessariamente empoladas, e ele tinha que simplificá-las na mente antes de entender o que estava sendo argumentado. Talvez fosse assim que as classes superiores gostassem de falar.

Várias pessoas se levantaram para manifestar apoio ao projeto, alegando que combinações "ilícitas" entre trabalhadores estavam se tornando cada vez mais comuns e ameaçando causar graves prejuízos.

– Que baboseira – disse Spade entre os dentes.

A verdade é que não havia sindicatos suficientes. Eram milhões de operários sem qualquer proteção contra a ganância dos patrões.

O que a Câmara dos Lordes realmente temia, ele não tinha dúvidas, era uma revolução como a que havia ocorrido na França.

Keithley se dirigiu a um homem que, assim como Spade, estava com os cotovelos apoiados no guarda-corpo. Depois de uma conversa breve e amistosa, voltou até o lado de Spade e disse:

– Lorde Holland vai falar logo depois do próximo.

Holland era o único nobre disposto a discursar contra o projeto.

– Quem era aquele com quem o senhor falou?

– Um repórter de jornal. Eles sabem tudo.

Spade estudou o homem.

– Onde está o bloco de anotações dele?

– É proibido anotar – disse Keithley. – Vai contra as regras da casa.

– Então ele precisa se lembrar de tudo.

– Do máximo que conseguir. Se o senhor algum dia escutar um parlamentar reclamando da imprecisão dos jornais, pergunte-lhe por que eles não deixam os repórteres tomarem notas.

– Parece uma tolice.

– Este lugar tem um número excessivo de regras tolas.

Mais uma vez, Spade sentiu vontade de virar parlamentar e fazer campanha pela reforma.

Keithley apontou para lorde Holland, um belo homem de 20 e poucos anos, sobrancelhas grossas e cabelos pretos cacheados que estavam apenas começando a recuar nas têmporas. Apesar de possuir escravos na Jamaica, sob outros aspectos ele era um liberal.

– Ele se casou com uma divorciada – murmurou Keithley em tom de reprovação.

Spade, por sua vez, sendo amante de uma mulher casada, não podia partilhar da sua reprovação.

Poucos minutos depois, lorde Holland se pôs de pé e começou a falar de maneira arrebatada.

– O projeto de lei é injusto por princípio e maliciosamente tendencioso – afirmou ele.

Começou bem, pensou Spade.

– O objetivo da lei é impedir combinações entre trabalhadores, mas seu principal e mais singular aspecto é que ela troca o julgamento por júri por uma jurisdição sumária. Precisamos nos perguntar: será que a lei, que provavelmente destruirá as combinações, tem também chance de gerar consequências igualmente perigosas para a sociedade?

Spade achou aquilo tudo um pouco abstrato, distante demais da vida cotidiana das pessoas que eram alvo do projeto.

– As duas partes não estão no mesmo nível: a desigualdade favorece os patrões. Eles têm vantagem sobre seus trabalhadores por conseguirem resistir mais tempo; têm oportunidades melhores para influenciar os outros a seu favor; são menos numerosos e, consequentemente, mais capazes de se concentrar e combinar forças… e de evitar serem detectados.

Holland empregou uma comparação extensa e confusa com guarda-caças e caçadores ilegais para ilustrar o simples fato de que patrões e operários tinham interesses opostos e que, portanto, juízes que fossem também donos de fábricas não podiam de forma alguma ter imparcialidade para presidir o julgamento de seus operários, ou dos amigos operários destes.

– É sempre do interesse do patrão acusar injustamente seus trabalhadores de conspiração, ainda que eles tenham um motivo justo para pedir aumentos de salário.

– É isso mesmo – disse Spade entre os dentes.

Holland assinalou que a lei proposta lançava uma rede abrangente demais.

– Uma pessoa pode ser acusada de estar envolvida numa associação pelo simples fato de dar um conselho amigável e bem-intencionado!

Ele concluiu propondo um adiamento de três meses, para que fosse possível haver mais debates sobre o projeto de lei.

Ninguém o apoiou. Os proponentes da lei nem sequer se deram ao trabalho de reagir ao seu discurso. Sua sugestão de adiamento foi rejeitada.

Nenhum abaixo-assinado foi levado em consideração.

O projeto de lei então foi votado. Tão poucos homens gritaram "Não" que foi desnecessário realizar uma contagem.

Dois dias mais tarde, o projeto recebeu aprovação real e virou lei.

CAPÍTULO 23

Elsie se perguntou qual seria o motivo do aspecto aflito da mãe. Elas estavam à mesa do desjejum no palácio. Arabella tinha passado manteiga em uma torrada, mas não estava comendo. Um leve franzido podia ser notado entre suas sobrancelhas castanhas arruivadas. Tirando isso, ela parecia bem. Tinha ganhado um pouco de peso nos últimos tempos, mas parecia radiante de saúde. O que a estaria afligindo?

O bispo estava se fartando de linguiça e lendo o *The Times*.

– Uma força anglo-russa invadiu os Países Baixos – disse ele. Gostava de contar à esposa e à filha o que estava acontecendo no mundo. – Essa parte dos Países Baixos tinha sido conquistada pelos franceses, que decidiram batizá-la de República da Batávia.

Elsie estava com a *Gazeta de Kingsbridge* na sua frente. Ela comentou:

– Está escrito aqui que o 107º Regimento de Infantaria faz parte da força… é o regimento de Kingsbridge. Alguns dos meus ex-alunos da escola dominical são desse regimento. Espero que estejam todos bem.

– Freddie Caines deve estar lá – comentou Arabella.

– Quem é Freddie Caines? – quis saber o bispo.

– Ah… ele era soldado da milícia aqui. Não lembro mais como o conheci. Um rapaz encantador.

– Eu me lembro dele – afirmou Elsie. – É cunhado de Spade.

– Isso eu tinha esquecido – falou Arabella.

Era uma bela manhã de setembro, e o sol entrava pelas janelas da sala do desjejum. Kenelm se levantou.

– Queiram me dar licença. Um carpinteiro vai instalar uma nova porta no pórtico norte. A antiga ficou podre. Preciso garantir que ele a ponha no lugar certo.

E saiu.

Elsie já havia passado duas horas no quarto das crianças, dando banho em Stevie e o vestindo com a ajuda da ama-seca. Mais tarde, iria receber para um chá os patrocinadores da sua escola, que a tinham apoiado durante a greve. Estava prestes a pedir licença quando sua mãe falou:

– Tenho uma notícia um tanto surpreendente.

Elsie tornou a se sentar e comentou:

– Que empolgante!

O bispo não ficou nada empolgado.

– Que notícia é essa? – indagou, com indiferença.

– Estou esperando um bebê – anunciou Arabella.

Elsie encarou a mãe, atônita. Arabella tinha 45 anos! E, aos 62, o bispo era dezessete anos mais velho que ela. Além disso, ele estava acima do peso e não era nem um pouco ágil. Para completar, fazia anos que Elsie não via o pai tocar a mãe de modo afetuoso. Quase perguntou: *Como isso aconteceu?* Mas se conteve a tempo e perguntou:

– Para quando é?

– Para dezembro, eu acho – respondeu Arabella.

O bispo estava pasmo.

– Mas querida… – disse ele.

– Você deve estar lembrado. Foi por volta da Páscoa.

– O domingo de Páscoa este ano caiu no dia 24 de março – declarou ele.

Pareceu grato por ter uma informação banal à qual se agarrar enquanto aquele terremoto abalava seu mundo.

– Eu me lembro bem – falou Arabella. – Você estava tomado pela alegria da primavera.

O bispo ficou encabulado.

– Não na frente dos outros, por favor!

– Ah, não seja bobo. Elsie é uma mulher casada.

– Mesmo assim…

– Nessa noite você saboreou um vinho do Porto particularmente bom.

– Ah! – exclamou ele, parecendo se lembrar.

– Pareceu um pouco surpreso ao acordar e me encontrar na sua cama.

– Isso foi na Páscoa? Faz tanto tempo assim?

– Sim, acho que sim – respondeu Arabella.

No entanto, Elsie viu uma expressão de ansiedade nos olhos dourados da mãe e soube que havia algo errado ali. Arabella estava simulando reações. Podia até parecer feliz por estar grávida, mas estava extremamente preocupada com outra coisa. Mas o que poderia ser? Não fazia sentido.

A atitude do bispo também foi inesperada. Por que ele não estava feliz? Um filho, e na sua idade! Os homens em geral se orgulhavam da própria capacidade de gerar herdeiros. Os moradores de Kingsbridge em breve estariam se cutucando na catedral e sussurrando: "O velho ainda tem energia."

Um pensamento espantoso cruzou a mente de Elsie: seria possível o bispo achar que o filho não era seu?

Parecia uma ideia risível. Mulheres da idade de Arabella não cometiam adultério. Pelo menos Elsie achava que não. Elas não perdiam o interesse naquele tipo de coisa? Elsie na verdade não entendia nada sobre o assunto.

E de repente ela recordou uma conversa com Belinda Goodnight, a maior fofoqueira da cidade.

– *Que história é essa que andei escutando sobre a sua mãe?* – tinha perguntado Belinda na catedral certo domingo. – *Parece que ela ficou bastante amiga de Spade.*

Elsie tinha dado uma gargalhada.

– *Minha mãe?* – reagira ela. – *Não seja boba.*

– *Alguém me disse que ela vive na loja da irmã dele.*

– *Como todas as mulheres de Kingsbridge que se vestem na moda.*

– *Ah, bem, a senhora deve ter razão, claro* – dissera Belinda.

Elsie estava convicta de que tinha razão, até agora.

Seria por isso que Arabella estivera aflita antes de revelar algo que deveria ser uma notícia feliz? Se o bispo acreditasse que ela havia sido infiel, sua ira seria descomunal. O pai de Elsie tinha uma tendência vingativa bastante assustadora. Certa vez, havia trancado a filha no quarto e só lhe dado pão e água durante uma semana, por conta de alguma ofensa da qual ela já não lembrava. Sua mãe tinha chorado, mas isso não surtira o menor efeito na intransigência do bispo.

Elsie observou o pai com atenção, tentando ler seus pensamentos. Ele primeiro ficara espantado, em seguida, constrangido. Mas agora estava intrigado, pelo que ela percebia. Imaginou que ele estivesse achando difícil acreditar que tivesse tido uma relação sexual pela primeira vez em muitos anos e depois esquecido. Por outro lado, ele devia ter ciência de que às vezes tomava mais Porto do que era sensato, e todos sabiam que isso levava um homem a esquecer o que tinha feito.

E ele admitia se lembrar da manhã seguinte. Os dois tinham acordado juntos na cama. Isso não encerrava o assunto? Não totalmente, notou ela. Uma mulher que houvesse engravidado do amante poderia dormir com o marido para convencê-lo de que o filho era seu. Arabella poderia ter sido tão dissimulada assim? *Minha própria mãe?*

Uma mulher desesperada era capaz de muitas coisas.

Sal estava satisfeita com o modo como as coisas estavam caminhando. Apesar de o sindicato ter sido obrigado a fechar as portas por causa da Lei da Associação, a sociedade de amigos o substituíra e passara a abranger a cidade inteira. Representantes dos moinhos têxteis agora recolhiam contribuições semanais para "os amigos" e se reuniam periodicamente para debater as questões da sociedade e outros temas correlatos. Já tinha acontecido de dois fabricantes de tecidos que estavam introduzindo novas máquinas acharem conveniente falar com o representante dos amigos para discutir com antecedência as mudanças.

Os trabalhadores irlandeses haviam se estabelecido em Kingsbridge, e ninguém mais lembrava por que houvera brigas. Eles frequentavam uma ou duas tabernas na beira do rio, que tinham passado a ser conhecidas como pubs irlandeses e estavam satisfeitas com a clientela. Colin Hennessy, o irlandês que Kit havia conhecido no dia da sua chegada, era o representante dos amigos no Moinho do Chiqueiro.

Certa noite, no mês de outubro, Colin apareceu no Sino, onde Sal estava sentada na companhia de Jarge e Spade. Sal gostava de Colin. Ele era o seu tipo de homem: grande, forte e destemido. Spade lhe trouxe um caneco de cerveja. Ele tomou um gole grande, secou a boca na manga da camisa e contou por que os havia procurado.

– Hornbeam comprou uma engenhoca nova, uma máquina de cardar gigantesca.

Sal franziu a testa.

– É a primeira vez que ouvimos falar nisso.

– Só descobri hoje. Estão abrindo espaço para o equipamento que chega amanhã.

– Então ele não debateu o assunto com os operários.

– Não.

Sal olhou para Spade.

– Ele está ignorando o acordo.

– Temos que voltar a fazer greve – declarou Jarge.

Seu marido era bem parecido com Hornbeam, refletiu Sal: sempre defendia a reação mais agressiva. Homens assim acreditavam que a beligerância sempre garantiria a vitória, apesar de todos os indícios em contrário.

– Pode ser que você tenha razão, Jarge, mas primeiro precisamos conversar com Hornbeam e saber o que ele pretende – disse Spade. – Por que ele fez isso? É difícil entender o que poderia ganhar, exceto uma baita confusão.

– Ele não vai dizer a verdade – rebateu Jarge.

– Mas é possível descobrir coisas simplesmente estudando as mentiras que uma pessoa decide contar.

Jarge recuou.

– Isso é verdade.

– Sal, você e eu devemos ir falar com Hornbeam, já que fazemos parte da equipe responsável por monitorar o cumprimento do acordo – sugeriu Spade. – E deveríamos levar Colin conosco, porque ele pode testemunhar que Hornbeam desrespeitou o acordo.

– Concordo – disse Sal.

– Quando vamos falar com ele?

– Agora – respondeu Sal. – Num dia de trabalho eu não tenho esse tempo.

– Então está bem – falou Colin, apesar de parecer um pouco assustado.

E esvaziou seu caneco.

Eles deixaram Jarge e foram andando até o bairro elegante ao norte da Rua Alta. A porta da frente de Hornbeam foi aberta por um lacaio que os olhou com desdém, então reconheceu Spade.

– Boa noite, Sr. Shoveller – disse ele com cautela.

– Olá, Simpson – cumprimentou Spade. – Por favor, avise ao seu patrão que eu ficaria grato por alguns minutos do tempo dele com relação a um assunto de considerável importância.

– Está bem. Queiram entrar no saguão enquanto vou ver se o conselheiro Hornbeam está.

Eles entraram. Sal achou o saguão escuro e deprimente. Havia uma lareira sem fogo aceso e um relógio alto que emitia um tique-taque imponente. No retrato acima da lareira, Hornbeam encarava com maldade qualquer um que se atrevesse a entrar em sua morada. De que adiantava uma casa imensa se a pessoa vivia sem luz e calor? Às vezes parece que os ricos não sabem gastar o próprio dinheiro.

Simpson voltou e os conduziu até um recinto um tanto pequeno, que parecia ser o escritório ou gabinete de Hornbeam. O lugar era tão pouco acolhedor quanto o saguão. Hornbeam estava sentado atrás de uma escrivaninha grande, usando um casaco de tecido marrom-escuro de boa qualidade.

– O que foi, Shoveller? – perguntou ele, sucinto.

Spade não abriria mão da cortesia.

– Boa noite, conselheiro – respondeu.

Hornbeam não os convidou a se sentarem. Encarou Colin com um olhar intenso, então tornou a fitar Spade.

– O que este homem está fazendo aqui?

Spade não iria deixar Hornbeam conduzir aquela conversa. Ignorando a pergunta, falou:

– O senhor comprou uma máquina de cardar nova.

– Em quê isso lhe diz respeito?

– A Sra. Box e eu fazemos parte do grupo designado para monitorar o cumprimento do acordo que pôs fim à greve causada pelos seus teares mecânicos.

Hornbeam se ofendeu.

– Causada por interferência externa, isso sim.

Spade continuou a ignorar as interrupções hostis de Hornbeam.

– Temos esperança de evitar uma nova greve.

Hornbeam deu uma risada de desdém.

– Então não convoquem uma!

Spade não respondeu.

– O senhor há de se lembrar que os fabricantes de tecido concordaram coletivamente em consultar os operários ao introduzir novos equipamentos importantes, de modo a evitar as perturbações tão frequentemente causadas por mudanças não anunciadas.

– O que vocês querem de mim?

– Queremos que o senhor informe seus operários sobre a máquina nova, que lhes diga quantas pessoas vão operá-la e quantas serão substituídas por ela, e que discuta as consequências disso.

– Vocês terão minha resposta amanhã.

Fez-se um silêncio. Sal se deu conta de que aquilo era supostamente o fim da reunião. Depois de uma pausa constrangedora, os três visitantes se retiraram.

Lá fora, Spade disse:

– Não foi tão ruim quanto eu imaginava.

– Como assim? – perguntou Colin. – Ele ficou uma fera! Parecia querer enforcar todos nós.

– Sim, e no final eu estava esperando um não categórico... mas então ele disse que esperássemos até amanhã. Isso sugere que vai pensar no assunto. O que é mais promissor.

– Não sei, não – discordou Sal. – Acho que ele tem alguma carta na manga.

Sal estava sonhando que Colin Hennessy fazia amor com ela, os cabelos pretos dele caindo sobre o rosto enquanto ele arquejava de prazer, quando foi acordada por alguém esmurrando a porta da casa. Sentiu culpa ao olhar para o marido ao seu lado. Ainda bem que os outros não podiam saber com o que uma pessoa sonhava.

Pensou que a batida fosse o acordador, que percorria as ruas despertando os operários das fábricas por volta das quatro da manhã. Mas o som se repetiu, como se alguém estivesse querendo entrar.

Jarge foi até a porta apenas com a roupa de baixo, e ela o ouviu dizer:

– Que horas são, desgraça?

Então alguém falou:

– Não venha me causar problemas, Jarge Box. É a sua esposa que eu quero, não o senhor.

Pela voz parecia ser o xerife Doye, concluiu Sal, que foi dominada pelo medo. Doye em si não lhe dava medo, mas ele representava o poder arbitrário de homens sem escrúpulos como Hornbeam. E de Hornbeam ela tinha medo.

Pulou da cama e pôs o vestido pela cabeça. Calçou os sapatos e jogou um pouco de água no rosto. Então foi até a porta.

Doye estava acompanhado pelo agente da ordem Reg Davidson.

– Que diabos vocês querem comigo? – perguntou Sal.

– A senhora precisa vir conosco – disse Doye.

– Eu não fiz nada de errado.

– A senhora está sendo acusada de associação.

– Mas o sindicato fechou.

– Não estou sabendo de nada disso.

– Quem me acusou?

– O conselheiro Hornbeam.

Ela sentiu um arrepio de apreensão. Então era isso que Hornbeam tinha pretendido dizer ao falar: "Vocês terão minha resposta amanhã."

– Que coisa mais ridícula – disse ela, só que aquilo não era ridículo: era assustador.

Vestiu o casaco e saiu.

Doye e Davidson a conduziram pelas ruas frias e escuras até o centro da cidade. Ela pensou horrorizada nos possíveis castigos que corria o risco de receber: um açoitamento, o tronco, a prisão ou trabalhos forçados. Mulheres condenadas a trabalhos forçados eram obrigadas a realizar uma atividade chamada bater cânhamo: passavam doze horas por dia socando cânhamo molhado com martelos de modo a separar as fibras do núcleo lenhoso, para que estas pudessem ser transformadas em cordas. Era um trabalho extenuante. Mas ela não via como poderia ser considerada culpada.

Supôs que eles estivessem indo para a casa de Hornbeam, mas, para sua surpresa, foi conduzida até a mansão de Will Riddick.

– O que estamos fazendo aqui? – indagou.

– O senhor de Badford é juiz – disse Doye.

Hornbeam era perigoso, e Riddick era seu pau-mandado. O que eles estariam tramando? Aquilo não cheirava bem.

O saguão da casa de Riddick fedia a cinza de tabaco e vinho velho. Um mastiff preso num canto com uma corrente latiu para eles. Sal se espantou ao ver Colin Hennessy ali, sentado num banco, e recordou constrangida o sonho que havia tido. Colin estava sendo vigiado por um agente da ordem chamado Ben Crocket.

– Isso tem a ver com a nossa visita a Hornbeam ontem à noite – declarou Sal para Colin.

– Pensei que estivéssemos fazendo algo que os fabricantes de tecidos tinham acordado – disse Colin.

– E estávamos mesmo. – Além de amedrontada, Sal não estava entendendo. Virou-se para Doye. – Obviamente Hornbeam mandou nos prender.

– Ele é o presidente dos juízes.

Era verdade. A culpa não era de Doye. Ele não passava de um instrumento.

Sal se sentou ao lado de Colin no banco.

– Mas e agora? – perguntou a Doye.

– Agora vamos esperar.

Foi uma longa espera.

A casa foi despertando aos poucos. Um lacaio mal-humorado limpou a lareira e arrumou a lenha para um novo fogo, mas não o acendeu. Alf Nash veio entregar leite e creme na porta da frente. A luz do dia começou a entrar no saguão por uma janela suja, junto com os ruídos da cidade: cascos de cavalo, carroças nas pedras do calçamento e as saudações matinais de homens e mulheres que saíam de casa a caminho do trabalho.

Sal sentiu cheiro de toucinho frito e se deu conta de que ainda não tinha comido nem bebido coisa alguma ainda nesse dia. Mas ninguém lhes ofereceu nada, nem mesmo ao xerife.

Bem na hora em que um relógio em algum lugar da casa bateu as dez da manhã, Hornbeam apareceu. O lacaio mal-humorado o recebeu. Ele não disse nada aos que estavam no saguão, mas seguiu o lacaio escada acima.

Poucos minutos depois, porém, o lacaio apareceu no alto da escada e disse:

– Podem vir.

O lacaio de Riddick era um grosso. Sal se perguntou se os lacaios refletiam os patrões, como acontecia com os cachorros.

Eles subiram a escada e foram conduzidos até uma ampla sala de estar. Os resquícios dos divertimentos da noite anterior ainda não tinham sido retirados, e havia cálices de vinho e xícaras de café sujas por toda parte. Sal julgou que Deborah, esposa de Riddick e filha de Hornbeam, não devia ter modificado muito o estilo de vida do marido.

O próprio Riddick ocupava uma cadeira de espaldar reto, vestido com roupas civis e de peruca, embora aparentasse ainda não ter se recuperado dos excessos da noite anterior. Hornbeam estava acomodado num sofá, com uma expressão severa e as costas eretas. Entre os dois, sentado diante de uma mesinha sobre a qual havia papel e tinta, estava um homem que Sal não conhecia; devia ser um escrevente.

– Xerife Doye – disse Riddick. – Cite o nome dos réus e a acusação.

Doye entoou:

– Colin Hennessy e Sarah Box, ambos operários de Kingsbridge, são acusados de associação pelo conselheiro Hornbeam.

O escrevente anotou depressa com uma pena.

Sal percebeu que tudo estava sendo cuidadosamente encenado para parecer um julgamento justo.

– E o que os réus alegam em relação à acusação?

– Eu alego inocência – disse Colin.

– Não houve associação nenhuma – declarou Sal. – O sindicato foi desfeito. Estávamos executando as vontades dos fabricantes de tecidos, não conspirando contra eles.

– Conselheiro Hornbeam, quais são os fatos? – perguntou Riddick.

Hornbeam respondeu num tom desprovido de emoção:

– Box e Hennessy foram à minha casa ontem, por volta das oito da noite. Disseram que eu tinha comprado uma nova máquina de cardar e que precisava da permissão dos meus operários para colocá-la em operação. Ameaçaram fazer greve caso isso não acontecesse.

– Bom, a mim parece que eles se uniram para interferir nos negócios de uma forma que nitidamente vai contra a Lei da Associação – afirmou Riddick.

– Não vai, não – discordou Sal.

– Sal Box, eu a conheci em Badford quando seu sobrenome era Clitheroe, e a senhora já era uma encrenqueira naquela época.

– E o senhor, um bêbado violento. Mas nós agora não estamos em Badford, estamos em Kingsbridge, e os fabricantes de tecido daqui têm um acordo com os operários. O acordo pôs fim à greve, e as fábricas de Hornbeam puderam reabrir. Só que ele não quer respeitar o acordo. Parece um homem que reza pela ajuda de Deus mas depois se recusa a frequentar a igreja. Ontem à noite, Colin e eu lhe dissemos que ele estava violando o acordo, e eu aleguei que respeitar o acordo era a melhor maneira de evitar greves. Isso não é uma ameaça, é um fato, e não existe lei nenhuma que proíba fatos.

– Então a senhora admite que fez associação e admite que tentou interferir nos negócios do conselheiro Hornbeam.

– Quando se diz a um tolo que ele está fazendo algo que prejudica a si próprio, isso é interferir?

Will não respondeu à pergunta.

– Considero vocês dois culpados – disse ele. – E os condeno a dois meses de trabalhos forçados.

CAPÍTULO 24

Caro Spade,

Cá estou eu, nos Países Baixos. Já tive minha primeira experiência de combate e continuo vivo e sem ferimentos graves. Tirando isso, as notícias são todas ruins.

Fomos reunidos em Canterbury, e devo dizer que a catedral deles é ainda maior que a nossa em Kingsbridge. Como muitos dos rapazes se alistaram a partir da milícia, como eu, éramos quase todos "verdes", como se diz, ou seja: nunca tínhamos participado de nenhum combate de verdade. Bom, essa situação não durou muito.

Desembarcamos num lugar chamado Callantsoog – que nomes engraçados eles têm por aqui… –, e na mesma hora o inimigo nos atacou por cima das dunas. Fiquei com tanto medo que poderia ter saído correndo, mas, como atrás de mim só havia o mar, tive que ficar ali e lutar. De toda forma, nossos navios dispararam todos os seus canhões por cima da nossa cabeça em direção ao inimigo, e foram eles que fugiram.

Deixaram para trás algumas fortalezas vazias que nós ocupamos, mas não por muitos dias. Pouco depois, tivemos um combate em Krabbendam, onde o general francês era um homem chamado Marie-Anne – entendeu o que eu quis dizer em relação aos nomes? Mas enfim, ele não devia ser muito bom, porque nós vencemos.

Então o duque de York chegou com alguns reforços, e pensamos que estivéssemos em boa posição. Marchamos sobre uma cidade chamada Hoorn e a tomamos, mas logo saímos de lá e voltamos para onde tínhamos começado; esse tipo de coisa acontece muito no Exército. Que bom que você não administra seus negócios assim, Spade, rá, rá.

Passamos muita dificuldade para marchar por uma praia estreita, onde não havia água doce e fomos alvo de tiros dos franceses; eu não sabia se iríamos morrer de sede ou de bala. Meu amigo Gus levou um tiro na cabeça e morreu. No Exército se faz amigos depressa, mas se pode perdê-los com igual rapidez. Então escureceu, e fomos avisados de que o inimigo tinha recuado. Não sei o que fizemos para assustá-lo!

O desastre se deu na cidade de Castricum. Chovia a cântaros, mas infelizmente esse não foi nosso maior problema. Os franceses atacaram com baionetas; foi um ataque muito sangrento, e nós fugimos. Fomos perseguidos pela cavalaria francesa. Eu sangrava de um corte no braço e sem dúvida teria morrido não fossem alguns dragões de infantaria montada que surgiram de uma espécie de vale nas dunas e fizeram os franceses retrocederem.

Perdemos muitos homens nessa batalha, e o duque decidiu recuar para tentar uma trégua e voltou para Londres. Acho que isso significa que fomos derrotados.

Estamos no litoral esperando os navios que nos levarão embora. Ninguém sabe para onde vamos, mas torço que seja para casa, então quem sabe você logo vá poder saborear um caneco de cerveja comigo na Taberna do Sino...

Afetuosamente, seu cunhado, Freddie Caines

Hornbeam olhava a nova máquina de cardar em funcionamento. Era um assombro. Movida a vapor, ela não fazia pausas, nunca precisava ir ao banheiro, nunca ficava doente. A máquina nunca se cansava.

O alarido ensurdecedor do maquinário não o incomodava: as máquinas estavam rendendo dinheiro para ele. Nem sequer se importava com o cheiro dos operários, que não tinham banheira em casa nem saberiam o que fazer com uma. Tudo que importava era o dinheiro.

A nova fábrica tinha dobrado sua capacidade fabril. Sozinho, ele agora conseguia fornecer todo o tecido requisitado pela milícia de Shiring e ainda dar conta de muitas outras encomendas.

Só esperava que a paz não fosse selada.

Esse agradável momento de contemplação chegou ao fim com a súbita aparição de Will Riddick, uniformizado e com uma cara zangada.

– Maldição, Hornbeam! – exclamou ele, gritando mais alto que o barulho. – Eu fui transferido.

– Como assim?

– Agora sou responsável pelo treinamento.

– Vamos até lá fora.

Eles desceram a escada e saíram para o ar gelado de novembro. Crianças novas demais para trabalhar brincavam na lama em volta da fábrica. Um cheiro de fumaça de carvão saía das caldeiras.

– Aqui está melhor – disse Hornbeam. – Por que você não quer ficar responsável pelo treinamento?

– Porque não vou mais participar das compras.

– Ah.

Isso era um problema. Tanto um quanto o outro tinham se beneficiado da posição de Riddick como principal comprador da milícia. Perderiam muito dinheiro se ele fosse transferido de posto.

– Qual a razão dessa mudança?

– O duque de York – respondeu Riddick.

– O que tem ele a ver com essa história?

– Ele agora é o responsável pelo Exército britânico.

Hornbeam se lembrou de ter lido algo a respeito no *The Times*.

– Os franceses acabaram de derrotá-lo nos Países Baixos.

– Sim, mas dizem que ele é melhor administrador que combatente. De toda forma, Northwood esteve com ele em Londres e agora está todo entusiasmado com as novas formas de fazer as coisas: casacos quentes para toda a tropa, mais fuzis, menos açoitamentos, e o mais importante: otimização das compras.

– E por otimização o duque entende…

– Ele se informou e descobriu que uma quantidade excessiva de quarteleiros compra tudo de amigos e parentes.

– Ah, não.

– Northwood me disse: "Tenho certeza, é lógico, de que o senhor não favorece sua própria família, major Riddick, mas mesmo assim fica feio quando compra do seu sogro." Aquele porco sarcástico.

– E quem é o responsável pelas compras agora?

– Archie Donaldson. Ele foi promovido a major.

– Eu o conheço?

– É o braço direito de Northwood. Passa metade do dia sentado no gabinete com ele.

– E como ele é?

– Jovem, um rosto corado…

– Lembrei.

– Ele é metodista.

– Isso piora a situação. – Hornbeam refletiu por alguns segundos. Então tornou a falar. – Me acompanhe até a cidade.

Ele foi meditando sobre o problema enquanto passavam pelas novas ruas de casas operárias e margeavam uma plantação de repolhos até chegarem à ponte. O alistamento na milícia era obrigatório, mas mesmo assim ainda restava aos homens uma escolha: eles podiam pagar para alguém assumir seu lugar. Donaldson não tinha feito isso. Ou seja: ou ele era demasiado pobre para pagar um substituto ou então honrado demais para se esquivar do seu dever patriótico. Se ele fosse pobre, poderia ser subornado. Já se fosse honrado, isso talvez não fosse possível. Mas todo homem tinha seu preço… ou não?

– Você deveria parabenizar Donaldson – sugeriu Hornbeam quando eles estavam subindo a rua principal.

Riddick se indignou.

– Parabenizar o desgraçado?

– Isso. Diga a ele que você já ocupou o cargo por tempo suficiente e que está na hora de outra pessoa assumir. Declare que está muito satisfeito por ter sido ele o escolhido.

– Mas isso é mentira.

– E desde quando você se importa com a verdade?

– Hum.

Eles chegaram à altura da loja Vinhos Finos Drummond, e Hornbeam fez Riddick entrar. Atrás do balcão estava Alan Drummond, homem parcialmente careca e de nariz vermelho. Depois das cortesias de praxe, Hornbeam pediu:

– Drummond, traga-me pena e tinta, e uma folha de papel de carta de qualidade, sim?

O homem obedeceu.

– Mande entregar uma dúzia de garrafas de um bom vinho do Porto de preço mediano para o major Donaldson, da milícia, e ponha na minha conta.

– Donaldson?

– Ele mora na Rua Oeste – informou Riddick.

"Felicitações pela sua promoção", escreveu Hornbeam. "Com os cumprimentos de Joseph Hornbeam."

Riddick leu por cima do ombro dele e disse:

– Muito esperto.

Hornbeam dobrou a folha e a entregou para Drummond.

– Mande este bilhete junto.

– Está bem, conselheiro.

Então saíram da loja.

– Vou fazer o que o senhor sugere e lisonjear o sujeito – garantiu Riddick. – Vamos trazê-lo para o nosso lado.

– Tomara – retrucou Hornbeam.

Na manhã seguinte, o vinho foi largado na porta da casa de Hornbeam com um bilhete:

"Obrigado pelas gentis felicitações, bastante apreciadas. Lamento não poder aceitar seu presente. Major Archibald Donaldson."

Elsie pegou meio quilo de toucinho, uma peça pequena inteira de queijo e uma tigela de manteiga fresca na cozinha do palácio. Tinha combinado de encontrar-se com Spade na Praça do Mercado. Ele chegou trazendo um presunto. Juntos eles subiram a rua principal e entraram na zona noroeste de Kingsbridge, uma área pobre, para seguir até a casa de Sal Box, que estava presa e condenada a trabalhos forçados. Queriam se certificar do bem-estar da sua família.

– Não acredito que não previ o que iria acontecer – comentou Spade. – Jamais me ocorreu que Hornbeam fosse usar dessa forma a Lei da Associação.

– Parece fora de propósito demais, até mesmo para ele.

– Exatamente. Mas eu deveria ter desconfiado. E, por causa do meu lapso, Sal está sofrendo.

– Não se torture. É impossível pensar em tudo.

Eram sete e meia da noite de uma segunda-feira. Eles encontraram Jarge e as crianças em volta da mesa, tomando uma papa de aveia.

– Não quero interromper seu jantar – falou Elsie, depositando seus presentes sobre o aparador. – Vim ver como estão passando, mas vocês parecem bem.

– Apesar da saudade de Sal, estamos nos virando – disse Jarge. – Mas ficamos muito agradecidos pelo que nos trouxe, Sra. Mackintosh.

– Eu preparei o jantar – contou Sue. – Pus banha na papa para deixar o sabor mais agradável.

Ela estava com 14 anos, mesma idade de Kit. Estava amadurecendo mais depressa que ele e já exibia os primeiros contornos da silhueta feminina.

– São bons meninos – elogiou Jarge. – Eu os acordo de manhã e me certifico de que comam algo antes de saírem para trabalhar. Graças à senhora vamos poder comer toucinho no desjejum amanhã. Fazia tempo que não comíamos.

– Por acaso sabe como Sal está passando?

Jarge fez que não com a cabeça.

– Não tem como descobrir. Ela é forte, mas bater cânhamo é um trabalho danado de difícil.

– Eu rezo por ela toda noite.

– Obrigado.

– Você vai ao ensaio dos sineiros hoje à noite?

– Vou, e é melhor me apressar... Eles devem estar me esperando.

– Tem alguém para ficar de olho em Kit e Sue?

– Nossa inquilina, a Sra. Fairweather. Ela aluga o sótão. É viúva, e os dois filhos morreram na escassez de comida quatro anos atrás.

353

– Eu lembro.

– Não que os dois deem muito trabalho. Vão para a cama depois do jantar e dormem até de manhã.

Após terem trabalhado catorze horas, não era de se espantar, concluiu Elsie. Mesmo assim, Jarge estava cuidando bem daqueles dois jovens que nem sequer eram seus filhos: Kit era seu enteado, e Sue, sua sobrinha. O homem no fundo tinha bom coração.

Elsie e Spade foram embora. Enquanto voltavam caminhando até o centro da cidade, ele falou:

– Descobri uma coisa sobre o passado de Hornbeam na minha última ida a Londres. Ele ficou órfão muito cedo e teve que se virar sozinho na vida. Arrumou um emprego de mensageiro com um comerciante de tecidos, depois aprendeu o ofício e foi subindo de posição.

– Seria de se esperar que ele tivesse mais empatia pelos pobres.

– Às vezes acontece o contrário. Acho que ele morre de medo de voltar à pobreza que enfrentou na infância. Não é uma coisa racional; deve ser um sentimento do qual ele não consegue se livrar. Nenhuma quantidade de dinheiro jamais vai bastar para fazê-lo se sentir seguro.

– Está querendo dizer que sente pena dele?

Spade sorriu.

– Não. No final das contas, ele continua sendo um desgraçado rancoroso.

Os dois se separaram na Praça do Mercado. Ao entrar no palácio, Elsie sentiu na mesma hora que havia algo acontecendo. A casa estava estranhamente silenciosa. Nenhuma conversa, nenhuma panela batendo, ninguém varrendo nem esfregando. Então ouviu no andar de cima algo que soava como um grito de dor de mulher.

Será que sua mãe estava dando à luz? Ainda era novembro... e ela tinha dito que seria para dezembro. Mas poderia ter errado na conta.

Ou talvez tivesse mentido.

Elsie subiu correndo a escada e entrou às pressas no quarto de Arabella. A criada, Mason, estava sentada na beira da cama com um pano branco na mão. Deitada na cama, coberta apenas por um lenço, Arabella estava com as pernas bem abertas e os joelhos apontados para o teto. Seu rosto estava vermelho por causa do esforço e molhado de lágrimas, suor ou as duas coisas. Mason enxugou sua face carinhosamente com o pano e disse:

– Falta pouco agora, Sra. Mackintosh.

Elsie sabia que Mason era criada de Arabella desde ela própria nascer. Lembrava-se da mulher tomando conta dela quando era bem pequena. Recordava o espanto que sentira ao descobrir que Mason tinha outro nome: Linda. A criada também havia auxiliado no parto de Stevie, filho de Elsie, e estaria presente no parto da criança que ela agora gestava. Sua presença era reconfortante.

Arabella parecia estar experimentando alguns instantes de alívio.

– Olá, Elsie, que bom que você chegou – disse ela. – Pelo amor de Cristo, não me peça para fazer força.

Então foi tomada por outra contração e deu um grito. Elsie segurou sua mão, e Arabella apertou com tanta força que Elsie pensou que seus ossos fossem se quebrar. Mason lhe passou o pano, e ela o pegou com a mão livre e enxugou o rosto da mãe.

Mason levantou o lençol.

– Já estou vendo a cabeça – falou. – Está quase no fim.

Na verdade está apenas começando, pensou Elsie. *Mais um ser humano está lutando para iniciar a jornada da vida, jornada na qual encontrará amor e risos, sangue e lágrimas.*

O aperto de Arabella diminuiu de intensidade e seu rosto relaxou, mas ela não abriu os olhos.

– Que bom que trepar é tão maravilhoso, senão as mulheres jamais se sujeitariam a isto – comentou ela.

Elsie ficou chocada ao ouvir a mãe falar assim.

– As mulheres dizem coisas estranhas em meio às dores do parto – disse Mason, em tom de quem pede desculpas.

Arabella então tornou a se tensionar.

Ainda espiando debaixo do lençol, Mason declarou:

– Pode ser que esta seja a última.

Arabella produziu um som que foi em parte grunhido de esforço, em parte grito de dor. Mason levantou o lençol para trás e estendeu as mãos para o meio das coxas dela. Elsie viu a cabeça do bebê sair e ouviu Arabella dar outro grunhido. Mason disse:

– Pronto, pequenino, venha com a tia Mason. Ah, que coisinha mais linda você é! – Coberto de muco e sangue, o bebê continuava preso à mãe pelo cordão e seu rosto era uma careta de desconforto, mas mesmo assim Elsie concordou que ele era lindo. – Um menino – anunciou Mason.

Ela virou o bebê, segurou-o facilmente com a mão esquerda e lhe deu uma palmada no bumbum. O menino abriu a boca, sorveu sua primeira respiração e soltou um uivo de protesto.

Elsie notou lágrimas escorrendo no próprio rosto.

Mason deitou o bebê de costas e foi até a mesinha de cabeceira, sobre a qual havia uma manta dobrada, uma tesoura e dois pedaços de algodão. Deu dois nós em volta do cordão, em seguida o cortou entre os dois nós. Enrolou o bebê na manta e o entregou para Elsie.

Elsie o segurou com todo o cuidado, sustentando sua cabeça, e o pressionou de encontro a si. Foi inundada por um sentimento de amor tão potente que chegou a se sentir fraca.

Arabella sentou-se na cama, e Elsie lhe passou o bebê. Ela baixou a frente da camisola e o levou ao seio. A boca do menino encontrou o mamilo, os lábios se fecharam em volta e ele começou a sugar.

– A senhora ganhou um filho – disse Elsie.

– Sim – falou Arabella. – E você, um irmão.

Amos achou difícil entender o que estava acontecendo em Paris. Era como se tivesse havido uma espécie de golpe de Estado no dia 9 de novembro, que no calendário revolucionário equivalia ao 18 de brumário. O general Bonaparte invadira o Parlamento francês com tropas armadas e se autonomeara primeiro-cônsul do país. Os jornais ingleses pareciam não saber o que significava "primeiro-cônsul". A única coisa certa era que os acontecimentos estavam sendo conduzidos por Napoleão Bonaparte e mais ninguém. Ele era o maior general de sua época e gozava de imensa popularidade junto ao povo da França. Talvez acabasse até virando seu rei.

E o mais importante de tudo para Amos: não havia fim à vista para a guerra. Ou seja, os impostos continuariam altos e os negócios, escassos.

Depois de ler o jornal, ele foi até o quartel-general da milícia na Mansão Willard.

O visconde Northwood havia feito o que Amos sugerira a Jane. Ele não tivera convicção de que ela fosse passar a sugestão adiante, tampouco de que Northwood fosse levá-la em conta. Mas Northwood havia transferido Will Riddick para outro cargo e colocado um metodista como responsável pelas compras, seguindo a sua recomendação.

Ele se perguntou como andaria aquele casamento. Northwood era obviamente capaz de sentir desejo: sem dúvida alguma tinha se apaixonado por Jane; só que isso não tinha durado. Não havia, porém, nenhum boato sobre outra mulher na vida de Northwood, nem sobre Northwood e algum homem, aliás. Ele nunca ia ao bordel de Culliver. Pelo visto, o rival de Jane era o Exército. Chefiar a milícia consumia o visconde. Essa era na verdade a sua única preocupação.

A substituição de Riddick por Donaldson abrira uma oportunidade para Amos, bem como para os outros fabricantes de tecido de Kingsbridge. Ultimamente, a requisição de tecido para as Forças Armadas era a única demanda constante. Amos adentrou cheio de esperança o prédio do quartel. Até mesmo uma parcela das encomendas da milícia poderia proporcionar pela primeira vez uma base sólida para o seu negócio.

Ele foi até a sala no primeiro andar antes ocupada por Riddick. Encontrou Donaldson sentado atrás da antiga escrivaninha de Will. Uma janela estava aberta, e o cheiro de cinza de tabaco e vinho azedo tinha sumido. Posicionada sobre a mesa de modo um tanto ostentatório estava uma pequena Bíblia preta.

Apesar de não serem amigos, Amos e Donaldson se conheciam das reuniões metodistas. Nos debates, Donaldson apresentava com frequência um ponto de vista dogmático fundamentado escrupulosamente numa interpretação literal das Escrituras. Amos achava isso um pouco juvenil.

Com um aceno, Donaldson lhe indicou uma cadeira.

– Parabéns pela sua promoção – disse Amos. – Eu e muitas outras pessoas estamos satisfeitos com o fato de Hornbeam não controlar mais o fornecimento de tecidos para a milícia.

Donaldson não sorriu.

– Não quero que haja nenhum mal-entendido entre nós – retrucou ele num tom severo. – Pretendo agir apenas segundo os interesses da milícia de Sua Majestade.

– É claro...

– E o senhor tem razão ao supor que não vou favorecer o conselheiro Hornbeam.

– Que bom.

– Mas, por favor, entenda que tampouco vou favorecer qualquer outra pessoa, e isso inclui meus colegas metodistas.

Donaldson estava sendo desnecessariamente enfático. Amos já esperava que ele fosse rigoroso, mas não queria que ele fosse longe demais. Respondeu com igual firmeza.

– Mas estou certo de que tampouco excluirá os metodistas só para evitar uma aparência superficial de favoritismo.

– Com certeza, não.

– Obrigado.

– Na realidade, as ordens que recebi do coronel Northwood foram para repartir as encomendas entre fabricantes anglicanos e metodistas, em vez de deixá-las todas ao cargo de um só.

Era tudo que Amos poderia querer.

– Esse arranjo me convém perfeitamente – falou. Tirou do bolso interno do casaco uma carta lacrada e a depositou sobre a escrivaninha. – Aqui está minha proposta, então.

– Obrigado. Vou tratá-la como trataria a de qualquer outro.

– Exatamente o que eu esperaria de um metodista – disse Amos, e se retirou.

O filho de Arabella foi batizado pelo bispo na catedral numa fria manhã de inverno.

Elsie ficou estudando o semblante do pai, que não demonstrava emoção alguma. Não conseguia saber o que ele pensava sobre aquele segundo herdeiro. Muitos homens se mostravam meio sem jeito no convívio com bebês, em especial homens de grande importância como o bispo. Mesmo assim, era notório que ele nunca havia pegado no colo nem beijado o bebezinho, nem sequer lhe dirigido um sorriso. Talvez estivesse envergonhado por ter gerado um filho em idade tão avançada. Ou talvez não tivesse certeza de ser o pai do menino. Fosse como fosse, conduziu a cerimônia de modo solene, ainda que pesaroso.

Ninguém sabia que nome o bispo daria ao menino. Ele se recusara a conversar sobre o assunto, até mesmo com a esposa. Arabella tinha lhe dito que gostava de David, mas ele não dissera nem que sim nem que não.

Apesar de o batismo em geral ser uma cerimônia familiar, o filho de um bispo era especial, e havia uma multidão reunida em volta da pia de pedra antiga no corredor norte da nave, todas usando seus mais quentes casacos de inverno. As figuras mais importantes de Kingsbridge estavam presentes, entre elas o visconde Northwood, o prefeito Fishwick, o conselheiro Hornbeam e a maioria dos membros mais graduados do clero. Muitos tinham trazido presentes caros: canecas, colheres, um chocalho.

Em pé ao lado de Kenelm, Elsie segurava no colo o filho, Stevie. Do seu outro lado estava Amos, e, quando seus ombros se tocavam, ela sentia a antiga e conhecida dor do anseio.

Na última fila estavam Spade, sua irmã, Kate, e a sócia de Kate, Rebecca – na opinião de Elsie, os três principais responsáveis por Arabella andar tão bem-vestida.

A atmosfera na igreja era discreta e um pouco cautelosa: ninguém sabia com que efusividade parabenizar o bispo, uma vez que ele próprio dava poucas demonstrações de alegria ou orgulho paternos.

O bebê tinha um cabelo escuro farto. Estava usando uma bata comprida de batismo, branca e ricamente arrematada com renda, a mesma com a qual Elsie fora batizada, assim como Stevie. Depois desse dia, a bata seria cuidadosamente lavada, passada e guardada dentro de um saco de musselina para o bebê seguinte, certamente o próximo filho de Elsie, cujo nascimento estava previsto para o ano-novo. Ela tinha contado apenas para algumas poucas pessoas, uma vez que não queria roubar atenção da mãe, mas sua gestação em breve se tornaria evidente mesmo por baixo dos discretos drapeados da roupa.

Kenelm estava se relacionando mais com Stevie, ela ficou refletindo durante as orações. De vez em quando, chegava até a falar com o menino. Agora que Stevie já andava e falava, Kenelm se esforçava para educá-lo: "Não ponha o dedo no nariz, menino", dizia. E também lhe dava informações: "Aquele cavalo não é marrom, é baio: veja as patas e o rabo, como são pretos." Elsie lembrou a si mesma que as pessoas tinham formas diferentes de demonstrar amor.

A cerimônia não foi longa. No final, enquanto Arabella segurava o bebê, o bispo despejou um filete de água sobre a minúscula cabeça. O menino chorou na mesma hora e bem alto: a água estava fria. O bispo falou:

– Em nome do Pai, do Filho e do Espírito Santo, eu o batizo de… Absalão.

Grunhidos parcialmente contidos de surpresa e arquejos escandalizados se fizeram ouvir quando o nome foi revelado. Foi uma escolha estranha. Quando o bispo estava dizendo o último amém, Arabella o fulminou com o olhar e perguntou:

– Absalão?

– O pai da paz – disse o bispo.

Bem, é verdade, pensou Elsie. Em hebraico, Absalão significava pai da paz, mas não era por esse motivo que o nome era conhecido. Um dos filhos do rei Davi, Absalão havia assassinado o meio-irmão, se rebelado contra o pai, se autoproclamado rei e morrido após um combate contra o exército do pai.

O nome era uma maldição, concluiu Elsie.

CAPÍTULO 25

O pequeno Joe, neto de Hornbeam, lembrava-lhe uma outra pessoa. Aos 2 anos e meio, era um menino alto e seguro de si, e nisso se assemelhava ao avô; mas havia algo mais. Hornbeam não se derretia diante de bebês como a esposa e a filha, mas ficou estudando o menino enquanto elas o cobriam de atenção, e algo no rosto rechonchudo tocou seu coração de pedra. Eram os olhos, concluiu ele. O menino não tinha os mesmos olhos de Hornbeam, fundos e encimados por sobrancelhas grossas que ocultavam seus sentimentos. Joe tinha olhos azuis e francos. Talvez nunca viesse a dominar os outros pela mera força de caráter como Hornbeam fazia, mas conseguiria o que quisesse usando o charme. Havia algo familiar naqueles olhos inocentes, mas Hornbeam não era capaz de dizer o quê… até se dar conta, com um choque, de que, ao olhar para Joe, via a própria mãe, morta muito tempo antes. Os olhos dela eram iguais aos dele. Hornbeam afastou depressa o pensamento da mente. Não gostava de se lembrar da mãe.

Vestiu o casaco, saiu de casa e foi andando até a Mansão Willard, onde pediu para falar com o major Donaldson.

Apesar do aspecto juvenil, Hornbeam supunha que Donaldson fosse inteligente, caso contrário Northwood não o teria tido por tanto tempo como braço direito. Seria sensato não o subestimar. Ele reparou na Bíblia exposta sobre a escrivaninha, mas não comentou nada. Alguns metodistas usavam sua religião como se fosse um distintivo. Ele não via problema algum na religião, contanto que não fosse levada demasiado a sério. Mas iria guardar essa opinião para si durante aquela reunião.

Começou dizendo:

– Já lhe enviei uma proposta por escrito para sua demanda por tecido, mas achei que seria uma boa ideia conversarmos um pouco.

– Pode falar – foi a resposta sucinta de Donaldson.

– O senhor teve uma carreira militar notável, e, se me permite dizer sem soar condescendente, é obviamente um homem muito capaz. Mas não tem nenhuma experiência no ramo têxtil e talvez considere útil receber algumas dicas.

– Eu ficaria imensamente interessado. Queira sentar-se.

Hornbeam ocupou a cadeira em frente à escrivaninha. Até ali, tudo estava correndo bem.

– Em todo ramo existem maneiras formais e informais de se fazer as coisas – falou.

– Como assim, conselheiro? – perguntou Donaldson, desconfiado.

– Existem as regras e existe a forma como todos de fato fazem as coisas.

– Ah.

– Por exemplo, nós lhe apresentamos propostas, e em teoria o senhor faz a encomenda para o proponente que oferece o preço mais baixo. Só que na prática não é bem assim.

– Não?

O tom de voz de Donaldson não dava nenhum indício de qual seria sua opinião.

Hornbeam não sabia se estava conseguindo passar sua mensagem, mas seguiu em frente.

– Na realidade, nós operamos um sistema de descontos especiais.

– E em que consiste isso?

– O senhor aceita minha proposta de, digamos, cem libras, mas eu lhe faço uma fatura no valor de 120. O senhor me paga cem, o que o deixa com um excedente de vinte libras, que, por já estarem justificadas nas suas contas, podem então ser usadas pelo senhor para outros fins.

– Outros fins?

– O senhor pode reservar o dinheiro para viúvas e órfãos dos combatentes mortos, por exemplo. Ou então comprar uísque para o refeitório dos oficiais. O dinheiro cria uma espécie de fundo discricionário, para despesas relevantes que talvez não devam figurar nos livros-caixa. É óbvio que o senhor nunca terá necessidade alguma de dizer, nem a mim nem a qualquer outra pessoa, de que maneira o gastou.

– E as contas portanto se tornam fraudulentas.

– O senhor pode interpretar assim, ou então ver nisso uma forma de azeitar as engrenagens da máquina.

– Temo que essa não seja minha opinião, Sr. Hornbeam. Não vou me envolver em nenhuma fraude.

O rosto de Hornbeam se transformou numa máscara. Aquele era um revés importante. Ele já o temia, mas não achava que fosse realmente acontecer. Donaldson podia ganhar uma fortuna, mas não iria aproveitar a oportunidade. Era incompreensível.

Hornbeam voltou atrás na mesma hora.

– Claro, o senhor deve fazer o que julgar adequado. – O contrato ainda podia ser obtido. – Ficarei feliz em fazer negócio com o senhor da forma que preferir. Espero que minha proposta escrita seja aceita.

– Na verdade, não foi, conselheiro. Eu já avaliei as propostas juntamente com o coronel Northwood e, infelizmente, o senhor não obteve o contrato.

Hornbeam teve a sensação de ter levado um soco no estômago. Estava boquiaberto. Precisou de alguns segundos para se recuperar e então disse:

– Mas eu construí uma fábrica nova para suprir suas necessidades!

– E por que estava tão certo de obter o contrato?

– Para quem o senhor passou a encomenda? Para um de seus colegas metodistas, eu suponho!

– Não sou obrigado a lhe dizer, mas tampouco tenho motivos para não o fazer. O contrato foi dividido entre minhas duas melhores propostas. Um dos proponentes vitoriosos é metodista…

– Eu sabia!

– … e o outro, um anglicano ferrenho.

– Quem são esses homens? Eu quero o nome deles!

– Por favor, conselheiro, não tente me intimidar. Entendo sua decepção, mas o senhor não pode vir à minha sala me ofender, entende?

Hornbeam controlou a própria raiva.

– Peço perdão. Mas eu ficaria grato se o senhor fizesse a gentileza de me dizer quem foram os proponentes escolhidos.

– A anglicana é a Sra. Bagshaw e o metodista, Amos Barrowfield.

– Uma mulher e um oportunista metido a besta!

– Nenhum dos dois mencionou o sistema de desconto especial, só para constar.

Hornbeam tinha sido feito de bobo. Donaldson o deixara tagarelar, sabendo que a questão já estava decidida, até Hornbeam revelar o sistema de propinas que vinha operando com Riddick. Será que Donaldson pretendia processá-lo? Ou Northwood? Mas não havia provas. Ele poderia negar que aquela conversa tinha acontecido ou dizer que houvera um mal-entendido. Não, o risco de um processo judicial era bem pequeno. Mas ele havia perdido o contrato. Teria que se esforçar para manter sua fábrica nova operando. Iria perder dinheiro.

Sua vontade era esganar Donaldson. Ou Barrowfield. Ou a viúva Bagshaw. De preferência todos os três. Precisava matar alguém, ou então quebrar alguma coisa. Estava transbordando de tanta fúria e não tinha em quem descontá-la.

Levantou-se. Por entre os dentes cerrados, falou:

– Tenha um bom dia, major.

– Bom dia para o senhor também, conselheiro.

Percebeu certo sarcasmo no modo como Donaldson disse *"conselheiro"*.

Hornbeam se retirou da sala e saiu do prédio pisando firme. As pessoas se afastavam do seu caminho enquanto ele subia a rua pavimentada, olhando furioso para todos e para ninguém.

Acabara de ser derrotado e humilhado.

E dessa vez não tinha nenhum plano de contingência.

– Escutem essa! – disse Elsie, que estava lendo a *Gazeta de Kingsbridge* à mesa do desjejum. – O conselheiro Hornbeam não conseguiu o contrato de tecido vermelho para os uniformes da milícia.

– Quem conseguiu? – quis saber Arabella.

– Duas pessoas, está dizendo aqui: a Sra. Cissy Bagshaw ficou com metade e o Sr. Amos Barrowfield, com a outra. E o tecido mais caro para os uniformes dos oficiais vai ser fornecido pelo Sr. David Shoveller.

O bispo ergueu os olhos do *The Times* que estava lendo.

– David Shoveller?

– Aquele que todo mundo chama de Spade.

Ao dizer isso, Elsie cruzou olhares com a mãe. De repente, Arabella pareceu assustada.

– Sempre esqueço que o verdadeiro nome dele é David – disse o bispo.

Elsie deu de ombros.

– A maioria das pessoas nem sabe.

Seu pai pareceu inexplicavelmente impressionado com aquele fato insignificante.

Elsie tornou a olhar para a mãe. A mão de Arabella tremia enquanto ela mexia o açúcar no chá.

O bispo perguntou:

– Arabella, minha querida, você gosta do nome David, não é?

A expressão no olhar do pai deixou Elsie preocupada.

– Muita gente gosta desse nome – respondeu Arabella.

– Um nome hebraico, é claro, mas muito apreciado no País de Gales, cujo padroeiro é São Davi. Eles abreviam o nome para Dai, mas não quando se referem ao santo, naturalmente.

Elsie podia sentir que algo dramático estava acontecendo ali, sob o disfarce de uma conversa banal, mas não conseguia identificar a questão subjacente. E daí se Arabella gostava do nome David?

Quando o bispo tornou a falar, seu rosto exibia uma expressão de rancor.

– Na verdade, me lembro até que você quis batizar seu filho de David.

Por que ele disse seu *filho?*, perguntou-se Elsie.

Arabella ergueu os olhos e encarou o marido. Num tom de confronto, falou:

– Teria sido melhor que Absalão.

Elsie começou a entender. O bispo achava que não era o pai de Absalão; desde o início ficara intrigado com a história daquela noite de bebedeira na última Páscoa. Arabella quisera batizar o menino de David... que era o verdadeiro nome de Spade. Belinda Goodnight tinha dito que Arabella andava surpreendentemente próxima de Spade.

O bispo achava que Spade era o pai de Absalão.

Spade? Se Arabella tivesse cometido adultério, teria sido com Spade?

O bispo não parecia ter dúvidas. Com os olhos em brasa, ele se levantou. Apontou um dedo para Arabella e disse:

– Você será punida por isso!

Então saiu da sala.

Arabella caiu em prantos.

Elsie foi se sentar ao lado da mãe e passou um braço à sua volta, sentindo o aroma do seu perfume de flor de laranjeira.

– É verdade, mãe? – perguntou ela. – Spade é o verdadeiro pai?

– Claro que sim! – respondeu Arabella aos soluços. – O bispo não poderia ter feito isso, e eu fui uma tola por mentir. Mas o que mais eu poderia ter feito?

Elsie quase disse "Mas você deve ser dez anos mais velha que Spade!", porém percebeu que isso não ajudaria em nada. Mesmo assim, foi nisso que pensou, nisso e em outras coisas. Sua mãe era a esposa do bispo, uma das mais importantes damas da sociedade de Kingsbridge e a mulher mais bem-vestida da cidade: como poderia estar tendo um caso? Um caso adúltero com um homem mais jovem? E ainda por cima metodista?

Por outro lado, refletiu Elsie, Spade era charmoso e divertido, inteligente e bem informado, e inclusive bonito de um jeito um tanto rústico. Estava muito abaixo de Arabella na escala social; no entanto, essa era a menor das regras que sua mãe estava violando.

Mas em que lugar eles ficavam juntos? Onde faziam aquilo que os adúlteros fazem? De repente, Elsie se lembrou dos quartos que serviam de provadores na loja de Kate Shoveller. Na mesma hora teve certeza de que era lá. Aqueles quartos no segundo andar tinham camas.

Estava vendo a mãe com novos olhos.

Os soluços de Arabella se acalmaram.

– Deixe-me ajudá-la a subir – disse Elsie.

Arabella se levantou.

– Não, querida, obrigada – falou. – Não tem nada de errado com as minhas pernas. Vou só me deitar um pouco.

Elsie a acompanhou até o saguão, onde a observou subir lentamente a escada.

Lembrou que aquele era o dia em que Sal sairia da cadeia. Queria vê-la, para se certificar de que ela estava bem. Podia deixar a mãe sozinha por enquanto.

Vestiu o casaco, costurado por Kate e Becca com tecido fabricado por Spade, conforme recordou. Saiu para a manhã chuvosa e caminhou depressa para o lado noroeste, tomando o rumo da casa da família Box. No caminho, veio-lhe à mente uma imagem nada bem-vinda de sua mãe beijando Spade dentro de um quarto que servia de provador. Afastou a imagem da cabeça.

Sal não estava bem. Ao entrar, Elsie a encontrou sentada na cozinha com os cotovelos apoiados na mesa. Estava magra e tinha um aspecto cansado e sujo. Kit e Sue a encaravam; ambos tinham ficado chocados e emudecidos com a sua mudança física. Na frente de Sal havia uma caneca de cerveja, mas ela não estava bebendo. Devia estar com fome, raciocinou Elsie, porém exausta demais para se mexer.

– Ela está acabada, Sra. Mackintosh – disse Jarge.

Elsie foi se sentar ao lado de Sal.

– Você precisa descansar e comer para recuperar as forças – falou.

Sal respondeu, apática:

– Vou descansar hoje, mas amanhã tenho que ir trabalhar.

– Jarge, vá buscar uma peça de carneiro no açougue e prepare um caldo bem gorduroso para ela – sugeriu Elsie. Tirou da bolsa de moedas um soberano e o pôs sobre a mesa. – E também um pouco de pão e manteiga fresca. Depois de comer, ela poderá dormir.

– A senhora é muito gentil – agradeceu Jarge.

Elsie disse a Sal:

– Deve ter sido uma coisa brutal ter que fazer trabalhos forçados.

– Foi o trabalho mais duro que já fiz. As mulheres desmaiam de tão fracas, mas são açoitadas até acordarem, ficarem de pé e voltarem a trabalhar.

– E os encarregados da supervisão… como tratavam vocês?

Sal lançou um olhar de advertência para Elsie. Durou uma fração de segundo, e Jarge nem sequer notou, mas Elsie adivinhou seu significado: os carcereiros abusavam das condenadas. Sal não queria que Jarge soubesse. Se ele descobrisse, provavelmente iria matar um dos carcereiros e então seria enforcado.

Sal preencheu o breve silêncio.

– Eram capatazes rigorosos – respondeu.

Elsie segurou sua mão e apertou. Sal correspondeu com um aperto breve. Um código entre mulheres. Elas iriam guardar segredo em relação ao estupro ocorrido na cadeia.

Elsie se levantou.

– Comida e descanso – falou. – Em breve você voltará a se sentir bem.

Ela foi até a porta.

– A senhora é um anjo, Sra. Mackintosh – declarou Jarge.

Elsie saiu.

Voltou para o centro da cidade debaixo de chuva, refletindo sombriamente sobre a crueldade dos seres humanos uns com os outros e sobre como, para um homem pobre feito Jarge, uma única moeda de ouro podia parecer um milagre operado por um anjo.

Continuava preocupada com a mãe. O que estaria acontecendo em casa? Que castigo seu pai estaria planejando? Será que iria trancar Arabella no quarto durante uma semana só a pão e água, como tinha feito com ela?

Quando retornou ao palácio, a mãe não estava na sala do desjejum nem o pai no escritório. Ela foi até o quarto da mãe e a encontrou sentada na cama, chorando amargurada.

– O que foi, mãe? – indagou Elsie. – O que ele fez agora?

Arabella pareceu incapaz de responder.

Um pensamento terrível passou pela cabeça de Elsie. Certamente seu pai não iria machucar o bebê, iria?

– Absalão está bem? – perguntou.

Arabella aquiesceu.

– Graças a Deus. Mas onde está meu pai?

– Jardim – foi tudo que Arabella conseguiu dizer.

Elsie desceu correndo a escada e atravessou a cozinha, onde os criados exibiam rostos acuados e assustados. Saiu pela porta dos fundos e olhou em volta. Não conseguiu ver o pai, mas ouviu vozes. Atravessou um gramado e passou por baixo do arco de vime que, no verão, sustentava centenas de rosas, mas que agora, no inverno, exibia apenas gravetos retorcidos. Então entrou no roseiral.

Ficou abalada com a visão com que se deparou.

O quadrado de roseiras baixas no centro do jardim fora revirado, e os caules destruídos agora jaziam em meio à terra escavada. No extremo oposto, a treliça fora arrancada do muro antigo e jogada no chão, e as roseiras que a decoravam tinham sido desenterradas e largadas de lado. Uma chuva fina caía sobre os torrões de terra expostos. Dois jardineiros enérgicos nivelavam o jardim com enxadas, supervisionados pelo bispo, que tinha as meias de seda brancas sujas de lama. Ao ver Elsie, ele sorriu com um deleite que a ela pareceu beirar a insanidade.

– Olá, filha.

– O que está fazendo? – perguntou ela, sem acreditar.

– Pensei que seria bom termos uma horta – grasnou ele. – A cozinheira adorou a ideia!

Elsie tentou segurar o choro.

– Minha mãe ama este roseiral – declarou.

– Ah, bem, não se pode ter tudo na vida, não é mesmo? Além do mais, ela vai estar ocupada demais cuidando do novo bebê para praticar jardinagem.

– O senhor é um homem muito cruel.

Os jardineiros ouviram isso e ficaram espantados. Ninguém criticava o bispo.

– Você deveria tomar cuidado com o que diz – alertou ele. – Principalmente se quiser continuar a alimentar seus alunos da escola dominical às minhas custas.

– Minha escola! Como pode ameaçar a existência dela?

Ele atravessou o jardim até onde ela estava parada e baixou a voz para que ninguém mais pudesse escutar.

– Eu tirei da sua mãe uma coisa que ela amava, porque ela fez a mesma coisa comigo.

– Ela nunca tirou nada do senhor!

– Tirou o que eu mais valorizava... minha dignidade.

Elsie se deu conta de que era verdade. Ficou estarrecida com essa revelação. O que seu pai estava fazendo era cruel, não havia como negar, mas agora ela entendia por que ele agia assim.

– Então não fale comigo de modo desrespeitoso na frente dos jardineiros, nem de mais ninguém, ou vou lhe ensinar como é perder o que você mais valoriza – emendou ele.

E com isso virou-lhe as costas e voltou para os jardineiros.

Spade estava no tear, ajustando a máquina para um padrão listrado complexo, quando Kate apareceu e disse:

– Tem uma surpresa à sua espera na casa.

Ele se levantou e, deixando a irmã para trás de tanta pressa, atravessou o pátio, entrou na casa e subiu correndo a escada. Quando entrou no quarto, Arabella estava à sua espera como ele imaginava – mas não sozinha.

Estava com o bebê no colo.

Ele passou os braços em volta de ambos, beijou Arabella na boca, então olhou para o menino. Não conseguira vê-lo direito no batizado na catedral. Havia muitas pessoas importantes se acotovelando na frente, e ele não quisera chamar atenção para si abrindo caminho até lá. Nesse instante, a visão era um banquete para os seus olhos.

– Absalão – disse ele.

– Vou chamá-lo de Abe – afirmou Arabella.

– Abe.

– Não usarei jamais o nome com o qual Stephen o batizou. Me recuso a fazê-lo viver sob uma maldição.

– Que bom.

O bebê estava com os olhos fechados e parecia em paz.

– Ele herdou seus cabelos – declarou Arabella. – Escuros, encaracolados e fartos.

– Eu não teria me importado se ele tivesse herdado os seus. E os olhos, de que cor são?

– Azuis, mas a maioria dos bebês tem olhos azuis. Muitos mudam de cor depois de um tempo.

– Nunca acho bebês bonitos… mas Abe é lindo.

– Quer segurá-lo?

Spade hesitou. Não tinha experiência alguma naquilo.

– Posso?

– Lógico. Ele é seu filho.

– Está bem.

– Ponha uma das mãos debaixo do traseiro e a outra atrás da cabeça, e é só isso que precisa fazer.

Ele obedeceu às instruções. Abe não pesava quase nada. Spade pressionou o menino contra o peito e apreciou seu cheiro, morno e limpo. Foi tomado por emoções poderosas: sentiu-se profundamente orgulhoso, amoroso e protetor.

– Eu sou pai – falou, maravilhado. – Eu tenho um filho.

Depois de algum tempo, perguntou a Arabella:

– Como estão as coisas em casa?

– O bispo se vingou. Destruiu meu roseiral.

– Eu sinto muito!

– Eu também. – Ela deu de ombros. – Mas eu tenho você e tenho Abe. Posso viver sem rosas.

Mesmo assim, ela parecia triste.

Spade beijou a cabeça de Abe.

– Que coisa estranha – comentou.

– O quê?

– Este menininho causou muitos problemas em sua chegada ao mundo e provavelmente ainda vai causar outros. Mas você e eu quase não ligamos para isso. Estamos os dois encantados por ele ter nascido e ambos o adoramos. Ficaremos felizes em dedicar nossa vida a cuidar dele. Isso é bom… mas é estranho.

– Talvez seja assim que Deus age – disse Arabella.

– Deve ser mesmo – concordou Spade.

PARTE IV

RECRUTAMENTO FORÇADO

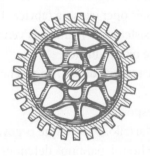

1804 a 1805

CAPÍTULO 26

No outono de 1804, Amos pegou uma barcaça de Kingsbridge até Combe. Era uma viagem tranquila, correnteza abaixo, embora na volta os barqueiros fossem precisar remar contra a corrente.

Ao chegar ao porto de Combe, teve uma surpresa desagradável. No promontório fora erguida uma construção nova: uma fortaleza atarracada e redonda, no mesmo formato de um caneco de cerveja, mais larga na base que no alto. Era feia e assustadora, e por algum motivo o fez pensar nos boxeadores que se ofereciam para enfrentar qualquer um nas feiras.

Hamish Law o acompanhava. Agora que o negócio estava usando menos trabalhadores a domicílio e mais operários na fábrica, Hamish não precisava viajar tanto e tinha se tornado assistente de Amos nas vendas. Kit Clitheroe desempenhava um papel semelhante na produção.

Em pé no convés da barcaça ao lado de Amos, Hamish perguntou:

– Que diabo é aquilo?

Amos pensava saber a resposta.

– Deve ser uma torre Martello. Parece que o governo está construindo uma centena delas por todo este litoral, para nos defender da invasão francesa.

– Já tinha ouvido falar – disse Hamish. – Só não imaginava que fossem tão horrorosas.

Amos recordou o que tinha lido no *The Morning Chronicle*. Uma torre Martello tinha paredes com dois metros e meio de espessura e um pesado canhão no telhado plano, que podia girar num círculo completo e disparar em qualquer direção. Cada torre era guarnecida por um oficial e vinte soldados.

Havia meses que Amos lia sobre a ameaça de invasão francesa. Sentira uma preocupação superficial ao ler que Napoleão Bonaparte, governante da França, havia reunido duzentos mil soldados em Boulogne e outros portos e estava formando uma esquadra para fazê-los atravessar o canal da Mancha. Mas a sombria visão de uma fortaleza protegendo o porto de Combe de repente tornava a coisa toda mais real.

Bonaparte tinha dinheiro de sobra para financiar a invasão. Vendera para os Estados Unidos um vasto território pouco lucrativo conhecido pelos franceses como Louisiane, que se estendia do golfo do México até os Grandes Lagos, na fronteira com o Canadá. O presidente norte-americano Thomas Jefferson havia assim dobrado o tamanho do país a um custo de quinze milhões de dólares. Bonaparte estava gastando todo esse dinheiro para conquistar a Inglaterra.

Paradoxalmente, o comércio dos ingleses com o continente europeu prosseguia, graças à Marinha Real, que patrulhava o canal. A França estava fora de questão e os franceses tinham conquistado os Países Baixos, mas navios de Combe ainda podiam zarpar rumo a cidades como Copenhague, Oslo e até mesmo São Petersburgo.

Amos estava levando para Combe um carregamento de tecidos que seriam encaminhados para um cliente em Hamburgo. Receberia em troca uma letra de câmbio. Seu cliente pagaria o preço da mercadoria para um banqueiro alemão chamado Dan Levy, e Amos receberia o dinheiro por meio do primo de Dan, Jonny, dono de um banco em Bristol.

Enquanto isso, em Kingsbridge, ele era agora proprietário de duas fábricas. Seus negócios com o Exército haviam se expandido, e, como a primeira fábrica ficara sobrecarregada, ele havia comprado uma segunda de Cissy Bagshaw, que estava se aposentando, chamada Moinho da Viúva. Seis meses antes, nomeara Kit Clitheroe gerente das duas fábricas. O rapaz era muito novo para o cargo, mas entendia de máquinas e se dava bem com os operários; era de longe o braço direito mais competente que Amos já tivera.

O cais de Combe estava movimentado. Carregadores e carroceiros passavam para lá e para cá, e navios e barcaças descarregavam e recarregavam, no processo interminável que fazia da Inglaterra o país mais rico do mundo.

Os barqueiros encontraram a embarcação que Amos estava procurando, o *Moça Holandesa*, e atracaram ao seu lado. Amos desembarcou enquanto Hamish começava a descarregar as peças de fazenda. Kev Odger, capitão do *Moça Holandesa*, então apareceu. Amos o conhecia havia muitos anos e confiava nele, mas mesmo assim eles conferiram juntos a quantidade de fardos e Odger abriu três deles, escolhidos aleatoriamente, para verificar que eram de sarja de lã branca conforme especificado no manifesto. Eles assinaram o Conhecimento de Embarque em duas vias, e ficaram cada qual com uma.

– Vai passar a noite aqui? – perguntou Odger.

– Está tarde para voltar hoje mesmo para Kingsbridge – respondeu Amos.

– Então fique de olho aberto para a gangue do recrutamento. Perdi dois bons trabalhadores ontem à noite.

Amos sabia a que ele estava se referindo. A Grã-Bretanha tinha uma necessidade constante de homens para a Marinha. A milícia, a defesa doméstica, não sofria escassez de soldados, pois tinha autoridade para recrutar homens de maneira compulsória. No Exército regular não havia alistamento obrigatório, mas a empobrecida Irlanda fornecia cerca de um terço dos recrutas, e os tribunais penais, o restante, pois podiam condenar os criminosos ao serviço militar como castigo. Portanto, o maior problema era a Marinha, que protegia os mares para possibilitar o comércio da Grã-Bretanha.

Além de ganharem pouco, os marujos viam seu soldo atrasar com frequência e levavam no mar uma vida brutal na qual o açoitamento era um castigo corriqueiro para ofensas sem importância. Um décimo da Marinha era nesse momento formado por condenados tirados de prisões irlandesas, mas nem isso bastava. Em vez de reformar a Marinha e pagar decentemente os marujos, um governo que defendia os interesses dos contribuintes simplesmente forçava os homens a se alistarem. Na Inglaterra, grupos conhecidos como "bandos do recrutamento forçado" raptavam ou alistavam compulsoriamente homens aptos nas cidades costeiras, obrigavam-nos a embarcar em navios e os mantinham amarrados até eles estarem a quilômetros de distância da terra firme. Era um sistema odiado, que com frequência provocava revoltas.

Amos agradeceu a Odger pelo aviso e foi com Hamish até a hospedaria da Sra. Astley, onde sempre ficava quando precisava pernoitar em Combe. Era uma casa normal de cidade, porém abarrotada de camas: uma ou duas nos cômodos menores e várias nos maiores. A dona era uma jamaicana sorridente, cuja circunferência abdominal servia de boa propaganda para seus talentos culinários.

Eles chegaram a tempo para almoçar. A Sra. Astley serviu um ensopado de peixe apimentado com pão fresco e cerveja para beber, tudo ao preço de um xelim. Na mesa coletiva, Amos se sentou ao lado de um rapaz que o reconheceu.

– O senhor não me conhece, Sr. Barrowfield, mas eu sou de Kingsbridge – disse ele. – Meu nome é Jim Pidgeon.

Amos não se lembrava de já tê-lo visto.

– O que o traz a Combe? – perguntou, educado.

– Eu trabalho nas barcaças. Conheço o rio bastante bem entre Kingsbridge e Combe.

Outro hóspede, um homem apelidado de Canhotinho, com o braço esquerdo atrofiado, esbravejava contra os franceses entre uma colherada e outra.

– Uns ímpios sanguinários e ignorantes, que trucidaram a nata da nobreza da França e agora querem trucidar a nossa – comentou ele, e sorveu ruidosamente o caldo da colher.

Hamish se manifestou:

– Nós tivemos paz por catorze meses.

O Tratado de Amiens fora assinado em março de 1802, e consumidores e turistas ingleses abastados tinham voltado a lotar as ruas de sua amada Paris; mas a Inglaterra havia posto fim à trégua em maio do ano anterior.

– Os franceses nos atacaram outra vez – disse Canhotinho.

– Que engraçado o senhor dizer isso – retrucou Hamish. – Pelo que informaram os jornais, fomos nós que declaramos guerra aos franceses, não o contrário.

– Porque eles invadiram a Suíça – afirmou Canhotinho.

– Sem dúvida, mas isso é motivo para mandar ingleses para a morte? Por causa da Suíça? Só para saber mesmo.

– Fale o que quiser, mas eu detesto esses franceses de merda.

Uma voz se fez ouvir da cozinha:

– Sem palavrões, cavalheiros. Esta é uma casa de respeito.

O belicoso Canhotinho acatou a autoridade da proprietária.

– Desculpe, Sra. Astley.

O almoço terminou logo depois. Quando os homens estavam saindo da mesa, a Sra. Astley entrou no salão e disse:

– Tenham um bom final de dia, senhores, mas lembrem-se da minha regra: a porta é trancada à meia-noite e eu não devolvo dinheiro.

Amos e Hamish foram passear pela cidade. Amos não estava preocupado com o bando do recrutamento. Eles não levavam cavalheiros de classe média bem-vestidos.

Combe era um lugar animado, como os portos em geral. Músicos e acrobatas se apresentavam nas ruas em troca de dinheiro; ambulantes vendiam baladas, suvenires e poções mágicas; moças e rapazes ofereciam o próprio corpo; batedores de carteiras roubavam o salário dos marujos. Amos e Hamish não se sentiram tentados a entrar nos muitos bordéis e casas de jogatina, mas provaram a cerveja em algumas tabernas e comeram ostras numa barraquinha de rua.

Quando Amos anunciou que estava na hora de voltarem para a hospedaria da Sra. Astley, Hamish implorou por um último caneco, e ele acabou cedendo. Os dois entraram numa taberna perto do cais. Lá dentro, cerca de uma dúzia de homens e um punhado de moças bebiam cerveja. Amos viu Jim Pidgeon, entretido numa conversa amigável com uma moça de vestido vermelho.

– Que lugar agradável – comentou Hamish num tom de apreciação.

– Não é, não – discordou Amos. – Veja aquele rapaz de Kingsbridge ali, o tal Jim. Ele está muito embriagado.

– Sorte a dele.

– Por que acha que aquela moça está sendo simpática com ele?

– Imagino que deva ter gostado dele.

– Jim não é bonito nem rico… O que ela viu nele?

– Gosto não se discute.

Amos balançou a cabeça.

– Isto aqui é uma casa de recrutamento forçado.

– Como assim?

– Ela pôs gim na cerveja de Pidgeon sem ele perceber. A qualquer momento, vai levá-lo para a sala dos fundos, e ele vai pensar que hoje é sua noite de sorte. Só que não é, porque o bando do recrutamento estará à espera. Eles vão levá-lo a bordo e trancá-lo na prisão do navio. Na próxima vez em que vir a luz do dia, ele vai ser um marujo da Marinha Real.

– Coitado.

– E a garota vai ganhar um xelim por ter ajudado.

– É melhor nós o salvarmos.

– Sim.

Amos foi até Pidgeon e disse:

– Hora de ir para casa, Jim. Está tarde e você bebeu demais.

– Eu estou bem – afirmou Jim. – Estou só conversando com esta moça. O nome dela é mademoiselle Stephanie Marchmont.

– E o meu é William Pitt, o Jovem – retrucou Amos. – Vamos indo.

A jovem que se dizia chamar Stephanie perguntou:

– Por que vocês não vão cuidar da própria vida?

Amos segurou Jim pelo braço com firmeza.

– Deixe-o em paz! – guinchou Stephanie.

Ela se jogou em cima de Amos e arranhou o rosto dele.

Ele afastou a mão dela com um tapa.

Três homens estavam parados por perto conversando com outra moça bonita. Um deles se virou e indagou:

– O que está acontecendo?

– Meu amigo bebeu demais – respondeu Amos, levando a mão à bochecha que sangrava. – Estamos indo para casa antes que o bando do recrutamento o pegue. E os senhores talvez devessem pensar em fazer a mesma coisa.

– Bando do recrutamento? – repetiu o homem. Seu raciocínio estava prejudicado pela bebida, mas a compreensão foi surgindo aos poucos no seu rosto. – O bando do recrutamento está aqui?

Amos olhou na direção dos fundos do recinto e viu três homens com ar de valentão se aproximando conduzidos por um quarto, este trajando um uniforme de oficial naval.

– Olhem ali – falou, apontando. – Eles acabaram de entrar.

Stephanie acenou para os quatro homens. Eles se moveram depressa, como se estivessem repetindo uma ação executada muitas vezes, e num segundo chegaram ao seu lado. Ela apontou para Jim.

– Vocês, para trás – ordenou o oficial.

Um dos valentões segurou Jim, que foi incapaz de resistir. Hamish acertou o segundo com um soco potente usando todo o peso do corpo, que derrubou o homem no chão. O terceiro atingiu Amos na barriga, um golpe forte e mirado com precisão que o fez se dobrar de tanta dor. O sujeito então o atacou com uma sequência de socos. Apesar de ser alto e forte, Amos não era um brigão de rua, e teve dificuldade para se defender enquanto ia recuando em meio às pessoas.

Mas os observadores não ficaram neutros. O bando do recrutamento era um inimigo de todos. Os que estavam mais perto de Amos entraram na briga, atacando o homem que o agredia e o puxando para trás.

Isso lhe deu alguns segundos para se situar. A briga agora estava generalizada, e homens berravam e desferiam golpes indiscriminadamente enquanto as mulheres gritavam. Hamish tinha agarrado Jim e tentava separá-lo de seu captor. Amos foi ajudá-lo, mas um dos observadores reparou nas suas roupas de qualidade, supôs que ele estivesse do lado do bando do recrutamento e o acertou. O soco pegou em cheio e debaixo do queixo. Ele perdeu os sentidos por um instante e se viu caído no chão. Não era um bom lugar para se estar no meio de uma confusão, mas ele estava atordoado demais para se levantar.

Conseguiu a duras penas se ajoelhar, e alguém então o segurou pelas axilas e ele viu o bem-vindo semblante de Hamish. Seu assistente então o suspendeu e o pendurou por cima de um dos ombros largos. Amos se entregou ao destino e ficou inerte. Seus pés foram batendo nas pessoas conforme Hamish abria caminho pela multidão. Poucos segundos depois, ele respirou o ar fresco e frio. Hamish o carregou por uma certa distância, afastando-se da taberna, em seguida o pôs de pé apoiado numa parede.

– Consegue ficar em pé? – indagou.

– Acho que sim.

Apesar de estar sentindo as pernas fracas, Amos permaneceu de pé. Hamish riu.

– Uma baderna e tanto. – Ele obviamente tinha apreciado a confusão. – Mas aquela tal de Stephanie estragou sua cara. Você antes até que era bonito.

Amos levou a mão à bochecha e a trouxe de volta suja de sangue.

– Vai sarar. E Jim Pidgeon, onde está?

– Tive que deixá-lo lá. Não conseguia carregar o senhor e ao mesmo tempo lutar contra o bando do recrutamento.

– Espero que ele tenha conseguido escapar – disse Amos.

– Imagino que descobriremos amanhã no desjejum.

Na manhã seguinte, não havia sinal de Jim Pidgeon.

Elsie pôs os três filhos na cama, um depois do outro. Era seu momento favorito do dia. Adorava aqueles instantes de tranquilidade com as crianças e ansiava também pelo momento em que todas estivessem dormindo para ela poder descansar.

Começou com o caçula, Richie, de 2 anos. O menino era louro como Kenelm e prometia ser um belo homem. Ela se ajoelhou junto ao seu berço e fez uma prece curta. Quando terminou, ele a acompanhou no "Amém". Era uma das poucas palavras que já sabia falar, junto com "*mamá*", "cocô" e "não".

Depois foi a vez de Billy. Aos 4 anos, ele era pura energia. Sabia cantar, contar, contrariar a mãe e correr, embora não depressa o bastante para fugir dela. O menino recitou o pai-nosso junto com a mãe.

Por fim, Elsie chegou ao seu primogênito, Stevie, de 7 anos. Os cabelos ruivos e volumosos tinham escurecido um pouco e ficado mais parecidos com os de Arabella, de tom escuro. Ele já lia bastante e sabia escrever o próprio nome. Fazia suas orações sem que Elsie precisasse guiá-lo, e foi ela quem o acompanhou no "Amém".

Kenelm sempre tinha feito isso com Stevie, mas, agora que tinham três filhos, achava que tomava tempo demais.

Ela deixou os meninos sob os cuidados da ama-seca, que dormia num lugar do qual conseguia escutá-los. No patamar da escada cruzou com a mãe, que vinha saindo do quarto do bispo.

Ao longo dos últimos cinco anos, os pais de Elsie mal se falaram, até o bispo cair doente no verão anterior, aos 67 anos. Ele sentia dores no peito e falta de ar, tanto que qualquer esforço o deixava exaurido, e agora não se levantava mais da cama. Arabella então começara a cuidar dele.

Elsie e a mãe desceram a escada juntas e entraram na sala de jantar para fazer a refeição. Foram servidos uma sopa quente, um empadão frio de carne de caça e um bolo. Sobre a mesa havia uma jarra de vinho, mas as duas mulheres tomaram chá.

Como Kenelm estava numa reunião na sacristia e tinha dito que chegaria tarde, elas começaram sem ele.

Elsie perguntou como o pai estava.

– Um pouco mais fraco – respondeu Arabella. – Fica reclamando de frio nos pés, apesar de o fogo no quarto estar abrasador. Levei um pouco de caldo para jantar e ele tomou. Agora está dormindo. Mason está com ele.

– Por que a senhora cuida dele? Mason poderia fazer isso sozinha.

– É uma pergunta que faço a mim mesma com frequência.

Elsie não se contentou com essa resposta e insistiu:

– É porque está pensando na vida após a morte?

Quase tinha dito "no dia do Juízo Final", mas achara forte demais.

– Não sei muito sobre a vida após a morte – disse Arabella. – Nem o clero, embora finja saber. Casais felizes acham que estarão juntos no céu, mas e uma viúva que se case em segundas núpcias? Ela acaba com dois maridos no céu. Vai ter que escolher entre um e outro ou poderá ficar com os dois?

Elsie deu uma risadinha.

– Não seja boba, mãe.

– Estou só assinalando a falta de bom senso daquilo em que as pessoas acreditam.

– A senhora ainda ama meu pai?

– Não, e provavelmente nunca amei. Mas não por culpa dele. Fomos ambos responsáveis pelas coisas que nos aconteceram. Eu jamais deveria ter me casado com ele, é claro, mas quem decidiu fui eu. Ele pediu minha mão, e eu poderia ter negado. E teria, se não estivesse com o orgulho ferido por causa do rapaz que me rejeitou.

– Há casamentos que não são a primeira escolha e dão muito certo.

– O problema é que seu pai nunca teve interesse de verdade em mim. Ele queria uma esposa, tanto para fins práticos quanto por se considerar isso uma prova de que o membro do clero não é, você sabe, um maricas.

– O pai é maricas?

– Não, mas a inclinação dele no outro sentido tampouco é muito forte. Depois que você nasceu, fizemos amor pouquíssimas vezes. E, depois de um tempo, encontrei alguém que quase não conseguia parar de me tocar de tanto que me amava, entende, e percebi que era assim que deveria ser.

Não é assim que é para mim, pensou Elsie com tristeza. *Mas tenho certeza de que poderia ser... com Amos.* Ela tomou um pouco de sopa e não falou nada.

– Não quero que ele morra me odiando – retomou Arabella. – Nem quero ficar parada diante do seu túmulo e amaldiçoá-lo. Então penso nos primeiros tempos, quando ele era esbelto, bonito e ainda não tão pomposo, e eu pelo menos gostava dele. E talvez, antes do fim, ele consiga me perdoar.

Elsie não achava que o pai fosse do tipo que perdoa, mas foi outro pensamento que guardou para si.

O clima de desabafo se evaporou quando Kenelm entrou na sala. Ele se sentou diante da mesa e se serviu um cálice de vinho madeira.

– Por que estão tão sérias? – indagou.

Elsie decidiu não responder. Em vez disso, perguntou:

– Como foi a reunião?

– Muito direta – respondeu ele. – Foi uma conversa sobre questões administrativas. Eu já tinha confirmado tudo com o bispo antes, então pude dizer ao resto do clero qual era a sua vontade. Quando eles discordaram, disse que tornaria a levar o assunto ao bispo, mas que não achava que ele fosse mudar de ideia.

– Tem certeza de que ele entende o que está lhe dizendo? – perguntou Arabella.

– Creio que sim. De toda forma, nós dois juntos tomamos decisões sensatas.

Kenelm se serviu um pedaço do empadão de carne e começou a comer.

Arabella se levantou.

– Vou me recolher. Boa noite, Kenelm. Boa noite, Elsie.

Ela se retirou da sala.

Kenelm franziu o cenho.

– Espero que a sua mãe não esteja contrariada comigo por algum motivo.

– Não – disse Elsie. – Mas desconfio que ela ache que o bispo não está em condições de tomar decisão alguma e que na verdade quem está administrando as coisas agora é você.

Kenelm não discordou.

– E se fosse verdade, isso teria importância?

– Alguém de fora poderia dizer que o que você está fazendo é desonesto.

– Até parece – retrucou Kenelm com uma risadinha, fingindo considerar a sugestão estapafúrdia. – Em todo caso, o essencial é manter o bom funcionamento da diocese enquanto o bispo estiver indisposto.

– Talvez ele nunca melhore.

– Mais um motivo para evitar uma briga no clero em relação a quem vai ser o bispo interino.

– Mais cedo ou mais tarde as pessoas vão perceber o que você está fazendo.

– Melhor assim. Se eu me revelo apto ao trabalho, quando seu pai for enfim chamado para junto do Senhor, o arcebispo deverá me nomear bispo no lugar dele.

– Mas você tem só 32 anos.

A face alva de Kenelm corou de raiva.

– A idade não deveria influenciar em nada. O cargo tem que ser dado ao mais capaz.

– Não há dúvida nenhuma quanto à sua competência, Kenelm. Mas estamos falando da Igreja Anglicana, que é administrada por homens velhos. Eles podem achar você jovem demais.

– Já estou aqui há nove anos e tenho provado o meu valor!

– E todos concordam com isso. – Não era inteiramente verdade: Kenelm tinha entrado em conflito com alguns dos membros mais graduados do clero, incomodados pela sua autoconfiança arrogante; mas ela estava tentando abrandar sua indignação. – Só não quero que você se decepcione se a decisão não o favorecer.

– Realmente não acho que haja muita chance de isso acontecer – disse ele num tom de quem encerra o assunto, e Elsie não falou mais nada.

Ele terminou de jantar, e os dois subiram juntos. Ele entrou no quarto de Elsie atrás dela, em seguida passou pela porta que ia dar no seu.

– Boa noite, querida – falou ao fechar a porta.

– Boa noite.

Quando o bispo morreu, Elsie sofreu muito mais do que imaginava. Sua relação com o pai era conflituosa, e ela não achava que fosse chorar. Foi só quando os agentes funerários acabaram seu serviço e ela olhou para o corpo frio dentro do caixão, trajando suas vestes episcopais e uma peruca completa, que foi dominada pela tristeza e começou a chorar de soluçar. Pegou-se pensando em cenas da infância, que não lhe vinham à mente havia 25 anos: o pai cantando para ela hinos infantis e canções folclóricas; contando-lhe histórias de ninar; dizendo-lhe como ela estava bonita com suas roupas novas; ensinando-a a reconhecer a primeira letra do próprio nome nas inscrições gravadas na catedral. Em determinado momento, essas intimidades haviam cessado. Talvez quando ela tivesse deixado de ser uma doce menininha e se transformado numa adolescente desafiadora e questionadora.

– Tantos bons momentos... – disse ela à mãe. – Por que eu os esqueci durante tanto tempo?

– Porque as más lembranças envenenam as boas – respondeu Arabella. – Mas agora podemos ver a vida dele como um todo. Ele era gentil em alguns momentos e cruel em outros. Inteligente, mas tinha uma mente fechada. Não consigo me lembrar de uma única ocasião em que tenha mentido para mim, ou para qualquer outra pessoa, aliás, embora ele pudesse enganar por meio do silêncio. Toda vida quando examinada de perto é uma colcha de retalhos assim, a menos que a pessoa seja uma espécie de santa.

Amos disse entender como Elsie se sentia. Durante uma conversa na escola dominical, enquanto as crianças almoçavam, ele falou sobre a morte do próprio pai, doze anos antes.

– Quando eu o vi pálido e imóvel, fui simplesmente tomado por uma crise de choro, dominado por ela, e não conseguia parar de chorar. Embora, ao mesmo tempo, eu soubesse que ele tinha me tratado mal. Lembrava-me disso, mas não fazia diferença. Não entendi na época, e até hoje não consigo entender.

Elsie assentiu.

– O apego é profundo demais para ser alterado pelas circunstâncias. A tristeza não é algo racional.

Ele aquiesceu e sorriu.

– Como você é sábia, Elsie.

Mas mesmo assim você prefere Jane, aquela fútil, pensou ela.

O bispo deixou quatro mil libras de herança, divididas igualmente entre a esposa e a filha. Arabella poderia levar uma vida modesta com a parte que lhe coube. Elsie usaria a sua para a escola dominical.

O arcebispo não veio a Kingsbridge para o funeral, mas mandou Augustus Tattersall, seu braço direito. O emissário se hospedou no palácio. Elsie ficou admirada com ele. Já tinha conhecido dois emissários anteriores do arcebispo e achado ambos arrogantes e autoritários. Tattersall era um intelectual e homem de considerável influência, mas carregava essa distinção com leveza. Falava com voz mansa e se mostrava cuidadosamente cortês, em especial com os subordinados; apesar disso, não havia nele nenhum sinal de fraqueza, e podia ser muito firme ao tratar dos desejos do arcebispo. Ocorreu a Elsie que Amos teria sido assim se tivesse entrado para o clero – só que Tattersall não era tão bonito.

Em visitas anteriores, ela ficara constrangida pelas tentativas evidentes de Kenelm de impressionar membros mais graduados do clero, afirmando constantemente que o bispo dependia dele e dando a entender que seria capaz de administrar melhor as coisas. Entendia que Kenelm quisesse progredir na Igreja, mas sentia que aqueles que ocupavam cargos mais altos teriam ficado mais bem impressionados com uma abordagem mais sutil.

Kenelm disse a Elsie estar confiante, mas estava explodindo de vontade de saber as notícias que Tattersall trazia. No entanto, o emissário manteve o suspense e nada disse a respeito enquanto as providências para o funeral eram tomadas.

Com grande cerimônia, o bispo foi enterrado para seu descanso final no cemitério ao norte da catedral. Tattersall havia marcado uma reunião do capítulo para logo em seguida. Antes, porém, pediu para falar com Arabella, Kenelm e Elsie, o que a última considerou atencioso da parte dele.

Os quatro se sentaram na sala de estar. Tattersall foi direto ao assunto:

– O arcebispo decidiu que o novo bispo de Kingsbridge vai ser Marcus Reddingcote.

Elsie olhou rapidamente para Kenelm. Seu marido estava lívido de choque. Ela sentiu uma onda de compaixão. Aquilo era muito importante para ele.

– Acho que o senhor conheceu Reddingcote em Oxford – disse Tattersall a Kenelm. – Ele era professor da universidade na época.

Elsie já tinha ouvido falar em Reddingcote, um intelectual conservador autor de um comentário sobre o Evangelho de Lucas.

Kenelm conseguiu recuperar a voz.

– Mas por que não eu?

– O arcebispo está muito ciente da sua capacidade e sente que o senhor tem um grande futuro pela frente. Com mais alguns anos de experiência, talvez esteja pronto para assumir uma diocese. No presente momento ainda é jovem demais.

– Muitos homens da minha idade já se tornaram bispos!

– Não muitos. Alguns, sim, e lamento dizer que eles em geral eram segundos ou terceiros filhos de nobres ricos.

– Mas…

– Próximo assunto – disse Tattersall com firmeza. – O deão de Kingsbridge em breve se aposentará, Sr. Mackintosh, e o arcebispo o está promovendo ao cargo.

Kenelm não se deixou comover. Era uma promoção desejável, mas ele almejava mais. Mesmo assim, conseguiu dizer:

– Obrigado.

Tattersall se levantou.

– Reddingcote está ansioso para vir para cá imediatamente – contou ele. – Assim que o deão atual vagar a casa paroquial, o senhor deverá ocupá-la.

Elsie sentiu que sua vida estava mudando depressa demais. Sentiu vontade de fazer uma pausa para se situar.

Tattersall olhou para o relógio.

– Vou falar na reunião do capítulo daqui a quinze minutos. Suponho que vá me encontrar lá, Sr. Mackintosh.

Kenelm parecia querer dizer "Vá para o inferno!", mas, após um instante, aquiesceu, obediente.

– Estarei lá.

Tattersall se retirou.

– Bem, então vamos nos mudar para a casa paroquial! – exclamou Elsie num tom alegre. – É muito boa… menor do que este palácio, lógico, mas certamente mais confortável. E fica na rua principal.

Amargurado, Kenelm falou:

– Oito anos sendo o serviçal do bispo, e tudo que recebo em troca é um cargo de deão.

– É uma promoção rápida para os padrões dos membros normais do clero.

– Eu não sou um membro normal do clero.

Ele esperava um tratamento especial por ser genro de um bispo, Elsie sabia. Mas o bispo estava morto, e Kenelm não tinha nenhum outro contato influente. Com tristeza, ela falou:

– Você achou que fosse ganhar um tratamento especial se casando comigo.

– Ah! Mas foi um erro, não foi? – disse ele.

O comentário foi um tapa na cara, e fez Elsie se calar.

Kenelm saiu da sala.

– Ai, querida, isso não foi nada gentil… mas tenho certeza de que não foi essa a intenção – argumentou Arabella. – Ele está chateado.

– Tenho certeza de que foi a intenção dele, sim – discordou Elsie. – Ele precisa de alguém para culpar pela própria decepção.

– Bem, ele não conseguiu o que queria, mas você, sim. Agora tem Stevie, Billy e Richie. E eu tenho Abe. Vamos nos mudar para a casa paroquial e ter um lar repleto de crianças. A vida poderia ser pior!

Elsie se levantou e foi dar um abraço na mãe.

– Tem razão – falou. – A vida poderia ser muito pior.

CAPÍTULO 27

D eborah, a filha de Hornbeam, estava com uma revista ao lado do prato. Com um lápis, ia anotando números num pedacinho de papel, muito concentrada, enquanto seu chá esfriava. No papel havia desenhos geométricos, triângulos e círculos com tangentes. Hornbeam ficou intrigado.

– O que está fazendo?

– Um quebra-cabeça de matemática – respondeu ela, sem erguer os olhos; estava totalmente absorta.

– Que revista é esta? – quis saber ele.

– *The Lady's Diary: or The Woman's Almanack.*

Ele ficou surpreso.

– Uma revista de senhoras com quebra-cabeças de matemática?

Deborah finalmente ergueu os olhos.

– Por que não?

– Não imaginava que as mulheres fossem capazes de compreender matemática.

– Mas é claro que são! O senhor sabe que eu sempre gostei de números.

– Achava que você fosse excepcional.

– Muitas fingem não entender de números porque lhes dizem que os rapazes não apreciam mulheres inteligentes.

Aquela era uma ideia nova para Hornbeam.

– Com certeza você não está dizendo que no fundo elas são tão inteligentes quanto os homens, está?

– Ah, não, pai. Certamente, não.

Ela estava sendo sarcástica. Poucas pessoas tinham peito para discordar de Hornbeam, quanto mais zombar dele, e Deborah era uma delas. Não havia a menor chance de ela se fingir de burra. Era uma moça brilhante, e o pai gostava de debater com ela.

O marido não estava ao seu lado. Tinha dado tudo errado para Will Riddick. Perdera sua fonte de riqueza ao ser demovido do cargo de encarregado de compras para a milícia de Shiring. Ainda lhe restavam seus aluguéis de Badford e seu soldo militar, mas isso não chegava nem perto de bastar para manter seu estilo de vida, em especial as apostas, e ele estava arruinado. Hornbeam havia lhe emprestado cem libras, por causa de Deborah, mas Riddick não quitara a dívida; na verdade, três meses depois, tinha pedido mais. Hornbeam se negara. Então, Riddick deixou sua casa em Kingsbridge e voltou para o povoado de Badford. Deborah se recusou a acompanhá-lo, e Riddick não pareceu se importar. Como o casal não tinha filhos, a separação foi simples.

Não era o que Hornbeam teria desejado, mas ele gostava de ter Deborah morando consigo.

O relógio bateu as nove e meia, e Hornbeam se levantou.

– Preciso ir lidar com os pobres de Kingsbridge – falou, num tom desgostoso, e se retirou.

No saguão, seu neto, Joe, brincava com uma espada de madeira, combatendo um inimigo imaginário. Hornbeam encarou o menino com afeto e disse:

– Que espada grande para um menino de 6 anos.

– Eu tenho quase 7 – retrucou Joe.

– Ah, então é outra história.

– Sim – afirmou Joe, alheio ao sarcasmo. – Quando eu crescer, vou matar Bonaparte.

Hornbeam estava torcendo para a guerra acabar antes de Joe ter idade para ingressar no Exército, mas o que disse foi:

– Eu me alegro em saber. Seria bom nos livrarmos de Bonaparte. Mas o que você vai fazer depois disso?

Joe encarou o avô com os olhos azuis inocentes e respondeu:

– Ganhar muito dinheiro, igual ao senhor.

– Esse me parece um plano muito bom.

E você nunca vai conhecer as dificuldades pelas quais eu passei quando menino, pensou Hornbeam. *Esse é o meu grande consolo na vida.*

Joe retomou seu combate, dizendo:

– Para trás, seus franceses covardes.

Os franceses estavam longe de serem covardes, refletiu Hornbeam. Durante doze anos, haviam resistido a todas as tentativas da Inglaterra de sufocar sua revolução. Mas esse era um pensamento muito sutil para dividir com um pequeno patriota de 6 anos, mesmo um tão inteligente quanto Joe. Hornbeam vestiu o casaco e saiu.

Tinha sido nomeado recentemente supervisor dos pobres da cidade. Era um trabalho que pouca gente queria, pois acarretava muito esforço e poucas recompensas, mas Hornbeam gostava de segurar as rédeas do poder. O Auxílio aos Pobres era distribuído pelas igrejas das paróquias, mas o sistema era monitorado pelo supervisor. Era importante garantir que o dinheiro dos contribuintes não estivesse indo para desocupados e imprestáveis. Uma vez ao ano, Hornbeam visitava todas as paróquias, onde se sentava na sacristia com o vigário para ouvir histórias tristes de homens e mulheres incapazes de se alimentar ou de alimentar a própria família sem a ajuda de outras pessoas menos imprevidentes.

Nesse dia ele foi à paróquia de São João, ao sul do rio, antes uma paróquia parcialmente rural e hoje o populoso bairro de casas construído por ele próprio e por seu filho, Howard, para os operários que trabalhavam nas fábricas da beira do rio.

O vigário de São João, chamado Titus Poole, era um rapaz magro e cheio de energia, dono de um olhar doce e sensível. Hornbeam estava usando uma peruca destinada a ressaltar sua dignidade e autoridade, mas Poole não. Ele devia ser uma daquelas pessoas que consideravam perucas artigos desnecessários, demasiado caros e ridículos. Hornbeam o desprezava. Como o pior tipo de clérigo de coração mole, Titus ansiava tanto por ajudar as pessoas que nunca lhe ocorria ensiná-las a ajudarem a si mesmas.

Nos primeiros poucos minutos, eles concederam o auxílio a vários casos que não mereciam: um homem de olhos injetados e nariz vermelho que nitidamente tinha dinheiro suficiente para se embriagar; uma mulher gorda apesar da alegada pobreza; e uma moça com três filhos, que todos sabiam ser prostituta e que já tinha comparecido diante de Hornbeam mais de uma vez em sessões ordinárias do tribunal. Hornbeam teria discordado de Poole em relação a todos esses casos, só que havia regras, e os dois homens tinham o dever de respeitá-las. Isso lhes permitiu chegar a um acordo – até Jenn Pidgeon aparecer.

Ela começou a falar assim que entrou.

– Preciso de ajuda para dar de comer ao meu menino. Não tenho um tostão, e isso não é culpa minha. Um pão de dois quilos agora custa mais de um xelim, e o que mais as pessoas podem comer?

Ela estava zangada, tinha um discurso articulado e não demonstrava medo algum.

Poole a interrompeu:

– Fale quando solicitada, Sra. Pidgeon. O conselheiro Hornbeam e eu vamos lhe fazer perguntas. Tudo que a senhora precisa fazer é responder com a verdade. Está dizendo que tem um filho?

– Sim, Tommy. Ele tem 14 anos e procura trabalho todos os dias, mas é pequeno e não muito forte. Às vezes as pessoas lhe pagam para levar recados ou varrer.

Ela devia ter seus 30 anos; estava usando um vestido todo puído e um xale roído pelas traças. Nos pés, calçava tamancos de madeira. Parecia estar faminta, observou Hornbeam. Isso pesava a favor dela. Segundo sua esposa, Linnie, algumas pessoas eram gordas por motivo de doença. Hornbeam as achava apenas gulosas.

– E onde a senhora mora? – indagou Poole.

– Na fazenda Morley, mas não na casa principal. Tem uma espécie de barracão encostado na parede do celeiro que eles chamam de alpendre, sem chaminé, mas com uma cúpula de fumaça. Eles me deixam dormir lá por um *penny* por semana e me deram um colchão de palha para nós dois dormirmos.

– A senhora dorme na mesma cama que seu filho de 14 anos? – perguntou Hornbeam num tom de reprovação.

– É o único jeito de nos aquecermos – respondeu ela, indignada. – Entra muito vento no barracão.

Ela não está faminta a ponto de não conseguir discutir comigo, pensou Hornbeam, de má vontade.

– E que trabalho a senhora faz? – quis saber Poole.

– Qualquer um que conseguir encontrar. Mas no inverno ninguém precisa de ajuda na fazenda, e as fábricas estão com poucos pedidos por causa da guerra. Eu antes era vendedora de loja, mas as lojas de Kingsbridge não estão contratando...

Hornbeam a interrompeu. Não precisava de uma explicação para o desemprego em Kingsbridge.

– Onde está seu marido?

Imaginava que ela fosse responder que não tinha marido, mas se enganou.

– Foi levado pelo bando do recrutamento. Que todos eles ardam no inferno!

Foi um comentário quase subversivo, e Poole a repreendeu:

– Olhe como fala.

A mulher não pareceu escutar seu aviso.

– Eu nunca fui pobre. Quando Jim e eu viemos de Hangerwold para cá, ele arrumou trabalho nas barcaças, e não tínhamos muito, mas nunca contraí nenhuma dívida, nem um único *penny* sequer. – Ela olhou diretamente para Hornbeam. – Então seu primeiro-ministro mandou uns capangas amarrarem Jim e jogá-lo a bordo de um navio, e o obrigou a ir passar Deus sabe quanto tempo no mar e me deixar sozinha. Eu não quero o Auxílio aos Pobres, eu quero o meu marido, mas vocês o tiraram de mim!

Ela começou a chorar.

– Ofender-nos não vai ajudar, a senhora sabe – disse Poole.

Os soluços dela cessaram abruptamente.

– Ofender? Eu disse alguma coisa que não seja verdade?

A mulher era atrevida, julgou Hornbeam com irritação. A maioria dos requerentes tinha pelo menos o bom senso de mostrar deferência. Aquela dali merecia passar fome como castigo pela petulância.

– A senhora é de Hangerwold?

– Sim, eu e Jim. Fica em Gloucestershire. Jim tinha uma tia aqui em Kingsbridge, mas ela morreu.

– A senhora certamente sabe que o Auxílio aos Pobres só está disponível na sua paróquia de nascimento, certo?

– Como posso ir até Gloucestershire? Não tenho casaco, e meu menino não tem sapatos, e lá não tenho onde morar nem dinheiro para pagar o aluguel.

Poole se dirigiu a Hornbeam em voz baixa.

– Em circunstâncias assim, nós em geral pagamos. Ela obviamente fez tudo que podia.

Hornbeam não estava inclinado a adaptar as regras para aquela mulher insubordinada que parecia se considerar sua igual.

– Está dizendo que seu marido foi recrutado à força?

– É o que eu penso.

– Mas a senhora não tem certeza.

– Ninguém informa as coitadas das esposas. Mas ele foi até Combe de barcaça, e nessa mesma noite o bando do recrutamento passou pela cidade, e, como meu Jim nunca voltou para casa, nós sabemos o que aconteceu com ele, não é?

– Ele pode simplesmente ter fugido.

– Alguns homens talvez pudessem ter feito isso, mas não Jim.

Poole tornou a baixar a voz.

– É um caso especial, Sr. Hornbeam.

– Discordo. O marido pode ter morrido. Ela precisa voltar para o lugar onde nasceu.

A raiva cintilou no olhar do vigário.

– É provável que morra no caminho.

– Não podemos mudar as regras.

Poole insistiu:

– Hornbeam, está bastante evidente que esta mulher é a vítima inocente de um governo que permite à Marinha raptar homens como o marido dela! Talvez o bando do recrutamento seja até uma infeliz necessidade, principalmente em tempos de guerra, mas nós podemos pelo menos fazer algo pela família das vítimas, de modo que crianças não morram de fome.

– Mas não é isso que as regras dizem.

– As regras são cruéis.

– Pode ser. Mesmo assim precisamos segui-las. – Hornbeam olhou para Jenn Pidgeon e tornou a falar. – Seu pedido foi negado. A senhora deve se inscrever em Hangerwold.

Imaginou que a mulher fosse começar a chorar, mas ficou surpreso.

– Então está bem – disse ela, e se retirou de cabeça erguida.

Era como se tivesse um plano de contingência.

Elsie adorou a casa nova. Em vez dos imensos cômodos cheios de ecos do palácio do bispo, a casa paroquial possuía quartos em escala humana, quentes e confortáveis, sem pisos de mármore nos quais as crianças pudessem escorregar, cair e bater com a cabeça. A família fazia refeições mais simples, tinha menos empregados e nenhuma obrigação de receber a visita de membros do clero.

Arabella também gostou da casa. Ela estava de luto e assim iria permanecer por um ano, e a cor preta em contraste com sua tez clara a deixava pálida e a fazia parecer levemente adoentada, como a linda heroína dos romances góticos que apreciava ler. Mas Elsie podia ver que a mãe estava feliz. Caminhava como se houvesse se livrado de um fardo. Ia às compras com frequência, às vezes levando o pequeno Abe, de 5 anos, mas em geral voltava sem ter comprado nada, e Elsie supunha que estivesse se encontrando escondido com Spade. Apesar de os dois agora serem solteiros, ainda precisavam de discrição, pois seria escandaloso para uma mulher do status dela se deixar cortejar abertamente enquanto ainda está de luto. Mesmo assim, seu relacionamento era o segredo mais mal guardado de Kingsbridge, conhecido por todos que se dessem ao trabalho de prestar atenção.

Algumas pessoas sem dúvida se perguntavam se Spade era o pai de Abe, em especial desde a destruição do roseiral, história que dera assunto para Belinda Goodnight e suas amigas fofocarem por semanas; mas ninguém jamais teria certeza, a não ser Arabella. De toda forma, o sentimento geral era de que era melhor deixar perguntas assim sem resposta. Elsie especulava que talvez outras mulheres casadas tivessem filhos cuja paternidade fosse questionável e houvesse o temor de que boatos sobre uma pudessem levar a boatos sobre as outras.

O novo bispo estava se adaptando bem. Marcus Reddingcote era um tradicionalista, e era isso que a maior parte de Kingsbridge esperava de um bispo. Sua esposa, Una, tinha um ar rígido de superioridade e parecia considerar seus predecessores no palácio um pouco vulgares. Quando Elsie lhe contara que administrava a escola dominical, Una havia retrucado, assombrada: "Mas por quê?" E ficara visivelmente chocada ao conhecer Abe e se dar conta de que, aos 49 anos, Arabella tinha um filho de apenas 5.

Elsie sentia inveja do romance apaixonado da mãe. *Como deve ser maravilhoso*, pensava ela, *amar alguém de todo o coração e ser igualmente amada*.

Certo dia de manhã, ela olhou pela janela e viu grupos numerosos de pessoas percorrendo a rua principal a caminho da praça, então lembrou que era dia de Santo Adolfo. As fábricas estavam fechadas, e na praça estava acontecendo uma feira especial. Decidiu levar Stevie, seu filho mais velho, e Arabella falou que levaria Abe.

O sol de novembro estava fraco, e o ar, gelado. Elas vestiram roupas quentes com adereços coloridos: um cachecol vermelho para Elsie e um chapéu verde para Arabella. Muita gente tinha feito a mesma coisa, e a praça era uma profusão de cores vivas em contraste com o fundo cinza da catedral. O anjo de pedra no alto da torre, que se dizia ser uma representação da freira Caris, fundadora do hospital, parecia zelar com benevolência pelos moradores da cidade.

Elsie instruiu Stevie a segurar sua mão com firmeza e não sair andando para não se perder. Na verdade, não estava muito preocupada: a maior parte das crianças iria se separar dos pais nesse dia, mas nenhuma iria longe, e todas seriam encontradas com a ajuda de uma multidão prestativa.

Arabella queria um pouco de algodão branco para uma anágua. Encontrou uma barraca que vendia uma fazenda do seu agrado a um preço razoável. Como o vendedor estava ocupado atendendo uma mulher pobre que pechinchava o preço de uma peça de linho grosseiro, elas ficaram esperando. Elsie examinava alguns lenços de bolso bordados que estavam expostos. Um menino magrelo com seus 14 anos estudava os muitos tons diferentes de fita de seda numa bandeja, algo que Elsie achou incomum: já tinha dado aula para muitos meninos de 14 anos e nunca conhecera um que se interessasse por fitas.

Com o canto do olho, viu-o pegar dois rolos com um gesto casual, devolver um e enfiar rapidamente o outro dentro do casaco esfarrapado.

Levou um susto tão grande que gelou e não disse nada; mal conseguia acreditar no que acabara de ver. Tinha flagrado um ladrão no ato!

A cliente decidiu não levar o linho, e o vendedor perguntou:

– Em que posso ajudá-la hoje, Sra. Latimer?

Enquanto Arabella começava a lhe dizer o que queria, o ladrãozinho foi se afastando da barraca.

Elsie deveria ter gritado "Pega ladrão!", mas o menino era tão pequeno e magro que não conseguiu se forçar a denunciá-lo.

No entanto, outra pessoa também tinha visto o roubo. Um homem robusto, de casaco verde, agarrou-o pelo braço e falou:

– Ei, você, espere aí.

O menino se contorceu feito uma cobra capturada, mas não conseguiu se soltar da mão do homem.

Arabella e o vendedor interromperam sua conversa e olharam para eles.

– Vamos ver o que tem dentro do seu casaco – disse o homem.

– Me largue, seu brutamontes! – gritou o menino. – Arrume alguém do seu tamanho!

As pessoas em volta pararam o que estavam fazendo para observar.

O homem enfiou a mão dentro do casaco esfarrapado e de lá tirou um rolo de fita de seda cor-de-rosa.

– Mas isso é meu, por Deus! – exclamou o vendedor da barraca.

O homem de casaco verde perguntou ao menino:

– Você é um ladrãozinho, não é?

– Eu não fiz nada! Foi o senhor quem pôs isso aí, seu sapo mentiroso.

Elsie se viu admirando a coragem do menino.

O homem perguntou ao vendedor:

– Quanto o senhor cobra por uma fita dessas?

– O rolo inteiro? Seis xelins.

– Seis xelins, é isso?

– Sim.

– Está bem.

Elsie se perguntou o que havia de tão importante no preço para que precisasse ser repetido.

– E eu quero de volta, por favor – disse o vendedor.

O homem hesitou e indagou:

– O senhor vai depor no tribunal?

– Sem dúvida.

O rolo foi devolvido.

– Esperem um instante – interveio Elsie. – Quem é o senhor?

– Bom dia, Sra. Mackintosh – respondeu o homem. – Meu nome é Josiah Blackberry. Ultimamente tem havido um surto de roubos em Kingsbridge, e o conselho municipal pediu a mim e alguns outros que ficássemos de olho em tipos suspeitos no mercado hoje. Suponho que a senhora tenha visto esse menino embolsar a fita.

– Vi, sim, e me perguntei por quê. Meninos em geral não querem fitas cor--de-rosa.

– Pode ser, mas mesmo assim preciso levá-lo até o xerife.

Elsie se dirigiu ao menino.

– Por que você pegou esta fita?

A atitude desafiadora do menino, inflamada pelas palavras duras do homem, nesse momento se desfez, e ele pareceu à beira das lágrimas.

– Minha mãe me mandou pegar.

– Mas por quê?

– Porque nós não temos pão. A fita ela pode vender, e aí nós poderíamos comer.
Elsie se virou para Josiah Blackberry.
– Essa criança precisa de comida.
– Não posso fazer nada em relação a isso, Sra. Mackintosh. O xerife...
– É verdade, o senhor não pode ajudá-lo; nem o senhor nem o xerife. Mas eu, sim. Vou levá-lo para casa e lhe dar de comer. – Elsie se virou para o menino. – Como você se chama?
– Tommy – respondeu ele. – Tommy Pidgeon.
– Venha comigo, vou lhe dar algo para comer.
– Está bem, mas preciso acompanhá-lo – declarou Blackberry. – Preciso entregá-lo para o xerife. O que ele roubou vale mais de cinco xelins, e a senhora sabe o que isso significa.
– O que significa? – indagou Elsie.
– Que ele pode ser enforcado.

Quando Roger Riddick adentrou o Novo Moinho Barrowfield, Kit o reconheceu na hora. Apesar de o rosto ter perdido o viço juvenil – ele agora devia passar dos 30, calculou Kit –, Roger ainda tinha um sorriso travesso que o fazia parecer mais jovem.

Ao longo dos anos, Kit tinha ouvido fragmentos de notícias sobre Roger passar de universidade em universidade, estudando e ocasionalmente palestrando, e imaginado que ele fosse se tornar professor, decerto numa das universidades escocesas especializadas em matemática e engenharia. Mas ali estava ele, de volta a Kingsbridge.

Roger, porém, não reconheceu Kit.

Quando o rapaz se aproximou dele, Roger perguntou:

– O senhor é o gerente?

Kit assentiu.

– Estou procurando o Sr. Barrowfield.

– Vou levá-lo até ele – disse Kit com um sorriso caloroso.

– Quem é o senhor? – indagou Roger.

– Eu mudei tanto assim, Sr. Riddick?

Roger o encarou com atenção por alguns segundos, e seu rosto então se abriu num largo sorriso.

– Ah, minha nossa! Você é o Kit!

– Sou eu – disse Kit, e os dois apertaram as mãos com entusiasmo.

– Mas você agora é um homem! – comentou Roger. – Está com quantos anos?

– Dezenove.

– Meu Deus, eu passei muito tempo fora.

– Passou mesmo. Sentimos sua falta. Venha por aqui.

Kit conduziu Roger até o escritório. Amos ficou radiante ao reencontrar o amigo de escola depois de tantos anos. Juntos os três deram uma volta pela fábrica, a mesma que Amos havia comprado da Sra. Bagshaw.

O moinho velho agora produzia fazenda apenas para o Exército, mas aquele novo tinha uma produção mais variada. No andar de cima, meia dúzia de tecelões fabricava tecidos especiais vendidos a preços altos, como brocado, adamascado e matelassê, todos em padronagens complexas e multicoloridas.

Roger examinou com atenção um dos teares. Cada fio da urdidura passava por dentro de uma alça numa trave de controle metálica que tinha um gancho na outra ponta. Ao fabricar um tecido simples, o tecelão usava os ganchos para levantar fio sim, fio não, em seguida arremessava a lançadeira pelo espaço assim criado, chamado de cala. Então erguia os fios alternados para o lançamento de volta, formando assim uma trama simples de ida e volta. Para as padronagens, como listras, por exemplo, as traves precisavam ser erguidas algumas por vez numa sequência que podia ser de doze levantadas e doze abaixadas, seis levantadas e seis abaixadas, e assim por diante. Esse trabalho era realizado por um segundo tecelão, denominado garoto de puxar, que muitas vezes ficava sentado em cima do tear. Quanto mais complexa a padronagem, mais vezes era preciso interromper o processo enquanto se faziam as mudanças. Os operadores do tear precisavam ser habilidosos e atentos, e o processo era demorado.

Roger passou vários minutos observando os homens mais experientes da fábrica trabalharem, então puxou Amos e Kit de lado de modo que eles não pudessem ser ouvidos pelos operários.

– Tem um homem lá na França que bolou um jeito mais fácil de fazer isso – contou ele.

Kit se animou. Compartilhava o amor de Roger pelas máquinas. Fora Roger quem havia lhe mostrado pela primeira vez uma máquina de fiar.

– Conte-nos – disse Amos.

– Então... – começou Roger. – A cada vez que a padronagem muda, o garoto de puxar precisa levantar uma série específica de traves de controle, conforme as instruções de quem criou a padronagem... nesse caso você, suponho.

Amos fez que sim com a cabeça.

– A ideia nova é que todas as traves de controle sejam imprensadas contra um grande cartão feito de cartolina, com buracos abertos segundo a padronagem. Onde houver um furo, a trave passa; onde não houver, ela fica. Isso substitui o demorado processo executado pelo garoto de puxar para mover uma por uma as traves de controle. Quando a padronagem de listras ou xadrez muda, um cartão diferente é usado, com buracos em lugares diferentes.

Kit pensou a respeito. O conceito era cristalino de tão evidente.

– Nesse caso... é possível mudar a padronagem quantas vezes quiser simplesmente trocando os cartões.

Roger assentiu.

– Você sempre foi rápido para entender essas coisas.

– E podemos ter quantos cartões forem necessários.

– É brilhante! – exclamou Amos. – Quem pensou nisso, afinal?

– Um francês chamado Jacquard. É a última novidade. Ainda nem é possível comprar uma máquina dessas aqui na Inglaterra. Mas elas vão chegar, mais cedo ou mais tarde.

Kit estava atordoado. Amos iria poder fabricar tecidos elegantes na metade do tempo, talvez mais depressa ainda. Se aquela máquina fosse real, e se funcionasse mesmo, Amos precisava ter uma... ou, mais provavelmente, várias.

Amos tinha concluído a mesma coisa.

– Assim que você ouvir falar de alguma à venda... – disse ele.

– Você será o primeiro a saber – garantiu Roger.

Spade achava que Sal tinha mudado desde que saíra da prisão. Estava mais magra, menos alegre, mais dura. Talvez fosse o trabalho pesado que a tivesse feito mudar, mas ele desconfiava que alguma outra coisa tivesse acontecido naquela prisão. Não sabia o que era e tampouco perguntou; ela lhe diria se quisesse compartilhar o assunto com ele.

Na véspera do julgamento de Tommy Pidgeon, Spade estava sentado com ela no salão dos fundos do Sino num começo de noite escura de inverno, ambos bebendo cerveja em canecos. O caso do menino era o assunto de todas as casas de Kingsbridge. Pequenos roubos eram corriqueiros, mas Tommy tinha apenas 14 anos e a aparência de alguém ainda mais novo. E havia cometido um crime capital. Ninguém conseguia se lembrar de ver uma criança ser enforcada.

– Eu mal conhecia a família Pidgeon – disse Spade.

– Eles moravam perto de onde eu moro com Jarge – falou Sal. – Não tinham muito, mas conseguiam se virar até Jim desaparecer. Depois disso, Jenn não conseguiu mais pagar o aluguel, então foi despejada, e eu não fiquei sabendo para onde eles foram.

– Eu nem sabia que Jim havia sido recrutado à força.

– Jenn reclamava disso com amargura para qualquer um que se dispusesse a escutar, mas eram tantas mulheres na mesma situação que ninguém se solidarizou muito com ela.

– Pelos meus cálculos, uns cinquenta mil homens foram alistados compulsoriamente – disse Spade. – Segundo o *The Morning Chronicle*, a Marinha Real tem uns cem mil homens, e cerca de metade foi recrutada à força.

Sal deu um assobio.

– Não sabia que eram tantos. Mas por que Jenn não recebeu o Auxílio aos Pobres?

– Ela se inscreveu na paróquia de São João, onde mora – contou Spade. – O vigário de lá é Titus Poole, um homem decente, mas parece que Hornbeam atuava como supervisor dos pobres na ocasião, desautorizou Poole e disse que Jenn não tinha direito ao auxílio.

Sal balançou a cabeça com repulsa.

– Os homens que governam este país… A que ponto eles são capazes de chegar?

– O que as pessoas da cidade estão dizendo sobre Tommy agora?

– Existem dois times, por assim dizer – respondeu Sal. – Um diz que criança é criança, e o outro, que ladrão é ladrão.

– Imagino que a maioria dos operários de fábrica esteja no time a favor dele.

– Sim. Mesmo nas épocas boas, nós temos noção de que as coisas podem mudar e a pobreza nos pegar bem depressa. – Ela fez uma pausa. – Você sabe que Kit agora está ganhando um bom dinheiro.

Spade sabia. Kit agora ganhava trinta xelins por semana como gerente de fábrica de Amos.

– Ele merece. Amos o tem em alta conta.

– Kit não está gastando nem metade. Ele sabe que o dinheiro vem e vai. Está poupando para o caso de as coisas apertarem.

– Muito sensato.

Ela sorriu.

– Mas ele me comprou um vestido novo.

Spade voltou a falar sobre o caso Pidgeon.

– Não acredito que vão enforcar o pequeno Tommy.

– Spade, acredito em qualquer coisa que venha dessa gente. Pessoas como você é que deveriam ser juízes, conselheiros e parlamentares. Aí talvez víssemos uma mudança para melhor.

– Por que não pessoas como você?

– Mulheres? Nós podemos sonhar. Mas, por ora, Spade, falando sério, você é um líder aqui na cidade.

O comentário de Sal era perspicaz. Spade já tinha pensado em se candidatar a membro do Parlamento. Era o único jeito de mudar as coisas.

– Tenho pensado nisso – disse ele.

– Ótimo.

A sessão trimestral do tribunal teve início no dia seguinte. A sala do conselho do Salão da Guilda ficou lotada. Hornbeam estava na tribuna como presidente dos juízes, segurando um lenço perfumado junto ao rosto para evitar sentir o odor da multidão. Com ele estavam dois outros juízes, um de cada lado, e Spade torceu para eles exercerem uma influência mais branda. O escrevente, Luke Mc-Cullough, estava sentado na frente dos juízes; sua tarefa era orientá-los do ponto de vista legal.

Os juízes julgaram rapidamente vários casos de violência e embriaguez, e Tommy Pidgeon então foi trazido. Jenn tinha lavado o rosto e cortado os cabelos do filho, e alguém havia lhe emprestado uma camisa limpa que, por ser grande demais, fazia-o parecer ainda menor e mais vulnerável. Agora que tinha um filho – Abe, de 5 anos, não reconhecido porém muito amado –, Spade sentia mais ainda que as crianças precisavam ser amadas e protegidas. Detestava ver Tommy exposto à ira implacável da lei.

Como sempre, o júri fora selecionado segundo o Direito dos Quarenta Xelins, sendo formado, portanto, pelos maiores proprietários de imóveis da cidade. Spade conhecia a maioria dos jurados. Todos acreditavam que seu dever fosse proteger a cidade do roubo e de qualquer outra coisa que pudesse ameaçar sua capacidade de conduzir negócios e ganhar dinheiro. Eram eles que decidiriam se a infração de Tommy justificava que ele fosse julgado pelo tribunal superior. Somente o tribunal superior podia julgar um crime capital.

A principal testemunha era Josiah Blackberry. Apesar de presunçoso, Spade acreditava que fosse um homem honesto, e ele narrou com clareza sua história. Tinha visto o menino roubar a fita, então o tinha agarrado e segurado.

Elsie Mackintosh foi chamada para corroborar os fatos. Ela disse praticamente a mesma coisa, e a acusação foi apresentada. Quando Hornbeam lhe agradeceu pelo depoimento, porém, ela falou:

– Eu disse a verdade, mas não a verdade completa.

Fez-se silêncio no recinto.

Hornbeam deu um suspiro, mas não teve como ignorá-la.

– Explique melhor, Sra. Mackintosh.

– A verdade completa é que este menino estava morrendo de fome, isso porque o pai dele foi levado pelo bando do recrutamento e o Auxílio aos Pobres foi negado à sua mãe.

Ouviu-se um murmúrio de indignação.

Spade viu o semblante de Hornbeam se imobilizar numa máscara de raiva contida.

– Não estamos aqui para debater o Auxílio aos Pobres.

Elsie se virou para o menino acusado.

– Tommy, por que você pegou a fita?

Fez-se silêncio total enquanto o tribunal aguardava a resposta.

– Para minha mãe poder vender e comprar pão, porque não tínhamos nada para comer – respondeu Tommy.

Em algum lugar do recinto, uma mulher soluçou.

Por fim, Elsie se virou para o júri.

– Se mandarem este menino para o tribunal superior, os senhores o estarão matando – declarou ela. – Deem uma boa olhada nele. Vejam os olhos assustados, as faces que nunca nem precisaram ser barbeadas. Prometo que vão se lembrar deste rosto pelo resto da vida.

– Sra. Mackintosh – disse Hornbeam. – Segundo o seu depoimento, o pai do acusado foi levado pelo bando do recrutamento.

– Sim.

– Como a senhora sabe?

– A esposa dele me disse.

Hornbeam apontou para Jenn.

– Sra. Pidgeon, a senhora viu seu marido sendo levado?

– Não, mas todos nós sabemos o que aconteceu.

– Mas a senhora não estava lá.

– Não, eu estava aqui em Kingsbridge, cuidando do menino que os senhores querem enforcar.

A plateia produziu um burburinho zangado.

Hornbeam insistiu:

– Então ninguém tem certeza se Jim Pidgeon foi mesmo recrutado à força.

Jenn permaneceu calada.

Foi então que Hamish Law deu um passo à frente.

– Eu estava lá – disse ele. – Entrei num bar em Combe e avistei Jim, tão bêbado que estava praticamente dormindo.

Alguém na plateia riu.

Jenn protestou.

– Ele nunca foi um beberrão.

– Tinha uma moça lá que provavelmente estava pondo gim na cerveja dele.

– Nisso eu posso acreditar – falou Jenn.

Hamish continuou:

– Eu estava com meu patrão, o Sr. Barrowfield, que me explicou que aquilo era uma casa de recrutamento forçado, onde moças embriagavam os homens e então os entregavam para o bando do recrutamento em troca de um xelim. Decidimos levar Jim embora de lá. Só que de repente apareceu um oficial da Marinha acompanhado por três desordeiros que partiram para cima de nós. Pelo visto eles tinham elaborado uma armadilha para Jim, e nós estragamos o plano.

– O senhor tentou impedir Pidgeon de ser recrutado? – quis saber Hornbeam.

Spade torceu para Hamish não admitir isso, pois se tratava de um crime.

– Não. Vi que o Sr. Barrowfield tinha sido derrubado no chão, então o apanhei e carreguei para longe da confusão.

Amos se adiantou para confirmar:

– Tudo que Hamish Law disse é verdade.

– Está bem – respondeu Hornbeam com irritação. – Vamos supor que Jim Pidgeon tenha sido recrutado à força. Pouca diferença faz. Ninguém acha que as famílias dos recrutados à força podem ter autorização para roubar do restante de nós. – Ele fez uma pausa, e Spade viu que estava se esforçando para manter uma expressão impassível. – Muitas pessoas são enforcadas por roubo anualmente... homens e mulheres, jovens e velhos. – Sua voz trêmula traía alguma emoção reprimida. – A maioria é pobre. Muitas são pais e mães.

Ele parecia estar tendo dificuldade para falar, e alguns na plateia franziram o cenho, estranhando, enquanto a fachada de granito ameaçava ruir.

– Não podemos demonstrar clemência com um ladrão, por mais digna de pena que seja a história por ele contada. Se perdoarmos um, teremos que perdoar todos eles. Se perdoarmos Tommy Pidgeon, todos os milhares de enforcados antes dele pelo mesmo crime terão morrido em vão. E isso seria... muito injusto.

Ele fez uma pausa, recuperou o controle de si, então disse:

– Cavalheiros do júri, a acusação foi provada por testemunhas. As desculpas apresentadas são irrelevantes. É seu dever condenar Tommy Pidgeon a um julgamento pelo tribunal superior. Queiram por favor apresentar seu veredito.

Os doze homens confabularam rapidamente, e um deles então se levantou.

– Nós condenamos o acusado a ser julgado pelo tribunal superior – declarou, e tornou a se sentar.

– Próximo caso – disse Hornbeam.

Sim, pensou Spade, *as coisas realmente precisam mudar.*

CAPÍTULO 28

Numa segunda-feira de janeiro, Sal chegou cedo à Praça do Mercado. Os sineiros ainda estavam ensaiando, e o som dos sinos era ouvido pela cidade inteira e até fora dela. Eles estavam aprendendo um novo toque, ou "troca", como diziam, e Sal podia perceber como a cadência estava hesitante, embora mesmo assim o som fosse agradável. Em vez de esperar na Taberna do Sino, ela decidiu ir até os sineiros.

Entrou na catedral pelo pórtico norte. A igreja estava às escuras, com exceção das chamas de algumas velas que pareciam tremer junto com os sinos. Ela foi até o extremo oeste, onde uma portinha na parede dava para a escada caracol que subia até a sala das cordas.

De colete e com as mangas das camisas arregaçadas, os sineiros suavam; seus casacos formavam uma pilha no chão. Estavam dispostos em círculo, de modo a poderem ver uns aos outros, o que era fundamental para um ritmo preciso. Puxavam cordas que pendiam de buracos no teto. Tirando esses buracos, o teto era uma pesada barreira de madeira que abafava o som, permitindo aos homens conversarem. Spade estava tocando o Sino 1 e dando instruções. À sua direita, Jarge tocava o Sino 7, o maior de todos.

Mesmo sendo dedicados à sua arte, eles não eram muito respeitosos e, apesar da santidade do local, diziam muitos palavrões ao cometerem erros. Ainda não tinham dominado a nova troca.

Um sino levava mais ou menos o mesmo tempo para ser tocado que um homem levava para dizer *arcebispo um, arcebispo dois*. Esse tempo podia ser reduzido ou estendido, mas não muito. Consequentemente, o único jeito de variar a melodia era dois sineiros que estivessem um ao lado do outro trocarem de lugar na sequência. Sendo assim, o Sino 2 podia trocar com o 1 ou com o 3, mas não com nenhum outro.

As instruções de Spade eram simples: ele simplesmente chamava em voz alta os dois números que precisavam trocar. Os sineiros tinham que estar atentos às suas instruções, a não ser que já conhecessem a sequência e soubessem o que vinha a seguir. A parte mais complicada era o plano: variar as sequências para tornar as trocas agradáveis e fazer a melodia no final voltar ao padrão simples do começo.

Poucos minutos depois de Sal chegar, a sequência nova saiu errado e foi interrompida antes do final. Os sineiros riram e apontaram para Jarge, que xingou a própria falta de jeito.

– O que houve com a sua mão? – perguntou Spade.

Sal então reparou que a mão direita de Jarge estava vermelha e inchada.

– Um acidente – respondeu Jarge, ranzinza. – Um martelo escorregou.

Jarge não usava martelos no trabalho, e Sal desconfiou que tivesse brigado.

– Achei que fosse dar conta – admitiu Jarge. – Mas está piorando.

– Não podemos tocar sete sinos com seis homens – protestou Spade.

Sal foi tomada por um impulso.

– Deixem-me tentar – falou.

Arrependeu-se na mesma hora. Iria passar vergonha.

Os homens riram.

– Uma mulher não pode tocar sino – disse Jarge.

Isso aumentou a coragem de Sal.

– Não vejo por que não – retrucou ela, embora já estivesse lamentando a própria ousadia. – Eu sou forte o bastante.

– Ah, mas isto aqui é uma arte – afirmou ele. – O segredo é a cadência.

– Cadência? – Sal estava indignada. – O que acha que eu passo o dia inteiro fazendo? Eu opero uma máquina de fiar. Giro a roda com uma das mãos enquanto movo a trave para a frente e para trás com a outra, o tempo todo tentando não deixar o fio partir. Não venha me falar sobre cadência.

– Deixe Sal tentar, Jarge – sugeriu Spade. – Assim veremos quem tem razão.

Jarge deu de ombros e deu um passo para longe da sua corda.

Sal desejou não ter sido tão afoita.

– Vamos fazer a sequência mais simples possível – informou Spade. – Um rodízio simples, e depois o Sino 1, ou seja, eu, troca um lugar por vez até voltarmos ao início.

Bem, lá vamos nós, pensou Sal. Segurou a corda de Jarge. O final da corda jazia na esteira a seus pés, enrolado de qualquer maneira.

– A primeira puxada é curta; a segunda, longa – explicou-lhe Spade. – Faça o sino balançar bem e vai acabar constatando que ele para no ponto mais alto por vontade própria.

Sal se perguntou como isso acontecia: *Seria alguma espécie de mecanismo de freio? Kit saberia dizer.*

– Você começa, Sal, e nós entramos quando tiver pegado ritmo – disse Spade, sem lhe deixar tempo para refletir sobre como funcionava o mecanismo. – Só não pise na própria corda, ou ela vai jogá-la de bunda no chão.

Isso fez os homens rirem, e ela deu um passo para trás.

Puxar foi mais difícil do que ela havia imaginado, mas o sino tocou, e, então, antes do que ela esperava, ele voltou e puxou a corda para cima, fazendo a parte que estava no chão se esticar. Se ela estivesse pisando na corda, teria sido derrubada.

Quando a corda parou de subir, ela tornou a puxar, com mais força. Embora não conseguisse ver o sino, podia sentir seu ritmo pendular, e logo entendeu que precisava puxar com mais força quando ele parecesse mais pesado.

Então o sino parou.

Antes de ela estar pronta, Spade tocou o seu sino, e foi rapidamente seguido pelo sineiro à sua esquerda. A sequência percorreu o círculo inacreditavelmente depressa. O homem à direita dela, que estava tocando o Sino 6, era um dos tecelões de Spade, Sime Jackson. Assim que Sime puxou sua corda, Sal fez o mesmo, usando toda a sua força.

O Sino 7 tocou logo depois do Sino 6. Ela havia tocado cedo demais. Acertaria o tempo na rodada seguinte.

Na rodada seguinte, demorou demais.

Estava conseguindo acompanhar bastante bem as trocas: o Sino 1 tocava com uma batida de atraso a cada rodada. Mas o tempo entre as puxadas de corda precisava ser exatamente igual ao tempo entre os dois toques anteriores, e essa era a parte difícil. Apesar de estar se concentrando muito, ela ainda não estava conseguindo acertar por completo.

Em pouco tempo eles já estavam tocando a última rodada, na qual a sequência voltava a ser 1234567. Ela quase acertou, mas não exatamente. Tinha falhado. *Bem-feito para mim*, pensou, *por ter achado que era capaz.*

Para sua surpresa, os homens a aplaudiram.

– Muito bem! – elogiou Spade.

– Imaginava que fosse ser bem pior – disse Jarge, à revelia.

– Mas achei que tivesse errado todas as vezes – confessou Sal.

– E errou mesmo, um pouquinho – afirmou Spade. – Ninguém de fora deve ter reparado. Mas você reparou, o que mostra que tem um bom ouvido.

– Talvez ela devesse entrar para o nosso grupo! – sugeriu Sime.

Spade fez que não com a cabeça.

– Mulheres não podem tocar os sinos. O bispo teria um troço. Não falem com ninguém sobre isso.

Sal deu de ombros. Não queria ser sineira. Estava satisfeita em ter provado que uma mulher era capaz. Lutam-se as batalhas que se pode vencer e evitam-se as demais.

– Acho que por hoje chega – disse Spade.

Enquanto os homens vestiam seus casacos, ele distribuiu a remuneração fornecida pelo capítulo da catedral: um xelim para cada um, um bom dinheiro por uma hora de trabalho. Para tocar aos domingos e nos dias santos eles recebiam dois xelins.

– Eu deveria dar um *penny* da minha parte para você – comentou Jarge com Sal.

– Pode me pagar um caneco de cerveja – replicou ela.

Amos estava trabalhando no ateliê num início de noite, anotando números num grande livro-caixa à luz de várias velas, quando alguém bateu na sua porta. Ele olhou pela janela, mas, apesar da iluminação da rua, não conseguiu ver nada, pois o vidro estava escurecido por uma chuva pesada.

Abriu a porta e deu de cara com Jane ali parada. Ela estava tão encharcada que ele desatou a rir.

– Qual é a graça? – perguntou ela, irritada.

– Me desculpe. Por favor, entre. Coitadinha. – Ela entrou, e ele trancou a porta. – Venha comigo, vou lhe arrumar umas toalhas.

Ele a guiou até a cozinha, onde o fogo ainda estava aceso na lareira. Ela tirou o casaco e o chapéu e os jogou sobre uma cadeira, gesto que dava a Amos uma sensação de intimidade, quase como se ela morasse ali, o que o fez sentir algo especial. Estava usando um vestido cinza-claro. Ele encontrou toalhas na lavanderia adjacente e a ajudou a se secar.

– Obrigada – disse ela. – Mas o que o fez rir?

– É que você é a mulher mais bem-vestida que eu já vi, mas quando abri a porta parecia um gato afogado.

Ela então riu também.

– Mas o que está fazendo aqui? – quis saber ele. – A gente de bem de Kingsbridge ficaria escandalizada se soubesse que estamos os dois sozinhos nesta casa.

Na realidade, ele próprio estava um pouco desconfortável, embora ao mesmo tempo empolgado, de certa forma. Nunca tinha estado sozinho com uma mulher. Mas com certeza ela iria embora logo.

– Estava tão entediada em Earlscastle que vim para Kingsbridge de carruagem – respondeu Jane. – Só que o meu marido está acampado com a milícia num exercício de treinamento. Todos os empregados tinham ido para a taberna, e a única pessoa em casa é um cabo montando guarda no saguão. O lugar é frio e não tem ninguém para preparar meu jantar. Eu me senti tão desamparada e solitária que tive que sair de lá. Sendo assim, aqui estou.

Amos se deu conta de que ela queria que ele lhe oferecesse algo para comer. Bom, isso ele podia fazer. A gente de bem de Kingsbridge ficaria mais chocada ainda se soubesse, mas ninguém jamais saberia.

– Certamente posso lhe oferecer algo para comer. Ainda não jantei. Vou só esquentar a sopa de ervilha. Tenho uma governanta, mas ela não mora aqui.

– Eu sei – disse Jane.

Então ela já esperava encontrá-lo sozinho.

Amos não tinha quase nenhuma experiência com mulheres. Havia passeado com três moças diferentes nos últimos anos, mas não dera em nada; ele era obcecado demais por Jane. Ao se ver sozinho com uma mulher casada, não fazia a menor ideia do que deveria fazer.

Bem, ser hospitaleiro ele sabia; pelo menos isso podia se sentir confiante para fazer.

Em cima do aparador havia uma panela cheia de sopa. Ele a pôs no fogão acima do fogo para esquentar. A mesa já estava posta, com pão, manteiga, queijo e uma garrafa de vinho do Porto. Ele arrumou um lugar para ela e serviu dois cálices de vinho.

– Que casa grande para uma pessoa só – comentou Jane. – Você deveria arrumar uma amante.

Ela com frequência fazia comentários indecentes. Amos sorriu e retrucou:

– Não quero uma amante. Não sou metodista da boca para fora.

– Eu sei. – Ela deu de ombros e mudou de assunto.

Eles passaram algum tempo conversando amigavelmente, então se sentaram para comer. Ao terminarem, Jane falou:

– Era exatamente do que eu precisava. Obrigada.

– Se eu soubesse que você viria, teria servido algo mais refinado.

– Que eu não teria apreciado tanto quanto este jantar. Tem mais vinho?

Ele ficou surpreso outra vez. Imaginara que ela fosse voltar para casa agora.

– Tem, bastante – respondeu.

– Ah, ótimo. Que tal subirmos? Seria mais confortável lá em cima.

Como de costume, era Jane quem estava no comando. Tinha mais ou menos se convidado para jantar e agora iria se acomodar para passar parte da noite na casa dele. Não era assim que as damas supostamente deveriam se comportar. Mas, por Amos, estava tudo bem.

– Tem um fogo aceso na sala de estar – disse ele.

Levou a garrafa e os cálices lá para cima. Sentou-se no sofá estofado, e ela se acomodou ao seu lado. Ele continuava sentindo um misto de empolgação – por conta daquela súbita intimidade – com ansiedade – pelo modo como os dois estavam desprezando as regras do comportamento respeitável.

Jane tirou os sapatos – de salto baixo, bico pontudo e com um laço de seda –, dobrou as pernas em cima do sofá e se virou de frente para ele com o braço apoiado no encosto do móvel, tão casualmente quanto se estivesse em casa. Perguntou-lhe sobre os seus negócios, sobre sua ida a Combe e sobre aquele pobre menino que estava aguardando ser julgado pelo tribunal superior e talvez fosse ser enforcado por ter roubado uma fita.

Enquanto respondia às perguntas, Amos observava as expressões se desenharem no rosto dela: os olhos se arregalando de surpresa ou semicerrando quando ela achava graça, a boca se abrindo para rir, os lábios se franzindo de reprovação. Desejou de todo o coração poder olhar para ela assim por todas as noites de sua vida.

Jane agora estava mais perto que antes, embora ele não houvesse reparado que tinha se mexido. Tinha os joelhos encostados na sua coxa. Ele pensou naquele beijo na floresta na Feira de Maio e recordou que ela o havia abraçado com tanta intensidade que ele conseguira sentir o formato do corpo dela encostado no seu.

Ela estava usando uma roupa decotada na frente, e, quando se inclinava – o que fazia com frequência, para tocar-lhe o ombro ou encostar na sua mão de modo a enfatizar algo que estivesse dizendo –, ele podia distinguir a curva de seus seios miúdos dentro do corpete do vestido. Numa dessas vezes ela surpreendeu seu olhar e obviamente percebeu para o que ele estava olhando.

Amos enrubesceu intensamente.

– As roupas femininas são muito provocantes hoje em dia – comentou ela. – Às vezes penso que poderia muito bem deixar você ver tudo.

Pensar nisso o deixou com a boca seca, mas a garrafa de vinho estava vazia. Como aquilo tinha acontecido? Lembrava-se vagamente de vê-la tornar a encher seu cálice e o próprio.

Jane mudou de posição. Fez isso tão depressa que ele não teria conseguido detê-la mesmo se quisesse. De repente, já estava deitada de barriga para cima com a cabeça apoiada na sua coxa. Continuou falando como se nada tivesse acontecido.

– Afinal, não há nenhum mandamento que proíba olhar – disse ela. – Por isso existem tantos quadros e esculturas de gente nua. Deus nos fez belos, e então descobrimos as folhas de parreira. Que pena. Me diga: que parte de mim você acha mais atraente?

– Os olhos – respondeu Amos na hora. – Eles têm um tom de cinza muito lindo.

– Que elogio gentil.

Ela virou a cabeça para erguer os olhos na sua direção, e a bochecha encostou no seu pênis, que ele percebeu de repente estar desavergonhadamente duro dentro da calça. Ela emitiu um breve "Ah!" de surpresa, então encostou os lábios ali para um beijo.

Amos ficou absolutamente estupefato. Quase pensou que poderia estar imaginando tudo. Aquilo nunca tinha acontecido, nem mesmo em seus sonhos mais explícitos. O choque o deixou petrificado.

Jane então se levantou com um pulo. Pondo-se de pé na frente dele, falou:

– Acho que tenho pernas bonitas. – Ergueu as saias para lhe mostrar. Estava usando meias de seda na altura dos joelhos presas por fitas. – O que você acha? – perguntou. – Não são bonitas?

Ele estava atarantado demais para responder qualquer coisa.

– Mas você precisa ver tudo para poder julgar – prosseguiu ela. Levou a mão às costas e começou a desabotoar o vestido. – Quero sua opinião sincera.

Ele sabia que aquilo não fazia sentido, mas não conseguia desviar os olhos. Apesar de serem muitos botões, ela os abriu depressa, e ele se perguntou se teria planejado aquele momento e escolhido um vestido fácil de tirar. Em pouquíssimo tempo, a roupa inteira caiu no chão, formando uma pilha de seda cinza-claro. Por baixo ela estava usando uma anágua com corpete de barbatanas. Abriu o corpete, então puxou a peça por cima da cabeça com um movimento rápido. Só de meias, levou as mãos aos quadris e perguntou:

– Bem, de que parte você mais gosta?

– De tudo – respondeu Amos com a voz rouca.

Ela se ajoelhou no sofá, com uma perna de cada lado dele, e desabotoou sua calça com a mesma rapidez com que havia desabotoado o vestido.

– Você entende que não tenho nenhuma experiência nesse tipo de coisa? – disse ele.

– Nem eu tenho muita, apesar dos nove anos de casamento – declarou ela, mas não houve nada de desajeitado no modo seguro com que empunhou seu pênis, levantou os quadris, o fez escorregar para dentro de si e se deixou afundar com um suspiro satisfeito.

Amos se sentiu arrebatado de amor e prazer. Sabia que estava fazendo uma coisa errada, mas não conseguia mais se importar com isso. Sabia também que Jane não o amava, pelo menos não do jeito que ele a amava, mas nem isso foi capaz de diminuir sua alegria. Ficou encarando os seios dela, que se balançavam tão belos na frente do seu rosto.

– Pode beijá-los se quiser – disse ela, e ele o fez, várias e várias vezes.

Tudo acabou depressa demais. Ele foi pego de surpresa. Teve o corpo sacudido por espasmos seguidos, ouviu Jane gemer e a sentiu se inclinar para a frente e pressionar o corpo no seu. Então havia terminado, e os dois se deixaram relaxar, ofegantes.

– Nós nem nos beijamos – comentou ele depois de recuperar o fôlego.

– Podemos nos beijar agora – sugeriu ela, e eles assim o fizeram, por longos e felizes instantes.

Então se separaram, e ela deitou a cabeça por cima das pernas dele com o rosto virado para cima. Ele deixou os olhos se deliciarem com a visão do seu corpo. Então indagou:

– Posso tocar em você?

– Pode fazer o que quiser.

Poucos minutos depois, o relógio na cornija da lareira bateu as dez, e Jane se levantou.

De frente para Amos, calçou os sapatos. Abaixou-se para pegar a anágua, então hesitou.

– Você é o segundo homem que me vê nua, mas o primeiro a me olhar assim – declarou ela.

– Assim como?

Ela pensou por alguns segundos.

– Como Ali Babá na caverna, olhando para um tesouro além da imaginação.

– É exatamente isso que estou fazendo: olhando para um tesouro além da imaginação.

– Você é um doce mesmo.

Ela vestiu a peça íntima pela cabeça e a ajeitou, em seguida pôs o vestido e levou as mãos às costas para fechá-lo.

Após se vestir, ficou parada olhando para ele com uma expressão que ele foi incapaz de decifrar. Estava tomada por uma emoção que ele não conseguia identificar. Após uma pausa, ela falou:

– Ah, meu Deus, eu fiz isso. Fiz de verdade.

Amos percebeu que o comportamento relaxado e inconsequente dela tinha sido uma encenação. Aquele momento fora um divisor de águas para ela tanto quanto para ele... ainda que não da mesma forma. Essa constatação o deixou perplexo, mas feliz.

Então o instante passou e ela pediu:

– Você pegaria meu casaco e meu chapéu?

Ele abotoou a calça e foi buscar suas roupas de sair. Enquanto ela as vestia, pegou o próprio casaco e o chapéu.

– Vou levá-la em casa.

– Obrigada, mas vamos evitar conversar com qualquer um no caminho. Estou sem energia para inventar uma mentira plausível sobre onde estávamos.

Não havia muita gente na rua, e todos se apressavam para atravessar a chuva o mais depressa possível. Ninguém travou contato visual com Amos.

Ela abriu a porta da frente de Mansão Willard com uma chave.

– Boa noite, Sr. Dangerfield. Obrigada por me acompanhar até em casa.

Sr. Dangerfield, pensou Amos. Ela havia alterado o seu sobrenome no momento final, e a palavra que lhe viera à mente fora *"danger"*, "perigo" em inglês. Não era nenhuma surpresa.

Ao se afastar, ficou pensando em todas as perguntas que deveria ter feito. *Quando os dois voltariam a se encontrar? Aquilo tinha sido um evento isolado, ou ela pretendia ter um relacionamento com ele? Em caso afirmativo, de que tipo? Iria abandonar o marido?*

Chegou em casa e entrou no ateliê pela porta da frente. Aquilo o fez pensar na primeira visão que tivera de Jane naquela noite, encharcada de chuva e deprimida. Recordou a conversa que haviam travado. Foi até a cozinha e a viu tirando o casaco e o chapéu e os jogando em cima de uma cadeira. Sentou-se no banco e a visualizou sentada do outro lado da mesa na sua frente, tomando sopa com uma colher e partindo um pedaço de pão, depois mordendo com os dentes brancos uma fatia do queijo. Foi até a sala, onde o fogo agora já estava quase apagado, sentou-se no sofá e voltou a sentir o peso da cabeça dela na sua coxa e a pressão dos lábios quando ela havia beijado seu pênis através do pano da calça. Então, o melhor de tudo, viu-a em pé na sua frente, usando apenas aquelas meias na altura dos joelhos sustentadas por fitas.

Então, por fim, forçou-se a fazer a pergunta: *O que tinha significado aquilo?*

Para Amos havia sido um verdadeiro terremoto. Para Jane, algo menor, mas mesmo assim desconcertante. No entanto, ela tinha planejado tudo. Por quê? O que ela queria?

Forçando-se a ser realista, ele teve certeza de que ela não iria deixar o marido. Divorciar-se era praticamente impossível. Se ela passasse a viver com Amos em pecado, o seu negócio seria boicotado por todas as pessoas respeitáveis, ou seja, por todos os clientes, e a pobreza era algo que Jane não tolerava. Seria sua intenção os dois fugirem juntos e começarem uma nova vida com nomes diferentes em algum outro lugar, quem sabe até em outro país? Isso poderia ser providenciado. Ele talvez conseguisse vender seus negócios em Kingsbridge por dinheiro vivo e empreender algo novo em um lugar diferente. No entanto, soube na mesma hora que Jane jamais concordaria com algo que envolvesse dificuldades e riscos.

Então, o que ela pretendia? Um caso ilícito? Essas coisas com certeza aconteciam. A julgar pelas fofocas da cidade, Spade e Arabella Latimer mantinham um havia muitos anos.

No entanto, Amos não conseguiria viver com a culpa. Tinha pecado nesse dia, um pecado que nunca havia cometido. Aquilo fora adultério, algo proscrito pelo sétimo mandamento de Moisés, uma grave ofensa a Deus, a Northwood, a Jane e a ele próprio. Não conseguia sequer cogitar cometer o mesmo pecado várias vezes, por mais que fosse essa a sua vontade.

Talvez ele tivesse sorte. Talvez Northwood fizesse o favor de morrer.

Ou talvez não.

CAPÍTULO 29

K it pensava muito em Roger Riddick. Quando criança, nunca chegara a se dar conta do homem notável que Roger era. Desde que ele voltara de suas viagens, Kit havia ficado sabendo mais a seu respeito e passado a valorizar suas qualidades. Ele era muito inteligente, é óbvio, o que tornava interessantes todas as conversas entre os dois; porém, mais importante ainda era seu temperamento alegre. Ele estava sempre animado e otimista, e seu sorriso tinha o poder de iluminar qualquer recinto.

Roger era treze anos mais velho que Kit e tivera uma formação com a qual o jovem rapaz nem sequer podia sonhar, mas mesmo assim os dois falavam de igual para igual sobre máquinas e técnicas de tecelagem. Roger inclusive parecia gostar bastante dele.

Os sentimentos de Kit eram tão fortes que chegavam a deixá-lo um pouco nervoso. Era quase como se estivesse apaixonado por Roger, o que era ridículo, é claro. Isso significaria que Kit era maricas, algo impossível. Era bem verdade que ele já tinha feito coisas com outros meninos quando mais novo. Eles costumavam se masturbar juntos, o que chamavam de "descarregar". Formavam um círculo e viam quem conseguia ejacular primeiro. Às vezes descarregavam uns nos outros, o que sempre fazia Kit ejacular mais depressa. Só que nenhum deles era maricas; aquilo eram apenas experimentos da juventude, nada mais.

Mesmo assim, ele não conseguia tirar Roger da cabeça. De vez em quando, Roger punha um braço em volta dos seus ombros e o apertava, brevemente, num gesto másculo de carinho, e Kit ficava o resto do dia sentindo aquela pressão.

Passou o culto metodista inteiro pensando em Roger. Kit não era um metodista fervoroso; só frequentava o culto porque sua mãe também ia. Não tinha o menor interesse em encontros de oração durante a semana ou grupos de estudos bíblicos, e preferia um clube de troca de livros que priorizasse textos científicos. Assim, foi sentindo certa culpa que saiu do Salão Metodista.

Então viu Roger apoiado na parede.

– Estava torcendo para encontrar você – disse ele, e seu sorriso irradiou o mesmo calor de um fogo aceso. – Podemos conversar?

– Claro – respondeu Kit.

– Vamos beber alguma coisa no Culliver.

Kit nunca havia sido cliente do estabelecimento de Culliver nem queria começar a ser, ainda mais num domingo.

– Que tal o Café da Rua Alta? – sugeriu no lugar.

– Eu topo.

O dono da Hospedaria do Sino tinha aberto um novo estabelecimento bem ao lado do Salão da Guilda, o Café da Rua Alta. Apesar de serem chamados de café, lugares como aquele na realidade serviam refeições completas e vinho; o café era algo secundário. Kit e Roger subiram a rua principal sob o sol de inverno até à Rua Alta. No estabelecimento, Roger pediu um caneco de cerveja e Kit, um café.

– Lembra quando falei sobre o tear de Jacquard? – perguntou Roger.

– Lembro – respondeu Kit. – É muito empolgante.

– Só que não consegui arrumar nenhum. Se pudesse ir a Paris conversar com tecelões, tenho certeza de que conseguiria encontrar um lugar para comprar um, mas mesmo nesse caso importar a máquina para a Inglaterra seria uma luta.

– Que frustrante...

– E foi por isso que vim procurar você.

Kit percebeu o rumo que aquela conversa ia tomar e declarou:

– Você vai fabricar um.

– E quero que você me ajude.

– Mas nunca vi um tear desses.

Roger tornou a sorrir.

– Quando estava estudando em Berlim, eu tinha um amigo especial, um aluno francês. – Kit se perguntou o que Roger teria querido dizer com "amigo especial". – Pierre descobriu que monsieur Jacquard havia registrado uma patente da sua máquina, ou seja, existem desenhos do mecanismo no escritório de patentes. – Roger colocou a mão dentro do casaco. – E aqui estão algumas cópias.

Kit pegou os papéis e desdobrou um dos desenhos. Empurrou sua xícara e o caneco de Roger para o lado e o abriu sobre a mesa do café.

Enquanto o estudava, Roger seguiu falando:

– Sozinho não consigo fazer. Um desenho nunca diz tudo que se precisa saber. Sempre há muitos chutes e muita improvisação, e para isso é necessário um conhecimento profundo do processo. Você sabe tudo que há para saber sobre teares. Preciso da sua ajuda.

O fato de Roger precisar da sua ajuda deixava Kit muito animado. Mas ele balançou a cabeça, em dúvida.

– Vai levar um mês para fabricar... dois, talvez.

– Tudo bem. Não há pressa. Devemos ser os únicos na Inglaterra a saber da existência dos teares de Jacquard. Ainda assim seremos os primeiros.

– Mas eu tenho emprego. Não me sobra muito tempo livre.

– Saia do emprego.

– Faz pouco tempo que estou nele!

– Calculo que possamos vender essa máquina por cem libras. Vamos dividir o dinheiro, metade para cada um, de modo que você tiraria cinquenta libras por um mês de trabalho ou algo assim, em vez de... quanto ganha por mês agora?

– Trinta xelins por semana.

– Ou seja, pouco mais de seis libras por mês, ao passo que estou lhe oferecendo cinquenta. Além do mais, assim que uma dessas máquinas estiver em uso, outros fabricantes de tecido vão querer uma o mais depressa possível. Minha proposta é abrirmos juntos um negócio de fabricação de teares de Jacquard e dividirmos os lucros meio a meio.

Kit sabia que, depois de fabricarem a primeira máquina e superarem todas as dificuldades inerentes ao processo, as próximas poderiam ser feitas mais depressa. O dinheiro a ser ganho era inimaginável, mas não era isso que o atraía. O que o atraía era a possibilidade de passar todas as suas horas de trabalho na companhia de Roger. Que deleite isso seria!

Roger interpretou erroneamente a hesitação de Kit e disse:

– Não precisa decidir agora. Pense um pouco. Converse com sua mãe.

– É o que eu vou fazer. – Kit se levantou. Teria gostado de passar o resto da tarde ali com Roger, mas estava sendo aguardado em casa. – Eles devem estar me esperando para almoçar.

Roger pareceu constrangido.

– Antes de você ir...

– Sim?

– Estou meio sem dinheiro. Será que se importaria de pagar as bebidas?

Essa era a fraqueza de Roger. Ele apostava todo o seu dinheiro, depois precisava pedir emprestado até receber mais. Kit ficou satisfeito por ter uma forma de ajudá-lo. Pediu a conta, pagou e acrescentou dinheiro para Roger poder tomar um segundo caneco.

– É muita gentileza sua – agradeceu Roger.

– Não há de quê.

Kit saiu do café e seguiu depressa para casa.

Continuava morando na mesma casa com Sal, Jarge e Sue, mas o lugar agora estava diferente. Eles tinham cortinas novas nas janelas, copos de vidro em vez de canecas de madeira e carvão à vontade, tudo graças ao seu salário. Ao entrar, sentiu o cheiro da carne que Sal girava num espeto acima do fogo.

Estavam todos ficando mais velhos, algo que nunca deveria ser uma surpresa mas que sempre era. Sal e Jarge estavam na casa dos 30 anos. Totalmente recuperada da provação na prisão de trabalhos forçados, Sal estava forte e em boa forma. Jarge tinha o nariz vermelho e os olhos úmidos de quem nunca recusava um caneco. Sue estava com 19 anos, a mesma idade de Kit. Ela operava uma máquina de fiar na fábrica de Amos. Era bem bonita e provavelmente não demoraria a se casar, julgava Kit. Torcia para ela não se mudar para muito longe. Sentiria sua falta.

Todos se sentaram para saborear a carne, ainda considerado um grande luxo. Ao terminarem de comer, satisfeitos, Kit lhes contou sobre a proposta de Roger.

– Um desgosto para Amos, depois de ter promovido você tão jovem – comentou Sue.

– Por outro lado, ele está louco para conseguir um tear de Jacquard. Acho que vai ficar contente.

– Como você sabe que vai haver mais de uma máquina?

– Será igual ao que aconteceu com a *spinning jenny* – declarou Kit, confiante, referindo-se à máquina de fiar. – Depois que a primeira chegar, todo mundo vai precisar de uma. E, quando todo mundo tiver a sua, surgirá uma nova invenção.

– Essa máquina vai tirar trabalho dos tecelões – disse Jarge, desanimado.

– As máquinas sempre fazem isso – afirmou Kit. – Mas não há como detê-las.

Sue sempre se mostrava cautelosa.

– Você acha Roger confiável?

– Não – respondeu Kit. – Mas eu sou. Vou garantir que a máquina seja construída e que funcione como deve.

– Não é algo garantido. Acho que você deveria permanecer com Amos – opinou ela.

– Nada é garantido – replicou Kit. – Não há nenhuma garantia de que Amos continue no negócio. Às vezes as fábricas fecham.

– Você precisa fazer o que julgar certo – disse ela, querendo encerrar a discussão. – Só acho uma pena pôr tudo em risco de novo, logo agora que estamos tendo conforto pela primeira vez na vida.

Kit se virou para Sal.

– O que acha, mãe?

– Eu sabia que algo assim iria acontecer – respondeu Sal. – Já via isso quando você ainda era um menininho. Sempre disse que você iria realizar grandes feitos. Aceite a proposta de Roger, filho. É o seu destino.

Spade gostava de almoçar no café novo. As cadeiras eram confortáveis, havia jornais para ler, e o lugar era limpo e tranquilo. Durante o dia, ele o preferia à sociabilidade ruidosa do Sino – sinal, talvez, de que era agora um senhor de 40 e poucos anos.

A clientela em geral era formada exclusivamente por homens, mas não havia regra, e Cissy Bagshaw tinha sido uma fabricante de roupas importante e era considerada "um homem honorário". Ela se sentou diante de Spade enquanto ele tomava seu café e lia o *The Morning Chronicle*. Spade gostava dela, embora não o suficiente para desposá-la, e os dois tinham trabalhado juntos para solucionar a greve de 1799.

– O que acha do novo Código Civil francês? – perguntou ele.

– O que é isso?

– Napoleão Bonaparte promulgou um novo código jurídico aperfeiçoado para a França inteira e aboliu todos os antigos privilégios e serviços concedidos de graça aos proprietários de terras.

– Mas o que diz o novo código?

– Que todas as leis devem ser escritas e publicadas... não pode haver leis secretas. Meros costumes não têm força legal, por mais antigos que sejam, a menos que passem a fazer parte do código e sejam publicados... ao contrário da nossa "lei comum" inglesa, que pode ser vaga. Não existem isenções especiais nem privilégios para ninguém, independentemente de quem sejam... A lei considera todos os homens iguais.

– Só os homens.

– Infelizmente, sim. Bonaparte não é um grande defensor dos direitos das mulheres.

– Não chega a me espantar.

– Deveríamos ter a mesma coisa aqui. Um código acordado que todos pudessem ler. Apesar de simples, é brilhante. Bonaparte foi a melhor coisa que já aconteceu com a França.

– Fale baixo! Tem gente aqui que mandaria açoitá-lo por dizer isso.

– Desculpe.

– Sabe, Spade, você realmente deveria ser conselheiro. As pessoas já estão falando sobre isso. Tem um negócio grande agora, um dos mais importantes da cidade, e é bem informado. Você seria um ótimo acréscimo ao conselho municipal.

Aquela ideia parecia estar circulando, mas Spade mesmo assim fingiu surpresa.

– É muita gentileza sua.

– Eu já me aposentei e não quero ser conselheira por muito mais tempo. Gostaria de apresentar seu nome como meu substituto. Sei que você está do lado dos operários, mas suas opiniões são sempre sensatas, e acho que seria aceito como alguém justo. O que me diz?

Em teoria os conselheiros eram eleitos, mas, na prática, geralmente uma única pessoa era nomeada, de modo que não havia necessidade de votação. Esse processo fazia do conselho uma oligarquia que se autoperpetuava, algo que Spade reprovava; mas, se ele quisesse mudar as coisas, precisaria fazer parte do conselho.

– Eu teria imenso prazer em servir – respondeu.

Cissy se levantou.

– Vou conversar com os outros conselheiros e ver se consigo angariar apoio.

– Obrigado – disse ele. – Boa sorte.

Ele voltou ao seu jornal, mas ficou ruminando o que Cissy tinha lhe dito. A maioria dos conselheiros era conservadora, mas não todos: havia alguns progressistas e metodistas. Ele fortaleceria o grupo reformista. Era uma perspectiva animadora.

Seus pensamentos foram novamente perturbados, dessa vez por Roger Riddick, que tinha voltado de suas viagens.

– Espero não estar atrapalhando o seu almoço – disse Roger.

– De jeito nenhum. Já acabei. Que bom ver você.

– É bom estar de volta.

– Você está com cara de quem tem um plano.

Roger riu.

– Tem razão. Queria lhe mostrar uma coisa. Pode vir comigo?

– Claro.

Spade pagou a conta. Os dois saíram juntos do café, desceram a rua principal, então dobraram numa rua lateral, onde Roger se deteve em frente a uma casa grande.

– Essa não é a casa do seu irmão Will? – perguntou Spade.

– É, sim – respondeu Roger, e abriu a porta da frente com uma chave.

O saguão estava silencioso e coberto de poeira. Spade ficou com a sensação de que o espaço estava vazio. Roger abriu a porta de um pequeno cômodo que poderia ter sido um escritório ou uma sala de desjejum. Não havia móveis.

Spade foi ficando cada vez mais intrigado conforme eles percorriam a casa. A maior parte da mobília fora removida, inclusive os quadros, cuja ausência ficava evidente pelas manchas retangulares nos pontos em que o papel de parede fora protegido do desbotamento. Menos que um palácio, era uma residência familiar, mas espaçosa. Precisava de uma boa faxina.

– O que aconteceu? – indagou Spade.

– Na época em que era encarregado das compras para a milícia de Shiring, meu irmão aproveitou seu cargo para ganhar dinheiro de formas que não compreendo.

Roger não estava sendo sincero: ele compreendia perfeitamente o que Will havia feito. Só que não teria sido muito sensato admitir conhecimento em relação a um ato de corrupção. Estava apenas sendo cauteloso.

– Acho que sei o que quer dizer – disse Spade.

– Depois que suas atribuições mudaram, ele deveria ter reduzido suas despesas, mas não o fez. Continuou esbanjando com cavalos de corrida, mulheres caras, recepções luxuosas e apostas. Seu crédito acabou se esgotando. Ele já vendeu todos os móveis e quadros que tinha, e agora precisa vender esta casa.

– E você a mostrou para mim porque...

– Você agora é um dos mais ricos fabricantes de tecidos da cidade. Fiquei sabendo que talvez vire conselheiro. Há quem pense que em breve desposará a viúva de um bispo. Apesar disso, você continua morando num par de cômodos num ateliê, no quintal dos fundos da loja da sua irmã. Já está na hora de você ter uma casa, Spade.

– Sim – concordou Spade. – Acho que está mesmo.

Amos adorava o teatro. Considerava-o uma das maiores invenções da humanidade, no mesmo nível da máquina de fiar. Assistia a balés, pantomimas, óperas e espetáculos de acrobacia, mas o que mais lhe agradava eram os dramas. As peças contemporâneas em geral eram cômicas, mas ele era fã de Shakespeare desde que tinha assistido a *O mercador de Veneza*, dez anos antes.

Foi ao Teatro de Kingsbridge assistir a *Ela se rebaixa para vencer*. A peça era uma comédia romântica, e ele e todo o resto da plateia gargalharam com os constantes mal-entendidos. A atriz que fazia a Srta. Hardcastle era bonita e ficava muito sensual quando se fazia passar por garçonete.

No intervalo, ele esbarrou com Jane, que estava corada e deslumbrante. Fazia duas semanas que ela havia tirado a roupa na sala de estar da casa dele, e desde então não a tinha visto nem falado com ela. Talvez fosse pelo fato de os exercícios militares terem terminado e seu marido, voltado para casa. Ou talvez o ocorrido quinze dias antes houvesse sido um acontecimento isolado, que jamais iria se repetir.

Estava torcendo para a segunda explicação se mostrar verdadeira. Iria lamentar, mas também ficaria aliviado. Assim poderia escapar de um embate de titãs entre seu desejo e sua consciência. Poderia aceitar o perdão clemente de Deus e seguir levando uma vida sem mácula.

Como era impossível falar sobre isso com ela em público, ele lhe perguntou sobre os irmãos.

– Eles são muito maçantes – respondeu ela. – Ambos viraram pastores metodistas, um em Manchester, e o outro, acredite se quiser, em Edimburgo.

Ela falou como se a Escócia fosse tão longe quanto a Austrália.

Amos não entendia o que havia de tão maçante na escolha dos irmãos de Jane. Ambos haviam estudado, depois se mudado para cidades movimentadas e assumido trabalhos desafiadores. Aquilo lhe parecia melhor que se casar por dinheiro e para ganhar um título, como ela havia feito. Mas ele não falou nada.

Depois da peça, ela pediu que a levasse em casa.

– O visconde Northwood não veio? – perguntou ele.

– Ele está em Londres para comparecer ao Parlamento.

Então ela estava sozinha outra vez. Amos não tinha reparado. Se tivesse, poderia tê-la evitado. Ou não.

– De toda forma, Henry não gosta de teatro – disse ela. – Até aprecia as peças de Shakespeare sobre batalhas reais, como a de Agincourt, por exemplo, mas não vê sentido numa história que não seja verdadeira.

Amos não ficou surpreso. Northwood era um homem de pensamento prosaico, inteligente porém limitado, interessado apenas em cavalos, armas e guerra.

Como não podia recusar educadamente o pedido de Jane, acompanhou-a pela rua principal se perguntando como aquilo iria terminar. Involuntariamente, sua mente se encheu de imagens daquela noite de janeiro: o farfalhar da seda quando o vestido dela tinha caído no chão, o modo como seu corpo se dobrara feito um arco quando ela havia puxado o corpete por cima da cabeça, o aroma de lavanda e suor de sua pele. Começou a ficar excitado.

Jane devia ter intuído a natureza do seu silêncio, pois disse:

– Sei em que está pensando. – Amos corou e se sentiu grato pela escuridão e pela luz bruxuleante dos lampiões de rua, mas ela mesmo assim percebeu e tornou a falar. – Não precisa ficar com vergonha… Eu entendo.

Ele sentiu a boca seca.

Chegando à porta da frente da Mansão Willard, ele se deteve.

– Boa noite então, viscondessa Northwood.

– Entre – pediu ela.

Amos sabia que, uma vez lá dentro, seria impossível resistir à tentação. Quase entrou assim mesmo, mas, no último segundo, endureceu o próprio coração.

– Não, obrigado. Não devo atrapalhar seu descanso – arrematou, alto o suficiente para qualquer um poder escutar.

– Eu quero conversar com você.

Ele baixou a voz.

– Não quer, não.

– Que coisa mais cruel de se dizer.

– Não é minha intenção ser cruel.

Ela chegou mais perto.

– Olhe para minha boca – falou. Amos olhou; não conseguiu evitar. – Em um minuto poderemos estar nos beijando – continuou ela. – E você poderá me beijar inteirinha. Em qualquer lugar. Em todos os lugares.

Enquanto estava ali parado, tenso por causa do conflito que experimentava dentro de si, Amos começou a entender por que simplesmente não entrava na casa e fazia tudo que almejava fazer. Jane queria mantê-lo preso a uma coleira que pudesse puxar sempre que precisasse. Era um pensamento humilhante.

– Você está me oferecendo metade de si... menos até – declarou. – Vou ter tudo que desejo quando Northwood viajar e passar o resto do tempo sedento de amor? Não posso viver assim.

– Meio pão não é melhor que nenhum? – perguntou Jane, citando um ditado popular.

Amos retrucou com uma citação do Deuteronômio:

– Nem só de pão viverá o homem.

– Ah, que chatice. Você me dá náuseas – disse ela.

E bateu a porta da casa.

Ele se afastou devagar. A catedral escura assomava sobre a Praça do Mercado vazia. Embora fosse metodista, ele ainda considerava a catedral a morada de Deus, então foi até a frente da igreja e se sentou nos degraus para pensar.

Sentia-se estranhamente livre. Tinha se afastado de algo que lhe causava vergonha. E passou a ver Jane sob uma luz diferente. O comentário que ela havia feito sobre os irmãos lhe voltou à lembrança. Ela os considerava maçantes por terem decidido ser pastores. Os valores dela estavam todos errados.

Jane usava as pessoas. Nunca havia amado Northwood, e sim desejado o que ele poderia lhe proporcionar. E tinha pretendido usar Amos, explorando sua paixão toda vez que precisasse ser amada. Tudo aquilo era óbvio, mas fora preciso muito tempo para que ele a enxergasse com clareza e aceitasse corajosamente a verdade. E, agora que o fizera, não tinha mais sequer certeza de amá-la. Seria possível isso?

Ainda sentia uma fisgada no coração ao pensar nela. Talvez sempre fosse sentir. Mas era provável que sua obsessão cega tivesse acabado. De todo modo, ele agora se sentia otimista em relação ao futuro.

Levantou-se, virou-se para trás e encarou a catedral fracamente iluminada pelos lampiões de rua do outro lado da praça.

– Minha mente está lúcida agora – falou em voz alta. – Obrigado.

Hornbeam tinha um sonho para Kingsbridge. Via a cidade se transformando numa potência fabril, um lugar onde se ganhavam grandes fortunas, competindo com Manchester pelo título de segunda cidade mais importante da Inglaterra. Algumas pessoas da cidade, porém, estavam atrapalhando esse sonho, pensando sempre em objeções ao progresso. A pior de todas era Spade. Por isso Hornbeam ficou furioso com as sugestões de que ele devesse virar conselheiro.

Não era surpresa alguma a proposta ter vindo de uma mulher: Cissy Bagshaw. Ele estava decidido a sufocar aquela ideia.

Felizmente, Spade tinha um ponto fraco: Arabella Latimer.

Hornbeam passou algum tempo matutando sobre a melhor maneira de usar essa fraqueza contra Spade, e, por fim, decidiu falar com Marcus Reddingcote, o novo bispo.

No domingo seguinte, vestiu um casaco novo, todo preto, para ir à igreja, no estilo que estava se tornando a marca de um negociante de sucesso. Depois da missa, foi cumprimentar o bispo e sua mulher metida a besta, Una.

– Já faz seis meses que está conosco, Sra. Reddingcote – disse ele. – Espero que esteja gostando de Kingsbridge.

Ela não respondeu que sim.

– Antes morávamos numa igreja de Londres... em Mayfair, sabe. Era bem diferente. Mas é preciso servir onde se for solicitado, é claro.

Então, socialmente falando, para eles Kingsbridge era um rebaixamento, concluiu Hornbeam. Forçou um sorriso e declarou:

– Se houver algo que eu possa fazer para auxiliá-la, é só pedir.

– O senhor é muito gentil. Estamos muito bem assessorados no palácio.

– Alegro-me em saber. – Hornbeam se dirigiu ao bispo, homem alto e um tanto robusto, como eram com frequência os membros ricos do clero. – Posso lhe falar rapidamente, excelência?

– Com certeza.

Hornbeam olhou de relance para a Sra. Reddingcote e completou:

– É sobre uma questão um pouco delicada.

A esposa entendeu a indireta e se afastou.

Hornbeam chegou mais perto e abaixou a voz.

– Existe um fabricante de tecidos chamado David Shoveller... pode ser que Vossa Excelência tenha escutado as pessoas se referirem a alguém chamado Spade, que é um apelido bem-humorado.

– Ah, sim, entendi. *Spade* quer dizer pá, assim como *shovel*. Muito engraçado.

– Ele está atuando nos bastidores para se tornar conselheiro.

– O senhor é a favor?

O bispo olhou em volta, como se quisesse localizar Spade.

– Ele não está aqui, excelência. É metodista.

– Ah.

– Mais importante ainda: o homem é adúltero, e metade da cidade sabe.

– Misericórdia.

– Mais chocante ainda: a amante dele é Arabella Latimer, viúva do seu antecessor.

– Que coisa mais extraordinária.

– O caso começou bem antes de o bispo Latimer morrer, e a mulher tem um filho de 5 anos que todos acreditam ser de Spade. O bispo ficou enfurecido e batizou o menino de Absalão. O significado desse nome é óbvio para um homem instruído como o senhor.

– Absalão desonrou o pai, o rei Davi.

– Isso. Não há provas do adultério, naturalmente, mas eu não gostaria de ver Spade se tornar conselheiro desta cidade.

– Nem eu. Mas, Hornbeam, eu não tenho influência na escolha dos conselheiros... Essa seara é sua, não?

Essa era a questão-chave, e a parte mais difícil da ideia que Hornbeam estava tentando empurrar.

– Vim procurá-lo porque é o líder moral de Kingsbridge – falou.

– Entendo. Mas não vejo como...

– Vossa Excelência poderia fazer um sermão a respeito?

– Não posso subir no púlpito para condenar um homem, muito menos sem provas.

– De fato não. Mas, em termos gerais... Um sermão sobre adultério?

O bispo aquiesceu devagar.

– Talvez, embora seja um pouco explícito.

– Nesse caso, o tema poderia ser não fechar os olhos para o pecado.

– Ah, melhor. As Escrituras fazem várias referências a piscar ou acenar com os olhos, que significa exatamente aquilo a que o senhor está se referindo.

– Se um homem age mal, isso não deveria ser ignorado... algo nessa linha, o senhor quer dizer?

– Exato.

Hornbeam se animou.

– Sabe, o pecado de Spade é muitas vezes tema de conversas discretas, furtivas até, mas nunca foi abertamente reconhecido.

– E, sendo assim, ele dá continuidade, sem se arrepender.

– Exatamente, excelência.

– Hum.

Hornbeam entendeu que não tinha chegado exatamente aonde queria. Precisava de um compromisso concreto do bispo.

– O senhor só precisaria dar a entender que um pecador não deveria ser alçado a um cargo de respeito. Não é necessário fazer nenhuma acusação. As pessoas iriam entender do que se trata.

– Preciso pensar um pouco. Mas obrigado por ter me alertado em relação ao problema.

Aquilo era tudo que Hornbeam iria conseguir. Precisava aceitar e torcer pelo melhor.

– Disponha, excelência.

Spade disse a Arabella que tinha uma coisa para lhe mostrar e pediu que o encontrasse em frente ao número 15 da Travessa do Peixe. Pegou a chave com Roger Riddick.

Chegou cedo e ficou à espreita do lado de fora até ela chegar, então abriu a porta rapidamente e a fez entrar.

– Vamos dar uma olhada – falou.

Ela provavelmente adivinhou o que ele tinha em mente, mas não fez perguntas. Juntos eles examinaram a casa. O lugar precisava de uma reforma. Havia vidraças rachadas e manchas no piso. A cozinha e o restante do porão eram escuros e insalubres, e havia um rato morto na despensa.

– A casa inteira precisa de uma faxina completa – disse Arabella.

– E de uma demão de tinta.

No andar de cima havia uma espaçosa sala de estar. No terceiro, um grande quarto de dormir, com um *boudoir* de senhora anexo num dos lados e um quarto de vestir de cavalheiro do outro. No último piso, quartos para crianças e criados. As janelas eram grandes, e as lareiras, generosas.

– Poderia ser uma casa muito agradável – declarou Arabella.

– Ela está à venda. Que tal?

Ela o encarou com um meio sorriso.

– O que está sugerindo exatamente?

Ele a segurou pelas mãos.

– Arabella, mulher maravilhosa, aceitaria ser minha esposa?

– David Shoveller, homem maravilhoso, não percebe que sou oito anos mais velha que você?

– Isso é um "sim"?

– É um "sim, por favor"!

– E gostaria de morar nesta casa? Seria feliz aqui?

– Delirantemente feliz, meu amor.

– Precisamos esperar o fim do seu período de luto.

– Dia 13 de setembro.

– Você sabe a data exata.

– Ser afoita assim não convém a uma dama, mas não consigo evitar.

– Faltam seis meses.

– Se você comprar a casa agora, teremos tempo para limpá-la e pintá-la, escolher móveis, pendurar cortinas e tudo o mais.

Eles se beijaram, então Spade fingiu olhar em volta furtivamente.

– Pelo visto estamos sozinhos…

– Que bom! Mas esse piso parece duro… além de nem um pouco limpo.

– Tudo bem, você pode ficar por cima.

– Andei conversando com algumas mulheres…

Spade sorriu, perguntando-se o que estaria por vir.

– E o que elas disseram?

Arabella abriu um sorriso meio brincalhão, meio acanhado.

– Elas falaram sobre uma coisa que dizem que as prostitutas fazem. Eu nunca tinha ouvido falar. Talvez elas tenham inventado, mas…

– Mas o quê?

– Eu quero experimentar.

Esse tipo de conversa deixava Spade excitado.

– O que é?

– Elas fazem com a boca.

Ele assentiu.

– Já ouvi falar.

– Alguém já fez em você?

– Não.

– Parece que fazem até o fim… se é que você me entende.

– Entendo, sim.

Spade se deu conta de que estava ofegante.

– É isso que eu quero experimentar – disse ela.

– Então vá em frente. Por favor.

– Quer mesmo que eu faça?

– Você não faz ideia – respondeu ele.

CAPÍTULO 30

O juiz do tribunal superior tinha um rosto magro e que emanava maldade, como o de um abutre, julgou Spade. Seus olhos eram próximos da ponte de um nariz que lembrava um bico adunco. Ao se acomodar em sua cadeira no Salão da Guilda, ele abaixou a cabeça e abriu os braços para estender a toga, o que mais parecia as asas de um abutre que vai pousar. Então olhou para as pessoas reunidas à sua frente como se elas fossem sua presa.

Ou talvez seja apenas minha imaginação, pensou Spade. *Talvez ele seja um velhinho bondoso, que demonstra clemência sempre que pode. O rosto nem sempre é um espelho do caráter.*

Mas em geral é.

No entanto, não era ao juiz que caberia decidir se Tommy era culpado. Essa era uma tarefa para o júri. Spade olhou desanimado para os doze bem-vestidos figurões de Kingsbridge que tinham sido convocados. Como sempre, todos eram prósperos negociantes e comerciantes, o tipo de pessoa menos propenso a deixar passar um roubo em um estabelecimento comercial.

Enquanto os jurados prestavam juramento, Cissy Bagshaw se dirigiu a Spade em voz baixa.

– Sinto muito por você não ter sido eleito conselheiro. Fiz o melhor que pude.

– Eu sei disso e lhe sou grato.

– Temo que o estrago tenha sido feito pelo sermão do bispo.

Spade concordou com a cabeça.

– Um pecador não deve ser alçado a uma posição de poder e responsabilidade.

– Alguém deve ter motivado o bispo.

– Tenho certeza de que foi Hornbeam. Ele é meu único inimigo.

– Imagino que você tenha razão.

Em sua primeira incursão na política, Spade havia aprendido uma lição desagradável. Estava irritado consigo mesmo por não ter previsto a força e a falta de escrúpulos da oposição de Hornbeam. Se um dia voltasse a tentar, seu primeiro passo seria descobrir como neutralizar seus inimigos.

O juramento foi concluído, e os jurados ocuparam seus lugares.

Se Tommy fosse considerado culpado, algo que parecia mais ou menos inevitável, o juiz decidiria a punição. Era aí que havia espaço para clemência. Era raro uma criança ser enforcada – raro, mas não inédito. Spade rezou para o homem não ser tão cruel quanto aparentava.

A sala do tribunal estava cheia; o ar já estava abafado, e a atmosfera era soturna. Jenn Pidgeon estava posicionada em pé bem na frente da multidão, com os olhos vermelhos de tanto chorar e as mãos dobrando e desdobrando sem parar a ponta da faixa ao redor da própria cintura. *Difícil imaginar algo pior que esperar para saber se o filho vai ser executado*, refletiu Spade.

Havia imaginado que Hornbeam fosse manter distância. Já havia boatos suficientes pela cidade acerca do duro tratamento dado a Jenn, e aquele julgamento seria desconfortável para ele fosse qual fosse o desfecho. Mas lá estava o homem, com um semblante orgulhoso e desafiador. Cruzou olhares com Spade, e seus lábios se franziram num meio sorriso triunfante. *É*, pensou Spade, *essa batalha você venceu*.

Estava decepcionado, mas não arrasado. No entanto, sentia raiva por terem usado seu relacionamento com Arabella para derrotá-lo. É claro que ele e Arabella eram pecadores e que isso fatalmente atrairia reprovação, mas mesmo assim ele sentia que ela fora diminuída. As pessoas tinham comentado a seu respeito e decidido que ela era motivo de vergonha para ele. Spade jamais perdoaria Hornbeam por isso.

Quando Tommy foi trazido, porém, lembrou-se de como as aflições pelas quais passava eram banais.

O tribunal superior só se reunia duas vezes por ano, e Tommy havia passado o meio-tempo na cadeia de Kingsbridge. Aquilo não era lugar para uma criança. Ele parecia ter emagrecido e exibia um aspecto derrotado. Spade sentiu pena. Mas talvez a aparência triste do menino conquistasse a simpatia do júri. Ou talvez não.

Os depoimentos foram os mesmos de antes. Josiah Blackberry descreveu o roubo e a prisão. Elsie Mackintosh corroborou sua versão dos fatos, mas insistiu em assinalar que o menino estava passando fome na ocasião, porque seu pai fora recrutado à força e o Auxílio aos Pobres, recusado à sua mãe. Hornbeam, que era o supervisor dos pobres, adotou um ar altivo e indignado, mas nada disse.

O júri já conhecia a história. A condenação de Tommy a um julgamento no tribunal superior fora noticiada pela *Gazeta de Kingsbridge*, e os homens que não tinham comparecido à sessão trimestral haviam escutado os detalhes de quem tinha. Os jurados já deviam ter tomado sua decisão tempos antes.

De qualquer forma, eles não levaram muitos minutos para chegar a um consenso. Consideraram Tommy culpado.

O juiz então tomou a palavra.

– Cavalheiros do júri, os senhores tomaram uma decisão que, a meu ver, é a única possível. – Sua voz era seca e rouca. – Cumpriram o seu dever, e agora cabe a mim sentenciar o culpado à punição adequada.

Ele fez uma pausa e protegeu a boca ao tossir. O recinto silenciou.

– Já se sugeriu que Thomas Pidgeon é de certa forma a vítima e não o infrator neste caso. Houve uma tentativa de atribuir a culpa pelo crime em questão ao bando do recrutamento, àqueles responsáveis pelo Auxílio aos Pobres e até mesmo ao governo de Sua Majestade. Mas não é o bando do recrutamento que está sendo julgado aqui, nem o sistema do Auxílio aos Pobres e menos ainda o governo. Este é o julgamento de Thomas Pidgeon, e de mais ninguém.

Ele olhou para Elsie.

– Podemos sentir compaixão por aqueles que atravessam circunstâncias adversas, mas não lhes damos permissão para roubar do restante de nós... Sugerir tal coisa é uma insensatez.

Ele tornou a interromper o discurso e fez algo com a mão, algo que não se pôde ver. Quando levantou os braços, todo mundo viu que estava usando luvas de algodão pretas.

Jenn Pidgeon deu um grito.

– Que Deus nos ajude! – disse Spade em voz alta.

O juiz sacou uma boina preta e a pôs na cabeça por cima da peruca.

Jenn chorava de soluçar, descontroladamente, e o público fez comentários hostis em voz alta, mas o juiz não se deixou perturbar. Com a mesma voz rascante, falou:

– Thomas Pidgeon, de acordo com a lei, o senhor voltará para o lugar de onde veio, e de lá será levado para um local de execução, onde será pendurado pelo pescoço até que seu corpo esteja morto.

Várias pessoas agora choravam. Mas ele ainda não havia acabado de falar.

– Morto – repetiu. – Morto – disse ainda uma terceira vez. – E que o Senhor tenha piedade de sua alma – concluiu por fim.

Enquanto Jenn Pidgeon era carregada para fora, Spade ficou de pé e disse bem alto:

– Excelência, queira estar ciente de que um recurso contra essa sentença será apresentado ao rei.

Ruídos de aprovação percorreram a plateia.

– Anotado – disse o juiz com pouco interesse. – A sentença não será executada antes de a resposta de Sua Majestade ser recebida. Próximo caso.

Spade saiu do tribunal.

Foi até sua manufatura e verificou o andamento do trabalho, mas achou difícil se concentrar. Nunca havia se envolvido em um recurso apresentado ao rei. Não sabia ao certo por onde começar.

Ao meio-dia, foi até o Café da Rua Alta. Tomou um pouco de café e conseguiu recuperar o foco. Precisaria de ajuda para redigir a minuta do recurso, e seria melhor fazê-lo ser assinado por vários cidadãos ilustres. Enquanto matutava sobre isso, homens começaram a entrar no café para o almoço. Ele viu o conselheiro Drinkwater. Aos 70 e poucos anos, ele andava com o auxílio de uma bengala, mas tinha o passo enérgico e não havia nada de errado com o seu cérebro. Spade foi se juntar a ele.

Drinkwater pediu um bife e um caneco de cerveja. Estava vindo do tribunal, e então comentou com Spade:

– Hornbeam e aquele juiz são dois chacais. Mandar enforcar uma criança!

– O senhor assinaria seu nome num recurso ao rei? – indagou Spade. – As chances serão maiores se o documento vier de um ex-prefeito.

– Com toda a certeza.

– Obrigado.

– A única coisa cristã que aquele juiz disse foi "Que o Senhor tenha piedade de sua alma". Não sei onde o mundo vai parar.

Spade ficou satisfeito por alguém compartilhar sua raiva.

– Precisamos fazer mais gente assinar o recurso.

– Tenho certeza de que meu genro, Charles, vai assinar. A quem mais podemos pedir?

Spade pensou um pouco.

– Amos vai assinar. Mas não podemos ter apenas metodistas. Vou pedir à Sra. Bagshaw.

– Ótimo. Assim teremos dois donos de negócios de Kingsbridge, de quem não se esperaria leniência com um ladrão.

– Duvido que Northwood ajude.

Drinkwater fez cara de quem hesitava.

– Eu também, mas vale a pena tentar.

– Talvez sua neta consiga convencê-lo.

– Jane? Não tenho certeza de que ela tenha muita influência sobre o marido, mas vou pedir.

– Preciso de conselhos sobre a formulação do recurso. Deve existir um protocolo.

– Para isso servem os advogados. Consulte Parkstone.

Havia três advogados em Kingsbridge. Eles atuavam sobretudo em transações imobiliárias, testamentos e disputas de fronteira entre agricultores do condado de Shiring. Parkstone era o mais velho dos três.

– Vou falar com ele agora – disse Spade.

– Não vai almoçar nada?

– Não – respondeu Spade. – Acho que não conseguiria comer nada agora.

Kit pediu demissão de seu emprego como gerente nas fábricas Barrowfield. Amos lamentou, mas recebeu de modo bem-humorado a notícia e disse que, se eles lhe oferecessem a oportunidade de comprar o primeiro tear de Jacquard da Inglaterra, isso lhe serviria de consolo. Também pediu a Kit que trabalhasse mais um mês, assim teria tempo para providenciar outro arranjo. Kit topou. Ficou feliz com o fato de a mudança poder ser feita sem ressentimento.

O mês estava quase no final quando ele recebeu uma carta.

Nunca tinha recebido uma carta na vida.

A correspondência chegou num sábado e estava à sua espera em casa quando ele veio da fábrica. Segundo os vizinhos, fora entregue na sua casa por um soldado carregando uma bolsa de lona que parecia estar cheia de cartas.

A correspondência lhe informava que ele estava sendo recrutado pela milícia.

Kit se sentiu mal. Nunca se metera em brigas e tinha medo de não ser bom naquilo.

Deveria ter previsto aquela possibilidade, pois havia se tornado elegível desde que completara 18 anos, mas simplesmente não tinha pensado no assunto.

A família debateu a questão durante o jantar.

– Vou detestar o Exército – disse Kit. – Sei que precisamos defender nosso país, mas serei o pior soldado do mundo.

– O Exército vai deixar você mais durão – declarou Jarge. Então captou um olhar de reprovação de Sal e se emendou. – Sem querer ofender, rapaz.

– A milícia não é o Exército – interveio Sal. – Soldados da milícia não podem sair da Inglaterra. Precisam ficar e defender o país em caso de invasão.

– Invasão que pode acontecer a qualquer momento! – exclamou Kit. – Bonaparte está com duzentos mil homens esperando para cruzar o Canal da Mancha.

Mesmo que não houvesse invasão, aquilo arruinaria seu plano de fabricar o tear de Jacquard com Roger. Ele perderia não só o dinheiro, mas também o prazer de trabalhar com o homem de que mais gostava no mundo.

– Não precisa ser você a nos salvar de Bonaparte – comentou Sal. – Em geral pode-se pagar para mandar alguém no seu lugar. E nem custa muito. Centenas de homens já fizeram isso. Deixe os rapazes lá do Matadouro se encarregarem de lutar... Eles gostam disso.

– Primeiro precisamos achar alguém disposto.

– Não vai ser difícil. Vários homens estão sem trabalho e muitos deles, endividados. Com a sua ajuda, um desses poderia pagar o que deve e conseguir um emprego. O salário da milícia é baixo, mas um soldado recebe comida, uniforme e uma cama. Não é mau negócio para um jovem em dificuldades.

– Vou começar a perguntar amanhã.

O dia seguinte era domingo. No Salão Metodista, depois da comunhão, Kit foi abordado pelo major Donaldson, que lhe chamou para ir se sentar com ele num canto tranquilo. Kit estava estranhando aquilo.

– Soube que seu nome foi sorteado – afirmou Donaldson.

Kit se animou. Talvez Donaldson fosse ajudá-lo a evitar o recrutamento.

– Eu daria um péssimo soldado. Detesto violência. Estou procurando alguém para ir em meu lugar.

Donaldson adotou um ar solene.

– Sinto muito decepcioná-lo, mas posso lhe dizer desde já que isso não será possível.

Kit ficou consternado. Teve a sensação de estar num pesadelo do qual não conseguia acordar. Encarou o sargento. O semblante do homem não denotava qualquer engodo. Ele estava sendo totalmente sincero.

– Mas por que não? – quis saber Kit. – Centenas de homens não fazem isso?

– Sim, mas a substituição fica sempre a critério do oficial responsável, e, no seu caso, o coronel Northwood não vai autorizá-la.

– Por quê? O que ele tem contra mim?

– Nada. Muito pelo contrário. Ele sabe quem o senhor é, já ouviu falar dos seus talentos e o quer na milícia. Delinquentes bons de briga ele já tem de sobra. O que está nos faltando são homens que saibam pensar.

– Quer dizer que estou condenado?

– Não encare assim. O senhor é engenheiro. Posso lhe prometer que será promovido a tenente em seis meses. Essa proposta vem do próprio coronel.

– E por que um engenheiro seria necessário?

– Por exemplo: podemos precisar fazer dez mil homens e vinte canhões pesados atravessarem rapidamente um rio sem ponte.

– Provavelmente seria o caso de construir uma ponte com barcos.

Donaldson sorriu como quem acaba de jogar seu trunfo.

– Viu por que precisamos do senhor?

Kit percebeu que acabara de selar o próprio destino.

– Acho que sim – falou, desanimado.

– Os conscritos são obrigados a ficar enquanto durar a guerra, o que ainda pode levar muitos anos. Mas, como oficial, o senhor poderá renunciar à milícia em três a cinco anos. E o salário de oficial é bem melhor.

– Nunca vou me adaptar à vida militar.

– Nosso país está em guerra. Eu o conheço há anos, e sei que o senhor é maduro para sua idade. Pense em sua responsabilidade para com a Inglaterra. Bonaparte já conquistou metade da Europa. Nossas Forças Armadas representam o único motivo pelo qual ele não nos governa... ainda. Se ele nos invadir, caberá à milícia rechaçá-lo.

– Não diga mais nada. Só está piorando a situação.

Donaldson se levantou e lhe deu um tapinha no ombro.

– O senhor vai aprender muita coisa na milícia. Veja isso como uma oportunidade.

Ele se afastou.

Kit enterrou a cabeça nas mãos. Sem se dirigir a ninguém, falou:

– Parece mais uma sentença de morte.

Spade foi até o cais supervisionar o carregamento de uma encomenda numa barcaça para Combe. O condutor era um homem de cabelos grisalhos que devia ter por volta de 50 anos e tinha sotaque londrino. Spade não o conhecia, mas ele se apresentou como Matt Carver. Como estava com dificuldade para levantar as pesadas peças de tecido, Spade o ajudou. Mesmo assim ele precisou parar várias vezes para recuperar o fôlego.

Numa dessas pausas, o condutor da barcaça exclamou:

– Ora, vejam! Aquele homem de casaco preto ali... O nome dele por acaso é Joey Hornbeam?

Spade olhou na direção em que ele apontava.

– Aqui ele é conhecido como conselheiro Hornbeam, mas, sim, acho que o primeiro nome dele é Joseph.

– Ora, quem diria. Conselheiro, e usando um casaco que deve ter custado três meses do salário de um trabalhador! Como ele é hoje em dia?

– Duro feito pedra.

– Ah, duro ele sempre foi.

– O senhor o conhece?

– Conhecia... antigamente. Fui criado num bairro de Londres chamado Seven Dials. Joey e eu temos a mesma idade.

– Vocês eram pobres?

– Pior que pobres. Éramos ladrões, e tudo que tínhamos era o que conseguíamos roubar.

Spade ficou intrigado. Hornbeam, um menino ladrão?

– E os seus pais?

– Fui abandonado quando era bebê. Joey teve mãe até mais ou menos os 12 anos. Lizzie Hornbeam. Ela também era ladra. Sua especialidade eram os homens mais velhos. Ela lhes pedia uma esmola de algumas moedas e, enquanto o velhote estava dizendo não, ou quem sabe até sim, ela roubava o relógio de ouro de dentro do bolso do seu colete. Só que um dia escolheu mal e tentou roubar um homem que foi mais rápido que ela. Ele a segurou pelo pulso e não soltou.

– O que aconteceu com ela?

– Foi enforcada.

– Santo Deus – comentou Spade. – Será que foi por isso que Hornbeam acabou ficando do jeito que é?

– Sem dúvida. Nós fomos assistir ao enforcamento. – O olhar do homem ficou sombrio, e Spade entendeu que ele estava revendo a execução na mente. – Eu estava ao lado de Joey quando a mãe dele foi pendurada. Tem gente que morre fácil, o pescoço quebra, mas ela não teve essa sorte, e foram necessários alguns minutos para que a corda a estrangulasse. Uma visão tenebrosa... boca aberta, língua para fora, urinando-se toda. Foi mesmo uma coisa terrível para um filho ver com essa idade.

Spade sentiu um arrepio de horror.

– Isso me deixa quase com pena dele.

– Não se dê ao trabalho – disse o barqueiro. – Ele não vai lhe mostrar gratidão alguma.

CAPÍTULO 31

O casamento de Spade com Arabella Latimer foi o enlace não conformista do ano em Kingsbridge. O Salão Metodista ficou abarrotado, e houve também uma pequena multidão reunida do lado de fora; um salão novo duas vezes maior estava em construção, mas ainda não fora concluído. O grande comparecimento se deu apesar da aura que cercava o casamento, um clima de pecado implícito, de vergonha parcialmente velada. Ou, quem sabe, considerou Spade, as pessoas tivessem comparecido em peso à cerimônia justo por causa desse clima, ao mesmo tempo escandaloso e empolgante, tão errado quanto sedutor.

Àquela altura, era impossível haver muita gente na cidade que ainda não tivesse ouvido o boato de que Arabella era amante de Spade antes mesmo da morte do marido – muito antes. Talvez alguns estivessem na cerimônia para franzir o cenho de reprovação e condenar o casal diante dos amigos, mas, ao correr os olhos pelos presentes, Spade teve a sensação de que a maioria dos convidados parecia desejar genuinamente a felicidade dos dois.

Era segunda-feira, 30 de setembro de 1805.

Arabella estava usando um vestido novo de seda castanha, cor que deixava o tom da sua pele radiante, observou Spade. Não conseguia deixar de pensar no corpo debaixo daquele vestido, o corpo que conhecia tão bem. Tinha amado as formas esguias de adolescente e a pele perfeita de Betsy, e agora amava o corpo mais velho de Arabella, com suas curvas macias, seus vincos e rugas, os fios grisalhos entremeados em seus cabelos acobreados.

O próprio Spade havia cortado os cabelos e estava usando um casaco novo num tom de azul-marinho que, segundo Arabella, conferia um brilho especial aos seus olhos azuis.

Kenelm Mackintosh era genro de Arabella e seu único parente do sexo masculino, mas, por ser agora o deão Mackintosh, não podia tomar parte numa cerimônia metodista; portanto, quem levou a mãe até o altar foi Elsie. Arabella caminhou de mãos dadas com o filho Abe, de 5 anos, vestido com uma roupa azul nova, um conjunto abotoado de casaco e calça como se fosse uma peça única, parecida com um macacão. Era o traje preferido para meninos pequenos.

O pastor Charles Midwinter fez um sermão breve sobre o perdão. O texto era do Evangelho de Mateus: "Não julguem, para que vocês não sejam julgados." O perdão era fundamental num casamento, disse Charles; era quase impossível duas pessoas viverem juntas por qualquer período sem ocasionalmente ofenderem uma à outra, e não se devia deixar as feridas infeccionarem. Ele disse ainda que o mesmo princípio se aplicava à vida de modo geral, o que Spade interpretou como uma indireta para as pessoas esquecerem seu pecado com Arabella agora que os dois estavam se casando.

Em vez de se concentrar no sermão, Spade não parava de olhar para ela. Anos antes, os dois tinham expressado um para o outro o desejo de formar um casal para sempre, afirmado que o caso de amor deles era um compromisso para a vida, e esse juramento havia apenas se fortalecido com o tempo. Ele se sentia seguro dos sentimentos dela e sabia que a recíproca era verdadeira. Mesmo assim, ficou surpreendentemente comovido ao ver essa promessa sacramentada na igreja diante dos amigos e vizinhos. Não tinha nenhuma ansiedade que precisasse ser tranquilizada, nenhuma dúvida que precisasse ser refutada; não precisava de qualquer garantia do amor permanente de Arabella. Contudo, sentiu os olhos marejados quando ela o aceitou como marido até o momento em que a morte viesse enfim separá-los.

Eles entoaram o Salmo 23: "O Senhor é o meu pastor; de nada terei falta." Spade cantava tão mal que às vezes lhe pediam que cantasse mais baixo de modo a não atrapalhar os outros, mas nesse dia ninguém ligou quando ele desafinou a plenos pulmões.

Quando eles saíram do salão, a congregação saiu atrás. Foram todos convidados para a recepção em sua casa nova. Comes e bebes foram servidos no saguão. Elsie havia organizado tudo, e Spade pagara as contas. A casa ainda cheirava a tinta e estava cheia de móveis novos que ele e Arabella tinham escolhido juntos. Ele não comeu nada; todo mundo queria conversar com o noivo, e ele não teve tempo para parar. Viu que o mesmo acontecia com Arabella. Estava feliz em receber os parabéns de todos.

Depois de duas horas de festa, Elsie convenceu os convidados a partirem. Tinha separado um pouco da comida, que arrumou sobre uma mesa na sala de estar junto com uma garrafa de vinho, então lhes desejou boa-noite e foi embora. Quando a casa enfim ficou vazia, Spade e Arabella se sentaram lado a lado no sofá, cada qual com um prato e um cálice na mão. As janelas abertas deixavam entrar o ar ameno do entardecer de setembro. Depois de comerem, os dois ficaram sentados de mãos dadas enquanto a escuridão lentamente ia tomando conta do recinto e as sombras se acumulavam nos cantos.

– Estamos prestes a fazer algo que nunca fizemos antes – disse Spade. – Dormir um ao lado do outro e acordar juntos de manhã.
– Não é maravilhoso? – comentou Arabella.
Ele assentiu.
– Não tem como a vida ficar melhor.

Amos apareceu na casa do deão levando um livro-caixa. Era ele quem fazia a contabilidade da escola dominical, e, a cada três meses, verificava as contas com Elsie. Apesar de os professores serem todos voluntários e a comida, fornecida por apoiadores, a escola ainda assim precisava de dinheiro para livros e material de escrita, e os doadores tinham o direito de saber como seu dinheiro estava sendo gasto.

Elsie sempre ficava satisfeita ao ver Amos. Agora com 32 anos, ele estava mais bonito do que nunca. Nos seus sonhos, era com ele que era casada, não com Kenelm. Nesse dia, porém, ela estava nervosa. Tinha algo importante a lhe dizer. Teria preferido evitar, mas era melhor que ele ficasse sabendo por alguém que o amava.

Ofereceu-lhe um cálice de xerez, e ele aceitou. Os dois se sentaram lado a lado diante da mesa na sala de jantar e juntos examinaram o livro-caixa. As narinas de Elsie captaram um leve e agradável aroma de sândalo. Não havia nada com que se preocupar em relação às contas: ela conseguia arrecadar o dinheiro necessário sem qualquer dificuldade.

Quando ele fechou o livro, deveria ter lhe dado na mesma hora a notícia, mas, como estava demasiado tensa, preferiu perguntar:
– Como está se virando sem Kit? Ele era seu braço direito.
– O rapaz faz falta. Hamish Law continua comigo, mas estou à procura de alguém que entenda de máquinas.
– Não consigo imaginar que Kit esteja gostando da vida militar.
– Creio que o coronel Northwood esteja muito satisfeito em tê-lo na milícia.
– Tenho certeza que sim. – Aquela era sua chance, e ela tomou coragem. – Falando em Northwood... – Com esforço, ela controlou o tremor na própria voz. – Você sabia que Jane está grávida?

Houve um momento prolongado de silêncio.

Amos então disse:
– Meu Deus do Céu.

Ficou encarando-a, e ela tentou decifrar sua expressão. Ele havia empalidecido. Estava dominado por alguma forte emoção, mas que ela não soube identificar.

Seus lábios se moveram quando ele tentou falar. Depois de alguns segundos, ele conseguiu dizer:

– Depois de tanto tempo.

– Eles estão casados há nove anos – comentou Elsie, conseguindo manter a voz firme.

Belinda Goodnight e as outras fofoqueiras da cidade tinham dito que Jane era incapaz de engravidar – "estéril" fora a palavra que elas haviam usado. Também estavam especulando que Northwood era incapaz de gerar um filho e que outro homem devia ser o verdadeiro pai. A verdade era que elas nada sabiam.

Para preencher o silêncio, Elsie tornou a falar:

– Estão torcendo para ser menino. Northwood e o pai devem estar querendo um herdeiro.

– Para quando é o bebê? – perguntou Amos.

– Acho que para breve.

Ele adotou um ar pensativo.

– Pode ser que isso aproxime o casal.

– Pode ser.

Northwood e Jane sempre haviam passado muito tempo separados.

– Jane nunca se esforçou muito para esconder a própria insatisfação – revelou Amos.

Nos últimos poucos meses, Elsie sentira que Amos já não gostava mais de Jane com o mesmo arrebatamento de antes. Ficara pensando se algo teria mudado. Mas fora apenas um desejo vão. Ele obviamente estava abalado com aquela notícia.

A outra teoria das fofoqueiras era que o pai do bebê era Amos.

Isso, na opinião de Elsie, não tinha como ser possível.

Num campo nos arredores de Kingsbridge, a oito quilômetros da cidade, Kit estava ensinando quinhentos novos recrutas a formarem um quadrado.

Soldados de infantaria em geral avançavam em linha reta por um campo de batalha. Era uma boa formação, a menos que fossem atacados por uma cavalaria, cujos cavaleiros poderiam dar a volta rapidamente pelas pontas da linha e atacá-los por trás. O único jeito de vencer um ataque de cavalaria era formar um quadrado.

Uma linha de soldados que recebesse a ordem de formar um quadrado sem qualquer outra instrução ficaria zanzando de forma confusa durante uma hora, tempo suficiente para serem todos exterminados pelo inimigo. Por isso havia um procedimento padrão.

Os homens eram divididos em oito ou dez companhias, cada qual com dois ou três sargentos e um número equivalente de tenentes. As companhias que estivessem no centro da linha ficariam onde estavam para formar a frente do quadrado. As duas alas recuariam para formar as laterais do quadrado, e os granadeiros de elite e companhias leves dariam a volta correndo para formar a base. Os sargentos portavam alabardas para manter as linhas retas.

Os soldados se mantinham a um metro de distância um do outro até a linha ser composta por 25 homens. Então começavam a se duplicar. Quando as linhas ficavam com quatro filas, as duas da frente se ajoelhavam e as duas de trás continuavam em pé. Os oficiais e médicos ocupavam o centro do quadrado.

Kit passou três horas fazendo os homens formarem uma linha, depois mudarem para um quadrado, em seguida tornarem a formar uma linha, depois mudarem outra vez. Quando a manhã terminou, eles já conseguiam formar um quadrado em cinco minutos.

Durante uma batalha, a fila da frente disparava, então corria para trás das outras e recarregava as armas.

Era preciso disparar quando a cavalaria estivesse a trinta metros de distância. Mais cedo que isso eles errariam o alvo e estariam recarregando quando os cavalos os alcançassem e passassem por cima deles. Mais tarde que isso, os feridos e cavalos se chocariam com eles, arrebentando a linha.

Kit disse aos homens que eles conseguiriam resistir a um ataque de cavalaria se permanecessem calmos e mantivessem a formação. Como não tinha nenhuma experiência em batalha, precisava fingir convicção. Ao se imaginar em pé numa das laterais do quadrado, cara a cara com centenas de soldados montados em potentes cavalos de batalha galopando para cima dele a toda a velocidade, brandindo pistolas com as quais crivá-lo de balas e longas e afiadas espadas para enfiar no seu corpo, tinha certeza absoluta de que largaria seu mosquete no chão e sairia correndo o mais depressa que suas pernas conseguissem carregá-lo.

O batizado do bebê de Jane foi um acontecimento grandioso. Os sinos da catedral badalaram num toque longo e complexo que Spade e seus sineiros vinham ensaiando. Todo mundo que era alguém no condado estava presente, trajando suas melhores roupas. O sol brilhava forte através dos vitrais, e a nave estava repleta de flores. O conde de Shiring em pessoa compareceu, alto porém com as costas já um pouco curvadas, obviamente feliz com o fato de a sua linhagem ter sido perpetuada. Houve hinos e preces de agradecimento, e o coro cantou.

Amos observava com atenção o visconde Northwood, que, aos 30 e poucos anos, ia se tornando cada vez mais parecido com o pai, os cabelos encaracolados começando a recuar e desenhando na sua testa o formato da letra M. Ele parecia tão satisfeito que Amos teve certeza de que não desconfiava em absoluto que poderia não ser o pai.

O próprio Amos não sabia a verdade. Queria ter perguntado para Jane, mas não tivera oportunidade de falar com ela. De toda forma, ela poderia não lhe dizer. Talvez tampouco soubesse. Havia lhe dito com franqueza que ela e Northwood raramente faziam amor – mas *raramente* não era o mesmo que *nunca*. Com Amos ela havia se deitado apenas uma vez, mas uma vez podia bastar. E havia ainda uma terceira possibilidade: Amos podia não ter sido seu único amante proibido.

Fosse qual fosse a verdade, estava convicto de que, quando Jane fora à sua casa naquela noite chuvosa, sua vontade era de que ele a engravidasse. E ela quisera garantir que isso iria acontecer, motivo pelo qual ficara tão zangada quando ele se recusara a repetir o encontro. O que a tinha motivado não fora nenhum afeto por ele, e nem mesmo a luxúria: ela o havia usado na esperança de conceber um herdeiro. Queria ser mãe de um conde.

A própria Jane agora segurava o bebê no colo, enrolado numa manta branca de lã macia que, aos olhos treinados de Amos, parecia ser casimira. Estava bem--vestida, como sempre: casaco debruado de pele, um chapéu amarrado debaixo do queixo e uma fileira dupla de pérolas no pescoço; no entanto, parecia exausta. O parto devia ter sido uma provação; pelo que Amos sabia, em geral era assim. Mas ela devia estar aliviada. Esposas de aristocratas que não gerassem filhos eram às vezes tratadas como se houvessem se esquivado de seu dever. Ela conseguira escapar desse destino. Agora ninguém poderia chamá-la de estéril.

O bispo Reddingcote celebrou a cerimônia. Ostentava orgulhoso suas vestes litúrgicas: capa branca que descia até os tornozelos e uma comprida estola roxa chamada típete. Tinha na mão um aspersório de prata para borrifar água benta. Parecia estar gostando de ser a estrela do espetáculo. Com uma voz ribombante, falou:

– Em nome do Pai, do Filho e do Espírito Santo, eu o batizo Henry.

Como que para assegurar às pessoas que o bebê era realmente filho de Henry Northwood, refletiu Amos com amargura.

Depois da cerimônia, a congregação se dirigiu a pé até os Salões de Bailes e Eventos, onde o conde havia organizado uma recepção. Mil pessoas tinham sido convidadas, e, para todas as outras, havia cerveja sendo servida gratuitamente nas mesas de cavalete montadas do lado de fora, na rua. O bebê Henry ficou deitado num berço no salão, e Amos conseguiu pela primeira vez dar uma boa reparada no menino.

Essa olhada serviu apenas para lhe informar que o bebê tinha olhos azuis, a pele rosada e um rosto redondo, como todos os outros recém-nascidos que ele já vira na vida. Como o pequeno Henry estava usando um gorro de tricô, ele não conseguiu ver de que cor eram seus cabelos, se é que tinha algum. O bebê não se parecia nem com Henry Northwood, nem com Amos Barrowfield, nem com mais ninguém. Dali a vinte anos talvez tivesse cabelos encaracolados e um nariz grande, como Northwood, ou então um rosto comprido e o queixo proeminente, como Amos; mas era igualmente provável que fosse se parecer com o pai de Jane, o belo Charles Midwinter, e, nesse caso, ninguém jamais conseguiria dizer quem era seu pai.

Enquanto Amos pensava nisso tudo, alguma outra coisa estava acontecendo dentro dele. Sentiu-se tomado por um forte impulso de cuidar daquele bebezinho indefeso. Queria tranquilizá-lo, alimentá-lo e mantê-lo aquecido – muito embora o menino estivesse obviamente dormindo contente, dispusesse de comida à vontade e provavelmente estivesse sentindo até calor debaixo daquela manta de casimira. Não havia nada de racional na emoção de Amos, mas nem por isso ela era menos forte.

O bebê abriu os olhos e soltou um gritinho levemente contrariado, e na mesma hora Jane apareceu e o pegou no colo. Murmurou no seu ouvido palavras tranquilizadoras, e o bebê tornou a se aquietar.

Ela cruzou olhares com Amos e perguntou:

– Ele não é lindo?

– Extremamente lindo – respondeu Amos com educação, mas sem sinceridade.

– Vou chamá-lo de Hal – declarou ela. – Não posso ter dois Henry... Vai ser confuso demais para eles.

Por alguns segundos não houve ninguém por perto. Baixando a voz, Amos disse:

– Quando penso em janeiro passado, não consigo deixar de me perguntar se...

Jane o interrompeu com uma voz que mal passou de um sussurro, mas que mesmo assim foi muito veemente.

– Não me faça essa pergunta.

– Mas você com certeza...

– Não me faça nunca essa pergunta – disse ela, incisiva. – Nunca, nunca.

Ela então se virou para uma convidada que se aproximava, abriu um largo sorriso e declarou:

– Lady Combe, quanta gentileza sua ter vindo... e de tão longe!

Amos foi embora e voltou para casa.

O rei Jorge não aceitou perdoar Tommy Pidgeon.

Foi um choque para todos. Esperava-se um perdão, tanto pelo fato de o infrator ser muito jovem quanto pelo roubo ter sido relativamente banal.

Hornbeam deveria ter ficado satisfeito, mas não. Um ano antes, estava decidido a fazer o ladrãozinho morrer pelo crime que cometera, mas agora já não tinha tanta certeza assim. As coisas haviam mudado nesse meio-tempo. A opinião pública de Kingsbridge se voltara contra Hornbeam. Ele no fundo não se importava se as pessoas o apreciavam ou não, mas, se continuasse a ser visto como uma espécie de ogro, isso poderia atrapalhar suas ambições. Era bom que o temessem, mas ele queria um dia virar prefeito de Kingsbridge, ou quem sabe o representante da cidade no Parlamento, e para isso precisaria de votos.

Um fator adicional de irritação era o fato de sua esposa, Linnie, estar com pena dele. Ela demonstrava isso mandando preparar seus pratos preferidos nas refeições em família, dando-lhe tapinhas afetuosos em momentos aleatórios e pedindo ao pequeno Joe que brincasse sem fazer barulho. Hornbeam detestava ser alvo de pena. Passou a tratar a esposa com rispidez, mas isso só fez torná-la mais atenciosa.

Se o rei tivesse perdoado Tommy, o drama teria perdido a maior parte da emoção e as pessoas teriam esquecido o caso. Mas agora o processo precisaria chegar ao seu medonho desenlace.

Hornbeam ainda achava certo exigir a execução. Quando se começava a perdoar ladrões por estarem passando fome, pisava-se num terreno perigoso que levava à anarquia. Mas ele agora via que tinha se mostrado demasiado agressivo. Deveria ter fingido compaixão por Tommy e o condenado a ser julgado pelo tribunal superior com aparente relutância. Tentaria essa abordagem no futuro. *Eu me solidarizo com sua situação, mas não tenho como mudar as leis do país. Sinto muitíssimo.*

Não tinha talento para a encenação, mas iria tentar.

Vestiu um casaco preto e pôs um lenço preto no pescoço, em sinal de respeito. Saiu de casa antes do desjejum. Como havia algum risco de a multidão causar problemas, tinha dito ao xerife Doye que conduzisse a execução bem cedo, antes de os piores arruaceiros da cidade saírem da cama.

O cadafalso já estava montado na praça da cidade, com a corda pendurada e o nó já feito, formando um contorno nítido contra o fundo de pedra frio da catedral. A plataforma sobre a qual o condenado ficaria em pé tinha uma dobradiça e era sustentada por um tronco robusto de carvalho. Ao lado do cadafalso, com um martelo na mão, estava Morgan Ivinson. Ele usaria o martelo para derrubar o tronco, e Tommy Pidgeon morreria.

Já havia uma multidão reunida. Hornbeam não se misturou com as pessoas, mantendo-se a alguma distância. Um minuto depois, Doye se aproximou dele.

– Quando quiser – disse Hornbeam.

– Muito bem, conselheiro – respondeu Doye. – Vou buscar o condenado na cadeia agora mesmo.

Mais pessoas chegaram à praça, como que alertadas por arautos invisíveis de que a morte era iminente ou convocadas por sinos fúnebres que só elas conseguiam ouvir. Em poucos minutos, Doye voltou, acompanhado pelo carcereiro Gil Gilmore. Um de cada lado, os dois vinham sustentando a figura franzina de Tommy Pidgeon, que tinha as mãos amarradas nas costas. O garoto chorava.

Hornbeam correu os olhos pela praça à procura de Jenn, a mãe do ladrão, mas não a viu. Melhor assim: ela acabaria fazendo uma cena.

Eles guiaram Tommy até os degraus do cadafalso. Quando estava subindo, ele tropeçou, e eles o ergueram pelos braços e o carregaram até a plataforma. Seguraram-no firme enquanto Ivinson passava a corda em volta da sua cabeça e apertava o nó com um profissionalismo meticuloso. Os três homens então desceram a escada.

Um membro do clero galgou os degraus, e Hornbeam reconheceu Titus Poole, vigário de São João, que havia tentado convencê-lo a conceder o Auxílio aos Pobres a Jenn Pidgeon. Poole falou de modo nítido, fazendo a voz reverberar pela praça:

– Vim ajudá-lo a rezar suas preces, Tommy.

Tommy reagiu com uma voz aterrorizada, em pânico.

– Eu vou para o inferno?

– Não. Não se acreditar no Senhor Jesus Cristo e pedir a Ele que perdoe seus pecados.

– Eu acredito! – gritou Tommy. – Acredito nele, mas Deus vai me perdoar?

– Sim, Tommy, vai sim – respondeu Poole. – Assim como perdoa os pecados de todos nós que cremos na sua misericórdia.

Poole levou as mãos aos ombros do menino e baixou a voz. Hornbeam supôs que os dois estivessem rezando juntos o pai-nosso. Um minuto depois, Poole abençoou Tommy, então desceu a escada e o deixou sozinho no cadafalso.

Doye olhou para Hornbeam, e Hornbeam meneou a cabeça.

– Vá em frente – disse Doye a Ivinson.

Ivinson ergueu seu martelo e desferiu um golpe preciso no tronco de carvalho, fazendo-o tombar de lado. A plataforma caiu e acertou a base do cadafalso com uma pancada. Tommy despencou, e a corda então se retesou e o nó apertou em volta de seu pescoço.

A multidão deixou escapar um gemido coletivo de piedade.

Tommy abriu a boca, para gritar ou respirar, mas não conseguiu fazer nenhuma das duas coisas. Ainda estava vivo; a queda não havia lhe quebrado o pescoço, talvez por ele ser muito leve, e, em vez da morte instantânea, ele começou a ser lentamente estrangulado. Contorceu-se desesperado, como se seus movimentos pudessem talvez libertá-lo, e começou a se balançar para a frente e para trás. Os olhos se esbugalharam, e o rosto foi ficando vermelho. Os segundos transcorreram com uma lentidão excruciante.

Muitas pessoas na praça choravam.

Os olhos de Tommy não se fecharam, mas aos poucos seus movimentos foram ficando fracos e cessaram. O pequeno corpo passou a se balançar num arco menor. Por fim, Ivinson ergueu o braço e sentiu o pulso de Tommy. Fez uma pausa de alguns segundos, então assentiu para Doye.

O xerife se virou para a multidão e anunciou:

– O garoto morreu.

Hornbeam pôde ver que aquelas pessoas não iriam se rebelar. O clima era de tristeza, não de fúria. Foi fulminado por olhares de ódio, mas ninguém lhe dirigiu a palavra. As pessoas começaram a se dispersar, e Hornbeam tomou o caminho de casa.

Quando chegou, sua família estava fazendo o desjejum. O pequeno Joe estava sentado à mesa. Era um pouco novo para comer com os adultos, mas Hornbeam gostava do menino. Joe tinha um guardanapo enfiado na gola e estava comendo ovos mexidos.

Hornbeam bebericou um café com creme. Pegou uma torrada e passou manteiga, mas deu uma única mordida.

Deborah disse baixinho:

– Imagino que esteja feito.

– Sim.

– E tudo correu sem incidentes?

– Sim.

Eles estavam falando de modo genérico para não impressionar Joe, mas o menino era esperto demais para ambos.

– Tommy Pidgeon foi enforcado e agora está morto – disse ele, animado.

Seu pai, Howard, indagou:

– Quem lhe disse isso?

– Estavam falando na cozinha.

– Eles deveriam saber que não podem fazer isso… na frente de uma criança – resmungou Hornbeam.

– Avô, por que ele teve que ser enforcado? – perguntou Joe.

– Não incomode seu avô enquanto ele está tomando café – censurou Howard.

– Não faz mal – disse Hornbeam. – É melhor o menino já ir conhecendo os fatos da vida. – Virou-se para Joe. – Ele foi enforcado porque era um ladrão.

A resposta não bastou para Joe.

– Dizem que ele roubou porque estava com fome.

– Provavelmente é verdade.

– Talvez ele não tenha tido alternativa.

– Faz diferença?

– Bom, se ele estava com fome…

– Vamos supor que ele tivesse roubado outra coisa. O que você diria se ele roubasse os seus soldadinhos de chumbo?

Os soldadinhos eram os objetos mais preciosos que Joe possuía. Ele tinha mais de cem e sabia a patente de cada um pelo uniforme. Com frequência passava horas deitado no tapete, travando batalhas imaginárias. Nesse momento se mostrou desconcertado. Depois de passar um minuto pensando, questionou:

– Por que ele iria roubar meus soldadinhos?

– Pelo mesmo motivo que roubou uma fita rosa: para vender e usar o dinheiro para comprar pão.

– Mas os soldadinhos são meus.

– Mas ele estava com fome.

Joe ficou tão dilacerado por esse dilema moral que quase desatou a chorar. Ao ver isso, sua mãe, Bel, interveio:

– O que você provavelmente faria, Joe, seria deixar ele brincar de soldadinhos com você e pedir que a cozinheira trouxesse para o garoto um pouco de pão com manteiga.

O semblante do menino se desanuviou.

– Sim – disse ele. – E geleia. Pão com manteiga e geleia.

Os problemas de Joe estavam resolvidos, mas meninos como Tommy Pidgeon não tinham solução para os seus. No entanto, Hornbeam não disse isso. Havia tempo de sobra para Joe aprender que nem todos os problemas da vida podiam ser resolvidos com pão, manteiga e geleia.

Elsie foi visitar Jenn Pidgeon e se certificar de que ela estivesse bem. Atravessou a ponte dupla e foi seguindo uma trilha até a fazenda Morley. Antes de chegar, viu Paul Morley numa plantação, e ele lhe informou que Jenn estava morando num alpendre nos fundos de seu celeiro. Encontrou o lugar, mas não havia ninguém lá. Devia ser a casa mais pobre que Elsie já tinha visto. Havia dois colchões e dois cobertores, mais duas canecas e dois pratos, mas nem mesa nem cadeiras. Jenn não estava apenas passando necessidade: ela estava na miséria.

A Sra. Morley estava na sede da fazenda e disse que Jenn tinha saído tarde no dia anterior.

– Perguntei se estava bem, mas ela não respondeu.

Pensando que tinha feito a viagem à toa, Elsie tomou o rumo de volta à cidade. Ao se aproximar da ponte pelo lado sul, viu um homem vindo pela margem mais próxima. Ele tinha uma vara de pesca presa nas costas e nos braços carregava algo que fez o coração de Elsie parar.

À medida que o homem foi chegando mais perto, ela viu que era uma mulher, usando um vestido tão molhado que pingava a cada passo dele.

– Não – disse Elsie. – Não, não.

A cabeça, os braços e as pernas da mulher pendiam inertes. Ela estava totalmente desacordada, ou coisa pior.

Elsie ficou chocada ao ver que os olhos da mulher estavam abertos, encarando o céu sem ver nada.

– Eu a encontrei na curva do rio, onde todo o lixo acaba encalhando – explicou o pescador. Julgando pelas roupas de Elsie que ela devia ser uma pessoa com alguma autoridade, ele ainda acrescentou: – Espero ter feito a coisa certa ao trazê-la.

– Ela está morta?

– Ah, sim, e fria também. Calculo que tenha entrado no rio ontem depois de escurecer e que ninguém a tenha visto até eu aparecer. Mas não sei quem ela é.

Elsie sabia. Era Jenn Pidgeon.

Reprimiu um soluço.

– Poderia levá-la até o hospital na Ilha dos Leprosos? – perguntou.

– Ah, sim – disse o pescador. – Vai ser fácil. Ela não pesa quase nada, pobrezinha. Quase nada mesmo.

Napoleão nunca chegou a invadir a Inglaterra.

Pegou o exército que havia reunido em Boulogne e o fez marchar rumo ao leste, até os territórios de língua alemã da Europa central. Lá os franceses enfrentaram o Exército austríaco e, naquele outono, venceram sucessivas batalhas: Wertingen, Elchingen, Ulm.

Para regozijo nacional da Inglaterra, porém, a Marinha Real britânica venceu uma importante batalha naval no litoral da Espanha, perto do Cabo Trafalgar.

Então, em dezembro, os franceses derrotaram em Austerlitz os exércitos austríaco e russo combinados.

E, assim, os anos sangrentos se sucederam, e a guerra foi se arrastando.

PARTE V
A GUERRA MUNDIAL

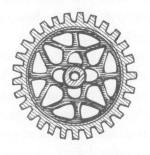

1812 a 1815

CAPÍTULO 32

Caro Spade,

Bem, continuo vivo, depois de treze anos no Exército; deveriam me dar uma medalha pelo simples fato de ter aguentado tanto tempo! Agora estou na Espanha, onde existe uma coisa chamada cigarro, que é tabaco enrolado numa folha. Ele queima inteiro e não há por que ter cachimbos; todos fumam isso agora.

Enfim, acabamos de ter uma vitória, embora o preço tenha sido alto. Cercamos uma cidade chamada Badajoz, que tinha uma muralha muito resistente, e os franceses aguentaram feito o diabo. Além do mais, o clima não nos ajudou, e precisei cavar trincheiras debaixo de chuva forte.

Levamos uma semana para posicionar a artilharia. As estradas de madeira que nossos engenheiros construíram por cima da lama ficaram sendo levadas pela enxurrada. Mas no final nós conseguimos, e eu queria ter ganhado uma libra por cada bala de canhão que disparamos, pois elas caíram sobre a cidade feito gotas de chuva. Levamos mais umas duas semanas, mas acabamos rompendo a muralha e derrubamos as defesas.

Bom, foi a pior batalha que já vi até agora, porque eles nos alvejaram com tudo que tinham: metralha, granadas, bombas, até rolos de feno em chamas. Perdemos milhares de homens, Spade, foi uma verdadeira carnificina, mas por fim conseguimos entrar. E aí a vida dos moradores virou um inferno; não vou dizer mais nada sobre isso, mas no dia seguinte vários homens foram açoitados por estupro.

Tudo pareceu pior de manhã, os corpos em pilhas altas, as trincheiras cheias de sangue. Vi nosso comandante, Wellington, olhando para os cadáveres de todos os seus homens, e ele chorava e enxugava as lágrimas com um lenço branco.

Agora vamos marchar para o norte. Nas suas preces, por favor, peça a Deus que siga me protegendo.

Afetuosamente, seu cunhado, Freddie Caines

O conde de Shiring morreu em julho de 1812. Dois dias mais tarde, Amos esbarrou com Jane em frente à Livraria Kirkup na Rua Alta. Apesar de toda vestida de preto, ela estava esfuziante de animação.

– Não se atreva a me apresentar suas sinceras condolências – falou. – Estou exausta de ter que me fingir de enlutada. Espero não ter que fazer isso com você. Passei dezesseis anos morando com aquele velho chato… Quem diria que ele iria durar até os 75 anos! Poderia muito bem ter me casado com ele em vez do filho.

Aos 40 anos, ela continuava extraordinariamente bonita. As pequenas linhas de expressão no canto dos olhos e os poucos fios prateados nos cabelos escuros só pareciam aumentar seu poder de atração. E o preto lhe caía bem. Apesar disso, Amos não era mais apaixonado por ela. Ironicamente, isso tinha fortalecido a amizade dos dois. E ela fazia a gentileza de deixá-lo passar discretamente algum tempo com Hal, agora com quase 7 anos, que, sem confirmação, ele desconfiava ser seu filho.

Não se ressentia da mudança em sua relação com Jane. Tinha tido uma paixão juvenil por ela, que infelizmente havia perdurado muito depois de terminada sua adolescência. Sob alguns aspectos, ele havia demorado para amadurecer. Agora, em teoria, poderia se apaixonar outra vez. No entanto, faltava menos de um ano para seu quadragésimo aniversário, e ele se achava velho demais para cortejar uma mulher. Só se sentia sozinho à noite. Tinha muitos amigos e seus dias eram cheios, mas não havia ninguém com quem dividir a cama.

Jane, como de costume, estava focada em si mesma.

– Finalmente me livrei do meu sogro – disse ela, felicíssima. – E agora sou condessa!

– Que é o que você sempre quis – declarou Amos. – Meus parabéns.

– Obrigada. Preciso organizar o funeral, porque Henry está muito ocupado. Ele é o conde agora, é lógico. Vai ter que ocupar sua vaga na Câmara dos Lordes. Será o novo representante do rei no condado de Shiring. E o pequeno Hal agora se tornou o visconde Northwood.

Amos não tinha pensado nisso. O menino que podia ou não ser seu filho era agora um aristocrata. Ora, dali a dez anos Henry talvez fosse para Oxford estudar. Amos sempre desejou ter estudado mas, na falta disso, adoraria ter um filho que realizasse o seu sonho. Talvez no final das contas aquilo fosse mesmo acontecer.

Então lhe ocorreu que Hal poderia querer ser igual ao pai e se tornar soldado. Essa possibilidade era apavorante. Pensar em Hal morto por uma espada, ou então por uma bala de canhão! Por um segundo, Amos sentiu náuseas.

Nesse exato momento, o próprio menino saiu da loja com um livro na mão. Amos subitamente tomou consciência das batidas do próprio coração. Teve que esconder a onda de emoção que o dominou ao ver Hal.

Até então, a aparência do menino não dava pista alguma quanto à sua paternidade: ele tinha cabelos escuros e um rosto bonito como o da mãe. Iria mudar na adolescência. Talvez então Amos pudesse ter certeza da verdade.

Hal foi seguido para fora da loja por Julian Kirkup, o livreiro, homem barrigudo e careca que estava obsequiosamente encantado por atender a um cliente aristocrata.

Forçando um tom de voz casual, Amos perguntou:

– Que livro você escolheu, Hal?

– Chama-se *A história de Sandford e Merton*. São dois garotos.

– Muito adequado para o jovem lorde Northwood, se me permite opinar – disse Kirkup. – Bom dia para a senhora, lady Shiring, e para o senhor, conselheiro Barrowfield.

Amos fora eleito conselheiro alguns anos antes, numa onda de apoio à tolerância progressista que também permitira a Spade finalmente entrar para o governo municipal.

– Eu não tenho dinheiro, mas o Sr. Kirkup disse que podia pôr na sua conta, mamãe – relatou Hal.

– Sim, querido, claro – retrucou Jane. – O livro fala sobre o quê?

– Tommy Merton é um rapaz um tanto mimado, que fica amigo do simples e honesto Harry Sandford – respondeu Kirkup. – Uma história de moral forte, milady, e muito apreciada.

Amos achou que aquilo soava meio religioso, mas não disse nada.

– Obrigada, Sr. Kirkup – disse Jane, no tom de quem encerra a conversa.

O livreiro se retirou com uma reverência.

– Sinto muito você ter perdido seu avô, Hal – falou Amos.

– Ele era muito gentil – afirmou o menino. – Costumava ler para mim, mas eu agora sei ler sozinho.

Ao relembrar a morte dos próprios avós, Amos não recordou nenhuma grande emoção. Eles de todo modo eram tão velhos que já pareciam quase mortos, e ele ficara surpreso com a tristeza sentida pelos pais. Sua reação fora igual à de Hal, uma espécie de pesar pragmático que não chegava a ser tristeza.

– O funeral vai ser na catedral, imagino – disse ele a Jane.

– Sim. Ele vai ser enterrado em Earlscastle, no jazigo da família, mas a missa será aqui em Kingsbridge. Espero que você vá.

– Certamente.

Eles se despediram, e Amos seguiu seu caminho. Quase na mesma hora encontrou Elsie, que estava usando um vestido num tom de bege amarelado. Eles conversaram sobre a morte do conde – era a grande novidade do momento.

– Agora que Henry é o conde, Kingsbridge vai precisar de um novo representante no Parlamento – afirmou Elsie.

– Não tinha pensado nisso – disse Amos. – Pode ser que haja uma eleição extraordinária, mas talvez nem seja preciso... há rumores sobre eleições gerais em breve.

O primeiro-ministro Spencer Perceval fora assassinado a tiros, no saguão da Câmara dos Comuns, por um homem obcecado por uma injustiça que julgava ter sofrido. O primeiro-ministro interino era o conde de Liverpool, que talvez quisesse se consolidar no cargo buscando a aprovação dos eleitores.

– Hal Northwood obviamente é jovem demais – ponderou Elsie.

– Hornbeam vai querer o cargo – declarou Amos.

– Ele sempre quer tudo – retrucou ela com desdém. – Já é supervisor dos pobres, presidente dos juízes e conselheiro municipal. Se existisse um cargo de inspetor dos montes de esterco, ele iria se interessar.

– Ele gosta de ter poder sobre as pessoas.

Elsie apontou um dedo para o peito de Amos.

– Você. É você quem deveria ser nosso representante no Parlamento.

Amos ficou surpreso com a sugestão.

– Por que eu?

– Porque você é inteligente e justo, e todo mundo na cidade sabe disso – respondeu ela com um entusiasmo cheio de afeto. – Seria ótimo para a cidade.

– Não tenho tempo para isso.

– Poderia nomear um substituto para administrar as fábricas durante as sessões do Parlamento.

Amos percebeu que aquela sugestão não era uma coisa dita por impulso, mas algo em que Elsie já vinha refletindo. Pensativo, deu uma puxadinha na ponta do próprio nariz.

– Hamish Law poderia administrar. Ele conhece o negócio de trás pra frente.

– Pronto.

– Mas será que eu conseguiria vencer?

– Todos os metodistas votariam em você.

– Mas a maioria dos eleitores é anglicana.

– Ninguém gosta de Hornbeam.

– Mas todo mundo tem medo dele.

– Que perspectiva mais desoladora... ter um representante no Parlamento que ninguém quer só porque temos medo dele.

Amos concordou com a cabeça.

– Não é assim que deveria funcionar.

– Bom, por favor, pense na possibilidade de se candidatar.

Ela era muito convincente.

– Está bem.

– Talvez você consiga selar a paz.

– Eu com certeza seria a favor disso.

Fazia vinte anos que a Grã-Bretanha estava em guerra com a França napoleô-nica, e não havia nenhuma previsão de término para o conflito. Na verdade, a guerra tinha se espalhado pelo mundo.

Como a Grã-Bretanha enfurecera a recém-criada república dos Estados Unidos ao sequestrar navios norte-americanos e forçar seus marinheiros a se alistarem na Marinha Real – numa nova versão da ideia do bando do recrutamento –, o novo país tinha declarado guerra à Grã-Bretanha e invadido o Canadá.

A Espanha fora derrotada pelo Exército francês, e Bonaparte havia nomeado rei seu irmão José. Insurgentes nacionalistas espanhóis estavam combatendo os invasores franceses com a ajuda de uma força britânica que incluía o 107º Regimento de Infantaria (Kingsbridge). O comandante em chefe na Espanha, conde de Wellington, era tido em alta conta, mas pouco conseguira avançar.

E Bonaparte agora tinha invadido a Rússia.

A guerra que se perpetuava era responsável por um declínio ainda maior no comércio mundial, bem como por uma inflação galopante. O povo britânico estava ficando mais pobre e mais faminto, enquanto seus filhos morriam em lugares distantes.

– Tem que haver algum jeito – disse Elsie, zangada. – A guerra não é inevitável!

Amos gostava de como ela ficava brava com aquele tipo de coisa. Era um grande contraste com Jane, que sentia raiva somente por coisas relacionadas a si mesma.

– Entrar para o Parlamento... – falou, num tom de reflexão. – Vou ter que pensar mais no assunto.

Elsie sorriu, e, como sempre, seu sorriso era radiante.

– Pois pense – arrematou ela, e se afastou.

Amos atravessou a ponte e foi até a zona industrial na margem sul do rio. Era dono de três moinhos têxteis agora. Num deles, o Novo Moinho Barrowfield, Kit Clitheroe estava instalando uma máquina a vapor encomendada por ele.

Kit havia servido na milícia por cinco anos e saído com a patente de major. Depois, largara a farda e montara o empreendimento que ele e Roger Riddick planejavam havia tanto tempo. Roger projetava as máquinas, e Kit as fabricava. Apesar da recessão causada pela guerra, eles estavam ganhando dinheiro.

Embora Kit agora estivesse com 27 anos e fosse um homem próspero e um mago da engenharia, Amos ainda o via como um menino. Talvez fosse porque o rapaz continuava solteiro e não parecia ter qualquer interesse em arrumar uma namorada, quanto mais desposar uma. Amos já havia se perguntado se Kit seria escravo de uma paixão impossível, como ele próprio fora com Jane.

Kingsbridge estava se convertendo à energia do vapor. Como propulsor das máquinas, o rio era mais barato, porém menos confiável. Sua força às vezes era grande, outras vezes, nem tanto. Depois de um verão seco, o nível da água baixava e a correnteza ficava letárgica, e as rodas do moinho giravam preguiçosas enquanto todos aguardavam as chuvas do outono. Carvão custava dinheiro, mas nunca acabava.

A nova máquina a vapor de Amos ficava numa sala exclusiva, de modo a limitar o estrago caso viesse a explodir, o que às vezes acontecia quando uma válvula de segurança não funcionava. A sala era bem ventilada e tinha uma chaminé para a exaustão. A caldeira ficava aninhada em um sólido pedestal de carvalho. A máquina usava água bombeada do rio e filtrada.

– Quando você vai estar pronto para ligá-la às outras máquinas? – quis saber Amos.

– Depois de amanhã – respondeu Kit.

Ele era sempre muito preciso e seguro de si.

Amos foi verificar as duas outras fábricas; seu principal interesse era se certificar de que conseguiria entregar as encomendas para cada cliente na data prometida. No final da tarde, voltou para o escritório e escreveu algumas cartas. Às sete da noite, as máquinas pararam, e ele foi para casa.

Sentou-se para jantar a refeição que sua governanta havia deixado em cima da mesa da cozinha. Instantes depois, batidas urgentes se fizeram ouvir na porta da frente, e ele se levantou para atender.

Deparou-se com Jane na soleira de sua porta.

– Isso já aconteceu antes – falou ele.

– Só que não está chovendo, nem estou com inclinações amorosas – disse ela. – Estou uma fera. Minha raiva é tanta que não consegui ficar na mesma casa com meu marido.

Ela entrou sem ser convidada.

Amos fechou a porta.

– O que aconteceu?

– Henry vai para a Espanha! Bem na hora em que pensei que finalmente começaria a viver uma vida de condessa!

Amos adivinhou o motivo.

– Ele vai se juntar ao regimento de Kingsbridge.

– Sim. Pelo visto, é uma tradição familiar. Assim que herdou o título, aos 20 e poucos anos, meu sogro serviu três anos na ativa no 107º Regimento de

Infantaria. Segundo Henry, espera-se que ele faça o mesmo... principalmente agora que o país está em guerra.

– Esse é um dos poucos sacrifícios que a aristocracia inglesa faz para justificar sua vida de luxo e ócio.

– Você parece um revolucionário falando.

– Um metodista é um revolucionário que não quer decapitar ninguém.

Jane desanimou de repente.

– Ah, pare de bancar o sabichão – disse ela. – O que eu vou fazer?

– Venha compartilhar o jantar comigo.

– Eu não conseguiria comer nada, mas vou me sentar com você.

Os dois foram até a cozinha. Amos serviu vinho para Jane, e ela tomou um gole.

– Hal parece estar bem – comentou ele.

– Ele é uma graça.

– Daqui a poucos anos ele talvez comece a se parecer com o pai... seja lá quem for.

– Ah, Amos, ele é seu.

Amos levou um susto. Ela nunca tinha dito aquilo.

– Você não tem dúvida?

– Você viu o menino saindo da livraria! Henry nunca comprou um romance na vida. Ele só lê livros de história militar.

– Isso na verdade não prova nada.

– Eu não tenho como provar nada. Apenas vejo você nele todos os dias.

Amos pensou um pouco a respeito. Sentia-se inclinado a confiar nos instintos de Jane.

– Será que, quando Henry for para a Espanha, eu vou poder ver Hal um pouco mais? Se bem que imagino que vocês vão ficar morando em Earlscastle.

– Morar lá sozinha? Não, obrigada. Farei Henry manter a Mansão Willard. Terei meus próprios aposentos, e a milícia poderá usar o restante da casa. Direi a ele que a nação precisa disso. Ele fará qualquer coisa se achar que é patriótico.

– Tem certeza de que não quer um pouco deste empadão? Está gostoso.

– Talvez eu aceite.

– Vou cortar um pedaço pequeno. Vai se sentir melhor depois de comer.

Ela pegou o prato que ele lhe passou e o pousou sobre a mesa, mas, em vez de comer, ficou encarando-o.

– O que eu fiz? – perguntou ele.

– Nada – respondeu ela. – Está só sendo o mesmo de sempre: atencioso, leal. Eu deveria ter me casado com você.

– Deveria mesmo – respondeu Amos. – Mas agora é tarde demais.

Elsie sabia a sorte que tinha. Ainda estava viva após ter parido cinco filhos – o caçula, George, nascera em 1806. Muitas mulheres morriam no parto, e poucas sobreviviam para ter tantos filhos. Mais raro ainda, todos os seus tinham a saúde perfeita. Mas o nascimento de George não fora como o dos outros: o trabalho de parto havia demorado muito, e ela tivera uma forte hemorragia. Quando tudo terminou, havia declarado com firmeza a Kenelm que não teria mais filhos. Ele havia aceitado a determinação da esposa. As intimidades conjugais nunca tinham sido uma grande prioridade para ele, e fora com bem pouco pesar que ele abrira mão delas. Agora, seis anos mais tarde, ela estava percebendo mudanças no corpo que de toda forma lhe diziam que ela em breve perderia a capacidade de conceber.

Ela e Kenelm nunca tinham sido próximos de verdade. Como não tinha jeito com crianças, ele participava pouco da criação dos filhos. E raramente visitava a escola dominical. Não era um homem preguiçoso: executava com energia suas tarefas de deão. Mas os dois compartilhavam poucas coisas. O verdadeiro parceiro de Elsie era Amos, discretamente dedicado à escola dominical e jeitoso com crianças, muito embora ele próprio não fosse pai.

Todos os seus cinco filhos entraram na sala de jantar da casa paroquial para o desjejum. Kenelm provavelmente teria preferido que os mais novos comessem no quarto das crianças, mas Elsie dizia que eles já tinham idade suficiente – Georgie estava com 6 anos –, e, de toda forma, aquele era o único jeito de lhes ensinar a ter modos à mesa. Stephen, o mais velho, estava com 15 anos e estudava na Escola Secundária de Kingsbridge.

Kenelm às vezes aproveitava a oportunidade para testá-los em relação ao seu conhecimento religioso, e, nesse dia, perguntou quem na Bíblia não tinha nem pai nem mãe. Sugeriu aos filhos que respondessem por ordem de idade, começando pelo caçula.

– Jesus – respondeu Georgie.

– Não – disse Kenelm. – Jesus teve mãe, Maria, e teve pai, José. – Elsie se perguntou se Kenelm iria tropeçar na questão de como José poderia ser o pai se a mãe era virgem. As crianças mais velhas talvez estranhassem. Mas ele desviou a atenção perguntando na mesma hora: – Você sabe, Martha?

Um ano mais velha que Georgie, Martha deu uma resposta melhor.

– Deus – falou.

– É verdade, Deus não teve pais, mas estou pensando em outra pessoa, um homem.

Richie, de 10 anos, se manifestou:

– Eu sei, eu sei: Adão.

– Muito bem. E tem mais um.

Billy, que era o seguinte na fila, fez uma cara tristonha e disse:

– Não sei.

Kenelm olhou para Stephen.

O adolescente mal-humorado falou:

– É uma pergunta capciosa.

– É mesmo? – indagou Kenelm. – E por quê?

– A resposta é Josué, porque ele era filho de Nun. Esse era o nome do pai dele, Nun, só que em inglês fica parecendo *none*, que quer dizer nenhum.

Billy se indignou:

– Que injusto! – exclamou ele. – Você trapaceou, papai.

Elsie riu.

– Billy tem razão, não foi uma pergunta justa. Acho que todas as crianças se saíram muito bem. Cada uma vai ganhar seis *pence* para comprar alcaçuz.

Mason trouxe a correspondência, e Kenelm voltou a atenção para suas cartas. As crianças terminaram de comer e saíram da mesa. Elsie estava prestes a se levantar quando Kenelm ergueu os olhos de uma das cartas e disse:

– Ah!

– O que foi? – quis saber Elsie.

– O bispo de Melchester morreu.

– Ele não era tão velho, era?

– Tinha 50 anos. Foi inesperado.

– Que pena.

– Então o arcebispo deve estar em busca de um substituto.

Kenelm estava animado, mas tudo que Elsie sentiu foi desgosto.

– Já sei o que você está pensando.

Ele falou mesmo assim.

– Essa é a grande oportunidade pela qual eu estava esperando. Como não é uma das dioceses mais importantes, é adequada para um homem jovem. Estou com 40 anos. Já sou deão de Kingsbridge há oito, formado por Oxford... sou o candidato perfeito para ser bispo de Melchester.

Elsie parecia desanimada.

– Não é feliz aqui?

– É lógico que sim, mas isso não basta. Meu destino é ser bispo. Eu sempre soube disso.

Era verdade, mas, à medida que envelheciam, os rapazes em geral moderavam as próprias ambições.

– Não quero ir para Melchester – disse Elsie. – Fica a mais de 150 quilômetros daqui.

– Ah, mas vai ter que ir – retrucou Kenelm, indiferente. – É por um cargo de bispo.

Ele estava certo, é claro. Uma mulher precisava seguir o marido. Elsie tinha menos liberdade que uma criada.

– Você parece bem confiante – comentou. – Não tem como saber os planos do arcebispo.

– Mas logo vou descobrir. Augustus Tattersall está fazendo seu tour trienal pelas dioceses e vai estar aqui em Kingsbridge na semana que vem.

Tattersall era o braço direito do arcebispo.

– Ele vai ficar hospedado no palácio do bispo – afirmou ela.

– Naturalmente. Mas vou convidá-lo para jantar aqui uma noite.

– Está bem.

Com um ar satisfeito, Kenelm dobrou seu guardanapo e disse:

– Acho que provavelmente saberei tudo que preciso saber.

Três anos antes, enquanto Kit ainda estava na milícia, Roger aparecera na casa dele numa segunda-feira à noite e jantara com a família. Jarge então saíra para o ensaio dos sineiros. Sal fora à Taberna do Sino, e Sue saíra para passear com um rapaz de quem gostava chamado Baz Hudson.

Kit e Roger tinham ficado sentados na cozinha diante do fogo, Roger pitando um cachimbo. Kit se sentia estranho a sós em casa com Roger, sem entender por quê. Deveria ter ficado feliz; gostava de Roger.

Os dois passaram um ou dois minutos em silêncio, e Roger então pousou o cachimbo e dissera:

– Não tem problema, sabe.

Kit não tinha entendido.

– O que não tem problema?

– Sentir o que você está sentindo.

O rosto de Kit ficara subitamente quente; as bochechas, coradas. Seus sentimentos eram segredo, pois eram motivo de vergonha para ele. Certamente Roger não poderia saber o que ele estava sentindo, poderia? Era impossível.

– Acredite em mim, eu sei como você se sente – insistira Roger.

– Como pode saber como outra pessoa se sente se ela não lhe contou? – tinha perguntado Kit.

– Eu mesmo passei por isso... por tudo que você está passando. E quero que entenda que não tem problema.

Kit não soubera o que responder.

– Você deveria se abrir – sugerira Roger. – Falar o que está sentindo. Diga para mim. Prometo que isso vai deixar tudo bem outra vez.

Kit estava decidido a não dizer nada, mas contra a própria vontade as palavras saíram.

– Eu amo você – tinha falado.

– Eu sei – replicara Roger. – Eu também amo você.

Ele então dera um beijo em Kit.

Pouco depois, Kit conseguira renunciar ao seu cargo na milícia, e os dois haviam montado o negócio. Tinham alugado uma casa em Kingsbridge com uma oficina no térreo e cômodos residenciais no andar de cima. A partir de então, vinham dormindo juntos todas as noites.

Aos poucos, Kit fora se tornando o mais responsável dos dois, o adulto. Era ele quem lidava com o dinheiro. O próprio Roger fizera disso uma condição para a sociedade deles, pois sabia que sempre iria apostar tudo que ganhasse. Era Kit quem recebia os pagamentos, pagava as contas e repartia ao meio o lucro. Seu dinheiro era depositado em sua conta no Banco Kingsbridge and Shiring. A metade de Roger, mais cedo ou mais tarde, acabava indo parar nas mãos de Sport Culliver. Outra condição, esta imposta por Kit, era Roger nunca pedir dinheiro emprestado, mas ele não tinha certeza se Roger a respeitava. Apesar de ser um gênio – sua inteligência na área da engenharia era impressionante –, ele era viciado em apostas. Kit cuidava dele e o protegia. Era o oposto do relacionamento que eles haviam tido antigamente lá em Badford.

Aos domingos, Roger ia à casa de Culliver jogar *loo* de cinco cartas, e Kit ia visitar a mãe. Encontrava a família no culto metodista, e todos caminhavam juntos até em casa. Ele havia lhes comprado uma casinha modesta. Sal estava com 45 anos, e Jarge, com 43, e ambos ainda trabalhavam, Sal para Amos, e Jarge para Hornbeam. Todo inverno, Kit lhes dava um carregamento de carvão, e aos sábados lhes mandava uma peça de carne para o almoço de domingo. Eles não queriam luxos. Sal costumava dizer: "Não queremos viver feito gente rica, porque não somos ricos." Mas Kit se certificava de que nada lhes faltasse.

Sue havia se casado com Baz Hudson. Ele era um carpinteiro habilidoso que raramente ficava sem serviço. Como não era metodista, o casal frequentava a igreja de São Lucas, mas ia almoçar com a família depois.

Sal serviu a cerveja. Apesar de preferir vinho, Kit nunca pedia isso à mãe, pois sabia que Jarge iria beber demais. Mesmo sóbrio, seu padrasto sempre se mostrava provocador. Ao saber que Baz era conservador e patriota, falou:

– Acho que vai fazer muito bem para os russos serem conquistados por Bonaparte.

– Que ponto de vista surpreendente – comentou Kit, num tom ameno. – Por que diz isso, Jarge?

– Bom, os russos são escravos, não são?

– Servos, creio eu.

– Qual é a diferença?

– Eles lavram a própria terra.

– Mas eles são propriedade do conde mais próximo, não?

– Sim, servos são como bens.

– Então pronto.

Baz entrou na conversa.

– Foi Bonaparte quem reintroduziu a escravidão no Império francês, não foi?

– Não – respondeu Jarge. – A revolução aboliu a escravidão.

– Sim – concordou Baz. – Mas Bonaparte a trouxe de volta.

– Baz tem razão, Jarge – disse Kit. – Eles ficaram com medo de perder seu império nas Índias Ocidentais, então Bonaparte tornou a legalizar a escravidão.

Jarge se irritou.

– Bom, ainda acho que os russos estariam melhor sob Bonaparte que sob os próprios czares.

Baz insistiu.

– Acho que nunca saberemos. Pelo visto a coisa não está boa para os franceses na Rússia. Todos os soldados deles estão morrendo de fome e de doença, e eles ainda nem travaram uma batalha sequer, segundo os jornais.

– Não presto muita atenção no que dizem os jornais – rebateu Jarge, rabugento.

Ele não gostava que o corrigissem.

– Ora, mas que linda peça de carne, Kit, obrigada – disse Sal. – E fiz um belo pudim de sebo com passas.

– Adoro pudim de sebo – afirmou Baz.

O clima ficou mais leve, e os pratos foram tirados enquanto a sobremesa era trazida.

– Seu negócio continua indo bem, Kit? – indagou Baz.

– Nada mau. Aquela moldura de carvalho que você fabricou para a caldeira de Amos ficou muito boa, muito sólida. Obrigado.

– Ela deve durar mais que a caldeira.

Jarge pegou sua colher, mas não comeu.

– Bom, não sei, não. Vocês dois estão fabricando máquinas para tirar o trabalho de outros homens. Que sentido tem isso?

– Eu sinto muito, Jarge, mas os tempos mudam – disse Kit. – Se não acompanharmos as novidades, vamos acabar ficando para trás.

– É isso que está acontecendo comigo então… estou ficando para trás?

Sal levou a mão ao seu braço e disse:

– Coma um pouco de sobremesa, marido.

Jarge a ignorou.

– Você sabe o que os ludistas estão fazendo lá no norte, não sabe?

Todo mundo sabia sobre os ludistas. Diziam que eles eram capitaneados por um homem chamado Ned Ludd, embora provavelmente o nome fosse falso, se é que o sujeito existia de fato.

– Estão destruindo as máquinas! – continuou Jarge.

– São principalmente trabalhadores que operam máquinas de confeccionar malha, creio eu – declarou Kit.

– São homens que não aceitam ser maltratados pelos patrões, isso sim.

– Bom, espero que você não queira essa destruição de máquinas também aqui em Kingsbridge – comentou Sal.

– Na minha opinião, não se pode culpar homens que ficam com raiva quando são pisoteados.

– Mas o governo pode. Você não vai querer ser degredado para a Austrália.

– Prefiro passar catorze anos na Austrália a me deixar explorar pelos patrões.

Sal se irritou.

– Você não faz ideia de como é na Austrália, e, de todo modo, o que o faz pensar que serão só catorze anos?

– Bom, foi a pena que minha irmã recebeu.

– Sim, mas ela foi embora faz dezessete anos e nunca voltou. Poucos voltam.

– De toda forma, eles mudaram a lei: agora quem quebra máquinas é condenado à pena de morte – explicou Kit.

– Desde quando? – perguntou Jarge.

– O Parlamento aprovou a nova lei em fevereiro ou março.

– Estão tentando fazer a gente desanimar, essa é a verdade – disse Jarge. – Primeiro a Lei da Alta Traição e a Lei das Reuniões Subversivas, depois a Lei da Associação e agora isso. Qualquer um que defenda os direitos dos trabalhadores corre o risco de ser enforcado. Estamos nos transformando num país de covardes.

Ele fez uma pausa, com um semblante hostil, então acrescentou:

– É por isso que não conseguimos derrotar os franceses.

Quando foi jantar na casa paroquial, Augustus Tattersall pediu a Elsie que falasse sobre a escola dominical, fazendo-lhe perguntas detalhadas com um interesse genuíno, o que a agradou e a deixou lisonjeada. Ele comeu bem, mas bebeu pouco vinho. Kenelm ficou visivelmente irritado com aquela conversa fiada, e em pouco tempo sua paciência se esgotou. Quando as frutas e nozes foram servidas, ele perguntou:

– Arcediago, gostaria de lhe perguntar sobre o bispado vago em Melchester.

– Por favor, pode falar.

– Estou muito curioso para saber que tipo de homem o arcebispo está procurando.

– Ficarei contente em satisfazer sua curiosidade – disse Tattersall com sua voz mansa e precisa. – Suponho que o senhor se considere um candidato, o que faz sentido, portanto preciso logo lhe contar que o senhor não foi escolhido.

Quanto mais rápido mais indolor, julgava Elsie, mas Kenelm não conseguiu esconder como se sentiu abalado. Seu rosto ficou muito vermelho, e por alguns segundos ela teve medo de que ele fosse começar a chorar; no entanto, o que o dominou foi a raiva. Ele cerrou os punhos por cima da toalha branca da mesa.

– O senhor me julga um bom candidato, mas… – As palavras quase o fizeram engasgar. – Mas mesmo assim está afirmando que outra pessoa foi escolhida para o cargo.

– Sim.

– Quem? – quis saber Kenelm, então se deu conta de que estava sendo grosseiro e emendou-se depressa. – Se não se importa que eu pergunte.

– Não me importo nem um pouco. O arcebispo escolheu Horace Tomlin.

– Tomlin? Eu conheço Tomlin! Ele estava dois anos atrás de mim em Oxford. Que eu saiba, desde então não teve uma carreira particularmente digna de nota. Diga-me com sinceridade, arcediago… é porque eu sou escocês?

– Em absoluto. Isso eu posso lhe garantir.

– Então por que é?

– Vou lhe dizer. Tomlin passou os últimos cinco anos como capelão de um regimento de dragões de infantaria e só deixou o posto por causa de uma doença contraída na Espanha.

– Capelão?

– Sei o que está pensando. A nata do clero em geral não se torna capelão no Exército.

– Exato.

– De certa forma, é justamente por isso. O arcebispo tem opiniões fortes em relação à guerra. Ele acredita que estamos lutando contra ideias ateístas, e, embora Bonaparte tenha revertido alguns dos atos anticristãos mais ofensivos dos revolucionários franceses, não devolveu os bens roubados da Igreja na França. De acordo com a linha de raciocínio do arcebispo, o nosso clero deve participar do combate. Por saberem que podem morrer a qualquer momento, os soldados da linha de frente são os que mais precisam do reconforto de Deus. Os melhores membros do nosso clero não devem ficar em casa levando vidas confortáveis, e sim se deslocar para onde são necessários. É esse o tipo de serviço que o arcebispo está mais disposto a recompensar.

Kenelm passou um bom tempo em silêncio. Elsie sentiu que não era o momento de falar. Por fim, seu marido disse:

– Deixe-me ter certeza de estar entendendo bem.

Tattersall o incentivou com um sorriso.

– Por favor, fale sem pudores.

– O senhor acha que eu mereço ser bispo.

– Acho. O senhor é inteligente, honesto e trabalhador. Iria beneficiar qualquer diocese.

– Porém, também sabe que, nas atuais circunstâncias, o arcebispo sempre dará preferência a um homem que tiver servido como capelão.

– Correto.

– Então o único jeito garantido de obter o que almejo é me tornando capelão.

– O único jeito garantido, sim.

Kenelm pegou seu cálice de vinho e o secou. Parecia um homem prestes a ser executado.

Ah, não, pensou Elsie.

– Nesse caso – disse ele –, vou me oferecer ao 107º Regimento de Infantaria amanhã de manhã.

CAPÍTULO 33

O pastor Midwinter disse que faria o anúncio no domingo de manhã, depois da comunhão. Amos passou o culto inteiro nervoso. Não conseguia prever o apoio que iria obter. Segundo Elsie, as pessoas o conheciam e gostavam dele, mas será que realmente iriam querer que as representasse no Parlamento?

Eles estavam no terceiro salão metodista a ser construído em Kingsbridge. Aquele era o maior dos três, tão imponente que alguns membros o julgavam demasiado impressionante. Para eles, as pessoas deveriam se assombrar com as obras de Deus, não com as construções do homem. Já para outros estava na hora de o metodismo começar a exibir uma imagem tão boa quanto os sentimentos que inspirava.

Nesse debate, Amos era neutro. Tinha questões mais importantes em mente.

Midwinter começou dizendo:

– Todos vocês já devem saber que o Parlamento foi dissolvido e uma eleição geral, convocada.

Ele, por sua vez, também era imponente e impressionante. Tinha 67 anos, mas a idade o havia tornado ainda mais distinto. Seus cabelos e barba estavam agora inteiramente brancos, porém fartos como sempre. As moças viam nele uma figura paterna, mas as mulheres de meia-idade com frequência enrubesciam e sorriam encabuladas quando ele lhes dirigia a palavra com sua voz aveludada.

– Com grande satisfação lhes anuncio que um de nossos companheiros vai se apresentar como candidato – declarou ele. Fez uma pausa para imprimir um efeito dramático antes de arrematar: – Amos Barrowfield.

Não se aplaudia na igreja, nem mesmo nos salões metodistas, mas os fiéis expressaram sua aprovação dizendo "Amém" ou "Louvado seja Deus". Vários cruzaram olhares com Amos e fizeram gestos de incentivo.

Aquilo era bom.

– Já está na hora de o nosso movimento ter mais impacto no modo como nosso país é governado – prosseguiu Midwinter. – Eu concordei em apresentar o nome de Amos e espero que vocês aprovem.

Novos améns foram ouvidos.

– Os que quiserem ajudar com a campanha de Amos estão convidados a ficar para uma reunião de planejamento.

Amos se perguntou quantos ficariam.

Quando o culto terminava, a congregação sempre levava um tempo para se dispersar. Todos ficavam se cumprimentando e conversando, compartilhando as novidades. Cerca de meia hora depois, metade já tinha partido, e o restante começou a se sentar outra vez, com um ar de expectativa.

Midwinter pediu atenção e passou a palavra para Amos.

Amos nunca havia feito um discurso na vida.

Elsie tinha lhe aconselhado a falar como sempre falava para a turma na escola dominical. "Seja natural, simpático, e simplesmente diga com clareza o que você quer dizer. Vai ver que é fácil." Ela sempre tivera confiança nele.

Ele se levantou e olhou em volta. Os presentes eram quase todos homens.

– Obrigado a todos – falou, um tanto tenso; então decidiu ser sincero e emendou: – Eu não sabia ao certo se alguém iria ficar.

Todos riram da sua modéstia, e o gelo foi quebrado.

– Vou me candidatar como *whig* – continuou ele. Os *whigs* eram o partido da tolerância religiosa. – Mas não planejo basear minha campanha em questões de religião. Se eu for eleito, devo ter em mente o interesse de todos os moradores de Kingsbridge, metodistas e anglicanos, ricos e pobres, eleitores e não eleitores.

Deu-se conta de que isso era genérico demais. Num tom arrependido, falou:

– Acho que todos dizem isso.

E mais uma vez sua honestidade foi recompensada com risos de apreciação.

– Deixem-me ser mais específico – prosseguiu. – Acredito que este país precisa de duas coisas simples: pão e paz.

Ele deu um gole num copo d'água. Algumas pessoas na plateia menearam a cabeça, mostrando que concordavam.

– É uma vergonha termos leis feitas para manter alto o preço dos grãos. Isso protege a renda dos homens mais ricos do país, e o povo comum arca com o custo pagando mais caro pelo pão. Essas leis precisam ser revogadas, e as pessoas precisam ter pão, algo tão importante que Jesus afirmou ser ele mesmo o "pão vivo que desceu do céu".

Ouviu-se um coro de améns. Ele havia abordado um ponto sensível. A nobreza proprietária de terras do país usava desavergonhadamente o próprio poder – em especial os próprios votos na Câmara dos Lordes – para garantir os lucros da agricultura e, portanto, aluguéis elevados por seus milhares de hectares de terras arrendadas. Os metodistas, em sua maioria artesãos e donos de pequenos negócios de classe média, ficavam indignados com isso. Os pobres simplesmente passavam fome.

– E precisamos de paz quase tanto quanto os pobres precisam de pão. A guerra causou danos terríveis aos negociantes e trabalhadores, mas nossos primeiros-ministros, William Pitt, o duque de Portland, Spencer Perceval e agora o conde de Liverpool, nem sequer tentaram selar a paz. Isso precisa mudar. – Ele hesitou. – Eu poderia dizer mais, mas posso ver pela expressão de todos que vocês não precisam ser convencidos.

Isso também os fez rir.

– Então falemos sobre o que precisamos fazer para mudar as coisas.

Ele se sentou e fez um gesto para o pastor.

Midwinter tornou a se levantar.

– Em Kingsbridge existem cerca de 150 homens com direito a voto – disse ele. – Precisamos descobrir quem são eles, como votaram no passado e quais são suas inclinações atuais. Então poderemos dar início ao trabalho de fazer as pessoas mudarem de ideia.

Para Amos isso parecia uma tarefa muito difícil.

Midwinter continuou:

– O prefeito tem obrigação de publicar uma lista dos que têm direito a votar, de modo que nos próximos dias veremos essa lista nos quadros de avisos da cidade, e ela também vai ser publicada na *Gazeta de Kingsbridge*. Precisamos descobrir como esses eleitores votaram na última eleição-geral, cinco anos atrás; essa informação é pública e estará registrada no Salão da Guilda e também nos arquivos dos jornais. – O voto não era secreto: os eleitores tinham que declarar sua escolha diante de um recinto lotado, e cada voto individual era noticiado na *Gazeta*. – Então, depois de informados, começaremos a conversar com os eleitores.

Ele fez uma pausa.

– Perdoem-me se eu agora lhes disser algo que vai parecer desnecessário: em nossa campanha não haverá subornos, nem qualquer sugestão de tal prática.

Na verdade, as eleições em Kingsbridge sempre tinham ocorrido relativamente livres de corrupção. Em anos recentes, os eleitores haviam escolhido de bom grado o visconde Northwood. Mas Midwinter sentia que essa posição dos metodistas precisava ser enfatizada, e Amos concordava com ele.

– Não compraremos bebidas para os eleitores em bares – continuou Midwinter. – Não ofereceremos nem prometeremos favor algum em troca de apoio. Pediremos às pessoas que votem no melhor candidato e diremos torcer para que escolham o nosso.

Uma voz se manifestou no fundo da sala, e Amos viu que era Spade.

– Acho que as mulheres têm um papel importante nas eleições – declarou ele. Estava acompanhado pela esposa, Arabella; ela se convertera ao metodismo depois de os dois se casarem. Entre eles estava sentado Abe, o enteado de 13 anos de Spade, ou seu filho, para quem acreditasse nas fofocas de Belinda Goodnight. – Elas podem não gostar muito de debater sobre as leis dos grãos ou Bonaparte, mas praticamente toda mulher aqui presente pode afirmar com sinceridade que conhece Amos Barrowfield há anos e que ele é um homem honesto e trabalhador – continuou ele. – Um comentário desses pode ajudar mais que ficar falando sobre a Áustria e a Rússia.

– Muito bom – disse Midwinter. – Agora sugiro tornarmos a nos reunir depois do encontro de oração de quarta-feira. A essa altura já deveremos ter a lista de eleitores. Mas, antes de nos despedirmos hoje, precisamos assinar os documentos de nomeação. Eu nomeio, e… Spade, poderia ser meu secretário? Seria bom ter um conselheiro na lista.

– Com prazer – respondeu Spade.

– E seria útil ter um anglicano também. Como disse Amos há pouco, ele não quer ser o candidato somente dos metodistas.

– Que tal o construtor Cecil Pressman? – sugeriu Amos. – Sei que é contra a guerra, mas ele frequenta a igreja de São Lucas.

– Boa ideia.

– Eu conheço Cecil – disse Spade. – Falarei com ele.

E assim começou a campanha.

Elsie visitava a mãe quase toda tarde. A casa era espaçosa, um tanto grande para dois adultos e uma criança, na sua opinião. Na época em que pertencia a Will Riddick, tinha as paredes todas revestidas de painéis de carvalho e cortinas de veludo escuro nas janelas, e era conhecida pela quantidade de prostitutas que lá entravam e pela quantidade de garrafas vazias que de lá saíam. Agora o lugar estava bem diferente.

Spade gostava de mobília clássica: cadeiras de encosto quadrado, mesas de pés retos, mas tudo combinado com tecidos de padronagens complexas. Já Arabella adorava curvas e almofadas, estofados robustos e cortinas que pendiam em meio a guirlandas e festões. Ao longo dos anos, Elsie tinha visto suas preferências distintas se fundirem num estilo singular, extremamente confortável sem ser espalhafatoso. E, no verão, havia vasos com rosas do jardim.

Aos 58 anos, Arabella continuava linda. Spade também achava: bastava ver os dois juntos para perceber isso. Nesse dia ela usava um vestido de seda verde-oliva com as mangas e a barra rendados. Spade gostava que ela andasse bem-vestida.

Durante as visitas de Elsie, em geral eram só as duas: Spade estava no trabalho, e Abe, na escola. Sozinhas, elas tinham conversas íntimas. Arabella sabia que a filha continuava perdidamente apaixonada por Amos, e Elsie sabia que Abe era filho de Spade, e não do primeiro marido. Abe era um menino feliz: a maldição do bispo não tinha se confirmado.

Elas tomaram o chá na sala de estar, que ficava virada para o oeste e estava agora iluminada pelo sol fraco de outubro.

– Esbarrei com Belinda Goodnight vindo para cá – disse Elsie.

– Você e ela eram bem amiguinhas quando pequenas – comentou Arabella.

– Lembro que ela tinha um teatro de brinquedo. Nós inventávamos peças sobre moças que se apaixonavam por ciganos.

– Você me fez assistir a uma. Foi dureza.

Elsie riu. Então disse:

– Agora Belinda é uma fofoqueira de marca maior.

– Eu sei. As pessoas a chamam de Gazeta de Kingsbridge.

– Ela me contou uma coisa que me incomodou. Parece que estão dizendo abertamente que Amos é o pai do jovem visconde Northwood.

Arabella deu de ombros.

– Talvez seja verdade, mas ninguém sabe ao certo. Houve boatos quando ele nasceu, mas que acabaram arrefecendo. Por que será que ressurgiram?

– Por causa da eleição, é óbvio. Os apoiadores de Hornbeam estão estimulando a fofoca.

– Acha que isso vai impedir as pessoas de votarem em Amos?

– Pode ser.

– Vou conversar com David a respeito.

Arabella preferia chamar o marido de David, em vez de Spade.

Fez-se um minuto de silêncio, algo incomum entre as duas, e Arabella então comentou:

– Você está preocupada com alguma outra coisa.

Elsie aquiesceu.

– Kenelm está fazendo as malas para partir rumo à Espanha.

– Quando ele viaja?

– Depende. Vamos mandar reforços para Wellington no ano-novo, e um navio vai zarpar de Combe com os oficiais e soldados recém-ingressados no 107º Regimento de Infantaria. Ele está esperando ser avisado.

– Vocês vão ter que se mudar da casa paroquial. Para onde irão?

– Não sei ao certo. Talvez eu alugue uma casa.
– Está com um semblante preocupado. Me diga em que está pensando.
– Ah, mãe. Eu adoraria morar aqui, com você.
Arabella assentiu, sem demonstrar surpresa.
– E eu gostaria que vocês viessem, sabe disso.
– Mas e Spade?
– Não tenho certeza. Ele é um homem bom e generoso, mas será que vai ficar feliz em dividir a casa com os filhos de outro homem... e cinco, ainda por cima?
– Eu sei que é pedir muito, mas você perguntaria para ele?
– Claro – respondeu Arabella. – Só não sei o que ele vai dizer.

Spade estava no saguão, aprontando-se para ir a uma reunião do conselho, e Arabella o estava observando. Calças na altura dos joelhos estavam saindo de moda, e ele usava uma calça comprida feita de um tecido cinza listrado. Vestiu um fraque azul de abotoamento duplo e pôs na cabeça uma cartola alta de aba curva, então se olhou num espelho pendurado ao lado da porta.

– Adoro o jeito como se veste – comentou ela. – Muitos homens são desleixados e mal-ajambrados. Você sempre parece saído de um daqueles anúncios de alfaiate.

– Obrigado. Eu sou mesmo um anúncio, só que mais de tecido do que de alfaiataria.

– Escutei uma fofoca hoje que acho que deveria lhe contar – disse ela.
– Espero que seja bem picante.
– Um pouco, mas vai deixá-lo preocupado.
– Pode falar.
– Elsie esteve aqui hoje à tarde, como de costume.

Spade lembrou que o genro de Arabella havia entrado para o 107º Regimento de Infantaria como capelão.

– Quando Kenelm parte para a Espanha?
– Ele ainda está se organizando.
– Interrompi você, desculpe. Qual é a tal fofoca?
– Tem gente dizendo que Amos é o pai do pequeno visconde Northwood.

Era uma péssima notícia, Spade concluiu. Uma suspeita de imoralidade poderia ser prejudicial numa eleição. Algo semelhante tinha arruinado sua própria primeira tentativa de se tornar conselheiro. Da segunda vez ele já estava casado, e o escândalo havia perdido a força.

– A que "gente" Elsie estava se referindo?

– Quem lhe contou foi Belinda Goodnight, uma linguaruda de marca maior.

– Hum. Houve boatos sobre o pequeno Hal, mas isso já tem anos.

Spade se lembrava porque a situação de Hal era parecida com a de Abe. Julgava-se que ambos os meninos haviam sido concebidos em adultério. O bispo Latimer, primeiro marido de Arabella, tinha reagido com fúria, mas, quando Jane havia apresentado a Henry Northwood um filho e herdeiro, ele não parecera questionar a paternidade do menino, e as fofocas tinham se esvaído.

– Os boatos parecem ter ressurgido – disse Arabella.

Spade deu um grunhido de desagrado.

– E eu sei por quê. É por causa da eleição.

– Acha que foi Hornbeam quem começou a espalhar?

– Não tenho dúvida.

O rosto de Arabella adquiriu uma expressão de aversão, como se ela tivesse comido algo estragado.

– Aquele homem não tem limites.

– Verdade. Mas acho que consigo fazê-lo calar a boca. Vou conversar com ele hoje à noite.

– Boa sorte.

Spade a beijou nos lábios e saiu.

O conselho municipal, formado pelos doze conselheiros, se reuniu no plenário do Salão da Guilda. Como sempre, havia sobre a mesa um decanter de xerez e uma bandeja com cálices para os conselheiros se servirem. Frank Fishwick, o prefeito, presidia o encontro com seu misto habitual de amabilidade e firmeza.

Os dois candidatos ao Parlamento eram conselheiros e estavam presentes no encontro. Spade ficou impressionado com o contraste entre os dois. Amos ainda não havia completado 40 anos, e Hornbeam tinha quase 60, mas não era só a idade que os separava. Amos parecia à vontade com quem e o que era, mas Hornbeam tinha o rosto de um homem cuja vida fora um conflito permanente. Com a cabeça abaixada, espiava por baixo das sobrancelhas abundantes como se estivesse pronto para enfrentar qualquer desafiante.

O principal assunto foi a eleição. O Parlamento havia ordenado que o pleito acontecesse entre 5 de outubro e 10 de novembro; cabia à autoridade local determinar a data exata. O conselho decidiu fazer a apresentação dos candidatos na Praça do Mercado no dia de Santo Adolfo, e a eleição ocorreria no dia seguinte no Salão da Guilda. Duas candidaturas tinham sido recebidas, e ambas estavam totalmente regulares. A contagem seria supervisionada pelo escrevente dos juízes,

Luke McCullough. Não houve controvérsia em relação às providências, e Spade passou esse tempo planejando a conversa que iria ter com Hornbeam.

Assim que o encontro se dispersou, foi diretamente até ele.

– Uma palavrinha, conselheiro, se me permite.

– Estou com pressa – respondeu Hornbeam, com indiferença.

Spade mudou de tom.

– Vai ter tempo para isso sim, Joey, para o seu próprio bem.

Hornbeam ficou estarrecido demais para responder.

– Acompanhe-me um instante. – Spade guiou Hornbeam até um canto. – Aquele antigo boato sobre Amos e Hal Northwood foi exumado.

Hornbeam recuperou sua altivez habitual.

– Espero que o senhor não suponha que eu ande pela cidade espalhando fofocas libertinas.

– O senhor é responsável pelo que seus amigos e apoiadores dizem. Não finja que não consegue controlá-los. Eles fazem o que o senhor lhes diz, e, quando o senhor lhes pede que parem, eles param. Agora precisa ordenar que segurem a língua em relação a Hal Northwood.

Hornbeam levantou a voz.

– Mesmo que eu acreditasse no que o senhor está dizendo, por que deveria lhe obedecer?

Um ou dois homens olharam de relance na sua direção.

Spade respondeu num tom igualmente alto:

– Porque pessoas que têm telhado de vidro não deveriam atirar pedras.

Hornbeam baixou a voz.

– Não faço ideia do que o senhor está falando – disse ele, mas sua postura contradizia suas palavras.

Spade falou baixo, mas num tom insistente.

– Já que está me forçando a dizer… O senhor mesmo é ilegítimo.

– Mas que bobagem!

A respiração de Hornbeam começou a ficar curta e arquejante, e ele se esforçou para controlá-la.

– O senhor sempre disse que sua mãe morreu numa epidemia de varíola em Londres.

– E é a mais pura verdade.

– Não pode ter se esquecido de Matt Carver.

Hornbeam grunhiu como se tivesse levado um soco na barriga. Ficou lívido e teve que lutar para recuperar o fôlego. Parecia incapaz de falar.

– Eu conheci Matt Carver – contou Spade. – Ele se lembra bem do senhor.

Hornbeam recuperou a fala.

– Não conheço ninguém com esse nome.

– Matt estava ao seu lado no cadafalso quando o senhor viu sua mãe morrer.

Foi cruel citar isso, mas Spade precisava garantir que Hornbeam entendesse que ele sabia de tudo.

– Seu demônio – conseguiu dizer Hornbeam.

Spade balançou a cabeça.

– Eu não sou demônio nenhum e não vou destruir sua reputação. O senhor não merece compaixão, mas eleições não devem ser vencidas nem perdidas por causa de fofocas maldosas. Já faz sete anos que eu sei sobre o seu passado, e não revelei a ninguém, nem mesmo a Arabella. E nem vou revelar... contanto que essa história sobre Amos e Hal pare de circular.

Hornbeam respirou fundo.

– Vou tomar providências.

– Ótimo – disse Spade, e se afastou.

Hornbeam jamais o perdoaria por isso, mas os dois já eram inimigos havia muitos anos, de modo que Spade não estava perdendo nada.

Quando chegou em casa, o jantar estava servido na sala de jantar. Spade se serviu de um pouco de sopa de repolho e cortou duas fatias de carne fria em conserva. Arabella estava bebericando vinho, e ele sentiu que ela queria falar alguma coisa. Depois de acabar de comer, ele empurrou o prato para longe e disse:

– Vamos, fale logo.

Ela sorriu.

– Você sempre sabe quando alguma coisa está me preocupando.

– Pode falar.

– Nós somos muito felizes nesta casa, você, eu e Abe.

– Louvado seja Deus e graças a você.

– E a você, David. Você gosta de mim.

– Por isso a desposei.

– Você acha que isso é comum, mas não é. Eu nunca morei com um homem que gostasse de mim. Meu pai me achava feia e desobediente, e Stephen simplesmente não tinha muito interesse por mim.

– É difícil de imaginar.

– Não quero que as coisas mudem.

– Mas a vida muda. E...

– E Elsie e as crianças não terão para onde ir depois que Kenelm partir para a Espanha.

– Ah! – exclamou ele. – Imaginei que eles fossem vir para cá morar conosco.

– É mesmo?
– Temos espaço de sobra.
– E você não se incomodaria?
– Eu ficaria encantado! Adoro todos eles.
– Ah, David, obrigada – disse ela, e desatou a chorar.

Amos Barrowfield estava sempre enfurecendo Hornbeam. Havia frustrado seu plano de assumir o controle do negócio de Obadiah Barrowfield e, mais tarde, conseguira fazer Will Riddick ser transferido do cargo de responsável pelas compras da milícia. Agora Amos estava tentando entrar para o Parlamento. Hornbeam vinha esperando havia tanto tempo para ocupar o lugar de Northwood que passara a considerar isso um direito seu. Não imaginava que fosse ter que brigar pela cadeira.

Acalentara a esperança de destruir a reputação de Amos com a história de que ele era o pai de Hal Northwood, mas o astuto Spade havia neutralizado essa tática. Agora Hornbeam seria obrigado a lançar mão de sua artilharia pesada.

Saiu para visitar Wally Watson, um fabricante de fio. Ele não tecia, apenas fiava e tingia um produto de qualidade consistente numa manufatura que era a maior fiação da cidade. Deveria ser tóri e votar em Hornbeam, mas era metodista, o que poderia deixá-lo inclinado a apoiar os *whigs* e Barrowfield.

Homens como Wally formavam uma parte significativa do eleitorado. Mas Hornbeam acreditava saber como lidar com eles.

Quando estava saindo pela porta, o neto veio se juntar a ele; o rapaz estava a caminho da escola secundária na praça, e os dois desceram juntos a rua principal. O jovem Joe Hornbeam estava agora mais alto que o avô; tinha 15 anos, mas a aparência de um adulto. Já exibia até um bigode razoavelmente respeitável. Seus olhos continuavam azuis, mas não eram mais inocentes: agora eram penetrantes e desafiadores. Ele era um rapaz sério, mais que o normal para a idade. Estudava muito e pretendia cursar ciências e engenharia na Universidade de Edimburgo.

A questão de quem iria sucedê-lo na condução do negócio preocupava Hornbeam havia tempos. Deborah tinha competência para isso, mas uma mulher teria dificuldades para liderar homens. Seu filho, Howard, não estava à altura da tarefa. Mas Joe seria capaz. Ele era seu único neto e seu príncipe herdeiro.

Era importante para Hornbeam que o negócio continuasse existindo; aquilo era a obra de sua vida. Ele havia garantido para si um túmulo no cemitério da catedral – que tinha lhe custado um conjunto novo completo de bancos primorosamente entalhados em madeira para o coro –, mas seu verdadeiro legado seria a maior empresa de fabricação de tecidos do oeste da Inglaterra.

– Como vai a campanha eleitoral, vô? – perguntou Joe. – O senhor começou bem?

– Eu não imaginava que fosse ter um adversário – respondeu Hornbeam. – Em geral há apenas um indicado.

– Não entendo como um metodista pode ser responsável por criar leis. Eles já violaram as leis da Igreja.

O único defeito do jovem Joe era uma tendência a traçar um limite moral rígido. Ele não tinha o coração mole, longe disso, mas de vez em quando insistia em fazer o que julgava ser a coisa certa, mesmo quando as circunstâncias sugeriam uma concessão. Na escola, tinha recusado um prêmio porque outro aluno o ajudara a escrever o texto vencedor. Era contra as negociações de paz porque Bonaparte era um tirano. Admirava as Forças Armadas, porque os oficiais davam as ordens e os soldados precisavam obedecer. Hornbeam tinha certeza de que essa postura iria se abrandar com a maturidade.

– Precisamos lidar com os homens como eles são, não como deveriam ser – falou então.

Joe pareceu relutar em aceitar tal afirmação, mas, antes de conseguir pensar numa resposta, os dois chegaram à praça e se separaram.

Hornbeam atravessou a ponte, passou pelas próprias fábricas e seguiu na direção da fiação de Watson. Sabia que o encontraria lá porque, assim como a maioria dos patrões, Watson passava a maior parte do seu tempo na fábrica, vigiando as máquinas e os operários responsáveis por elas. Mas ele contava com uma sala separada, isolada do barulho, e foi para lá que conduziu seu visitante.

Wally era um homem jovem. Numa coisa Hornbeam tinha reparado: se as pessoas fossem virar dissidentes, em geral se convertiam ainda jovens.

– Espero que aquele fio tingido de vermelho que produzi para o senhor com seda e lã de merino esteja lhe atendendo bem, Sr. Hornbeam.

A lã de merino era macia, e a seda tornava o fio mais forte e lhe conferia um leve brilho acetinado. Era um fio muito apreciado para vestidos femininos.

– Está, sim, obrigado – respondeu Hornbeam. – É provável que em breve eu encomende mais.

– Esplêndido. Estamos preparados para fornecê-lo. – Wally estava nervoso, pois não sabia qual seria o assunto. – O senhor e eu já fizemos muitos negócios ao longo dos anos, e creio que ambas as partes sempre saíram ganhando.

– De fato. Nos últimos doze meses, gastei com o senhor 2.374 libras.

Wally pareceu se espantar com a precisão da quantia, mas o que disse foi:

– E fico muito satisfeito em receber essas encomendas, conselheiro.

De modo abrupto, Hornbeam foi direto ao ponto.

– Espero poder contar com seu voto na eleição próxima.

– Ah – fez Wally, e adotou um ar constrangido e um pouco assustado. – Barrowfield é um companheiro metodista, como o senhor sabe, de modo que estou numa situação complicada.

– Está mesmo? – indagou Hornbeam. – Realmente?

– Queria poder votar nos dois! – disse Wally, e deu uma risada idiota.

– Mas já que não pode...

Fez-se silêncio.

– Não cabe a mim lhe dizer em quem votar, naturalmente – continuou Hornbeam.

– É muita bondade sua dizer isso.

Wally pareceu pensar equivocadamente que Hornbeam estivesse recuando. Era necessário chamá-lo de volta à razão.

– O senhor precisa pesar sua amizade com Barrowfield contra minhas 2.374 libras.

– Ah.

– O que é mais importante para o senhor? É essa a decisão que precisa tomar.

Wally era o retrato da angústia.

– Se é assim que o senhor coloca a questão...

– É assim que eu coloco a questão.

– Então, por favor, esteja certo de que votarei no senhor.

– Obrigado. – Hornbeam se levantou. – Eu tinha certeza de que no final iríamos nos entender. Tenha um bom dia.

– Um bom dia para o senhor também.

O dia de Santo Adolfo amanheceu frio porém com sol. A praça estava lotada; a apresentação dos candidatos constituía uma atração a mais. Sal compareceu acompanhada por Jarge, como sempre, mas estava aflita. Ele trabalhava no Moinho Hornbeam de Cima, que ficava fechado três dias na semana, já que Hornbeam não era mais fornecedor da milícia. Sua renda caíra pela metade, e ele passava os dias de folga nas tabernas. A combinação de ócio com bebida o deixava irritadiço. Seus companheiros também eram tecelões em dificuldade, e eles alimentavam o descontentamento uns dos outros.

Na feira sempre havia confusões de pouca importância: pequenos roubos, embriaguez e desentendimentos que às vezes terminavam em trocas de socos; nesse dia, porém, Sal sentia pairar no ar uma espécie de ameaça. A destruição de máquinas vinha se alastrando desde o início do ano, tendo começado primeiro no norte, depois se espalhado pelo país inteiro, e era organizada com um grau de disciplina militar que deixava a elite governante apavorada. Jarge aplaudia o movimento.

E outra coisa a havia deixado preocupada. Embora o assassinato do primeiro-ministro Perceval nada tivesse a ver com a indústria têxtil – o assassino tornara-se obcecado por uma desavença pessoal –, a notícia da morte fora recebida com alegria em algumas cidades. O ódio de classe na Inglaterra havia alcançado um novo patamar.

Sal temia que nesse dia fosse haver uma rebelião quando os candidatos ao Parlamento fizessem seus discursos. Se isso acontecesse, sua principal preocupação seria evitar que Jarge entrasse em alguma confusão.

Enquanto eles passeavam pelas barracas, encontraram Jack Camp, amigo de Jarge.

– Vamos tomar um caneco, Jarge? – convidou ele.

– Mais tarde quem sabe – respondeu Jarge.

– Estarei no Sino – disse Jack, e se afastou.

Jarge se dirigiu a Sal.

– Estou sem dinheiro.

Ela sentiu pena dele e lhe deu um xelim.

– Divirta-se, meu amor, mas me prometa que não vai se embriagar – pediu ela.

– Eu prometo.

E com isso ele se foi.

Sal viu que um sargento que fazia recrutamento para o 107º Regimento de Infantaria havia montado uma barraca na feira. Ele estava conversando com um grupo de garotos da cidade e lhes mostrando um mosquete. Ela parou para escutar.

– Este é o mais novo mosquete de pederneira Land Pattern com o qual os regimentos de infantaria estão sendo armados – explicou ele. – Um metro de comprimento, sem contar a baioneta.

Ele passou a arma para um rapaz alto que estava ao seu lado, e Sal reconheceu o neto de Hornbeam. Joe estava sendo observado com grande interesse por uma operária de fábrica, e após alguns segundos Sal lembrou o nome dela: Margery Reeve. Era uma moça bonita, de expressão ousada, e estava claramente interessada em Joe. Sal deu um suspiro ao recordar os próprios anseios da adolescência.

Joe sopesou o mosquete e o apoiou em cima do ombro. Sal ficou olhando, achando graça.

– Repare como o cano não é lustroso, mas amarronzado – disse o sargento. – Algum de vocês consegue imaginar por que essa modificação foi feita?

– Para evitar o trabalho de polir o cano? – sugeriu Joe.

O sargento riu.

– O Exército não está preocupado em lhes poupar trabalho – declarou ele, e os outros rapazes riram também. – Não. A cor marrom opaca é para o cano não refletir a luz. O sol brilhando no seu mosquete pode ajudar um francês a mirar com exatidão e acertá-lo.

Os rapazes ficaram ainda mais curiosos.

– Ela tem uma mira entalhada no cano para melhorar a precisão e uma proteção de metal no gatilho para ajudar a manter a mão firme. Qual vocês acham que é a qualidade mais importante num mosqueteiro?

– Uma boa visão.

A resposta mais uma vez fora de Joe.

– Isso é muito importante, é óbvio – replicou o sargento. – Mas, na minha opinião, aquilo de que o soldado de infantaria mais precisa é calma. A calma ajuda a mirar com cuidado e a fazer um disparo certeiro. É a coisa mais difícil de se ter quando balas estão voando e homens morrendo, mas é o que vai manter você vivo enquanto os outros entram em pânico.

Ele pegou o mosquete da mão de Joe e o passou para outro rapaz, Sandy Drummond, o filho do comerciante de vinhos.

– Hoje em dia nós usamos principalmente cartuchos já prontos – informou o sargento. – O porta-pólvora e o saco de munição de antigamente diminuem sua velocidade. O soldado de infantaria agora pode recarregar e disparar três vezes a cada minuto.

Sal se afastou.

Perto dos degraus da catedral, duas carroças descobertas tinham sido estacionadas a uns vinte metros uma da outra, e os grupos políticos adversários estavam ocupados montando flâmulas e bandeiras e preparando as carroças para usá-las como plataformas para discursar. Sal reparou em Mungo Landsman e seus comparsas do Matadouro à espreita por perto. Eles estavam sempre ávidos por uma briga.

Ao lado da plataforma dos *whigs*, de casaco verde-garrafa e colete branco, Amos apertava mãos e conversava com os passantes. Um deles viu Sal e falou:

– Ei, Sra. Box, a senhora trabalha para este homem, então diga-nos a verdade: que tipo de patrão ele é?

– Melhor que a maioria, isso eu reconheço – respondeu Sal com um sorriso.

O escrevente dos juízes e advogado do conselho, Luke McCullough, chegou.

Atrás dele, vestindo um traje preto sóbrio, de peruca e chapéu, vinha Hornbeam. McCullough era o responsável por garantir que a eleição corresse adequadamente.

– Sr. Barrowfield, Sr. Hornbeam, vou jogar este *penny* para o alto. Sr. Hornbeam, a condição de conselheiro veterano lhe dá o privilégio de escolher cara ou coroa. O vencedor pode escolher falar em primeiro ou segundo lugar.

Ele jogou a moeda, e Hornbeam falou:

– Cara.

McCullough segurou o *penny*, fechou a mão, então depositou a moeda nas costas da outra mão.

– Deu coroa – revelou.

– Falarei em segundo lugar – disse Amos.

Sal imaginou que ele tivesse feito essa escolha para poder neutralizar o que quer que Hornbeam dissesse.

– Sr. Hornbeam, podemos começar assim que estiver pronto – declarou McCullough.

Hornbeam voltou para a carroça dos tóris e se dirigiu a Humphrey Frogmore, que havia indicado seu nome. Frogmore lhe entregou um maço de papéis e ele os estudou.

O povo de Kingsbridge ainda se lembrava de Tommy Pidgeon, e Hornbeam nunca seria popular, mas não precisava se preocupar com o público em geral, refletiu Sal. Só os eleitores tinham importância, e estes eram negociantes e proprietários de imóveis, pouco propensos a se compadecerem de um ladrão.

Sal viu que Jarge e Jack Camp tinham saído do Sino junto com mais alguns amigos, cada qual com seu caneco na mão. Desejou que eles tivessem ficado lá dentro.

McCullough subiu na carroça dos tóris e tocou vigorosamente uma sineta de mão. Mais pessoas se juntaram em volta das carroças.

– Eleição do representante de Kingsbridge no Parlamento! – anunciou ele. – Joseph Hornbeam falará primeiro e, em seguida, Amos Barrowfield. Queiram ouvir os candidatos em silêncio. Arruaças não serão toleradas.

Boa sorte com isso, pensou Sal.

Hornbeam subiu na plataforma segurando seus papéis com força e passou alguns segundos parado, organizando os pensamentos. A plateia estava em silêncio, e nessa pausa um homem aproveitou para gritar:

– Que besteirada!

Esse comentário espirituoso provocou muitas risadas, e Hornbeam ficou desconcertado.

Recuperou-se depressa, porém.

– Eleitores de Kingsbridge! – começou ele.

Das cerca de mil pessoas presentes na praça, apenas metade o estava escutando. Mas a cidade tinha somente 150 eleitores. A maioria da plateia não tinha direito a voto, o que desagradava a muita gente. Nas tabernas falava-se com raiva sobre as falhas do "governo hereditário", um eufemismo usado para se referir ao rei e à Câmara dos Lordes, que por lei não podiam ser criticados.

As vozes mais radicais nas tabernas manifestavam apoio à Revolução Francesa. Sal tinha conversado sobre a França com o sócio de Kit, Roger Riddick, que já havia morado lá. Roger nutria apenas desprezo pelos ingleses favoráveis à revolução. Segundo ele, ela só fizera substituir uma tirania por outra, e os ingleses gozavam de muito mais liberdade que seus vizinhos. Apesar de Sal acreditar no que ele dizia, para ela não bastava argumentar que a Inglaterra não era tão ruim quanto outros lugares. Ainda existia bastante injustiça e crueldade. Roger não discordava.

– Nosso rei e nossa Igreja estão em risco – disse Hornbeam.

Sal respeitava a Igreja, ou pelo menos alguns setores dela, mas do rei não queria nem ouvir falar. Supunha que a maior parte dos operários pensasse a mesma coisa.

Alguém perto de Jarge gritou:

– O rei nunca fez nada por mim!

O grito arrancou vivas da multidão.

Hornbeam falou sobre Bonaparte, agora imperador da França. Nesse tema estava pisando em terreno mais firme. Muitos operários de Kingsbridge tinham filhos no Exército e consideravam Bonaparte o braço direito de Satanás. Hornbeam recebeu alguns aplausos por criticá-lo.

Ele então passou para a Revolução Francesa, dando a entender que os *whigs* a haviam apoiado. Sal se perguntou quantas pessoas iriam acreditar nessa. Algumas na multidão talvez, mas a maioria das que tinham direito a votar era mais bem informada.

O maior erro de Hornbeam era sua atitude. Ele falava como se estivesse dando instruções aos gerentes de suas fábricas. Expressava-se com firmeza e autoridade, mas se mostrava distante e antipático. Se os discursos tivessem alguma influência, aquele dali o estava fazendo perder votos.

No final, ele voltou ao tema do rei e da Igreja, e ressaltou a necessidade de respeitar ambos. Essa era uma linha de raciocínio um tanto equivocada para se usar com operários de fábrica, e os gritos e vaias contrários ficaram ainda mais altos. Sal abriu caminho na multidão para ir ficar ao lado de Jarge. Ao ver Jack Camp se abaixar e pegar uma pedra, segurou seu braço e disse:

– Jack, pense duas vezes antes de tentar assassinar um conselheiro.

Isso bastou para desencorajá-lo.

Hornbeam concluiu seu discurso sob aplausos mornos e vaias altas. *Até agora tudo bem*, pensou Sal.

O discurso de Amos foi bem diferente. Ele subiu na plataforma e tirou o chapéu, como que para indicar respeito pela plateia. Falou sem ler anotações.

– Quando pergunto ao povo de Kingsbridge o que o preocupa hoje, a maioria das pessoas me responde duas coisas: a guerra e o preço do pão.

A frase provocou uma salva de palmas imediata. Ele continuou:

– O conselheiro Hornbeam falou sobre o rei e a Igreja. Nenhum de vocês mencionou essas coisas para mim. Eu acho que vocês querem paz e um pão a sete *pence*. – Vivas começaram a se fazer ouvir, e ele teve que levantar a voz para concluir seu raciocínio. – Estou certo?

Os vivas se transformaram em clamor.

A hostilidade em relação à guerra não se limitava aos trabalhadores. Na classe de homens com direito a voto, muitos já estavam fartos após vinte anos de conflito. Uma quantidade enorme de jovens tinha morrido. Muita gente queria ter sua vida normal de volta, quando o continente europeu era um lugar a ser visitado, fosse para comprar roupas em Paris ou conhecer ruínas em Roma, não um lugar para onde seus filhos eram enviados para morrer. Mas a maioria dos parlamentares tinha o foco na vitória, não na paz. Alguns eleitores talvez pensassem que o Parlamento precisava de mais homens como Amos.

Sal achou que ele tinha um dom natural para a oratória. Era daqueles oradores capazes de conquistar uma multidão sem parecer se esforçar para isso. Parte do seu charme era o fato de ele não saber que tinha charme.

Houve poucas vaias, e ninguém atirou pedras.

Quando o discurso acabou, ela foi parabenizá-lo.

– As pessoas adoraram – falou. – Gostaram bem mais do senhor que de Hornbeam.

– Acredito que sim – concordou Amos. – Mas elas têm mais medo de Hornbeam.

A votação aconteceu na manhã seguinte. Os 157 eleitores de Kingsbridge se amontoaram dentro do Salão da Guilda. Sentados atrás de uma mesa no centro do recinto, Luke McCullough e um assistente seguravam cada qual uma lista em ordem alfabética. Os eleitores se aglomeravam ao redor da mesa para tentar atrair a atenção do escrevente. Quando ele cruzava olhares com alguém ou escutava algum nome, verificava a lista para se certificar de que o eleitor estivesse registrado, em seguida repetia o nome em voz alta. Nesse momento, o eleitor gritava em quem queria votar, e McCullough anotava "H" ou "B" ao lado do nome.

Hornbeam experimentava uma agradável sensação de autoestima toda vez que alguém votava nele; cada voto em Amos Barrowfield lhe provocava uma careta. A votação foi vagarosa, e ele não demorou a perder a conta dos números exatos. Todas as pessoas com quem fazia negócio votaram nele; isso ele havia garantido com suas visitas pessoais. Mas será que isso bastaria? A única coisa da qual estava certo era que nenhum dos dois candidatos tinha muita vantagem.

O processo levou quase duas horas, mas McCullough enfim perguntou se ainda havia alguém para votar e ninguém respondeu.

Então ele e seu assistente procederam à contagem. Depois de ambos terminarem, o assistente cochichou algo no ouvido de McCullough, que concordou com um meneio de cabeça. Mas os dois então refizeram a contagem, só para terem certeza. O resultado pareceu ser o mesmo, pois McCullough se levantou.

– O representante de Kingsbridge no Parlamento foi escolhido numa eleição livre e justa – afirmou ele, e o silêncio absoluto tomou conta do salão. – Declaro que o vencedor é Joseph Hornbeam.

Os apoiadores de Hornbeam deram vivas.

Quando os aplausos diminuíram, um dos apoiadores de Barrowfield falou bem alto:

– Fica para a próxima, Amos.

O comerciante de vinhos Alan Drummond apertou a mão de Hornbeam e lhe deu os parabéns. Seu filho e o neto de Hornbeam eram amigos. Na tarde do dia anterior, os dois tinham jogado uma partida de futebol, e Joe pedira permissão para passar a noite na casa da família Drummond. Hornbeam então falou:

– Imagino que nossos dois rapazes tenham se divertido. Devem ter ficado acordados até tarde conversando sobre garotas.

– Sem dúvida – disse Drummond. – Mas fiquei surpreso por não os ver hoje de manhã na igreja. Talvez o senhor os devesse ter tirado da cama.

Hornbeam não entendeu direito.

– Eu os deveria ter tirado da cama? Mas eles estavam na sua casa.

– Nada disso, com todo o respeito. Estavam na sua.

Hornbeam tinha bastante certeza de que os dois adolescentes não haviam passado a noite na sua casa.

– Mas Joe me disse que ia dormir na casa de Sandy.

Os dois homens ficaram se encarando, perplexos.

– E eu dei uma olhada no quarto de Sandy hoje de manhã – acrescentou Drummond. – Ninguém tinha dormido na cama dele.

Isso pareceu resolver a questão.

– Então eles devem estar na minha casa – declarou Hornbeam. – Eu pelo visto entendi errado. – Só que não era frequente ele entender errado as coisas, e continuou preocupado. – Vou passar em casa para verificar.

– Eu vou com o senhor, se me permite – disse Drummond. – Só para ter certeza.

Eles demoraram a sair do salão, já que os apoiadores de Hornbeam queriam parabenizá-lo, mas ele tratou a todos com rispidez, apertando-lhes a mão e dizendo obrigado mas sem parar de avançar, ignorando qualquer tentativa de puxar conversa. Lá fora, no frio da rua, acelerou o passo, e Drummond teve que andar mais depressa para acompanhar as passadas de suas pernas compridas.

Em dois minutos eles chegaram à casa de Hornbeam. O lacaio Simpson veio abrir a porta, e sem preâmbulo algum Hornbeam perguntou:

– Viu Joe hoje de manhã?

– Não, conselheiro. Ele está na casa do Sr. Drummond...

Simpson notou a presença de Drummond em pé atrás de Hornbeam e se retirou.

– Vou olhar o quarto dele.

Hornbeam subiu correndo a escada, e Drummond o seguiu apressado.

A cama de Joe estava intacta.

– Que diabos esses dois estão tramando? – perguntou Drummond.

– Espero que seja só uma travessura – disse Hornbeam. – O que também pode ter acontecido é eles terem sofrido algum acidente ou entrado em alguma briga, e estarem jogados em alguma vala por aí. – Ele franziu o cenho no esforço de pensar. – Quem mais participou desse jogo de futebol ontem, o senhor sabe?

– Sandy mencionou o filho de Rupe Underwood, Bruno.

– Vamos checar se ele sabe de alguma coisa.

O negócio de fitas de seda de Rupe havia prosperado, e ele agora era dono de uma bela residência na Cookshop Street. Hornbeam e Drummond foram depressa até lá e bateram na porta. Encontraram a família Underwood sentando-se naquele exato momento para o almoço. Rupe já tinha sido um dos muitos admiradores de Jane Midwinter, recordou Hornbeam, mas acabara se casando com uma mulher menos bonita e mais sensata que Jane, que obviamente havia lhe dado os três saudáveis adolescentes agora sentados ao redor da mesa.

Rupe se levantou.

– Conselheiro Hornbeam, Sr. Drummond, mas que surpresa. Algum problema?

– Sim – respondeu Hornbeam. – Não estamos conseguindo encontrar nem Joe nem Sandy. Creio que seu filho Bruno jogou futebol com eles ontem, e gostaríamos de perguntar se ele tem alguma ideia de onde eles possam estar.

Um rapaz de seus 16 anos respondeu:

– Eu sei, sim, conselheiro.

– Levante-se quando o conselheiro Hornbeam falar com você, rapaz – repreendeu Rupe.

– Desculpe.

Bruno se pôs de pé, um tanto atrapalhado.

– Então, onde eles estão? – indagou Hornbeam.

– Eles se alistaram no Exército – respondeu Bruno.

Fez-se um silêncio atordoado.

Drummond então falou:

– Deus do céu, misericórdia.

– Aqueles tolos imbecis – falou Hornbeam.

– Você não me contou isso, Bruno – disse Rupe ao filho.

– Eles pediram que não disséssemos nada.

– Mas por que cargas-d'água os dois fizeram uma coisa dessas? – questionou Drummond.

– Sim – emendou Hornbeam. – O que deu neles?

Bruno respondeu à pergunta:

– Joe disse que eles tinham o dever de ajudar a defender este país, e Sandy concordou.

– Ah, pelo amor de Deus – retrucou Drummond, irritado e nervoso.

– Nós achamos que eles tinham ficado malucos – comentou Bruno.

– Para onde eles foram? – quis saber Hornbeam.

– Foram embora com aquele sargento de recrutamento que estava na feira.

– Mas isso não podia ter sido permitido – declarou Hornbeam. – Eles têm só 15 anos!

– Garotos de 15 anos agora podem se alistar, contanto que tenham altura suficiente – informou Rupe. – A lei foi modificada em 1797.

– Não vou aceitar isso – insistiu Hornbeam.

A ideia de seu único neto arriscar a vida na guerra era terrível demais para suportar.

– Com quem podemos tratar disso? – perguntou Drummond.

O 107º Regimento de Infantaria estava na Espanha e não tinha gabinete em Kingsbridge; quem representava as Forças Armadas na cidade era a milícia. Lorde Combe era o novo coronel em exercício, mas ele não era um oficial da ativa, ao contrário de Henry, que tinha se revelado um caso excepcional nesse sentido. A milícia na prática estava sendo administrada por Archie Donaldson, agora tenente-coronel, que ocupava o antigo gabinete de Henry na Mansão Willard.

480

– Vou confrontar Donaldson – disse Hornbeam. – Ele precisa trazer esses meninos de volta.

Ele e Drummond tornaram a sair. A Mansão Willard ficava na Praça do Mercado. O irritantemente obsequioso sargento Beach estava de plantão no saguão da casa e, após uma demonstração simbólica de relutância, os conduziu até Donaldson.

Apesar dos riscos envolvidos, muitos oficiais e soldados da milícia tinham se transferido para o 107º Regimento de Infantaria de modo a receber um soldo maior e ter a chance de conhecer países estrangeiros; Donaldson, porém, havia ficado. Ele era metodista e talvez tivesse reservas quanto a matar pessoas. Hornbeam se lembrava dele como um oficial subalterno de rosto juvenil, mas ele agora era um homem pesado de meia-idade.

– Olhe aqui, Donaldson, meu neto e o filho de Drummond foram ludibriados por um sargento de recrutamento para se alistarem no Exército – disse Hornbeam.

Donaldson se mostrou indiferente.

– Temo que isso não tenha nada a ver comigo.

– Mas o senhor deve saber onde eles estão.

– Não. Os recrutadores não são burros. Eles não me revelam isso, nem a mais ninguém, para falar a verdade. O Exército está bastante acostumado com recrutas que mudam de ideia, ou cujos parentes tentam tirá-los do serviço. Um exército em guerra se mostra pouco solidário nesses casos.

Embora estivesse enfurecido, Hornbeam tentou adotar um tom persuasivo.

– Vamos, Donaldson, o senhor deve ter alguma ideia de para onde eles vão.

– Alguma ideia eu tenho, é claro – reconheceu Donaldson. – Eles se encontram a caminho de um porto onde reforços estão sendo reunidos para zarpar rumo à Espanha. Pode ser Bristol, Combe, Southampton, Portsmouth, Londres ou algum lugar do qual eu nunca ouvi falar. E, estejam onde estiverem, eles serão vigiados pelo seu oficial enquanto permanecerem em solo inglês. Da próxima vez que tiverem uma oportunidade para fugir, já vão estar em Portugal.

– Vou procurar o Gabinete de Guerra em Londres.

– Desejo-lhe sorte. Mas acho que o senhor vai descobrir que o Gabinete de Guerra nem sequer tem uma lista de quem entra para o Exército, quanto mais detalhes em relação ao lugar para onde esses indivíduos podem ser mandados.

– Maldição.

Donaldson exibia um brilho de superioridade nos olhos.

– É bem parecido com o que aconteceu com Jim Pidgeon – falou, num tom ameno. – A esposa não conseguiu descobrir para onde ele tinha ido, o senhor deve se lembrar. Imagino que ela tenha sentido exatamente a mesma coisa que o senhor está sentindo agora. E, quando entendeu que ele havia sido recrutado à força pela Marinha, não conseguiu trazê-lo de volta.

Hornbeam fervia de tanta raiva.

– Como se atreve?

– Não estou dizendo nada além da simples verdade.

– O senhor não passa de um maldito cão insolente, Donaldson.

– Vai contra minha religião desafiar um homem para um duelo, Hornbeam… para sua sorte. Mas, se não conseguir falar como um cavalheiro, é melhor sair do meu gabinete.

– Pare com isso, Hornbeam, vamos embora e pronto – disse Drummond.

Os dois conselheiros foram até a porta e Drummond a abriu. Hornbeam falou:

– Isso ainda não acabou, Donaldson.

Ao que Donaldson respondeu:

– O senhor contra o Exército, Hornbeam, é isso? Um embate interessante. Mas eu sei quem vai vencer.

Hornbeam se retirou e Drummond foi atrás. Quando eles estavam atravessando o saguão, Drummond comentou:

– Donaldson é um porco arrogante, Hornbeam, mas ele tem razão. É um beco sem saída. Não há nada que possamos fazer.

– Eu não acredito em becos sem saída – retrucou Hornbeam. – Ouvi dizer que o deão da catedral se ofereceu para ser capelão do 107º Regimento de Infantaria, é verdade?

– Sim. Kenelm Mackintosh. Ele é casado com a filha do antigo bispo.

– Ele já partiu para a Espanha?

– Acredito que não. Acho que ainda está morando na casa paroquial.

– Vamos descobrir se ele consegue nos ajudar.

A casa paroquial ficava a alguns passos da Mansão Willard. Uma criada atendeu à porta e os levou até o gabinete de Mackintosh. Encontraram-no enchendo um baú com livros. Seu belo rosto estava vincado de preocupação.

– Está levando livros para uma zona de guerra? – questionou Drummond.

– Lógico – respondeu Mackintosh. – Uma Bíblia, um livro de oração, mais alguns outros livros devocionais. Minha missão é nutrir espiritualmente as tropas. O que mais eu poderia levar… pistolas?

Hornbeam não queria debater sobre o papel de um capelão militar.

– Joe Hornbeam e Sandy Drummond se alistaram no 107º Regimento de Infantaria ontem, e não estamos conseguindo descobrir onde eles estão.

– Minha nossa! – exclamou Mackintosh, espantado. – Tomara que meu filho Stephen não se sinta tentado a fazer o mesmo.

– Eles estão quase certamente a caminho da Espanha, onde o 107º está combatendo sob o comando de Wellington.

– E o que querem de mim?

– Que faça com que os mandem de volta!

– Bem, eu me solidarizo com os senhores, mas isso eu não posso fazer. Não vou sabotar o Exército fazendo seus melhores soldados serem mandados para casa. Se tentasse, provavelmente seria eu mesmo mandado de volta... eles sem dúvida devem pensar que capelães não são tão úteis quanto jovens plenamente saudáveis. Se isso puder lhes servir de consolo, eu lhes darei um enterro cristão caso surja essa necessidade.

De repente, Hornbeam sentiu toda a sua força se esvair. Foi a menção de um enterro que o fez desabar. Durante décadas, ele havia se apoiado na ideia de que a dor e a perda tinham acabado, de que ele agora era senhor do próprio destino e de que a vida não lhe traria mais nenhuma tragédia. Mas essa convicção se desfez dentro dele e, no seu lugar, restou um medo apavorante que ele não conhecia desde que era um ladrãozinho.

– Mackintosh, por favor, eu lhe imploro – falou, em tom de súplica. – Quando chegar lá, procure Joe e descubra como ele está, se está em boa saúde, se está bem alimentado e bem-vestido, e me escreva se puder. Eu o tenho mais junto ao coração que qualquer outro ser humano, e agora de repente ele está fora do meu alcance, a caminho da guerra, e eu não posso mais cuidar dele. Sou um homem impotente, de joelhos aqui na sua frente, e imploro: fique de olho no meu menino, por favor.

Drummond e Mackintosh o encaravam, atônitos. Ele entendia por quê: nenhum dos dois jamais o tinha visto daquele jeito, nunca sequer o haviam imaginado assim e mal conseguiam acreditar no que estavam vendo e ouvindo. Só que Hornbeam não estava mais se importando com o que poderiam pensar a seu respeito.

– Vai fazer isso, Mackintosh? Por favor? – repetiu ele.

Com um ar atarantado, Kenelm respondeu:

– Farei o possível.

CAPÍTULO 34

Jarge voltou para casa de péssimo humor, cheirando a cerveja e fumaça de tabaco. Tinha obviamente passado a maior parte do dia numa taberna com os amigos. Sal ficou consternada.

– Pensei que hoje você fosse encontrar Moses Crocket.

Crocket era fabricante de tecidos. Durante uns dois anos, sua fábrica havia passado por dificuldades, mas recentemente ele tinha conseguido um contrato militar com um regimento de Devon, e seus negócios estavam indo bem. Jarge continuava trabalhando apenas três dias por semana para Hornbeam, e Sal cogitara que Crocket pudesse estar à procura de tecelões para trabalhar os seis dias da semana.

– Sim, estive com Moses hoje de manhã – respondeu ele.

– O que deu errado?

– O que deu errado é que ele está fazendo a conversão para teares a vapor. Não consegue mais empregar todos os tecelões que empregava antigamente, quanto mais contratar novos. Um único homem é capaz de monitorar três ou quatro teares a vapor de uma vez.

– Que pena.

– Ele precisa se adaptar aos novos tempos, segundo diz.

– Disso eu não posso discordar.

– Mas eu, sim. Na minha opinião, os tempos precisam andar para trás.

Sal lamentou que o afável Moses Crocket tenha sido confrontado por um Jarge irritado.

– Espero que vocês não tenham brigado. – Ela pousou na sua frente uma tigela fumegante. – É a sua preferida, sopa de batata, e tem manteiga fresca para o seu pão.

Torceu para a comida diluir um pouco da bebida que havia dentro dele.

– Não, eu não briguei com Moses – disse Jarge. – Mas pode ser que Ned Ludd brigue com ele um dia desses.

Ele sorveu com ruído um pouco de sopa.

Ned Ludd havia surgido pela primeira vez como o mítico líder dos destruidores de máquinas do centro e do norte do país, e depois o ludismo se espalhara também para a região Sudoeste.

Sal se sentou na frente de Jarge e começou a comer. Sopa com pão era gostoso e enchia a barriga. Eram só os dois à mesa desde que Sue se casara e Kit fora morar com Roger.

– Você sabe o que está acontecendo em York, não sabe? – indagou Sal.

– Pessoas foram presas.

– Vai haver um julgamento. E você acha que vai ser um julgamento justo?

– A chance é mínima. Provavelmente prenderam os homens errados. Nem se importam. Vão enforcar alguns e deportar os outros para a Austrália. Tudo que querem é deixar os trabalhadores assustados demais para protestar.

– E, se houver quebradeira de máquinas aqui em Kingsbridge, quem você acha que vão prender primeiro?

Ela passou manteiga numa fatia de pão e lhe entregou.

Jarge não respondeu à pergunta. Em vez disso, falou:

– Você sabe quem vendeu os malditos teares para Moses, não sabe? Foi o seu filho.

– Kit é seu filho também, há dezessete anos.

– Enteado.

– Sim, e como padrasto você se beneficiou bastante dele, não foi? Tem um lugar decente para morar e um bom almoço aos domingos, tudo às custas de Kit.

– Eu não quero caridade. Quero poder pagar eu mesmo um bom almoço. Um homem quer trabalhar, ganhar um salário e pagar pelas próprias coisas.

– Eu sei – disse Sal, amenizando o tom.

E sabia mesmo. Agora que Kit tinha tanto sucesso e era tão generoso, o dinheiro já não era seu principal problema. O problema era o orgulho de Jarge. Todo homem é orgulhoso, mas ele era mais que a maioria.

– O ócio é duro para um homem bom. Os inúteis adoram, mas uma pessoa como você se incomoda. Só não deixe isso abatê-lo.

Eles passaram algum tempo comendo em silêncio, então Sal foi se arrumar. Era noite de ensaio dos sineiros. Sal tinha desenvolvido o hábito de acompanhar Jarge. Antigamente, ela ia ao Sino com Joanie e ficava esperando os sineiros, mas, desde que Joanie fora deportada, não gostava de ir à taberna sozinha.

Eles desceram a rua principal à luz dos lampiões até a catedral. Quando estavam atravessando a praça, cruzaram com o amigo de Jarge, Jack Camp, usando um casaco velho todo furado.

– Tudo bem, Jarge? – cumprimentou ele.

– Tudo – respondeu Jarge. – Estou indo para o ensaio dos sineiros.

– Então talvez nos vejamos mais tarde.

– Isso.

Quando estavam chegando à catedral, Sal comentou:

– Jack parece gostar muito de você.

– Por que está dizendo isso?

– Passou o dia inteiro com você na taberna e ainda quer vê-lo hoje à noite.

Jarge abriu um sorriso.

– Não posso fazer nada se sou tão cativante.

O comentário fez Sal dar risada.

A porta norte da catedral estava destrancada, o que significava que Spade já estava lá dentro. O casal subiu a escada caracol até a sala das cordas, onde os sineiros já tiravam os casacos e arregaçavam as mangas. Sal se sentou encostada na parede, para não atrapalhar. Gostava da música dos sinos, porém, mais que isso, gostava das provocações que os homens ficavam trocando, às vezes inteligentes e sempre engraçadas.

Spade pediu atenção, e eles começaram a se aquecer com um toque conhecido. Então passaram aos toques usados em ocasiões especiais, como casamentos e batizados. Sal ficou devaneando enquanto escutava.

Como sempre, estava preocupada com as pessoas que amava. Manter Jarge longe dos problemas vinha sendo sua missão de vida. Era bom defender os próprios direitos, mas era preciso fazer isso do jeito certo, mais com tristeza que com raiva. Jarge sempre pulava direto para a briga.

Kit tinha 27 anos e continuava solteiro. Até onde ela sabia, nunca tivera namorada; pelo menos nunca levara nenhuma para casa. Sal tinha quase certeza de que sabia por quê. As pessoas diriam que ele "não era um rapaz casadouro", a expressão educada que se usava. Ela não ligava, mas ficaria triste por não ter netos.

Kit sempre tinha sido habilidoso com máquinas e seu negócio ia de vento em popa, mas Roger não era o tipo ideal de pessoa para se ter como sócio. Um apostador compulsivo nunca seria realmente confiável.

Sua sobrinha, Sue, era quem menos a preocupava. A moça estava casada e parecia feliz. Tinha duas filhas, de modo que Sal pelo menos tinha duas sobrinhas-netas.

Seus devaneios foram interrompidos por Jarge.

– Preciso sair um instante… a natureza chama. Sal, você conhece este próximo. Pode me substituir?

– Com prazer.

Ela já havia feito isso muitas vezes ao longo dos anos, em geral quando algum sineiro cancelava de última hora a participação no ensaio. Tinha força de sobra e talento para manter o ritmo.

Posicionou-se ao lado da corda dependurada de Jarge enquanto ele descia a escada de pedra. Estava um pouco surpresa com sua saída; ele em geral não era acometido por chamados súbitos da natureza. Talvez tivesse ingerido alguma coisa estragada... não sua sopa de batatas, disso tinha certeza, mas talvez algo que tivesse comido no Sino.

Afastou o pensamento da cabeça e se concentrou nas instruções de Spade. O tempo passou depressa, e ela ficou espantada quando o ensaio acabou. Jarge não tinha voltado. Torceu para ele não estar mal. Spade lhe entregou o pagamento de um xelim de Jarge.

Todos atravessaram a praça até o Sino, e lá encontraram Jarge na porta.

– Está passando mal? – perguntou-lhe Sal, aflita.

– Não.

Ela lhe entregou o xelim.

– Pode me comprar um caneco com isto aqui – falou. – Eu fiz por merecer.

Eles se acomodaram para relaxar por uma hora antes de irem para casa se deitar. Quem precisava estar no trabalho às cinco da manhã não ficava acordado até tarde.

No entanto, sua tranquilidade não durou sequer uma hora. Poucos minutos depois, o xerife Doye entrou na taberna usando sua peruca vagabunda e segurando sua pesada bengala, com um ar ao mesmo tempo agressivo e assustado. Estava acompanhado por dois agentes de paz, Reg Davidson e Ben Crocket. Sal os encarou e se perguntou o que os teria deixado nervosos. Captou uma olhadela preocupada de Spade, sugerindo que ele imaginava qual seria o assunto do xerife. Sal não.

Os clientes da taberna não demoraram a perceber a mudança de atmosfera. O salão foi silenciando aos poucos, e todos olharam para Doye. Ninguém gostava do xerife.

– A fábrica de Moses Crocket pegou fogo – anunciou Doye.

Um burburinho de surpresa se espalhou pelo recinto.

– Pelos destroços, está claro que muitas das máquinas foram destruídas antes de o incêndio começar.

A reação da multidão foi de choque.

– Além disso, a tranca da porta tinha sido quebrada.

– Ah, que droga – Sal ouviu Spade dizer.

– Na parede externa, alguém escreveu NED LUDD com tinta vermelha.

Isso encerrava a questão, concluiu Sal: a fábrica fora atacada por ludistas.

– Os homens responsáveis por isso serão enforcados, podem ter certeza – continuou Doye. Então apontou diretamente para Jarge. – Box, você é o pior encrenqueiro da cidade. O que tem a dizer?

Jarge sorriu, e Sal se perguntou como podia ostentar um ar tão seguro de si quando estava sendo ameaçado com a pena de morte.

– O senhor é surdo, xerife? – perguntou ele.

Doye se zangou.

– Que pergunta é essa?

Jarge parecia estar se divertindo.

– Vamos ter que começar a chamá-lo de Doye Surdinho.

– Eu não sou surdo, seu tolo.

– Bom, se não é surdo, deve ter escutado o que todos os outros moradores de Kingsbridge escutaram hoje à noite: eu tocando o sino 7 da catedral ao longo da última hora.

Os presentes na taberna riram, satisfeitos em ver o impopular Doye ser motivo de chacota. Mas Sal não estava sorrindo. Ela entendeu o que Jarge tinha feito e estava uma fera. Ele a envolvera num complô – sem avisar. Não tinha a menor dúvida de que ele fora um dos responsáveis por arrombar o Moinho Crocket. Só que tinha um álibi: estava no ensaio dos sineiros. Apenas Sal e os outros sineiros sabiam que ele tinha saído de lá... e Jarge estava contando com eles para guardarem seu segredo. *Ou eu minto*, pensou Sal, *ou traio meu marido e o vejo ser enforcado*. Não era justo.

Pela segunda vez naquela noite, ela captou o olhar inteligente de Spade. Ele com certeza tinha seguido o mesmo raciocínio que ela e chegado à mesma conclusão: Jarge havia comprometido todos eles.

Por ora, contudo, Doye se mostrava perdido. Ele não tinha o raciocínio rápido. Seu principal suspeito havia lançado mão de um álibi, e ele não sabia o que fazer a partir dali. Depois de uma pausa demorada, falou em tom veemente:

– Isso é o que nós vamos ver!

A frase foi tão ridícula que as pessoas tornaram a rir.

Doye se retirou depressa.

As conversas foram retomadas, e o barulho dominou o salão. Spade se inclinou para a frente e se dirigiu a Jarge com uma voz baixa e nítida que pôde ser ouvida pelos outros sineiros.

– Você não deveria ter feito isso, Jarge – disse ele. – Pôs todos nós numa posição em que precisamos mentir por sua causa. Bom, mentir aqui tudo bem. Mas prestar falso testemunho é um crime grave, e não estou disposto a cometê-lo por sua causa.

Os outros assentiram com meneios de cabeça.

Jarge fingiu desdém.

– Isso nunca vai chegar ao tribunal.

– Tomara – retrucou Spade. – Mas se chegar e eu não tiver como evitar testemunhar, já aviso logo: vou dizer a verdade. E, se você for enforcado, será por sua própria culpa, maldição.

No início de fevereiro, quando já estava morando com a mãe e Spade, Elsie recebeu uma carta da Espanha, endereçada com a caligrafia bem-feita e conhecida de Kenelm. Levou-a para a sala de estar e a abriu, ansiosa.

Ciudad Rodrigo, Espanha
Dia de Natal, 1812

Minha querida esposa,
Cá estou em Ciudad Rodrigo, na Espanha. É uma cidadezinha que fica empoleirada num penhasco à beira de um rio. Tem uma catedral, infelizmente católica, é claro. Moro num quartinho minúsculo numa casa ocupada por oficiais do 107º Regimento de Infantaria.

Bom, ele tinha chegado em segurança, o que a deixava aliviada. Uma viagem por mar era sempre preocupante.

Elsie não era apaixonada por Kenelm – nunca fora –, mas, ao longo dos anos, passara a apreciar seus pontos fortes e tolerar suas fraquezas. E ele era o pai de seus cinco filhos. A segurança dele era importante para ela.

Prosseguiu a leitura:

Pensei que a Espanha fosse um país quente, mas tem feito muito frio, e, como a maioria das casas daqui, a nossa não tem vidraças nas janelas. A leste podemos ver neve nas montanhas, que eles aqui chamam de sierras.

Ela teria que lhe mandar algumas peças quentes de lã: roupas de baixo, talvez, e ceroulas. Pobrezinho. E pensar que as pessoas comentavam sobre o calor insuportável que fazia na Espanha.

O Exército está se recuperando de certo revés. O cerco a Burgos foi um fracasso, e nossas forças se retiraram de modo um tanto desordenado, perdendo homens para o frio e a fome durante a longa marcha de volta até o lugar em que iriam passar o inverno. Isso foi antes de eu chegar.

Elsie tinha lido sobre a retirada nos jornais. O marquês de Wellington tivera algumas vitórias no ano anterior, mas, no final do ano, parecia estar de volta ao ponto de partida. Ficou pensando se ele era mesmo um general tão bom quanto diziam.

Os homens aqui têm uma necessidade imensa de orientação espiritual. Seria de se pensar que a batalha fosse lembrá-los da proximidade com o Céu e o Inferno, e fazê-los avaliar a própria situação e se voltar para Deus, mas parece que não é assim que a coisa funciona. Poucos querem assistir à missa. Muitos passam o tempo inteiro consumindo bebidas fortes, apostando o próprio soldo e – perdão, querida – frequentando prostitutas. Tenho muito a fazer! Mas o que mais lhes digo é que sou seu capelão e estou sempre disposto a rezar com eles caso necessitem.

Aquilo representava certa mudança, na opinião de Elsie. Kenelm sempre fora muito apegado ao aspecto cerimonial do cristianismo. Atribuía grande importância às vestes, aos cálices cravejados com pedras preciosas e às procissões. Rezar com homens espiritualmente atormentados nunca tinha sido uma prioridade. O Exército já estava expandindo sua mente.

Agora que me acomodei aqui, pensei que deveria fazer uma visita a Wellington. O quartel-general dele fica num vilarejo chamado Freineda, a certa distância daqui a pé, mas eu não quis pedir para usar um dos cavalos do Exército. O vilarejo se encontra terrivelmente dilapidado e sujo. (Pule a frase a seguir quando for ler a carta para as crianças.) Lamentei reparar na presença de várias mulheres jovens de um determinado tipo.

Nosso comandante máximo ocupa a casa ao lado da igreja. É a melhor casa da cidade, o que não significa grande coisa: só alguns cômodos acima de um estábulo. O pai de Wellington era o conde de Mornington e ele foi criado no Castelo de Dangan, de modo que este lugar deve ser uma brutal mudança para ele.

Quando cheguei, falei com um ajudante de ordens e soube que o general estava caçando. Imagino que ele precise passar o tempo com alguma coisa quando não há batalhas a travar. O ajudante de ordens se mostrou um tanto arrogante e disse não ter certeza se o general teria tempo para me receber. Não tive outra opção, é lógico, a não ser esperar.

Enquanto esperava, adivinhe quem encontrei: Henry, o conde de Shiring. Apesar de magro, ele me pareceu animado; na verdade, eu diria que está se sentindo em casa. Ele agora está lotado no quartel-general, de modo que trabalha bem próximo de Wellington. Os dois têm exatamente a mesma idade e se conheceram em 1786, quando estudavam na École Royale d'Equitation em Angers.

E os dois homens tinham outra coisa em comum, refletiu Elsie: Henry tinha mais interesse no Exército que na própria esposa, e, a julgar pelos boatos, o mesmo era verdade em relação a Wellington.

Lembrei-me de como o conselheiro Hornbeam tinha ficado abalado e comentei que Joe Hornbeam e Sandy Drummond tinham se alistado no Exército por patriotismo; Henry se interessou. Eu lhe disse que os dois eram jovens inteligentes, alunos da Escola Secundária de Kingsbridge, e que talvez tivessem potencial para virar oficiais, e Henry disse que iria procurá-los. Portanto, queira por favor avisar a Hornbeam que fiz o que pude no sentido de preparar o caminho para seu neto se tornar oficial.

Elsie com certeza iria transmitir o recado a Hornbeam. Não era uma informação particularmente tranquilizadora, mas pelo menos ele saberia que dois homens de Kingsbridge estavam zelando por seu neto na Espanha.

Por fim, Wellington apareceu, trajando um casaco azul-celeste e uma capa preta, que mais tarde fiquei sabendo serem o uniforme da Caçada de Salisbury. Pude ver na mesma hora por que o chamam de Velho Narigão: ele tem um nariz adunco esplêndido, de dorso alto e ponta proeminente. Mesmo com esse nariz, é um homem bem-apessoado, um pouco mais alto que a média, e tem cabelos encaracolados penteados para a frente de modo a esconder ligeiras entradas.

Henry nos apresentou, e Wellington passou vários minutos conversando comigo ainda montado. Perguntou-me sobre minha carreira em Oxford e Kingsbridge e se disse feliz por me ver ali. Não me convidou para ir à sua casa, mas fiquei bastante satisfeito por tanta gente o ter visto conversando comigo e demonstrando interesse por mim. Embora ele tenha sido simpático e informal, algo me deixou com a sensação de que eu não gostaria de estar na posição de lhe desagradar. Mão de ferro em luva de veludo, foi o que pensei instintivamente.

Elsie ficou feliz por Kenelm. Sabia como ele valorizava aquele tipo de coisa. Uma conversa com o comandante máximo do Exército na frente de várias pessoas o deixaria feliz por meses. Era um defeito inofensivo, que ela havia aprendido a tolerar.

Vou concluir agora, para garantir que esta carta siga no malote semanal de Lisboa para a Inglaterra. Minha carta viajará com os despachos de Wellington e muitas outras cartas escritas para pessoas amadas que ficaram no país. Penso sempre nas crianças; por favor, diga a elas que eu as amo. E nem preciso dizer que nutro por você, querida esposa, os mais profundos sentimentos de estima e amor.
Seu marido devotado,
Kenelm Mackintosh

Elsie passou um tempo pensando no que acabara de ler, então a releu. Reparou que no último parágrafo ele havia mencionado três vezes o amor. Era praticamente o mesmo número de vezes que havia pronunciado essa palavra durante seus dezoito anos de casamento.

Um ou dois minutos depois, ela pediu a todas as crianças que descessem até a sala.

– Recebemos uma carta do seu pai – falou, e todas emitiram exclamações de alegria e surpresa. – Fiquem sentados quietinhos enquanto eu a leio para vocês – completou.

O prefeito Fishwick convocou uma reunião de emergência do conselho municipal para debater o ataque ludista. Apesar de estar mais por dentro do ocorrido que qualquer outro conselheiro, Spade tinha que esconder o que sabia. Decidiu ir à reunião porém falar pouco, ou então ficar calado. Poderia ter se ausentado, mas isso teria levantado suspeitas.

As reuniões do corpo de conselheiros em geral eram acaloradas; homens bem-vestidos e seguros de si tomavam decisões confiantes sobre a administração das questões da cidade ao mesmo tempo que se serviam do xerez no decanter posicionado no centro da mesa antiga. Todos acreditavam ser um direito seu governar Kingsbridge e sentiam que estavam fazendo um trabalho bastante bom.

Nesse dia eles não estavam tão presunçosos, observou Spade. A atmosfera era de pessimismo. Pareciam assustados.

Fishwick explicou por quê.

– Desde o ataque à fábrica de Moses Crocket, três outros estabelecimentos foram alvo desses malfeitores. O Moinho do Chiqueiro, do conselheiro Hornbeam, o Moinho Barrowfield Velho, do conselheiro Barrowfield, e a minha própria fábrica. Em todos os casos, houve máquinas danificadas, incêndios criminosos, e o nome NED LUDD foi pintado na parede com tinta vermelha em grandes letras maiúsculas. E houve incidentes parecidos em cidades próximas daqui.

– É possível que esse homem tenha se mudado do norte para cá? – indagou Hornbeam.

– Acredito que ele nem sequer exista – respondeu Fishwick. – Ned Ludd deve ser um personagem mítico, do mesmo tipo que Robin Hood. Na minha opinião, essas atrocidades não estão sendo organizadas por nenhuma figura central. São só homens insatisfeitos imitando outros homens insatisfeitos.

– Tive a sorte de escapar desse tipo de problema até agora – declarou Rupe Underwood.

Ele estava na casa dos 40 anos, como Amos. Sua franja loura estava ficando grisalha, mas ele ainda tinha o hábito de jogar a cabeça de lado para tirar os cabelos da frente dos olhos.

Para Spade, era provável que ele continuasse livre do vandalismo. O processo de fabricação das fitas de seda era o mesmo dos tecidos de lã – fiação, tingimento e tecelagem –, mas essa era uma indústria especializada que empregava uma quantidade pequena de pessoas.

– Preciso perguntar uma coisa – continuou Rupe. – As fábricas que sofreram esses ataques estavam sendo vigiadas?

– Sim, todas – respondeu Fishwick.

– Então por que os vigias não se mostraram úteis?

– Os meus foram dominados e amarrados.

– Os meus jogaram os porretes no chão e saíram correndo – disse Hornbeam num tom de repulsa. – Contratei outros novos e os armei com pistolas, mas estou fechando a porteira depois de o cavalo já ter disparado.

Amos Barrowfield franziu o cenho.

– Preocupa-me o uso de armas de fogo. Se nossos vigias estiverem armados, os ludistas também podem se armar, e nesse caso haverá mortes. Eu aumentei a quantidade de vigias, mas mantive as mesmas armas, somente porretes.

A intervenção de Amos irritou Hornbeam.

– Se tivermos pudor de tomar medidas reativas, nunca vamos nos livrar dos malditos ludistas.

Fishwick se ofendeu.

– Entendo que estejamos todos com as emoções à flor da pele, mas em geral tentamos evitar o uso de linguajar indecoroso nas reuniões do conselho, conselheiro Hornbeam, o senhor me perdoe.

– Queiram me desculpar – disse Hornbeam de má vontade – Mas com certeza a maioria de nós já leu sobre o julgamento dos ludistas em York. Sessenta e quatro homens foram julgados por um tribunal superior especial. Dezessete foram enforcados e 24 deportados. E a destruição de máquinas cessou.

– Mas nós nunca pegamos os responsáveis em flagrante – contrapôs Fishwick.
– Eles sempre atacam à noite. Como usam capuzes com buracos no lugar dos olhos, não sabemos nem de que cor são seus cabelos. Eles obviamente estão familiarizados com as fábricas, pois trabalham muito depressa. Entram, fazem o estrago e tornam a sair antes de acionarem o alarme. Então desaparecem.

– Eles provavelmente saem correndo, percorrem uma curta distância, tiram os capuzes, depois voltam se fazendo passar por vizinhos prestativos e começam a jogar água no fogo – sugeriu Rupe.

Na opinião de Spade, era exatamente isso que eles faziam.

– Só um minuto – disse Hornbeam. – Esses problemas não foram nenhum obstáculo para as autoridades de York. Eles sabiam quem eram os arruaceiros e os condenaram, sem se preocupar com detalhes com os quais só um advogado se importaria, como, por exemplo, provas.

Spade sabia que era assim. Tinha lido sobre o julgamento nos jornais. Fora um caso muito controverso. Alguns dos acusados nada tinham a ver com os ludistas, e alguns contavam com álibis, mas mesmo assim foram condenados. Hornbeam obviamente queria o mesmo tipo de justiça em Kingsbridge.

– Nós sabemos quais operários de Kingsbridge perderam o ganha-pão por causa das novas máquinas – prosseguiu Hornbeam. – Tudo que precisamos fazer é uma lista.

– Como assim? E enforcar todos eles? – rebateu Amos.

– Poderíamos começar prendendo todos eles. Pelo menos assim teríamos certeza de que os ludistas teriam caído na rede.

– Além de umas duas centenas de homens que respeitam as leis.

– Não chegam a ser tantos.

– Quando foi que o senhor os contou, conselheiro Hornbeam?

Hornbeam não gostava de ser questionado.

– Está certo, Barrowfield, então me diga qual é o seu plano.

– Fazer mais pelos operários desempregados.

– Como o quê?

– Garantir que todos eles recebam o Auxílio aos Pobres... sem levantar objeções irrelevantes.

Aquilo era uma reprimenda direta a Hornbeam como supervisor dos pobres. Indignado, ele protestou:

– Eles recebem aquilo a que têm direito.

– E por isso quebram máquinas – argumentou Amos. – E talvez continuem quebrando, a menos que nós os ajudemos... independentemente daquilo a que possam ter direito segundo uma interpretação estrita das regras.

Spade parabenizou Amos em silêncio.

– Regras são regras! – afirmou Hornbeam.

– E homens são homens – rebateu Amos.

Hornbeam estava ficando irritado.

– Precisamos lhes ensinar uma lição! Alguns enforcamentos vão pôr um ponto-final no ludismo.

– Se nós deliberadamente enforcarmos inocentes, poderemos pôr fim ao vandalismo, mas seremos culpados de assassinato.

O rosto de Hornbeam estava vermelho.

– Nenhum deles é inocente!

Amos suspirou.

– Olhe aqui, se tratarmos os operários como nossos inimigos, eles vão se comportar como inimigos.

– O senhor está inventando desculpas para criminosos.

– Se fizermos o que o tribunal de York fez, os criminosos seremos nós.

Fishwick interveio:

– Cavalheiros, com sua licença. Não vamos inventar desculpas para criminosos nem vamos enforcar inocentes. Vamos reunir testemunhas e construir um caso contra pessoas verdadeiramente culpadas. Então, se viermos a enforcá-las, faremos isso com a bênção de Deus.

– Amém – disse Amos.

Hornbeam estava parado no meio da sala de tecelagem de sua fábrica número dois, ainda em funcionamento. Apesar de não ter sido atacada até então, ela era vulnerável porque usava teares a vapor, algo que parecia deixar os ludistas enfurecidos.

Hornbeam nunca havia lutado numa batalha, mas imaginava que o barulho devia ser bem parecido com o de uma sala repleta de teares a vapor. Ao longo de todo o dia, as máquinas chacoalhavam e davam pancadas tão altas que era impossível manter uma conversa. Os operários que manejavam os teares por alguns anos muitas vezes acabavam surdos.

A principal tarefa dos operários era procurar defeitos no tecido; os principais eram os alinhavos ou erros na inserção do fio da trama no urdume. Eles consertavam os fios que se partiam usando o pequeno e plano nó de tecelão e tinham que fazer isso depressa para minimizar a perda de produto. Outra tarefa importante era trocar a lançadeira a cada poucos minutos, pois o fio acabava muito depressa por conta do ritmo acelerado da máquina. Uma pessoa podia supervisionar de dois a três teares por vez.

Acidentes eram frequentes, porque os operários eram descuidados, na opinião de Hornbeam. Ele já tinha visto a manga frouxa da camisa de um homem prender numa correia que acabou lhe arrancando o braço na altura do ombro.

A lançadeira era a causa da maioria dos acidentes. Ela se movia muito depressa e passava por dentro da cala duas ou três vezes por segundo. Era feita de madeira, mas as pontas precisavam ser de metal para protegê-la de danos ao colidir com a estrutura do tear. Se o trabalhador operasse o tear rápido demais, a lançadeira se chocava contra a estrutura rápido demais e saía voando em alta velocidade, machucando qualquer um que estivesse no caminho.

Quando Phil Doye chegou, Hornbeam saiu da sala de tecelagem e foi encontrá-lo numa sala longe do barulho.

– Precisamos encontrar pelo menos um desses ludistas e processá-lo – declarou ele. – Vou lhe passar meia dúzia de nomes que, na minha opinião, podem nos dar informações.

Eram todas pessoas que deviam dinheiro a Hornbeam e não tinham como pagar, mas disso Doye não precisava saber.

– Está bem, Sr. Hornbeam – disse o xerife. – Que tipo de informação estou buscando?

– Evidentemente o nome dos ludistas, mas precisamos de mais que isso. Tente encontrar alguém que os tenha visto se aproximarem de uma das fábricas vandalizadas depois do anoitecer. Eles podem ter sido vistos pondo ou tirando os capuzes.

– Bem, posso tentar.

O tom de Doye era de ceticismo.

– Podemos oferecer uma discreta recompensa a qualquer um que nos ajude dessa forma – acrescentou Hornbeam. – Essas pessoas estarão se arriscando ao delatar homens violentos, de modo que precisam de um incentivo. Podemos pagar uma libra a qualquer um que deponha no julgamento. Mas é preciso guardar sigilo sobre esses pagamentos, caso contrário os operários vão insinuar que nossas testemunhas foram subornadas e que, portanto, seus depoimentos não são confiáveis.

– Entendi, conselheiro.

Num tom mais reflexivo, Hornbeam comentou:

– Continuo desconfiando de Jarge Box.

– Mas ele estava tocando os sinos.

– Descubra se alguém o viu andando pela cidade enquanto os sinos estavam tocando.

– Como seria possível isso acontecer?

– Ele pode ter sido substituído por outro sineiro. Como podemos saber?

– Ser sineiro é um ofício, conselheiro. É preciso aprender.

– O substituto pode ter sido um ex-sineiro já aposentado. Ou um sineiro de outra cidade. Fale com pessoas que conheçam os sineiros e possam ter escutado alguma coisa.

– Sim, conselheiro.

– Está certo – disse Hornbeam, como quem encerra o assunto. – É melhor começar logo. Quero que alguém seja considerado culpado. E quero que seja enforcado.

CAPÍTULO 35

Kit Clitheroe foi visitar a fábrica de Spade e lhe perguntou o que ele estava achando do tear de Jacquard.

– É bem impressionante – respondeu Spade. – Quem opera o tear é Sime Jackson, mas na realidade a máquina nem precisa de um tecelão. Uma vez programada, poderia ser operada por uma criança. A habilidade agora está na criação da padronagem e na fabricação dos cartões vazados.

– O senhor deveria encomendar outro – sugeriu Kit. – Isso dobraria sua produção.

Era esse o motivo daquela visita.

– É o que eu faria se ainda tivesse meus clientes na França – explicou Spade. – Paris tem várias lojinhas chamadas *marchands de modes*, que vendem vestidos, chapéus e todo tipo de acessório: rendas, lenços, fivelas e assim por diante. Esses estabelecimentos costumavam comprar quase metade da minha produção.

– Mas o senhor os substituiu por clientes no Báltico e nos Estados Unidos.

– Sim, graças a Deus. Mas esses clientes querem tecidos simples e resistentes. Assim que essa maldita guerra terminar eu comprarei outro tear de Jacquard seu.

– Virei bater na sua porta.

Kit se forçou a exibir uma expressão animada, mas estava decepcionado.

Spade, sempre sensível aos humores das pessoas, falou:

– Lamento desapontá-lo. Os negócios estão um pouco fracos no momento?

– Sim, um pouco. São os ludistas.

– Pensei que muitos fabricantes de tecidos fossem estar substituindo as máquinas destruídas.

– Não em tão pouco tempo. Eles não têm dinheiro para isso. Wally Watson não quer comprar outra máquina de cardar... ele voltou a usar cardadores manuais.

– Imagino que alguém que fique ostentando máquinas novas atraia uma nova visita dos ludistas.

– É exatamente esse o problema. – Kit se levantou. Mesmo com Spade, não queria parecer abatido. – Mas seguiremos na luta.

– Boa sorte.

Kit foi embora.

Tinha tentado esconder os próprios sentimentos, mas estava desmoralizado. Pela primeira vez desde que ele e Roger haviam aberto o negócio, não tinha nenhum trabalho em curso e nenhuma perspectiva em vista. Não sabia o que fazer. Estava relutante em gastar suas economias.

Era o final de um dia cinza de fevereiro, e, como não conseguiu reunir ânimo para fazer outra visita desesperada e tentar vender um tear, ele foi para casa. Entrou na oficina do térreo. O lugar cheirava a serragem e óleo de lubrificar máquinas, aroma que sempre lhe trazia uma sensação de bem-estar. Tudo estava perfeitamente limpo e arrumado: o chão varrido, cada ferramenta em seu devido lugar, a madeira empilhada nos fundos. Aquilo era tudo obra sua; Roger não era tão meticuloso em relação a essas coisas.

Ele subiu a escada até a parte residencial da casa, no andar de cima. Encontrou Roger jogado no sofá, encarando um fogo aceso com carvão. Deu-lhe um beijo na boca e se sentou ao seu lado.

– Pode me arrumar algum dinheiro? – pediu Roger. – Sei que ainda não está na hora, mas estou quebrado.

Isso acontecia com frequência. Todo mês Kit calculava os lucros, separava um pouco de dinheiro para emergências, depois dividia o resto por dois e dava metade para Roger; na maior parte das vezes, porém, a parte de Roger acabava antes do final do mês. Kit em geral lhe adiantava algum, mas os tempos agora eram outros.

– Não posso – respondeu. – Acho que não vamos ter nenhum lucro este mês.

– Por que não? – indagou Roger num tom petulante.

– Ninguém está comprando máquinas por causa dos ludistas.

Kit acariciou os cabelos louros de Roger. Espantou-se ao ver um fiozinho grisalho acima da orelha. Roger já tinha quase 40 anos; talvez aquilo não fosse tão surpreendente assim. Kit decidiu não comentar nada.

– Você vai ter que parar de jogar cartas por um tempo – falou. – Fique em casa comigo à noite. – Ele aproximou a boca do ouvido de Roger e baixou a voz. – Vou pensar em algo para você fazer.

Roger finalmente sorriu.

– *Danke schön* – disse ele. Estava ensinando alemão a Kit. – Talvez ser pobre seja divertido.

Mas Kit sentiu que ele estava deixando de dizer alguma coisa.

– Vamos tomar um cálice de vinho – sugeriu. – Talvez isso nos anime.

Ele se levantou e foi até o aparador. Sempre tinham à mão uma garrafa de vinho madeira. Kit serviu dois cálices e tornou a se sentar.

Fazia muito tempo que amava Roger. Quando menino, tinha alimentado uma espécie de adoração infantil por seu protetor mais velho. Então Roger partira rumo à Alemanha, e Kit deixara para trás aquela veneração ao seu herói. Quando ele reaparecera em sua vida, porém, vira-se dominado por sentimentos que o deixaram surpreso e assustado. Tinha reprimido esses pensamentos e tentado escondê-los.

Mas Roger havia percebido e ensinado a Kit os fatos da vida.

– Não é incomum homens amarem outros homens – tinha dito ele. Kit mal conseguira acreditar no que estava escutando. – Não dê ouvidos ao que as pessoas dizem. Isso acontece o tempo inteiro... principalmente em Oxford. – Roger tinha dado uma risadinha, em seguida voltara a ficar sério. – Eu amo você e quero me deitar ao seu lado, beijá-lo e tocar cada parte do seu corpo, e você quer a mesma coisa... eu sei que quer! Nem tente fingir que não.

Depois de superado o choque, Kit se descobrira imensamente feliz, e era feliz até hoje. Roger tinha momentos de infelicidade, como naquela noite. Kit estava pensando em como lhe perguntar qual era o problema quando batidas fortes soaram na porta da frente.

– Eu atendo – disse Kit.

Tinham uma governanta, mas seu horário já havia se encerrado. Ele desceu depressa a escada e abriu a porta.

A visita era Sport Culliver, com uma cartola vermelha na cabeça. Num tom abrupto, ele disse:

– Preciso falar com Roger.

– Boa noite para você também, Sport – retrucou Kit com sarcasmo.

– Vamos deixar as cortesias para lá.

Kit se virou e gritou:

– Está esperando Sport Culliver?

– É melhor deixá-lo entrar – respondeu Roger.

– Ele ficará encantado em vê-lo – disse Kit.

Fechou a porta e conduziu Sport escada acima.

Sem tirar a cartola, Sport se sentou antes que lhe oferecessem um lugar, escolhendo uma cadeira em frente a Roger.

– O tempo acabou – afirmou ele.

– Estou sem um tostão – retrucou Roger. – Por que está usando esse chapéu idiota?

– Ah, que Deus nos proteja – disse Kit. – Você andou apostando com dinheiro emprestado?

Roger fez uma cara envergonhada e não respondeu.

– Sim, ele andou, e deveria ter me pagado ontem – informou Sport.

Como Kit já desconfiava que Roger poderia não estar cumprindo a promessa, a revelação não foi um abalo tão grande quanto poderia ter sido. Evitou comentar qualquer coisa sobre a promessa naquele momento; Roger já estava arrasado o suficiente.

– Ah, Roger... – falou. – Quanto você está devendo?

Quem respondeu à pergunta foi Sport.

– Noventa e quatro libras, seis xelins e oito *pence*.

Isso sim deixou Kit abalado.

– Nós não temos esse dinheiro! – exclamou ele.

– Quanto vocês têm? – indagou Sport.

Kit estava a ponto de responder, mas Roger se manifestou primeiro.

– Não importa – disse ele. – Você vai receber seu dinheiro, Sport. Pagarei amanhã.

Kit teve certeza de que ele estava blefando.

Sport desconfiou da mesma coisa.

– Vou lhe dar até amanhã – declarou ele. – Mas, se deixar de pagar outra vez, vai precisar ter um encontro com Olho de Sapo e Touro.

– Quem são esses? – quis saber Kit.

Foi Roger quem respondeu:

– Trabalham para ele, expulsando bêbados e espancando homens que lhe devem dinheiro.

– De que adianta isso? – indagou Kit. – Se alguém não tem dinheiro, vai continuar sem dinheiro depois de ser espancado.

– Mas outras pessoas ficarão com medo de tentar me enrolar – argumentou Sport. Ele se levantou. – Encontre-me amanhã, ou então encontre Olho de Sapo e Touro depois de amanhã.

Ele se retirou. Kit desceu com ele até o térreo. O próprio Sport abriu a porta, saiu da casa e foi embora sem dizer nada. Kit fechou a porta e tornou a subir a escada.

Roger não conseguia olhar nos olhos dele, mas disse:

– Eu sinto muito. Muito mesmo. Decepcionei você.

Kit passou o braço em volta dele e falou:

– Deixe isso para lá. O que nós vamos fazer?

– Esse problema não é seu. Você não tem nada com isso, nunca apostou dinheiro.

– O que acha que eu vou fazer? Ficar esperando os sujeitos de nome esquisito virem aqui espancar você?

– Antes de eles chegarem eu já vou ter sumido. Preciso ir embora amanhã.

Kit se sentiu magoado. Como Roger podia falar em abandoná-lo?

– Mas para onde você iria? – perguntou. – O que iria fazer?

– Já pensei no assunto. Vou me alistar na Artilharia Real. Eles sempre precisam de gente boa em consertar coisas, especialmente canhões.

Kit não disse nada enquanto digeria a notícia. Roger no Exército! Era provável que o mandassem para a Espanha. Talvez ele nunca mais voltasse. Kit mal conseguiu suportar esse pensamento.

Mas o que poderia fazer? Não tinha como pagar a dívida, não era capaz de defender Roger – nem a si mesmo, aliás – contra os capangas contratados por Sport e não conseguia viver sem ele.

Por fim, acabou entendendo qual era a solução.

– Você está falando sério? – indagou. – Vai mesmo se alistar?

– Vou. É a única saída.

– Quando?

– Pegarei a diligência para Bristol amanhã. Ouvi dizer que tem um navio à espera lá para levar reforços até a Espanha.

– Mas já?!

– Tem que ser amanhã.

– Nesse caso, eu vou com você – disse Kit.

Sal e Jarge fecharam a casa de Kit. Jarge lubrificou as ferramentas e as guardou enroladas em tecidos oleados. Sal pôs as roupas de vestir e as roupas de cama dentro de sacos, que costurou com ramos de lavanda dentro para evitar traças. Os outros itens domésticos ela guardou em baús emprestados.

Estava com o bilhete de Kit enfiado na manga da roupa:

Minha mãe amada,

Tivemos que fugir. Roger está devendo dinheiro e não tem como pagar, e nosso negócio quebrou por causa dos ludistas. Quando você ler isto, já estarei longe de Kingsbridge. Vamos nos alistar na Artilharia Real.

Lamento muito lhe causar esse choque.

Por favor, mande todas as nossas coisas para a oficina de Roger em Badford. A chave segue com este bilhete.

Seu filho que a ama,

Kit

Sal estava aterrorizada e chorosa. Kit era seu único filho. Racionalmente, ela sabia que um homem de 28 anos não precisava morar perto da mãe, mas no fundo se sentia abandonada. E estava apavorada com o que poderia acontecer com ele na guerra. Kit tinha muitas qualidades e um talento notável, mas nunca fora um lutador. "Artilharia" significava canhões, então tanto Kit quanto Roger estariam no centro de qualquer campo de batalha, com soldados inimigos dando o melhor de si para matá-los. Se Kit morresse, ela ficaria com o coração em pedaços. Além disso, para piorar ainda mais as coisas, sempre iria achar que fora culpa de Jarge, porque ele havia causado a crise ao destruir as máquinas.

Enquanto eles estavam ocupados, dois homens apareceram. Um era baixo e tinha o pescoço grosso, o outro tinha os olhos saltados. Cada qual vinha trazendo na mão um porrete de carvalho de fabricação grosseira.

O dos olhos saltados perguntou:

– Onde está Roger Riddick?

Jarge se virou lentamente para encará-lo.

– Por que está atrás dele com um porrete na mão, Olho de Sapo?

Sal estava pronta para entrar numa briga, mas não era o que queria. Ela murmurou um provérbio:

– Lembre-se, Jarge: a resposta calma desvia a fúria.

– Se quer mesmo saber, Riddick está devendo dinheiro – respondeu Olho de Sapo.

– É mesmo? – retrucou Jarge. – Bom, aqui ele não está, e eu estou pensando seriamente em quebrar esse porrete na sua cabeça feiosa, então meu conselho é: dê o fora daqui enquanto ainda estou de bom humor. – Ele se virou para o segundo homem. – E o mesmo vale para você, Touro.

– E o dinheiro do Sr. Culliver? – perguntou Olho de Sapo. – Riddick deve a ele 94 libras, seis xelins e oito *pence*.

Sal ficou perplexa ao escutar a quantia. Era mais do que Kit tinha guardado. Indignada, falou:

– Se Sport Culliver deixou Roger Riddick fazer uma dívida grande assim, ele é ainda mais tolo do que eu pensava.

– Nós viemos pegar o dinheiro do Sr. Culliver.

– Bom, eu tenho uns seis *pence* aqui no bolso – disse Jarge. – Vocês podem tentar tirá-los de mim, se acharem que têm chance.

– Para onde Riddick foi?

– Conversar com o arcebispo de Canterbury sobre os males de apostar dinheiro.

Olho de Sapo pareceu não entender, então seu semblante se iluminou e ele declarou:

– Que baita piadista, hein?

Ele virou as costas para ir embora, e Touro foi atrás.

Quando os dois estavam a uma distância segura, Olho de Sapo gritou:

– Ainda voltaremos a nos ver, Jarge Box! Vamos ver se consegue ser engraçado pendurado na corda de uma forca.

Jarge foi julgado na sessão trimestral de março do tribunal, com Hornbeam ocupando a presidência dos juízes. Um júri fora reunido para decidir se ele deveria ser julgado pelo tribunal superior pelo delito capital de ter destruído máquinas.

Quem apresentou a acusação foi o xerife Doye. Nem sempre era assim que acontecia. Em geral, a acusação era feita pelas partes lesadas – nesse caso, Moses Crocket –, mas não havia uma regra fixa.

A primeira testemunha a depor foi Maisie Roberts, operária que morava numa das ruas na margem sul do rio onde Hornbeam tinha casas perto das fábricas. Ela era jovem e usava roupas esfarrapadas. Sal a conhecia de vista, mas nunca tinha falado com ela.

Maisie pareceu gostar de ser o centro das atenções. Sal pensou que sem dúvida ela seria capaz de prestar falso testemunho em troca de alguns *pence*.

Ela declarou ter visto Jarge andando em direção ao Moinho Crocket e reparado que os sinos estavam tocando ao mesmo tempo. Lembrava-se disso porque tinha ficado surpresa.

– Eu sabia que ele era sineiro, entende – falou.

Sal tinha estudado com Jarge as perguntas que ele deveria fazer às testemunhas. Ele não as havia anotado porque não sabia ler, mas estava acostumado a memorizar coisas importantes. Dirigiu-se a Maisie.

– A senhora se lembra se estava escuro nessa noite em que tocamos os sinos?

– Sim, estava escuro – concordou Maisie.

– Então como me reconheceu?

– O senhor estava carregando um lampião.

A resposta fora rápida, e Sal imaginou que alguém tivesse preparado Maisie para aquela pergunta.

– E a luz do lampião foi suficiente para a senhora me reconhecer – continuou Jarge.

– A luz e a sua altura – respondeu Maisie. Com um sorriso, acrescentou: – Não são muitos os que têm esse tamanho.

Ela tinha o raciocínio rápido.

Ouviu-se uma risadinha no tribunal, e Maisie fez uma cara satisfeita.

– O homem que a senhora viu e pensou ser eu lhe disse alguma coisa? – indagou Jarge.

– Não.

Ele parecia ter esquecido o que dizer em seguida.

– Pergunte quem é o senhorio dela – cochichou Sal.

Jarge fez o que ela sugeriu.

– Meu senhorio é o Sr. Hornbeam – respondeu Maisie.

– E quanto a senhora está devendo de aluguel?

– Estou com meu aluguel em dia.

Ela pareceu ainda mais satisfeita consigo mesma.

Sal tinha certeza de que Maisie fora subornada de alguma forma. Mas era difícil se indignar com isso; afinal de contas, Jarge era culpado.

A segunda testemunha foi Marie Dodds, viúva de Benny Dodds, que havia sido sineiro. Anos antes, Benny tinha se apaixonado por Sal, e, embora Sal nunca o tivesse incentivado, Marie passara a implicar com ela. Até hoje carregava essa mágoa.

Segundo Marie declarou, Benny tinha lhe contado que Sal às vezes tocava no lugar do marido. Isso era péssimo, pois iria invalidar o álibi de Jarge.

– Mas mulheres não conseguem tocar aqueles sinos… elas não têm força suficiente – disse Jarge a Marie.

– *Ela* tem – rebateu Marie. – É só olhar para ela – emendou com malícia, e a plateia riu.

O xerife Doye então surpreendeu Sal chamando-a para testemunhar.

Ela se viu diante de um dilema, e com apenas alguns segundos para resolvê-lo. Estava zangada com Jarge, furiosa até, por tê-la colocado naquela situação, mas de nada adiantava ficar remoendo isso. Iria prestar falso testemunho por ele? Além de ser crime, também era pecado. Poderia lhe causar sofrimento tanto neste mundo quanto no além-túmulo.

No entanto, se ela dissesse a verdade, Jarge provavelmente seria enforcado.

Ela prestou o juramento, e Doye então perguntou:

– Sra. Box, a senhora estava na sala das cordas com os sineiros durante o ensaio na noite à qual estamos nos referindo?

Não havia mal nenhum em reconhecer isso.

– Estava – respondeu ela.

– O tempo inteiro?

Alguém tinha instruído Doye quanto ao que dizer, concluiu Sal. Ele não seria tão esperto por conta própria.

– Sim – respondeu ela.

– E, durante esse tempo, seu marido Jarge Box saiu da sala?

Tinha chegado a hora, e Sal não hesitou.

– Não – mentiu ela. – Ele não saiu.

– A senhora já tocou um sino de igreja?

– Não.

As mentiras agora fluíam com facilidade.

– Acha que conseguiria?

– Não faço ideia.

– Sra. Box, a senhora cometeria o crime de prestar falso testemunho para salvar seu marido da forca?

A pergunta a pegou de surpresa. Ela acabara de cometer esse crime, é claro, mas não podia responder que sim, pois isso prejudicaria seu testemunho. Por outro lado, não sabia se um "não" seria uma boa resposta: isso a faria parecer insensível. Homens não apreciavam uma mulher insensível. E todos no júri eram homens.

Ela hesitou, mas tudo bem; tratava-se, afinal, de uma pergunta hipotética, então por que ela não teria dúvidas?

Acabou decidindo responder exatamente isso.

– Eu não sei – falou. – Nunca me pediram para fazer tal coisa.

Ao olhar para o rosto dos jurados, sentiu que tinha sido a resposta certa.

No final, Sal e Jarge conversaram rapidamente, e ele então se levantou para dizer o que os dois haviam combinado.

– Maisie Roberts provavelmente viu um sujeito alto caminhando pela rua escura enquanto os sinos estavam tocando. Não trocou nenhuma palavra com ele, então não pode dizer se a voz se parecia com a minha. Ela está enganada, só isso.

Isso era verdade, e o júri tinha que entender.

– Meu velho amigo Benny Dodds era dado a certos exageros, e talvez tenha dito à esposa que Sal Box parecia forte o suficiente para tocar um sino de igreja – continuou Jarge. – Benny morreu já tem seis anos, que Deus o tenha, então seria natural as lembranças da Sra. Dodds não serem tão precisas. E isso foi tudo que o júri escutou! Não se pode enforcar um homem com esse tipo de prova.

Ele deu um passo para trás.

Hornbeam tomou a palavra.

– Senhores jurados, Jarge Box é um tecelão que perdeu trabalho por causa dos teares a vapor, de modo que tem um motivo para praticar o ludismo. Ele alega que estava no ensaio dos sineiros, mas a Sra. Roberts tem certeza de que o viu na rua enquanto os sinos estavam sendo tocados. Ele diz que a esposa não é forte o suficiente para tocar os sinos em seu lugar, mas Benny Dodds, outro sineiro, afirmou que ela era e que o fazia.

Ele fez uma breve pausa antes de prosseguir:

– Lembrem-se, jurados, de que hoje não lhes cabe dizer se Jarge Box é ou não culpado. Os senhores estão aqui para decidir se há indícios suficientes contra ele para seu caso ser julgado pelo tribunal superior. Os indícios existem, mas foram postos em dúvida, e os senhores podem muito bem achar que a questão deve ser decidida por uma instância superior. Queiram tomar sua decisão.

Os doze homens confabularam, e, para a consternação de Sal, as cabeças logo começaram a assentir. Segundos depois, um deles se levantou e disse:

– Nós condenamos o acusado a ser julgado pelo tribunal superior.

CAPÍTULO 36

Kit Clitheroe nunca havia visto um deserto, mas tinha quase certeza de que aquilo dali era um. O chão era duro e poeirento, e o sol brilhava inclemente o dia inteiro. Sempre havia imaginado que um deserto fosse plano, mas nas últimas semanas tinha atravessado montanhas mais altas que quaisquer outras que já vira.

Ele e Roger se sentaram no chão para comer ensopado de carneiro com feijão enquanto o sol se punha sobre o rio Zadorra, no norte da Espanha. Todos diziam que a grande batalha iria acontecer no dia seguinte. Seria a primeira de Kit e talvez também a última. O medo o deixava tão tenso que ele tinha que se forçar a engolir a comida.

Era junho, e fazia dois meses que eles estavam na Espanha. Ao chegarem a Ciudad Rodrigo, tinham na mesma hora sido postos para trabalhar na manutenção dos canhões. As peças de artilharia haviam ficado armazenadas durante o inverno e precisavam ser aprontadas para o combate. O comandante da Artilharia Real ali era o tenente-coronel Alexander Dickson, que Kit passara rapidamente a respeitar por sua energia e inteligência. O próprio Kit já tinha sido gestor de fábrica e entendia a necessidade crucial de ordens claras que fizessem sentido para os soldados.

Os canhões eram feitos de bronze e montados em carretas de duas rodas de madeira reforçadas com ferro. Apesar de a Espanha não ter um clima úmido, o ferro ali enferrujava como em qualquer outro lugar. Kit e Roger supervisionavam enquanto homens limpavam, lubrificavam e testavam as peças de artilharia móvel, deixando-as prontas para a marcha. Os canhões britânicos pesavam seiscentos quilos; movê-los de um lugar para outro por estradas sem calçamento era sempre um desafio e com frequência um pesadelo. Eram necessários seis cavalos para puxar o conjunto de canhão e carreta.

Kit passava a maioria dos dias tão ocupado que esquecia a apreensão com o combate.

O exército avançava com centenas de veículos, a maioria deles carroças de suprimentos que também precisavam de manutenção, verificação e, muitas vezes, reparos ao final do inverno. Os bois e cavalos que os puxavam, felizmente, eram da alçada de outras pessoas. Kit nunca tinha tido um cavalo e detestava esses animais desde que o garanhão de olhar desvairado de Will Riddick havia lhe rachado o crânio quando ele tinha 6 anos.

Os novos recrutas eram treinados, aprendiam a atirar e precisavam fazer longas marchas usando o equipamento completo para endurecer os pés e ganhar resiliência. Os suprimentos chegavam de navio da Inglaterra: botas novas, uniformes recém-fabricados, mosquetes, munição e barracas. Era assim que o governo gastava o dinheiro arrecadado com todos os novos impostos cobrados no país.

A promoção viera depressa. As batalhas do ano anterior tinham privado o exército de Wellington de muitos oficiais. Kit e Roger logo subiram de posto, de modo a terem autoridade suficiente para supervisionar os trabalhos. Roger virou tenente. Já Kit, por causa dos anos em que havia servido na milícia, foi promovido a capitão.

Em Ciudad Rodrigo, os dois muitas vezes reconheciam soldados do 107º Regimento de Infantaria. Joe Hornbeam e Sandy Drummond haviam ambos sido promovidos a alferes, a patente mais baixa do oficialato.

Kit ficara espantado ao ver centenas de mulheres inglesas na cidade. Não tinha se dado conta de quantas esposas acompanhavam os maridos soldados. Soube que a prática era tolerada pelo Exército porque as mulheres se revelavam úteis. Nos campos de batalha, levavam comida, bebida e, às vezes, munição para os homens. Longe dos combates, faziam o de sempre: lavavam a roupa, cozinhavam e, à noite, deitavam-se com seus homens. Os oficiais acreditavam que a presença das mulheres tornava os soldados menos propensos a exagerar na bebida, discutir e brigar, além de não pegarem doenças com prostitutas.

Eles haviam encontrado Kenelm Mackintosh, agora capelão do 107º, e constatado que ele havia mudado muito: as vestes religiosas cobertas de poeira, o rosto com a barba por fazer, as mãos encardidas. Sua atitude agora também era outra. Ele sempre fora um homem presunçoso e distante, que tratava com superioridade operários de fábrica sem instrução, mas agora tinha perdido esse ar arrogante. Perguntou se eles estavam recebendo comida suficiente e se possuíam cobertores decentes para as noites frias. Na realidade, ele havia se transformado num sujeito razoavelmente agradável.

Em meados de maio, o exército de Wellington havia deixado Ciudad Rodrigo em direção ao norte. Por terem passado o inverno inteiro entediados, alguns homens estavam ansiosos para lutar. Kit simplesmente achava que sentir tédio era melhor que morrer.

O exército aliado tinha cerca de 120 mil soldados, como Roger ficou sabendo ao conversar com homens que trabalhavam no quartel-general. Os cinquenta mil britânicos formavam o maior contingente, reforçado por quarenta mil espanhóis e trinta mil portugueses. Havia também uma quantidade indeterminada de combatentes guerrilheiros da Resistência espanhola.

Calculava-se que o exército francês no norte da Espanha contasse com cerca de 130 mil homens. Eles não receberiam reforços. Dizia-se que mais da metade de todo o Exército Nacional francês fora perdida durante a catastrófica marcha de Bonaparte sobre Moscou. Assim, longe de aumentar seu contingente na Espanha, Bonaparte havia sacado seus melhores homens para as batalhas ainda em curso no nordeste europeu, ao passo que a força de Wellington tinha recebido um fluxo constante de homens e suprimentos ao longo de todo o inverno.

Bonaparte sempre pegava seu inimigo de surpresa, mas ele não estava na Espanha. O comandante ali era seu irmão José.

A marcha tinha sido árdua. O pescoço de Kit estava queimado de sol, e seus pés, cheios de bolhas. Embora de estatura baixa, ele não era um homem fraco, mas diariamente se via esgotado na hora em que o sol se punha e podia descansar. Era um alívio quando um eixo quebrava ou a roda de alguma carroça entortava e eles podiam parar por uma hora para fazer os consertos. Melhor ainda era um trecho de terreno macio ou arenoso no qual as rodas afundassem tanto que não conseguiam girar e era preciso passar uma tarde inteira construindo uma estrada temporária com tábuas para superar o obstáculo.

Kit achava consolo na ideia de que, por mais difícil que fosse a marcha, ainda era melhor que o combate.

Roger se mantinha em contato com amigos no quartel-general e ficava a par das informações que chegavam, boa parte trazida pelas guerrilhas espanholas. O rei José da Espanha, irmão de Bonaparte, tinha transferido a capital de Madri para Valladolid, cidade no centro-norte do país que oferecia uma posição privilegiada. O exército de Wellington estava marchando na direção nordeste, rumo à nova capital, mas o general também tinha despachado uma força lateral numa trajetória curva rumo ao norte, de modo a abordar os franceses a partir de um ângulo inesperado.

Em vez de resistir à manobra, os franceses inesperadamente recuaram. Os membros do quartel-general britânico ficaram se perguntando por quê. Segundo as informações de inteligência, o inimigo era menos numeroso que o esperado: cerca de sessenta mil homens. Talvez muitos estivessem nas montanhas combatendo os guerrilheiros. Seu recuo para o nordeste os havia levado mais para perto da fronteira com a França. Seria possível que eles fossem atravessar as montanhas e voltar para seu país natal? A possibilidade de os britânicos talvez vencerem sem lutar passou pela cabeça de Kit. Ele então disse a si mesmo que estava apenas se iludindo.

E estava mesmo. O rei José ocupou uma posição no vale do rio Zadorra, a oeste da cidade basca de Vitoria, e agora finalmente Kit teria que lutar.

Eles estavam numa vasta planície, com montanhas ao norte e ao sul, cânions estreitos a leste e oeste, e o rio que corria do nordeste para sudoeste. Os franceses estavam acampados na margem oposta desse leito diagonal. O exército de Wellington precisaria atravessar o Zadorra para atacar.

Kit estava apavorado.

– Como vai começar? – perguntou ele para Roger, ansioso.

– Eles vão formar uma linha na nossa frente, para nos impedir de avançar.

– E depois?

– Nós vamos atacar em colunas, provavelmente, na tentativa de abrir buracos na linha deles.

Aquilo fez sentido para Kit.

– Nosso problema é o rio – disse Roger. – Ao atravessar um rio, seja usando uma ponte ou um vau, um exército está em formação compacta e se movendo devagar, e, portanto, constitui um alvo fácil. Se o rei José tiver algum bom senso, vai posicionar um forte contingente em todos os pontos de travessia e torcer para nos arrasar justo quando estivermos mais vulneráveis.

– Nós podemos construir pontes improvisadas.

– É para isso que servem os engenheiros. Se o inimigo for ágil, no entanto, atacará enquanto estivermos tentando fazer isso.

Kit começou a pensar que não havia como um soldado se manter vivo. Alguns homens sobreviviam, disse a si mesmo. Ele só não conseguia imaginar como.

Teve um sono agitado nessa noite e acordou com o sol nascendo para supervisionar a atrelagem dos bois.

Cada carreta de canhão tinha dois veículos auxiliares, chamados de *caissons*, para transportar a munição. A fim de possibilitar um carregamento rápido, a munição era pré-separada: um saco de lona contendo a bala de canhão e a quantidade correta de pólvora. O exército britânico usava principalmente balas de ferro de três quilos com nove centímetros de diâmetro.

Os exércitos britânico, espanhol e português começaram a avançar às oito da manhã. *Em direção aos nossos túmulos*, pensou Kit.

Para surpresa geral, a maioria das pontes e vaus do rio não estava sendo defendida pelo inimigo. Os oficiais mal conseguiam acreditar na própria sorte.

– José não é Napoleão – comentou Roger.

Os artilheiros, entre eles Kit e Roger, atravessaram o rio com os canhões sem encontrar resistência e se aproximaram de um vilarejo chamado Arinez, que estava ocupado pelo inimigo. Permaneceram fora do raio de alcance dos tiros de mosquete, mas em pouco tempo a artilharia francesa começou a enxotá-los do povoado, situado no alto de uma encosta. Os soldados britânicos se esconderam atrás das carroças e começaram a empurrar os canhões mais depressa. Kit teve que prospectar o terreno e guiar as peças de artilharia para pontos relativamente planos, em que o coice do canhão não os fizesse rolar encosta abaixo. Ficou perigosamente exposto, mas conseguiu se obrigar a fazer aquilo.

Eram necessários cinco homens para disparar um canhão. Mirar era tarefa do chefe de peça, em geral um sargento, equipado com um quadrante e um nível de chumbo. Ao enxugador cabia a tarefa simples de limpar o interior do cano de bronze com um pano molhado preso à ponta de uma vara comprida, de modo a extinguir qualquer brasa que houvesse restado e impedir uma ignição prematura quando o canhão fosse recarregado. O carregador então inseria a bala no cano. O enxugador invertia a vara e usava a ponta seca para socar a bala bem para o fundo do cano, enquanto o quarto soldado, chamado municiador, tapava o ouvido do canhão com o polegar para impedir uma detonação acidental causada por uma faísca perdida. Uma vez que a bala estivesse firme no lugar, o municiador enfiava um graveto afiado no ouvido para furar o saco de pólvora, então despejava mais pólvora no orifício. Por fim, quando ficava convencido de que o canhão estivesse com o alvo na mira, o chefe de peça gritava "Fogo!", o quinto soldado encostava a ponta em brasa de seu pavio comprido no ouvido do canhão, e este disparava.

A peça de artilharia recuava uns dois metros a cada tiro. Qualquer um tolo o bastante para estar em seu caminho morria ou era mutilado.

Os soldados na mesma hora puxavam e empurravam o canhão de volta à posição, e o processo recomeçava do início.

Era preciso parar a cada dez ou doze tiros para resfriar o canhão com água. Se o bronze ficasse quente demais, a pólvora do saco explodiria assim que fosse socada dentro do cano, causando um disparo abortado.

Kit tinha sido informado de que uma guarnição eficiente conseguia disparar cerca de cem tiros ao longo de um dia de batalha.

Em pouco tempo, os canhões estavam disparando na velocidade máxima em que suas guarnições conseguiam recarregar. Todos trabalhavam no meio de uma densa névoa de fumaça por causa da pólvora negra usada como munição.

Kit percorria a linha de canhões de um lado para outro, solucionando problemas. Uma das guarnições conseguiu atear fogo num pano insuficientemente molhado; outra derramou água na pólvora; uma terceira perdeu metade dos seus homens para uma bala de canhão francesa. A tarefa de Kit era fazer as peças de artilharia voltarem a disparar com o mínimo de atraso possível. Ele se deu conta de que não estava mais com medo. Isso lhe pareceu muito estranho, mas ele não teve tempo para pensar no assunto.

O barulho e o calor eram avassaladores. Homens praguejavam ao se queimarem quando tocavam por acidente os canos das armas. Estavam todos sem escutar direito. Kit tinha reparado que, depois de muitos anos de serviço, artilheiros veteranos ficavam permanentemente surdos; agora sabia por quê.

Assim que eles esvaziavam um *caisson* de munição, este era mandado de volta ao pátio da artilharia para ser reabastecido. Enquanto isso, a guarnição usava o segundo *caisson*.

Era difícil ver que efeito eles estavam causando, já que as posições inimigas estavam envoltas na fumaça produzida por suas próprias peças de artilharia. Dizia-se que uma bala de canhão apontada para uma linha de infantaria matava três soldados. Se um estilhaço incandescente de um projétil atingisse uma caixa de pólvora, mataria muitos mais.

O fogo inimigo com certeza estava ferindo os artilheiros britânicos. Homens caíam, muitas vezes aos gritos. Canhões e suas carretas eram destruídos. As mulheres que acompanhavam as tropas arrastavam os feridos e mortos para longe. Num canto longínquo e quase inconsciente da mente de Kit, uma terrível lembrança surgiu: seu pai, esmagado pela carroça de Will Riddick, gritando a cada vez que tentavam movê-lo. Não teve como expulsar por completo o pensamento da mente, mas conseguiu ignorá-lo.

A infantaria aliada atacou Arinez pelo outro lado, e os canhões britânicos receberam a ordem de cessar fogo, para não correrem o risco de atingir os próprios homens.

Por fim, a artilharia francesa silenciou, e Kit imaginou que isso significasse uma vitória aliada na batalha pelo vilarejo. Não soube como nem por que isso tinha acontecido. Estava sobretudo estarrecido pelo modo como havia mergulhado por completo na tarefa que lhe cabia e esquecido o perigo que estava correndo. Concluiu que não fora corajoso; apenas ficara ocupado demais para pensar no assunto.

A fumaça ainda não tinha se dissipado por completo quando veio a ordem de avançar outra vez. Os cavalos e bois foram trazidos para a dianteira. Enquanto os animais eram atrelados, um grupo de oficiais passou a cavalo, liderado por um homem alto e esbelto trajando um empoeirado uniforme de general. Alguém falou:

– É o Velho Narigão!

Devia ser Wellington, refletiu Kit. Seu nariz era de fato grande, com um leve gancho na ponta.

– Avante! – gritou ele com urgência.

Um coronel que estava por perto indagou:

– Em colunas ou em linhas, general?

Wellington respondeu com impaciência:

– Não importa como, mas, pelo amor de Deus, avancem!

Então seguiu seu caminho.

Eles avançaram pouco mais de um quilômetro e meio com os canhões e então, não muito longe de um vilarejo que alguém disse se chamar Gomecha, toparam com uma imensa bateria francesa. Enquanto se posicionavam, mais peças de artilharia foram trazidas para se juntar a eles. Kit calculou que devesse haver uns setenta canhões de cada lado. A fumaça era tanta que os sargentos não conseguiam enxergar os alvos e precisavam mirar por instinto. As peças de artilharia aliadas estavam agora próximas demais umas das outras, e as balas dos canhões franceses acertavam seus alvos mesmo com a fumaça.

Uma carroça que trazia carregamentos de munição colidiu com um canhão e danificou a carreta da peça. Kit viu que as rodas e o eixo estavam intactos e estava consertando as traves com madeira quando uma bala acertou em cheio outro canhão próximo, atingindo a munição. Kit foi derrubado pela explosão, e o mundo silenciou. Ficou deitado, atordoado, nem soube por quanto tempo. Seu pescoço doía. Tocou algo pegajoso, e sua mão ficou vermelha de sangue.

Ele retomou o conserto das traves. Sua audição foi voltando aos poucos.

A infantaria aliada avançou. Os canhões disparavam por cima da cabeça dos soldados na esperança de incapacitar a artilharia francesa, mas, apesar dos seus esforços, Kit viu muitos soldados de infantaria caírem. Seus companheiros sobreviventes simplesmente continuavam a correr, direto para a boca dos canhões inimigos. Na véspera, Kit teria ficado maravilhado com tanta coragem. Nesse dia ele entendeu: aqueles soldados não estavam mais ligando para nada, assim como ele.

Então os canhões franceses silenciaram.

A artilharia aliada tornou a avançar, mas, dessa vez, não conseguiu alcançar a própria infantaria. Quando a fumaça se dissipou, Kit viu que as forças aliadas estavam espalhadas por toda a extensão da planície, numa linha que devia ter uns três quilômetros de comprimento. A linha estava avançando, e a resistência parecia estar enfraquecendo. Os artilheiros foram instruídos a cessar fogo e aguardar novas ordens.

De repente, Kit se deu conta de que estava inteiramente exausto e se deitou no chão. Ficar parado era o maior dos luxos que já tivera. Ele rolou de costas e fechou os olhos por causa do sol.

Depois de algum tempo, uma voz perguntou:

– Ah, meu Deus, Kit. Você morreu?

Era Roger. Kit abriu os olhos.

– Ainda não.

Ele se levantou e os dois se abraçaram. Ficaram alguns instantes assim, então deram alguns tapinhas nas costas do outro num cumprimento másculo, só para preservar as aparências.

Roger deu um passo para trás, olhou para Kit e riu.

– O que foi? – perguntou Kit.

– Você não tem ideia da sua aparência. O rosto preto de fumaça, o uniforme todo sujo de sangue e uma das pernas da sua calça parece ter sumido.

Kit baixou os olhos.

– Como será que isso aconteceu?

Roger tornou a rir.

– Você deve ter tido um dia e tanto.

– Tive mesmo – disse Kit. – Nós vencemos?

– Ah, sim – respondeu Roger. – Nós vencemos.

O caso de Jarge Box foi julgado na sessão de verão do tribunal superior. Sal estava ao seu lado na sala do conselho do Salão da Guilda. Quando o juiz entrou, ficou consternada ao constatar que era o mesmo abutre de nariz aquilino responsável por mandar enforcar Tommy Pidgeon oito anos antes. Quase perdeu as esperanças ali mesmo.

Se Tommy estivesse vivo, seria agora um rapaz, refletiu ela com tristeza. Poderia ter se tornado um cidadão decente se tivesse tido uma chance. Só que esse lhe fora negado.

Ela rezou para que, nesse dia, Jarge tivesse a sua.

Enquanto o júri prestava juramento, ficou olhando para o rosto dos jurados – rostos bem nutridos, seguros e prepotentes – e se deu conta de que eram todos patrões da indústria têxtil. Sem dúvida Hornbeam tinha pressionado o xerife Doye para garantir aquele arranjo. Aquelas eram as pessoas que mais tinham a temer com o ludismo, as que estariam mais dispostas a transformar alguém em exemplo, qualquer um, na esperança de assustar os ludistas e obrigá-los a desistir.

Então viu que Doye tinha cometido um erro. Um dos jurados era Isaac Marsh. A filha dele era casada com Howard Hornbeam, e Doye decerto imaginara que Marsh fosse se mostrar linha-dura. No entanto, ele era tingidor, um ramo da indústria têxtil que ainda não fora mecanizado, e, portanto, tinha menos motivos para condenar Jarge. Ainda por cima, ele era metodista e talvez hesitasse em condenar um homem à morte.

Era um tênue raio de esperança.

Os depoimentos da sessão trimestral foram repetidos. Maisie Roberts alegou ter visto Jarge na rua enquanto os sinos estavam tocando, e Marie Dodds afirmou que Sal poderia ter tocado os sinos, mas Sal jurou que Jarge não havia saído da sala das cordas enquanto os sinos estavam tocando, cometendo perjúrio pela segunda vez.

Ao fazer um resumo do caso, o juiz nem sequer fingiu imparcialidade. Disse ao júri que eles precisavam contrapor as evidências fornecidas por duas pessoas, a Sra. Roberts e a Sra. Dodds, que não tinham motivo algum para mentir, ao testemunho de uma única pessoa, a Sra. Box, que poderia estar mentindo para salvar a vida do marido.

Os jurados, únicas pessoas sentadas além do juiz, começaram a deliberar, mas passaram um tempo tentando chegar a uma conclusão. Logo ficou evidente que onze deles concordavam e havia um dissidente: Isaac Marsh. Ele não estava dizendo muita coisa, mas, quando os outros falavam, às vezes balançava a cabeça em negativa, com um ar solene.

Sal ficou mais esperançosa. O veredito do júri tinha que ser unânime. Se isso não fosse possível, em teoria haveria um novo julgamento. Na prática, segundo ela ouvira falar, o júri às vezes tentava chegar a um meio-termo, como, por exemplo, considerar o acusado culpado de um crime menor.

Depois de algum tempo, todos os jurados começaram a aquiescer e se recostar na cadeira, como se tivessem tomado uma decisão.

Um deles então se levantou e anunciou que eles haviam chegado a um veredito unânime.

– Culpado, excelência, com a recomendação mais forte possível de clemência.

O juiz agradeceu ao homem, depois estendeu a mão para pegar algo debaixo da mesa. Sal entendeu na hora que ele estava prestes a pôr na cabeça a boina preta e condenar Jarge à morte a despeito da recomendação do júri.

– Não – murmurou ela. – Por favor, Deus, não.

As mãos dele, segurando a boina, surgiram acima do tampo da mesa à sua frente, e foi então que Amos Barrowfield deu um passo à frente e disse, em voz alta e bem nítida:

– Excelência, o 107º Regimento de Infantaria de Kingsbridge está combatendo os franceses na Espanha.

O juiz pareceu irritado. Uma intervenção desse tipo no estágio da sentença era raro, embora já tivesse acontecido.

– O que isso tem a ver com este julgamento? – perguntou ele.

– Muitos homens de Kingsbridge morreram pela causa, e o regimento precisa de recrutas. Creio que o senhor tenha o poder de mandar um homem para o Exército como alternativa à pena de morte. Então caberá a Deus decidir se ele vai viver ou morrer. Peço-lhe encarecidamente que tome essa decisão em relação a Jarge Box, não por compaixão, mas porque ele é um homem forte e daria um excelente soldado. Obrigado por ter me permitido falar.

Ele recuou.

Amos tinha falado num tom sem qualquer emoção, como se não se importasse pessoalmente com Jarge e quisesse apenas ajudar o Exército. Sal sabia que isso era uma fachada: Amos havia adotado a estratégia mais provável de convencer o juiz, homem sobre o qual a compaixão pelo visto não surtia muito efeito.

Mas será que daria certo? O juiz hesitou e continuou sentado com a boina preta entre as mãos. Sal arquejava. O recinto estava em silêncio.

Por fim, o juiz declarou:

– Eu o condeno a entrar para o 107º Regimento de Infantaria.

Sal se sentiu fraca de tanto alívio.

– Se o senhor lutar corajosamente pelo seu país, talvez comece a se redimir dos seus crimes – emendou o juiz.

– Não diga nada – murmurou Sal para Jarge.

Jarge permaneceu calado.

– Próximo caso – disse o juiz.

CAPÍTULO 37

Depois da batalha de Vitoria, tudo começou a dar errado para Napoleão Bonaparte.

A batalha de Leipzig foi a maior já travada na Europa até então. Ocorrida em outubro, envolveu mais de meio milhão de homens, e Bonaparte perdeu. Enquanto isso, o exército de Wellington atravessou os Pireneus e invadiu a França pelo sul.

Bonaparte voltou para Paris, mas os exércitos que o haviam derrotado em Leipzig o perseguiram. Em março de 1814, os aliados, liderados pelo czar russo e pelo rei da Prússia, fizeram uma entrada triunfal em Paris.

Poucos dias depois, Amos leu a seguinte manchete na *Gazeta de Kingsbridge*:

BONAPARTE ABDICA!

Seria verdade?

A matéria prosseguia assim:

Este acontecimento foi confirmado oficialmente pelos despachos do general Sir Charles Stewart. O tirano derrotado renunciou e aceitou ficar preso na Ilha de Elba, local insignificante situado no litoral da Toscana.

– Graças a Deus – disse Amos.

A guerra havia chegado ao fim.

Houve comemorações nas ruas de Kingsbridge nessa noite. Homens que nunca tinham servido em nenhum exército ergueram seus canecos e compartilharam a glória. Mulheres quiseram saber quando seus maridos e filhos voltariam para casa, mas ninguém teve respostas para elas. Meninos pequenos fabricaram espadas de madeira e juraram lutar na guerra seguinte. Menininhas sonharam em desposar um valente soldado de casaco vermelho.

Wellington virou duque.

Amos foi até a casa de Jane levando um presente para o filho: um globo terrestre giratório. Passou uma hora explicando a Hal como aquilo funcionava; o menino era muito curioso em relação a esse tipo de coisa. Amos lhe mostrou os lugares onde o exército da Grã-Bretanha e seus aliados tinham enfrentado as forças de Napoleão.

Então foi se sentar na sala de estar do primeiro andar da Mansão Willard e ficou admirando a catedral enquanto Jane lia para ele uma carta do marido.

Querida esposa,

Estou em Paris, e a paz finalmente chegou. O 107º Regimento de Infantaria se destacou até o último minuto: tivemos uma vitória acachapante em Toulouse. (Na realidade isso ocorreu alguns dias depois de Bonaparte reconhecer a derrota, mas a notícia só chegou para nós após a batalha.)

O regimento lutou uma boa guerra. Perdemos relativamente poucos homens nas últimas batalhas. Entre os oficiais, o único a morrer foi o alferes Sandy Drummond, filho do comerciante de vinhos. O capelão Kenelm Mackintosh levou um tiro no traseiro... que terrível constrangimento para um religioso! O cirurgião retirou a bala, lavou o ferimento com gim e fez um curativo, e o capelão parece estar bem, apesar de mancar um pouco. O alferes Joe Hornbeam, apesar da pouca idade, revelou-se um soldado bastante bom. Pode informar ao intimidador conselheiro que seu neto continua vivo.

Os dois homens de Kingsbridge que se juntaram aos artilheiros se revelaram úteis em Vitoria, em especial Kit Clitheroe, que eu já sabia ser um bom oficial desde o período em que ele serviu na milícia. Eu o tirei da artilharia para ser meu ajudante de ordens.

O regimento agora está indo para Bruxelas.

– Bruxelas? – questionou Amos. – Por que Bruxelas?

– Escute – disse Jane, e retomou a leitura.

Os homens importantes das nações vitoriosas vão se reunir em Viena, onde vão dividir a Europa e tentar garantir que nunca mais tenhamos uma guerra tão longa e terrível quanto essa. Uma das questões que eles terão que resolver é o que fazer em relação aos Países Baixos. Bonaparte abriu mão do território conquistado lá... mas a quem pertence agora? Enquanto em Viena se discute a resposta para essa pergunta, alguém precisa governar em Bruxelas, e, segundo os boatos, quem ficará no controle dos Países Baixos até uma decisão ser tomada será uma coalizão formada por um exército britânico e outro prussiano.

E o 107º Regimento de Infantaria fará parte da força britânica.

– Ou seja: nenhum dos homens de Kingsbridge vai voltar para casa – observou Amos. – Vai haver muita gente decepcionada por aqui.

– Bom, eu não serei uma delas. Para mim faz pouca diferença Henry estar aqui ou a milhares de quilômetros de distância.

Amos desejou que ela não reclamasse tanto de como era infeliz com o marido. Não havia nada que alguém pudesse fazer em relação a isso. Mas não comentou nada. Queria manter boas relações com ela de modo a poder conviver com Hal.

– Leia o resto para mim – pediu ele.

Em agosto de 1814, o regimento estava acampado num prado nos arredores de Bruxelas. A transferência de Kit da Artilharia Real para o 107º Regimento de Infantaria para ser ajudante de ordens do conde de Shiring era uma honra, mas, se houvesse tido oportunidade, ele teria recusado, porque isso o separava de Roger, que continuara com os artilheiros. Não fazia ideia de onde Roger estava agora, o que o deixava preocupado.

Sob outros aspectos, estava feliz. Ganhava dez xelins brutos por dia. Um soldado regular recebia oito *pence* diários. Seu trabalho era levar recados e resolver pendências para o conde, mas, em tempos de paz, havia pouco a fazer, e ele passava o tempo livre aprimorando seu alemão.

Tinha ficado amigo de um oficial de baixa patente da Legião Alemã do Rei, unidade do Exército britânico que contava com cerca de 14 mil homens e cuja base ficava em Bexhill-on-Sea. O principal motivo dessa peculiaridade era o fato de o rei Jorge III da Inglaterra ser também soberano do estado alemão de Hanover. Havia um batalhão de alemães acampado na campina ao lado, e Kit e o amigo davam aulas de idiomas um ao outro.

Ele fizera os soldados do 107º Regimento de Infantaria armarem suas barracas em fileiras organizadas e escavar latrinas no entorno do prado. Havia multas para quem urinasse no lugar errado. Tinha aprendido no Moinho Barrowfield que era preciso reforçar o cumprimento até mesmo das regras que beneficiavam a todos.

O capelão Mackintosh, assim como os oficiais, tinha uma pequena barraca reservada. Kit foi visitá-lo e o encontrou deitado em cima de um colchão fino, todo enrolado em cobertas. Seus cabelos louros estavam úmidos. Kit se ajoelhou ao seu lado e tocou-lhe a testa para medir a temperatura: ele estava com febre.

– Sr. Mackintosh, o senhor não está bem – falou.

– Acho que estou resfriado. Vou melhorar.

– Deixe-me ver seu traseiro. – Sem esperar autorização, ele puxou as cobertas para longe e abaixou o cós da calça de Mackintosh. A ferida estava purulenta, com a pele ao redor toda vermelha. – Não está com uma cara nada boa – comentou, endireitando as roupas do capelão e as cobertas à sua volta.

– Eu vou ficar bem – disse Mackintosh.

Sobre uma caixa de munição vazia estavam pousadas uma jarra e uma caneca. Kit serviu um pouco de água e passou para Mackintosh, que bebeu avidamente. Como a jarra estava quase vazia, ele a pegou e disse:

– Vou buscar mais água para o senhor.

– Obrigado.

Numa das extremidades do prado corria um regato cristalino, parte dos motivos que tinham levado aquele local a ser escolhido para o acampamento. Kit encheu a jarra e voltou. Ao entrar novamente na barraca, já tinha tomado uma decisão quanto ao que fazer.

– Não acho que o senhor devesse estar dormindo no chão – declarou. – Vou providenciar para que seja posto num lugar mais confortável até se recuperar.

– Meu lugar é aqui com os homens.

– Vamos deixar o coronel tomar essa decisão.

Fazia parte das atribuições de Kit se certificar de que o coronel ficasse a par de todos os acontecimentos importantes no regimento, e ele lhe contou sobre o estado de saúde do capelão.

– A ferida não cicatrizou direito – relatou. – Ele está febril.

– O que acha que devemos fazer?

O conde sabia que, quando Kit lhe trazia um problema, em geral já tinha uma solução para sugerir.

– Deveríamos colocá-lo numa hospedaria decente em Bruxelas. Talvez tudo de que ele precise seja um lugar aquecido, um leito macio e descanso.

– Ele tem como pagar?

– Duvido. – Capelães recebiam um soldo menor que o dos oficiais. – Vou escrever para a esposa dele na Inglaterra pedindo dinheiro.

– Está bem.

– Preciso ir à cidade amanhã buscar novos recrutas recém-chegados. Verei se consigo encontrar uma boa hospedaria enquanto estiver lá.

– É um bom plano. Eu pagarei a conta até o dinheiro chegar da Inglaterra.

Kit já esperava que o conde fosse tomar essa iniciativa.

– Obrigado, coronel.

Na manhã seguinte, bem cedo, Kit foi até o estábulo onde eram mantidos alguns cavalos para serem usados pelos oficiais. Escolheu uma égua já de certa idade. Tinha se acostumado com os cavalos no Exército e agora montava sem pensar, mas ainda preferia um animal lento e preguiçoso.

Levou consigo um jovem alferes que falava um pouco de francês. O rapaz escolheu um cavalo de peito largo.

Os dois entraram em Bruxelas montados. Ignorando o centro da cidade imponente e luxuoso, foram procurar hospedarias nas estreitas ruas laterais movimentadas. Algumas eram tão sujas que Kit as rejeitou em segundos. Acabou encontrando um estabelecimento limpo de propriedade de uma viúva italiana chamada Ana Bianco. Ela lhe pareceu uma pessoa gentil, que talvez pudesse acolher e cuidar de um doente, e um aroma de dar água na boca saía de sua cozinha. Ofereceu-lhe um quarto espaçoso com janelas grandes no primeiro andar. Kit pagou duas semanas adiantado e disse que o hóspede chegaria no dia seguinte.

Mackintosh precisaria ser levado até lá de carroça. Não podia se sentar no lombo de um cavalo com aquele ferimento.

Kit e o oficial foram então até uma taberna chamada Hôtel des Halles, que ficava na margem leste do canal que vinha da Antuérpia. Ele viu uma barcaça grande puxada a cavalo atracada bem em frente à taberna e calculou que os recrutas já deviam ter chegado. No pátio da taberna havia cerca de cem homens e um punhado de mulheres, e o grupo era liderado por um sargento inglês.

– Cento e três homens, capitão – informou o sargento a Kit. – Além de seis vivandeiras, as mulheres que seguem nosso acampamento.

A barcaça devia ter percorrido o canal lotada, calculou Kit. O sargento provavelmente havia recebido dinheiro para duas embarcações, amontoado os recrutas em uma e embolsado a diferença.

– Obrigado, sargento. Quando foi a última vez que eles comeram?

– Fizeram um bom desjejum assim que o dia raiou, capitão. Pão, queijo e cerveja fraca.

– Isso deve fazê-los aguentar mais um pouco.

– Facilmente, capitão.

– Certo. Organize-os de cinco em cinco e eu os farei marchar até o acampamento.

– Sim, capitão.

Kit ficou avaliando os recrutas enquanto o sargento os organizava. Estavam todos com o uniforme sujo por causa da viagem. Tirando alguns jovens mais ávidos, formavam um grupo carrancudo, provavelmente arrependido do impulso que os tinha feito se alistar voluntariamente. No entanto, a maioria parecia saudável. Eles seriam submetidos a treinamentos e marchas para mantê-los de prontidão, mas não teriam que lutar. A guerra havia acabado.

Seu olhar foi atraído pelas costas de um homem alto, de ombros largos, e ele pensou que um soldado assim teria sido muito útil para manobrar os canhões durante os combates. Tinha os cabelos claros, compridos e embaraçados, e lhe pareceu vagamente familiar. Quando o homem se virou, Kit levou um susto ao reconhecer Jarge Box.

O que ele estava fazendo ali? Talvez tivesse perdido a esperança de arrumar trabalho e se alistado no Exército como último recurso. Ou então, mais provavelmente, fora condenado por um crime grave – do qual poderia muito bem ser culpado – e sentenciado a entrar para o Exército.

Apesar de a sua relação com o padrasto ter sido atribulada, Kit ficou feliz em vê-lo. Quando se aproximou, o semblante de Jarge, que antes exibia a expressão de alguém suportando bravamente as agruras de uma viagem longa e desconfortável, se abriu num sorriso.

– Ora, vejam só – disse ele. – Estava me perguntando se iria topar com você.

Kit apertou energicamente a sua mão.

– Chegou na hora certa – falou. – Os combates acabaram.

Então olhou por cima do ombro de Jarge e viu sua mãe.

Começou a chorar.

Foi até ela e os dois se abraçaram. Não conseguiu encontrar nada para dizer. Foi inteiramente dominado por uma onda de felicidade e amor.

Depois de algum tempo, Sal deu um passo para trás e olhou o filho de cima a baixo.

– Minha nossa! – exclamou. – Tão bronzeado, tão magro, mas ao mesmo tempo tão másculo. – Tocou-lhe o pescoço logo abaixo da orelha. – E com uma cicatriz.

– Uma lembrança da Espanha. A senhora parece bem, mãe. – Sal já estava com 40 e poucos anos, mas tinha o mesmo aspecto saudável e forte de sempre. – Como foi a viagem?

– A barcaça estava superlotada. Mas o importante é que saímos dela.

– Já comeram?

– Um desjejum minguado.

– Vai ter almoço no acampamento.

– Mal posso esperar.

– Nesse caso é melhor irmos andando.

Ele recuou e deixou o sargento continuar a organizar os recrutas numa formação capaz de marchar.

Quando todos ficaram prontos, Kit montou sua égua para instruí-los. Elevando a voz para aumentar seu alcance, ele disse:

– Estar no Exército é bem fácil. Se fizerem o que eu lhes disser para fazer, quando eu disser e fizerem bem-feito, tudo correrá bem para vocês. – Um burburinho discreto assinalou que todos concordavam com aquilo: era justo. – Se me aborrecerem, tornarei sua vida tão infeliz que vocês desejarão estar mortos.

Isso fez o grupo rir, embora com certo nervosismo subjacente.

A verdade era que Kit nunca tornava a vida de ninguém infeliz. No entanto, a ameaça era eficaz.

Por fim, ele falou:

– Ao meu comando... marchem.

Virou a égua e a cutucou com os calcanhares para fazê-la avançar, e os recrutas foram atrás.

Era o meio da manhã quando Elsie recebeu a carta de Kit Clitheroe. Ainda se lembrava do menininho inteligente da escola dominical. Então Kit era agora capitão no 107º Regimento de Infantaria e estava baseado em Bruxelas.

Se Kit e a mãe tivessem permanecido em seu povoado, ainda seriam ambos trabalhadores agrícolas pobres que nunca teriam viajado para lugar nenhum fora de Kingsbridge. Sua vida fora completamente transformada pela industrialização e pela guerra.

Ela leu a carta de Kit várias vezes. Pareceu-lhe que Kenelm estava gravemente enfermo. Ela passou a manhã inteira remoendo aquilo, então levou a carta consigo na hora do almoço e a mostrou para a mãe e para Spade.

Arabella concordou com a filha que aquilo parecia ruim.

– A infecção já tinha que ter sarado – comentou ela. – Queria que ele estivesse aqui para podermos cuidar dele, mas a viagem só o faria piorar.

– Foi uma gentileza do conde pagar a hospedaria, e vou mandar dinheiro agora mesmo – disse Elsie. – Ainda tenho a maior parte da minha herança do pai.

Mesmo assim, Arabella ainda parecia preocupada.

– Não consigo pensar no que mais poderíamos fazer pelo pobre Kenelm.

Era a questão que havia passado a manhã inteira atormentando Elsie, mas ela já tinha encontrado uma solução.

– Preciso ir para Bruxelas cuidar dele – disse ela.

– Ah, Elsie, não! – exclamou Arabella. – É uma viagem tão perigosa...

– Não é, não – rebateu Elsie. – Vou de diligência até Folkestone, em seguida faço uma curta travessia por mar, depois pego um barco para ir pelo canal até Bruxelas.

– Qualquer viagem por mar é perigosa.
– Mas esta é menos que a maioria.
– Quanto tempo você pretende passar lá?
– Até Kenelm melhorar.
– Nós podemos cuidar das crianças, é lógico... não podemos, David?
– Será um prazer.
Os cinco filhos de Elsie tinham entre 8 e 17 anos agora.
– Não será preciso – disse ela. – As crianças podem ir comigo. Vou alugar uma casa lá. Vai ser bom para elas. Vão aprender francês.
– Viajar vai expandir seus horizontes – comentou Spade. – Eu aprovo.
Mas Arabella continuava se opondo ao plano da filha.
– E a escola dominical?
– Lydia Mallet pode se encarregar de tudo na minha ausência. Amos vai auxiliá-la.
– Mesmo assim...
– Preciso ajudar Kenelm. Casei-me com ele e lhe devo isso.
Arabella passou um bom tempo pensativa, então cedeu.
– Sim – falou, com relutância. – Imagino que deva mesmo.

Jane leu na *The Lady's Magazine* uma matéria extensa que despertou sua imaginação e mostrou o texto para Amos. Segundo a revista, Bruxelas era o novo destino predileto do círculo dos elegantes. Pessoas que durante anos haviam se reunido em Bath – em teoria, para se tratar na estação de águas, mas, na realidade, para dançar, fofocar e exibir suas mais belas roupas – estavam agora fazendo essas mesmas coisas em Bruxelas. Almoços festivos, piqueniques, caçadas e peças de teatro eram algumas das atividades apreciadas pelos expatriados. A cidade vivia repleta de oficiais galantes trajando uniformes esplêndidos. A ousada valsa, com seu contato escandalosamente íntimo, era dançada em qualquer oportunidade. Amizades valiosas podiam ser travadas entre pessoas que normalmente não se encontrariam em Londres, comentário que a Amos pareceu uma alusão indireta ao adultério. Os visitantes ingleses aristocratas eram numerosos, e a líder da sociedade bruxelense era a duquesa de Richmond.

Amos sentiu uma leve repulsa.

– Socialites de cabeça oca rodopiando numa dança obscena – comentou, ranzinza. Mas então outra ideia lhe ocorreu. – Se bem que todos vão querer comprar roupas novas...

– Aah! – disse Jane, triunfante. – Agora você mudou de tom.

Amos estava imaginando que haveria uma demanda crescente por fazendas de luxo. Isso poderia ser útil, uma vez que a demanda por uniformes militares, responsável pelo grosso de seu negócio, agora iria despencar. Ele precisava entrar em contato com compradores nos Países Baixos.

– Pode ser que eu vá para Bruxelas – disse Jane.

– Você também? – sobressaltou-se Amos.

– Como assim?

– Elsie está indo para lá cuidar de Kenelm. Ele foi ferido. Lydia vai assumir a escola dominical, e eu vou ajudá-la.

– Você é capaz de qualquer coisa por Elsie.

Amos não entendeu o comentário.

– Como assim?

– Você é um homem raro, Amos Barrowfield.

– Não faço ideia do que você está falando.

– De fato não.

Amos não tinha paciência para conversas enigmáticas.

– Enfim… quem vai cuidar de Hal enquanto você estiver fora?

– Vou levá-lo comigo.

– Ah. – Isso queria dizer que Amos ficaria sem ver o menino. – Por quanto tempo?

– Não sei. Pelo menos enquanto Henry estiver lá… no mínimo.

– Entendi.

– Mal posso esperar. Parece exatamente o tipo de vida que eu sempre quis mas que Henry nunca me deu… cheio de festas, bailes e vestidos novos.

Ela nunca iria mudar, refletiu Amos. Que bom que não quisera desposá-lo. Se algum dia viesse a se casar, seria com uma mulher séria.

CAPÍTULO 38

Elsie nunca tinha viajado de navio, visitado outro país nem pernoitado numa hospedaria. Falava um francês básico, teve dificuldades para lidar com a moeda estrangeira e ficou admirada com o aspecto exótico das casas, das lojas e das roupas das pessoas. Apesar de não ser uma pessoa tímida, jamais imaginara as dificuldades que teria que enfrentar sozinha.

Sabia agora que fora um erro terrível fazer a viagem até Bruxelas com os cinco filhos, e, quando por fim se sentou numa cama desconfortável num quarto de hotel empoeirado, rodeada a toda volta por seus baús e crianças, começou a chorar.

Com um esforço considerável, conseguiu fazer chegar um recado para o conde de Shiring no acampamento do 107º Regimento de Infantaria, e depois disso as coisas melhoraram. O mensageiro retornou trazendo um bilhete simpático do conde e uma carta separada, sem lacre, que ela deveria apresentar à duquesa de Richmond. A carta solicitava à duquesa que estendesse a mão amiga à Sra. Kenelm Mackintosh e mencionava que Elsie era filha do finado bispo de Kingsbridge e esposa de um capelão do Exército britânico que fora ferido em Toulouse.

No dia seguinte, Elsie foi à residência dos Richmonds na Rue de la Blanchisserie. A casa tinha três andares e espaço suficiente para os catorze filhos que a duquesa tivera. Não ficava no bairro mais caro de Bruxelas, e, a julgar pelos boatos, o duque e duquesa tinham se mudado para lá com o intuito de poupar dinheiro. Era mais barato morar em Bruxelas que em Londres. O champanhe custava apenas quatro xelins a garrafa, algo que para o orçamento de Elsie fazia pouca diferença, mas os festeiros Richmonds sem dúvida economizavam uma fortuna.

A recomendação de um conde, aliada à menção de um bispo e de um capelão militar ferido, bastou para superar o célebre esnobismo da duquesa, que recebeu Elsie com toda a gentileza. Mais atraente que propriamente bonita, a duquesa tinha uma boquinha delicada encaixada entre um nariz e um queixo marcados. Ela entregou a Elsie um bilhete para um comerciante de Bruxelas que falava bem inglês e a ajudaria a encontrar uma boa casa para alugar.

Elsie escolheu um imóvel perto da catedral de São Miguel e Santa Gudula e para lá se mudou com os cinco filhos. Foi à hospedaria buscar Kenelm e achou divertido ele parecer quase lamentar se despedir da Signora Bianco, que obviamente havia conquistado sua gratidão.

Apesar de não ser suntuosa, a casa alugada por Elsie era confortável. Melhor ainda, não ficava distante da joia de Bruxelas: o parque, constituído por cerca de quinze hectares de gramados, caminhos de cascalho, estátuas e chafarizes. Como o acesso de cavalos era proibido, as pessoas podiam deixar as crianças correrem de um lado para outro sem temer que fossem atropeladas por carruagens.

Quando o tempo estava bom, Elsie levava Kenelm ao parque. No início, teve que empurrá-lo numa cadeira de rodas, mas ele logo se recuperou o suficiente para caminhar, ainda que com um passo vagaroso. Eles sempre iam acompanhados por dois ou três filhos, que em geral levavam uma bola para brincar.

Ela às vezes cruzava com Jane, condessa de Shiring, que agora morava na cidade. As duas conversavam amigavelmente. Jane havia se tornado uma amiga próxima da duquesa de Richmond.

Jane perguntou a Elsie por que ela recusava tantos convites para festas feitos pela duquesa e por outras pessoas. Elsie respondeu que mal tinha tempo para esse tipo de coisa, pois precisava cuidar dos cinco filhos e de um marido convalescente. Era verdade, mas ela também achava bailes, piqueniques e corridas de cavalo coisas banais e entediantes. Detestava as conversas fúteis incessantes. Mas isso ela não disse a Jane.

Em certa ocasião, Elsie avistou Jane na companhia de um charmoso oficial, o capitão Percival Dwight, e dessa vez a condessa não parou para conversar. Estava se comportando de modo particularmente alegre e encantador, flertando com o capitão, e Elsie se perguntou se os dois estariam tendo um caso. Imaginou que o adultério acontecesse com mais facilidade numa cidade estrangeira, sem entender muito bem por quê.

Numa fria porém ensolarada tarde de dezembro, Elsie e Kenelm estavam descansando num banco, vendo a água brincar num chafariz enquanto ficavam de olho em Martha e Georgie, seus dois caçulas. Elsie estava assombrada com a mudança no marido. O ferimento era apenas parte do motivo. Ele tinha visto muito sofrimento e muita morte, e isso transparecia em seu rosto extenuado. Os olhos tinham um ar perdido, e o que viam era a lembrança de massacres. Pouco restava do jovem religioso ambicioso e arrogante com quem ela havia se casado. Ela gostava mais dessa nova versão.

– Estou quase pronto para voltar ao regimento – disse ele.

Elsie discordava. Seu corpo estava se recuperando mais depressa que a mente. Qualquer ruído repentino na rua lá fora – um caixote pesado largado na caçamba de uma carroça, ou o martelo de algum pedreiro demolindo uma parede – o fazia se encolher e cair ajoelhado sobre o tapete da sala.

– Não tenha pressa – sugeriu ela. – Vamos nos certificar de que você esteja completamente recuperado. Creio que foi retornar ao trabalho cedo demais que o fez adoecer.

Kenelm não aceitou seus argumentos.

– Deus me mandou aqui para cuidar do bem-estar espiritual dos homens do 107º Regimento de Infantaria. É uma missão sagrada.

Ele parecia ter esquecido que seu único motivo para virar capelão fora melhorar suas chances de ser nomeado bispo.

– A guerra acabou – declarou Elsie. – A necessidade com certeza deve estar menor.

– Os soldados têm dificuldade para retomar a rotina. Acostumaram-se com a ideia de que a vida não vale grande coisa. Mataram homens, viram amigos morrerem. Essas experiências embotam a compaixão. O único jeito de eles suportarem é ficando insensíveis. Eles não conseguem simplesmente voltar a ser sujeitos normais. Precisam de ajuda.

– E você pode lhes dar essa ajuda.

– Certamente não – retrucou ele, num rompante que trouxe de volta o antigo tom peremptório. – Mas Deus pode, se eles se voltarem para Ele.

Ela passou vários segundos calada, encarando-o, e então falou:

– Você tem consciência de quanto mudou?

Com um ar reflexivo, ele aquiesceu.

– Começou na Espanha – falou. Estava com os olhos fixos no chafariz, mas ela sabia que o que estava vendo era um campo de batalha castigado pelo sol. – Vi um jovem soldado caído no chão, com seu sangue encharcando a terra seca.

Ele fez uma pausa, mas Elsie não disse nada, dando-lhe tempo.

– O inimigo havia quase nos alcançado. Os companheiros do soldado ferido não tinham tempo para consolá-lo: estavam disparando seus mosquetes, recarregando e tornando a disparar o mais depressa que conseguiam. Ajoelhei-me ao seu lado e lhe disse que ele estava indo para o céu. Ele falou alguma coisa, e, por causa do estouro dos mosquetes e do estrondo dos canhões, precisei encostar o ouvido em sua boca para poder escutar suas palavras. "Para o céu?", ele perguntou. "Estou mesmo?" E eu respondi: "Sim, se acreditar em Jesus Cristo." Então sugeri rezarmos juntos o pai-nosso. "Não se preocupe com o barulho", falei. "Deus vai nos escutar." Foi então que ele me disse que não conhecia a oração. – A lembrança deixou Kenelm com os olhos marejados. – Dá para imaginar uma coisa dessas? O rapaz não sabia rezar o pai-nosso.

Elsie podia imaginar, sim. Algumas crianças recém-chegadas à escola dominical não sabiam quem era Jesus. Era pouco frequente, mas acontecia.

– Fiquei segurando sua mão e fiz a oração em seu lugar, e, quando cheguei a "Pois teu é o reino, o poder e a glória para sempre", o garoto já tinha deixado este mundo para trás e partido para um lugar onde não existe guerra.

– Que sua alma descanse em paz – disse Elsie.

Spade ficou embasbacado com a Passage des Panoramas, em Paris. Não havia nada parecido em Londres. Era uma passarela de pedestres, com piso de pedra e telhado de vidro, margeada em ambos os lados por lojas de joias, roupas íntimas, doces, chapéus, papel de carta e muito mais. A galeria ia do Boulevard Montmartre até a Rue Saint-Marc. Em cada entrada ficava postado um homem musculoso uniformizado para impedir a entrada de crianças de rua e batedores de carteira. Damas elegantes de Paris, e muitas de outros países também, podiam fazer compras sem molhar os cabelos na chuva ou sujar os sapatos nas toneladas de lama que cobriam as ruas. Uma atração a mais era a rotunda com pinturas panorâmicas de cidades famosas, entre as quais Roma e Jerusalém.

Arabella estava encantada. Comprou um chapéu de palha, um lenço e uma caixa de confeitos de amêndoas. Spade a levou a uma loja que vendia tecidos de luxo: seda, casimira, linho de boa qualidade e fazendas mistas em cores e padronagens variadas. Tirou do bolso um cartão rígido no qual estava escrito, em francês, que ele fabricava tecidos excepcionais para trajes da melhor qualidade e teria prazer em exibir algumas amostras à gerente no horário que mais lhe conviesse.

A mulher respondeu num francês veloz. Abe, que tinha 15 anos e estudava francês na Escola Secundária de Kingsbridge, pediu-lhe que repetisse o que tinha dito, só que mais devagar, então traduziu:

– Ela teria prazer em recebê-lo amanhã de manhã às dez.

Spade se curvou diante da mulher e agradeceu em francês. Apesar da pronúncia horrível, abriu seu mais encantador sorriso tristonho, e ela riu.

Quando saíram da galeria, ele sentiu uma mudança na atmosfera da rua. Algumas pessoas continuavam a passear despreocupadas, mas outras estavam entretidas em conversas acaloradas. Não pela primeira vez, sentiu vontade de compreender o idioma.

Passaram por uma mulher sentada à calçada diante de uma mesa tomada de jornais à venda. O olhar de Spade foi atraído por uma das manchetes, que dizia:

NAPOLÉON A FUI!

– O que está escrito aqui? – perguntou ele para Abe.

– Não sei. Napoleão fez alguma coisa, obviamente, mas não sei o quê.

– Pergunte à vendedora.

Abe apontou para a manchete e indagou:

– *Madame, qu'est-ce que ça veut dire?*

– *Il a échappé* – respondeu ela. Ao ver que eles não entendiam, tentou de várias outras formas. – *Il est parti! Il s'est sauvé! Il a quitté sa prison!*

Abe disse a Spade:

– Acho que ele fugiu.

Spade ficou pasmo.

– De Elba?

A vendedora de jornais aquiesceu, frenética.

– *Oui, oui, oui!* – E ainda arrematou, acenando um adeus. – *Au revoir, Elba! Au revoir!*

Então gargalhou.

Isso eles sabiam o que queria dizer.

– Pergunte a ela para onde ele está indo.

– *Où va-t-il?* – indagou Abe.

– *Il est déjà arrivé en France! Depuis midi!*

Napoleão já estava na França desde o meio-dia. Spade comprou o jornal. Arabella parecia abalada.

– Como isso pôde acontecer? Achei que ele estivesse sendo vigiado!

Sem entender nada e preocupado, Spade balançou a cabeça. Com certeza Napoleão não podia voltar, ou será que podia?

– Vamos voltar para a hospedaria – falou. – Alguém lá deve ter mais notícias.

Eles estavam hospedados num estabelecimento administrado por um francês casado com uma inglesa e, portanto, apreciado por turistas da Inglaterra. Quando chegaram, estavam todos reunidos no salão, conversando animadamente. Spade lhes mostrou o jornal e pediu:

– Alguém poderia ler isto aqui?

A dona da hospedaria, Eleanor Delacroix, pegou o jornal e passou os olhos pela matéria.

– Que coisa extraordinária! – exclamou. – Ele deu algum jeito de reunir uma pequena frota de navios e um exército de mil homens!

– Havia um inglês supostamente encarregado de vigiá-lo – afirmou Spade.

– Neil Campbell – completou madame Delacroix. – Parece que ele foi embora de Elba a bordo do HMS *Partridge* levando um despacho para lorde Castlereagh.

Spade deu uma risada sem humor.

– E o que havia nesse despacho? Um aviso de que Bonaparte estava planejando fugir?

– Não me espantaria, mas aqui não diz nada.

– Onde ele está agora?

– Em Golfe-Juan, no litoral sul.

– Então ele não vem para cá. Que alívio.

– Se for verdade – disse a proprietária. – Esses jornais não sabem tudo.

– Mas o que ele poderia fazer na França com apenas mil homens?

Ela deu de ombros como uma boa francesa e falou:

– Tudo o que eu sei é que nunca se deve subestimar Napoleão.

Amos Barrowfield estava prestes a transportar um grande carregamento de tecido de lã de merino azul-escuro de barcaça até Combe, depois por mar até a Antuérpia. Era a primeira encomenda grande dos recém-libertados Países Baixos, e sua preocupação era que a mercadoria fosse entregue depressa e em segurança, pois esperava receber mais encomendas do mesmo cliente e de outros no país; sendo assim, iria levar o tecido pessoalmente até o outro lado do Canal da Mancha.

Na véspera da viagem, foi almoçar cordeiro assado com batatas no Café da Rua Alta e leu as últimas notícias.

A manchete da *Gazeta* dizia:

BONAPARTE NA FRANÇA

– Mas que inferno – falou.

– Foi exatamente o que eu pensei – disse uma voz, e, ao erguer os olhos, Amos se deparou com Rupe Underwood na mesa ao lado, almoçando o mesmo cordeiro e lendo o mesmo jornal.

Apesar de já terem competido pelo afeto de Jane Midwinter, Amos e Rupe agora se tratavam com bastante cordialidade. Estavam ambos na casa dos 40 anos, e Amos se impressionou ao ver quanto Rupe tinha envelhecido, antes de se dar conta de que ele também tinha envelhecido da mesma forma: alguns fios de cabelo grisalhos, certa flacidez ao redor da cintura e uma aversão por correr.

– Está escrito aqui que Bonaparte atracou no litoral sul da França, num lugar chamado Cannes – informou Rupe. – Ele foi assistir à missa na igreja da cidade.

– E o pior é que pelo visto tem homens lá correndo para se juntarem ao exército dele – disse Amos.

– Todo mundo achava que ele fosse fugir para algum lugar onde seu império ainda não tivesse ruído.

– Nápoles, provavelmente.

– Mas nós o avaliamos mal… outra vez.

Amos concordou com a cabeça.

– Só existe um motivo para ele voltar à França com um exército, ainda que pequeno: ele quer se tornar imperador outra vez.

– Será? – indagou Rupe.

– Creio que muitos franceses vão acolhê-lo de volta. O novo rei, Luís XVIII, parece estar fazendo todo o possível para lhes lembrar por que eles fizeram uma revolução para começo de conversa.

– Como o quê, por exemplo?

– Pelo que entendi, ele ressuscitou o antigo costume real de esquecer de pagar os soldados.

– Bonaparte vai chegar a Paris?

– É o que estou me perguntando. Estou com uma viagem marcada para a Antuérpia amanhã.

– Isso fica a que distância? Uns mil quilômetros do litoral sul da França?

– Algo assim.

– É bem longe.

– Mesmo assim, estou pensando se não deveria cancelar a viagem.

– A estrada até Paris não está exatamente aberta a quem quiser chegar. Há unidades militares francesas que podem barrar a passagem.

Amos aquiesceu. O Exército francês estava agora a serviço do novo rei, pelo menos teoricamente, e receberia ordens para defender o país contra Bonaparte.

– Sim – disse Amos. – De Paris até a Antuérpia são mais uns trezentos quilômetros. E os Países Baixos são agora defendidos pelos Exércitos britânico e prussiano. De modo que…

– O risco de Napoleão chegar à Antuérpia parece baixo.

– E meu carregamento é grande, então estou relutante em despachá-lo sem supervisão. Além disso, quero apertar a mão dos meus clientes de lá. Os negócios ficam muito mais fáceis quando vemos o rosto uns dos outros.

– Então o que vai fazer?

– Ainda não decidi. Afinal, minha vida vale quanto em lã de merino azul?

Rupe deu um suspiro.

– Que guerra mais desgraçada – falou. – Já completou 22 anos e ainda não acabou totalmente. Prejudicou nossos negócios durante a maior parte de nossa vida adulta. E ainda por cima tivemos rebeliões do pão, destruição de máquinas e leis que criminalizaram qualquer crítica ao governo. E o que nós ganhamos com isso?

– Imagino que o governo diria que nós impedimos a Europa de ser transformada num império francês.

– Só que não impedimos – retrucou Rupe. – Ainda não.

Os hóspedes de madame Delacroix vasculharam ansiosamente os jornais, que iam sendo traduzidos com a ajuda dela. A Provença e o sudoeste da França eram monarquistas, contrários à Revolução e hostis a Napoleão. Spade supunha que por isso ele estivesse se mantendo próximo à fronteira leste e houvesse marchado de Cannes para o norte por estradas montanhosas gélidas. Mesmo assim, muitos comentavam que ele seria barrado assim que encontrasse o Exército Nacional francês.

Os jornais noticiaram que em seis dias ele havia chegado a Grenoble, situada a uns doze dias de Paris. Como as notícias levavam quatro dias para alcançar a capital, porém, isso queria dizer que Napoleão devia estar agora a oito dias de distância.

E as notícias de Grenoble eram ruins.

Napoleão e seu exército cada vez mais numeroso tinham sido confrontados nos arredores da cidade de Laffrey, não muito longe de Grenoble, por um batalhão do 5º Regimento de Infantaria de Linha. A força napoleônica estava em desvantagem numérica em relação à governista. Aquele deveria ter sido o ponto final do seu retorno.

Ao que parecia, ele tinha se separado de seus homens e caminhado, sozinho e destemido, em direção às fileiras armadas do regimento que estava lá para detê-lo.

Segundo a matéria do jornal – que talvez tivesse sido um pouco exagerada –, Napoleão abriu seu célebre sobretudo cinza, apontou para o próprio coração e indagou: "Ora, homens, querem matar seu imperador?"

Ninguém disparou um tiro sequer.

Um dos soldados do 5º gritou:

– *Vive l'empereur!* Viva o imperador!

Os vivas se repetiram, e os homens atiraram longe suas cocardas brancas de Bourbon, que representavam o rei Luís XVIII, e abraçaram os soldados de Napoleão.

O regimento então trocou de lado e passou a marchar com Bonaparte.

– Até agora tinham sido só camponeses e a Guarda Nacional – Spade falou para Arabella. – Mas esta é a primeira vez que soldados do exército regular se bandeiam para o lado dele. É uma grande mudança.

O mesmo aconteceu na cidade seguinte, Vizille, onde o 7º Regimento de Infantaria de Linha passou para o lado de Napoleão. Depois, na cidade de Grenoble, ele foi recebido como um herói vitorioso.

– Ah, merda – disse Spade, conforme esses detalhes foram se tornando mais claros e irrefutáveis.

Ele então saiu e reservou três lugares numa diligência com destino a Bruxelas.

Cobraram-lhe um preço dez vezes maior que o normal, e ele pagou sem hesitar. A família partiu na manhã seguinte ao amanhecer.

No dia 20 de março, nas primeiras horas da manhã, Luís XVIII fugiu de Paris. Poucas horas depois, Napoleão entrou na capital sem encontrar resistência.

CAPÍTULO 39

Depois de visitar seus clientes na Antuérpia, Amos foi para Bruxelas. Hal não deveria permanecer numa potencial zona de guerra, e Amos queria que Jane levasse o menino de volta para a segurança da Inglaterra. Não tinha mais dúvida alguma de que era o pai de Hal. Jane amava o filho; certamente iria entender que Bruxelas não era lugar para um menino de 9 anos ficar, não?

Ela havia alugado uma casa suntuosa perto do parque. Uma família de três pessoas nem precisava de tanto espaço assim, julgou Amos enquanto observava a parte de fora do imóvel. Ao entrar no saguão, reparou que havia poucos indícios de que algum homem-feito morava ali: nenhuma bota de montaria no chão, nem espada pendurada num gancho, nem chapéu de duas pontas no suporte. Não seria nenhuma surpresa, refletiu Amos, se Henry passasse mais noites com o regimento que com a própria família.

Ele foi conduzido até a sala de estar, onde Jane estava sentada lendo uma revista de moda. Estava lindamente vestida, como de costume, e o ar à sua volta tinha um leve aroma de flores.

Seu rosto estava corado de animação. Ela parecia feliz, e Amos se perguntou por quê. Não era a presença dele que lhe dava essa energia; esse tempo havia passado para ambos. Ocorreu-lhe que ela pudesse ter um amante. Era uma desconfiança maldosa, disse ele a si mesmo, mas não conseguiu descartar por completo essa possibilidade.

Jane tocou a sineta para pedir chá, e os dois passaram um tempo jogando conversa fora. Ele a atualizou sobre os acontecimentos de Kingsbridge, e ela falou animada sobre a vida social em Bruxelas.

– A duquesa de Richmond vai dar um baile – anunciou ela. – Você tem que ir. Vou lhe conseguir um convite.

Houvera um tempo em que ela reclamava de nunca ir a festas. Amos imaginou que frequentasse muitas agora.

A duquesa era conhecida por ser esnobe.

– Tem certeza de que ela não vai fazer objeções a um reles fabricante de tecidos? – indagou.

– Certeza absoluta. Ela já convidou mais de duzentas pessoas. Não vai se incomodar com mais uma.

O chá chegou, e Hal apareceu. Amos sentiu aquele familiar aperto no coração. Embora ainda faltassem alguns anos para seu filho se tornar um homem, ele estava mudando. Hal apertou com solenidade a mão de Amos, que adorava sentir o contato com a sua pele. Com o apetite típico de um menino em fase de crescimento, devorou três fatias de bolo em rápida sequência.

Ao observá-lo, Amos reparou em algo no rosto dele e se deu conta de que aquele semblante o fazia pensar no que via no próprio espelho de barbear. Se outras pessoas notassem a semelhança, poderia haver problemas. Decidiu deixar a barba crescer.

Hal foi embora, e Amos direcionou a conversa para o motivo de sua visita.

– Os aliados reunidos em Viena declararam guerra – falou. – Não contra a França, mas contra Napoleão pessoalmente. Não acho que isso já tenha sido feito alguma vez.

– Isso é porque nós não temos nada contra a França como uma monarquia pacífica – declarou Jane. – Só vamos invadir o país para depor Bonaparte. E, dessa vez, esse arrivista corso não vai fugir.

Era o tipo de coisa que os ingleses podiam repetir feito papagaios. Jane não tinha a menor noção de quanto era difícil derrotar Bonaparte.

– Você sabe que ele está reunindo um exército a apenas oitenta quilômetros daqui, bem do outro lado da fronteira – disse Amos.

– Sei, sim, lógico – respondeu ela. – Mas o duque de Wellington está aqui agora, e ele se revelou mais do que páreo para Bonaparte.

Não era verdade. Os dois generais ainda não tinham se enfrentado em combate. Mas Amos não quis contradizê-la.

– Só sinto que você e Hal estariam bem mais seguros na Inglaterra.

– Em Earlscastle, suponho – comentou ela com desdém. – Onde nada nunca acontece. Acho que estamos bastante seguros aqui.

– Não estão, não mesmo – insistiu ele. – É temerário subestimar Bonaparte.

– Meu marido faz parte do estado-maior de Wellington, você sabe – disse Jane com um quê de presunção. – Pode ser que eu saiba mais sobre a situação militar que você.

– Não sou nenhum especialista – admitiu Amos –, mas creio que o desfecho de uma batalha seja inteiramente impossível de prever.

Jane mudou de tática.

– Espero que não tenha vindo aqui me dar um sermão.

– Só quero que você e Hal fiquem seguros.

– É com Hal que está preocupado. Você não liga para mim.

– É claro que ligo – protestou ele. – Você é mãe do meu único filho.

– Pelo amor de Deus, fale baixo.

– Desculpe.

Fez-se uma pausa, e Amos então disse:

– Só pense no que eu falei, por favor.

Jane estava obviamente irritada e constrangida.

– Vou pensar, vou pensar – falou, num tom desdenhoso que o fez entender que não iria.

Decepcionado, ele se despediu e foi embora.

O noroeste da Europa estava tendo uma primavera chuvosa, mas aquele era um raro dia de sol, e Amos percorreu as ruas ensolaradas até chegar ao bairro mais modesto onde Elsie havia se instalado com o marido e os filhos. Ela veio recebê-lo no saguão da casa com seu sorriso largo de sempre. Quando os dois estavam subindo a escada, fez um pedido a ele:

– Por favor, não comente sobre o bom aspecto de Kenelm. Estou tentando impedi-lo de voltar ao regimento antes de estar pronto.

Amos reprimiu um sorriso. Aquilo era típico de Elsie, refletiu com carinho; sempre decidida a manter o controle.

– Vou me lembrar disso – prometeu ele.

Kenelm estava na sala. Seu rosto, antes belo como o de um querubim, estava agora extenuado. Sob outros aspectos, porém, ele não parecia um inválido. Estava usando suas vestes eclesiásticas completas e calçado para sair como se estivesse prestes a ir dar um passeio. Com tato, Amos disse:

– Que bom vê-lo. Pelo que eu soube, está se recuperando bastante bem.

– Estou em perfeita forma – afirmou Kenelm, num tom de quem discorda. – Levou mais tempo que o esperado, mas agora estou pronto para retomar minhas obrigações.

– Por que a pressa? – quis saber Amos.

– Os homens precisam de mim.

Será mesmo?, perguntou-se Amos. Eles provavelmente diriam que precisavam de boas botas, bastante munição e líderes inteligentes.

Kenelm leu seus pensamentos.

– O senhor não sabe o que é a vida num acampamento militar – declarou ele. – Bebida, jogatina, mulheres de má reputação. Elsie vai me perdoar por falar com franqueza, mas não quero minimizar a situação. Sabe qual é a ração diária de um soldado britânico?

– Não sei.

– Meio quilo de carne bovina, meio quilo de pão e trezentos mililitros de gim. Quase meio litro! E, quando eles têm algum dinheiro que não perdem nas cartas, usam para comprar mais gim.

– E o senhor consegue resgatá-los dessa vida?

Kenelm sorriu com pesar.

– Ah, Amos, eu quase poderia pensar que está zombando de mim. Não, eu não consigo resgatá-los, mas Deus às vezes sim.

– Mas o senhor os instrui a não se entregarem a tais vícios.

– Uma das muitas coisas que aprendi no Exército é que dizer a soldados que se comportem bem não tem eficácia nenhuma. Em vez de proibir os vícios, eu tento incentivar outras coisas. Rezo missas nos campos. Conto histórias da Bíblia. Quando eles estão feridos, com saudade de casa ou apavorados antes de uma batalha, eu rezo com eles. Eles gostam de cantar, e, de vez em quando, consigo fazer um pelotão inteiro cantar junto um hino conhecido. Quando isso acontece, sinto que a minha existência nesta Terra se justificou.

Amos precisou esconder a própria surpresa. Já tinha ouvido falar que a vida militar havia mudado Kenelm, mas o sujeito estava inteiramente transformado.

– Isso tudo é muito bom, Kenelm, mas você só deve voltar quando estiver em plenas condições – disse Elsie.

– Vários soldados no acampamento não estão em plenas condições.

A discussão foi encerrada por uma irrupção de conversas animadas no saguão.

– São as crianças voltando – explicou Elsie. – Elas foram ao parque com minha mãe e Spade.

Amos não esperava ver Spade e Arabella. Sabia que o casal tinha viajado para Paris, mas não tivera mais notícias desde então. Ficou feliz ao ver que eles haviam conseguido fugir de Bonaparte. Torceu para todos permanecerem em segurança ali em Bruxelas, mas sabia que isso talvez não fosse acontecer.

As crianças irromperam sala adentro. Conheciam bem Amos e não sentiram necessidade de exibir seu melhor comportamento. As mais novas despejaram inúmeros relatos sobre o que tinham visto e feito no parque. As mais velhas se mostraram mais contidas – Stephen, filho de Elsie, estava com 18 anos, e Abe, filho de Arabella, com 15 –, mas tinham visivelmente aproveitado tanto quanto os outros a ida ao parque.

Spade contou para Amos que recebera muitas encomendas em Paris; os negócios tinham ganhado fôlego depressa. Esperava conseguir entregar as mercadorias. Isso dependia do que iria acontecer com Bonaparte.

Amos imaginou que Arabella tivesse comprado roupas em Paris. Aos 61 anos, ela estava esbelta e graciosa num vestido de seda verde.

Um chá lhe foi oferecido pela segunda vez naquela tarde, e ele aceitou por educação. As crianças atacaram os sanduíches. Depois saíram para outro lugar.

– Agora que o furacão passou, Amos, tenho um favor a lhe pedir – disse Kenelm.

– Qualquer coisa que estiver ao meu alcance, claro.

– Poderia acompanhar Elsie no baile da duquesa de Richmond? Ela foi convidada e quero que vá. Ela merece uma noite de tranquilidade e prazer... mas eu não posso ir. Para mim, ser visto bebendo champanhe numa festa de aristocratas passaria uma impressão muito errada.

Elsie ficou constrangida.

– Kenelm, por favor! Que peso isso seria para Amos. Além do mais, imagino que ele não tenha sido convidado.

– Na verdade, Jane, a condessa de Shiring, prometeu me arrumar um convite.

– Foi mesmo? – indagou Elsie, num tom de reprovação.

– Eu não estava planejando aceitar, mas ficaria muito feliz... na realidade, honrado... em acompanhar a Sra. Mackintosh.

– Pronto – disse Kenelm, satisfeito. – Então está combinado.

O duque de Wellington passara algum tempo afastado do Exército, desempenhando outras funções, como a de embaixador britânico em Paris, mas agora havia retornado aos seus deveres militares e assumido o comando dos Exércitos britânico e holandês. O Exército prussiano aliado tinha outro comandante.

Ao voltar, Wellington havia convidado Henry, duque de Shiring, para integrar seu estado-maior como já fizera na Espanha. Henry tinha aceitado – fora mais uma ordem que um pedido – e solicitado ter Kit como ajudante de ordens.

– É um rapaz muito competente – dissera ele ao duque. – Começou a trabalhar num moinho têxtil aos 7 anos e, ao completar 18, já era o gerente.

Henry contou a Kit que o duque havia respondido:

– É esse o tipo de homem que eu quero.

Nesse dia, Kit precisava levar um recado para o novo oficial no comando do 107º Regimento de Infantaria. Foi até lá a cavalo debaixo de um temporal. Enquanto estava no acampamento, aproveitou a oportunidade para procurar a mãe.

Sal estava usando roupas masculinas. Kit sabia que aquilo não era um disfarce; ela não estava tentando se fazer passar por homem. Num acampamento militar, porém, calças e coletes eram mais práticos que vestidos. Muitas das mulheres que viviam ali se vestiam dessa forma. Outra vantagem era que isso as diferenciava das prostitutas, de modo que elas não precisavam lidar com investidas indesejadas.

Ela naturalmente lhe perguntou quando os aliados iriam invadir a França.

– Wellington ainda não decidiu – respondeu Kit, o que era verdade. – Mas não acho que vá demorar muitos dias.

Ele queria que a mãe voltasse para a segurança da Inglaterra, mas não tentou convencê-la. Ela havia decidido ficar ao lado do marido, que arriscaria a vida no combate, e ele precisava respeitar sua decisão. Afinal, tinha feito a mesma coisa ao se alistar junto com Roger. Os dois casais marchariam para a França com o exército e participariam do ataque às forças de Bonaparte. Ele torcia para que todos voltassem.

Foi um pensamento deprimente, que ele tratou de afastar na mesma hora.

Os dois estavam sentados sob uma tenda para se abrigarem da chuva. Um soldado entrou e comprou de Sal um pouco de fumo para seu cachimbo. Quando o homem saiu, Kit indagou:

– Quer dizer que a senhora agora vende tabaco?

– E não só isso – respondeu Sal. – Os homens não podem sair do acampamento. Alguns violam as regras, mas não muitos, já que o castigo é ser açoitado. Então eu vou a pé até Bruxelas uma vez por semana. Levo duas horas para chegar lá. Compro coisas que os homens não conseguem encontrar aqui: não só fumo, mas material para escrever, baralhos, laranjas, jornais ingleses, esse tipo de coisa. Então vendo pelo dobro do que paguei.

– E eles não reclamam do preço?

– Eu lhes digo a verdade: que metade é o valor que o artigo me custou e a outra metade, meu pagamento por ter andado dez quilômetros para ir e dez para voltar.

Kit aquiesceu. De toda forma, os homens em geral evitavam brigar com aquela mulher forte e robusta.

A chuva deu uma trégua, e ele se despediu. Foi buscar seu cavalo e partiu, mas não voltou direto para o quartel-general. A bateria de artilharia de Roger estava acampada a menos de dois quilômetros dali, e ele foi até lá na esperança de conseguir encontrar o homem que amava. Como os oficiais podiam sair do acampamento, Roger talvez não estivesse lá.

Kit deu sorte, no entanto, e encontrou Roger numa barraca jogando cartas com alguns colegas oficiais – nenhuma surpresa. Ele provavelmente lhe pediria dinheiro emprestado, como de costume, e ele como de costume diria não.

Passou algumas rodadas observando a partida, e Roger então pediu licença, guardou seu dinheiro no bolso e saiu da mesa. Os dois se afastaram debaixo de uma chuva fina. Kit contou a Roger sobre o lucrativo empreendimento de Sal.

– Sua mãe é uma mulher notável – afirmou Roger.

Kit também achava.

Depois de alguns minutos caminhando pelo chão encharcado, ele teve a impressão de que Roger o estava guiando numa direção específica. Dito e feito: eles atravessaram um trecho de mata selvagem até chegar a uma cabana em ruínas. Roger entrou primeiro.

O lugar tinha uma porta só e nenhuma janela. A porta estava se soltando das dobradiças. Roger a fechou e escorou com uma pedra grande.

– Se por acaso alguém tentar entrar, vamos ouvir a pessoa empurrando a porta com tempo de sobra para nos recompor e fingir que entramos aqui para nos abrigar da chuva.

– Bem pensado – disse Kit, e eles se beijaram.

Wellington convocou uma reunião dos membros do gabinete para analisar as últimas informações de inteligência. O local escolhido foi a casa alugada pelo general na Rue Royale, onde todos ficaram em pé ao redor de um grande mapa sobre a mesa da sala de jantar. Do lado de fora chovia forte, como havia acontecido durante a maior parte do mês de junho. Posicionado mais para trás, Kit se esforçava para ver o mapa por cima dos ombros dos homens mais altos. A atmosfera era de tensão. Eles em breve enfrentariam o general mais bem-sucedido de sua época, talvez de todos os tempos. Pelas contas de Kit, Bonaparte havia travado sessenta batalhas e vencido cinquenta. Era um homem a ser temido.

O Exército Nacional francês fora dividido em quatro e estrategicamente posicionado para defender o país de invasões vindas do norte, do leste e do sudeste, e contra uma potencial insurreição monarquista no sudoeste. Para os britânicos, o grupo importante era o Exército do Norte, que defendia um trecho de fronteira com cerca de cem quilômetros de extensão situado entre Beaumont e Lille.

– Pelas nossas estimativas, Bonaparte dispõe de 130 mil homens – disse o chefe da inteligência. – Os mais próximos estão a cerca de oitenta quilômetros daqui.

Os britânicos e holandeses estavam espalhados por uma área imensa; tinham que estar, de modo que a zona rural pudesse abastecê-los com comida para os soldados e pasto para os cavalos.

– Nossa força tem 107 mil soldados – prosseguiu o oficial. – Mas os nossos aliados prussianos, que estão estacionados a sudeste de onde estamos, têm um contingente de 123 mil.

Então Bonaparte está em desvantagem numérica de quase dois contra um, calculou Kit. Fazia mais de dois anos que integrava o exército de Wellington e sabia que o "Velho Narigão" sempre tentava lutar com alguma vantagem e preferia recuar a se arriscar num combate quando as chances eram baixas. Isso ajudava muito a explicar seu sucesso.

– Qual vai ser a estratégia de Bonaparte? – perguntou alguém.

Wellington sorriu.

– Quando estive em Viena, conversei sobre isso com um marechal de campo bávaro, o príncipe Karl Philipp Wrede, que vinha lutando ao lado de Napoleão até uns dois anos atrás, quando mudou de lado. Wrede contou que Bonaparte tinha lhe dito o seguinte: "Eu não tenho estratégia. Nunca tenho um plano de campanha." Bonaparte é um oportunista. A única coisa que se pode prever é que ele é imprevisível.

Isso não ajuda em nada, pensou Kit. É claro que não se manifestou.

– Os prussianos gostariam que invadíssemos logo – continuou Wellington. – Blücher disse que deixou seu velho cachimbo em Paris e quer pegá-lo de volta. – Os homens ao redor do duque deram algumas risadas. O comandante prussiano de 72 anos era agradavelmente irreverente. – A verdade é que o governo dele está sem dinheiro e quer que a guerra termine logo, e seus soldados estão desesperados para chegar em casa a tempo da colheita. Eu preferiria esperar, mas não quero demorar tanto a ponto de os homens de Blücher começarem a debandar. Enrolei-os com a promessa de que atacaríamos em julho.

Kit achou esse atraso bom. Não estava com a menor pressa de travar outra batalha. Queria sobreviver, voltar para casa e retomar sua antiga vida fabricando máquinas para a indústria têxtil e dividindo a cama com Roger. Com um adiamento de duas semanas, qualquer coisa era possível. Bonaparte poderia morrer. Os franceses poderiam se render. Talvez não houvesse mais batalhas.

– Mais uma coisa – acrescentou o oficial de inteligência. – Ontem, uma patrulha do 95º Regimento de Fuzileiros britânico encontrou um grupo de lanceiros franceses a sudoeste daqui, o que sugere que eles talvez tentem cruzar a fronteira e atacar passando por Mons.

– É bem provável – afirmou Wellington. – Ele talvez tenha esperança de conseguir nos rodear e nos isolar do litoral, impedindo-nos de receber suprimentos. Mas não podemos ter certeza até sabermos mais. Enquanto isso, precisamos passar uma sensação de calma imperturbável. Temos uma força mais numerosa, o poder de escolher quando será a batalha e pouca coisa a temer. – Ele sorriu. – E, para provar isso, eu amanhã comparecerei ao baile da duquesa de Richmond.

CAPÍTULO 40

Wellington havia alugado uma casa imponente na Rue Royale, rua de mansões magníficas que margeava o parque. Além de residência, a casa funcionava também como seu quartel-general. No dia do baile, quinta-feira, 15 de junho, os membros mais graduados do seu estado-maior se reuniram para almoçar às três da tarde. Não foi um evento social: a esposa do general estava na Inglaterra, e não havia nenhuma mulher ao redor da mesa. A comida servida nada teve de refinada. Wellington apreciava carne bovina e excelentes vinhos, e quase nada além disso.

Henry, conde de Shiring, participou do almoço. Kit ficou esperando no grande saguão com os outros ajudantes de ordens. O conde estava preocupado. Boatos persistentes davam conta de que a França estava prestes a invadir. Wellington, porém, tinha espiões de confiança em Paris, e estes não tinham detectado nenhum sinal de ação iminente. O general desconfiava que Bonaparte houvesse espalhado aqueles boatos para ludibriá-lo.

Um dos rumores dizia que Bonaparte iria despachar uma pequena força de distração para atacar os prussianos a sudeste de Bruxelas, fazendo Wellington se sentir tentado a mobilizar os exércitos anglo-holandeses estacionados ali; o ataque principal então viria do oeste, interrompendo as linhas de comunicação de Wellington com o litoral. Para Kit isso soava como um engodo típico de Bonaparte. Já Wellington não tinha tanta certeza.

Minutos depois de o estado-maior se sentar, Guilherme, príncipe de Orange, chegou. Ele comandava o primeiro corpo do exército de Wellington, do qual faziam parte os soldados holandeses. Figura franzina, era conhecido pelo apelido de Billy Magro. A porta da sala de jantar foi deixada aberta para os ajudantes de ordens poderem ouvir as notícias que ele trazia.

O príncipe anunciou que tropas prussianas avançadas tinham travado escaramuças com uma força francesa que atravessara a fronteira ao sul de Bruxelas.

Isso já havia sido antecipado por um boato no qual Wellington não tinha confiado.

O duque ficou sem ação por um instante. Seus espiões não tinham feito alerta algum em relação àquilo.

– Talvez tenha sido um ataque menor – disse ele. – Uma patrulha de reconhecimento, quem sabe?

– Mas talvez não! – exclamou o príncipe.

Ardil ou ataque? Não havia como saber com certeza. O comandante máximo precisava decidir. A única coisa que ele tinha era o próprio instinto.

– Precisamos obter mais informações – declarou o general.

O tom de voz do príncipe traía certo desânimo. Ele obviamente achava que Wellington deveria despachar tropas rumo ao sul para apoiar os prussianos. Kit não sabia o que pensar. Bonaparte era famoso por se mover depressa: qualquer atraso na reação podia ser fatal. No entanto, se deslocasse tropas com base em informações insuficientes, Wellington poderia se colocar numa posição temerária.

Avançar ou aguardar?

O almoço foi retomado, mas não por muito tempo. A chegada ofegante seguinte foi do filho do duque e da duquesa de Richmond, que havia galopado 35 quilômetros – trocando diversas vezes de montaria – para trazer a notícia de que soldados franceses haviam capturado a minúscula cidade medieval de Thuin, logo depois da fronteira, fazendo as tropas prussianas recuarem.

Qual era a gravidade daquilo? O jovem nobre, cujas roupas estavam cobertas de lama por conta da viagem atabalhoada, não foi capaz de estimar a força do contingente que havia atacado. Era lamentável. Wellington agora precisava muito saber quantos soldados franceses haviam cruzado a fronteira. Sua decisão dependia disso.

Cara ou coroa?

Minutos depois, o oficial de ligação dos prussianos, major-general Von Müffling, chegou dizendo que os franceses agora tinham avançado mais dezesseis quilômetros para o norte e estavam atacando a cidade maior de Charleroi.

Wellington continuava achando difícil o Exército francês inteiro estar envolvido naquela infiltração. O mais provável, na sua avaliação, era se tratar da distração mencionada nos boatos, destinada a atrair as forças defensivas para longe da verdadeira invasão em algum outro lugar. Já outros ao redor da mesa não pensavam assim.

Como precaução, porém, o general convocou o quarteleiro-mor, coronel Sir William De Lancey, e ordenou que todas as forças aliadas ficassem de prontidão para marchar. Também informou a De Lancey quais ordens de marcha transmitir.

Kit estava preocupado. Desde o começo concordara com Wellington sobre a aparição de lanceiros franceses perto de Mons, a sudoeste de Bruxelas, indicar um ataque principal mais para oeste; mas os indícios em contrário estavam se acumulando. Mesmo assim, Wellington continuava aferrado ao seu julgamento inicial e interpretava cada novo relato como mais sinais de um subterfúgio.

E se Wellington estivesse errado? No presente momento, as forças aliadas se encontravam espalhadas por centenas de quilômetros de zona rural. Antes de poderem combater, eles precisariam ser reunidos e marchar até a zona de guerra, o que levaria tempo, ao passo que o exército de Bonaparte talvez já estivesse agrupado para o confronto.

E a luz do dia estava indo embora.

Kit temeu que uma grande ameaça estivesse pairando e Wellington se recusasse a vê-la.

Finalmente encerrado o tão interrompido almoço, o general foi caminhar pelo parque, como era seu costume. Não se tratava de um hábito tão descontraído quanto parecia: seus subordinados sabiam que poderiam encontrá-lo lá naquele horário, e, enquanto caminhava, ele disparou uma enxurrada de ordens.

Então voltou para casa. Carruagens aguardavam para levar todos ao baile, mas Wellington e seu estado-maior demoraram a sair. Ao anoitecer, Von Müffling reapareceu com mais um relatório do Exército prussiano, dessa vez profundamente impactante. Os franceses tinham tomado a fortaleza de Charleroi, a apenas 65 quilômetros de Bruxelas, e os prussianos, sido forçados a recuar.

Pior ainda: confirmou-se que a Guarda Imperial fazia parte da força francesa no ataque. Era um corpo de elite de soldados que sempre viajava com Bonaparte.

Kit sentiu um arrepio de medo. A suposição de Wellington estava errada. Aquilo não era um ardil. Enquanto os aliados se preparavam para invadir a França, Bonaparte tinha virado o jogo e invadido os Países Baixos. Os invasores haviam sido invadidos.

Wellington empalideceu de leve.

Kit recordou as palavras ditas pelo próprio general: "Bonaparte é um oportunista. A única coisa que se pode prever é que ele é imprevisível."

Agora estamos encrencados, pensou Kit.

Wellington se recuperou depressa. Examinou um mapa. Duas estradas partiam de Charleroi, parecendo os ponteiros de um relógio marcando as duas horas.

– Para que direção exatamente os prussianos recuaram?

– Nordeste. – Von Müffling correu o dedo pelo ponteiro das horas até onde estaria situado o número dois e se deteve na cidade de Ligny. – Blücher vai parar aqui.

Wellington levou um dedo ao ponteiro dos minutos, uma estrada comprida e reta que seguia para o norte até Bruxelas. Perto de Charleroi havia minas de carvão, e Kit sabia que um fluxo constante de pesadas carroças puxadas por juntas de bois percorriam aquela estrada para levar carvão até as manufaturas e lareiras de Bruxelas.

– A estrada do carvão está desprotegida agora? – indagou Wellington. – Ou Blücher a ocupou?

– Não tenho certeza.

Kit ficou em pânico. A estrada do carvão se encontrava na fronteira entre as forças prussianas e britânicas, e ele então se deu conta de que não houvera nenhum debate no estado-maior sobre quem deveria defendê-la.

Wellington manteve o sangue-frio.

– Portanto precisamos nos proteger de qualquer ataque francês por essa estrada.

Ele então ordenou à divisão do general Picton que marchasse de Bruxelas vinte quilômetros até o sul para bloquear a estrada do carvão no vilarejo de Mont-Saint-Jean.

Em seguida, para assombro de Kit, Wellington saiu para o baile.

Elsie estava muito bonita.

De modo geral, ela não era vista como uma mulher bela. Sua boca era muito larga e o nariz, grande para os padrões de beleza. Nessa noite, Amos se perguntou se as convenções poderiam estar inteiramente equivocadas. A boca de sorriso largo de Elsie combinava com a generosidade do seu espírito, e os olhos castanho-esverdeados, com seu coração afetuoso. Ou talvez ela fosse uma daquelas mulheres que ficavam mais atraentes na meia-idade. Ou, ainda, podia ser o vestido que lhe caía perfeitamente bem. A roupa fora um presente de Spade, fabricada por sua irmã, Kate, com seda de duas cores: vermelho-fogo e amarelo-vivo. O vestido praticamente não precisava ser realçado por joias, mas, como a maioria das mulheres do baile estaria reluzindo com seus diamantes, ela havia pegado um colar emprestado com Arabella.

Por qualquer que fosse o motivo, Amos sentiu o coração palpitar quando a viu. Essa reação o deixou confuso. Os dois eram apenas amigos, além de sócios na administração da escola dominical. Ele a conhecia melhor que qualquer outra mulher, inclusive Jane. Era um sentimento estranho de se ter em relação a uma amiga. Eles estavam sentados um de frente para o outro na carruagem, ambos sorrindo, sem que Amos conseguisse pensar num motivo especial para isso.

Havia uma fila de carruagens na Rue de la Blanchisserie, e uma multidão de espectadores se aglomerou para admirar os ricos e nobres convidados que chegavam à residência dos Richmonds: as mulheres trajando sedas com drapeados complexos e joias extravagantes, e a maioria dos homens usando farda.

O salão de baile não ficava na casa, mas sim numa construção anexa muito grande que, segundo Amos ficara sabendo, já tinha sido o salão de exposição de um fabricante de carruagens. Ao entrar, ele se impressionou com a quantidade de luzes: eram centenas de velas, milhares talvez, e mais flores do que ele jamais vira reunidas num só lugar. Aquilo o deixou um pouco tonto, como se tivesse acabado de tomar uma taça de champanhe.

– É mais luxuoso que qualquer coisa que já vimos nos Salões de Bailes e Eventos de Kingsbridge – comentou Elsie.

– Incrível.

Os dois foram recebidos pela duquesa de Richmond, uma mulher atraente na casa dos 40 anos.

– Vossa Graça, permita-me apresentar o Sr. Amos Barrowfield, um amigo querido – falou Elsie.

Amos se curvou. A duquesa adotou uma expressão coquete e respondeu:

– A condessa de Shiring me disse que o Sr. Barrowfield era o homem mais bonito do oeste da Inglaterra, e agora entendo o que ela quis dizer.

Amos ficou desconcertado com aquele flerte e disse a primeira coisa que lhe veio à cabeça:

– Foi muita gentileza sua me convidar, Vossa Graça.

– Mantenha-o sempre por perto, Sra. Mackintosh, ou alguém vai roubá-lo da senhora.

Agora ela estava dando a entender que Amos e Elsie formavam um casal no sentido romântico, o que não era verdade.

Elsie lhe deu um leve cutucão, e eles se afastaram da duquesa, seguindo adiante no salão. Um garçom apareceu com champanhe numa bandeja, e cada um pegou uma taça.

– Desculpe, não sei como reagir a esse tipo de tolice – confessou Amos. – É muito constrangedor.

– Ela estava brincando. Deixar você encabulado faz parte da brincadeira. Não se preocupe, você se saiu bem.

– Imagino que a maioria dos homens que frequenta esse tipo de evento esteja acostumada e saiba o que dizer.

– Sim, e que bom que não é o seu caso. Gosto de você do jeito que é.

– Sinto o mesmo em relação a você. Não vamos mudar isso.

Ela sorriu e pareceu satisfeita.

Os músicos começaram a tocar uma melodia animada num compasso três por quatro, e Elsie perguntou:

– Sei que você gosta de dançar, mas o que acha da valsa?

– Acho que consigo me virar.

Ela pousou sua taça sobre uma mesa e disse:

– Então vamos experimentar.

Amos esvaziou a própria taça e se livrou dela, então tomou Elsie nos braços. Os dois saíram valsando pelo salão.

Ele podia sentir o calor da cintura dela com a mão direita. Percebeu como era agradável dançar com uma mulher de quem gostava tanto.

E a puxou delicadamente um pouco mais para perto.

Quando o grupo de Wellington chegou, havia um engarrafamento na rua em frente à residência dos Richmonds. Wellington perdeu a paciência e saltou da carruagem cinquenta metros antes do portão. Ao passar caminhando com o grupo, Kit se espantou ao ver no meio da multidão o corpo quadrado e o rosto redondo de sua mãe, Sal.

Ele estava acompanhando o duque e, por um segundo lamentável, fingiu não tê-la visto. Então o duque por acaso olhou na direção de Kit, e ele pensou em como Sal ficaria feliz se ele a cumprimentasse, de modo que se afastou do grupo, foi até ela e lhe deu um abraço.

– Ora, ora – disse ela, radiante de prazer. – Meu pequeno Kit com o duque de Wellington. Nunca pensei que fosse ver uma coisa assim.

– Como vai a senhora, mãe? E Jarge?

– Estamos bem. Ele está no acampamento. Vim aqui comprar algumas coisinhas. É melhor você voltar para o seu duque.

Ao recordar que estava fardado, ele curvou as costas num cumprimento formal e tornou a se juntar ao seu grupo.

Wellington, que não deixava passar nada, tinha visto o ocorrido.

– Quem era aquela?

– Minha mãe, general – respondeu Kit.

– Santo Deus – retrucou Wellington.

Kit se ofendeu e declarou:

– A única pessoa no mundo que admiro mais que o senhor.

Por alguns segundos, o duque não soube como interpretar esse comentário. A frase podia inclusive ser considerada uma insolência. Mas ele então sorriu e aquiesceu.

– Muito bem – falou, e eles seguiram seu caminho.

O baile estava a todo vapor, e os convidados mais jovens valsavam com entusiasmo. Kit ficou estupefato. Como as pessoas podiam estar dançando com Bonaparte a caminho?

A chegada do duque causou comoção. Ele era a pessoa mais importante em Bruxelas e um herói depois das conquistas em Vitoria e Toulouse. Todos queriam cumprimentá-lo e apertar sua mão.

Além de assustado, Kit estava com fome. Olhou com desejo pela porta para o salão do bufê, mas precisava ficar perto do conde de Shiring caso ele precisasse de sua ajuda. Teria que esperar até o conde sentir fome.

Wellington não dançou, mas circulou pela festa de braços dados com Lady Frances Webster, que estava grávida e, a julgar pelos boatos, era sua amante. Embora os festejos prosseguissem, um fluxo constante de oficiais uniformizados entrava, atravessava marchando o salão de baile e ia murmurar alguma coisa no ouvido do duque. Ele tinha uma conversa breve com cada um deles, então os mandava embora com novas ordens.

Tornou a considerar o problema da estrada do carvão e decidiu que não bastava apenas enviar a divisão de Picton para Mont-Saint-Jean. Então ordenou aos holandeses subordinados a Billy Magro que se deslocassem para uma encruzilhada chamada Quatre Bras, situada mais ao sul na estrada do carvão, de modo a montar um bloqueio avançado para qualquer investida dos franceses.

Entre uma dança e outra, quando a banda parava de tocar, todos podiam ouvir o som de passos marchando e arreios de cavalos se balançando na rua lá fora, à medida que mais e mais soldados se reuniam.

Homens do gabinete do quarteleiro-mor apareceram e interromperam a dança para dar ordens de movimentação aos oficiais. A chocante notícia da retirada prussiana em Charleroi fez a ansiedade se espalhar pelo salão. Durante uma exibição de dança escocesa feita pelos Highlanders de Gordon, homens começaram a partir: alguns obedecendo a ordens, outros apenas imaginando que deviam estar sendo requisitados.

Algumas das despedidas entre jovens oficiais e moças foram surpreendentemente arrebatadas, à medida que os casais se davam conta de que talvez jamais voltassem a se encontrar.

O duque foi embora às três da manhã, e seus assessores finalmente puderam ir dormir.

Kit e o conde faziam parte da comitiva de Wellington quando ele partiu, às oito horas daquela manhã de sexta-feira, 16 de junho.

Eles saíram de Bruxelas pela Porte de Namur e seguiram na direção sul pela estrada do carvão. O trajeto era calçado com pedras para facilitar o trânsito de veículos, e de ambos os lados havia largos caminhos de terra batida para homens montados. A poeira de carvão das carroças havia deixado a lama enegrecida. A estrada era cercada por florestas de cada lado.

Não choveu, para variar um pouco, mas o chão estava cheio de poças. O sol já estava quente: o dia seria abafado.

Wellington estava tenso. A expressão do duque não revelava o que ele estava sentindo, mas quem o conhecia conseguia ler os sinais. A invasão o pegara de surpresa. Pior: ele tinha cometido um erro de avaliação ao deixar Bonaparte avançar até Charleroi; agora, em retrospecto, sabia que deveria ter concentrado suas tropas mais cedo. Bonaparte, porém, tinha reunido suas forças com rapidez e sem alarde, e conseguido manter sua invasão em segredo até ela já estar bem avançada. Em duas ocasiões, Kit ouvira Wellington dizer: "Bonaparte me tapeou."

Todos sabiam que o principal objetivo agora era unir forças com os prussianos, para assim formar um exército bem maior que o de Bonaparte. E o astuto francês faria todo o possível para impedir isso.

O grupo do estado-maior, todo a cavalo, ultrapassou as tropas regulares que seguiam rumo ao sul. Kit ficou animado ao ver Roger com sua artilharia e os pesados canhões puxados por cavalos avançando regularmente pela estrada calçada. Cavalgou por alguns minutos ao lado dele, que parecia bem-disposto e cheio de energia, apesar de provavelmente ter partido nas primeiras horas do dia.

– Cuide-se – disse Kit, e nunca havia pronunciado essa frase banal com tanta emoção.

Então cutucou seu cavalo com os calcanhares e seguiu em frente.

Um pouco mais adiante, eles passaram pelo 107º Regimento de Infantaria. Kenelm Mackintosh liderava alguns soldados que, juntos, cantavam um hino chamado "Desperta nossas almas sonolentas", uma escolha adequada para homens que haviam acordado no meio da noite. Os batistas tinham as melhores músicas, e Kit teve a sensação de que aquele hino era uma delas, mas Mackintosh já não se preocupava havia muito tempo com questões sectárias mesquinhas.

Kit foi correndo os olhos pelos rostos ao passar e em pouco tempo localizou a mãe e o padrasto. Jarge estava carregando o equipamento padrão de um soldado. Sal levava um conjunto de objetos semelhante, que devia ter conseguido na carroça de suprimentos. Jarge estava de uniforme, casaco vermelho curto e calça cinza; e Sal vestia roupas masculinas, calça e colete. Os dois marchavam alegremente debaixo do sol. Eram ambos fortes o bastante para caminhar o dia inteiro sem dificuldade. Enquanto Kit olhava, Sal tirou de dentro do colete um pedaço da linguiça típica apimentada local chamada *boudin*, sacou uma faca desnecessariamente comprida da bainha presa ao cinto, cortou uns dois centímetros do embutido e passou para Jarge, que enfiou a linguiça na boca e pôs-se a mastigar satisfeito.

Kit sentiu-se tentado a parar, mas, como tinha falado com a mãe apenas poucas horas antes, contentou-se em atrair a atenção dela e acenar, então seguiu em frente.

Enquanto ainda estava acompanhando o contingente de Kingsbridge, viu Joe Hornbeam chegar a cavalo, parecendo ter se adiantado e depois voltado. Joe gritou para os homens que marchavam:

– Logo à frente tem um córrego limpo à esquerda, assim que se entra na mata! Parem e encham os cantis com água fresca!

E foi percorrendo a fileira repetindo o mesmo recado.

Apesar de mal passar de um menino, ele tinha se tornado um bom oficial e estava cuidando das necessidades de seus homens, observou Kit. Não era do avô que havia herdado essa qualidade.

A estrada atravessou uma propriedade rural que alguém disse se chamar Mont-Saint-Jean, onde a estrada se bifurcava. Wellington parou para falar com seus ajudantes.

– Escolhi este lugar um ano atrás – falou. – A estrada da esquerda vai dar em Charleroi, e a da direita, em Nivelles. Portanto, daqui conseguimos bloquear dois acessos importantes para Bruxelas.

Eles estavam no alto de uma longa cordilheira, de onde se avistavam plantações de trigo e centeio, ainda verdes mas já com uma altura adequada para os meses de verão. A estrada do carvão fazia um leve declive e mergulhava entre duas grandes casas de fazenda situadas a dois ou três quilômetros uma da outra. Atravessava uma estradinha que seguia de leste a oeste, então tornava a subir até a crista do morro seguinte, onde havia uma taberna.

– Se o pior acontecer, este deve ser o nosso último bastião – disse Wellington. – Se fracassarmos aqui, teremos perdido Bruxelas, e talvez a Europa inteira.

Era uma perspectiva preocupante, e o grupo inteiro se calou.

– Qual foi aquele último vilarejo pelo qual passamos? – perguntou alguém.

– O lugar se chama Waterloo – respondeu o duque.

PARTE VI
A BATALHA DE WATERLOO

16 a 18 de junho de 1815

"Foi uma disputa muito acirrada."
Marechal de campo Sir Arthur Wellesley,
duque de Wellington

CAPÍTULO 41

Wellington estava sério e pensativo. Ele não falou muito durante o trajeto a cavalo. Tinha sofrido um revés, mas não era homem de ficar remoendo os próprios erros. O tempo inteiro vasculhava o terreno com o olhar, e Kit sabia, por tê-lo visto fazer aquilo, que estava avaliando o potencial militar de cada morro, campina e mata. Os homens de sua comitiva respeitavam seu silêncio e tomavam cuidado para não perturbar seu raciocínio. Kit tinha fé de que Wellington conseguiria encontrar a solução certa para o problema.

Às dez horas da manhã, ele fez o grupo parar numa encruzilhada. Uma pequena força de soldados holandeses já estava ali, e outros chegavam pela direita vindos do oeste e trazendo peças de artilharia. Kit supôs que aquele cruzamento devesse ser Quatre Bras. Numa das esquinas havia uma casa de fazenda, e, na esquina oposta, uma hospedaria. A estrada que seguia para o leste, também calçada com pedras, provavelmente conduzia ao território ocupado pelos aliados prussianos da Grã-Bretanha.

Quando o barulho dos cascos dos cavalos silenciou, Kit pôde ouvir tiros esporádicos de mosquete ao sul, indicando que uma força francesa de algum tipo havia subido a estrada do carvão desde Charleroi e sido detida pelos holandeses antes de chegar à encruzilhada. O inimigo estava próximo. Ao olhar nessa direção por sobre um trigal, ele conseguiu distinguir nuvens de fumaça. Aquilo devia ser um pequeno grupo avançado, mas que talvez anunciasse uma força maior. Apesar disso, os soldados que já tinham chegado à encruzilhada estavam relaxados e entretidos na preparação do almoço.

Wellington correu os olhos pelo horizonte, e Kit fez o mesmo. Viu basicamente uma paisagem plana ocupada por plantações quase maduras. À sua direita, as lavouras davam lugar a uma mata cerrada composta por bétulas e carvalhos; à frente, havia uma fazenda bem no meio da estrada; e, a uns dois quilômetros de distância, à esquerda, um povoado que alguns diziam se chamar Piraumont. O grupo percorreu os arredores a cavalo, identificando aspectos do terreno que poderiam se revelar importantes caso as escaramuças que estavam escutando se transformassem numa batalha mais séria.

Quando o sol ficou mais alto no céu, começou a fazer calor.

Por fim, Wellington reuniu o grupo e fez um anúncio simples.

– Antes do final do dia de hoje, precisamos alcançar dois objetivos: primeiro, juntar forças com os prussianos; segundo, deter o avanço de Bonaparte.

Ele fez uma pausa para deixar todos assimilarem o que acabara de dizer. Então continuou:

– E temos dois problemas. Primeiro: onde está Blücher? – Estava se referindo ao marechal de campo Gerhard von Blücher, príncipe de Wahlstatt e comandante máximo do Exército prussiano nos Países Baixos. – E segundo... onde está Bonaparte?

Von Müffling, oficial de ligação prussiano que fazia parte do grupo, apontou para o leste.

– As últimas informações que tive, Vossa Graça, situam o marechal de campo Blücher a onze quilômetros daqui, no vilarejo de Sombreffe, perto de Ligny.

– Então é para lá que nós vamos.

O grupo tomou o rumo da estrada que seguia para o leste e imprimiu um ritmo acelerado aos cavalos. Ao se aproximarem de Sombreffe, encontraram um oficial de ligação britânico que se ofereceu para guiá-los até Blücher. Ele os levou até um moinho de vento com uma escada de madeira que dava numa plataforma de observação – decerto construída pelos engenheiros prussianos, imaginou Kit, já que moinhos em geral não tinham esse tipo de plataforma.

Não havia espaço suficiente na plataforma para toda a comitiva de Wellington, mas ele pediu a Kit que o acompanhasse, pois sabia que o rapaz falava um pouco de alemão.

Blücher era um homem de 70 e poucos anos, cabelos brancos recuados na testa e um imenso bigode castanho. Dizia-se que ele era um diamante bruto, pouco instruído porém dono de um cérebro militar sagaz. Tinha as bochechas rosadas de quem bebia demais e um grande cachimbo curvo preso entre os dentes. Wellington o cumprimentou com amabilidade e demonstrou gostar dele, o que deixou Kit surpreso: o duque podia ser difícil no convívio com seus conhecidos.

Blücher estava usando um telescópio para olhar na direção sudoeste. Wellington sacou a própria luneta e a apontou na mesma direção. Os dois se comunicavam em francês misturado com umas poucas palavras em inglês e ocasionalmente solicitavam alguma tradução. Kit sentia que seu alemão na verdade não era bom o suficiente e temeu se revelar inútil, mas, no final das contas, conseguiu se virar bem.

Sem afastar o telescópio do olho, Blücher falou:

– Tropas francesas.

– A uns oito quilômetros daqui – disse Wellington.

– Estou vendo duas colunas.

– Numa estrada rural.

– Aproximando-se de Ligny.

Eles concordaram que Bonaparte tinha dividido seu exército em dois em Charleroi. A parte que eles viam estava perseguindo os prussianos; o resto quase certamente estava na estrada do carvão. Não havia como saber qual era o tamanho de cada parte, mas Blücher achava que a maioria dos franceses estivesse ali, e Wellington concordou. Após algum debate – que Kit não conseguiu acompanhar por inteiro – decidiu-se que Wellington levaria a maior parte de seu exército de Quatre Bras até Ligny para reforçar os prussianos.

Kit se sentiu aliviado. Pelo menos eles tinham um plano.

Só que o plano foi por água abaixo quase na mesma hora.

Enquanto voltavam a cavalo pelo mesmo caminho por onde tinham vindo, eles começaram a ouvir ao longe o ribombar da artilharia. O som vinha do oeste, a direção que haviam tomado, ou seja: uma batalha estava ocorrendo em Quatre Bras.

Wellington esporeou seu cavalo, um magnífico animal chamado Copenhague, e o restante do grupo teve que se esforçar para acompanhá-lo.

Ao se aproximarem de Quatre Bras, eles se depararam com fogo de mosquetes vindo da esquerda, ao sul da estrada. Kit se encolheu e o grupo dobrou à direita, saindo da estrada e entrando na mata ao norte. Até onde ele pôde ver, ninguém tinha sido atingido, mas eles foram forçados a diminuir a velocidade.

A presença de soldados franceses tão perto da estrada era má notícia. O inimigo obviamente havia ganhado terreno desde a manhã.

O sangue-frio de Wellington foi testado ao extremo enquanto eles lutavam para conduzir os cavalos pela vegetação rasteira ao mesmo tempo que escutavam, impotentes, o barulho de um pesado combate mais à frente.

Por fim, chegaram à encruzilhada de Quatre Bras e puderam observar com nitidez o campo de batalha. Apenas mil metros ao sul, o confronto parecia pesado de ambos os lados da estrada do carvão. A linha francesa se estendia no sentido norte-leste até o vilarejo de Piraumont, margeando a estrada de Ligny, o que explicava os tiros de mosquete.

Ocorreu a Kit que, se os franceses conseguissem assegurar aquele vilarejo, iriam controlar a estrada no sentido leste e impedir Wellington e o exército anglo--holandês de unir forças com os prussianos; nesse caso, os objetivos de Wellington para o dia se tornariam impossíveis.

Kit ficou desalentado. Estava acostumado a sempre ver Wellington no domínio da situação. Mas o general não havia mudado: a diferença era que ele agora estava diante de um general inimigo de mesmo calibre. Bonaparte era um gênio militar comparável a Wellington. *Esta é uma batalha de gigantes*, pensou. *Espero viver para ver quem vence.*

Wellington rapidamente reassumiu o comando e disse:

– Nossa tarefa agora é eliminar a força francesa aqui para podermos marchar até Ligny e reforçar os prussianos.

Ele ordenou ao 95º Regimento de Fuzileiros que saísse de Piraumont, então voltou sua atenção para a batalha principal.

As coisas iam mal. Os franceses haviam tomado a fazenda situada no meio da estrada do carvão e pareciam a ponto de subjugar as forças anglo-holandesas. Kit ficou desesperado; tudo estava degringolando muito depressa.

No entanto, mais tropas pareciam estar chegando. O 95º Regimento de Fuzileiros era a vanguarda da divisão do general Picton, e agora o restante de seus soldados estava dando as caras. Wellington não gostava de Picton, um galês mal--humorado que não demonstrava a devida deferência a um duque inglês. Mas naquele momento todo mundo ficou feliz ao vê-lo, e Wellington lhe ordenou que lançasse suas forças no combate imediatamente.

Só que reforços franceses também chegaram, e os inimigos foram se aproximando, metro a metro, da encruzilhada estrategicamente vital.

Quando ainda mais soldados britânicos apareceram, às cinco da tarde, Wellington contra-atacou e fez os franceses recuarem... porém devagar demais. E os franceses mantiveram o controle de Piraumont. Wellington estava preso ali, sem conseguir se juntar aos prussianos.

Kit corria levando mensagens de Wellington para os comandantes na frente de batalha e vice-versa. Como sempre acontecia durante o combate, esqueceu que poderia ser morto a qualquer momento.

Manteve os olhos abertos para o caso de ver o 107º Regimento de Infantaria, identificou Joe Hornbeam correndo para o meio das árvores a oeste e concluiu que as tropas de Kingsbridge estavam combatendo dentro da mata; no entanto, não chegou a avistar a mãe.

A batalha fluía de um lado para outro. Homens eram dilacerados e morriam aos berros, e o trigo foi pisoteado até ser arruinado. As mulheres levavam munição e gim para a frente de batalha e voltavam arrastando os feridos até a barraca dos médicos. Ao fazê-lo, várias eram mutiladas por balas de canhão aleatórias e tiros a esmo de mosquete, mas Kit não viu Sal entre elas.

O final não estava claro. O combate foi diminuindo de intensidade à medida que escureceu. Os dois lados acabaram parando não muito longe das posições nas quais haviam iniciado o dia.

A última mensagem que Wellington recebeu foi de Blücher. Os prussianos tinham tido baixas severas, dizia ele, mas conseguiriam manter sua posição até o cair da noite.

Kit pegou no sono em cima de um banco e só acordou quando amanheceu.

Sal e Jarge montaram uma barraca improvisada dentro da mata usando galhos cheios de folhas. O abrigo não era nem de longe à prova d'água, mas impedia parte da chuva de entrar. Eles se enrolaram em cobertores e adormeceram no solo molhado.

Sal acordou com os primeiros raios de luz. Tinha parado de chover. Ouviu gritos distantes de socorro. Deixou Jarge dormindo, foi na direção oeste até a orla da mata e examinou o campo de batalha.

Foi uma visão da qual jamais se esqueceria. Os mortos e feridos jaziam em meio ao trigo pisoteado, milhares de homens desmembrados e desfigurados, cabeças sem corpos, entranhas espalhadas pelo chão, pernas e braços decepados, rostos cobertos de sangue. Um cheiro horrível de vísceras e plantações esmigalhadas pairava no ar.

O derramamento de sangue não era uma novidade para Sal. Ela já havia visto homens e mulheres se mutilarem em acidentes na fábrica, e seu próprio Harry tivera uma morte horrível ao ser atropelado pela carroça de Will Riddick; mas nunca imaginara um sofrimento naquela escala. Foi tomada pela aflição. Por que as pessoas tinham que fazer aquilo umas com as outras? Spade dizia que o propósito daquela guerra era impedir os franceses de dominarem a Europa, mas será que isso seria tão ruim assim? De toda forma, aquilo ali era sem dúvida pior.

Seu olhar recaiu sobre um homem cujas pernas tinham sido esmigalhadas. Ele cruzou olhares com ela e disse, num gemido:

– Me ajude.

Ela viu que um morto estava caído por cima dele, e o homem não conseguia mover o cadáver nem se mexer. Ela afastou o corpo do morto.

– Água – pediu o soldado ferido. – Pelo amor de Deus.

– Onde está seu cantil?

– Na mochila.

Ela conseguiu abrir a mochila do soldado e tirar o cantil lá de dentro. Estava vazio.

– Vou lhe trazer água – falou.

Havia reparado numa vala dentro da mata. Então voltou para lá e a foi seguindo até ir dar num laguinho. Para seu horror, havia um homem morto lá dentro. Cogitou ir procurar outra fonte de água, mas acabou mudando de ideia. O homem das pernas esmigalhadas não iria se importar com o gosto de sangue. Encheu seu cantil, voltou até onde ele estava e o ajudou a beber. Ele sorveu avidamente a água suja.

Aos poucos, outros começaram a despertar e se dispersar. Os feridos que conseguiam andar partiram pela longa estrada que conduzia de volta a Bruxelas. Outros eram recolhidos pelos companheiros e carregados até a encruzilhada, onde carroças aguardavam para levá-los embora. Kenelm Mackintosh realizava enterros sucessivos.

Sal ficou sabendo que o 107º Regimento de Infantaria havia perdido vários oficiais graduados na véspera. O tenente-coronel, um dos dois majores e vários capitães tinham morrido ou ficado gravemente feridos. O major sobrevivente assumira o comando.

Os vivos saqueavam os mortos. Quaisquer itens de equipamento perdido ou danificado podiam ser substituídos pelos dos cadáveres de soldados que nunca mais iriam precisar de facas, canecas, cintos, cartuchos... ou dinheiro. Sal pegou as botas de montaria de um soldado magro para substituir os próprios calçados gastos. Na mochila de um francês morto, encontrou um queijo e uma garrafa de vinho, e voltou para onde Jarge estava levando ambos para o desjejum.

Antes do amanhecer do sábado, 17 de junho, Wellington tinha feito novamente a pergunta: "Onde está Blücher?" Desta vez, como Von Müffling não tinha nenhuma informação nova, o general mandou um ajudante de ordens sair à procura do comandante prussiano. O homem retornou às nove da manhã dizendo que Blücher estava desaparecido, possivelmente morto.

E havia notícias piores ainda. Os prussianos tinham fugido para o norte durante a noite e planejado tornar a se organizar em Wavre.

– Wavre? – repetiu Wellington. – Onde diabos fica Wavre?

Um ajudante de ordens trouxe um mapa.

– Meu Deus do céu, isso fica a quilômetros daqui! – exclamou Wellington, furioso.

Kit observou o mapa com atenção e estimou que Wavre ficasse a 25 quilômetros de Ligny. Assim, em vez de se juntarem, os britânicos e os prussianos estavam agora ainda mais distantes.

Aquilo era uma catástrofe. Bonaparte conseguira dividir os aliados em dois exércitos menores, cada qual mais fácil de vencer isoladamente do que teria sido contra a força unida. Enquanto isso, a estrada estava livre para ele marchar de Ligny até Quatre Bras, unir-se à força francesa que já se encontrava lá e, com esse exército aumentado, atacar a força anglo-holandesa menos numerosa.

Na verdade, raciocinou Kit, provavelmente Bonaparte já devia estar a caminho de lá. A solução era óbvia, e Wellington a anunciou: eles precisavam bater em retirada, e sem demora.

O general ordenou que o exército recuasse até Mont-Saint-Jean e lá acampasse para pernoitar. O vilarejo ficava a vinte quilômetros de Wavre. Se os prussianos conseguissem chegar a Mont-Saint-Jean para reforçar os britânicos, juntos os dois exércitos ainda poderiam derrotar Bonaparte.

Kit se animou um pouco.

Wellington escreveu para Blücher dizendo que iria ficar e lutar no dia seguinte em Mont-Saint-Jean se os prussianos conseguissem chegar.

O recado foi despachado, as ordens dadas, e a retirada começou.

– Não entendo por que estamos recuando – disse Jarge. – Achei que tivéssemos ganhado ontem.

– Conseguimos deter o avanço dos franceses, se é que você chama isso de ganhar – respondeu Kit. – Mas os prussianos não se saíram tão bem e marcharam para longe. Isso liberou Bonaparte para nos atacar pelo flanco.

– Sim, mas de que adianta fugir? Ele simplesmente vai nos perseguir.

– Verdade. Mas em algum momento vamos voltar e lutar. É só que Wellington quer escolher o campo de batalha.

– Hum. – Jarge passou um minuto pensando naquilo, então assentiu. – Faz sentido.

Eles estavam marchando na direção norte pela estrada do carvão, mas a retirada ameaçava se transformar numa debandada. Em Genappe, um vilarejo de ruas estreitas, as ambulâncias que voltavam para Bruxelas tinham colidido com carroças de artilharia e de comida que seguiam na direção de Quatre Bras. Para aumentar ainda mais a confusão, moradores em pânico fugiam para Bruxelas, tocando seu gado adiante pelo caminho.

Um tenente e treze granadeiros desfizeram o engarrafamento esvaziando as carroças de comida, jogando fora os suprimentos e despachando as carroças de volta para Bruxelas carregadas com os feridos.

Sal se perguntou o que eles iriam comer ao chegarem em Mont-Saint-Jean. Por precaução, resgatou de uma vala um saco de batatas de 20 quilos e o amarrou nas costas.

Pouco depois do meio-dia, voltou a chover.

Chovia torrencialmente em Bruxelas. Amos afundou mais o chapéu na cabeça para proteger os olhos da água e mesmo assim precisou ficar secando o rosto com o lenço a todo instante, caso contrário não conseguiria ver praticamente nada. As ruas estavam atravancadas de carroças, algumas trazendo feridos para hospitais já lotados, outras carregadas com munição e outros suprimentos tentando sair da cidade para chegar ao exército. Sem conseguir atravessar o tráfego no entorno dos hospitais, condutores de ambulância simplesmente largavam os feridos nas ruas e praças elegantes, e Amos precisou serpentear entre os corpos, alguns ainda vivos, outros já mortos, enquanto a chuva fazia o sangue deles escorrer para dentro das sarjetas. Os moradores da cidade entraram em pânico, e, ao passar pelo Hôtel des Halles, ele viu homens bem-vestidos brigando por passagens em barcaças e diligências que deixavam a cidade.

Foi até a casa de Jane, decidido a renovar seu apelo para que ela levasse Hal de volta para a Inglaterra. Sua visita se mostrou desnecessária: ela já estava preparando seus baús, usando um vestido velho e com os cabelos amarrados por um lenço.

– Tenho uma carruagem e cavalos nos estábulos daqui – disse ela. – Vou embora assim que Henry der o sinal... se não antes.

Ela não parecia propriamente assustada, mas zangada, e Amos imaginou que estivesse contrariada por ter que se separar de seu jovem amante. Era típico de Jane ver a guerra sobretudo como uma irritante interrupção de seu romance. Amos recordou como a havia adorado, e por tanto tempo, algo que agora lhe parecia incompreensível.

Saiu da casa de Jane para a de Elsie. Torceu para encontrá-la na mesma situação de Jane: fazendo as malas para ir embora. Mal suportava pensar no perigo que ela estava correndo. Queria que partisse daquele pesadelo de cidade no mesmo dia.

Só que Elsie não estava fazendo as malas. Um conselho de guerra fora armado na sala de estar. Ela, Spade e Arabella exibiam uma expressão solene e aflita. Na mesma hora, Amos disse:

– Elsie, você precisa ir embora. Sua vida está correndo perigo.

Ela fez que não com a cabeça.

– Não posso ir. Meu lugar é junto de Kenelm, e ele está arriscando a própria vida a poucos quilômetros daqui.

Amos entrou em desespero. Sabia que Elsie não amava o marido, mas sabia também que ela tinha um senso de dever muito forte. Admirava esse seu traço, mas ele agora a estava levando a pôr a própria vida em risco. Temeu que ela estivesse decidida a ficar.

– Por favor, Elsie, reconsidere – pediu.

Ela olhou para Spade, seu padrasto.

Amos queria que Spade exercesse sua autoridade como chefe de família e insistisse para Elsie ir embora. Mas sabia que não era esse seu modo de agir.

E estava certo. O que Spade disse a Elsie foi:

– Você deve seguir seu coração.

– Obrigada.

Arabella ficou do lado de Amos.

– Mas e os seus filhos... meus netos? – perguntou ela, com medo na voz.

– Eles devem ficar comigo – respondeu Elsie. – Eu sou a mãe deles.

– Eu posso levá-los para Kingsbridge. – Arabella agora estava implorando. – Eles ficariam seguros comigo e com David.

– Não – retrucou Elsie num tom decidido. – Nós somos uma família, estaremos melhor juntos. Não posso perdê-los de vista.

Arabella se virou para Spade.

– O que acha, David?

– Perdoe-me por me repetir, mas acho que Elsie deve seguir seu coração.

– Nesse caso eu também vou ficar. Mas você poderia partir, David.

Ele sorriu.

– Não vou deixar você – falou, com uma voz que não admitia ser contrariada. – Eu também devo seguir meu coração.

O silêncio perdurou por um bom tempo. Amos sabia que era voto vencido.

Elsie então tornou a falar:

– Então é isso. Vamos todos ficar.

Nessa noite, Sal ficou parada ao lado de Kit em frente à fazenda de Mont-Saint-Jean, no alto da cordilheira, observando a paisagem ao sul do vilarejo. A tempestade parecia estar indo embora; embora ainda chovesse, o sol atravessava as nuvens em alguns pontos. Colunas de vapor subiam pelos ares à medida que o sol aquecia o trigo encharcado. À sua esquerda, as florestas do lado leste da crista estavam escuras.

A estrada do carvão que cortava o vale ao meio era uma massa comprida de homens, cavalos e peças de artilharia móveis conforme os sobreviventes de Quatre Bras iam chegando. Oficiais com ordens escritas nas mãos os direcionavam para partes da encosta de acordo com um plano bolado em Quatre Bras por Wellington e De Lancey.

Sal se perguntou a que distância Bonaparte estaria deles.

Ela e Kit estavam perto de uma árvore cujos galhos cheios de folhas já tinham sido arrancados e estavam sendo usados pelos soldados de Kingsbridge para construir abrigos improvisados. Jarge e alguns outros construíam um abrigo de outra forma, apoiando vários mosquetes em pé encostados uns nos outros, com as baionetas fincadas no chão e cobertores abertos por cima de modo a formar uma tenda. Nenhum dos dois tipos de construção seria à prova d'água, mas ambos eram melhores do que nada.

Ela reparou que homens estavam sendo posicionados nas duas fazendas do vale e assinalou isso para Kit.

– A da direita se chama Hougoumont – disse ele. – A outra é La Haye Sainte.

– Que importância tem defendermos fazendas?

– Elas vão criar um obstáculo no caminho de Bonaparte quando ele quiser nos atacar.

– Não vão conseguir deter o exército inteiro.

– Talvez não.

– Então esses homens vão ser sacrificados.

– Não é uma certeza, mas é bastante provável.

Sal estava profundamente grata pelo fato de o 107º Regimento de Infantaria não ter sido escolhido para desempenhar essa tarefa. Não que suas próprias perspectivas fossem muito boas.

– Quantos de nós será que vão morrer aqui amanhã? – perguntou ela. – Dez mil? Vinte mil?

– Provavelmente mais.

– Aqui é o último bastião de Wellington?

Kit aquiesceu.

– Se formos derrotados aqui, nada pode impedir Bonaparte de chegar a Bruxelas... e à vitória. E então os franceses vão dominar a Europa inteira por muitos anos.

Era a mesma coisa que Spade tinha dito, recordou Sal.

– Por mim, os franceses podem ficar com a Europa. Eu só quero minha família de volta à Inglaterra, viva e com saúde.

– É uma batalha decisiva para Bonaparte também – afirmou Kit. – Se conseguirmos destruir o exército dele aqui, iremos até Paris. Será o fim para ele.

– E imagino que então devolveremos aos franceses aquele rei gordo.

O corpulento Luís XVIII não era nem competente nem benquisto, mas os aliados estavam decididos a restaurar a monarquia da França e provar que a revolução republicana tinha sido um fracasso.

– E vinte mil homens vão morrer amanhã por isso – declarou Sal. – Não entendo. Diga para mim, meu filho tão inteligente: eu por acaso sou burra? Ou burro é o governo?

Jarge emergiu de dentro da cabana improvisada com as calças encharcadas de lama e ficou de pé.

– Não tem comida – disse ele para Kit.

Seu tom sugeria que ele atribuía a culpa aos oficiais de modo geral, e a Kit mais especificamente.

– A maioria dos suprimentos foi jogada fora durante o pânico em Genappe – explicou Kit.

Sal se lembrou de ter visto as carroças de comida sendo esvaziadas.

– Nosso almoço está dentro de uma vala – falou ela.

– Poderíamos cozinhar as batatas – observou Jarge.

Sal ainda estava carregando o saco nas costas. Tinha se acostumado tanto à dor que nem sequer se lembrara de pôr o peso no chão.

– Vamos cozinhá-las em quê? – questionou. – Está tudo úmido demais para fazer fogo. Mesmo que conseguíssemos acender um, teríamos fumaça, não chamas.

– Vamos comê-las cruas?

– A senhora poderia levá-las até o vilarejo de Waterloo, mãe – sugeriu Kit. – Fica a uns cinco quilômetros daqui. Lá certamente haverá alguém com um forno em casa.

– Você só me quer longe do campo de batalha.

– Admito que sim – disse Kit. – Mas o que a senhora tem a perder?

Sal passou um minuto pensando. Não havia nada que pudesse fazer ali por Jarge ou pelos outros homens de Kingsbridge. Melhor seria então dar um jeito de conseguir cozinhar as batatas.

– Está certo – falou. – Vou tentar.

CAPÍTULO 42

Nuvens carregadas escondiam a lua. Sal não conseguia enxergar praticamente nada. Só sabia que estava na estrada por causa da textura das pedras do calçamento sob as solas das botas tiradas do soldado morto. Quando um de seus pés escorregava na lama, entendia que tinha se desviado para a esquerda ou para a direita. De vez em quando, uma luz tremeluzia atrás das venezianas das janelas de alguma casa, produzida talvez por alguma vela quase no fim ou por uma lareira quase apagada; moradores da zona rural não ficavam acordados por muito tempo após o anoitecer. Por mais fraco que fosse, aquele brilho encorajava Sal, fazendo-a pensar que em algum lugar havia luz e calor.

Ela seguiu chapinhando sob a chuva forte, pensando nos motivos para ser grata. Kit continuava vivo, e Jarge também. Ela também estava ilesa, apesar da selvageria de Quatre Bras. E a batalha do dia seguinte poderia ser a última, de um jeito ou de outro. Se sobrevivessem, ela e a família poderiam nunca mais ter que arriscar a vida na guerra.

Ou talvez esse pensamento fosse otimista demais.

De toda forma, ela estava carregando 20 quilos de batatas e, mesmo que a carga fizesse suas costas doerem, estava feliz por tê-las. Não comia desde o desjejum de queijo sem pão desse mesmo dia.

Ao ver o brilho de várias luzes juntas, deduziu que tinha chegado a um vilarejo. Imaginou que fosse quase meia-noite. Uma pessoa certamente estaria acordada e trabalhando: o padeiro. Mas como encontrá-lo?

Continuou pela estrada até as luzes se tornarem menos numerosas e ela entender que tinha ido longe demais, então girou nos calcanhares e começou a voltar. Iria precisar bater em alguma porta, acordar alguém e pedir informações.

Foi então que sentiu cheiro de fumaça. Não o cheiro de cinzas de um fogo de cozinha quase apagado, mas o aroma forte de um braseiro, talvez vindo de um forno. Virou-se, farejou o ar em várias direções e seguiu naquela em que o cheiro estava mais forte. O caminho a fez percorrer uma rua lamacenta até dar numa casa em que havia muita luz. Seu nariz pareceu detectar o cheiro de pão quente, mas talvez fosse só sua imaginação. Ela bateu na porta com força.

Um homem gordo de meia-idade veio abrir. Havia manchas brancas em suas roupas e um pó branco em sua barba: o branco era sem dúvida farinha, e aquele era o padeiro. Ele lhe falou com irritação, em francês, e Sal não entendeu nada.

Ela estendeu a mão e segurou a porta. O padeiro pareceu surpreso com sua força.

– Eu não quero pão – disse ela. – *Cherche pas de pain* – completou, usando algumas palavras francesas aprendidas em Bruxelas.

O padeiro disse algo que provavelmente significava que nesse caso ela estava no estabelecimento errado.

Ela entrou sem ser convidada. Fazia calor lá dentro. Desamarrou os barbantes que fechavam o saco e baixou seu fardo. Suas costas doeram mais quando o peso foi retirado. Ela pôs o saco em cima de uma mesa na qual o padeiro estava sovando massa.

Apontou para as batatas, em seguida para o grande forno no canto do recinto.

– *Cuire* – falou, numa tentativa de dizer "cozinhar". Então usou uma frase que havia aprendido. – *Je vous paie*. Eu pago.

– *Combien?*

Essa era a primeira palavra francesa que ela havia aprendido quando começara a fazer compras em Bruxelas e significava "Quanto?". Levou a mão até dentro do colete. Tinha dinheiro de sobra: havia lucrado bastante com suas viagens do acampamento até Bruxelas. Imaginou que o padeiro fosse pedir cinco francos, sabendo que ela estava desesperada, mas que aceitaria três. Antes de sair de Mont-Saint-Jean, tinha posto três francos num dos bolsos. Então pegou as moedas. Segurando-as junto ao corpo para o homem não ver, contou dois francos e os pôs sobre a mesa.

Ele disse algo negativo, balançando a cabeça.

Ela acrescentou outra moeda.

Quando ele tornou a balançar a cabeça, mostrou-lhe a mão vazia.

Ele deu de ombros e disse:

– *Bien.*

Abriu a porta do forno e puxou para fora uma grelha com pequenos pães que pareciam assados. Despejou o pão num cesto grande e pousou a grelha.

Sal abriu seu saco e espalhou as batatas sobre a grelha, em seguida as espetou com a faca de modo que não estourassem. O padeiro então tornou a empurrar a grelha para dentro do forno.

Ele tomou um gole de uma garrafa que estava ao lado de sua bancada de sovar. Sal sentiu cheiro de gim. O padeiro então recomeçou a sovar massa. Sal passou um minuto observando-o, pensando se deveria pedir um pouco da bebida. Concluiu que não precisava.

Deitou-se no chão ao lado do forno, aproveitando o calor. Suas roupas encharcadas começaram a soltar vapor. Em pouco tempo ela estaria seca.

Fechou os olhos e pegou no sono.

Para Kit, todas as noites desde que ele havia entrado no Exército eram a mesma coisa: ele caía no sono assim que se deitava e dormia até alguém acordá-lo. Dessa vez, porém, teve a sensação de ter acabado de fechar os olhos quando alguém o sacudiu com força. Quis continuar dormindo, então escutou a voz de Henry, conde de Shiring, e se sentou.

– Que horas são?

– Duas e meia da manhã, e Wellington está prestes a nos dar instruções. Calce as botas depressa.

Ele lembrou que estava num celeiro no vilarejo de Waterloo e que nesse dia haveria uma grande batalha. Sentiu um tremor por causa daquele velho medo, mas não foi tão ruim quanto antes, e conseguiu afastar aquilo da mente. Jogou longe o cobertor e encontrou as botas. Um minuto depois, saiu do celeiro atrás do conde.

Chovia forte.

Eles foram até a casa de fazenda que Wellington havia transformado em quartel-general. O dono da casa e a família deviam estar dormindo no curral de vacas; em tempos de guerra, os exércitos pegavam o que necessitavam e pouco ligavam para os protestos dos civis.

Wellington estava em pé à cabeceira da mesa comprida da cozinha. Seus oficiais mais graduados tinham se sentado ao redor da mesa, ao passo que os ajudantes de ordens estavam encostados nas paredes. O general meneou a cabeça para Henry e disse:

– Bom dia, Shiring. Acho que agora estamos todos aqui. Vamos às notícias mais recentes.

Henry fez uma reverência e foi se sentar. Kit continuou de pé.

O chefe da inteligência se levantou.

– Ontem à noite mandei nossos espiões que falam francês, tanto homens quanto mulheres, até o acampamento de Bonaparte vender as coisas que os soldados sempre querem: fumo, gim, lápis, sabão. A tarefa foi árdua, com essa chuva toda e os franceses espalhados por vários quilômetros quadrados. Porém, com base em nossas informações anteriores, somadas aos relatórios deles, minhas estimativas são de que Bonaparte dispõe de cerca de 72 mil homens.

– Quase o mesmo que nós – afirmou Wellington. – Estimamos nossa própria força em 68 mil homens. E o moral francês?

– Eles estão com frio e molhados, como nós, e passaram o dia inteiro marchando, como nós. Mas nossos espiões notaram uma diferença. Os soldados lá são quase todos franceses, e querem lutar. Eles veneram Bonaparte como se fosse um Deus.

Kit sabia o que não estava sendo dito. A maioria dos franceses, tanto oficiais quanto soldados, era de origem humilde e devia sua ascensão à Revolução e a Bonaparte. Já no exército de Wellington, a maioria dos oficiais era oriunda da aristocracia ou da classe dos grandes proprietários de terras, ao passo que as outras patentes eram todas extraídas das camadas mais baixas da sociedade. Além disso, dois em cada três soldados aliados eram holandeses ou hanoverianos; apenas um terço era de fato britânico. E muitos desses britânicos estavam servindo a contragosto, após terem sido condenados por juízes a se alistar no Exército ou enganados por sargentos de recrutamento. Os soldados mais leais de Wellington integravam a Legião Alemã do Rei.

– Com relação à artilharia – disse o oficial de inteligência –, parece que Bonaparte tem cerca de 250 peças grandes.

– Ou seja, cem a mais que nós – completou Wellington.

Kit ficou consternado. Os aliados pareciam estar em desvantagem. Bonaparte havia manobrado de forma brilhante e conseguido ser mais esperto que Wellington. *E por isso talvez eu morra*, pensou Kit.

Fez-se um silêncio que durou alguns instantes. O comandante máximo já tinha todas as informações disponíveis. Agora somente ele podia decidir o que fazer.

Por fim, Wellington falou:

– Um confronto equilibrado significa perder vidas sem propósito. E nós estamos um pouco menos que equilibrados. – Isso não surpreendeu Kit. Afinal, o general buscava travar combate apenas quando em situação de vantagem. – Com esses números eu não vou lutar.

Seu tom era decidido. Ele fez uma pausa para todos digerirem suas palavras.

– Existem duas possibilidades – retomou ele. – Uma: os prussianos unem forças conosco. Com algo próximo a 75 mil homens, eles desequilibrariam a balança. Se conseguirem chegar aqui, nós lutaremos.

Ninguém se atreveu a comentar nada, mas cabeças ao redor da mesa menearam seu assentimento.

– Se eles não conseguirem, nós vamos recuar de novo, pela Floresta de Soignes. Existe uma estrada que os prussianos poderiam usar a partir de Wavre que passa por dentro da floresta e se junta à estrada principal logo ao sul de Ixelles. Este vai ser nosso último bastião.

Dessa vez ninguém assentiu.

Kit sabia que aquela era uma medida desesperada. A estrada que os prussianos teriam que usar era uma trilha na mata; era impossível movimentar milhares de homens depressa por um terreno assim. De toda forma, faltando poucas horas para o dia raiar, o tempo para um recuo estava se esgotando.

Wellington transformou seus pensamentos em palavras.

– Tenho forte preferência pelo plano A – disse ele. – Felizmente, o marechal de campo Blücher reapareceu. Parece que ele foi ferido e passou um tempo desacordado, mas agora está de volta ao comando em Wavre, onde seu exército está acampado a leste da cidade. Ontem à noite recebi um recado dizendo que ele vai se juntar a nós esta manhã.

Kit se sentiu profundamente aliviado. Não haveria batalha naquele dia a menos que uma vitória britânica fosse provável.

– Numa guerra, porém, a situação pode mudar depressa, e preciso ter a confirmação de que as intenções de Blücher hoje de manhã são as mesmas de ontem à noite. Se forem, tenho que saber a que horas ele vai chegar aqui. – Wellington olhou para o conde. – Shiring, quero que cavalgue até Wavre e entregue uma carta em mãos para Blücher. Leve junto o jovem Clitheroe... ele fala um pouco de alemão.

– Sim, general – respondeu Henry.

Kit ficou empolgado por ser escolhido para uma missão tão importante, embora isso significasse cavalgar por vinte quilômetros no escuro e debaixo de uma chuva torrencial.

– Vão preparar seus cavalos enquanto eu escrevo o recado – ordenou Wellington.

Kit e o conde saíram e foram até os estábulos. O conde acordou um par de cavalariços. Kit ficou observando atentamente os homens de olhar sonolento selarem dois cavalos; não queria ter que parar para reajustar os arreios no caminho.

Os cavalariços prenderam um lampião de temporal em cada sela, à frente da coxa do cavaleiro. A luz só iluminaria uns poucos metros da estrada à frente, mas era melhor que nada.

Quando os cavalos foram preparados, Kit e Henry voltaram para a cozinha da fazenda. Wellington e um pequeno grupo de generais estavam debruçados sobre um mapa do campo de batalha desenhado à mão, tentando adivinhar o que Bonaparte faria. O general ergueu os olhos e disse:

– Shiring, tenha a bondade de voltar com a resposta de Blücher com a máxima urgência. Clitheroe, pressupondo que a resposta seja sim, quero que fique um pouco mais com os prussianos. Assim que eles estiverem bastante adiantados, ultrapasse-os e me traga uma atualização quanto ao seu horário estimado de chegada.

– Sim, general.

– Não percam tempo. Partam agora mesmo.

Os dois voltaram aos estábulos e montaram seus cavalos.

Conduziram os animais pela trilha de lama paralela à estrada calçada e foram descendo a encosta do morro até a encruzilhada perto de La Haye Sainte. Ali dobraram à esquerda e pegaram a estrada sem calçamento que ia dar em Wavre.

Estava escuro demais até para trotar. Eles seguiam lado a lado, de modo a poder aproveitar a luz do lampião do outro. A chuva entrava nos olhos de Kit e piorava ainda mais sua visão. A estrada rural serpenteava por um território acidentado cheio de lama. Todos os fundos de vale estavam alagados, e Kit temeu que movimentar as peças de artilharia prussianas por aquela estrada fosse ser extremamente difícil e demorado.

A monotonia da cavalgada lhe permitiu sentir o cansaço de ter tido o sono interrompido. O conde ia dando golinhos num cantil de conhaque, mas Kit não bebeu nada, pois temia que o álcool forte o fizesse adormecer na sela. *Espero conseguirmos a resposta que queremos*, ele não parava de pensar. *Espero que Blücher diga que ainda pretende se juntar a nós na manhã de hoje.*

Após um tempo, a fraca luz da aurora penetrou com grande esforço as nuvens. Assim que conseguiram enxergar a estrada à frente, eles cutucaram os cavalos com os calcanhares para fazê-los acelerar até um meio galope.

Ainda tinham um longo caminho pela frente.

No caminho de volta, Sal se perdeu.

Sentiu a lama sob os pés e se virou para onde achava que estivesse a estrada, mas não sentiu qualquer pedra de calçamento. Concluiu que devia ter perdido a concentração.

Tentou andar em círculos cada vez maiores, imaginando que mais cedo ou mais tarde teria que dar na estrada, mas, como nada via, não conseguia ter certeza de estar realmente andando em círculos. Com as mãos estendidas na frente do corpo, encontrou uma árvore. Pouco depois, sentiu outra. Entendeu que havia ido parar na floresta. Virou-se num semicírculo e voltou, assim torceu, pelo mesmo caminho pelo qual viera; mas acabou encontrando outra árvore.

Parou, começando a entrar em desespero. De nada adiantava andar se não fazia ideia de para onde estava indo. Sentiu vontade de chorar, mas se conteve. *Minhas costas estão doendo, estou perdida, exausta e encharcada até os ossos*, pensou; *coisas piores vão acontecer daqui a poucas horas, quando a batalha começar.*

Ela encontrou um tronco grande, sentou-se e nele apoiou as costas. As folhas lhe proporcionavam alguma proteção da chuva. Seu saco estava molhado, mas as batatas lá dentro ainda estavam quentes, e ela abraçou a trouxa junto ao peito para se aquecer.

Tinha tido uma experiência ruim na padaria. Sonhara que estava na cama com Jarge e que ele a acariciava; ao acordar, encontrara o padeiro ajoelhado ao seu lado. Ele havia desabotoado a calça dela e estava com a mão lá dentro.

Ela foi na mesma hora transportada de volta para a prisão de trabalhos forçados, onde as mulheres tinham que suportar aquele tipo de coisa ou então serem açoitadas por desobediência. Porém, agora ela não era mais prisioneira, e num instante a raiva a dominou. Ela afastou a mão do homem com um tapa forte e se levantou num pulo. O padeiro recuou depressa. Ela sacou da bainha no cinto a faca comprida e deu um passo na direção dele, pronta para cravar a lâmina naquela barriga gorda; então sua razão voltou.

O homem estava aterrorizado.

Ela embainhou a faca e abotoou a calça.

Sem dizer nada, abriu a porta do forno. Usando o gancho de madeira do padeiro, puxou a grelha de batatas. Viu na hora que elas estavam assadas: a casca estava escura e levemente enrugada. Guardou-as rapidamente no saco outra vez, então o amarrou nas costas.

Pegou um pão recém-saído do forno e pôs debaixo do braço enquanto encarava com firmeza o padeiro, desafiando-o a protestar. O homem não disse nada.

Ela saiu da padaria em silêncio. Comeu o pão enquanto andava pela estrada e terminou em questão de minutos.

Agora, sentada debaixo da árvore, sentiu os olhos se fecharem. Mas não podia pegar no sono ali: precisava levar as batatas de volta até o regimento. Levantou-se para se manter acordada.

Então, quase sem que ela percebesse, o céu clareou. O dia estava raiando. Apenas um minuto depois, ela voltou a identificar a floresta em volta. Então olhou por entre as árvores e viu, a apenas cem metros dali, a superfície calçada da estrada. Nunca chegara a ir muito longe.

Reamarrou o saco nas costas, foi até a estrada e começou a andar na direção sul.

Parou de chover, e ela enviou para o céu uma prece de gratidão.

Quando chegou a Mont-Saint-Jean, o sol já começava a surgir no leste trazendo luz, mas não calor. Ela atravessou o acampamento. A maioria dos soldados estava deitada no chão lamacento, enrolada em cobertores ensopados. Cavalos molhados tentavam desconsoladamente pastar o trigo arruinado. Ela viu Kenelm Mackintosh, de pé e com a cabeça descoberta, fazendo as preces da manhã com alguns soldados. Entre eles identificou Freddie Caines, cunhado de Spade, que agora era sargento.

Avançou o mais depressa que pôde, temendo ser assassinada caso alguém percebesse o que trazia no saco.

Encontrou a barraca improvisada de Jarge e rastejou agradecida para dentro. Jarge e vários outros homens de Kingsbridge estavam deitados no chão molhado, apinhados feito peixes num caixote.

– Acordem, seus soldados sortudos! – exclamou ela.

Abriu o saco, e o cheiro de batata assada dominou o pequeno espaço.

Jarge se sentou, e Sal lhe passou uma batata. Ele deu uma mordida.

– Ah, minha nossa – comentou.

Os outros também pegaram batatas e começaram a comer. Jarge terminou a sua e pegou outra.

– Que coisa mais divina – falou. – Sal Box, você é um anjo.

– Bem – disse ela. – Disso eu nunca tinha sido chamada.

Agora que era dia, Kit e o conde podiam cavalgar mais depressa. Mas nenhum cavalo era capaz de galopar por vinte quilômetros. Eles foram alternando trote e passo num ritmo que Kit considerou frustrante de tão vagaroso, mas que o conde disse ser o modo comprovadamente mais rápido de percorrer uma longa distância sem matar o cavalo. Começaram a ver agricultores acostumados a madrugar, e o conde lhes dirigia a palavra com frequência, para confirmar – assim supôs Kit – que aquela era mesmo a estrada para Wavre. Kit se sentia tenso e impaciente. Wellington havia lhes pedido que se apressassem.

Reparou que o conde estava todo salpicado de lama, não só nas botas e na calça mas até no rosto. Imaginou que ele próprio devesse estar com um aspecto igualmente lamentável.

Foram detidos num posto avançado de cavalaria por homens de uniforme prussiano. Os guardas confirmaram que estavam próximos de Wavre e lhes contaram que Blücher havia montado seu quartel-general na grande hospedaria da praça da cidade.

Um relógio de igreja bateu as cinco da manhã quando eles estavam entrando na cidade. A estrada era de terra batida, alagada e cheia de poças por causa da chuva. Quando estavam se aproximando do centro, as ruas se estreitaram e ficaram mais sinuosas, e a lama alcançava quase meio metro de profundidade.

– Wellington falou que os prussianos estão acampados a leste da cidade – disse o conde com preocupação. – O exército de Blücher vai levar horas para atravessar esta toca de coelho.

A rua principal os levou diretamente até o centro da cidade, e eles adentraram a maior taberna da praça. Um soldado prussiano os deteve na recepção e examinou seus uniformes imundos. O conde se dirigiu a ele num francês hesitante, e o homem emitiu ruídos negativos.

O problema era que eles não tinham um aspecto de autoridade. Pessoas mais simplórias às vezes achavam que estrangeiros que falavam mal seu idioma deviam ser burros. Kit gritou com o sujeito:

– *Achtung! Der Graf sucht Blücher! Geh holen!* O conde está procurando Blücher... vá chamá-lo!

Deu certo. O soldado produziu um ruído de quem se desculpa e desapareceu por uma porta.

– Muito bem, Clitheroe – murmurou o conde.

Ao reaparecer, o soldado informou a Kit que o marechal de campo viria muito em breve. Kit achou aquilo enlouquecedor. Por que o homem não aparecia imediatamente, mesmo que estivesse de camisolão? Onde estava seu senso de urgência? Apesar de parecer frustrado, o conde Henry não reclamou.

Kit mandou o soldado ir buscar café e pão para o conde de Shiring, e o homem obedientemente se afastou depressa e voltou em poucos minutos com o desjejum.

Blücher apareceu, com a barba feita, de farda e fumando um cachimbo. Seus olhos vermelhos sugeriam uma forte bebedeira na noite anterior – talvez em muitas noites anteriores –, mas ele se mostrou enérgico e decidido. O conde curvou as costas e lhe entregou na mesma hora a carta de Wellington, que estava escrita em francês. Enquanto Blücher a lia, o soldado prussiano lhe serviu uma xícara de café, que o marechal de campo esvaziou sem desgrudar os olhos do papel.

A conversa subsequente foi em francês, mas Blücher usou muito a palavra "*oui*", que Kit sabia significar "sim". Pareceu um bom sinal.

Enquanto os dois conversavam numa língua estrangeira para ambos, oficiais prussianos do alto escalão começaram a chegar. A conversa terminou com o assentimento tanto do conde quanto de Blücher, e Blücher então deu ordens aos seus ajudantes.

O conde explicou para Kit em que consistira a conversa. Uma parte do exército de Bonaparte havia perseguido os prussianos até ali, e Blücher precisava deixar uma parcela de sua força para trás de modo a contê-lo. Apesar disso, estava pronto e disposto a conduzir a parcela maior até Mont-Saint-Jean naquela manhã, e, na realidade, a vanguarda já tinha atravessado o rio.

– Quando eles vão chegar? – indagou Kit.

– É cedo demais para dizer. Vou voltar agora e avisar Wellington que eles estão a caminho. Você fica aqui com os prussianos, conforme ordenado, até conseguir uma estimativa confiável do horário de chegada deles. Sua tarefa agora se tornou crucial. Wellington estará desesperado para saber quando chegarão os reforços que dobrarão o tamanho do exército dele.

Kit ficou muito empolgado por ter uma tarefa tão importante confiada a ele e, ao mesmo tempo, sentiu o peso de uma grande responsabilidade.

– Fique com eles pelo menos até deixarem a cidade – instruiu o conde. – Depois disso, use seu discernimento.

– Sim, coronel.

O conde se curvou diante de Blücher e se retirou.

Agora estou por minha conta, pensou Kit.

A cidade de Wavre ficava na margem oeste do rio Dyle. Kit foi buscar seu cavalo e nele percorreu a curta distância que separava a praça do mercado da ponte. Os homens de Blücher já estavam marchando para cruzá-la. Ocorreu-lhe no mesmo instante que seriam necessárias horas para milhares de homens atravessarem aquele trecho estreito. O rio estava cheio depois da chuva forte recente e claramente não havia como atravessá-lo. Do outro lado, Kit vasculhou a margem do rio para cima e para baixo e encontrou duas outras pontes: uma no extremo sul da cidade, outra um quilômetro e meio mais para o norte, ambas estreitas.

Quando voltou para a ponte principal, os soldados em marcha já se intercalavam com peças de artilharia em baterias de oito, e um engarrafamento havia se formado. Uma multidão cada vez maior de homens aguardava para atravessar. Soldados estavam acostumados a esperar, e todos tinham se sentado alegremente no chão para descansar. Kit perguntou a um capitão quantas peças de artilharia eles estavam levando para Mont-Saint-Jean.

– *Einhundertvierundvierzig* – foi a resposta.

Depois de pensar um pouco, Kit entendeu que o número significava 144.

Foi seguindo o trajeto do exército cidade adentro. Ali a situação não estava tão tranquila. As botas ao marchar reviravam a lama do chão até transformá-la numa sopa quase líquida. Ele não demorou a encontrar o motivo da interrupção: um dos canhões mais pesados estava com o eixo quebrado, bloqueando a estrada. Era preciso arrastá-lo dali, mas a rua era estreita. Um oficial de rosto vermelho chicoteava os cavalos e praguejava furioso enquanto uma dúzia de soldados, lutando para firmar os pés na rua enlameada, empurrava a carreta do armamento na tentativa desesperada de fazê-lo se mover.

Kit abriu caminho para passar e foi até o outro lado da cidade, onde se assegurou de que os soldados que tinham conseguido atravessar estivessem pegando a estrada rural que ia dar em Mont-Saint-Jean.

De volta à ponte, havia agora vários milhares de homens imobilizados na margem oposta. Kit estava começando a temer que eles fossem levar o dia inteiro para atravessar.

A linha recomeçou a se mover; a carreta quebrada da peça de artilharia devia ter sido enfim tirada da frente. Os soldados tinham que abrir caminho enquanto os pesados canhões puxados por cavalos cruzavam a ponte, um atrás do outro, e em seguida entravam na cidade. Às oito da manhã, os prussianos ainda não tinham feito todas as suas peças de artilharia passarem pela cidade.

Foi então que o incêndio começou.

Kit sentiu o cheiro do fogo antes de vê-lo: um odor de palha queimada. Tudo deveria estar úmido demais para se incendiar. Muitas das construções eram de madeira, e a fumaça que subia do centro da cidade se transformou de uma coluna numa nuvem, depois numa névoa que tomou conta das ruas, fazendo os soldados tossirem e seus olhos lacrimejarem.

O exército parou por completo. Alguns dos homens abandonaram canhões e cavalos, e recuaram para se afastar das chamas. Os que estavam mais perto das carroças de munição entraram em pânico e fugiram, temendo uma imensa explosão. Oficiais ordenavam aos remanescentes que voltassem pelo mesmo caminho pelo qual tinham vindo. Nas ruas estreitas, tentar inverter o curso de toda aquela procissão, inclusive das carretas de artilharia com suas juntas de seis cavalos, provocou uma nova enxurrada de xingamentos e confusão.

Kit voltou para a ponte com a intenção de sugerir aos prussianos que usassem as outras duas, mas os oficiais tinham sido mais rápidos e já estavam despachando batalhões pelos caminhos alternativos.

Ele atravessou a ponte mais próxima, ao sul da cidade, e deu a volta pelos arredores até chegar a oeste de Wavre. Encontrou a estrada para Mont-Saint-Jean e confirmou que os prussianos a estavam pegando.

Retornou para a ponte principal e viu que as tropas agora passavam desimpedidas por rotas alternativas. As peças de artilharia estavam sendo retiradas do centro da cidade. Carroças com munição se juntavam ao êxodo.

Eram agora dez e meia da manhã, horário em que Wellington esperava que os prussianos fossem chegar ao campo de batalha.

Kit tentou calcular o novo horário de chegada deles. Assim que pegassem uma estrada desimpedida, poderiam marchar num ritmo de três a cinco quilômetros por hora, estimou ele. De modo que poderia dizer ao general que o corpo prussiano principal talvez chegasse a Mont-Saint-Jean dali a cinco horas... se nada mais desse errado.

Cavalgando na dianteira, ele partiu para dar a notícia ao general.

CAPÍTULO 43

Wellington mandou todas as mulheres saírem do campo de batalha. Algumas obedeceram à ordem. Sal não foi uma delas.

E agora estava entediada. Nunca teria imaginado que aquilo pudesse acontecer. Estava deitada no chão próximo ao cume da cordilheira, na companhia de Jarge e dos outros integrantes do 107º Regimento de Infantaria, olhando a paisagem lá embaixo e esperando a batalha começar. Eles não deveriam estar assim tão avançados, mas encontravam-se num ponto em que uma leve depressão do terreno os ocultava.

Ela se pegou desejando com impaciência que aquilo se resolvesse logo. *Que tolice a minha*, pensou.

Então, às onze e meia, a batalha teve início.

Como esperado, os franceses atacaram primeiro o *château* e as edificações da fazenda Hougoumont, o posto avançado dos aliados situado a pouco menos de um quilômetro de onde ela estava e perigosamente próximo da linha de frente francesa.

Ela conseguia distinguir um complexo formado por casas, galpões e uma capela, tudo rodeado por árvores. Um jardim murado e um pomar estavam situados a oeste, à direita dela. No outro extremo, ao sul, mas ainda visível, uma pequena mata – pouco menos de um hectare – separava a sede da fazenda da linha de frente francesa. Sal ficara sabendo que a fazenda Hougoumont estava sendo defendida por duzentos guardas britânicos e mil alemães. Os soldados estavam posicionados na floresta e no pomar, bem como dentro do complexo.

O ataque francês começou com uma pesada canhonada da artilharia, que Sal julgou ter sido provavelmente devastadora a tão curta distância.

Em seguida, soldados de infantaria franceses marcharam da sua linha de frente por um campo aberto em direção a Hougoumont. A artilharia aliada então respondeu, disparando metralha na infantaria.

Os aliados que estavam na floresta começaram a atirar nos franceses de trás das árvores. Os alemães estavam armados com fuzis, que tinham alcance e precisão maiores.

A metralha e os fuzis tiveram uma eficácia letal, e soldados franceses de casaco azul caíram às centenas; mas os franceses mantiveram sua linha e seguiram avançando.

– Eles são um alvo tão fácil... – comentou Sal. – Por que não avançam correndo em vez de andar?

A pergunta não foi dirigida a ninguém em especial, mas quem a respondeu foi um veterano da guerra na Espanha.

– Por disciplina – disse ele. – Daqui a um minuto eles vão parar e disparar todos juntos.

Eu sairia correndo, pensou Sal.

Kit retornou a Mont-Saint-Jean logo antes do meio-dia.

Encontrou Wellington a cavalo perto da Guarda, na crista do morro acima de Hougoumont, observando o intenso combate na fazenda.

O general o viu e, irado, perguntou:

– Onde diabos estão os prussianos? Deveriam ter chegado horas atrás!

A raiva de Wellington podia ser virulenta e nem sempre era dirigida às pessoas certas.

Kit tomou coragem para dar a má notícia ao seu comandante.

– General, confirmo que a maior parte dos prussianos tinha saído de Wavre antes das dez e meia e estimo que não chegarão aqui antes das duas e meia da tarde de hoje.

– Então que raios eles estavam fazendo? O dia amanheceu antes das cinco!

Kit lhe transmitiu uma versão editada.

– Wavre é um gargalo, com uma ponte estreita para atravessar o rio e ruas sinuosas dentro da cidade... onde, para piorar a situação, hoje de manhã houve um grave incêndio. E, uma vez fora da cidade, a estrada de lá para cá está alagada...

– Incêndio? Como pode? Depois de chover tanto?

Era uma pergunta idiota, e Kit respondeu:

– Sem informações, general.

– Vá encontrar Shiring – ordenou Wellington. – Ele vai ter muita coisa para o senhor fazer hoje à tarde.

Kit se afastou cavalgando.

Encontrou o 107º Regimento de Infantaria no extremo oeste da linha aliada. Alguns dos homens tinham engatinhado para a frente e saído da posição para dar uma espiada no campo de batalha, e o tenente Joe Hornbeam lhes ordenava que voltassem de modo a não serem vistos pelos franceses.

– Não queremos que Bonaparte saiba onde estamos nem quantos somos – declarou ele. – Vamos deixar o desgraçado no escuro, certo?

Kit viu Jarge, fez seu cavalo parar e apeou. Jarge disse:

– O jovem Joe não é um mau soldado, sabe, especialmente se lembrarmos que tem só 18 anos.

– É um tanto inesperado – afirmou Kit. – Com um avô cruel como o conselheiro Hornbeam... – Ele se distraiu ao ver a mãe. Ficou estarrecido. – O que está fazendo aqui? – perguntou-lhe. – As mulheres receberam ordens para deixar o campo de batalha.

– Essa ordem nunca chegou até mim – respondeu Sal.

– Bom, agora chegou.

– Estou aqui para ficar com meu marido e não vou fugir.

Kit abriu a boca para argumentar, mas então mudou de ideia. Era inútil discutir com Sal quando ela estava decidida.

Foi até Joe Hornbeam e indagou:

– Tenente, o senhor viu o conde de Shiring?

– Sim, capitão. – Ele apontou para o norte, na direção da parte de trás da crista. – Há alguns minutos ele estava uns trezentos metros naquela direção, falando com o general Clinton.

– Obrigado.

– De nada, capitão.

Kit tornou a montar e desceu a encosta até onde estavam o conde Henry e o general Clinton, ambos a cavalo. Antes de conseguir falar com o conde, ouviu-se uma cacofonia ensurdecedora que foi como dez tempestades simultâneas, um barulho que só poderia indicar o fim do mundo; mas Kit, que já tinha servido numa bateria de artilharia, sabia que aquele era o som de canhões – só que nunca tinha ouvido tantos atirando ao mesmo tempo.

Virou o cavalo e tornou a subir depressa a encosta, com o conde de Shiring e o general Clinton em seu encalço. Lá no alto, eles pararam para olhar.

Estavam do lado oeste da estrada do carvão, e Kit viu na mesma hora que os canhões franceses estavam do lado leste, atirando no centro e no lado esquerdo da linha aliada. Eram no mínimo setenta peças grandes de artilharia alinhadas, disparando o mais depressa que conseguiam.

Apesar disso, estavam acertando poucos alvos. As tropas aliadas na encosta que descia para o sul sofreram muito, mas a maior parte do exército de Wellington estava atrás da crista do morro, e muitas balas de canhão de Bonaparte mergulhavam na lama sem surtir qualquer efeito.

Qual era então a finalidade daquela barragem de artilharia?

Alguns minutos depois, Kit entendeu.

Soldados franceses de casaco azul começaram a avançar, ultrapassando a linha da artilharia e marchando pelo vale. As balas de canhão passavam por cima da cabeça deles, desencorajando as tropas aliadas de ultrapassarem a crista para ir ao seu encontro.

Logo ficou claro que aquele avanço era um ataque importante. Kit avaliou a quantidade de soldados de infantaria que avançava em cinco mil, depois dez, depois mais, vinte mil talvez.

A artilharia aliada abriu fogo contra eles, e Kit pôde ver que estavam disparando granadas de metralha, finas latas cheias de balas de ferro e serragem, as quais explodiam e se espalhavam num cone letal de trinta metros de diâmetro que dizimava as tropas inimigas como uma gigantesca foice. Mas os franceses passavam por cima dos corpos dos companheiros e seguiam marchando.

A batalha havia começado de fato.

O objetivo de um ataque em geral era destruir a integridade da linha inimiga conseguindo se posicionar por trás dela. Isso podia ser feito contornando um dos flancos da linha – o que às vezes era chamado de flanquear – ou então abrindo um buraco no meio dela. Os soldados da linha podiam então ser cercados e atacados por todos os lados.

Kit usou sua luneta – tomada do cadáver de um oficial francês morto em Vitoria – para estudar a extremidade mais a leste do campo de batalha. As tropas francesas que avançavam por esse lado foram as primeiras a alcançar as posições aliadas e atacaram com energia, fazendo os defensores recuarem. A linha de frente aliada acompanhava o trajeto de uma estrada estreita e rebaixada margeada por sebes, e os franceses logo alcançaram esse refúgio. Então os britânicos contra-atacaram. O combate se mostrava intenso e sangrento, e Kit se sentiu grato por não estar lá.

O avanço francês perdeu fôlego, mas não parou. Kit viu consternado que o mesmo acontecia ao longo de toda a linha do outro lado da estrada do carvão: um vigoroso ataque das forças de Napoleão, um contra-ataque e um lento avanço francês.

Eram duas da tarde, e os aliados estavam perdendo.

Os soldados aliados ao redor de Kit e do conde estavam inquietos, ansiosos para socorrer seus companheiros, mas Wellington não tinha dado essa ordem, e o conde bradou:

– Homens, fiquem onde estão! Qualquer um que correr para a frente sem receber essa ordem será abatido por trás.

Kit não sabia dizer se ele estava falando sério, mas a ameaça surtiu efeito e os homens se aquietaram.

Embora as baixas francesas fossem numerosas, outros homens não paravam de chegar, entre eles a cavalaria que eles chamavam de *cuirassiers*. Kit olhou para a encosta atrás da crista do morro e viu que Wellington dispunha de poucas reservas de infantaria para lhes fazer frente. No entanto, a cavalaria também estava aguardando. Ele conseguia distinguir pelo menos mil homens da Brigada de Cavalaria Doméstica a postos em seus cavalos, esperando impacientes a ordem para atacar. Ela era composta pelos Life Guards e pelos Horse Guards, ambos montados em corcéis negros. Os cavaleiros eram liderados pelo conde de Uxbridge, um dos integrantes do considerável grupo de homens de quem Wellington não gostava.

Kit já ouvira oficiais do quartel-general dizerem que a cavalaria britânica tinha os melhores cavalos e os franceses, os melhores homens. A verdade era que a cavalaria francesa tinha, pelo menos, mais experiência de combate.

Um clarim tocou, e mil homens montaram seus animais; então um toque diferente do instrumento fez todos eles sacarem a espada ao mesmo tempo. Foi uma visão impressionante, e Kit se sentiu agradecido por não estar entre aqueles que precisariam resistir ao seu ataque.

Reagindo a novos toques de clarim, os soldados de cavalaria formaram uma linha de leste a oeste com um quilômetro e meio de extensão, então fizeram seus cavalos avançarem encosta acima, ainda fora do campo de visão do inimigo. Eles começaram a trotar, passaram pela crista do morro e então, aos urros e brados, atacaram encosta abaixo e entraram no combate.

A infantaria aliada começou a avançar. Os franceses tentaram fugir de volta para suas linhas, mas não conseguiam ser mais rápidos que os cavalos, e a cavalaria usou seus sabres para decepá-los e rasgá-los sem dó, amputando braços, pernas e cabeças. Homens corriam, tropeçavam, caíam no chão e eram pisoteados pelos enormes cavalos. A cavalaria seguiu avançando, e a carnificina foi terrível.

O conde Henry estava exultante.

– O ataque de Bonaparte foi repelido! – gritou ele. – Deus salve a cavalaria!

Quando os cavalos chegaram ao alcance dos tiros da linha de frente francesa, Uxbridge mandou os trombeteiros soarem a ordem de dar meia-volta. Kit ouviu o toque com nitidez, mas, para seu espanto, a cavalaria pareceu não ouvir. Ignorando os sinais repetidos, os soldados continuaram a avançar dando vivas e brandindo suas espadas. Ao lado de Kit, o conde Henry deu um grunhido desgostoso. Os cavaleiros estavam enloquecidos pela sede de sangue, e toda a sua disciplina fora por água abaixo. Sua falta de experiência em combate ficara aparente.

Aquela euforia se mostrou suicida. Conforme eles foram avançando pela linha francesa, começaram a ser abatidos por tiros de canhão e mosquete. Seu ímpeto arrefeceu quando o terreno se tornou um aclive e os cavalos cansaram.

A cavalaria foi do triunfo à aniquilação em questão de minutos. De repente, eram eles que estavam sendo massacrados. Quando se dividiram em pequenos grupos, os franceses os cercaram e foram metodicamente abatendo um por um. Kit ficou olhando desesperado enquanto a nata do Exército britânico era dizimada. Alguns poucos sobreviventes afortunados chicotearam seus cavalos para extrair deles um último e exausto galope de volta à linha de frente aliada.

O ataque de Bonaparte fora de fato repelido – mas a que custo?

Os franceses tinham mais homens e podiam lançar outro ataque de infantaria; os britânicos, por sua vez, não tinham como organizar outro ataque de cavalaria como aquele.

O desespero tomou conta de Kit.

Uma calmaria se abateu sobre o campo de batalha. O combate não cessou, mas continuou com menos intensidade. A artilharia francesa disparava de modo intermitente por sobre o vale, matando ocasionalmente um oficial montado ou destruindo um canhão; e as escaramuças ao redor de Hougoumont e La Haye Sainte prosseguiram, com atiradores de elite de ambos os lados disparando contra algum alvo e às vezes acertando.

Um mensageiro veio falar com Wellington, que convocou o conde Henry e disse:

– Chegou um relatório dizendo que alguns prussianos apareceram. Vá até o extremo leste da nossa linha e verifique a informação. Se for verdade, diga ao comandante deles que quero que reforcem meu flanco esquerdo. Vá!

Kit achou que a instrução fazia sentido. A ala esquerda de Wellington tinha sido o foco dos ataques de artilharia e infantaria de Bonaparte, ao passo que o flanco direito – o lado em que estavam Sal e Jarge – mal havia entrado na batalha até então. Era o flanco esquerdo que precisava dos prussianos.

Eles partiram a galope.

Uns dois ou três quilômetros para além do extremo leste da linha aliada havia dois pequenos trechos de mata, a Floresta de Ohain ao norte e a Floresta de Paris ao sul, e, enquanto eles se aproximavam, Kit notou que havia atividade em ambos. Ao chegar mais perto, viu centenas de soldados de uniforme azul-escuro saindo da Floresta de Ohain.

Era verdade: os prussianos finalmente estavam chegando.

Kit e o conde Henry conseguiram alcançar ilesos a Floresta de Ohain. A essa altura, dois ou três mil prussianos já tinham chegado ali e outros mais estavam na floresta ao sul. Uns poucos milhares mal fariam diferença, mas, quando o restante aparecesse, os aliados passariam a ter uma vantagem acachapante.

Mas será que haveria tempo para esperar isso acontecer?

Os soldados em Ohain pertenciam ao Primeiro Corpo do Exército, comandado pelo condecoradíssimo Von Zieten, homem já calvo de 45 anos e prestes a travar sua terceira batalha em quatro dias. Como Blücher por sua vez ainda não tinha aparecido, o conde Henry e Kit transmitiram o recado de Wellington para Von Zieten, usando a mistura habitual de idiomas.

Zieten disse apenas que repassaria o pedido de Wellington para Blücher assim que possível. Kit ficou com a impressão de que os prussianos iriam decidir por conta própria qual seria o melhor local para entrar na batalha.

Zieten não soube estimar em quanto tempo o restante dos prussianos chegaria.

O conde Henry e Kit cavalgaram de volta até onde estava Wellington e o informaram.

Kit olhou para o relógio de pulso – mais um troféu roubado de um cadáver – e se surpreendeu ao saber que já eram cinco da tarde. O primeiro ataque de infantaria dos franceses parecia ter ocorrido apenas poucos minutos antes.

Ao longo dos intensos combates dos três dias anteriores, o objetivo de Bonaparte fora impedir os prussianos de se juntarem às forças anglo-holandesas. Nas poucas horas seguintes isso iria finalmente acontecer.

Bonaparte sem dúvida devia ter visto os prussianos e se dado conta de que o tempo havia se tornado subitamente um fator crucial. Sua única esperança agora era destruir o exército aliado antes de os prussianos poderem entrar no combate em quantidade suficiente para fazer a maré virar.

Kit reparou numa intensa atividade atrás das linhas francesas. Passou vários minutos sem conseguir entender o que estava acontecendo, até o conde dizer:

– Os *cuirassiers* estão se organizando. Vai haver um ataque de cavalaria.

Os artilheiros britânicos e holandeses estavam trazendo para a frente canhões reserva, de modo a substituir os que tinham sido danificados. Kit procurou Roger, mas não conseguiu encontrá-lo.

A artilharia francesa seguia disparando de modo intermitente enquanto sua cavalaria se organizava, e, nesse instante, um projétil aterrissou a vinte metros de Kit, acertando um canhão substituto que estava sendo manobrado até a posição. Houve um estrondo e um clarão, gritos dos homens e um relincho terrível de um cavalo ferido, e então uma segunda explosão maior quando a reserva de pólvora atrás do canhão explodiu, estraçalhando a peça de artilharia. Kit foi jogado no chão e ficou momentaneamente surdo, mas um segundo depois percebeu que não tinha sido queimado nem atingido por destroços. Atordoado, levantou-se com esforço.

Toda a guarnição que manejava o canhão estava morta ou ferida, e o armamento em si era uma ruína de metal retorcido e madeira carbonizada. O olhar de Kit recaiu no conde Henry, que jazia no chão, sem se mexer. Havia sangue em volta da sua cabeça. O ferimento fora certamente causado por um pedaço do canhão destruído que saíra voando pelos ares. Kit se ajoelhou ao seu lado e viu que ele ainda respirava.

Avistou um grupo de soldados de infantaria examinando o canhão destroçado. Apontou para dois deles e disse:

– Você e você! Este aqui é o conde de Shiring. Peguem-no e levem-no até o médico. Depressa!

Os soldados obedeceram.

Kit se perguntou se o conde iria sobreviver. Não havia muita coisa que os médicos pudessem fazer no caso de ferimentos na cabeça a não ser um curativo. Tudo dependia da extensão dos danos ao cérebro.

Não houve tempo para pensar nisso. Kit se virou de volta para o campo de batalha. Um novo ataque francês estava começando.

O que emergiu das linhas francesas foi como um maremoto de cavaleiros. O sol saiu de trás de uma nuvem e reluziu em suas espadas e armaduras. Kit sentiu o chão tremer sob o impacto das dezenas de milhares de cascos.

Restavam poucos soldados de cavalaria dos aliados para fazer frente àquilo. Wellington gritou:

– Preparar para receber cavalaria!

O grito foi repetido para um lado e outro da linha, e os batalhões de infantaria rapidamente se organizaram em quadrados, como tinham sido treinados a fazer. Kit olhou para mais adiante na linha e viu que o 107º Regimento de Infantaria estava entrando em formação com rápida eficiência.

Enquanto a cavalaria inimiga se aproximava, Wellington dava a volta nos quadrados berrando palavras de incentivo. Kit e outros ajudantes de ordens o acompanharam. Então os franceses se abateram sobre eles.

No início, os defensores levaram a melhor. A cavalaria francesa atacava os quadrados por fora aos gritos de "*Vive l'empereur!*". Muitos eram derrubados pelos intensos disparos vindos das quinas dos quadrados, onde havia quatro mosqueteiros enfileirados. Cada soldado britânico se ajoelhava para disparar seu mosquete, então passava para o final da fila de quatro homens para recarregar, de modo que o soldado seguinte pudesse disparar, numa dança de eficiência letal.

Vários aterrorizantes minutos depois, a cavalaria recuou, mas reforços montados em cavalos descansados assumiram seu lugar, alguns armados com lanças de quase três metros de comprimento que eram arremessadas nos quadrados na tentativa de abrir brechas. Os mortos e feridos eram arrastados para o centro do quadrado, e as brechas, fechadas.

Kit não pôde deixar de se admirar com a coragem dos cavaleiros franceses que atacavam repetidas vezes, passando por cima dos corpos dos companheiros e saltando sobre cavalos mortos ou feridos. Os resquícios da cavalaria britânica contra-atacaram, mas não havia soldados suficientes para fazer diferença.

Durante um momento mais calmo, Kit se perguntou onde estaria a infantaria de Bonaparte. Ela deveria ter vindo apoiar a cavalaria; era assim que costumava acontecer. Então olhou para o outro lado do vale, apertando os olhos para enxergar através das nuvens de fumaça de pólvora, e viu qual era o motivo: os prussianos tinham enfim entrado no combate.

Ignorando o pedido de Wellington, a maioria dos recém-chegados havia se posicionado atrás do extremo leste da linha francesa e a atacado no vilarejo de Plancenoit, situado bem no alto da crista de morro em frente e próximo ao quartel-general no inimigo. Bonaparte fora pego de surpresa.

O combate ali parecia feroz, e Kit imaginou que Bonaparte não tivesse como retirar a infantaria daquela zona para dar apoio ao ataque de cavalaria. Enquanto ele observava, pensou ver outros soldados da reserva mais acima na encosta se deslocarem para Plancenoit. Mas viu também mais uniformes azul-escuros chegarem do leste e se juntarem ao confronto.

A infantaria francesa estava presa ali, sem ter como apoiar o ataque de cavalaria. Isso poderia salvar o exército de Wellington.

Bonaparte devia estar desesperado, refletiu Kit. Precisava vencer naquele dia, pois no dia seguinte as forças combinadas dos anglo-holandeses e prussianos seria imbatível.

Um burburinho de aflição percorreu os ajudantes de ordens de Wellington, e alguém disse em voz baixa:

– La Haye Sainte caiu.

Ao olhar nessa direção, Kit pôde ver um resquício insignificante de defensores alemães fugindo da fazenda, uma fração ínfima do contingente inicial; e os franceses por fim assumiram o domínio dela. Essa era uma boa notícia para Bonaparte, pois enfraquecia muito a linha de frente aliada.

A artilharia aliada começou na mesma hora a disparar contra La Haye Saint, e Kit pensou: *É Roger quem está atirando.* Mas os franceses mantiveram o controle do posto avançado.

O ataque da cavalaria francesa começou a esmorecer por volta das seis e meia. Os aliados, porém, tinham sofrido sérios estragos, principalmente no centro da linha. Aquele era o momento certo para Bonaparte desferir um golpe fatal. Wellington pelo visto entendia quão perigosamente vulneráveis os aliados estavam naquele instante e percorria a linha de combate com fúria, sem se importar com a própria segurança, dando ordens que Kit e os outros ajudantes transmitiam para os oficiais: mandando os reservas se adiantarem para reforçar a linha, requisitando carroças de munição e a substituição dos canhões destruídos pelos sobressalentes, cuja quantidade agora estava perigosamente baixa. Enquanto isso, o Primeiro Corpo de Zeiten tinha finalmente feito o que Wellington queria e reforçado a ala esquerda dos aliados, permitindo ao general retirar homens de lá para apoiar o centro enfraquecido. E durante esse tempo todo Bonaparte se viu impedido de investir contra o ponto vulnerável dos aliados pelo ataque prussiano em Plancenoit.

Um coronel francês desertou e foi galopando até a linha aliada aos gritos de "*Vive le roi!*", viva o rei. Quando interrogado por oficiais de inteligência, ele revelou que Bonaparte tinha decidido usar suas tropas de elite, a Guarda Imperial – mantida até agora na reserva –, para atacar o flanco direito aliado.

A Guarda Imperial era geralmente trazida no final, para desferir o golpe de misericórdia. Teria a batalha chegado a esse estágio?

Ajudantes de ordens foram despachados para levar a notícia até as forças do outro lado da estrada do carvão, que até então pouco haviam participado do combate. Kit cavalgou até o 107º Regimento de Infantaria para avisar o major Denison, agora no comando. Os homens ao redor de Denison pareceram satisfeitos com o fato de enfim entrarem em ação, mesmo que apenas para ter uma resposta à pergunta: o que você fez em Waterloo?

Pouco depois das sete da noite, com o sol já afundando no horizonte no extremo oeste do vale, a Guarda Imperial apareceu, seis mil homens pelas estimativas de Kit, trajando uniformes de fraques azuis e marchando ao ritmo de um tambor por campos coalhados de homens e cavalos mortos e feridos, em meio ao fedor de sangue e vísceras. Sentado no lombo do cavalo, Kit observou sua aproximação pela luneta. Eles contornaram Hougoumont – ainda ocupada pelos aliados – e atravessaram La Haye Sainte, agora nas mãos dos franceses.

As tropas aliadas ficaram aguardando atrás da crista do morro, fora do campo de visão do inimigo. Joe Hornbeam percorria a linha de um lado para outro, dizendo:

– Fiquem onde estão. Aguardem a ordem. Ninguém atira antes da hora. Fiquem onde estão.

Kit viu que os franceses agora atacavam ao longo de toda a linha aliada, sem dúvida para imobilizar os soldados e impedi-los de reforçar a defesa contra a Guarda Imperial. Ao olhar para o sol cada vez mais baixo, entendeu que aquele seria o último ato da batalha, fosse qual fosse o desfecho. Decidiu ficar com o 107º.

Quando a Guarda estava a duzentos metros de distância, a artilharia aliada abriu fogo. Kit viu que os canhões estavam mais uma vez disparando granadas de metralha, e, quando a Guarda Imperial começou a cair, murmurou:

– Belo disparo, Roger.

Os franceses, no entanto, mantiveram a disciplina: sem diminuir o ritmo, marcharam em volta dos mortos e feridos, fecharam as brechas nas linhas e seguiram avançando.

Quando a Guarda estava a apenas trinta metros de distância, os soldados do outro lado da crista do morro se levantaram de repente e dispararam uma saraivada de tiros de mosquete. Àquela distância, muitas balas acertaram o alvo. Os franceses revidaram, e alguns dos homens de Kingsbridge caíram, entre eles o oficial agora no comando, major Denison. Kit viu o capelão Kenelm Mackintosh levar um tiro no peito que lhe pareceu fatal e pensou nos cinco filhos de Elsie, que tinham acabado de perder o pai.

Com o inimigo a apenas trinta metros de distância, não havia tempo para recarregar, e os aliados atacaram com as baionetas. A Guarda Imperial fraquejou, mas não recuou, e o confronto se transformou numa sangrenta luta corpo a corpo.

O 107º estava entre as forças do lado direito do campo de batalha e disparava pela lateral no inimigo que avançava. Então um dos batalhões investiu encosta abaixo e dobrou à esquerda para atacar o flanco vulnerável da Guarda Imperial. Não houvera nenhuma ordem de Wellington; quem estava tomando a iniciativa eram os oficiais. Imediatamente depois disso, um segundo grupo se juntou ao ataque. De repente, Joe Hornbeam gritou:

– Atacar!

Um tenente não tinha o direito de dar uma ordem dessas, mas Denison estava morto e Joe era o único oficial à vista, e os soldados ansiosos para combater o seguiram sem hesitar.

Kit viu que aquele poderia ser o ponto de virada da batalha e, portanto, dos 23 anos de guerra, e agiu por instinto. Arrancou um mosquete com baioneta da mão de um soldado caído, pulou de volta em seu cavalo e se juntou ao ataque. Quando estava se afastando, ouviu Sal gritar atrás dele:

– Kit, não vá!

Ele seguiu em frente.

A Guarda Imperial estava agora sob ataque por ambos os lados e começava a perder o vigor. Os aliados tentaram tirar vantagem disso. O 107º atacou com as baionetas. Uma bala francesa acertou o cavalo de Kit e o pobre animal cambaleou. Kit conseguiu pular da sela antes de o cavalo desabar no chão. Manteve-se em movimento, correndo e brandindo a arma. Foi parar bem ao lado de seu padrasto, Jarge.

Alguns dos franceses agora fugiam, mas a maioria permanecia e continuava a lutar. Kit estava ombro a ombro com Jarge, e ambos desferiam com fúria as baionetas dos mosquetes. Kit havia matado muitos homens, mas sempre com balas de canhão, e nesse momento sentia a estranha e horrível sensação de penetrar carne humana com uma arma branca. Para seu espírito combativo, porém, isso não importava: todo o seu ser estava dominado pela necessidade de matar soldados inimigos, e ele o fez do modo mais rápido e eficiente que pôde.

Na sua frente, o cavalo de Joe Hornbeam tombou e Joe caiu no chão. Um guarda imperial ficou parado junto dele com a espada erguida, e, durante um segundo de impotência, Joe pôde apenas encarar seu algoz. Jarge então deu um passo à frente e o atacou com a baioneta. O guarda imperial girou nos calcanhares e desferiu a espada erguida em Jarge, num golpe de grande potência que fez a lâmina se cravar fundo no pescoço de Jarge ao mesmo tempo que sua baioneta rasgava o uniforme do francês, penetrava fundo em sua barriga e o eviscerava. Os dois homens caíram. Um sangue vermelho-vivo jorrou do pescoço de Jarge, e os intestinos do guarda imperial se espalharam pelo chão.

Joe se levantou de um pulo.

– Santo Deus, essa foi por pouco – disse ele para Kit. Olhou para o chão antes de completar: – Jarge salvou minha vida.

Então pegou sua espada do chão e voltou ao combate.

A Guarda Imperial começou a se desintegrar. Os homens da retaguarda não faziam mais pressão para avançar; em vez disso, davam meia-volta e saíam correndo. Ao verem seu número diminuir, os homens da frente recuavam, e o recuo se transformou em debandada. Os aliados os caçavam aos gritos de triunfo.

Ao correr os olhos pelo campo de batalha, Kit viu que em toda a extensão da linha os franceses haviam perdido o moral. Alguns batiam em retirada; outros percebiam o movimento e os imitavam; alguns começavam a correr e eram seguidos por outros; e em segundos o pânico se alastrou. Os aliados então perseguiram os franceses derrotados morro abaixo e pela outra encosta acima.

Kit na mesma hora pensou em Roger.

Deixando para os companheiros a tarefa de concluir a debandada, virou-se e tornou a subir correndo a encosta, pulando por cima dos mortos retorcidos e dos feridos que gemiam até chegar à artilharia na crista do morro. Alguns dos artilheiros haviam abandonado os canhões para participar do massacre final, mas ele tinha certeza de que Roger não seria um deles.

Foi percorrendo depressa a linha de canhões, encarando com atenção os artilheiros sentados ou deitados ao lado de suas peças; alguns exaustos, outros mortos. Procurou o rosto de Roger, rezando para vê-lo entre os vivos. Sentia mais medo agora do que tinha sentido o dia inteiro. O pior desfecho de todos seria ele estar vivo e Roger, morto; preferiria que tivessem morrido os dois.

Quando por fim viu Roger, ele estava caído no chão com as costas apoiadas numa roda de canhão, de olhos fechados. Estaria respirando? Kit temeu o pior. Ajoelhou-se ao seu lado e tocou-lhe o ombro.

Roger abriu os olhos e sorriu.

– Ah, graças a Deus – disse Kit, e o beijou.

Sal tinha visto Kit subindo a encosta do morro, andando ereto e obviamente ileso, e sentido um instante de puro alívio; então começou a procurar por Jarge.

O 107º Regimento de Infantaria corria pelo vale afora atrás dos franceses em fuga. Ela torcia para Jarge estar entre eles, mas verificava os que tinham restado no campo de batalha, caídos em meio ao trigal arruinado. Entre esses, refletia ela, os cadáveres eram os que tinham mais sorte: para eles não haveria mais dor. Os demais gritavam por água, por um médico ou pela própria mãe. Ela endureceu o próprio coração e ignorou todos eles.

Quando finalmente seus olhos se depararam com Jarge, ela de início não o reconheceu, e seguiu em frente; então algo a fez olhar para trás, e ela soltou um arquejo de horror. Ele estava caído de barriga para cima, com o pescoço aberto até a metade e os olhos cegos voltados para o céu que escurecia.

Sal foi dominada pela tristeza. Chorou tanto que mal conseguia enxergar. Ajoelhou-se ao lado do corpo e pôs a mão no peito dele, como se fosse conseguir sentir o coração bater, embora soubesse que isso era impossível. Tocou-lhe a face ainda morna. Ajeitou seus cabelos.

Precisava enterrá-lo.

Levantou-se, enxugou os olhos e olhou em volta. A fazenda Hougoumont ficava a poucas centenas de metros dali, e algo estava pegando fogo no complexo de estruturas. Mas uma das construções parecia ser uma pequena igreja ou capela.

Dois homens, que lhe pareceram familiares e provavelmente integravam o 107º Regimento de Infantaria, voltavam atravessando o vale, um mancando de leve e o outro carregando um saco sem dúvida cheio de objetos saqueados. Ela lhes pediu que a ajudassem a suspender o corpo de Jarge até o próprio ombro, e eles assim o fizeram.

Jarge era pesado, mas Sal era forte e achou que conseguiria dar conta. Agradeceu aos dois saqueadores e partiu, chorando enquanto caminhava.

Atravessou o campo de batalha, contornando os cadáveres, e entrou pelo portão no complexo da fazenda. O *château* estava em chamas, mas a capela continuava intacta. Junto à parede sul da exígua construção havia um pequeno trecho gramado. Aquilo podia ou não ser um solo consagrado, mas pareceu-lhe o lugar certo para enterrar seu homem.

Ela pôs o corpo no chão com a maior delicadeza de que foi capaz. Endireitou-lhe as pernas e cruzou os braços dele por cima do peito. Então, com todo o carinho, segurou as laterais da cabeça com as duas mãos e a mudou de posição, de modo que a ferida no pescoço se fechasse e ele ficasse com um aspecto mais normal.

Levantou-se novamente e correu os olhos pelo complexo. Havia corpos espalhados, às centenas. Mas aquilo era uma fazenda, afinal, e tinha que haver uma pá em algum lugar. Ela entrou no celeiro. Os destroços da batalha estavam por toda parte: caixas de munição, espadas quebradas, garrafas vazias, partes aleatórias de corpos humanos – um braço, um pé calçado com bota, metade de uma mão.

Penduradas em pinos de madeira numa parede havia algumas ferramentas usadas em tempos de paz. Ela pegou uma pá e voltou para onde tinha deixado Jarge.

Começou a cavar. Foi um trabalho árduo. O solo estava encharcado, o que o tornava difícil de revolver. Ela se perguntou por que suas costas doíam tanto, então lembrou que havia passado a noite anterior – fora mesmo só uma noite antes? – carregando 20 quilos de batatas por cinco quilômetros até Waterloo, e por mais cinco no caminho de volta.

Depois de cavar mais ou menos um metro e vinte, sentiu-se a ponto de morrer de exaustão se continuasse, então decidiu que aquilo iria bastar.

Segurou Jarge pelas axilas e lentamente o arrastou até a cova. Após posicioná-lo lá dentro, ajeitou mais uma vez seu cadáver: pernas esticadas, braços cruzados, a cabeça reta.

Ficou parada junto ao túmulo olhando para ele enquanto o fim do dia ia se transformando em noite. Rezou o pai-nosso. Então ergueu os olhos para o céu e pediu:

– Pegue leve com ele, Senhor. Ele tinha...

O choro a fez engasgar, e ela esperou até conseguir falar outra vez.

– Ele tinha mais lados bons que ruins.

Pegou a pá do chão e começou a recolocar a terra no buraco. Tinha feito aquilo antes, ao enterrar Harry, 23 anos atrás. Na ocasião, havia hesitado em despejar terra por cima do homem que amava, e o mesmo aconteceu agora; dessa vez, assim como da outra, ela se forçou, pois isso fazia parte de reconhecer que ele se fora e que o que restava era só uma casca. *Do pó viemos e ao pó voltaremos*, pensou.

A pior parte foi quando o corpo já estava coberto de terra mas ela ainda conseguia ver o rosto. Mais uma vez titubeou, e mais uma vez se obrigou a continuar.

Quando a cova ficou cheia, Sal largou a pá no chão e chorou até não lhe restarem mais lágrimas para derramar. Por fim, disse:

– É isso então, Jarge.

Ainda passou mais um tempo junto ao túmulo, até ficar escuro demais para conseguir enxergar.

Falou com ele uma última vez:

– Adeus, Jarge. Fico feliz por ter lhe trazido aquelas batatas.

Então foi embora.

PARTE VII
A PAZ

1815 a 1824

CAPÍTULO 44

Depois de os aliados entrarem em Paris, Napoleão Bonaparte abdicou pela segunda vez e foi preso, agora na longínqua ilha de Santa Helena, localizada no meio do Atlântico, mais de três mil quilômetros ao sul da Cidade do Cabo e quatro mil quilômetros a leste do Rio de Janeiro.

O 107º Regimento de Infantaria voltou para Kingsbridge, assim como o conde de Shiring, sua esposa, Jane, e Hal, filho do casal. Dois dias mais tarde, Amos, que havia chegado à cidade um pouco antes, recebeu um recado de Jane lhe chamando para tomar chá na Mansão Willard.

Ele a encontrou desfazendo as malas, cercada pelos baús sujos da viagem espalhados pelo tapete da sala. Com a ajuda de uma lavadeira, ia pegando um por um seus magníficos vestidos e decidindo se deveriam ser limpos com uma esponja e passados a ferro, ou então lavados, ou, ainda, doados.

– Paz, até que enfim! – exclamou ela para Amos. – Não é maravilhoso?

– Agora podemos voltar à vida normal – disse Amos. – Se é que algum de nós se lembra de como era isso.

– Eu lembro – afirmou ela com firmeza. – E vou aproveitar.

Amos a estudou. Ela devia estar agora com 42 anos, pelas contas dele, e continuava esbelta e atraente. Durante muitos anos ele a havia adorado, mas agora conseguia vê-la com objetividade. Ainda apreciava sua alegria de viver, que era o que a tornava uma mulher sensual; hoje em dia, porém, com frequência notava sua expressão calculista e o biquinho egoísta que ela fazia enquanto maquinava para manipular alguém.

– Como vai o conde? – perguntou. – Ele tem sorte de ter sobrevivido a um ferimento na cabeça.

– Você verá – respondeu ela. – Daqui a um ou dois minutos ele vai se juntar a nós. – A referência à batalha direcionou seus pensamentos para outra perda. – Pobre Elsie Mackintosh – emendou ela. – Cinco filhos e sem marido.

– Lamento Mackintosh ter morrido. Ele se revelou um homem de coragem, sabe, depois de se tornar capelão militar.

– Mas agora você pode se casar com ela.

Amos franziu o cenho.

– Por que cargas-d'água você acha que eu me casaria com Elsie Mackintosh? – indagou ele com irritação.

– Pelo jeito como você dançou com ela no baile da duquesa de Richmond. Eu nunca o vi tão feliz.

– É mesmo? – Amos estava mais exasperado ainda porque Jane estava certa. Fora mesmo um momento maravilhoso para ele. – Isso não quer dizer que eu queira me casar com ela.

– Não, é claro que não – disse Jane, descartando o assunto com um gesto da mão. – Foi só algo que me ocorreu.

Um mordomo entrou trazendo uma bandeja de chá, e Jane abriu espaço em um sofá e duas poltronas. Amos ficou pensando no que ela acabara de dizer. Sentira-se feliz com Elsie nos braços, era verdade, mas isso não significava que a amasse. Gostava dela. Admirava-a por sua coragem ao desafiar todo mundo para alimentar os filhos de operários em dificuldade. Ele nunca sentia tédio quando estava em sua companhia. Era tudo isso, sim, mas amor não.

Ao recordar o baile, lembrou-se de como havia apreciado a intimidade da valsa, o contato do corpo cálido de Elsie através da seda do vestido, e se deu conta de que gostaria de fazer aquilo outra vez.

Só que dançar e se casar não eram a mesma coisa.

Jane se dirigiu à criada.

– Leve embora as roupas que eu já olhei e os baús vazios, e volte daqui a meia hora para separarmos o restante.

Então se sentou e serviu o chá.

O conde entrou, de farda. Tinha a cabeça envolta por uma atadura e caminhava com passos um tanto instáveis. Amos se levantou para apertar sua mão, então o encarou com atenção enquanto ele se sentava e aceitava uma xícara de chá entregue por Jane.

– Como está se sentindo, milorde? – perguntou.

– Nunca estive melhor! – respondeu Henry, porém depressa demais e num tom excessivamente assertivo, como se precisasse negar o contrário.

– Parabéns por sua participação na vitória da maior batalha de todos os tempos.

– Wellington foi absolutamente espantoso. Brilhante.

– Pelo que ouvi dizer, foi uma disputa acirrada.

Henry fez que não com a cabeça.

– Em alguns momentos, talvez, mas na minha mente nunca houve dúvida alguma quanto ao resultado final.

Não era o que Amos havia escutado.

– Parece que Blücher chegou no último minuto.

Por alguns segundos, Henry pareceu não entender.

– Blücher? – repetiu ele. – Quem é Blücher?

– Comandante do exército prussiano nos Países Baixos.

– Ah! Sim, sim, Blücher, claro. Mas quem ganhou a batalha foi Wellington, o senhor sabe.

Amos estava estranhando aquilo. A arte da guerra sempre fora o único interesse do conde, e seu conhecimento em relação ao tema era vasto. Mas ele estava conduzindo aquela conversa com comentários banais, como um ignorante numa taberna. Amos mudou de assunto.

– Eu, por minha parte, estou feliz por estar de volta à Inglaterra e a Kingsbridge. Como vai Hal?

Quem respondeu foi Henry:

– Ano que vem vai começar na escola secundária daqui.

Jane fez uma careta.

– Não entendo por que ele não pode simplesmente ter um preceptor, Henry, como você teve quando criança.

Henry discordou.

– Um rapaz precisa passar tempo na companhia de outros garotos, aprender a conviver com gente de todo tipo, como acontece no Exército. Não queremos criar o tipo de oficial que não sabe conversar com os soldados.

Amos ficou momentaneamente abalado com a pressuposição de que Hal, seu filho, fosse virar soldado; então lembrou que Hal um dia assumiria todos os deveres do conde, inclusive se tornar coronel do 107º Regimento de Infantaria (Kingsbridge).

Jane suspirou.

– Como achar melhor, Henry, é lógico.

Amos sentiu que ela não estava sendo sincera. Aquela discussão voltaria à tona.

Hal entrou. Tinha agora 10 anos, de fato perto da idade de ir para a escola.

Henry olhou para o garoto, enrugou a testa, então desviou o olhar, quase como se não o tivesse reconhecido. Jane então falou, num tom alegre:

– Hal chegou para tomar chá conosco, Henry. Seu filho não está crescendo depressa?

Henry pareceu espantado por um instante, então disse:

– Hal, sim. Venha, meu rapaz, coma um pouco de bolo.

Foi uma interação estranha. Amos ficou com a impressão de que Henry não sabia quem era Hal até Jane lhe dizer. E ele tinha esquecido quem era Blücher, terceiro personagem mais importante de Waterloo depois de Wellington e

Bonaparte. Talvez o tal fragmento de carreta de canhão que saíra voando pelos ares tivesse feito mais que pegar seu couro cabeludo de raspão. Ele estava se comportando como uma vítima de danos cerebrais.

Hal comeu três fatias de bolo – exatamente como tinha feito em Bruxelas –, em seguida tomou seu chá e foi embora. O conde se retirou pouco depois. Amos olhou para Jane, e ela disse:

– Então agora você sabe.

Amos aquiesceu.

– Qual é a gravidade?

– Ele é outro homem. Na maior parte do tempo, lida bem com as situações. – Ela baixou a voz. – Mas daí diz alguma coisa, e as pessoas devem pensar: *Ah, meu Deus, ele não tem a menor ideia do que está acontecendo.*

– Isso é muito triste.

– Ele é completamente incapaz de organizar o regimento, o que deixa todas as decisões a cargo de Joe Hornbeam, que deveria ser seu ajudante de ordens mas agora tem a patente de major.

Amos não se importava com Henry, mas estava preocupado com o filho.

– Hal entende que o conde está…?

– Com a mente comprometida? Na verdade, não.

– O que você diz a ele?

– Que o pai ainda está confuso por causa da lesão e que temos certeza de que em breve vai melhorar. A verdade é que não sei se ele algum dia vai se recuperar. Mas é melhor Hal perceber isso aos poucos.

– Sinto muito mesmo por isso… pelo bem do conde, pelo seu bem e, principalmente, pelo bem de Hal.

– Bom, tem uma coisa que você poderia fazer para ajudar.

Amos imaginou que era esse o motivo de ter sido convidado para o chá.

– Com prazer – falou.

– Seja uma espécie de mentor para Hal.

Amos se empertigou. Adoraria uma desculpa para passar mais tempo com o garoto.

– Nada formal – prosseguiu Jane. – Só conversar com ele sobre a vida de modo geral. Sobre a escola, os negócios, as garotas…

– Você sabe que eu tive muito pouca experiência nesse último tema.

Ela lhe abriu um sorriso sedutor.

– Você pode não ter tido muitas aulas, mas sua professora foi muito boa.

Ele enrubesceu.

– Francamente…

– Digo mais sobre como conversar com as garotas, como tratá-las, as coisas sobre as quais não se deve fazer piada. As mulheres gostam de você, Amos, e é por causa do jeito como você as trata.

Aquilo era novidade para Amos.

– A conselheira dele deveria ser você, não eu.

– Ele não vai me escutar, eu sou sua mãe. Está se aproximando daquela idade em que os filhos consideram os pais tolos e senis, e acham que eles não entendem nada.

Amos se lembrou de sentir isso em relação ao pai.

– É claro que eu aceito. Será um prazer.

– Obrigada. Você poderia deixá-lo passar um dia numa de suas fábricas e quem sabe levá-lo a uma reunião do conselho municipal, esse tipo de coisa. Ele vai ser conde um dia e precisará se informar sobre tudo que acontece no condado.

– Não tenho certeza se serei bom nisso, mas vou tentar.

– É só isso que eu quero. – Ela se levantou, foi até ele e o beijou nos lábios com afeto. – Obrigada.

O conselheiro Hornbeam saiu da fábrica ao meio-dia e seguiu em direção ao centro da cidade. Estava com 62 anos e já não caminhava com a mesma facilidade de antes. O médico tinha lhe aconselhado a fumar menos charutos e beber menos vinho, mas que prazer havia numa vida assim?

Ele passou pelas longas fileiras de casas geminadas onde muitos dos operários moravam. Os negócios tornariam a se expandir, agora que a guerra havia acabado, e seria preciso construir novas moradias para os funcionários a mais.

Atravessou a primeira ponte, passou pelo hospital na Ilha dos Leprosos e atravessou a segunda, então começou a subir a rua principal. Aquele era o trecho que sempre o deixava ofegante.

Cruzou a Praça do Mercado, passou pela catedral e seguiu em frente até o Café da Rua Alta, onde seu filho, Howard, o esperava para almoçar. Sentou-se aliviado. Estava sentindo uma leve dor no peito. Dali a um ou dois minutos iria passar. Correu os olhos pelo salão e meneou a cabeça para vários conhecidos, então ele e Howard pediram o almoço.

Como esperava, a dor não durou muito, e ele comeu com apetite. Logo em seguida, acendeu um charuto.

– Vamos ter que construir outra rua ou duas daqui a pouco – falou para Howard. – Imagino que vá haver um boom com o fim da guerra.

– Tomara que o senhor esteja certo – disse Howard. – De toda forma, temos vários hectares de terra na área e podemos mandar subir as casas em pouquíssimo tempo.

Hornbeam assentiu.

– Quero trazer seu filho para o negócio.

– Joe ainda está no Exército.

– Isso não vai durar muito. Agora que a guerra acabou, ele vai se entediar.

– E tem só 18 anos.

– Ele está crescendo depressa. E não vou viver para sempre. Um dia o negócio vai precisar de um novo patrão.

Howard expressou mágoa.

– Quer dizer que não serei eu.

Hornbeam deu um suspiro impaciente.

– Vamos, Howard, você se conhece. Consegue dar conta bem o bastante das moradias, mas não é o tipo de homem capaz de administrar a empreitada como um todo. No fundo do seu coração você nem quer fazer isso. Iria detestar.

– Minha irmã poderia assumir.

– Não seja bobo. Debbie é inteligente, mas os operários não vão aceitar ordens de uma mulher. Ela pode aconselhar o sobrinho, porém, e Joe vai escutá-la se tiver algum bom senso, coisa que ele tem.

– Posso ver que o senhor já tomou sua decisão.

– Já.

Hornbeam pôs o charuto entre os dentes e se levantou, e Howard fez o mesmo. Pai e filho saíram do café juntos, mas, enquanto Howard tomou o caminho de casa – ainda morava com os pais –, Hornbeam dobrou na rua principal, fumando satisfeito e grato pelo declive da rua.

Na Praça do Mercado, perto da Mansão Willard, viu Joe, algo que sempre lhe agradava. O rapaz era alto e tinha os ombros largos, e estava garboso no uniforme novo que havia comprado – com o alfaiate do avô – desde que voltara de Bruxelas. No entanto, Hornbeam não pôde deixar de notar que Joe não parecia mais um rapazinho. Não havia absolutamente nada de juvenil nele.

A responsável por isso era a guerra. Ela havia feito o menino crescer depressa. Hornbeam comparou aquilo à própria experiência de ter ficado órfão aos 12 anos, tendo sido obrigado a roubar comida e a encontrar um lugar aquecido para passar a noite sem a ajuda de nenhum adulto. A pessoa fazia o que era preciso, e isso modificava sua visão do mundo. Numa noite fria, recordou, havia esfaqueado um bêbado para roubar sua bolsa e depois dormido satisfeito.

Então reparou que o neto não estava sozinho. Vinha acompanhado por uma moça mais ou menos de sua idade e tinha o braço ao redor de sua cintura e a mão pousada de leve em seu quadril, sugerindo uma familiaridade agradável um passo aquém da posse. Era uma jovem trabalhadora bem-vestida, de rosto bonito e sorriso atrevido. Qualquer um que visse os dois assim iria supor que eles estavam "passeando juntos".

Hornbeam ficou horrorizado. Aquela moça não era nem de longe boa o suficiente para seu neto. Quis ignorá-los e seguir em frente, mas era tarde para fingir que não os vira. Precisava dizer alguma coisa. Como não conseguiu pensar em nenhuma palavra adequada para aquele encontro aflitivo, tudo que disse foi:

– Joe!

O rapaz não se mostrou nada constrangido.

– Boa tarde, vô – respondeu ele. – Esta é minha amiga Margery Reeve.

– Prazer em conhecê-lo, Sr. Hornbeam – declarou ela.

Hornbeam não lhe estendeu a mão.

Ela pareceu não reparar na desfeita.

– Pode me chamar de Srta. Margie, como todo mundo.

Hornbeam não tinha intenção alguma de chamá-la de nada.

Ela ignorou por completo aquele silêncio frio.

– Eu já trabalhei para o senhor no Chiqueiro. Mas agora sou vendedora de loja – acrescentou, com orgulho.

Ela obviamente pensava estar subindo na vida.

Joe havia notado a reprovação do avô, que certamente não o devia ter surpreendido, e então falou:

– Meu avô é um homem muito ocupado, Margie... Não devemos atrasá-lo.

– Converso com você mais tarde, Joe – disse Hornbeam.

E seguiu seu caminho.

Uma vendedora de loja; isso explicava por que as roupas da jovem eram de qualidade: tinham sido fornecidas pelo seu patrão. Mas ela originalmente era uma operária de fábrica, com as unhas sujas e as roupas de fabricação caseira. Joe não deveria estar cortejando uma moça dessas! Bonita ela era, quanto a isso não havia dúvida, mas só beleza não bastava, nem de longe.

Hornbeam voltou à fábrica para passar a tarde, mas teve dificuldade para se concentrar e não parou de pensar na namorada de Joe. Uma relação inadequada na juventude poderia arruinar a vida de um homem. Ele precisava proteger o neto.

Perguntou ao gerente do Moinho do Chiqueiro se ele conhecia a família Reeve.

– Ah, conheço, sim – respondeu o homem. – A jovem Margie trabalhou aqui até arrumar um emprego melhor, e tanto o pai quanto a mãe dela trabalham no Moinho Velho. A mãe opera uma máquina de fiar, e o pai, uma de pisoar.

Hornbeam ainda estava com os pensamentos dominados pelo problema ao voltar para casa no final do dia. Assim que entrou no saguão, perguntou para Simpson, o lacaio de ar melancólico:

– O Sr. Joe está em casa?

– Está, sim, conselheiro – respondeu Simpson, como se isso fosse uma tragédia.

– Peça-lhe que vá ao meu escritório. Quero falar com ele antes do jantar.

– Está bem, conselheiro.

Enquanto esperava Joe aparecer, Hornbeam tornou a sentir a dor no peito: nada muito forte, mas uma pontada que durou um ou dois segundos. Perguntou-se se estaria sendo causada pela preocupação.

Joe entrou logo falando:

– Desculpe ter lhe apresentado Margie daquele jeito, vô... Eu pretendia mencionar o nome dela antes de o senhor a conhecer, mas não tive oportunidade.

Hornbeam foi direto ao assunto.

– Ela não serve, você sabe – falou, com firmeza. – Não quero que você seja visto passeando com uma mulher daquele tipo.

Joe aguardou alguns segundos, com um ar pensativo, então franziu o cenho.

– A que tipo exatamente o senhor está se referindo?

Joe sabia muito bem a que tipo o avô estava se referindo. Mas, se o rapaz precisava que ele dissesse com todas as letras, iria dizer.

– Estou me referindo ao fato de ela ser de classe baixa, apenas um pouco acima de uma operária de fábrica. Você precisa mirar mais alto.

– Ela é muito inteligente, sabe ler e escrever com perfeição, tem bom coração e é uma companhia divertida.

– Mas ela é uma trabalhadora. Os pais também: ambos trabalham no meu Moinho Velho.

Joe respondeu num tom calmo e racional, como se aquilo fosse algo em que já tivesse pensado.

– No Exército eu me tornei próximo de muitas pessoas trabalhadoras e constatei que elas são bem parecidas com as outras. Algumas são desonestas e nada confiáveis, e outras são os amigos mais valorosos que alguém poderia ter. Não vou condenar um homem pelo fato de ele ser trabalhador. Nem uma mulher.

– Não é a mesma coisa, e você sabe. Não finja ser mais tolo do que é, menino.

Hornbeam na mesma hora se arrependeu de ter dito "menino".

Joe, no entanto, não se mostrou ofendido. Talvez tivesse aprendido que não valia a pena brigar por palavras. Passou alguns segundos refletindo, então disse:

– Acho que não lhe contei a história toda de como quase morri em Waterloo.

– Contou, sim. Você disse que uma pessoa entrou na frente de uma espada que ia acertá-lo.

– Foi um pouco mais do que isso. Posso lhe contar agora, se o senhor estiver com tempo.

Hornbeam não queria ouvir a história. Achava doloroso demais pensar que seu único neto quase havia morrido. Mas não podia recusar.

– Está bem.

– Foi no final da tarde, naquela que acabou sendo a última fase da batalha. O 107º Regimento de Infantaria estava no extremo oeste da linha de frente de Wellington, aguardando ordens. O major Denison tinha morrido, e, como eu era o oficial mais graduado ainda vivo, assumi o comando.

Hornbeam pensou que aquele era exatamente o tipo de espírito que desejava no homem que um dia fosse assumir seus negócios.

– Bonaparte pôs em ação a Guarda Imperial, seus melhores soldados, provavelmente na esperança de que eles dessem cabo do nosso exército. Ordenei um ataque, e nós, junto com outros grupos, atacamos a Guarda pela lateral, tentando atingir um ponto mais fraco. No meio da confusão, meu cavalo levou um tiro e desabou, e eu caí de costas no chão. Quando ergui os olhos, um guarda imperial estava com a espada erguida bem alto, pronto para me despachar. Tive certeza absoluta de que aquilo seria o meu fim.

Deus me livre, pensou Hornbeam. Mal conseguia suportar pensar numa coisa daquelas. Mas precisou deixar Joe continuar o relato.

– Um de meus homens deu um passo à frente com a baioneta em riste. O guarda viu a arma chegando, girou o corpo e acertou a espada no meu soldado. A espada e a baioneta atingiram o alvo ao mesmo tempo. O guarda foi estripado, e meu soldado teve o pescoço cortado até a metade. Eu me levantei, totalmente ileso, e continuei a lutar.

– Graças a Deus.

– Aquele homem deu a própria vida para salvar a minha.

– Quem era? Acho que você não me contou.

– Creio que o senhor o conheceu. O nome dele era Jarge Box.

Hornbeam ficou pasmo.

– Se eu o conheci? – Não conseguia sequer pensar no que dizer. – Com toda a certeza o conheci. Ele e a esposa.

– Sal. Ela também estava em Waterloo. Uma vivandeira. Era uma das boas. Tão útil quanto um homem.

Hornbeam buscou palavras para expressar o que estava sentindo.

– Esses dois vinham sendo os maiores criadores de problema de Kingsbridge dos últimos anos!

– E, ainda assim, ele me salvou.

Hornbeam estava estupefato. Não sabia como deveria se sentir. Como podia ser grato a um homem que fora seu inimigo por décadas? Por outro lado, como podia odiar o homem que havia salvado a vida do seu neto?

– Portanto – continuou Joe –, espero que o senhor consiga entender por que não aceito que Margie Reeve não seja boa o suficiente para mim. Espero ser bom o suficiente para ela.

Hornbeam ficou sem palavras.

Um minuto depois, Joe se levantou.

– Vou ver se o jantar está pronto.

– Está bem – disse Hornbeam.

Kit continuava não gostando de cavalos. Os animais nunca seriam para ele uma fonte de prazer, ele jamais iria admirar sua força e beleza, nem apreciar o desafio de uma montaria arisca. No entanto, cavalgar para ele agora era tão natural quanto caminhar.

Foi até Badford lado a lado com Roger. Não voltava ao povoado desde o dia que partira de lá, 22 anos antes. O lugar talvez estivesse diferente de sua lembrança. Será que sentiria afeto por seu local de nascimento? Ou será que o odiaria por tê-lo expulsado junto com a mãe?

Roger já tinha voltado muitas vezes ao longo dos anos, e Kit então lhe perguntou:

– O que você sente hoje em dia em relação a Badford?

– Acho aquilo lá um fim de mundo entediante – respondeu Roger. – O povo é formado por camponeses ignorantes e sem instrução. São todos mal governados pelo meu irmão Will, mas estúpidos demais para se ressentirem desse fato. Detesto Badford desde que fui embora de lá para Oxford e descobri que existia um mundo melhor.

– Ah, puxa – disse Kit. – Talvez não devêssemos voltar, no final das contas.

– Mas é preciso.

Eles estavam recomeçando seu antigo negócio. Tinham entregado a casa de Kingsbridge ao entrar para o Exército, e todas as suas ferramentas haviam sido levadas por Sal e Jarge para a antiga oficina de Roger em Badford. O plano deles era trabalhar lá e morar na casa senhorial sem precisar pagar aluguel.

Essa parte estava deixando Kit nervoso, embora Roger dissesse que tudo iria ficar bem. Will tinha alimentado muito ódio por Kit e Sal. Será que se lembraria disso e sentiria o mesmo agora? Kit temia que isso fosse possível.

O problema era que eles dispunham de muito pouco dinheiro. Alguns homens tinham voltado da guerra com os bolsos cheios, em grande parte por terem roubado bens dos soldados mortos. Kit nunca fora muito bom nisso. Roger era melhor, mas sempre perdia dinheiro no jogo. Ainda tinha as dívidas que o haviam obrigado a fugir, embora os credores hesitassem em atormentar um ex-combatente de Waterloo. O resultado era que lhes faltava dinheiro vivo para adquirir material.

Amos os socorrera. Ele havia encomendado outro tear de Jacquard e pagado metade do preço adiantado. Kit tinha ficado agradecido, mas Amos não quisera aceitar nenhuma gratidão.

– Quando estive na pior, as pessoas me ajudaram – tinha dito ele. – Agora quero retribuir.

Com isso, Kit e Roger tinham conseguido comprar madeira e ferro, pregos e cola, mas não lhes sobrara nada.

Assim que eles entraram no povoado, Kit avistou a casa onde havia morado. Parecia igual, só que menor. Vê-la lhe provocou uma sensação boa, e ele imaginou que fosse por ter sido feliz ali, até seu pai morrer e tudo começar a dar errado.

Enquanto ele estava olhando, um menino pequeno saiu da casa com uma tigelinha de madeira cheia de sementes e começou a jogá-las para umas poucas galinhas magricelas. As aves correram até ele para ciscar avidamente as sementes. O menino as ficou observando. *Esse poderia ser eu*, pensou Kit, e tentou recordar como era ser criança e não ter nenhuma preocupação, mas não conseguiu. Sorriu e balançou a cabeça. Algumas fases do passado eram simplesmente impossíveis de reviver.

Passaram pela igreja do povoado. *Meu pai está enterrado aí*, pensou. Sentiu-se tentado a parar, mas acabou mudando de ideia. O túmulo do pai tinha sido marcado apenas por uma cruz de madeira, que àquela altura já devia ter apodrecido, e ele não conseguiria encontrar o local exato. No domingo, iria passar alguns minutos no cemitério da igreja, apenas recordando.

Eles chegaram à casa senhorial, e Kit ficou chocado ao constatar seu mau estado. A tinta da porta da frente estava descascando, e uma vidraça quebrada fora consertada com uma tábua. Eles deram a volta até o estábulo, mas, como ninguém apareceu para desarrear seus cavalos, eles mesmos o fizeram.

Entraram pela porta da frente. No saguão havia vários cachorros grandes, mas eles reconheceram Roger e abanaram o rabo. O cômodo tinha um fedor horrível. Nenhuma mulher teria tolerado tamanha sujeira e abandono, mas Will e a esposa estavam separados, George tinha falecido sem se casar e Roger naturalmente era solteiro.

Segundo Roger contara a Kit, Will havia gastado todo o dinheiro que possuía e também o que conseguira pedir emprestado. Eles o encontraram na sala de estar, jogando cartas com um homem que Kit reconheceu como Platts, o mordomo. Will agora tinha os cabelos na altura dos ombros. Platts estava de camisa, mas sem casaco nem gravata. Em cima da mesa havia uma garrafa de vinho do Porto vazia, e dois cálices sujos mostravam onde o conteúdo tinha ido parar. Aquele recinto também cheirava a cachorro.

Kit recordou o Will de tantos anos antes: um jovem cavalheiro alto e forte, arrogante, bem-vestido, com os bolsos cheios de dinheiro e o coração cheio de orgulho.

Will ergueu os olhos para o irmão e falou:

– Roger. O que está fazendo aqui?

Que maneira mais hostil de receber o próprio irmão, pensou Kit.

– Eu sabia que você iria querer me parabenizar por minha participação na vitória na batalha de Waterloo – disse Roger com sarcasmo.

Will não tivera participação alguma na guerra exceto para lucrar com ela. Ele não sorriu.

– Espero que não esteja planejando ficar muito tempo. Não tenho dinheiro para alimentá-lo. – Ele reparou em Kit. – Que diabos esse nanico está fazendo aqui? – perguntou.

– Kit e eu somos sócios, Will. Nós vamos usar minha oficina.

– Só diga a ele para ficar longe de mim.

– Talvez você queira ter a sensatez de ficar longe dele – retrucou Roger. – Ele não é mais o menininho que você costumava atormentar. Esteve numa guerra, aprendeu a matar gente. Se o contrariar, ele vai cortar sua garganta antes de você conseguir dizer "faca".

Aquilo era um exagero, mas Will pareceu hesitar. Ficou encarando Kit, então virou a cabeça para o outro lado, quase como se estivesse com medo.

Kit não sentia mais medo de Will. No entanto, estava horrorizado com a ideia de ter que morar naquela casa suja e caindo aos pedaços cujo dono era um beberrão. *Se bem que já dormi em lugares piores durante a guerra*, pensou. *Isto aqui vai ser melhor que um cobertor encharcado num campo cheio de lama.*

– Vamos dar uma olhada lá em cima – disse Roger. – Espero que meu quarto tenha sido mantido limpo e arrumado enquanto eu estava fora protegendo vocês de Bonaparte.

Platts se pronunciou pela primeira vez:

– Estamos com poucos empregados – queixou-se ele. – Não se consegue mais empregados… foram muitos os homens que viraram soldados. O que podemos fazer?

– Você poderia limpar a casa você mesmo, seu ocioso inútil. Venha, Kit, vamos ver o meu quarto.

Roger se retirou, e Kit foi atrás. Os dois subiram a escada, e Kit se lembrou de como aquele lugar lhe parecia imenso quando ele era criança. Roger abriu a porta de um quarto de dormir e eles entraram. O cômodo estava vazio. Havia uma cama, mas sem colchão, quanto mais travesseiros ou lençóis.

Roger abriu as gavetas e as encontrou vazias.

– Eu deixei roupas aqui – falou. – E uma escova de cabelos e um espelho de barbear de prata, além de um par de botas.

Uma criada entrou, uma mulher magrela na casa dos 30 anos, com cabelos escuros e pele maltratada. Estava usando um vestido simples de fabricação caseira e carregava um molho de chaves preso num cinto ao redor da cintura estreita. Ela abriu um sorriso caloroso para Kit, e, depois de alguns segundos, ele a reconheceu.

– Fan! – exclamou, e lhe deu um abraço. Virou-se para Roger. – Fan tomou conta de mim quando fiquei com o crânio rachado. Nós nos tornamos grandes amigos!

– Eu me lembro bem – afirmou Roger. – E, toda vez que encontrei Fanny desde então, ela me perguntou sobre você.

Kit não sabia disso.

– Me espanta você ainda estar aqui – falou para ela.

– Ela é a governanta da casa agora – disse Roger.

– E continuo sem receber – emendou Fanny.

– Por que nunca foi embora? – quis saber Kit.

– Não tenho para onde ir – respondeu ela. – Sou órfã, você sabe. Esta é a única família que eu tenho, valha-me Deus.

– Mas a casa está muito malcuidada.

– A maior parte dos empregados foi embora. Só sobramos Platts e eu, e Platts praticamente não trabalha. Além do mais, não há muito dinheiro para sabão, cera ou grafite para as lareiras, e outras coisas assim.

Roger apontou para as gavetas vazias.

– O que houve com todas as minhas coisas?

– Sinto muito, Sr. Roger – disse ela. – Os empregados levaram tudo no lugar dos salários que deixaram de receber. Eu lhes disse que era o mesmo que roubar, e eles retrucaram que o senhor provavelmente seria morto na guerra e ninguém jamais saberia o que levaram.

604

Kit estava detestando aquilo tudo. Sentia-se indesejado numa casa horrível.

– Vamos dar uma olhada na oficina – sugeriu.

– Lá não está tão ruim – acrescentou Fanny depressa. – A oficina fica trancada, e a única pessoa que tem a chave sou eu, além do senhor, Sr. Roger. Eu cuidei do lugar e de todas as suas ferramentas e coisas do tipo.

– Não sei o que aconteceu com minha chave – confessou Roger. – Não está comigo.

– Então pegue a minha.

Fanny tirou uma chave do molho e lhe entregou. Roger agradeceu.

Kit e Roger saíram da casa senhorial e percorreram pouco menos de um quilômetro pelo povoado. Levou algum tempo, porque Kit parou várias vezes para falar com pessoas de quem se lembrava. Brian Pikestaff, o líder metodista, havia engordado. Alec Pollock, o cirurgião de roupas puídas que tinha feito o curativo na sua cabeça, finalmente estava vestindo um casaco novo. Jimmy Mann continuava usando o mesmo chapéu de três pontas. Kit teve que contar a todo mundo sobre Waterloo.

Por fim, os dois chegaram à oficina. A construção era um estábulo de estrutura robusta que Roger havia alterado, mandando instalar grandes janelas para melhorar a iluminação. Kit viu as ferramentas dispostas de maneira organizada em ganchos na parede. Um armário continha utensílios de cerâmica e de vidro, todos limpos.

Num dos cantos havia um antigo jirau destinado a armazenar o feno, que poderia ser facilmente convertido em quarto de dormir. *Um ninho de amor*, pensou Kit.

– Poderíamos morar aqui, não? – indagou.

– Que bom que você disse isso – falou Roger.

Hornbeam não conseguia parar de pensar no fato de Jarge Box ter salvado Joe na batalha de Waterloo. Queria esquecer aquilo tudo, mas o pensamento lhe voltava à mente o tempo todo. Ficou ruminando sobre isso sentado em sua sala no Moinho do Chiqueiro, olhando sem ler para cartas de clientes. Não se acostumava com a ideia de ter uma imensa dívida de gratidão para com um dos animais mais inúteis que já empregara em suas fábricas. Era um fato indigesto, como se alguém tivesse lhe dito que o rei da Inglaterra na verdade era uma avestruz.

O que lhe traria paz de espírito? Ele poderia ter dado alguma recompensa a Box, e isso restabeleceria o equilíbrio, mas Box estava morto. Ocorreu-lhe, porém, que tinha como fazer algo pela viúva. Mas o quê? Uma doação em dinheiro? Conhecendo Sal Box, ela era capaz de recusar, humilhando-o assim ainda mais.

Decidiu apresentar o problema a Joe.

Assim que tomou essa decisão, quis implementá-la sem demora; era esse seu estilo. Saiu da fábrica no meio da manhã e foi até a Mansão Willard.

Foi conduzido até o cômodo da frente, com vista para a catedral. Aquele ainda era o gabinete do duque, supôs, mas Henry se encontrava em algum outro lugar. O casaco vermelho de Joe estava pendurado num gancho atrás da porta, e seu neto estava sentado diante da grande mesa com uma pequena pilha de documentos diante de si, além de um vaso cheio de penas afiadas para escrever e um tinteiro junto à mão direita.

Hornbeam se sentou e aceitou uma xícara de café. Joe sabia como ele gostava de tomar a bebida: forte e com creme.

– Que orgulho de você – disse ele ao neto. – Um major, e tem só 18 anos.

– O Exército acha que eu tenho 22.

– Ou finge achar.

– E isso aqui é temporário. Um novo tenente-coronel está vindo para cá assumir seu posto.

– Que bom. Não quero que você passe a vida no Exército.

– Ainda não fiz nenhum plano para o resto da minha vida, vô.

– Bom, eu sim. – Não era sobre isso que Hornbeam tinha ido conversar, mas estava achando difícil chegar ao assunto. Sua dívida de gratidão com Jarge Box era humilhante. Continuou evitando o tema. – Quero que você largue o Exército e comece a trabalhar nos negócios da família.

– Obrigado. Essa certamente é uma alternativa.

– Não diga bobagens, é a melhor alternativa. O que mais você faria? Não responda, não quero uma lista. Tenho três fábricas e umas duas centenas de casas alugadas, e, como meu único neto, é tudo seu.

– Obrigado, vô. Fico honrado de verdade.

O rapaz estava sendo educado, mas aquilo não era um sim, reparou Hornbeam. Por ora provavelmente teria que bastar. Não era o momento de insistir. Um desentendimento amargo talvez fizesse Joe pender para o lado errado. O rapaz não era facilmente intimidado; nesse sentido, era diferente do pai e parecido com o avô.

Hornbeam se levantou.

– Quero que pense bastante no assunto. Você é muito capaz, mas tem muito a aprender. Quanto mais cedo começar, mais habilitado estará quando eu me aposentar.

Ele ainda não tinha dito o que fora até lá dizer. *Isso é bem atípico para mim*, pensou.

– Prometo pensar bastante no assunto – declarou Joe.

Hornbeam foi até a porta. Fingindo ter acabado de se lembrar de uma coisa, falou:

– Ah, e quero que visite a viúva de Jarge Box. Eu provavelmente deveria fazer algo por ela à guisa de recompensa. Descubra o que ela quer.

– Farei o meu melhor.

– Você sempre deve fazer o seu melhor, Joe – disse Hornbeam, e foi embora.

Kenelm Mackintosh foi enterrado num cemitério protestante em Bruxelas. Elsie fora uma das centenas de mulheres que haviam percorrido o vale em busca dos corpos de seus entes queridos depois da batalha de Waterloo. Tinha sido o pior dia de sua vida, quando precisou encarar o rosto sem vida de milhares de soldados, quase todos jovens, caídos em lamaçais de trigo pisoteado, com os corpos horrivelmente mutilados e os olhos abertos fitando o céu sem nada ver. O peso da tristeza que sentiu foi quase insuportável. A maioria seria enterrada ali mesmo onde estava, os oficiais em covas individuais e os soldados em valas comuns; os capelães, porém, eram privilegiados, então ela pôde levar embora o corpo de Kenelm e providenciar um funeral adequado para ele.

As crianças estavam abaladas. Ela lhes disse que deveriam sentir orgulho do pai, por ele ter arriscado a vida para levar conforto espiritual aos soldados, e lhes lembrou que ele agora estava no céu e que um dia tornariam a vê-lo. Acreditava nisso apenas parcialmente, mas a ideia confortava seus filhos.

Ela própria estava mais triste do que esperava. Nunca fora apaixonada por Kenelm, que havia sido uma pessoa autocentrada até o Exército transformá-lo, mas os dois tinham passado muito tempo juntos e posto no mundo cinco filhos maravilhosos, e a morte dele abriu um buraco em sua vida. Ela chorou quando seu caixão foi baixado na cova.

E agora estava de volta a Kingsbridge, morando com a mãe e Spade, e administrando a escola dominical com Amos. Seu primogênito, Stephen, fora imediatamente aceito para estudar em Oxford por ser neto de um bispo, de modo que saíra de casa. Tirando isso, estava tudo como antes, exceto por ela agora ser viúva e pelo de fato de que não haveria mais cartas de Kenelm.

Não achava que fosse tornar a se casar. Muitos anos antes, ansiara por desposar Amos, mas ele quisera Jane. Ainda passava muito tempo na companhia da condessa. Parecera um tanto mal-humorado com a visita de um certo major Percival Dwight, membro do gabinete do comandante máximo do Exército em

Londres. Segundo ele, Dwight tinha vindo inspecionar o 107º Regimento de Infantaria, mas encontrado tempo para acompanhar Jane às corridas de cavalos, ao teatro e aos Salões de Bailes e Eventos, substituindo seu marido convalescente. Amos dissera não gostar de ver Jane flertando enquanto o marido ainda estava se recuperando de um ferimento de guerra. Era bem verdade que esse era o tipo de atitude moral rígida típica de Amos, mas Elsie também desconfiou que ele estivesse com ciúme.

Tinha gostado de dançar com Amos no baile da duquesa de Richmond. Sentia que a valsa era uma espécie de adultério simbólico: um encontro empolgante e muito físico com outro homem que não seu marido. Amos talvez tivesse sentido algo parecido. Mas só.

Num domingo de outubro, quando as aulas na escola dominical já tinham se encerrado e os dois estavam arrumando tudo, Amos casualmente lhe perguntou o que ela achava da igreja anglicana.

– É a única religião que eu conheço – respondeu ela. – Creio na maior parte dos dogmas e fico feliz em frequentar a igreja, rezar e cantar hinos, mas tenho certeza absoluta de que os membros do clero não sabem tanto quanto fingem saber. Meu pai era bispo, lembre-se, e eu não confiava em metade do que ele dizia.

– Puxa. – Ela pôde ver que ele estava perplexo. – Não fazia ideia de que você fosse tão agnóstica.

– Eu digo às crianças que o pai delas as está esperando no céu. Mas nós agora sabemos demais sobre os planetas e estrelas para acreditar que o céu fique lá em cima... então onde ele fica?

Ele não respondeu à pergunta, fazendo-lhe outra no lugar:

– Você acha que vai tornar a se casar?

– Não pensei nisso – disse ela, o que não era verdade.

– O que acha do metodismo?

– Você e Spade são boas propagandas dessa fé. Não são dogmáticos, respeitam as opiniões dos outros e não querem perseguir os católicos. Não sabem mais que os anglicanos, mas a diferença é que admitem a própria ignorância.

– Já assistiu a um culto metodista?

– Por acaso não, mas talvez vá um dia, para ver como é. Por que está me fazendo essas perguntas?

– Ah, apenas por curiosidade.

Eles passaram a falar sobre encontrar um novo professor de matemática, mas Elsie depois ficou matutando sobre a conversa religiosa. Ao chegar em casa, comentou sobre o assunto com a mãe.

– A senhora não acha isso um pouco esquisito?

Arabella riu.

– Esquisito? – repetiu ela. – Nem um pouco. Estava me perguntando quando ele iria abordar esse assunto.

Elsie não entendeu.

– É mesmo? Por quê? Por que isso se tornou importante?

– Porque ele quer se casar com você.

– Ah, mãe – disse Elsie. – Não seja boba.

Sal estava morando num quarto na casa de uma mulher que aceitava inquilinos chamada Patience Creighton, que todos conheciam como Pat. Em determinado momento, Kit sugerira que ela fosse morar com ele e Roger, mas ela havia recusado. Não estava convencida de que os dois de fato a quisessem por perto. Já tinha percebido tempos antes que eles formavam um casal em todos os sentidos menos o oficial e estava certa de que precisavam de privacidade. E, além disso, os dois tinham se mudado para Badford.

Pat era uma pessoa agradável e uma senhoria decente, mas Sal estava infeliz e sentia falta de Jarge. Não estava trabalhando; tinha ganhado dinheiro nos Países Baixos, principalmente vendendo para os soldados coisas que o Exército não fornecia, e ficaria muitos meses sem precisar voltar a uma fábrica. Mas sentia que a vida não tinha propósito. Havia momentos em que se perguntava qual era o sentido de se levantar da cama pela manhã. Pat achava que aquilo não era incomum no luto: segundo tinha dito, ela sentira o mesmo depois de o Sr. Creighton morrer. Sal acreditou nela, mas isso não a ajudou.

Ela levou um susto ao receber a visita de Joe Hornbeam, todo elegante num uniforme novo.

– Olá, Sra. Box – cumprimentou ele. – Não a vejo desde Waterloo.

Não sabia se podia confiar no rapaz. Joe tinha sido um bom oficial, mas o sangue ruim do conselheiro Hornbeam corria em suas veias. Decidiu não ter preconceitos.

– Em que posso ajudá-lo, major? – perguntou, num tom neutro.

– A senhora sabe que seu marido salvou minha vida.

Sal aquiesceu.

– Várias pessoas que estavam por perto me descreveram o ocorrido.

– Mais que isso: ele *morreu* salvando minha vida.

– Ele era um homem de grande coração.

– E tudo isso considerando que a senhora e ele foram grandes inimigos do meu avô.

– É verdade.

– Meu avô está com dificuldade para lidar com esse paradoxo.

– Espero que o senhor não vá pedir minha solidariedade.

Joe abriu um sorriso tristonho e fez que não com a cabeça.

– É mais complicado que isso.

Sal ficou intrigada.

– É melhor o senhor se sentar.

Ela apontou para a única cadeira do recinto, então se sentou na beirada da cama.

– Obrigado. Veja bem, meu avô provavelmente nunca vai mudar.

– As pessoas em geral não mudam, ainda mais depois de velhas.

– Mesmo assim, ele quer demonstrar algum reconhecimento pelo heroico sacrifício do seu marido. Gostaria de fazer algo em agradecimento e, como não pode dar nada a Jarge, gostaria de dar à senhora.

Sal não tinha certeza se gostaria de receber um presente de Hornbeam. Não queria nada na sua vida que lembrasse aquele homem.

– O que ele tem em mente? – indagou, desconfiada.

– Ele não sabe, então me pediu que viesse conversar com a senhora. Tem algo de que precise ou algo que queira e ele possa proporcionar?

Eu só quero meu Jarge de volta, pensou Sal; mas de nada adiantava dizer isso.

– Qualquer coisa? – perguntou.

– Ele não fixou nenhum limite. Estou aqui para descobrir o que a senhora gostaria. Ele não me deu nenhuma sugestão de valor. No entanto, peça a senhora o que for, eu farei todo o possível para garantir que receba.

– Isso parece um conto de fadas, em que alguém esfrega uma lâmpada mágica e aparece um gênio.

– Vestido com o uniforme do 107º Regimento de Infantaria.

Ela riu. Joe na verdade não era um mau rapaz.

Mas será que deveria aceitar um presente? E, em caso afirmativo, o que deveria pedir?

Passou vários minutos pensando enquanto Joe aguardava, pacientemente. A verdade era que tinha pensado em algo e já fazia alguns meses que vinha amadurecendo a ideia, imaginando como seria, tentando pensar em jeitos de fazer aquilo acontecer.

Por fim, falou:

– Eu quero uma loja.

– Quer abrir uma loja? Ou assumir uma que já existe?

– Abrir uma.

– Na Rua Alta?

– Não. Não quero vender vestidos chiques para mulheres ricas. Eu não seria boa nisso.

– Então o que seria?

– Quero ter uma loja do outro lado do rio, perto das fábricas, numa das ruas construídas pelo seu pai. As pessoas de lá vivem reclamando que precisam andar muito até as lojas da cidade.

Joe assentiu.

– Lembro que nos Países Baixos a senhora sempre tinha pequenas coisas que os soldados queriam comprar: lápis, fumo, balas de hortelã, agulha e linha para costurar as roupas rasgadas.

– Ser dono de uma loja tem a ver com saber do que as pessoas precisam e pôr essas coisas nas prateleiras.

– E como saber do que elas precisam?

– Perguntando.

– Muito lógico. – Joe assentiu. – Como devemos fazer?

– Bom, se o seu avô estiver de acordo, ele me dará uma das casas, uma de esquina. Usarei o térreo como loja e morarei no andar de cima. Com o tempo, se tiver lucro suficiente, eu talvez faça algumas reformas no imóvel; mas de cara tudo que preciso é de um pouco de estoque, e tenho dinheiro suficiente para dar o pontapé inicial.

– Está certo. Vou perguntar ao meu avô. Acho que ele vai concordar.

– Obrigada – disse ela.

Joe apertou sua mão.

– Foi uma satisfação conhecê-la, Sra. Box.

Pouco antes do Natal, durante o intervalo no teatro, Jane chamou Amos de lado e lhe falou num tom sério:

– Não estou gostando nem um pouco da forma como você está tratando Elsie.

Amos ficou muito espantado.

– O que quer dizer com isso? Eu não a estou tratando mal.

– Todo mundo acha que você vai se casar com ela, mas você nunca faz o pedido!

– Por que as pessoas acham que vou me casar com ela?

– Pelo amor de Deus, Amos! Você a vê quase todo dia. No Baile do Tribunal, passou a noite inteira dançando com ela. Nenhum de vocês dois demonstra qualquer interesse por mais ninguém. Elsie está com 43 anos, é atraente e viúva, além de ter cinco filhos que precisam de um padrasto. É óbvio que as pessoas acham que você vai desposá-la... é a única coisa que faz sentido! Elas simplesmente não conseguem entender por que ainda não pediu a mão dela.

– Isso não é da conta delas.

– É, sim. Deve haver meia dúzia de outros homens que a pediriam em casamento se julgassem ter alguma chance. Você está afugentando os interessados. Não é justo! Ou você se casa com ela, ou então sai do caminho.

Um lanterninha tocou uma sineta, e eles tornaram a ocupar seus lugares. Amos ficou olhando para o palco sem de fato assistir à peça, de tão absorto que ficou nos próprios pensamentos. Será que Jane estava certa? Provavelmente sim, concluiu. Ela não iria inventar uma coisa dessas; não havia motivo algum para tal.

Ele precisaria esfriar sua amizade com Elsie e fazer as pessoas saberem que os dois não tinham nenhum envolvimento romântico. Mas ficou triste ao pensar isso. A vida sem ela devia ser deprimente.

E os sentimentos dele haviam mudado desde o baile da duquesa de Richmond. Sempre tinha dito a si mesmo que desejava ser apenas amigo de Elsie, mas a verdade era que não se contentava mais com isso. Um outro sentimento estava nascendo dentro dele, algo relacionado ao calor e à maciez do corpo dela que pudera sentir por baixo do vestido de seda ao tocá-la durante a valsa. Sentia-se um pouco como um vulcão que parece extinto mas guarda lava fervente em suas profundezas. Bem lá no fundo, queria ser mais que seu amigo.

Era uma grande mudança. Mas ele não tinha qualquer dúvida. Amava Elsie. Por que tinha levado tanto tempo para perceber isso? *Nunca fui muito inteligente em relação a essas coisas*, pensou.

Começou a imaginar como a vida seria caso os dois se casassem. Sentiu-se tão animado que sua vontade foi desposá-la no dia seguinte.

Havia um problema, no entanto. Amos era pai de um filho ilegítimo. Será que Elsie sabia, ou desconfiava? E, nesse caso, o que pensava a respeito? Seu irmão Abe era ilegítimo, e ela sempre se mostrava gentil e amorosa com ele. Por outro lado, era filha de um bispo. Será que aceitaria desposar um adúltero?

Ele não sabia. Mas podia perguntar a ela.

Spade ficou surpreso com a visita de Joe Hornbeam. E também intrigado. O rapaz havia conquistado uma boa reputação com os homens do 107º Regimento de Infantaria, algo inesperado, todos diziam, levando em conta quem era seu avô.

Joe apertou-lhe a mão e disse:

– Que bom que seu genro, Freddie, sobreviveu a Waterloo.

Spade assentiu.

– Ele decidiu continuar no Exército.

– Não me espanta. É um bom sargento. O Exército vai ficar feliz com isso.

Spade por acaso estava acompanhado de Sime Jackson, sentado diante do tear de Jacquard. Joe olhou interessado para o equipamento e disse:

– Acho que meu avô não tem nada parecido com isso.

– Mas terá em breve, eu lhe garanto – retrucou Spade.

– Os furos no cartão dizem ao tear como tecer a padronagem – explicou Sime. – O processo inteiro se torna mais rápido.

– Incrível.

– Vou lhe mostrar – disse Sime, e acionou a máquina por alguns minutos. Joe ficou fascinado. – Então, quando a padronagem precisa mudar, é só colocar um cartão diferente – continuou. – Foi um francês que inventou. Sei que supostamente deveríamos odiar os franceses por causa de Bonaparte, mas quem inventou esse tear era danado de esperto.

– O senhor o comprou na França?

– Não. Kit Clitheroe e Roger Riddick os fabricam.

– Mas Joe não veio aqui falar sobre o tear de Jacquard, veio, Joe? – perguntou Spade.

– Não. Eu gostaria de dar uma palavrinha com o senhor em particular, se me permite.

– Claro. – Como o termo *em particular* sugeria que Joe não queria ninguém escutando a conversa, Spade completou: – Vamos à minha salinha.

Eles foram até lá, e Joe correu os olhos pelo recinto.

– Não é tão grandioso quanto o escritório do meu avô, mas é mais confortável – comentou ele.

Os dois se sentaram, e Spade indagou:

– Sobre o que veio falar?

– Meu avô quer que eu deixe o Exército e comece a trabalhar no negócio dele.

– E como se sente em relação a isso?

– Quero saber mais sobre o negócio antes de tomar uma decisão.

Muito sensato, pensou Spade.

O comentário seguinte de Joe o pegou de surpresa.

– O senhor administra a Sociedade dos Amigos.

– Sim…

– Segundo meu avô, ela nada mais é que um sindicato disfarçado, apenas uma forma de driblar a Lei da Associação.

Spade se perguntou se aquilo seria algum tipo de armadilha.

– Já o ouvi dizer isso – falou, sem se comprometer. – Se ele estiver certo, a sociedade é ilegal.

– Na verdade não me importo se é ou não, só imaginei que o senhor seria uma boa pessoa para me aconselhar.

Spade pensou: *Aonde diabos ele está querendo chegar?* Não falou nada.

Joe prosseguiu:

– Não quero administrar o negócio à maneira do meu avô, entende? Ele transformou seus operários em inimigos. Para ser bem franco, eles o odeiam. Não quero ser odiado.

Spade aquiesceu. Joe tinha razão, embora nem todo mundo visse a questão daquela forma.

– Acho que ele faria melhor em tentar transformá-los... não em amigos, porque isso não é realista, mas em aliados, quem sabe – disse Joe. – Afinal, eles querem fabricar bons tecidos e receber bem por isso, e meu avô quer o mesmo.

Era o que todas as pessoas sensatas achavam, mas mesmo assim não deixava de ser notável escutar aquilo de alguém cujo sobrenome era Hornbeam.

– Então o que o senhor quer fazer?

– Foi isso que vim lhe perguntar. Como posso gerenciar as coisas de outra forma?

Spade se recostou na cadeira. Aquilo tudo era altamente surpreendente. Mas ele estava recebendo uma chance de educar um jovem rapaz que um dia seria um dos poderosos de Kingsbridge. Aquele talvez fosse um momento-chave.

Passou um minuto pensando no que dizer a Joe, mas na realidade a questão não era difícil.

– Converse com os operários – sugeriu. – Sempre que decidir fazer alguma mudança... introduzir uma nova máquina, por exemplo, ou modificar o expediente de trabalho... converse com eles primeiro. Metade das rixas na nossa indústria acontece porque alguma coisa foi jogada na cabeça dos operários sem aviso, e a reação instantânea deles é ser contra. Diga-lhes por que quer fazer a mudança, converse sobre os problemas que podem surgir, veja que sugestões eles têm.

Joe fez uma objeção:

– O senhor consegue falar com seus funcionários, pois tem só uma dúzia ou algo assim. Meu avô tem mais de cem só no Chiqueiro.

– Eu sei – disse Spade. – É aí que um sindicato se torna mais útil.

– Só que os sindicatos são ilegais, como o senhor mesmo disse.

– Muitos patrões, tanto na indústria de algodão quanto na de lã, querem fazer aquela tal Lei da Associação ser revogada. Com ela, mais a Lei da Alta Traição e a Lei das Reuniões Subversivas, os operários praticamente não podem se manifestar sem arriscar o pescoço... e homens recorrem com facilidade à violência quando a violência é tudo de que dispõem.

– Faz sentido – concordou Joe. – Obrigado.

– Disponha sempre. Estou falando sério. Ficarei feliz em ajudá-lo, se puder.

Joe se levantou para ir embora, e Spade o acompanhou até a porta.

– Teria alguma coisa que eu pudesse fazer imediatamente, algo pequeno, talvez, que representasse um sinal de que as coisas vão ser diferentes? – perguntou Joe.

Spade pensou por alguns segundos, então respondeu:

– Abolir a lei que proíbe as pessoas de ir ao banheiro a não ser em horários preestabelecidos.

Joe o encarou.

– Santo Deus, meu avô faz isso?

– Sem dúvida. E outros patrões da cidade também fazem... mas não todos. Eu não imponho essa regra. Amos Barrowfield tampouco.

– Imagino que não. Que coisa mais bárbara!

– As mulheres, em especial, detestam. Os homens, quando estão desesperados, simplesmente urinam no chão.

– Que nojento!

– Então mude isso.

Joe apertou a mão de Spade.

– Mudarei – disse ele, e se retirou.

Amos esperou até estar sozinho com Elsie. Isso acontecia uma vez por semana, depois das aulas da escola dominical. Eles estavam sentados diante de uma mesa num cômodo que ainda recendia a crianças mal lavadas. Sem preâmbulo algum, Amos perguntou:

– Alguma vez já passou pela sua cabeça que o conde Henry pode não ser o pai do jovem Hal?

Ela arqueou as sobrancelhas. Ele viu que a pergunta a tinha desconcertado. Mas sua reação foi discreta.

– Já passou pela de todo mundo – respondeu ela. – Pelo menos de todo mundo que se interessa por fofoca, ou seja, a maior parte da população de Kingsbridge.

– Mas o que as faz desconfiar?

– O simples fato de Jane ter levado nove anos para engravidar. Quando engravidou, as pessoas naturalmente ficaram se perguntando como tinha acontecido. É lógico que existem várias possibilidades, mas os fofoqueiros sempre vão preferir a mais sórdida.

Então ela achava o adultério uma coisa sórdida. E de fato estava certa. Ele quase desistiu ali mesmo.

Sabia o que precisava dizer, mas, agora que a hora havia chegado, estava morto de constrangimento. Mesmo assim, forçou-se a falar.

– Acho que sou o verdadeiro pai de Hal – confessou, e sentiu as próprias faces esquentarem com um rubor de vergonha. – Lamento deixar você chocada.

– Não estou tão chocada assim – retrucou ela.

– Não?

– Eu sempre desconfiei. Eu e outras pessoas.

Ele se sentiu mais constrangido ainda.

– Quer dizer que as pessoas desta cidade imaginavam que o responsável era eu?

– Bom, todo mundo achava que você tinha um caso com Jane.

– Não foi um caso.

– Certo, mas você pareceu bastante incomodado com a visita do major Dwight.

– E fiquei mesmo, porque detesto ver Jane se comportar de modo indigno. Eu a amei um dia e agora não amo mais, e é essa a verdade.

– Então como pode ser o pai de Hal?

– Por causa de uma única vez. Quer dizer, não foi um pecado duradouro. Ah, meu Deus, nem sei o que estou dizendo.

– Amos, uma das coisas mais adoráveis em você é sua inocência. Mas não precisa ficar com vergonha, nem sequer constrangido, pelo menos não por minha causa.

– Mas eu sou um adúltero.

– Não é, não. Você pecou uma vez. E já faz muito tempo. – Ela estendeu a mão pela mesa e a pôs por cima da sua. – Eu o conheço bem, provavelmente melhor que qualquer outra pessoa no mundo, e você não é um homem mau. De jeito nenhum.

– Bom, fico feliz que pelo menos você pense isso.

Fez-se uma pausa. Ela abriu a boca para dizer alguma coisa, mudou de ideia, então mudou de ideia outra vez e indagou:

– Por que levantou esse assunto comigo agora, mais de uma década depois do acontecido?

– Ah, não sei – respondeu ele, então se deu conta de como essa resposta era idiota e se emendou. – Sei, sim, é claro que eu sei.

– Então por que foi?

– Eu estava com medo de que você não fosse se casar com um adúltero.

Ela ficou paralisada com o choque.

– Casar?

– Isso. Estava com medo de você dizer não.
– Você está me pedindo em casamento?
– Estou. Não estou fazendo isso muito bem, não é?
– Você não está sendo muito claro.
– Verdade. Certo. Elsie, eu amo você. Acho que já amo há muito, muito tempo sem me dar conta. Sinto-me feliz quando estou ao seu lado, e, quando não estou, sinto sua falta. Quero que você se case comigo e vá morar na minha casa e dormir na minha cama. E quero tomar café da manhã com você e seus filhos todos os dias. Mas temo que meu passado sórdido torne isso impossível.
– Eu não falei isso.
– Você não se importa com o que fiz com Jane?
– Eu não me importo. Bom, pelo menos não muito. Ou melhor, na verdade, eu me importo bastante, mas amo você mesmo assim.

Ela havia mesmo dito isso?

Amo você mesmo assim.

Era o que tinha dito.

Amos falou:

– Então... aceita se casar comigo?
– Sim. Sim, aceito. É o que eu sempre quis. É claro que aceito me casar com você.
– Ah – fez Amos. – Ah. Ah, obrigado.

Na segunda-feira, no caminho da fábrica para casa, Hornbeam entrou por impulso na catedral. Pensou que talvez fosse conseguir raciocinar direito na igreja, e estava certo. Todos aqueles arcos e colunas pareciam fazer algum sentido, e, ao observá-los à luz de umas poucas velas, ele constatou que seus pensamentos ficaram mais ordenados. Lá fora, sua mente era só confusão e raiva. Todas as coisas em que ele sempre acreditara tinham se revelado equivocadas, e ele não tinha nada para pôr no lugar. Ali dentro, sentia-se calmo.

Percorreu a nave até onde ela cruzava o transepto, então contornou o altar e seguiu em frente até chegar ao extremo leste da igreja, a parte mais sagrada. Ali parou, virou-se e olhou para trás.

Pensou em Jarge Box. Sempre o havia julgado um inútil, para não dizer coisa pior. Box vivia causando problemas, entrava em brigas, fazia greve e quebrava máquinas. Apesar de tudo isso, no fim, tinha dado a Hornbeam um presente mais precioso que qualquer outro: a vida de Joe.

Box precisara enfrentar o mais árduo dos testes. Vira-se diante da decisão de salvar um companheiro arriscando a própria vida. Fora um desafio duplo: sua coragem havia passado no teste, assim como seu altruísmo.

Era segunda-feira. O sermão da véspera tivera por tema o versículo: "Ninguém tem maior amor do que aquele que dá sua vida pelos seus amigos." O bispo havia falado de todos os que tinham dado a vida em Waterloo, mas Hornbeam só conseguira pensar em Box. Havia se perguntado: *O que é a minha vida em comparação com a dele?* Quem respondera fora Jesus: homem nenhum tinha maior amor do que aquele demonstrado por Jarge Box.

Era como se a vida de Hornbeam agora não tivesse valor algum. Quando criança, ele havia levado uma vida de violência e roubo. Já adulto, tinha feito as coisas menos às claras: subornado para conseguir encomendas, sentenciado pessoas a serem açoitadas e fazerem trabalhos forçados, ou então as mandado para o tribunal superior para que fossem condenadas à morte.

Sua desculpa sempre tinha sido a morte cruel da mãe. Mas muitas crianças sofriam crueldades e levavam uma vida decente na idade adulta; Kit Clitheroe era um exemplo.

Conversas e risos altos interromperam seus devaneios: no outro extremo da catedral – os sineiros estavam chegando para o ensaio. Hornbeam realmente não podia gastar seu tempo com aquelas reflexões melancólicas. Refez os próprios passos.

Ao chegar no cruzamento entre a nave e o transepto, reparou numa portinha na quina norte. Estava aberta. Recordou que nesse dia alguns homens tinham trabalhado no telhado, provavelmente fazendo reparos no chumbo. Deviam ter saído sem trancar a porta. Por impulso, ele passou por ela e subiu a escada caracol.

Teve que parar várias vezes no caminho por causa da dor no peito, mas descansava só um pouco, então seguia em frente na direção do telhado.

O céu noturno estava limpo e a lua brilhava. Ele percorreu uma passarela estreita e se viu perto do topo da torre dos sinos. Ergueu os olhos para a agulha da catedral e viu a estátua do anjo que se dizia representar Caris, a freira responsável pela construção do hospital durante a terrível epidemia de peste bubônica. Ela era outra que tinha feito algo de bom com a própria vida.

Hornbeam estava no lado norte do telhado, e, ao olhar para baixo, pôde ver o cemitério iluminado pelo luar. As pessoas que lá descansavam gozavam de paz de espírito.

Sabia que existia uma solução para seu problema, uma cura para sua doença. Ela era mencionada regularmente em todas as igrejas cristãs do mundo: confissão e penitência. Um homem podia ser perdoado por ter cometido erros. Só que o preço era humilhante. Quando se imaginava reconhecendo ter cometido erros

– com sua família, com seus clientes, com os outros fabricantes de tecido, com os conselheiros –, ele estremecia de horror. Penitência? O que isso queria dizer? Precisaria pedir perdão a quem houvesse ofendido?

Fazia meio século que não se desculpava por nada. Será que poderia devolver o dinheiro ganho com os contratos corruptos do Exército? Seria processado. Talvez fosse preso. O que aconteceria com a sua família?

Não podia viver desse jeito, porém. Aqueles pensamentos atormentados o faziam dormir muito pouco à noite. Ele sabia que não estava administrando os negócios como deveria. Mal falava com qualquer pessoa. Fumava o tempo todo. E a dor no peito estava piorando.

Foi até a beirada do telhado e olhou para as lápides lá embaixo. Os sineiros começaram seu ensaio, e bem ao seu lado as notas ribombantes dos imensos sinos começaram a soar, um som que ele pareceu sentir nos próprios ossos, um som que o possuiu. Todo o seu ser começou a vibrar. *Paz de espírito*, pensou ele; *paz de espírito*.

Deu um passo além da beirada.

Assim que o fez, sentiu-se aterrorizado. Quis mudar de ideia, voltar atrás. Ouviu-se gritar feito um animal sendo torturado. Seus olhos estavam abertos, e ele pôde ver o chão se aproximando depressa. O medo o dominou e foi crescendo, crescendo, mas ele não conseguiu gritar mais alto. Então o pior aconteceu, e o chão o atingiu numa pancada fortíssima que preencheu seu corpo inteiro com uma agonia excruciante e insuportável.

E então, nada.

CAPÍTULO 45

rabella ergueu os olhos do jornal e disse:

– O Parlamento foi dissolvido.

Seu filho Abe, agora com 18 anos, engoliu seu toucinho e perguntou:

– O que isso quer dizer?

O conhecimento de Abe sobre a vida era irregular. Em determinadas áreas ele era bem informado; em outras, ignorante. Talvez isso fosse normal na sua idade. Spade tentou recordar se tinha sido assim também, mas não conseguiu ter certeza. De toda forma, no outono Abe começaria a estudar na Universidade de Edimburgo, e a partir daí seu saber aumentaria depressa.

Quem respondeu à pergunta do rapaz foi Arabella.

– Quer dizer que haverá uma eleição geral.

– E uma chance de nos livrarmos de Humphrey Frogmore – emendou Spade.

Era uma perspectiva animadora. Humphrey Frogmore fora o vencedor da eleição especial organizada após a morte de Hornbeam. Tinha sido um parlamentar preguiçoso e ineficaz.

– Como assim? – indagou Abe.

– O Sr. Frogmore vai precisar se candidatar à reeleição se quiser continuar sendo nosso representante no Parlamento – explicou Arabella.

– Qual é o cronograma? – quis saber Spade.

Arabella tornou a baixar os olhos para o jornal antes de responder:

– A nova composição será convocada no dia 4 de agosto.

– Então temos quase dois meses – disse Spade, fazendo as contas. Estavam em meados de junho de 1818. – Precisamos conseguir alguém para concorrer com Frogmore.

– Por quê? – indagou Abe.

– O Sr. Frogmore apoia a Lei da Associação – esclareceu Spade.

Havia um movimento em curso para revogar essa odiada lei, mas Frogmore queria que ela continuasse em vigor. Essa era a única questão em relação à qual havia se manifestado no Parlamento. Ele representava os linhas-duras de Kingsbridge, antes liderados por Hornbeam.

– Seja como for, precisamos de um novo candidato – disse Arabella. – Acho que deveria ser o meu genro.

Spade concordou com a cabeça.

– Amos é popular. – Amos Barrowfield tinha sido eleito prefeito depois da morte de Hornbeam. Spade consultou seu relógio de bolso. – Acho que vou falar com ele agora. Talvez consiga alcançá-lo antes de ele sair para a fábrica.

– Vou com você – anunciou Arabella.

Eles puseram seus chapéus e saíram. O dia estava bonito, fresco porém ensolarado, e a cidade estava coberta por seu manto matinal de orvalho que a luz fazia cintilar. Encontraram Amos e a família ainda à mesa do desjejum. Os filhos de Elsie estavam crescendo depressa. Stephen fora estudar em Oxford, Billy e Richie já tinham feições de rapazes, e Martha exibia os primeiros sinais de uma silhueta feminina. Apenas Georgie ainda era criança.

Cadeiras extras foram trazidas para os avós, e um café foi servido. Spade esperou os jovens terminarem e saírem, e então perguntou:

– Vocês souberam que o Parlamento foi dissolvido?

– Sim – respondeu Amos. – Precisamos de alguém para concorrer com Frogmore, aquele inútil.

– Exatamente – disse Spade, abrindo um sorriso. – E acho que deveria ser você.

– Estava com medo disso.

– Você é um prefeito popular. Pode derrotar Frogmore.

– Detesto decepcioná-lo.

Amos olhou para Elsie em busca de apoio.

– Nós não vamos nos mudar para Londres – disse ela. – Não quero deixar minha escola dominical.

– E nem seria preciso – rebateu Spade. – Amos poderia ir a Londres sozinho quando fosse necessário estar lá.

No entanto, ele sentiu estar perdendo a discussão. Amos estava confortável demais com sua vida atual. Tinha engordado um pouco.

Amos fez que não com a cabeça.

– Desperdicei metade da minha vida sem estar casado com Elsie – falou. – Agora que estamos juntos, não vou passar meses em Londres sem ela.

– Mas com certeza…

Arabella interrompeu Spade.

– Desista, amor – disse ela. – Eles estão decididos.

Spade desistiu. Arabella costumava ter razão em relação a essas coisas.

– Mas precisamos de um candidato – concordou Amos. – E acho que a melhor escolha é o outro homem sentado diante desta mesa.

Ele olhou para Spade.

– Eu não tenho instrução – objetou Spade.

– Sabe ler e escrever, e é mais inteligente que a maioria.

– Mas não sou capaz de fazer discursos com citações em latim e grego.

– Nem eu. Esse tipo de coisa é desnecessário. Os que estudaram em Oxford adoram se exibir nos debates, claro, mas a maioria não sabe nada das indústrias que garantem a prosperidade do nosso país. Você seria um defensor muito eficaz da revogação da Lei da Associação.

Spade ficou pensativo. A lei fora uma tentativa da elite governante de neutralizar qualquer esforço dos trabalhadores de melhorar de vida. Ele estava tendo uma chance de ajudar a abolir essa legislação cruel. Como poderia recusar?

– Eles realmente revogariam a lei? – indagou Arabella. – Não querem todos simplesmente manter os trabalhadores sob seu jugo?

– Alguns, sim, mas os parlamentares não são todos iguais – respondeu Amos. – Joseph Hume é o líder dos radicais, e ele é contra a lei. O editor do jornal *The Scotsman* concorda com Hume. E tem um alfaiate aposentado chamado Francis Place que informa Hume e todos os parlamentares mais esclarecidos sobre os efeitos nocivos da lei. Place também apoia um jornal político chamado *The Gorgon*.

Spade se virou para Arabella.

– O que acharia de se mudar para Londres?

– Eu sentiria falta de Elsie e dos meus netos, é lógico – respondeu ela. – Mas ainda poderíamos passar a maior parte do ano aqui. E morar em Londres pode ser bem animado.

Spade pôde ver, pelo brilho em seus olhos, que ela estava falando a verdade. Aos 63 anos, ela tinha mais energia que a maioria das mulheres com metade dessa idade.

– Deixem-me pensar no assunto – declarou Spade.

No dia seguinte, ele aceitou se candidatar.

E ganhou.

Os irlandeses que tinham chegado a Kingsbridge vinte anos antes, trazidos por Hornbeam para driblar a greve, haviam se integrado à população da cidade e não eram mais chamados de fura-greves. Até hoje falavam com seus charmosos sotaques irlandeses, mas seus filhos não. Frequentavam a pequena igreja católica da cidade, mas, tirando isso, não davam grandes mostras de sua fé. Sob a maioria dos aspectos, eram operários como os demais. Colin Hennessy, seu líder, frequentava muito a loja de Sal.

O térreo de sua casa era dividido ao meio por um balcão. Atrás do balcão, onde ela passava a maior parte do dia, ficavam prateleiras e armários abarrotados de mercadorias. Ela estocava tudo de que as pessoas precisavam, com exceção de gim. Poderia ter ganhado um bom dinheiro vendendo gim em doses, mas detestava ver gente bêbada – talvez por causa da fraqueza de Jarge – e preferia não ter relação nenhuma com bebidas fortes.

Sal e Colin conversavam com frequência. Ela sempre havia gostado dele. Ambos tinham a mesma idade e eram líderes comunitários. Tinham ido juntos confrontar Hornbeam. E Sal já havia sonhado que se deitava com ele.

Num dia de 1819, ela lhe disse:

– Não sei se já lhe contei, mas meu filho foi a primeira pessoa a falar com você quando você chegou.

– É mesmo?

– E com a sua esposa, que Deus a tenha. Lamentei quando soube que ela tinha falecido.

– Já faz meio ano agora.

– E seus filhos estão todos crescidos e casados.

– Sim.

– Eu me lembro do dia em que vocês chegaram. Meu filho, Kit, correu para casa com a novidade das quatro carroças cheias de estrangeiros.

– Acho que me lembro de um pirralhinho.

– Você perguntou o nome dele e lhe disse o seu. Ele contou que tinha conversado com um homem alto de cabelos pretos que falava muito esquisito.

Colin riu.

– Bom, esse sem dúvida era eu.

Sal olhou pela janela e viu que a noite estava caindo.

– Está na hora de fechar – falou.

– Certo. Vou embora.

Ela o encarou com um ar de curiosidade. O danado continuava bonito.

– Aceita uma xícara de chá?

– Bom, não posso recusar isso.

Ela trancou a porta da loja e o conduziu até o andar de cima. Um pequeno fogo para cozinhar ardia na lareira, e ela pôs a chaleira para ferver.

Fazia quase quatro anos que tinha a loja, e o estabelecimento era um grande sucesso. Ela havia ganhado tanto dinheiro que pela primeira vez na vida se vira obrigada a abrir uma conta no banco. Mas aquilo de que mais gostava eram as pessoas. Durante o dia inteiro, elas entravam e saíam, cada qual com sua vida repleta de alegrias e tristezas, compartilhando com ela suas histórias. Só se sentia sozinha à noite.

– As pessoas achavam que vocês irlandeses fossem voltar para casa, mas a maioria ficou – disse ela.

– Eu amo a Irlanda, mas a vida lá é difícil. O governo de Londres não trata bem os irlandeses.

– Nem os ingleses, a menos que sejam nobres ou negociantes ricos. Os primeiros-ministros administram as coisas para favorecer gente igual a eles.

– É a mais pura verdade.

Ela preparou o chá, passou-lhe uma caneca e lhe ofereceu açúcar. Ele bebeu um pouco e disse:

– Está muito bom. Engraçado como o chá fica mais gostoso quando outra pessoa prepara.

– Você sente falta da sua esposa.

– Com certeza. E você?

– Também. Meu Jarge tinha seus defeitos, mas eu o amava.

Fez-se um silêncio que durou um ou dois minutos, e ele então pousou a caneca e falou:

– É melhor eu ir andando.

Sal hesitou. *Tenho 50 anos*, pensou; *não posso fazer uma coisa dessas.* Mas disse:

– Você não precisa ir.

Então prendeu a respiração.

– Não?

– Pode ficar, se quiser.

Ele não respondeu nada.

– Pode passar a noite aqui – declarou ela, para não deixar dúvidas. – Se você quiser – acrescentou, nervosa.

Ele sorriu.

– Sim, cara Sal – disse ele. – Ah, eu quero, sim.

Henry, conde de Shiring, morreu em dezembro de 1821. No final das contas, sua morte nada teve a ver com o ferimento na cabeça: ele morreu ao cair do cavalo.

Jane ficou bonita de preto, mas Amos sabia que ela não estava realmente de luto. Henry tinha sido um bom soldado, mas um péssimo marido.

O funeral foi celebrado na catedral de Kingsbridge pelo velho bispo Reddingcote.

Praticamente todos os fidalgos do condado compareceram, além de todos os figurões de Kingsbridge e de todos os oficiais do regimento. Amos calculou que devesse haver mais de mil pessoas na nave.

O major Percival Dwight veio de Londres. Disse a todo mundo estar representando o duque de York, comandante máximo do Exército, o que sem dúvida devia ser verdade, mas os entendidos acreditavam que estivesse ali para cortejar a viúva.

Depois da missa, o caixão foi conduzido até o lado de fora e posto sobre uma carroça puxada por quatro cavalos negros. Caía uma neve fraca, e os flocos se prendiam nas crinas e se derretiam nos lombos quentes dos animais. Uma vez amarrado o caixão, a carroça partiu em direção a Earlscastle, onde Henry seria sepultado no jazigo da família.

O velório foi nos Salões de Bailes e Eventos. Amos foi chamado a uma sala lateral destinada a convidados especiais. Jane erguia o véu para conversar com as pessoas, sem mostrar qualquer sinal de ter chorado.

Depois da primeira leva de pessoas que foram oferecer suas condolências, Amos conseguiu ficar a sós com ela por alguns minutos e perguntou quais eram seus planos.

– Vou me mudar para Londres – respondeu ela. – Temos uma casa lá, que Henry praticamente não usava. A casa agora é de Hal, é óbvio, mas falei com ele e ele ficou feliz com a ideia de que eu more lá.

– Bom, pelo menos um amigo você vai ter.

– A quem está se referindo?

– Ao major Dwight.

– Vou ter outros amigos além dele, Amos. A duquesa de Richmond, para começar. E vários outros que conheci em Bruxelas.

– Vai ter dinheiro que baste?

– Hal concordou em continuar pagando minha mesada para vestidos, que sempre foi bastante generosa.

– Eu sei. Você tornou a irmã de Spade bastante rica.

– Não é só isso. Fiz um seguro de vida para Henry e paguei as prestações com o dinheiro que ele me dava sem lhe dizer. De modo que vou ter meu próprio dinheiro.

– Fico muito feliz. – *Eu já deveria ter desconfiado que Jane teria garantido o próprio futuro financeiro*, pensou Amos. – Vai voltar a se casar?

– Que pergunta mais inadequada de se fazer no funeral do meu marido.

– Eu sei, mas você detesta que as pessoas fiquem cheias de dedos com essas coisas.

Ela deu uma risadinha.

– Você me conhece bem demais, espertinho. Mas não vou responder.
– Justo.
Alguma outra pessoa chegou para lhe dar os pêsames, e Amos foi até o bufê. Seu enteado Stephen conversava com Hal, agora o novo conde, aos 16 anos de idade. Amos ouviu Hal dizer:
– Então a quantas aulas você precisa assistir por semana?
– Não é preciso assistir a nenhuma – respondeu Stephen. – Mas a maioria das pessoas assiste a uma por dia.
Eles estavam falando sobre Oxford, naturalmente. Amos recordou a inveja que costumava sentir de rapazes que estudavam em universidades e como havia se perguntado se um filho seu algum dia teria esse privilégio. Agora, seu filho ilegítimo não reconhecido estava prestes a realizar esse sonho. *Que estranho*, pensou Amos. *Meu desejo se realizou de um jeito que jamais imaginei.*
Como ele havia aprendido, porém, assim era a vida. As coisas nunca saíam exatamente como você esperava.

Pouco antes do Natal de 1823, Spade, agora parlamentar, foi a uma reunião secreta na residência londrina de Francis Place.
A campanha contra a Lei da Associação estava chegando ao ápice. No ano seguinte, haveria uma Waterloo parlamentar. Se o governo representava Bonaparte e a oposição, Wellington, então o pequeno grupo que se reuniu em Charing Cross eram os prussianos, que torciam para fazerem pender a balança.
Vários parlamentares radicais estavam presentes, entre eles Joseph Hume. Todos haviam feito campanha contra a Lei da Associação durante anos, sem resultado. A maioria dos outros integrantes discordava desse grupo, como se qualquer encontro de pessoas trabalhadoras tivesse a probabilidade de levar a uma revolução e à guilhotina.
Mas agora haveria um confronto.
Hume anunciou ter conseguido convencer o governo a eleger um Comitê Especial de Artesãos e Máquinas.
– O comitê vai investigar a emigração de artesãos e a exportação de máquinas – disse Hume. – São dois temas importantes para o governo e para os donos de fábrica. E, quase como se fosse uma reflexão de última hora, recebemos a ordem de estudar o funcionamento da Lei da Associação. Como essa ideia foi minha, o governo concordou que eu seja o presidente. É nossa grande oportunidade.
Spade falou:

– Vamos precisar ser espertos nessa luta. Não queremos provocar nossos inimigos cedo demais.

– E como vamos conseguir isso? – indagou um parlamentar cauteloso do norte chamado Michael Slater. – Não podemos guardar segredo em relação ao comitê.

– Não, mas podemos ser discretos – disse Spade. – Falar nele como se fosse uma obrigação maçante, que não terá nenhuma consequência muito importante.

Spade tinha aprendido muito sobre o Parlamento nos últimos cinco anos. Assim como no xadrez, um ataque não deveria parecer um ataque até que fosse impossível resistir a ele.

– Bem pensado – concordou Hume.

– Mas tudo vai depender dos membros do comitê – alegou Spade.

– Isso já foi providenciado – falou Hume. – Em teoria, os integrantes serão escolhidos pelo presidente do Conselho de Comércio. Mas vou apresentar a ele uma lista de recomendações, e, sem que ele saiba, ela será composta apenas por simpatizantes da nossa causa.

Spade pensou que aquilo poderia dar certo. Tanto Hume quanto Place tinham experiência na condução de assuntos parlamentares. Não seria fácil derrotá-los nas manobras.

– O ponto crucial... e o motivo desta reunião – disse Hume – é que devemos apresentar testemunhas convincentes para depor no comitê, testemunhas que tenham tido uma experiência pessoal da injustiça e da perturbação causada por essa lei. Primeiro precisamos de operários que tenham sido cruelmente punidos pelos juízes por terem desrespeitado a lei.

Spade pensou em Sal, que agora tinha se casado com Colin e se chamava Sal Hennessy. Ele falou:

– Tem uma mulher em Kingsbridge que foi condenada a dois meses de trabalhos forçados por dizer a um patrão que ele estava desrespeitando um acordo que os próprios fabricantes de tecido tinham aceitado.

– É exatamente disso que precisamos. De decisões jurídicas estúpidas e maldosas baseadas nessa lei.

– Trabalhadores pouco instruídos são testemunhas ruins – comentou Slater num tom cético. – Eles trazem queixas ridículas. Dizem que os patrões estão usando bruxaria, e coisas desse tipo.

Spade considerava Slater um pessimista útil. Via sempre o pior lado de tudo, mas apontava para problemas reais.

– Nossas testemunhas serão entrevistadas antes pelo Sr. Place, que vai me informar sobre a experiência pessoal de cada uma para eu ter certeza de fazer as perguntas certas – explicou Hume.

– Ótimo – disse Slater, satisfeito.

Hume retomou:

– E precisamos também de donos de fábrica que declarem que é mais fácil lidar com os operários se houver um sindicato com o qual conversar.

– Eu conheço alguns desses também – afirmou Spade.

Francis Place tomou a palavra.

– Existem lugares em que os salários são tão baixos que pessoas empregadas estão recebendo o Auxílio aos Pobres. Os pagadores de impostos se zangam por estarem financiando os lucros dos donos de fábrica.

– Bom argumento – elogiou Hume. – Precisamos de homens para dar esse depoimento. É muito importante.

– Nossos inimigos também trarão testemunhas – acrescentou Slater.

– Sem dúvida – concordou Hume. – Mas, se procedermos com cuidado, eles só se darão conta disso na última hora e não terão tempo hábil para prepará-las.

É assim que se faz política, pensou Spade enquanto o encontro se dispersava. Estar do lado certo nunca era suficiente. Era preciso também ser mais astuto que os adversários.

Ele voltou a Kingsbridge para passar o Natal. Como parlamentares não recebiam salário, os que não possuíssem independência financeira precisavam ter outro emprego. Spade continuava administrando seu negócio.

Enquanto estava em Kingsbridge, ele convenceu Sal e Amos a deporem no comitê de Hume.

O comitê se reuniu em Westminster Hall entre fevereiro e maio de 1824 e interrogou mais de cem testemunhas.

Amos depôs sobre as vantagens de lidar com sindicatos, e sua esposa, Elsie, assistiu, orgulhosa.

O ponto alto das sessões foi o depoimento dos operários. Ficou escandalosamente evidente que a Lei da Associação havia sido usada para intimidar e punir trabalhadores de maneiras que nunca tinham sido a intenção do Parlamento, e muitos parlamentares se indignaram.

Um importante fabricante de botas londrino havia cortado pela metade o salário de seus funcionários e, quando eles se recusaram a trabalhar, convocara-os a comparecer diante do prefeito, que sentenciara todos a trabalhos forçados. Uma história parecida foi contada por um tecelão de algodão de Stockport, espancado por um agente da ordem e encarcerado por dois meses juntamente com dez outros homens e doze mulheres.

Sal declarou:

– Uma greve em Kingsbridge foi solucionada pela negociação entre um grupo representando os patrões e outro grupo representando os trabalhadores. Parte do acordo estabelecia que, quando um patrão estivesse planejando introduzir novas máquinas, deveria conversar com os operários.

– O patrão era obrigado a fazer o que os operários quisessem? – perguntou Hume.

– Não. Era obrigado só a conversar.

– Continue.

– Um dos patrões, o Sr. Hornbeam, pegou seus operários de surpresa ao introduzir uma máquina de cardar sem conversar com ninguém. Fui à casa dele com outro integrante da delegação dos operários, Colin Hennessy, e um dos patrões, David Shoveller, para conversarmos com ele sobre isso.

– Vocês o ameaçaram?

– Não. Apenas lembramos a ele que a melhor forma de evitar uma greve seria respeitar o acordo.

– O que aconteceu então?

– No dia seguinte, fui acordada bem cedo e levada até a residência do Sr. Will Riddick, um juiz. O mesmo aconteceu com o Sr. Hennessy.

– E quanto ao Shoveller?

– Nenhuma ação foi tomada contra ele. Mas o Sr. Hennessy e eu fomos acusados de associação e condenados a trabalhos forçados.

– Existia alguma relação entre o Sr. Hornbeam e o juiz?

– Sim. Hornbeam era sogro de Riddick.

Um rumor de choque e reprovação percorreu os integrantes do comitê.

– Então, resumindo – disse Hume. – Vocês disseram ao Sr. Hornbeam que ele estava desrespeitando um acordo. Ele então mandou prendê-los e os acusou de associação, sendo que depois disso o próprio genro do patrão os condenou a trabalhos forçados.

– Sim.

– Obrigado, Sra. Hennessy.

O comitê elaborou um relatório condenando sem reservas a Lei da Associação. Poucos dias depois, a lei foi revogada.

Will Riddick morreu nesse mesmo ano, e Roger passou a ser o senhor de Badford.

Sal e Colin se mudaram para lá e assumiram o armazém de secos e molhados do povoado.

Sal nunca mais tornou a ver Joanie, mas um homem de sotaque estranho apareceu em Badford com uma carta dela. Depois de cumprir sua sentença, ela havia desposado um colono, e os dois tinham começado uma criação de ovelhas em Nova Gales do Sul. Era um trabalho árduo, e ela pensava com frequência na filha, Sue, mas amava o marido e não tinha planos de voltar para a Inglaterra.

Kit, Roger, Sal e Colin se instalaram todos na casa senhorial.

A primeira coisa que fizeram foi transferir os cachorros de Will da casa para o pátio junto aos estábulos.

Então, ajudados por Fanny, fizeram uma bela faxina no saguão.

Uma semana depois, vestiram roupas velhas e esfarrapadas e pintaram toda a madeira que revestia as paredes da casa num tom de creme.

– Bom, pelo menos agora a casa está com outro cheiro – declarou Sal.

– Ainda há muito a fazer – comentou Kit.

– Mal posso esperar para fazer o resto – disse Fan. – Mas o senhor do povoado e sua família não deveriam estar realizando esse trabalho. Com um pouco de ajuda eu conseguiria dar conta.

Platts havia ido embora, não que algum dia tivesse sido muito útil, e Fan agora era a única empregada da casa.

– Vamos lhe arrumar alguma ajuda futuramente, mas precisaremos levar uma vida frugal durante algum tempo – explicou Kit. – Apesar de o nosso negócio de fabricação de máquinas gerar dinheiro, precisamos pagar todas as dívidas que Will deixou. – Ele decidiu não mencionar as dívidas de Roger. – Preciso investigar as finanças da casa senhorial e voltar a pagar as hipotecas com a renda dos aluguéis.

Kit continuava controlando o dinheiro. Roger recebia uma mesada, e, quando o dinheiro acabava, tinha que parar de apostar até o mês seguinte. Já estava acostumado, e agora dizia preferir levar as coisas desse jeito.

Eles foram até a cozinha, onde Fanny preparou um jantar com toucinho e batatas. Kit viu um rato se espremer para dentro de uma fresta no rodapé e disse:

– Precisamos de gatos para controlar os ratos e camundongos.

– Eu posso arrumar alguns gatos – afirmou Fan. – Tem sempre alguém no povoado tentando vender uma ninhada de filhotes por alguns *pennies*.

Quando escureceu, foram todos para cama. Kit e Roger tinham quartos de dormir com um quarto de vestir comum no meio, mas era só uma fachada: os dois dormiam juntos todas as noites. Fanny já havia descoberto seu segredo, mas, quando eles tivessem mais empregados, precisariam desarrumar a outra cama todo dia de manhã para manter as aparências de respeitabilidade.

Kit se despiu e subiu na cama, mas ficou sentado, olhando em volta à luz da vela.

– Não está com sono? – perguntou Roger. – Essa pintura toda me deixou exausto.

– Estou só me lembrando da época em que dormi aqui quando era pequeno – falou Kit. – Eu achava que esta era a maior casa do mundo e que as pessoas que moravam aqui deviam ser como deuses.

– E agora você é um desses deuses.

Kit riu.

Roger foi para a cama e continuou:

– Deuses gregos, provavelmente. E você sabe o que os gregos faziam, não?

– Não. Não tive tanta instrução quanto você, e você sabe disso. O que os gregos faziam?

Roger o tomou nos braços.

– Me deixe mostrar para você – falou.

AGRADECIMENTOS

Meus consultores históricos para *A armadura da luz* foram Tim Clayton, Penelope Corfield, James Cowan, Emma Griffin, Roger Knight e Margarette Lincoln.

Também sou grato pela ajuda das seguintes pessoas: David Birks e Hannah Liddy, do Museu Trowbridge; Ian Birtles, Anna Chrystal, Clare Brown, Jim Heaton, Ally Tsilika e Julie Whitehouse, da fábrica Quarry Bank Mill; e Katherine Belshaw, do Museu de Ciência e Indústria de Manchester.

Recorri muito ao livro *William Pitt the Younger: A Biography*, de William Hague, que teve a gentileza de comentar sobre sua obra numa entrevista pessoal.

A equipe e os voluntários da Waterloo Uncovered sempre se mostraram dispostos a tirar os olhos de suas ferramentas de escavação para responder a perguntas.

Meus editores foram Brian Tart, na Viking, e Vicki Mellor, Susan Opie e Jeremy Trevathan, na Macmillan.

Alguns dos amigos e familiares que deram conselhos úteis foram: Lucy Blythe, Tim Blythe, Barbara Follett, Maria Gilders, Chris Manners, Alexandra Overy, Charlotte Quelch, Jann Turner e Kim Turner.

CONHEÇA OS OUTROS LIVROS DA SÉRIE KINGSBRIDGE

O crepúsculo e a aurora

Em 997 d.C., a Inglaterra enfrenta ataques dos galeses de um lado e dos vikings do outro. Os homens que estão no poder fazem justiça de acordo com os próprios interesses, ignorando o povo e muitas vezes desafiando o próprio rei. Na falta de uma legislação clara, o caos reina absoluto.

Nesse cenário de selvageria, a vida de três jovens se entrelaça de maneira brutal. Um construtor de barcos vê sua terra ser dilacerada pelos vikings e é forçado a se mudar com a família para um povoado inóspito. Uma nobre normanda desafia os pais para se casar com o homem que ama e, assim que chega à Inglaterra, se vê envolvida em uma constante e violenta disputa pela autoridade em que qualquer passo em falso pode ser catastrófico. Um monge sonha em transformar sua humilde abadia em um centro de estudos conhecido na Europa inteira.

Todos eles lutam por um mundo mais justo, próspero e livre. E todos cruzam o caminho de um bispo inteligente e cruel que vai fazer o que for preciso para aumentar sua influência e sua fortuna.

Com uma trama elaborada que une um extenso trabalho de pesquisa histórica a uma criatividade extraordinária, *O crepúsculo e a aurora* é um presente tanto para os leitores veteranos de Ken Follett quanto para quem deseja conhecê-lo.

Os pilares da Terra (e-book)

Na Inglaterra do século XII, Philip, um fervoroso prior, acredita que a missão de vida que Deus lhe designou é erguer uma catedral à altura da grandeza divina. Um dia, o destino o leva a conhecer Tom, um humilde e visionário construtor que partilha o mesmo sonho. Juntos, os dois se propõem a construir um templo gótico digno de entrar para a história.

No entanto, o país está assolado por sangrentas batalhas pelo trono, deixado vago por Henrique I, e a construção de uma catedral não é prioridade para nenhum dos lados, a não ser quando pode ser usada como peça em um intricado jogo de poder.

Os pilares da Terra conta a saga das pessoas que gravitam em torno da construção da igreja, com seus dramas, fraquezas e desafios.

Mundo sem fim

Na Inglaterra do século XIV, quatro crianças se esgueiram da multidão que sai da catedral de Kingsbridge e vão para a floresta. Lá, elas presenciam a morte de dois homens. Já adultas, suas vidas se unem numa trama feita de determinação, desejo, cobiça e retaliação. Elas verão a prosperidade e a fome, a peste e a guerra. Apesar disso, viverão sempre à sombra do inexplicável assassinato ocorrido naquele dia fatídico.

Ken Follett encantou milhões de leitores com *Os pilares da Terra*, um épico magistral e envolvente com drama, guerra, paixão e conflitos familiares sobre a construção de uma catedral na Idade Média.

Agora *Mundo sem fim* leva o leitor à Kingsbridge de dois séculos depois, quando homens, mulheres e crianças da cidade mais uma vez se digladiam com mudanças devastadoras no rumo da História.

Coluna de fogo

Em 1558, as pedras ancestrais da Catedral de Kingsbridge testemunham o conflito religioso que dilacera a cidade. Enquanto católicos e protestantes lutam pelo poder, a única coisa que Ned Willard deseja é se casar com Margery Fitzgerald. No entanto, quando os dois se veem em lados opostos do conflito, Ned escolhe servir à princesa Elizabeth da Inglaterra.

Assim que Elizabeth ascende ao trono, a Europa inteira se volta contra a Inglaterra e se multiplicam complôs de assassinato, planos de rebelião e tentativas de invasão. Astuta e decidida, a jovem soberana monta o primeiro serviço secreto do país, para descobrir as ameaças com a maior antecedência possível.

Ao longo das turbulentas décadas seguintes, o amor de Ned e Margery não arrefece, mas parece cada vez mais fadado ao fracasso. Enquanto isso, o extremismo religioso cresce, gerando uma onda de violência que se alastra de Edimburgo a Genebra. Protegida por um pequeno e dedicado grupo de talentosos espiões e corajosos agentes secretos, Elizabeth tenta se manter no trono e continuar fiel a seus princípios.

Coluna de fogo é um dos livros mais emocionantes e ambiciosos de Ken Follett, uma história de espiões ambientada no século XVI que vai encantar seus fãs de longa data e servir como o ponto de partida perfeito para quem ainda não conhece seu trabalho.

CONHEÇA O PRIMEIRO LIVRO DA SÉRIE O SÉCULO

Queda de gigantes

Cinco famílias, cinco países e cinco destinos marcados por um período dramático da história. *Queda de gigantes*, o primeiro volume da trilogia O Século, do consagrado Ken Follett, começa no despertar do século XX, quando ventos de mudança ameaçam o frágil equilíbrio de forças existente – as potências da Europa estão prestes a entrar em guerra, os trabalhadores não aguentam mais ser explorados pela aristocracia e as mulheres clamam por seus direitos.

De maneira brilhante, Follett constrói sua trama entrelaçando as vidas de personagens fictícios e reais, como o rei Jorge V, o Kaiser Guilherme, o presidente Woodrow Wilson, o parlamentar Winston Churchill e os revolucionários Lênin e Trótski. O resultado é uma envolvente lição de história, contada da perspectiva das pessoas comuns, que lutaram nas trincheiras da Primeira Guerra Mundial, ajudaram a fazer a Revolução Russa e tornaram real o sonho do sufrágio feminino.

Ao descrever a saga de famílias de diferentes origens – uma inglesa, uma galesa, uma russa, uma americana e uma alemã –, o autor apresenta os fatos sob os mais diversos pontos de vista. Na Grã-Bretanha, o destino dos Williams, uma família de mineradores de Gales do Sul, acaba irremediavelmente ligado por amor e ódio ao dos aristocráticos Fitzherberts, proprietários da mina de carvão onde Billy Williams vai trabalhar aos 13 anos e donos da bela mansão em que sua irmã, Ethel, é governanta.

Na Rússia, dois irmãos órfãos, Grigori e Lev Peshkov, seguem rumos opostos em busca de um futuro melhor. Um deles vai atrás do sonho americano e o outro se junta à revolução bolchevique. A guerra interfere na vida de todos. O alemão Walter von Ulrich tem que se separar de seu amor, lady Maud, e ainda lutar contra o irmão dela, o conde Fitz. Nem mesmo o americano Gus Dewar, o assessor do presidente Wilson que sempre trabalhou pela paz, escapa dos horrores da frente de batalha.

Enquanto a ação se desloca entre Londres, São Petersburgo, Washington, Paris e Berlim, *Queda de gigantes* retrata um mundo em rápida transformação, que nunca mais será o mesmo. O século XX está apenas começando.

CONHEÇA OS LIVROS DE KEN FOLLETT

Um lugar chamado liberdade
As espiãs do Dia D
Noite sobre as águas
O homem de São Petersburgo
A chave de Rebecca
O voo da vespa
Contagem regressiva
O buraco da agulha
Tripla espionagem
Uma fortuna perigosa
Notre-Dame
O terceiro gêmeo
Nunca

O Século

Queda de gigantes
Inverno do mundo
Eternidade por um fio

Kingsbridge

O crepúsculo e a aurora
Os pilares da Terra (e-book)
Mundo sem fim
Coluna de fogo
A armadura da luz

editoraarqueiro.com.br